103 CONTOS DE FADAS

ANGELA CARTER

# 103 contos de fadas

*Tradução*
Luciano Vieira Machado

*2ª reimpressão*

Copyright © 2005 by Espólio de Angela Carter
Publicado originalmente em duas edições:
*The Virago book of fairy tales* Collection, Introduction and Notes © Angela Carter 1990
*The second Virago book of fairy tales* Collection © The Estate of Angela Carter 1992
Posfácio © Marina Warner 1992

*Título original*
Angela Carter's book of fairy tales

*Capa*
Jeff Fisher

*Preparação*
Valéria Franco Jacintho

*Revisão*
Valquíria Della Pozza
Marise S. Leal

Dados Internacionais de Catalogação na Publicação (CIP)
(Câmara Brasileira do Livro, SP, Brasil)

Carter, Angela, 1940-1992
103 contos de fadas / Angela Carter ; tradução Luciano
Vieira Machado. — São Paulo : Companhia das Letras, 2007.

Título original : Angela Carter's book of fairy tales
Bibliografia.
ISBN 978-85-359-1089-6

1. Contos de fadas 2. Mulheres - Folclore I. Título.

07-6545                                          CDD-398.21

Índice para catálogo sistemático:
1. Contos de fadas : Literatura folclórica  398.21

[2017]
Todos os direitos desta edição reservados à
EDITORA SCHWARCZ S.A.
Rua Bandeira Paulista, 702, cj. 32
04532-002 — São Paulo — SP
Telefone: (11) 3707-3500
www.companhiadasletras.com.br
www.blogdacompanhia.com.br
facebook.com/companhiadasletras
instagram.com/companhiadasletras
twitter.com/cialetras

# Sumário

11  Nota da edição inglesa

13  Introdução

27  Sermerssuaq

PARTE I: CORAJOSAS, OUSADAS E OBSTINADAS

31  Em busca da fortuna

35  O senhor Fox

38  Kakuarshuk

40  A promessa

43  Catarina Quebra-Nozes

47  A jovem pescadora e o caranguejo

PARTE 2: MULHERES ESPERTAS, JOVENS ASTUCIOSAS
E ESTRATAGEMAS DESESPERADOS

53  Maol a Chliobain

57  A menina inteligente

60  O rapaz feito de gordura

62  A jovem que ficava na forquilha de uma árvore

69 A princesa com a roupa de couro

77 A lebre

78 Casaco de Musgo

87 Vassilissa, a filha do clérigo

90 O aluno

91 A mulher do fazendeiro rico

94 Guarde os seus segredos

96 As três medidas de sal

102 A esposa astuciosa

103 O pó-dos-bobos da tia Kate

106 A batalha dos pássaros

115 Menina-Salsa

118 A esperta Gretel

121 A peluda

PARTE 3: TOLOS

125 Por um punhado de miolos

130 O jovem da manhã

131 Agora eu riria, se não estivesse morto

133 Os três tolos

136 O menino que nunca tinha visto mulher

137 A velha que vivia dentro de uma garrafa de vinagre

141 Tom Tit Tot

146 O marido que precisou cuidar da casa

PARTE 4: BOAS MOÇAS E O QUE ACONTECE COM ELAS

151 A leste do sol e a oeste da lua

161 A menina boa e a menina má

163 A moça sem braços

PARTE 5: FEITICEIRAS

171 A princesa chinesa

177 A feiticeira-gata

179 A Baba-Iagá

182 A senhora Número Três

PARTE 6: FAMÍLIAS INFELIZES

187 A menina que desterrou sete rapazes

193 O mercado dos mortos

197 A mulher que se casou com a esposa do filho

199 O peixinho vermelho e o tamanco de ouro

206 A madrasta malvada

208 Tuglik e sua neta

210 O zimbro

220 Nourie Hadig

227 Bela e Rosto Bexiguento

232 Velhice


PARTE 7: FÁBULAS MORAIS

235 Chapeuzinho Vermelho

238 Água de pés

240 Esposas curam gabolice

242 Alimentar com língua

244 A irmã rica do lenhador

249 Fugindo de mansinho

251 Os desígnios da natureza

254 As duas mulheres que conquistaram a liberdade

256 Como um marido curou a esposa viciada em contos de fadas


PARTE 8: MENTES FORTES E ARTIMANHAS

261 Os doze patos selvagens

267 O velho Foster

270 Šāhīn

283 O povo com focinho de cachorro

285 A velha do contra

288 O truque da carta

289 Rolando e Brunilde

292 O Pássaro Esverdeado

299 A mulher astuciosa

PARTE 9: MAQUINAÇÕES: FEITIÇARIAS E TRAPAÇAS

303 A Bela Donzela Ibronka

314 Feiticeiro e feiticeira

317 O lilás mexeriqueiro

318 Touca Esfarrapada

324 A bola enfeitiçada

325 A mulher-raposa

327 O gaitista das feiticeiras

329 Vassilissa, a Formosa

337 A parteira e o sapo


PARTE 10: GENTE BONITA

343 Bela, Morena e Trêmula

352 Diirawic e seu irmão incestuoso

365 O espelho

366 A donzela sapa

370 O Príncipe Adormecido

372 A órfã


PARTE 11: MÃES E FILHAS

379 Achol e sua mãe selvagem

382 Tunjur, tunjur

387 A velhinha das cinco vacas

395 Achol e sua mãe-leoa adotiva


PARTE 12: MULHERES CASADAS

401 História de uma mulher-pássaro

404 Pai e mãe "apressadinhos"

405 Motivo para surrar sua mulher

407 Os três amantes

409 Os sete fermentos

415 A canção da esposa infiel

416 A mulher que se casou com o próprio filho

418 Duang e sua mulher selvagem

424 Um golpe de sorte

426 Os grãos de feijão no frasco

PARTE 13: HISTÓRIAS ÚTEIS

429 Fábula de um pássaro e seus filhotes

431 As três tias

435 História de uma velha

437 O cúmulo da paixão roxa

438 Sal, Molho, Tempero, Cebolinha, Pimenta e Banha

441 Duas irmãs e a jibóia

446 Estendendo os dedos

449 Posfácio de Marina Warner

458 Notas da parte 1 à parte 7, por Angela Carter

474 Notas da parte 8 à parte 13,
por Angela Carter e Shahrukh Husain

496 Agradecimentos da parte 1 à parte 7

498 Agradecimentos da parte 8 à parte 13

# Nota da edição inglesa

*103 Contos de fadas* reúne duas coletâneas de contos de fadas que Angela Carter publicou sob os títulos *The Virago book of fairy tales* (1990) e *The second Virago book of fairy tales* (1992).

Cerca de um mês antes de sua morte, em fevereiro de 1992, Angela Carter estava no Brompton Hospital, em Londres. Os originais da segunda coletânea repousavam em sua cama. "Estou terminando isso para as meninas", ela disse. Sua fidelidade para conosco era ilimitada. Quando soubemos que ela estava doente, nós lhe dissemos que não se preocupasse, que já tínhamos publicado *The Virago book of fairy tales*, e isso bastava. Mas não, Angela sustentava que esse era exatamente o tipo do projeto a ser desenvolvido por um escritor enfermo. E ela trabalhou no livro até poucas semanas antes de sua morte. Embora tivesse recolhido todas as histórias, agrupando-as sob as rubricas escolhidas, ainda não tinha escrito uma introdução, e não conseguiu terminar as notas. Shahrukh Husain, editora de *The Virago book of witches*, valeu-se de seu vasto conhecimento de folclore e contos de fadas para completar as notas, incorporando observações e notas espalhadas pelos arquivos da própria Angela Carter.

Nesta nova edição, reproduzimos a introdução que Angela Carter escreveu para *The Virago book of fairy tales*. Depois da morte da autora, Marina Warner preparou um estudo crítico sobre ela, originalmente publicado como introdução a *The second Virago book of fairy tales*; aqui ele consta como posfácio.

*Lennie Goodings*
Editora, Virago

# Introdução

Embora este trabalho se apresente como um livro de contos de fadas, os leitores encontrarão muito poucas fadas nas páginas que se seguem; já animais falantes, muitos. Seres que são, em maior ou menor medida, sobrenaturais; mas fadas mesmo são raras, porque a expressão *contos de fadas* é uma figura de linguagem, usada de forma bastante livre, para descrever o grande volume de narrativas infinitamente variadas que eram e ainda são oralmente transmitidas e difundidas mundo afora — histórias anônimas que podem ser reelaboradas vezes sem fim por quem as conta, o sempre renovado divertimento dos pobres.

Até meados do século XIX, a maioria dos europeus pobres era analfabeta ou semi-analfabeta, e a maioria dos europeus era pobre. Ainda em 1931, vinte por cento dos italianos adultos não sabiam ler nem escrever; no sul, não menos de quarenta por cento. A prosperidade do Ocidente é muito recente. Boa parte da África, da América Latina e da Ásia está mais pobre do que nunca, e ainda existem línguas ágrafas ou que, como o somali, só muito recentemente passaram a ser escritas. Nem por isso, porém, o somali deixa de ter uma magnífica literatura, e sua transcrição para formas escritas com certeza haverá de alterar profundamente a natureza dessa literatura, porque falar é uma atividade pública, e ler, uma atividade solitária. Ao longo da maior parte da história humana, "literatura", tanto prosa como poesia, era algo contado, não escrito — ouvido, não lido.

Assim, os contos de fadas, os contos populares, as histórias da tradição oral constituem a mais vital ligação que temos com o universo da imaginação de homens e mulheres comuns, cujo trabalho criou o mundo.

Nos últimos duzentos ou trezentos anos, contos de fadas e contos populares foram transpostos para o papel pelo valor que têm em si mesmos e são apreciados por uma vasta gama de razões, que vão desde o gosto pelo passado à ideologia. O fato de serem escritas — e, sobretudo, impressas — faz que essas histórias sejam preservadas e também inexoravelmente alteradas. Reuni para este livro algumas histórias colhidas de fontes publicadas. Elas representam uma linha de continuidade com um passado que, em muitos aspectos, agora nos é estranho, e a cada dia se torna ainda mais estranho. "Conduz o teu cavalo e o teu arado por sobre os ossos dos mortos", disse William Blake. Quando eu era menina, achava que tudo o que William Blake dizia era sagrado, mas agora que estou mais velha e mais vivida, leio seus aforismos com o afetuoso ceticismo que merecem as exortações de um homem que afirmava ter visto o enterro de uma fada. Os mortos sabem algo que não sabemos, embora guardem isso para si mesmos. À medida que o passado fica cada vez mais diferente do presente, distanciando-se ainda mais rapidamente nos países em desenvolvimento do que nos desenvolvidos, industrializados, precisamos saber quem fomos de maneira mais precisa, para poder conceber o que haveremos de ser.

A história, a sociologia e a psicologia que nos são transmitidas pelos contos de fadas são informais — preocupam-se ainda menos com questões nacionais e internacionais do que os romances de Jane Austen. Além disso, são anônimas e não revelam o sexo de quem as criou. Podemos saber o nome e o gênero de determinado indivíduo que conta determinada história simplesmente porque a pessoa que o recolheu o anotou, mas nunca poderemos saber o nome da pessoa que inventou a história. Nossa cultura é individualizada em alto grau e acredita muito na obra de arte como realização única, e no artista como um inspirado, original e semidivino criador de obras únicas. Mas contos de fadas não são nada disso, e tampouco o são seus criadores. Quem teria inventado as almôndegas? Em que país? Existe uma receita definitiva para a sopa de batata? Pensemos em termos de culinária: "É assim que *eu* faço sopa de batata".

O mais provável é que a história tenha sido composta mais ou menos da forma como a temos agora, a partir de todo tipo de fragmento de outras histórias, há muito tempo e em algum lugar remoto — e foi remendada, sofreu pequenos acréscimos e supressões, mesclou-se com outras, quando então nossa informante lhe deu sua forma pessoal, para adequá-la a um público ouvinte de, digamos, crianças, bêbados num casamento, velhas debochadas ou pessoas presentes num velório — ou simplesmente para o seu próprio prazer.

Eu disse "ela" porque existe uma convenção européia de uma contadora de histórias arquetípica: "Mamãe Gansa" (*Mother Goose* em inglês, *Ma Mère l'Oie*, em francês), uma senhora sentada ao pé do fogo, fiando — literalmente, "fiando um fio", tal como é retratada numa das primeiras compilações de contos de fadas europeus, a de Charles Perrault, publicada em Paris em 1697, com o título *Histoires ou contes du temps passé* [Histórias ou contos de outrora], traduzida para o inglês em 1729 e publicada sob o título *Histories or tales of past times*. (Já naquela época as classes instruídas tinham uma noção de que a cultura popular pertencia ao passado — e mesmo, talvez, que *deveria* pertencer ao passado, não constituindo assim nenhuma ameaça, e é com tristeza que descubro esse sentimento em mim mesma; mas agora isso deve corresponder à realidade.)

Evidentemente, foi Mamãe Gansa quem inventou todas as "histórias de velhas comadres", ainda que "velhas comadres" de qualquer sexo possam participar desse contínuo processo de reciclagem em que qualquer um pode se apropriar de uma história e modificá-la. "Histórias de velhas comadres", isto é, histórias banais, mentiras, mexericos, um rótulo zombeteiro que atribui às mulheres a arte de contar histórias, ao mesmo tempo que nega qualquer valor a isso.

Entretanto, é certamente uma característica dos contos de fadas o fato de não buscar abertamente a suspensão da descrença, à maneira do romance do século XIX. Segundo Vladimir Propp, "na maioria das línguas, a palavra *tale* [história, conto] é sinônimo de 'mentira' ou 'falsidade'". "'A história acabou, não posso continuar a mentir'— é assim que os narradores russos encerram suas histórias."

Outros contadores de histórias são menos enfáticos. O cigano inglês que contou "Casaco de Musgo" disse que tocou violino no aniversário de vinte e um anos do filho de Casaco de Musgo. Mas isso não visa a criar verossimilhança, da forma como faz George Eliot; trata-se de um floreio verbal, uma fórmula. Quem conta um conto aumenta um ponto. No fim de "A moça sem braços", o narrador diz: "Eu estava lá e tomei hidromel e vinho. Ele escorreu pelo meu bigode, mas não entrou na minha boca". Muito verossímil.

Embora o conteúdo de um conto de fadas possa mostrar a vida real dos pobres anônimos, às vezes até com uma incômoda fidelidade — a pobreza, a fome, as relações familiares instáveis, a crueldade que tudo permeia e também, em alguns casos, o bom humor, o vigor, o consolo terra-a-terra do calor de um bom fogo e de uma barriga cheia —, a forma do conto de fadas em geral não é construída de modo a convidar os ouvintes a partilharem a sensação de uma experiência vivida. A "história de velhas comadres" certamente deixa patente sua inverossimilhança. "Houve e não houve uma vez, havia um menino" é uma das fórmulas de abertura preferidas pelos contadores de histórias armênios. A variante armênia do enigmático "Era uma vez" do conto de fadas inglês e francês é ao mesmo tempo absolutamente precisa e absolutamente misteriosa: "Era e não era uma vez...".

Quando ouvimos a fórmula "Era uma vez" ou uma de suas variantes, já sabemos que o que vem a seguir não tem a pretensão de ser verdade. Mamãe Gansa pode contar mentiras, mas não vai nos enganar *dessa* forma. Ela vai nos divertir, vai nos ajudar a passar o tempo de forma agradável, uma das mais nobres funções da arte. No fim da narrativa o contador de histórias armênio diz: "Do céu caíram três maçãs, uma para mim, uma para o contador de histórias e uma para a pessoa que os divertiu". Os contos de fadas atendem ao princípio do prazer, mas, como não existe algo como o prazer puro, sempre há alguma coisa mais do que aquilo que dá na vista.

Às crianças que contam mentiras costumamos dizer: "Deixe de histórias". Entretanto, as crianças dadas a invencionices, como as "histórias de velhas comadres", tendem a ser mais pródigas que econômicas no que diz respeito à veracidade. Muitas vezes, como no caso das inverdades das crianças, somos também levados a admirar a inventividade pela própria inventividade. "O acaso é a mãe da inventividade", observou Lawrence Millman no Pólo Norte, ao observar uma desbragada capacidade de invenção narrativa. "A inventividade", ele acrescenta, "é também a mãe da inventividade."

Tais histórias não param de surpreender. Como esta:

> Então, uma após outra, as mulheres foram dando à luz seus filhos.
>
> Logo havia um bocado deles.
>
> Então o grupo todo partiu, fazendo uma barulheira danada. Quando a jovem viu aquilo, disse: "A coisa agora não é de brincadeira. Aí vem um exército vermelho, ainda com os cordões umbilicais pendurados".

E esta:

"Senhorinha, senhorinha", diziam os meninos. "Alexandrinha, ouça o relógio, tique-taque, tique-taque: mamãe está na sala toda coberta de ouro."

E esta:

*O vento soprou forte, meu coração doeu*
*Ao ver o buraco que a raposa abriu*

Esta é uma coletânea de "histórias de velhas comadres", reunidas com a intenção de proporcionar prazer e também com uma boa dose de prazer da minha parte. Essas histórias têm apenas uma coisa em comum: todas giram em torno de uma protagonista. Seja ela inteligente, corajosa, boa, estúpida, cruel, sinistra ou tremendamente infeliz, ela está sempre no centro do palco, tão vasta quanto a vida — às vezes, como Sermerssuaq, ainda mais vasta.

Embora sempre tenha existido neste mundo um número de mulheres pelo menos tão grande quanto o de homens, e lhes caiba, pelo menos em igual medida que aos homens, a transmissão da cultura oral, elas ocupam o centro do palco com menos freqüência do que era de esperar. E aqui surgem os problemas relacionados à classe e ao gênero de quem faz a compilação. Expectativas, hesitações, desejo de agradar. Ainda assim, ao contarem histórias nem sempre as mulheres se sentem inclinadas a se fazer de heroínas, além de serem também perfeitamente capazes de contar histórias nada favoráveis ao gênero feminino — por exemplo, há a historinha da velha senhora e do jovem indiferente. As heroínas notavelmente vigorosas que Lawrence Millman descobriu no pólo Norte são descritas por homens e mulheres com a mesma freqüência, e sua agressividade, seu autoritarismo e sua assertividade sexual com certeza derivam muito mais de fatores sociais do que do desejo de uma Mamãe Gansa do pólo Norte de apresentar modelos assertivos.

Susie Hoogasian-Villa surpreendeu-se com o fato de suas informantes da comunidade armênia de Detroit, Michigan, contarem histórias em que as mulheres "apareciam numa situação ridícula e secundária". Essas mulheres provinham de comunidades aldeãs abertamente patriarcais e fatalmente absorveram e assumiram os valores desses grupos em que uma mulher recém-casada, "na ausência dos homens e das mulheres mais velhas, não podia falar com ninguém, exceto com crianças. Ela podia falar com o marido em particular". Só as mais profundas mudanças sociais seriam capazes de alterar as relações nessas comunidades, e as histórias que as mulheres contavam não podiam de modo algum mudar, em termos concretos, sua condição.

Mas uma história deste livro, "Como um marido curou a esposa viciada em contos de fadas", mostra em que medida os contos de fadas podiam modificar os desejos de uma mulher, e o quanto um homem podia temer essa mudança e fazer o que estivesse a seu alcance para privar sua mulher do prazer, como se o próprio prazer ameaçasse sua autoridade.

O que evidentemente era o caso.

E ainda é.

Estas histórias provêm da Europa, da Escandinávia, do Caribe, dos Estados Unidos, do pólo Norte, da África, do Oriente Médio e da Ásia. A coletânea espelha-se nas antologias organizadas por Andrew Lang na virada do século passado, que outrora me deram tanta alegria: Os Livros dos Contos de Fadas Vermelho, Azul, Roxo, Verde, Verde-oliva e assim por diante, abrangendo todo espectro, coletâneas de contos de muitos países.

Não organizei esta coletânea a partir de fontes tão heterogêneas para mostrar que no fundo todas somos irmãs, membros da mesma família humana, apesar de algumas poucas diferenças superficiais. Aliás, não acredito nisso. Por mais que no fundo sejamos irmãs, isso não significa que temos muito em comum. (Veja a sexta parte, "Famílias infelizes"). A intenção primeira era demonstrar a extraordinária riqueza e a diversidade de respostas à mesma condição comum — estar viva — e a riqueza e a diversidade com que a feminilidade, na prática, é representada na cultura "não oficial": suas estratégias, suas tramas, seu trabalho árduo.

A maioria das histórias aqui reunidas não existe numa única versão, e sim em muitas versões diferentes, e diferentes sociedades atribuem diferentes sentidos para o que é essencialmente a mesma narrativa. Numa sociedade monogâmica, o sentido do casamento difere do sentido que lhe atribui a sociedade poligâmica. Mesmo uma mudança de narrador pode acarretar uma mudança de sentido. A história "A peluda" foi contada originalmente por um chefe de escoteiros de vinte e nove anos a outro jovem. Não mudei uma única palavra, mas o sentido geral mudou, agora que a conto a vocês.

As histórias se difundiram por todo o mundo, não porque todos partilhamos o mesmo imaginário e experiência, mas porque as histórias podem ser levadas de um lugar para outro, parte que são da bagagem que as pessoas carregam consigo quando se vão de sua terra. A história armênia "Nourie Hadig", tão semelhante à "Branca de Neve", que se tornou famosa graças aos irmãos Grimm e a Walt Disney, foi coletada em Detroit, não muito longe das localidades em que Richard M. Dorson recolheu, de afro-americanos, histórias que mesclam elementos africanos e europeus para criar algo distinto. Entretanto, uma das histórias, "A feiticeira-gata", era bastante conhecida na Europa, pelo menos desde os processos contra lobisomens na França do século XVI. Mas o contexto muda tudo. "A feiticeira-gata" adquire toda uma nova gama de conotações no contexto da escravidão.

Jovens aldeãs levaram histórias para a cidade, para contá-las durante as intermináveis tarefas da cozinha ou para divertir os filhos dos outros. Exércitos invasores se fizeram acompanhar por contadores de histórias. Desde a introdução de processos de impressão baratos no século XVII, as histórias passaram a entrar e a sair do universo da palavra impressa. Minha avó me contou a versão de Chapeuzinho Vermelho que ouvira de sua mãe, que seguia quase palavra por palavra o texto publicado na Inglaterra em 1729. Os informantes dos irmãos Grimm na Alemanha de princípios do século XIX muitas vezes lhes contavam contos de Perrault — o que os irritava, pois estavam em busca do genuíno espírito alemão.

Mas está em curso um processo de seleção muito específico. Algumas histórias — histórias de fantasmas, histórias engraçadas, histórias que já existem como contos populares — passam do texto impresso para a memória e a fala. Mas, embora os romances de Dickens e de outros escritores burgueses do século XIX fossem lidos em voz alta como atualmente se lêem os romances de Gabriel García Márquez nas aldeias da América Latina, as histórias de David Copperfield e Oliver Twist não ganharam vida independente como contos de fadas, a menos que, como disse Mao Tsé-Tung a propósito das conseqüências da Revolução Francesa, ainda seja cedo para julgar.

Embora seja impossível apontar o lugar de origem de qualquer história individual, e ainda que os elementos básicos da trama da história que conhecemos com o título de "Cinderela" estejam em toda parte, da China ao norte da Inglaterra (veja "Bela e Rosto Bexiguento", em seguida "Casaco de Musgo"), o grande impulso no sentido de recolher material oral no século XIX teve origem no incremento do nacionalismo e no conceito de Estado-nação, com sua cultura exclusiva, sua exclusiva afinidade com a gente que nele vive. O próprio termo *folklore* só foi cunhado em 1846, quando William J. Thomas juntou os "dois termos saxões" para substituir termos imprecisos e vagos como "literatura popular" e "antigüidades populares", e isso sem se valer de raízes gregas e latinas alheias. (Ao longo de todo o século xix, os ingleses acreditaram estar mais próximos, em termos espirituais e de identidade racial, das tribos teutônicas do norte do que dos tipos trigueiros mediterrâneos que já se podiam ver a partir de Dunquerque; o que tinha a vantagem de deixar de fora também escoceses, galeses e irlandeses.)

Jacob Ludwig Grimm e seu irmão, Wilhelm Carl — filólogos, estudiosos de antigüidades e medievalistas —, buscaram estabelecer a unidade cultural do povo alemão por meio das tradições e da língua em comum. Seu livro *Contos de fadas para crianças* tornou-se o segundo mais popular e difundido entre os volumes que circulavam na Alemanha por mais de um século, superado apenas pela Bíblia. Seu trabalho de recolher contos de fadas era parte da luta do século xix pela unificação da Alemanha, o que só se concretizaria em 1871. O projeto, que implicava certo grau de censura editorial, percebia na cultura popular uma fonte inesgotável de força imaginativa para a burguesia. "Eles [os irmãos Grimm] queriam que a rica tradição cultural da gente comum fosse usada e aceita pela classe média em ascensão", diz Jack Zipes.

Mais ou menos à mesma época, e inspirados pelos irmãos Grimm, Peter Christen Asbjørnsen e Jørgen Moe recolhiam histórias na Noruega e, em 1841, publicaram uma coletânea que "ajudou a libertar a língua norueguesa do jugo dinamarquês, ao mesmo tempo em que formulava e popularizava, na literatura, a linguagem das pessoas comuns", segundo John Gade. Em meados do século xix, J. F. Campbell foi às Highlands para registrar e preservar histórias antigas em gaélico escocês, antes que a maré montante da língua inglesa as eliminasse.

Os acontecimentos que levaram à revolução irlandesa de 1916 precipitaram uma onda de ardente entusiasmo por música, poesia e histórias genuinamente irlandesas, que terminaram por levar à adoção do irlandês como língua oficial. (W. B. Yeats organizou uma famosa antologia de contos de fadas irlandeses.) Esse processo ainda está em curso; existe atualmente um dinâmico departamento de folclore na universidade palestina de Bir Zeit: "O interesse em preservar a cultura local é especialmente forte na Cisjordânia uma vez que o status da Palestina continua a ser objeto de discussão internacional, e se questiona a identidade de um povo árabe palestino distinto", afirma Inea Bushnaq.

O fato de eu e muitas mulheres vasculharmos livros em busca de heroínas de contos de fadas é uma manifestação do mesmo processo — o desejo de legitimar minha reivindicação pelo que me é devido no futuro, deixando claro o que me foi devido no passado.

Entretanto, por mais que os contos em si mesmos constituam uma prova do gênio inato do povo, não constituem uma prova do gênio de um ou de outro povo em particular, tampouco de determinada pessoa. E, embora em sua grande maioria as histórias deste livro tenham sido registradas em língua escrita a partir de relatos feitos de viva voz, os próprios compiladores raramente conseguem evitar ajustes e colagens, justaposição de dois textos para fazer deles um melhor. J. F. Campbell registrou por escrito em gaélico escocês e traduziu de forma literal. Ele achava que fazer ajustes nas histórias era, segundo suas palavras, colocar lantejoulas num dinossauro. Mas uma vez que o material caiu em domínio público, a maioria dos compiladores — e especialmente editores — não consegue deixar de intervir no texto.

Suprimir expressões "pesadas" era um passatempo comum no século XIX, parte do projeto de transformar o divertimento universal dos pobres no refinado passatempo da burguesia, e especialmente das crianças burguesas. A supressão de referências a funções sexuais e escatológicas, a amenização de situações sexuais e a relutância em incluir material "grosseiro" — isto é, piadas sujas — contribuíam para descaracterizar um conto de fadas e, por tabela, para descaracterizar sua visão da vida cotidiana.

Evidentemente, questões não apenas de classe e gênero, mas também de personalidade interfeririam desde o início em todo esse processo de coleta. Vance Randolph, o ardoroso defensor do igualitarismo, recebeu abundante material "grosseiro" no coração do Cinturão da Bíblia do Arkansas e Missouri, muitas vezes fornecido por mulheres. É difícil imaginar os doutos e austeros irmãos Grimm estabelecendo relação semelhante com seus informantes — ou mesmo desejando fazê-lo.

É irônico, porém, que o conto de fadas, se definido como uma narrativa transmitida numa atitude pouco preocupada com o princípio de realidade, com tramas sempre renovadas a cada vez que se conta, tenha sobrevivido no século XX em sua forma mais vigorosa como a piada suja e, enquanto tal, dê claros sinais de continuar a florescer, de forma não oficial, nas margens deste século XXI da comunicação universal de massa, de vinte e quatro horas de entretenimento público.

INTRODUÇÃO    21

Procurei, tanto quanto possível, evitar histórias claramente "melhoradas" ou "literatizadas" pelos compiladores, e apesar da grande tentação eu mesma não as reescrevi, não fundi duas versões, tampouco eliminei nada, porque queria preservar o espírito das muitas vozes diferentes. É claro que a personalidade do compilador, do tradutor, ou do editor, fatalmente intervém, muitas vezes de forma inconsciente. Também aqui se apresenta o problema da falsificação, um estranho no ninho, uma história que um editor, compilador ou *japester* compôs quase a partir do nada, de acordo com fórmulas folclóricas, e a inseriu numa antologia de histórias tradicionais, talvez na pura esperança de ela se libertar da prisão do texto e adquirir vida independente no seio do povo. Ou talvez por alguma outra razão. Se, inadvertidamente, eu tiver recolhido uma ou outra história composta nessas condições, faço votos de que alcem vôo com a liberdade do pássaro do final de "A menina inteligente".

Esta seleção limitou-se principalmente ao material disponível em inglês, devido ao meu parco conhecimento de línguas, o que funciona como uma forma particular de imperialismo cultural.

De uma perspectiva superficial, estas histórias tendem a exercer uma função normativa — procuram mais reforçar os laços que unem as pessoas do que questioná-los. A vida sob condições econômicas difíceis já é bastante precária sem a incessante luta existencial. Mas entre as características que estas histórias recomendam para a sobrevivência e prosperidade das mulheres nunca está a da subordinação passiva. Espera-se que mulheres pensem numa família (Ver "Por um punhado de miolos") e empreendam viagens épicas ("A leste do sol e a oeste da lua"). Na parte denominada "Mulheres espertas, jovens astuciosas e estratagemas desesperados", pode-se ver de que maneira as mulheres lutaram para abrir o próprio caminho.

Entretanto, a solução adotada em "As duas mulheres que conquistaram a liberdade" é caso raro. A maioria dos contos de fadas e dos contos populares se estrutura em torno da relação entre homem e mulher, seja em termos de romance fantástico, seja de um grosseiro realismo doméstico. O objetivo comum e inconfesso é a fertilidade e a perpetuação. No contexto das sociedades de onde provém a maioria dessas histórias, seu objetivo é antes utópico do que de conservação; na verdade, uma forma de otimismo heróico — como se dissessem: um dia haveremos de ser felizes, ainda que essa felicidade não dure.

Mas, se muitas das histórias terminam em casamento, não nos esqueçamos de quantas delas começam com a morte — de pai, mãe ou de ambos. Acontecimentos que precipitam os sobreviventes na catástrofe. As histórias da sexta parte, "Famílias infelizes", tocam diretamente o âmago da experiência humana. A vida familiar na história tradicional, independentemente de sua procedência, nunca está a mais de um passo do desastre.

As famílias dos contos de fadas, em sua maioria, são unidades instáveis, em que pais biológicos e pais adotivos se mostram negligentes até o ponto do assassinato, e a rivalidade entre irmãos que chega ao assassinato é a norma. Um perfil da típica família européia do conto de fadas estaria classificado como "família em situação de risco" nos dossiês de uma assistente social dos dias de hoje, e as famílias africanas e asiáticas aqui representadas constituem uma prova de que mesmo uma vasta gama de tipos de estruturas familiares gera crimes imperdoáveis entre seres humanos, quando em situação de grande proximidade. E a morte causa mais aflição numa família do que a separação.

A figura sempre recorrente da madrasta indica o quanto os ambientes domésticos descritos nessas histórias se mostram passíveis de enormes mudanças internas e inversão de papéis. Contudo, por mais onipresentes que fossem as madrastas numa época em que a taxa de mortalidade das mães era alta e em que uma criança podia ter de conviver sucessivamente com uma, duas, três ou até mais madrastas antes de ela própria ingressar na perigosa carreira da maternidade, a "crueldade" e a indiferença que se atribuem a elas quase universalmente podem também refletir nossas próprias ambivalências em relação a nossa mãe verdadeira. Observe-se que em "Nourie Hadig" é a própria mãe da criança que deseja sua morte.

Para as mulheres, o casamento ritual do final da história pode não passar de um prelúdio ao dilema obcecante em que se encontrava a mãe da Branca de Neve dos irmãos Grimm — ela desejava de todo coração uma criança "branca como a neve, vermelha como sangue e negra como ébano" e morreu quando essa criança nasceu, como se o preço da filha fosse a vida da mãe. Quando ouvimos uma história, projetamos nela toda nossa experiência: "Todos eles viveram felizes e morreram felizes, e os ventos nunca lhes foram contrários", diz o final de "Catarina Quebra-Nozes". Cruze os dedos, bata na madeira. As histórias árabes da antologia de Inea Bushnaq terminam com uma digna altivez que solapa qualquer idéia de final feliz: "eles viveram felizes e contentes até que a morte, que separa os amantes mais verdadeiros, terminou por separá-los" ("A princesa com a roupa de couro").

"Eles", na história mencionada, eram uma princesa e um príncipe. Por que a realeza tem um papel tão proeminente na ficção que entretém as pessoas comuns? Imagino que pela mesma razão que a família real britânica tem tanto destaque nos tablóides: glamour. Reis e rainhas são sempre incrivelmente ricos, príncipes são extraordinariamente belos, princesas indescritivelmente encantadoras — embora possam morar num palácio geminado, o que faz supor que o contador de histórias não conhecia muito bem o estilo de vida da realeza. "O palácio tinha muitas salas, e um rei ocupava metade delas, e o outro a outra metade", segundo uma história grega que não consta desta antologia. Em "As três medidas de sal", o narrador afirma pomposamente: "naquele tempo todo mundo era rei".

Susie Hoogasian-Villa, cujas histórias provêm de imigrantes armênios numa região (republicana) dos Estados Unidos pesadamente industrializada, relativiza a realeza que figura nos contos de fadas: "Muitas vezes os reis são apenas chefes de suas aldeias; as princesas fazem o trabalho doméstico". Juleidah, a princesa com roupa de couro, é capaz de assar um bolo e limpar a cozinha com uma habilidade democrática, embora ao se vestir faça Lady Di parecer modesta. "Esguia como um cipreste, com um rosto que era uma rosa, sedas e jóias dignas da noiva de um rei, ela parecia iluminar a sala." Trata-se aqui de uma realeza e de um estilo imaginários, com criações fantasiosas e satisfação de desejos, motivo pelo qual a frouxa estrutura simbólica dos contos de fadas os torna tão abertos à interpretação psicanalítica, como se eles não fossem invenções formais mas sonhos informais, sonhados em público.

Essa característica de sonho público é uma característica da arte popular, ainda que bastante mediada por interesses comerciais, como é atualmente, em suas manifestações nos filmes de terror, no romance barato e nas melodramáticas séries de televisão. O conto de fadas, como narrativa, tem muito menos em comum com as formas burguesas do romance e do longa-metragem do que com as formas populares, principalmente com os romances ditos "femininos". Na verdade, a alta posição social e a grande riqueza de algumas personagens, a pobreza absoluta de outras, as formas extremadas de sorte e de fealdade, de inteligência e de estupidez, de vício e de virtude, beleza, glamour e fraude, a tumultuosa pletora de acontecimentos, a ação violenta, as intensas e desarmoniosas relações pessoais, o amor da disputa pela própria disputa, a invenção de um mistério pelo amor ao mistério — todas essas são características do conto de fadas que o relacionam diretamente às séries de televisão dos dias de hoje.

A já antiga série americana *Dinastia*, cujo sucesso constituiu grande fenômeno no começo da década de 80, fez desfilar uma série de personagens que derivavam, com uma transparência quase desdenhosa, das personagens dos irmãos Grimm — a madrasta má, a noiva maltratada, os sempre obtusos marido e irmão. As inúmeras tramas secundárias de *Dinastia* apresentavam crianças abandonadas, viagens sem motivo, desgraças despropositadas — todas características do gênero. ("As três medidas de sal" é uma história desse tipo; a maravilhosa coletânea de histórias da Grécia organizada por R. M. Dawkins, algumas das quais bem recentes, da década de 50, muitas vezes mostra uma Mamãe Gansa no auge de seu espírito melodramático.)

Vê-se também, em "A batalha dos pássaros", como uma história pode desembocar em outra, quando se dispõe de tempo e de ouvintes entusiastas, da mesma forma que a narrativa das séries televisivas se move incansavelmente para a frente e para trás, como as marés — ora avançando em direção a algum tipo de encerramento, ora voltando astuciosamente sobre os próprios passos, como se tivesse sido lembrada de que não existem finais, felizes ou não, na vida real, e de que "Fim" é apenas um artifício formal da arte.

O ritmo da narrativa é potencializado pela pergunta: "O que aconteceu então?". O conto de fadas não cria dificuldades: sempre responde a essa pergunta. O conto de fadas precisou oferecer essas facilidades para sobreviver. Ele sobrevive nos dias de hoje porque se transformou num meio para o mexerico, a anedota, o boato. Continua sendo "artesanal", mesmo nesta época em que a televisão vulgariza as mitologias das sociedades industriais avançadas em todo o mundo, onde quer que existam aparelhos de televisão e eletricidade para fazê-los funcionar.

"Os povos do Norte estão perdendo suas histórias junto com sua identidade", diz Lawrence Millman, fazendo eco ao que J. F. Campbell disse nas Highlands há um século e meio. Mas desta vez Millman deve estar certo: "Perto de Gjoa Haven, fiquei numa barraca de inuítes que, embora não tivesse calefação, era equipada com os últimos lançamentos em engenhocas áudio e videoeletrônicas".

Agora temos máquinas que sonham por nós. Mas nessas engenhocas videoeletrônicas pode estar a fonte de uma continuidade, e mesmo transformação, da arte de contar e representar histórias. A imaginação humana é infinitamente flexível e sobrevive à colonização, ao deslocamento, à servidão involuntária, à prisão, às restrições feitas à língua, à opressão das mulheres. Entretanto, o último século assistiu à mais fundamental mudança da cultura desde a Idade do Ferro

— a separação final da terra. (John Berger descreve isso em termos ficcionais em sua trilogia *Into their labours.\**)

Sempre imaginamos que a época em que vivemos é única, que nossa experiência haverá de empanar tudo que veio antes. Às vezes essa crença é correta. Quando Thomas Hardy escreveu *Tess*, há um século e meio, descreveu uma mulher do campo, a mãe de Tess, cuja sensibilidade, percepção do mundo, senso estético pouco haviam mudado em duzentos anos. Com plena consciência do que estava fazendo, ele descreveu um estilo de vida no instante mesmo em que se anunciavam profundas mudanças. A própria Tess e suas irmãs são arrancadas daquela vida rural profundamente enraizada no passado e lançadas num mundo urbano sacudido por contínuas mudanças vertiginosas, onde tudo — inclusive, ou principalmente, nossos conceitos a respeito das características de homens e mulheres — estava no *melting pot*, porque a própria idéia do que constitui a "natureza humana" estava no *melting pot*.

As histórias deste livro, praticamente sem exceção, têm suas raízes no passado pré-industrializado e em concepções arcaicas a respeito da natureza humana. Nesse mundo, o leite vem da vaca, a água vem do poço, e só a intervenção do sobrenatural pode mudar as relações entre homens e mulheres e, acima de tudo, a atitude das mulheres em relação à própria fertilidade. Não ofereço essas histórias movida pela nostalgia; o passado foi duro, cruel e especialmente hostil para as mulheres, por mais desesperados que tenham sido os estratagemas que usamos para fazer as coisas um pouco à nossa maneira. Eu as ofereço, isso sim, como quem se despede, para que lembrem quão sábias, inteligentes, perspicazes, ocasionalmente líricas, excêntricas, às vezes totalmente loucas eram nossas bisavós e suas bisavós; e para que lembrem também as contribuições, para a literatura, de Mamãe Gansa e seus gansinhos.

Há anos, o falecido A. L. Lloyd, etnomusicologista, folclorista e cantor, ensinou-me que não preciso saber o nome do autor de uma obra para perceber que é fruto do trabalho de um artista. Este livro é dedicado a essa frase e, pois, a sua memória.

*Angela Carter*
Londres, 1990

* A trilogia foi publicada no Brasil pela editora Rocco, com os títulos: *Terra nua*; *Uma vez in Europa*; *Bandeira e lilás*. (N. T.)

# SERMERSSUAQ
## (INUÍTE)

*Sermerssuaq tinha tanta força que conseguia levantar um caiaque com três dedos. Ela era capaz de matar uma foca só esmurrando sua cabeça. Conseguia rasgar em pedaços uma raposa ou uma lebre. Certa vez travou uma luta corpo a corpo com Qasordlanguaq, outra mulher muito poderosa, e surrou-a com tanta facilidade que no final comentou: "Essa pobre Qasordlanguaq não consegue nem vencer um de seus próprios piolhos". Ela conseguia vencer a maioria dos homens e então lhes dizia: "Onde você estava quando fizeram a distribuição de testículos?". Às vezes essa Sermerssuaq exibia o próprio clitóris. Ele era tão grande que a pele de uma raposa não podia cobri-lo por completo. Aja, e como se isso não bastasse, ela ainda era mãe de nove filhos!*

PARTE I

CORAJOSAS, OUSADAS E OBSTINADAS

# Em busca da fortuna
(grego)

Para entrar logo na história: havia uma velha que tinha uma galinha. Assim como sua dona, a galinha era bastante idosa e muito boa de serviço: todo dia ela botava um ovo. A velha tinha um vizinho, um velho desgraçado que roubava o ovo quando ela saía. A pobre velha ficava de olho para pegar o ladrão, mas nunca conseguia e, como não queria acusar ninguém, teve a idéia de perguntar ao Sol Imortal.

No caminho ela encontrou três irmãs: as três eram solteironas. Quando a viram, correram-lhe ao encontro para perguntar aonde estava indo. Ela lhes contou o que estava acontecendo. "E agora", acrescentou, "vou perguntar ao Sol Imortal e descobrir o filho-da-puta que rouba meus ovos, fazendo uma maldade dessas com uma pobre velha cansada." Ao ouvirem isso, as solteironas se mostraram muito interessadas:

"Ah, tia, por favor, pergunte sobre nós, pergunte por que não conseguimos nos casar." "Está bem", a velha disse. "Vou perguntar e talvez ele me dê ouvidos."

Então ela seguiu em frente e encontrou uma velha tremendo de frio. Quando a velha a viu e ficou sabendo aonde ela ia, começou a suplicar: "Peço-lhe, senhora, que pergunte também sobre mim; por que será que não consigo me esquentar, ainda que use quatro casacos de peles, um por cima do outro?". "Está bem", a velha respondeu. "Vou perguntar a ele. Mas como posso ajudá-la?"

E então ela seguiu caminho e chegou a um rio; ele corria turvo e escuro feito sangue. Ainda de muito longe ela ouviu o som raivoso dele, e as suas pernas fraquejaram de medo. Quando o rio a viu, também lhe perguntou, na sua voz brutal e furiosa, aonde estava indo. Ela lhe contou o que tinha para contar. O rio lhe disse: "Se é assim, pergunte-lhe sobre mim também: que diabos há comigo, que não consigo correr sossegado?". "Está bem, meu caro rio, está bem", a velha disse, tão apavorada que mal sabia como continuar.

E assim ela prosseguiu seu caminho e chegou a uma pedra gigantesca; havia muitos e muitos anos pendurada, sem poder cair nem deixar de cair. A pedra pediu à velha que perguntasse o que a estava oprimindo de forma que não pudesse cair e ficar sossegada, deixando de assustar os passantes. "Está bem", a velha disse. "Vou perguntar a ele. Não é muita coisa para perguntar e posso assumir essa tarefa."

Ao dizer isso, a velha percebeu que já estava muito tarde e disparou a correr feito uma condenada! Ao chegar ao cume da montanha, ela viu o Sol Imortal penteando a barba com seu pente de ouro. Tão logo a viu, ele lhe deu as boas-vindas, ofereceu-lhe uma cadeira e perguntou por que o procurava. A velha lhe contou o quanto vinha sofrendo por causa dos ovos da sua galinha: "E eu me jogo a seus pés e imploro", ela disse. "Diga-me quem é o ladrão. Eu gostaria de saber, porque assim eu não ia continuar amaldiçoando-o de forma tão desesperada e carregando esse peso na minha alma. E, por favor, olhe aqui: eu lhe trouxe um lenço cheio de peras do meu pomar e uma cesta cheia de pãezinhos." Então o Sol Imortal lhe disse: "O homem que rouba os seus ovos é o seu vizinho. Trate de não lhe dizer nada. Deixe-o à mercê de Deus, e o homem vai receber o que merece".

"Quando vinha para cá", a velha disse ao Sol Imortal, "encontrei três solteironas e elas me rogaram: 'Pergunte sobre nós; por que será que não conseguimos um marido?'." "Entendo o que quer dizer", o Sol disse. "Mas elas não são moças com quem alguém queira casar. Elas são meio preguiçosas; não têm mãe nem pai que as orientem, então todo dia começam a varrer a casa sem antes borrifar água no chão, depois metem a vassoura e enchem meus olhos de poeira. Já estou por aqui com elas! Não as suporto. Diga-lhes que daqui por diante devem se levantar antes do amanhecer, borrifar o chão com água e depois varrer, e logo conseguirão um marido. Você não precisa mais pensar nelas ao seguir o seu caminho."

"Aí uma velha me fez um pedido: 'Pergunte a ele por que não consigo me esquentar mesmo que esteja usando quatro casacos de pele um sobre o outro'." "Diga a ela que dê dois desses casacos de esmola, em proveito de sua alma, e aí ela vai se esquentar."

"Vi também um rio turvo e escuro feito sangue; sua corrente era cheia de remoinhos. O rio me pediu: 'Pergunte sobre mim; que devo fazer para correr tranqüilo?'." "O rio deve afogar um homem, e então ficará sossegado. Quando você voltar lá, primeiro atravesse o rio e só depois conte a ele o que falei, senão o rio vai tomar você como presa."

"Vi também uma pedra grande: há muitos anos que ela está lá pendurada, e não consegue cair." "Essa pedra deve matar um homem e então ficará tranqüila. Quando você voltar lá, primeiro passe pela pedra, e só depois lhe conte o que eu lhe disse."

A velha se levantou, beijou a mão dele, despediu-se e desceu a montanha. No caminho, ela chegou à pedra, que a estava esperando como se tivesse cinco olhos. A velha apressou o passo, passou pela pedra e então lhe disse o que tinha de dizer. Quando a pedra ouviu que deveria cair e matar um homem, ficou furiosa; ela não sabia o que fazer. "Ah", ela disse à velha. "Se você tivesse dito antes, eu teria caído em cima de você." "Que todos os meus problemas passem para você", a velha disse e — por favor me desculpem — deu uma palmada no próprio traseiro.

Seguindo seu caminho, ela chegou próximo ao rio, e pelo barulho que ele fazia a velha percebeu o quanto estava agitado e esperando que ela lhe contasse o que o Sol lhe dissera. Ela apressou o passo, atravessou o rio e então contou o que o Sol Imortal lhe dissera. Quando o rio ouviu a resposta, tomou-se de tal fúria que suas águas ficaram mais turvas do que nunca. "Ah", o rio disse. "Por que eu não soube disso antes? Então eu tiraria sua vida, pois você não passa de uma velha que ninguém quer." A velha ficou tão assustada que nem se voltou para olhar o rio.

Não tinha andado muito e já começou a ver a fumaça subindo dos telhados da aldeia e a sentir o cheiro de comida que lhe chegava ao nariz. Sem perda de tempo, procurou a velha que não conseguia se aquecer e lhe disse o que tinha de dizer. A mesa acabara de ser posta, então a velha se sentou e comeu com eles: era uma deliciosa comida de Páscoa, e se vocês a tivessem comido iriam lamber os dedos de tão boa que estava.

Então ela foi procurar as solteironas. Desde que a velha as deixara, as moças não pararam de pensar nela. Não acendiam o fogo da casa nem o apagavam: ficavam o tempo todo de olho na estrada para ver se a velha estava voltando. Logo que as viu, a velha foi se sentar com elas e lhes explicou que deveriam fazer o que o Sol Imortal recomendara. A partir desse dia começaram a levantar ainda de noite, borrifavam o chão e o varriam, e então os pretendentes começaram a aparecer, uns de um lugar, outros de outro. Todos vinham pedi-las em casamento. Então todas conseguiram marido e viveram felizes.

Quanto à velha que nunca conseguia se esquentar, ela deu dois de seus casacos de pele para benefício de sua alma, e imediatamente se sentiu aquecida. O rio e a pedra tiraram cada um a vida de um homem, e encontraram a paz.

Ao voltar para casa, a velha encontrou o velho à beira da morte. Ao ver que a velha partira ao encontro do Sol Imortal, ele ficou tão assustado que lhe aconteceu uma coisa terrível: cresceram-lhe penas de galinha no rosto. Não se passou muito tempo, e ele logo partiu para aquela grande aldeia de onde ninguém volta. Depois disso os ovos nunca mais sumiram, e a velha continuou a comê-los até a morte, e, quando ela morreu, a galinha morreu também.

# O senhor Fox
(inglês)

Lady Mary era jovem, lady Mary era bela. Tinha dois irmãos e mais pretendentes do que conseguiria contar. Mas, de todos eles, o mais corajoso e garboso era um certo senhor Fox, que ela conhecera quando estava na casa de campo do seu pai. Ninguém sabia quem era o senhor Fox; mas com certeza ele era corajoso e certamente rico, e, de todos os seus pretendentes, lady Mary só se importava mesmo com ele. Finalmente eles chegaram à conclusão de que deveriam se casar. Lady Mary perguntou ao senhor Fox onde iam morar, e ele lhe descreveu seu castelo, e foi só. Mas, o que é muito estranho, ele não a convidou, nem aos seus irmãos, para visitá-lo.

Certo dia, já perto do casamento, quando os seus irmãos estavam fora e o senhor estava ausente por dois ou três dias em viagem de negócios, segundo ele dissera, lady Mary partiu para o castelo dele. Depois de muito procurar, finalmente chegou lá, e era uma bela e forte construção, com altas muralhas e um fosso profundo. Quando ela chegou ao portão de entrada, viu nele uma inscrição:

SEJA OUSADO, SEJA OUSADO.

Como o portão estava aberto, ela entrou por ele, e não encontrou ninguém lá. Então avançou até a entrada, e no alto estava escrito:

SEJA OUSADO, MAS NÃO TÃO OUSADO.

Ela continuou avançando, chegou a um saguão, subiu as amplas escadas até a porta da galeria, acima da qual se lia:

SEJA OUSADO, MAS NÃO TÃO OUSADO,
SENÃO O SANGUE DE SEU CORAÇÃO PODE FICAR GELADO.

Mas lady Mary era uma mulher ousada, e ela abriu a porta — e o que vocês acham que ela viu? Ora, corpos e esqueletos de belas jovens manchados de sangue. Então lady Mary pensou que já era hora de sair daquele lugar horrível; fechou a porta, atravessou a galeria e, quando estava começando a descer as escadas a caminho do saguão, avistou nada mais, nada menos do que o senhor Fox arrastando uma bela jovem através do portão, a caminho da porta. Lady Mary se precipitou escada abaixo e conseguiu se esconder atrás de um barril bem na hora em que o senhor Fox entrou com a pobre jovem, que parecia ter desmaiado. Ao chegar perto de lady Mary, o senhor Fox viu um anel de diamante brilhando no dedo da jovem que estava arrastando e tentou tirá-lo. Mas o anel estava muito justo no dedo e não queria sair, então o senhor Fox xingou, praguejou, sacou da espada, ergueu-a no ar e golpeou a mão da jovem infeliz. A espada cortou a mão fora, esta saltou no ar e, de todos os lugares possíveis, não é que foi parar senão no colo de lady Mary? O senhor Fox procurou por um instante, mas não pensou em olhar atrás do barril, e por fim continuou arrastando a jovem escada acima, levando-a para a Câmara Ensangüentada.

Tão logo o ouviu atravessando a galeria, lady Mary saiu furtivamente pela porta, passou pelo portão e correu para casa o mais rápido que pôde.

Aconteceu então que já no dia seguinte se deveria assinar o contrato de casamento entre lady Mary e o senhor Fox, e houve um esplêndido desjejum antes da cerimônia. Quando o senhor Fox estava sentado à mesa, no lado oposto ao de lady Mary, ele olhou para ela. "Como você está pálida esta manhã, minha querida." "Sim", ela disse. "Passei uma noite muito ruim. Tive sonhos horríveis." "Os sonhos significam o contrário", o senhor Fox disse. "Mas nos conte o seu sonho, e a sua doce voz fará o tempo passar até a chegada da hora venturosa."

"Sonhei", lady Mary disse, "que fui ontem de manhã ao seu castelo e o encontrei no meio do bosque, cercado de altas muralhas e de um fosso profundo. E acima do portão estava escrito:

SEJA OUSADO, SEJA OUSADO."

"Mas não é assim, nem foi assim", o senhor Fox disse.

"E, quando cheguei à porta, lá no alto estava escrito:

SEJA OUSADO, SEJA OUSADO, MAS NÃO TÃO OUSADO."

"Não é assim, nem foi assim", o senhor Fox disse.

"Quando subi as escadas, cheguei a uma galeria que terminava numa porta em que se lia:

SEJA OUSADO, MAS NÃO TÃO OUSADO
SENÃO O SANGUE DE SEU CORAÇÃO PODE FICAR GELADO."

"Não é assim, nem foi assim", o senhor Fox disse.

"E então... e então abri a porta, e o quarto estava cheio de corpos e de cadáveres de pobres mulheres, todos manchados com seu próprio sangue."

"Não é assim, nem foi assim. E Deus nos livre de ser assim", o senhor Fox disse.

"Então sonhei que fugi pela galeria e ao descer as escadas eu o vi, senhor Fox, aproximando-se da entrada do saguão, arrastando atrás de si uma pobre jovem, rica e bela."

"Não é assim, nem foi assim. E Deus nos defenda de ser assim", o senhor Fox disse.

"Desci a escada correndo e apenas tive tempo de me esconder atrás de um barril, quando o senhor, senhor Fox, entrou arrastando a jovem pelo braço. E, quando o senhor passou por mim, senhor Fox, pensei tê-lo visto tentar tirar o anel de diamante da jovem e, como não conseguiu, senhor Fox, pareceu-me em meu sonho que o senhor sacou a espada e decepou a mão da jovem para tirar o anel."

"Não é assim, nem foi assim. E Deus nos defenda de ser assim", o senhor Fox disse, e estava prestes a dizer mais alguma coisa enquanto se levantava da cadeira, quando lady Mary gritou:

"Mas é assim e foi assim. Aqui estão a mão e o anel que tenho para mostrar." E lady Mary tirou de dentro do vestido a mão da jovem, apontando-a direto para o senhor Fox.

Imediatamente seus irmãos e amigos sacaram suas espadas e cortaram o senhor Fox em mil pedaços.

# Kakuarshuk
(inuíte)

Muito tempo atrás as mulheres cavavam a terra para ter filhos. Elas os desencavavam da própria terra. Não precisavam ir muito longe para encontrar meninas, mas meninos era mais difícil de achar — muitas vezes precisavam cavar a terra muito fundo para encontrar meninos. Assim, as mulheres fortes tinham muitos filhos; as mulheres preguiçosas, poucos ou nenhum. Evidentemente, havia também mulheres estéreis. E Kakuarshuk era uma dessas mulheres estéreis. Passava quase todo tempo cavando a terra. Ela parecia ter revirado metade da terra, mas nada de encontrar uma criança. Finalmente foi a um *angakok*, que lhe disse: "Vá a tal e tal lugar, cave lá e você vai achar um filho...". Bem, Kakuarshuk foi ao lugar, que ficava a uma boa distância da sua casa, e começou a cavar. Foi cavando cada vez mais fundo, até chegar ao outro lado da terra. Nesse outro lado, tudo parecia ser ao contrário. Não havia neve nem gelo, e as crianças eram muito maiores do que os adultos. Kakuarshuk foi adotada por dois daqueles bebês, uma menina e um menino. Eles a levavam num saco de *amaut*, e a menina deu o peito para Kakuarshuk sugar. Os dois bebês pareciam gostar muito de Kakuarshuk. Ela nunca ficava sem comida ou atenção. Um dia sua mãe-bebê disse: "Tem alguma coisa que você deseje, Minha Pequenina?". "Sim", Kakuarshuk respondeu. "Eu queria ter um bebê." "Nesse caso", sua mãe-bebê respondeu, "você deve ir a tal e tal lugar nas montanhas e cavar." Então Kakuarshuk viajou até esse lugar nas montanhas. Ela cavou. Foi cavando cada vez mais fundo, até que o buraco se juntou a muitos outros. Nenhum desses buracos parecia dar saída para algum lugar. E Kakuarshuk também não encontrou nenhum bebê no caminho. Mas ela continuou a andar. À noite gigantes de garras afiadas dilaceraram seu corpo. Então um Gigante-Carrasco jogou contra ela uma foca viva, que lhe atingiu o corpo do peito até a virilha. Por fim, ela não conseguia mais andar e se deitou para morrer. De repente, uma raposinha se aproximou dela e disse: "Vou salvar você, mãe. Basta me seguir". A raposa a tomou pela mão e a conduziu através do labirinto de buracos para a luz do dia, do outro lado. Kakuarshuk não conseguia se lembrar de nada. *Aja*, de nada. Mas, quando ela acordou, estava descansando na sua própria casa, e havia um bebezinho nos seus braços.

# A promessa
(birmanês)

Era uma vez a bela filha de um Homem Rico, que estudava na universidade. Ela era uma aluna muito aplicada e um dia, quando estava sentada próximo à janela da sua sala de aula escrevendo com um estilo*, numa folha de palmeira, uma fórmula importante que o douto Professor estava ditando para a classe, o estilo escorregou das suas mãos cansadas e caiu pela janela, indo parar no chão. Ela achou que seria desrespeitoso pedir ao Professor que fizesse uma pausa, mas, se ela se levantasse para ir pegar o estilo, perderia a fórmula. Enquanto estava nesse dilema, um colega seu passou perto da janela, e a moça lhe pediu, num sussurro, que pegasse o estilo para ela. Ora, o rapaz que passava era um Filho de Rei e uma pessoa muito má. Fazendo troça, ele respondeu: "Prometa-me que você vai me dar sua Primeira Flor na Primeira Noite". A Jovem, absorta na fórmula do Professor, compreendeu apenas a palavra *flor* e aquiesceu com um gesto de cabeça. Ele logo esqueceu a brincadeira que fizera; a Jovem, porém, refletindo sobre o episódio, compreendeu o significado pleno das palavras do Príncipe, mas não pensou mais nelas e esperou que tivessem sido ditas de brincadeira.

Ao fim dos respectivos cursos na universidade, o Príncipe voltou para o seu reino e logo depois subiu ao trono do pai, e a Jovem voltou para sua casa, num

---

* Estilo: ponteiro com que os antigos escreviam em tábuas enceradas. (N. T.)

reino vizinho, casando logo em seguida com o Filho de um Homem Rico. Na noite do casamento, ela se lembrou do incidente do estilo e, atormentada pela sua consciência, contou ao marido a promessa que tinha feito, expressando, porém, a certeza de que o jovem estava apenas brincando. "Minha querida", o Marido disse. "Quem tem de dizer se estava brincando ou não é o jovem. Uma promessa nunca deve ser quebrada." A Jovem, depois de fazer uma reverência diante do marido, partiu imediatamente numa viagem ao reino vizinho, para cumprir a promessa que fizera ao Rei, caso ele quisesse cobrar o prometido.

Quando andava sozinha na escuridão, um Ladrão a agarrou e disse: "Que mulher é essa que sai andando pela noite, enfeitada de ouro e jóias? Entregue-me suas jóias e seu vestido de seda". "Oh, Ladrão", a Jovem respondeu, "leve minhas jóias mas deixe-me o vestido de seda, pois não posso entrar no palácio do Rei nua e cheia de vergonha." "Não", o Ladrão disse. "Seu vestido de seda é tão valioso quanto suas jóias. Dê-me o vestido também." Então a Jovem explicou ao Ladrão o motivo por que estava viajando sozinha na escuridão. "Estou impressionado com o seu senso de honra", o Ladrão disse. "E, se você me prometer voltar aqui depois de dar a Primeira Flor ao Rei, eu a deixo ir embora." A Jovem fez a promessa, e pôde então continuar viagem. Ela foi andando até passar sob uma figueira-brava. "Que mulher é essa, tão jovem e delicada, que vaga sozinha à noite?", o Ogro da árvore disse. "Vou comer você, pois todas as pessoas que passam sob a minha árvore depois que escurece me pertencem." "Oh, Ogro", a Jovem suplicou. "Por favor, poupe-me, porque se você me comer agora não poderei cumprir a promessa que fiz ao Príncipe." Depois que ela explicou o propósito de sua viagem noturna, o Ogro disse: "Estou impressionado com seu senso de honra, e, se você me prometer voltar aqui depois de se encontrar com o Rei, eu a deixo partir". A Jovem fez a promessa e pôde continuar viagem.

Finalmente, sem nenhum outro incidente, ela chegou à cidade, e logo estava batendo nos portões do palácio do Rei. "Que tipo de mulher é você?", os guardas do palácio perguntaram. "O que pretende vindo ao palácio e pedindo para entrar em plena meia-noite?" "É uma questão de honra", a Jovem respondeu. "Por favor, digam ao meu senhor, o Rei, que sua colega de universidade veio cumprir a promessa." O Rei, que ouvira o tumulto, olhou pela janela do seu quarto e viu a Jovem iluminada pela luz das tochas dos guardas, em toda plenitude da sua beleza. Ele a reconheceu e a desejou, mas, quando ouviu a sua história, admirou-a por sua fidelidade à promessa e pela coragem de enfrentar todos os perigos e dificuldades para cumprir a palavra. "Minha amiga", ele disse. "Você é uma mulher maravilhosa, pois coloca a sua honra acima até mesmo do seu recato de donzela. A promessa que lhe pedi não passou de uma brincadeira, e a esqueci. Por isso, volte para o seu Marido." A Jovem voltou ao Ogro da figueira-brava e disse: "Oh, Ogro, coma meu corpo, mas, depois de tê-lo comido, pegue meu vestido de seda e minhas jóias e os leve ao Ladrão que está me esperando a alguns metros daqui". O Ogro disse: "Amiga, você é uma mulher maravilhosa, porque coloca sua honra acima até da própria vida. Você está livre para partir, pois eu a dispenso da sua promessa". A Jovem voltou então ao Ladrão e disse: "Oh, Ladrão, tome as minhas jóias e o meu vestido de seda. Embora eu tenha que voltar para o meu Marido nua e envergonhada, os criados haverão de me deixar entrar, pois vão me reconhecer". O Ladrão respondeu: "Amiga, você é uma mulher maravilhosa, porque coloca a sua promessa acima de jóias e de belas roupas. Você está livre para ir embora, pois eu a dispenso da sua promessa". E assim a Jovem voltou para o seu Marido, que a recebeu com todo afeto e consideração, e eles viveram felizes para sempre.

# Catarina Quebra-Nozes
(inglês)

Era uma vez um rei e uma rainha, como os houve em muitas terras. O rei tinha uma filha, Anne, e a rainha tinha outra, chamada Catarina; Anne era muito mais bonita do que a filha da rainha, mas isso não as impedia de se amarem como irmãs de verdade. A rainha tinha inveja pelo fato de a filha do rei ser mais bonita do que a sua, e procurava por todos os meios estragar a beleza da outra. Então ela foi se aconselhar com a mulher das galinhas, que lhe disse para lhe mandar a mocinha, em jejum, na manhã seguinte.

Então, no outro dia bem cedinho, a rainha disse a Anne: "Minha querida, vá procurar a mulher das galinhas no vale e lhe peça alguns ovos". Então Anne foi saindo, mas ao passar pela cozinha viu um pedaço de pão, pegou-o e foi mastigando enquanto andava.

Quando ela chegou à casa da mulher das galinhas, pediu ovos, como lhe mandaram; então a mulher lhe falou: "Levante a tampa daquela panela ali e olhe". A mocinha obedeceu, mas não aconteceu nada. "Volte para casa e diga à sua mãe que mantenha a porta da despensa mais bem trancada", a mulher disse. Então a mocinha voltou para casa e contou à rainha o que a mulher lhe dissera. Daí a rainha concluiu que a mocinha tinha pegado alguma coisa para comer, então ficou de olho na manhã seguinte e a mandou à mulher das galinhas em jejum; mas a princesa viu uns camponeses colhendo ervilhas à beira da estrada e, como era muito gentil, conversou com eles, pegou um punhado de ervilhas e foi comendo enquanto andava.

Quando ela chegou à casa da mulher das galinhas, esta falou: "Levante a tampa daquela panela e veja". Anne levantou a tampa, mas não aconteceu nada. Então a mulher ficou furiosa e disse a Anne: "Diga à sua mãe que a panela não vai ferver se o fogo estiver apagado". Então Anne voltou para casa e deu o recado à rainha.

No terceiro dia a própria rainha acompanhou a moça até a casa da mulher das galinhas. Dessa vez, quando Anne levantou a tampa da panela, sua bela cabeça caiu do resto do corpo e foi substituída por uma cabeça de ovelha.

Então a rainha ficou muito satisfeita e voltou para casa.

Sua própria filha, Catarina, porém, pegou um belo corte de linho, cobriu com ele a cabeça da irmã, tomou-a pela mão — e lá se foram as duas tentar a sorte. Elas andaram, andaram e andaram até chegarem a um castelo. Catarina bateu na porta e pediu pousada para as duas por uma noite. Elas entraram e notaram que era o castelo de um rei que tinha dois filhos. Um deles estava doente, à beira da morte, e ninguém conseguia descobrir o que ele tinha. E o mais curioso era isto: todos que cuidavam dele durante a noite desapareciam para sempre. Então o rei oferecera uma boa quantidade de prata a quem conseguisse acabar com aquilo. Uma vez que Catarina era uma moça muito corajosa, ofereceu-se para ficar com ele.

Até a meia-noite tudo correu bem. Quando o relógio bateu doze horas, porém, o príncipe enfermo levantou-se, vestiu-se e desceu as escadas. Catarina o seguiu, mas ele pareceu não notar. O príncipe foi ao estábulo, selou seu cavalo, chamou seu cão de caça, pulou na sela. Mais do que depressa, Catarina pulou na garupa. E lá se foi o príncipe cavalgando pela floresta. Enquanto avançavam, Catarina colhia nozes das árvores e enchia o avental com elas. Seguiram cavalgando até chegarem a uma colina verdejante. Naquele ponto o rei puxou as rédeas e falou: "Abra, abra, colina verdejante, e deixe entrar o jovem príncipe e seu cão de caça", e Catarina acrescentou: "e sua amada em seguida a ele".

Imediatamente a colina se abriu e eles passaram. O príncipe entrou num magnífico saguão profusamente iluminado, e muitas belas fadas o rodearam e o levaram para dançar. Nesse meio-tempo, Catarina, sem que ninguém notasse, escondeu-se atrás da porta. Dali ela viu o príncipe dançando, dançando, dançando e dançando até não poder mais e cair num divã. Então as fadas o abanaram com leques até ele se levantar de novo e continuar a dançar.

Por fim o galo cantou, e o príncipe se apressou em montar no cavalo. Catarina pulou atrás dele, e lá se foram de volta para casa. Quando o sol nasceu, as pessoas entraram no quarto e encontraram Catarina sentada ao pé da lareira quebrando suas nozes. Catarina disse que o príncipe passara uma ótima noite, acrescentando que só passaria outra noite com ele se lhe dessem uma boa quantidade de ouro. A segunda noite se passou da mesma forma que a primeira. O príncipe se levantou à meia-noite, foi até a colina verdejante e ao baile das fadas, e Catarina o acompanhou, colhendo nozes enquanto cavalgavam pela floresta. Dessa vez ela não ficou olhando o príncipe, porque sabia que ele ia ficar dançando, dançando e dançando. Mas ela viu um bebê-fada brincando com uma varinha e ouviu uma das fadas dizer: "Três batidas com esta varinha fariam a irmã de Catarina ficar tão linda como sempre foi".

Então Catarina fez nozes rolarem em direção ao bebê-fada para que ele começasse a andar a passos trôpegos até elas, deixando a varinha cair. Então Catarina pegou a varinha e a colocou no avental. Quando o galo cantou, voltaram para casa como antes, mas, em vez de quebrar suas nozes como da outra vez, ao chegar em casa Catarina foi direto para o quarto, apressando-se em tocar Anne três vezes com a varinha. A feia cabeça de carneiro caiu, dando novamente lugar ao seu belo rosto.

Na terceira noite, Catarina consentiu em ficar com o príncipe, com a condição de se casar com ele. Tudo aconteceu como nas duas primeiras noites. Dessa vez o bebê-fada estava brincando com um passarinho. Catarina ouviu uma das fadas dizer: "Três bocados desse passarinho fariam o príncipe ficar saudável como sempre foi". Catarina fez rolarem todas as nozes que tinha para perto do bebê-fada até ele soltar o passarinho, então ela o colocou no avental.

Ao cantar do galo, tornaram a partir. Em vez, porém, de quebrar suas nozes como sempre, dessa vez Catarina depenou o passarinho e o cozinhou. Logo se sentiu um cheirinho delicioso. "Oh", o príncipe doente disse. "Eu queria um pouco desse passarinho." Catarina lhe deu um bocado do passarinho, e ele levantou um pouco o corpo, apoiando-se nos cotovelos. Logo depois ele falou novamente: "Ah, se me dessem outro bocado desse passarinho!", então Catarina lhe deu outro pedaço, e ele se sentou na cama. Daí disse novamente: "Se me dessem só um terceiro naco desse passarinho!". Então ela lhe deu um terceiro pedaço, e ele se levantou são e forte, vestiu-se, sentou-se junto à lareira, e, quando as pessoas entraram no quarto na manhã seguinte, encontraram Catarina e o jovem príncipe quebrando nozes juntos. Nesse meio-tempo o irmão dele tinha visto Anne e se apaixonara por ela, como acontecia com todos ao ver seu lindo rosto. Então o filho doente se casou com a irmã sã, e o filho são se casou com a irmã doente, e viveram felizes e morreram felizes, e os ventos nunca lhes foram contrários.

# A jovem pescadora e o caranguejo
(tribal indiano)

Um velho kurukh e sua mulher não tinham filhos. O velho semeou arroz em sua roça e, alguns dias depois de o arroz começar a brotar, ele levou a mulher à roça para que ela visse. À beira do roçado havia uma abóbora, que eles levaram para casa para comer. Mas, quando o velho estava prestes a cortá-la, a abóbora disse: "Corte-me bem devagarinho, vovô!". O velho ficou tão assustado que largou a abóbora. Ele correu até sua mulher e disse: "Essa é uma abóbora falante". "Bobagem", a velha disse, pegando a faca. Mas a abóbora falou: "Corte-me bem devagarinho, vovó!".

Então a velha a cortou bem devagar, com todo o cuidado, e de dentro da abóbora saiu um caranguejo. Eles pegaram uma panela nova e puseram o caranguejo dentro dela. A mulher amarrou um cesto na barriga e o cobriu com um pano. Então foi à loja e disse aos seus vizinhos: "Olhem, na minha velhice Mahapurub me deu um filho".

Depois de algum tempo, ela removeu o cesto, tirou o caranguejo de dentro da panela e disse a todo mundo: "Olhem, dei à luz este caranguejo".

Quando o caranguejo ficou adulto, foram procurar uma esposa para ele. Arranjaram-lhe uma bela jovem, mas ao chegar à casa do caranguejo ela ficou furiosa por se ver casada com tal criatura. Toda noite ela esperava por ele, mas o que um caranguejo podia fazer? A jovem então pensou: "Preciso arranjar outro homem". Toda vez que o caranguejo falava com a jovem, ela o chutava para longe.

Certo dia a jovem quis visitar um homem em outra aldeia. Ela esperou os sogros e o caranguejo dormirem, então de mansinho saiu da casa. Mas o caranguejo a viu saindo, pegou outro caminho e foi andando na frente dela pela estrada. À beira da estrada havia uma figueira-brava. O caranguejo disse à árvore: "A quem você pertence? A mim ou a outra pessoa?". A árvore disse: "Sou sua". Então o caranguejo falou: "Caia no chão". A árvore caiu. Dentro da árvore morava a forma de um jovem. O caranguejo assumiu para si a forma do jovem e guardou sua forma de caranguejo dentro da árvore. Ele andou um pouco na estrada e disse à árvore que ficasse de pé novamente.

Depois de algum tempo, lá vinha a jovem caminhando. Ao ver o belo rapaz embaixo da árvore, ela ficou muito contente e disse: "Para onde você está indo?". Ele disse: "Para nenhum lugar, estou indo para casa". "Venha dormir comigo." Ele disse: "Não, tenho medo. Seu marido vai me surrar. Mas outro dia eu vou".

Desapontada, a jovem seguiu o seu caminho. Encontrou uma jovem chamar e duas jovens mahara. Elas também estavam procurando homens. A jovem kurukh lhes contou sua história, e elas a levaram a um baile, prometendo-lhe arranjar um homem garboso. Quando chegaram ao baile, viram que o rapaz-caranguejo já estava lá. Quando o viram, cada uma das jovens desejou tê-lo como amante. Ele se aproximou da jovem kurukh e ela o chamou de lado. Mas ele não fez nada. Ela lhe deu os seus adornos, e ele foi embora.

Quando ele chegou à árvore, ordenou-lhe que caísse no chão, assumiu novamente sua forma de caranguejo, recolocando a forma do jovem dentro da árvore. "Fique de pé novamente", ele disse à árvore, e foi para casa. Depois de algum tempo a jovem chegou em casa. O caranguejo lhe perguntou onde ela estivera, mas ela estava irritada e o chutou da cama. Então o caranguejo lhe devolveu os adornos. A jovem ficou assustada e disse que não eram dela.

No dia seguinte, mais uma vez a jovem deu comida a todos e esperou que dormissem. Dessa vez se escondeu à beira da estrada e ficou olhando para ver o que o caranguejo ia fazer. O caranguejo foi à figueira-brava e disse: "A quem você pertence? A mim ou a outra pessoa?". A árvore disse: "Sou sua". Então o caranguejo disse: "Se você é minha, caia no chão". A árvore caiu no chão, e o caranguejo tomou a forma do belo jovem e mandou a árvore se erguer novamente.

A jovem observava tudo que estava acontecendo. Depois que o rapaz se foi, ela se aproximou da árvore e disse: "A quem você pertence? A mim ou a outra pessoa?". A árvore disse: "Sou sua". A moça falou: "Se você é minha, então caia no chão". A árvore caiu, e a jovem tirou a forma do caranguejo, matou-a e a jogou no fogo. Então se escondeu atrás da árvore e ficou esperando.

O rapaz foi dançar, mas como não encontrou sua parceira, voltou para a árvore. A jovem saltou de detrás da árvore, agarrou-o e levou para casa. Depois disso, viveram felizes juntos.

PARTE 2

MULHERES ESPERTAS, JOVENS ASTUCIOSAS
E ESTRATAGEMAS DESESPERADOS

# Maol a Chliobain
## (gaélico escocês)

Era uma vez uma viúva que tinha três filhas. Elas disseram à mãe que iam sair pelo mundo para tentar a sorte. A mãe fez três broas de aveia e disse à mais velha: "O que você prefere: o pedaço menor e a minha bênção, ou o pedaço maior e a minha maldição?". "Prefiro", ela disse, "o pedaço maior e a sua maldição." A mãe disse à filha do meio: "O que você prefere: o pedaço menor e a minha bênção, ou o pedaço maior e a minha maldição?". "Prefiro", ela disse, "o pedaço maior e a sua maldição." A mãe disse à filha mais nova: "O que você prefere: o pedaço menor e a minha bênção, ou o pedaço maior e a minha maldição?". "Prefiro o pedaço menor e a sua bênção." Isso agradou à mãe, que lhe deu mais dois outros pedaços. Elas se puseram a caminho, mas as duas mais velhas não queriam que a mais nova as acompanhasse, por isso a amarraram a uma pedra. Mas a bênção da mãe a libertou e, quando as duas olharam para trás, viram a irmã com a pedra na cabeça. Elas a deixaram em paz por algum tempo até chegarem a um monte de turfa, então amarraram a irmã a esse monte. Andaram um pouco mais, mas a bênção da mãe libertou a irmã e, quando as duas olharam para trás, a viram com o monte de turfa na cabeça. Elas a deixaram em paz por algum tempo, até chegarem a uma árvore, então a amarram à árvore. Andaram um pouco mais, mas a bênção da mãe soltou a irmã e, quando olharam para trás, a viram com a árvore na cabeça.

Vendo que aquela implicância de nada adiantava, largaram mão e deixaram que a irmã as acompanhasse. Andaram até o anoitecer. Avistaram então uma luz bem distante. Embora a luz estivesse muito longe, não demorou muito e elas a alcançaram. Aproximaram-se. Aquilo era nada menos que a casa de um gigante! Elas pediram para passar a noite lá, foram atendidas, e as puseram para dormir com as três filhas do gigante. O gigante chegou em casa e disse: "Aqui dentro está com um cheiro de moças estranhas". As filhas dos gigantes usavam colares de contas de âmbar, e as três irmãs, cordões de crina de cavalo. Todas dormiram, exceto Maol a Chliobain. Durante a noite o gigante sentiu sede. Pediu ao seu criado careca e de pele áspera que lhe trouxesse água. O criado de pele áspera disse que não tinha uma gota em casa. "Mate uma dessas moças desconhecidas", ele disse, "e me traga o sangue dela." "Como vou saber que é uma delas?", disse o criado de pele áspera. "Minhas filhas usam colares de contas de âmbar, e as outras, cordões de crina de cavalo."

Maol a Chliobain ouviu o gigante e, mais do que depressa, colocou nas filhas do gigante os cordões de crina de cavalo que estavam no seu pescoço e no das suas irmãs; os colares de contas de âmbar das filhas do gigante ela os colocou no seu pescoço e no das suas irmãs. Depois se deitou e ficou bem quieta. O criado de pele áspera se aproximou, matou uma das filhas do gigante e levou o sangue para ele. O gigante pediu MAIS. O criado matou a seguinte. O gigante pediu MAIS. O criado matou a terceira.

Maol a Chliobain acordou suas irmãs, acomodou-as sobre a cabeça e foi embora. Levava consigo um tecido de ouro que estava em cima da cama, e este gritou.

O gigante a descobriu e a seguiu. As faíscas que ela tirava das pedras com os saltos dos sapatos atingiam o queixo do gigante. E as faíscas que o gigante tirava das pedras com as pontas dos pés atingiam a parte de trás da cabeça de Maol a Chliobain. E isso continuou até chegarem a um rio. Ela arrancou um fio de cabelo da própria cabeça, fez com ele uma ponte, passou por cima do rio, e o gigante não conseguiu segui-la. Maol a Chliobain tinha passado pelo rio, mas o gigante não conseguira fazer isso.

"Você está aí, Maol a Chliobain", o gigante disse. "Estou, ainda que para você isso seja duro de engolir", Maol a Chliobain respondeu. "Você matou minhas três filhas carecas morenas." "Eu as matei, ainda que para você isso seja duro de engolir." "E quando você volta?" "Vou voltar quando tiver negócios por aqui."

Elas seguiram em frente até chegarem à casa de um lavrador. O lavrador tinha três filhos. Elas contaram o que lhes acontecera. O lavrador disse a Maol a Chliobain: "Darei o meu filho mais velho à sua irmã mais velha, e você me trará o belo pente de ouro e o rústico pente de prata do gigante". "Não vai lhe custar mais do que isso", Maol a Chliobain disse.

Ela partiu, chegou à casa do gigante e entrou sem que ninguém percebesse. Pegou os pentes e foi embora. O gigante a viu e foi atrás dela até chegarem ao rio. Ela saltou o rio, mas o gigante não podia fazer isso. "Você está aí, Maol a Chliobain." "Estou, ainda que para você isso seja duro de engolir." "Você matou minhas três filhas morenas carecas." "Eu as matei, ainda que para você isso seja duro de engolir." "Você roubou o meu belo pente de ouro e o meu rústico pente de prata." "Eu os roubei, ainda que para você isso seja duro de engolir." "E quando você vai voltar?" "Vou voltar quando tiver negócios por aqui."

Ela deu os pentes ao lavrador, e a sua irmã mais velha se casou com o filho mais velho do lavrador. "Darei o meu filho do meio à sua irmã do meio, e você me trará a espada de luz do gigante." "Não vai lhe custar mais do que isso", Maol a Chliobain disse. Ela se foi e chegou à casa do gigante. Subiu no alto de uma árvore que ficava por cima do poço do gigante. À noite o criado careca e de pele áspera veio buscar água, trazendo a espada de luz. Quando ele se inclinou para içar a água, Maol a Chliobain desceu da árvore, empurrou-o para dentro do poço, afogou-o e levou consigo a espada de luz.

O gigante a seguiu até chegarem ao rio; ela saltou o rio, e o gigante não pôde segui-la. "Você está aí, Maol a Chliobain." "Estou, ainda que para você isso seja duro de engolir." "Você matou as minhas três filhas morenas carecas." "Eu as matei, ainda que para ti isso seja duro de engolir." "Você roubou o meu belo pente de ouro e o meu rústico pente de prata." "Eu os roubei, ainda que para você isso seja duro de engolir." "Você matou meu criado careca e de pele áspera." "Matei, ainda que para você isso seja duro de engolir." "Você roubou a minha espada de luz." "Eu a roubei, ainda que para você isso seja duro de engolir." "E quando você vai voltar?" "Vou voltar quando tiver negócios por aqui." Ela chegou à casa do lavrador com a espada de luz, e a sua irmã do meio e o filho do meio do lavrador se casaram. "Darei a você meu filho mais novo", o lavrador disse, "e você me trará um bode que pertence ao gigante." "Não vai lhe custar mais do que isso." Ela se foi e chegou à casa do gigante. Mas, quando ela pegou o bode, o gigante a agarrou. "Ora", o gigante disse. "Como retribuição de todo mal que você me fez, você vai estourar de tanto comer mingau; vou te meter num saco, pendurar no pau da cumeeira e pôr fogo embaixo. Então vou te pegar de pau até você cair no chão feito um feixe de gravetos." O gigante fez mingau e a obrigou a tomá-lo. Ele espalhou mingau na sua boca e no seu rosto, e ela ficou prostrada como se estivesse morta. O gigante a meteu num saco, pendurou-a no pau da cumeeira e saiu com seus homens para pegar madeira na floresta. A mãe do gigante estava em casa. Quando o gigante saiu, Maol a Chliobain começou a falar: "Cá estou eu na luz! Cá estou eu na cidade de ouro!" "Você me deixa entrar?", a velha disse. "Não vou deixar você entrar." Finalmente ela conseguiu fazer o saco descer e dentro dele enfiou a velha, um gato, um bezerro e um prato. Pegou o bode e foi embora. Quando o gigante chegou com seus capangas, eles começaram a dar pauladas no saco. A velha gritava "Quem está aqui sou eu." "Sei que é você que está aí", o gigante disse, enquanto atacava o saco a pauladas. O saco caiu como um feixe de gravetos, e qual não foi a surpresa do gigante ao ver que quem estava dentro era a sua mãe! Quando o gigante se deu conta da situação, correu atrás de Maol a Chliobain. Ele a seguiu até chegarem ao rio. "Você está aí, Maol a Chliobain." "Estou, ainda que para você isso seja duro de engolir." "Você matou as minhas três filhas morenas carecas." "Eu as matei, ainda que para você isso seja duro de engolir." "Você roubou o meu belo pente de ouro e o meu rústico pente de prata." "Eu os roubei, ainda que para você isso seja duro de engolir." "Você matou o meu criado careca de pele áspera." "Eu matei, ainda que para você isso seja duro de engolir." "Você roubou a minha espada de luz." "Eu a roubei, ainda que para você isso seja duro de engolir." "Você matou a minha mãe." "Eu a matei, ainda que para você isso seja duro de engolir." "Você roubou o meu bode." "Eu o roubei, ainda que para você isso seja duro de engolir." "E quando você vai voltar?" "Vou voltar quando tiver negócios por aqui." "Se você estivesse aqui, e eu aí", o gigante disse, "o que você faria para vir atrás de mim?" "Entraria no rio e beberia sua água até ele secar." O gigante entrou no rio e bebeu água até estourar. Maol a Chliobain se casou com o filho mais novo do lavrador.

# A menina inteligente
(russo)

Dois irmãos viajavam juntos: um era pobre, o outro era rico, e cada um tinha o seu cavalo. O pobre ia numa égua e o rico num capão. Pararam para passar a noite um ao lado do outro. A égua do homem pobre pariu um potro durante a noite, e o potro rolou para debaixo da carroça do rico. De manhã o rico acordou o irmão pobre dizendo: "Levante, irmão. Durante a noite a minha carroça pariu um potro!". O irmão se levantou e disse: "Como é possível uma carroça parir um potro? Era a minha égua que estava prenhe!". O irmão rico disse: "Se a sua égua fosse a mãe, ele estaria ao lado dela". Para resolver a pendenga, procuraram as autoridades. O rico deu dinheiro aos juízes, e o pobre contou o caso.

A história acabou chegando aos ouvidos do próprio czar. Ele chamou os dois irmãos à sua presença e lhes propôs quatro enigmas: "Qual é a coisa mais forte e mais rápida do mundo? Qual a coisa mais gorda do mundo? Qual a coisa mais macia? E qual a coisa mais encantadora?". O rei lhes deu um prazo de três dias e disse: "Voltem no quarto dia com as respostas".

O irmão rico pensou, pensou, lembrou-se da avó e foi consultá-la. Ela lhe disse para se sentar à mesa, deu-lhe de comer e beber, então perguntou: "Por que você está tão triste, meu neto?". "O soberano me propôs quatro enigmas e me deu apenas três dias para resolvê-los." "Quais são os enigmas? Diga-me." "Bem, vovó, eis o primeiro enigma: 'Qual é a coisa mais forte e mais rápida do mundo?'." "Esse não é difícil! O meu marido tem uma égua baia. Nada no mundo é mais rápido do que ela; se você a chicotear, ela deixa uma lebre para trás." "O segundo enigma é: 'Qual é a coisa mais gorda do mundo?'." "Há dois anos temos engordado um porco. Ele ficou tão gordo que mal consegue se firmar nas pernas." "O terceiro enigma é: 'Qual é a coisa mais macia do mundo?'." "Isso todo mundo sabe. Penugem de pato marinho — não existe nada mais macio." "O quarto enigma é: 'Qual a coisa mais encantadora do mundo?'." "A coisa mais encantadora do mundo é o meu neto Ivanzinho." "Obrigado, vovó, você me orientou muito bem. Ficarei grato pelo resto da vida."

Quanto ao irmão pobre, ele derramou lágrimas amargas e seguiu para casa. Foi recebido pela sua (única) filha de sete anos, que disse: "Por que o senhor está suspirando e chorando tanto, pai?". "Como não haveria de gemer e chorar? O czar me propôs quatro enigmas, e nunca vou conseguir resolvê-los." "Diga-me quais são os enigmas." "São os seguintes, minha filha: 'Qual é a coisa mais forte e mais rápida do mundo? Qual a coisa mais gorda, a mais macia e a mais encantadora?'." "Pai, diga ao czar que a coisa mais forte e mais rápida do mundo é o vento, a coisa mais gorda é a terra, porque ela alimenta tudo que cresce e vive. A coisa mais macia do mundo é a mão, porque onde quer que um homem se deite, ele põe a mão sob a cabeça. E não há nada mais encantador no mundo do que o sono."

Os dois irmãos, o pobre e o rico, foram até o czar. O czar ouviu as respostas deles para os enigmas, e perguntou ao homem pobre: "Você resolveu esses enigmas sozinho ou pediu ajuda a alguém?". O homem pobre respondeu: "Majestade, tenho uma filha de sete anos, e ela me deu as respostas". "Se a sua filha é tão inteligente, aqui tem um fio de seda para ela. Peça-lhe que teça uma toalha bordada para mim até amanhã de manhã." O camponês pegou o fio de seda e foi para casa triste e pesaroso. "Estamos numa enrascada", disse à filha. "O czar ordenou que você teça uma toalha com este fio." "Não se preocupe, pai", a menina disse. Ela quebrou um ramo de uma giesta, deu-o ao pai e lhe disse: "Peça ao czar que encontre alguém que faça um tear com este ramo; com ele tecerei a toalha". O camponês fez o que a filha mandou. O czar o ouviu e lhe deu cinqüenta ovos, dizendo: "Dê esses ovos à sua filha; diga-lhe para chocar cento e cinqüenta pintinhos para amanhã".

O camponês voltou para casa ainda mais triste e pesaroso do que da primeira vez. "Ah, minha filha", disse. "Você mal sai de uma enrascada e cai em outra." "Não se preocupe, pai", a menina de sete anos respondeu. Ela cozeu os ovos para o almoço e a janta e mandou o pai ao rei. "Diga-lhe", falou a menina ao pai, "que é preciso ter grãos de um dia para alimentar os pintinhos. Em um dia, que um campo seja arado, o milhete semeado, colhido e debulhado. As nossas galinhas se recusam a comer qualquer outro tipo de grão." O czar ouviu isso e disse: "Já que a sua filha é tão inteligente, traga-a à minha presença amanhã de manhã — e quero que ela não venha nem a pé nem a cavalo, nem nua nem vestida, nem com um presente nem sem alguma coisa para oferecer". "Agora", o camponês pensou, "nem a minha filha poderá resolver esse enigma tão difícil. Estamos perdidos." "Não se preocupe", a filha de sete anos disse. "Procure os caçadores e compre deles uma lebre viva e uma codorna viva." O pai lhe levou a lebre e a codorna.

Na manhã seguinte, a menina de sete anos se despiu, vestiu uma rede, segurou a codorna numa mão, sentou-se em cima da lebre e seguiu para o palácio. O czar foi encontrá-la no portão. Ela fez uma mesura para ele, dizendo: "Aqui está um pequeno presente para Vossa Majestade". Ela lhe deu a codorna. O czar estendeu a mão, mas a codorna sacudiu as asas e — flap, flap! — se foi. "Muito bem", o czar disse. "Você fez como lhe ordenei. Agora me diga: uma vez que o seu pai é tão pobre, de que vocês vivem?" "O meu pai pega peixes na margem do rio e nunca põe iscas na água. Faço sopa na minha saia." "Você é estúpida! Peixes não vivem na margem do rio, mas na água." "E o senhor é tão inteligente assim? Quem já viu uma carroça parir potros? Quem pare potros são as éguas, não as carroças."

O czar mandou que o potro ficasse com o camponês pobre e levou a menina para o seu palácio. Quando ela cresceu, ele a desposou, e ela se tornou czarina.

# O rapaz feito de gordura
(inuíte)

Era uma vez uma jovem cujo namorado se afogara no mar. Os pais dela nada puderam fazer para consolá-la. Ela não se interessava por nenhum dos outros pretendentes: queria o jovem que se afogara, e ninguém mais. Finalmente ela pegou um grande naco de gordura de baleia e o entalhou na forma do seu namorado afogado. Então esculpiu o rosto do namorado. Ficou uma imagem perfeitamente igual.

"Ah, se ao menos fosse de verdade!", pensou.

Ela esfregou tanto o pedaço de gordura na sua genitália que de repente ele ganhou vida. Seu belo namorado estava diante dela. Ela não cabia em si de contente! Ela o apresentou a seus pais, dizendo-lhes:

"Como vocês estão vendo, afinal de contas ele não se afogou..."

O pai da jovem lhe deu permissão para casar. Então ela foi com o rapaz de gordura para uma pequena cabana que ficava fora da aldeia. Às vezes ficava muito quente dentro da cabana. O rapaz de gordura começava a ficar muito aborrecido, então dizia: "Esfregue-me, querida". E a jovem esfregava todo o corpo dele na sua genitália. Isso o reanimava.

Um dia o rapaz de gordura estava caçando focas e o sol o castigava duramente. Ao remar no seu caiaque de volta para casa, começou a suar. E enquanto suava, ia ficando menor. Metade dele já tinha derretido quando ele chegou à costa. Então desembarcou do caiaque, caiu no chão, um mero monte de gordura.

"Que pena", os pais da jovem disseram. "Ele era um jovem tão amável..."

A jovem enterrou o rapaz de gordura sob uma pilha de pedras. Então começou a pranteá-lo. Ela arrolhou a sua narina esquerda. Parou de costurar. Não comia nem os ovos de pássaros marinhos nem carne de morsa. Todo dia visitava a gordura na sua cova, conversava com ela e, enquanto o fazia, andava em volta da cova três vezes, em direção ao sol.

Depois do período de luto, a jovem pegou outro pedaço de gordura de baleia e começou a entalhar novamente. Novamente entalhou a gordura na forma do seu namorado e novamente esfregou o produto final na sua genitália. De repente, lá estava o namorado diante dela, dizendo: "Esfregue-me novamente, querida...".

# A jovem que ficava na forquilha de uma árvore
## (da África Ocidental)

Eis o que uma mulher fez.

Ela morava na mata e não deixava que ninguém a visse. Morava apenas com uma filha, que costumava passar o dia na forquilha de uma árvore, fazendo cestos. Certo dia um homem apareceu por lá bem na hora em que a mulher saíra para caçar. Ele encontrou a jovem fazendo cestos como de costume. "Ora, ora!", ele exclamou. "Tem gente aqui na mata! E aquela moça, que beleza! E mesmo assim a deixam em paz. Se o rei se casasse com ela, todas as outras rainhas não iriam embora?"

Ao voltar para a cidade, ele foi direto à casa do rei e disse: "Majestade, descobri uma mulher de tal beleza que, se a chamar para este lugar, todas as rainhas que possui se apressarão em partir".

Na manhã seguinte o povo foi convocado e começou a afiar seus machados. Então partiram todos para a mata. Quando avistaram o lugar, viram que a mãe novamente saíra para caçar.

Antes de sair, ela tinha preparado um mingau para a filha e pendurara carne na árvore para ela. Só então partira para a caça.

O povo disse: "Vamos cortar a árvore onde a moça está".

Então meteram o machado na árvore. Imediatamente a jovem começou a cantar:

*Volte, mamãe, volte!*
*Um homem está cortando nossa árvore.*
*Volte, mamãe, volte!*
*Um homem está cortando nossa árvore.*
*Corte! A árvore em que comi está caindo.*
*Está caindo.*

A mãe apareceu lá como se tivesse caído do céu.

*Por muitos que vocês sejam, vou espetar vocês com a agulha grande.*
*Vou sim! Vou sim!*

Eles imediatamente caíram no chão... A mulher poupou apenas um, para que voltasse e contasse a história.

"Vá", ela disse, "e conte-lhes o que aconteceu." Ele foi...

Quando chegou à cidade, as pessoas perguntaram: "O que aconteceu?".

"Lá onde estivemos", disse, "a coisa está feia!"

Da mesma forma, quando ele se apresentou ao rei, o rei perguntou: "O que aconteceu?".

"Meu senhor", ele disse. "Estamos todos perdidos. Só eu voltei."

"*Bakoo*! Morreram todos! Se é assim, vá àquela outra aldeia e traga mais gente. Que eles partam amanhã e tragam a mulher."

Dormiram o que tinham de dormir.

No dia seguinte bem cedo, os homens amolaram seus machados e foram para o lugar.

Quando chegaram, a mãe tinha saído, o mingau da moça estava pronto, e a carne pendurada na árvore...

"Tragam os machados." Logo partiram para a árvore. Mas a canção já começara:

*Volte, mamãe, volte!*
*Um homem está cortando nossa árvore.*
*Volte, mamãe, volte!*
*Um homem está cortando nossa árvore.*
*Corte! A árvore em que comi está caindo.*
*Está caindo.*

A mãe apareceu de repente no meio deles, cantando por sua vez:

*Por muitos que vocês sejam, vou espetar vocês com a agulha grande.*
*Vou sim! Vou sim!*

Eles estavam mortos. A mulher e a filha pegaram os machados...

"*Olo!*", disse o rei quando soube da notícia. "Hoje, deixem que todas as grávidas dêem à luz seus filhos."

Então, uma após outra, as mulheres foram dando à luz seus filhos. Logo havia um bocado deles.

Então o grupo todo partiu, fazendo uma barulheira danada.

Quando a jovem viu aquilo, disse: "A coisa agora não é de brincadeira. Aí vem um exército vermelho, ainda com os cordões umbilicais pendurados".

Eles a encontraram no seu lugar, na forquilha da árvore.

"Vou dar a eles um pouco de mingau", a jovem pensou.

Ela só lambuzou a cabeça deles com mingau, mas eles não comeram.

Então o que tinha nascido por último subiu na árvore, pegou os cestos que a moça estava fazendo e disse: "Agora me traga um machado".

A moça gritou mais uma vez:

*Volte, mamãe, volte!*
*Um homem está cortando a árvore que nos dá sombra.*
*Volte, mamãe, volte!*
*Um homem está cortando nossa árvore.*
*Corte! A árvore em que comi está caindo.*
*Está caindo.*

A mãe apareceu de repente no meio da multidão:

*Por muitos que vocês sejam, vou espetar vocês com a agulha grande.*
*Vou sim! Vou sim!*

Mas o bando já estava arrastando a jovem. Eles a amarraram com seus cordões umbilicais; é isso mesmo, com seus cordões umbilicais. A mãe continuou a recitar suas palavras mágicas:

*Por muitos que vocês sejam, vou espetar vocês com a agulha grande.*
*Vou sim! Vou sim!*

De nada adiantou! O bando já estava nos campos; o *ngururu* subiu até lá onde Deus habita, e logo as crianças estavam na cidade.

Ao chegarem lá, a mãe disse: "Como vocês levaram minha filha, tenho de lhes dizer uma coisa. Ela não deve pilar nem ir buscar água à noite. Se a mandarem fazer uma dessas duas coisas, tenham cuidado! Saberei onde encontrar vocês".

Então a mãe voltou para a sua morada na mata.

No dia seguinte o rei disse: "Vamos caçar". E disse para a própria mãe: "Minha mulher não deve pilar. A única coisa que ela pode fazer é entrançar cestos".

Quando o marido estava fora no descampado, as outras mulheres e a sogra delas disseram: "Por que ela não pode bater o pilão?".

Quando mandaram a jovem pilar, ela disse: "Não".

Trouxeram-lhe um cesto cheio de sorgo.

A própria sogra da jovem tirou a farinha do pilão, e então as outras mulheres trouxeram trigo e colocaram no pilão.

Então a jovem começou a pilar enquanto cantava:

*Pilar! Em casa não pilo*
*Aqui bato pilão para celebrar meu casamento.*
Yepu! Yepu!
*Se pilo, vou para onde está Deus.*

Começou a afundar no chão, mas continuou cantando:

*Pilar! Em casa não pilo*
*Aqui bato pilão para celebrar meu casamento.*
Yepu! Yepu!
*Se pilo, vou para onde está Deus.*

Agora estava afundada no chão até os quadris, depois até o peito.

*Pilar! Em casa não pilo*
*Aqui bato pilão para celebrar meu casamento.*

Yepu! Yepu!
*Se pilo, vou para onde está Deus.*

Logo estava afundada até o pescoço. E o pilão continuou pilando o grão sozinho no chão, pilando no chão. Finalmente a jovem desapareceu por completo.

Quando nada mais se via da jovem, o pilão continuava pilando como antes, no chão.

Então as mulheres disseram: "Que vamos fazer agora?".

As mulheres chamaram uma garça e disseram: "Vá dar a notícia à mãe dela. Mas primeiro nos diga: o que você vai dizer?".

A garça disse: *"Wawani! Wawani!"*.

Elas disseram "Isso não tem sentido, vá embora. Vamos mandar chamar o corvo".

Chamaram o corvo: "O que você vai dizer?".

O corvo disse: *"Kwa! Kwa! Kwa!"*.

"O corvo não sabe o que diz. Vá, codorna. Como você vai fazer?"

A codorna disse: *"Kwalulu! Kwalulu!"*.

"A codorna também não sabe o que fazer. Vamos chamar os pombos."

Elas disseram: "Digam-nos, pombos, o que vocês vão dizer à mãe dela?".

Então ouviram:

Kuku! Ku!
*Aquela-que-cuida-do-sol se foi*
*Aquela-que-cuida-do-sol.*
*Vocês que cavam,*
*Aquela-que-cuida-do-sol se foi*
*Aquela-que-cuida-do-sol.*

Elas então disseram: "Vão, vocês sabem o que fazer".

A mãe partiu ao ouvir os pombos. Lá ia ela para a cidade. Levava remédios num caco de cerâmica e também portava caudas de animais com que açoitava o ar.

No caminho encontrou uma zebra:

*Zebra, o que você está fazendo?*
— Nsenkenene.

*A mulher do meu pai morreu.*
— Nsenkenene.
*Oh, mãe! Você morrerá.*
— Nsenkenene.

A zebra morreu. A mulher foi andando, andando, andando, então encontrou umas pessoas cavando:

*Vocês que cavam, o que estão fazendo?*
— Nsenkenene.
*A mulher do meu pai morreu.*
— Nsenkenene.
*Oh, mãe! Você morrerá.*
— Nsenkenene.

Também morreram. A mulher continuou andando e encontrou um homem batendo uma pele:

*Você que está batendo, o que está fazendo?*
— Nsenkenene.
*A mulher do meu pai morreu.*
— Nsenkenene.
*Oh, mãe! Você morrerá.*
— Nsenkenene.

Quando chegou à cidade:

*Deixe-me juntar, deixe-me juntar*
*O rebanho da minha mãe,*
*Mwinsa, levante-se.*
*Deixe-me juntar o rebanho.*

*Deixe-me juntar, deixe-me juntar*
*O rebanho do meu pai.*
*Mwinsa, levante-se.*
*Deixe-me juntar o rebanho.*

Ela ouviu o pilão soando bem acima da sua filha.

Então espalhou um remédio, depois outro.

Lá estava a sua filha pilando embaixo da terra. Pouco a pouco a cabeça foi aparecendo. Depois o pescoço, e então se ouviu novamente a canção:

*Pilar! Em casa não pilo*
*Aqui bato pilão para celebrar meu casamento.*
Yepu! Yepu!
*Se pilo, vou para onde está Deus.*

Agora já se podia ver a jovem inteira. Finalmente saiu.

Terminei.

# A princesa com a roupa de couro
(egípcio)

Nem aqui nem em parte alguma viveu outro rei que tinha uma esposa a quem ele amava de todo coração e uma filha que era a luz dos seus olhos. Mal a princesa se fez mulher, a rainha caiu doente e morreu. Durante todo um ano, o rei permaneceu em vigília, de cabeça baixa, sentado ao lado do túmulo. Então convocou as velhas e sábias casamenteiras, mestras na arte de viver, e disse: "Quero casar novamente. Aqui está a tornozeleira que a minha pobre rainha usava. Encontrem para mim uma jovem, rica ou pobre, humilde ou bem-nascida, em cujo tornozelo essa jóia se ajuste bem. Porque prometi à rainha, no seu leito de morte, que casaria com essa jovem e nenhuma outra".

As casamenteiras viajaram por todo reino à procura de noiva para o rei. Mas, por mais que procurassem, não encontravam uma jovem em quem a tornozeleira pudesse fechar. A rainha fora uma mulher com a qual nenhuma outra poderia se igualar. Então uma das velhas falou: "Entramos na casa de cada uma das donzelas do reino, exceto na casa da filha do próprio rei. Vamos ao palácio".

Quando colocaram a jóia no tornozelo da princesa, ela serviu direitinho, como se feita sob medida. As mulheres saíram do serralho, foram depressa à presença do rei e disseram: "Visitamos todas as donzelas do reino, mas em nenhuma a tornozeleira da finada rainha servia. Nenhuma... isto é, exceto a princesa, sua filha. A jóia lhe serve como se fosse dela". Uma velha matrona encarquilhada falou: "Por que não casar com a princesa? Por que dá-la a um estranho e se privar dela?". Mal as palavras foram pronunciadas, o rei chamou o cádi para preparar os papéis para o casamento. Ele nada disse à princesa sobre seus planos.

Houve um alvoroço no palácio quando os joalheiros, modistas e fornecedores chegaram para vestir a noiva. A princesa ficou contente ao saber que ia se casar. Mas ela não tinha idéia de quem seria o marido. Até a "noite da entrada", em que o noivo vê a noiva pela primeira vez, ela ficou sem saber de nada, mesmo quando as criadas a rodeavam, aos cochichos, penteando-a, aplicando alfinetes no vestido e embelezando-a. Finalmente, a filha do ministro, que viera admirá-la nos trajes de gala, lhe disse: "Por que essa cara? As mulheres não foram criadas para casar com homens? E existe homem em condição mais proeminente do que o rei?".

"O que é que você está querendo dizer com isso?", a princesa exclamou. "Só lhe digo se você me der seu bracelete de ouro." A princesa tirou o bracelete, e a jovem lhe contou que o noivo era ninguém menos do que o próprio pai da princesa.

A princesa ficou mais branca do que o véu da sua cabeça e começou a tremer como se estivesse com febre-de-quarenta-dias. Ela se pôs de pé e atirou longe tudo que tinha às mãos. Então, sabendo apenas que queria fugir, correu para o terraço e pulou por cima do muro do palácio, indo cair no terreiro de um curtume que ficava logo abaixo. Colocou um punhado de ouro na mão do dono do curtume e disse: "Você pode me fazer uma roupa de couro que me cubra da cabeça aos pés e deixe de fora apenas os olhos? Preciso dela para amanhã bem cedo".

O pobre homem ficou radiante por ganhar as moedas. Começou a trabalhar com a mulher e os filhos. Cortando e costurando noite adentro, terminaram o trabalho antes que houvesse luz suficiente para distinguir uma linha branca de uma preta. Esperem um pouco! Lá vem nossa senhora, a princesa. Ela vestiu a roupa — um espetáculo tão estranho que qualquer um que a olhasse iria pensar que estava vendo apenas uma pilha de couro. Naquele disfarce ela saiu do curtume, deitou-se ao lado do portão da cidade e ficou esperando o amanhecer.

Agora voltemos ao senhor meu rei. Quando ele entrou na câmara nupcial e notou que a princesa fugira, mandou o exército procurá-la na cidade. Por mais de uma vez um soldado tropeçou na princesa ao lado do portão e perguntou: "Você viu a filha do rei?". Ao que ela respondia:

*Eu me chamo Juleidah por causa do meu casaco de peles*
*Os meus olhos são fracos, a minha vista é turva,*
*Os meus ouvidos são surdos, não consigo ouvir*
*Não me importa ninguém, longe ou perto daqui.*

Quando amanheceu o dia e o portão da cidade se abriu, ela caminhou arrastando os pés até se achar fora das muralhas. Então virou o rosto na direção oposta à da cidade do seu pai e fugiu.

Andando e correndo, levantando um pé e apoiando o outro no chão, houve um dia em que, ao entardecer, a princesa chegou à outra cidade. Cansada demais para dar mais um passo, ela caiu no chão. O lugar onde permaneceu prostrada ficava à sombra da muralha do harém do palácio do sultão. Uma jovem escrava, debruçando-se à janela para jogar os farelos da mesa real, avistou o monte de couro no chão, e não deu muita importância àquilo. Mas, quando viu dois olhos brilhantes olhando para ela por entre as peles, pulou para trás aterrorizada e disse à rainha: "Minha senhora, há uma coisa monstruosa agachada sob a nossa janela. Eu a vi, e parece ser nada menos que um demônio!". "Traga essa coisa para que eu possa ver e julgar", a rainha disse.

A jovem escrava desceu tremendo de medo, sem saber o que era mais fácil de enfrentar: o monstro lá fora ou a fúria da rainha caso não fizesse o que ela mandara. Mas a princesa, oculta pela roupa, não emitiu nenhum som quando a escrava puxou uma ponta do couro. A jovem tomou coragem e a arrastou até a presença da mulher do sultão.

Nunca se vira criatura tão espantosa naquele país. Estupefata, a rainha levantou ambas as mãos e perguntou à criada: "Que é isso?". Depois, voltando-se para o monstro, perguntou: "Quem é você?". Ao ouvir a resposta do monte de peles:

*Eu me chamo Juleidah por causa do meu casaco de peles*
*Os meus olhos são fracos, a minha vista é turva,*
*Os meus ouvidos são surdos, não consigo ouvir*
*Não me importa ninguém, longe ou perto daqui.*

como a rainha riu daquelas estranhas palavras! "Vá pegar comida e bebida para a nossa hóspede", disse, morrendo de rir. "Vamos ficar com ela para nos divertir." Quando Juleidah acabou de comer, a rainha disse: "Conte-nos o que sabe fazer, em que pode servir o palácio". "Tudo que me mandar fazer, estou disposta a tentar", Juleidah disse. Então a rainha chamou: "Chefe cozinheira! Pegue esta alma de asas quebradas e a leve para a sua cozinha. Pode ser que com isso Deus nos retribua com suas bênçãos".

E assim a nossa bela princesa se tornou uma ajudante de cozinha, alimentando o fogo e retirando as cinzas. E, sempre que a rainha estava entediada e precisando de companhia, chamava Juleidah e ria das suas falas.

Certo dia o vizir mandou avisar que todo o harém do sultão estava convidado para uma noite de diversão na sua casa. Durante todo o dia houve grande excitação no alojamento das mulheres. Quando, ao entardecer, a rainha se preparava para sair, aproximou-se de Juleidah e disse: "Você não quer sair conosco esta noite? Todos os escravos e criados estão convidados. Você não tem medo de ficar sozinha?". Mas Juleidah apenas repetiu seu refrão:

*Os meus ouvidos são surdos, não consigo ouvir*
*Não me importa ninguém, longe ou perto daqui.*

Uma das criadas torceu o nariz e disse: "O que é que tem lá para assustá-la? Ela é cega e surda e nada notaria, mesmo que no escuro um demônio lhe pulasse em cima!". Então saíram.

No salão de festas da casa do vizir havia comida, bebida, música e muita alegria. De repente, no auge da alegria e das conversas, entrou uma pessoa que fez todos pararem no meio da palavra que estavam dizendo. Esguia como um cipreste, com um rosto que era uma rosa, sedas e jóias dignas da noiva de um rei, ela parecia iluminar a sala. Quem seria? Juleidah, que se livrara da sua roupa de couro tão logo o harém ficara vazio. Ela seguira as mulheres até a casa do vizir. Então as mulheres, antes tão alegres, começaram a disputar um lugar ao lado da recém-chegada.

Quando estava para amanhecer, Juleidah pegou um punhado de moedas de ouro das dobras da faixa de sua cintura e as espalhou no chão. As mulheres se lançaram à cata do reluzente tesouro. E, enquanto estavam ocupadas com isso, Juleidah saiu do salão. Mais do que depressa ela voltou à cozinha do palácio e vestiu sua roupa de couro. Logo as outras voltaram. Vendo aquele monte de couro no chão da cozinha, a rainha mexeu nele com a ponta do seu chinelo vermelho e disse: "Pode até não acreditar, mas eu gostaria que você estivesse conosco para admirar a jovem que estava na festa". Mas Juleidah apenas murmurou: "Os meus olhos são fracos. Não consigo ver...", e todas foram para a cama dormir.

Quando a rainha acordou no dia seguinte, o sol já ia alto no céu. Como de costume, o filho do sultão foi beijar a mão da mãe e lhe desejar bom dia. Mas ela só conseguia falar da visitante da festa do vizir. "Ó, meu filho", ela suspirou. "Era uma mulher com um rosto, um colo e feições tais que ao vê-la todos diziam 'Ela não é filha nem de um rei nem de um sultão, mas de alguém ainda mais importante!'." E a rainha continuou a louvar a mulher até incendiar o coração do príncipe. Finalmente a mãe concluiu: "Eu deveria ter perguntado o nome do pai da jovem, para acertar o seu noivado com ela". Ao que o filho do sultão respondeu: "Quando você voltar hoje à noite para continuar os festejos, vou ficar à porta do vizir esperando que ela chegue. Então lhe perguntarei sobre seu pai e sua posição.

Ao entardecer as mulheres se trocaram novamente. Com as dobras das suas vestes cheirando a incenso e flor de laranjeira, braceletes tilintando nos pulsos, passaram por Juleidah, que jazia no chão da cozinha, e disseram: "Você virá conosco esta noite?". Mas Juleidah se limitou a lhes dar as costas. Então, mal as outras foram embora, Juleidah tirou sua roupa de couro e se apressou a ir atrás delas.

No salão do vizir as convidadas se apinhavam em volta de Juleidah, querendo vê-la e perguntar de onde ela era. Mas ela não dava nenhuma resposta às perguntas, fosse sim ou não, embora tenha ficado com as mulheres até o amanhecer. Então jogou um punhado de pérolas no pavimento de mármore e, enquanto as mulheres disputavam para apanhá-las, ela saiu com a mesma facilidade com que se tira um fio de cabelo da massa de pão.

Então, quem é que estava à porta? O príncipe, é claro. Estava esperando por esse momento. Impedindo-lhe a passagem, ele a segurou pelo braço e lhe perguntou quem era o seu pai e de que país era. Mas a princesa precisava voltar para sua cozinha, senão seu segredo seria descoberto. Ela lutou para se desvencilhar e nisso tirou o anel do dedo do príncipe. "Pelo menos me diga de onde você é!", o príncipe lhe gritou enquanto ela fugia correndo. "Por Alá, me diga de onde!" E ela respondeu: "Vivo numa terra de remos e de conchas". Então fugiu para dentro do palácio e se escondeu sob a roupa de couro.

E lá vinham as outras, conversando e rindo. O príncipe contou à mãe o que acontecera e anunciou que ia fazer uma viagem. "Vou para a terra dos remos e das conchas", disse. "Tenha paciência, meu filho", a rainha disse. "Dê-me um tempo para preparar suas provisões." Ansioso como estava, o príncipe concordou em adiar a partida por dois dias — "Nem uma hora a mais!".

Então a cozinha se tornou o lugar mais movimentado do palácio. Era um nunca acabar de moer e peneirar, misturar a massa e assar — e Juleidah ficou de lado, olhando. "Fora daqui", a cozinheira gritou. "Isto não é trabalho para você!" "Quero servir nosso senhor, o príncipe, como todo mundo!", Juleidah disse. Querendo e não querendo deixá-la ajudar, a cozinheira lhe deu uma porção de massa para moldar um bolo. Juleidah começou a fazer um bolo e, quando ninguém estava olhando, ela enfiou o anel do príncipe dentro dele. Quando a comida estava embrulhada, Juleidah colocou o seu bolinho em cima de todos os outros.

Na terceira manhã, bem cedinho, os mantimentos estavam nos alforjes, e o príncipe partiu com seus criados e homens. Ele cavalgou sem diminuir a marcha até o dia esquentar. Então disse: "Vamos deixar os cavalos descansarem enquanto comemos alguma coisa". Um criado, vendo o bolinho de Juleidah em cima dos outros, colocou-o de lado. "Por que você pôs esse bolo de lado?", o príncipe perguntou. "Foi feito pela criatura Juleidah. Eu a vi fazer", o criado disse. "É tão malfeito quanto ela própria." O príncipe sentiu dó da pobre tola e pediu ao criado que trouxesse o bolo que ela fizera. Quando ele partiu o bolo, qual não foi a sua surpresa ao ver o próprio anel ali dentro! O anel que ele perdera na noite da festa do vizir. Entendendo então onde ficava a terra dos remos e das conchas, o príncipe ordenou que todos voltassem.

Quando o rei e a rainha o saudaram, o príncipe disse: "Mãe, mande Juleidah trazer minha ceia". "Ela mal consegue enxergar e mesmo ouvir", a rainha disse. "Como pode trazer a ceia para você?" "Só vou comer se Juleidah trouxer a comida", o príncipe disse. Então, quando chegou a hora, as cozinheiras arrumaram os pratos numa bandeja e ajudaram Juleidah a colocá-la na cabeça. Ela subiu as escadas, mas, antes de chegar ao quarto do príncipe, inclinou a bandeja, e os pratos se espatifaram no chão. "Eu lhe falei que ela não vê bem", a rainha disse ao filho. "Só vou comer o que Juleidah me trouxer", o príncipe falou.

As cozinheiras prepararam uma segunda refeição e, quando equilibraram a bandeja carregada na cabeça de Juleidah, mandaram duas jovens escravas lhe segurar as mãos e conduzi-la até a porta do príncipe. "Podem ir embora", o príncipe disse às duas escravas. "E você, Juleidah, venha." Juleidah começou a falar:

*Os meus olhos são fracos, a minha vista é turva,*
*Eu me chamo Juleidah por causa do meu casaco de peles*
*Os meus ouvidos são surdos, não consigo ouvir*
*Não me importa ninguém, longe ou perto daqui.*

Mas o príncipe lhe disse: "Aproxime-se e encha a minha taça". Quando ela se aproximou, ele pegou o punhal que trazia do lado do corpo e cortou a roupa de couro de cima a baixo. A roupa caiu amontoada no chão — e lá estava a moça que a sua mãe descrevera, que bem poderia dizer à lua "Pode ir que fico brilhando no seu lugar".

Escondendo Juleidah num canto do quarto, o príncipe mandou chamar a rainha. Nossa senhora soltou um grito quando viu o monte de peles no chão. "Meu filho, por que você quis carregar a culpa da morte dela? A coitada merecia mais piedade do que castigo!" "Entre, mãe", o príncipe disse. "Entre e olhe para a nossa Juleidah antes de chorar a sua morte." E ele conduziu a mãe para o lugar onde a nossa bela princesa estava descoberta, sua formosura iluminava o quarto como um raio de luz. A rainha correu até a jovem, beijou-a em ambas as faces e a mandou se sentar e comer com o príncipe. Então ela chamou o cádi para escrever o documento que uniria nosso senhor, o príncipe, à bela princesa; depois eles viveram na mais doce alegria.

Agora voltemos ao rei, pai de Juleidah. Depois de entrar na câmara nupcial para tirar o véu do rosto da sua filha e descobrir que ela partira, e depois de mandar procurá-la por toda cidade sem nada conseguir, ele chamou seu ministro e os criados, e vestiu-se para viajar. Viajou de país em país, saindo de uma cidade e entrando em outra, levando consigo, acorrentada, a velha que lhe sugerira casar com a própria filha. Finalmente chegou à cidade onde Juleidah estava vivendo com seu marido, o príncipe.

A princesa estava sentada à janela quando o rei e a sua comitiva passaram pelo portão, e ela os reconheceu tão logo os viu. Sem demora, enviou um recado ao marido, instando para que ele convidasse os visitantes. Nosso senhor foi ao encontro deles e, só depois de muito insistir, conseguiu que se demorassem um pouco, pois estavam ansiosos para prosseguir na sua busca. Jantaram no salão de festas do príncipe, agradeceram ao anfitrião e se despediram com estas palavras: "Diz o provérbio: 'Comida no papinho, pé no caminho'". Ao que o príncipe respondeu com outro provérbio, instando-os para que ficassem: "Lá onde se come o pão, também se encontra o colchão".

No final, a gentileza do príncipe fez os estrangeiros cansados passarem a noite em sua casa, na qualidade de hóspedes. "Mas por que você resolveu distinguir esses estrangeiros?", o príncipe perguntou à Juleidah. "Empreste-me as suas roupas e o manto da cabeça e me deixe ir até eles", ela disse. "Logo você saberá dos meus motivos."

Assim disfarçada, Juleidah foi ter com os convidados. Depois que as xícaras de café se encheram e se esvaziaram, ela disse: "Vamos contar histórias para passar o tempo. Vocês começam ou começo eu?". "Deixem-nos com as nossas mágoas, meu filho", disse o rei, pai da princesa. "Nosso estado de ânimo não nos predispõe a contar histórias." "Então vou lhes contar uma história para desanuviar a mente", Juleidah disse. "Era uma vez um rei", ela principiou, e continuou contando a história das suas próprias aventuras do começo ao fim. De vez em quando a velha senhora a interrompia dizendo: "Você não teria uma história melhor para contar, meu filho?". Mas Juleidah seguia em frente e, quando terminou, ela disse: "Sou sua filha, a princesa, a quem sucederam tantas desventuras — tudo por causa das palavras dessa velha pecadora e filha da vergonha!".

De manhã, do alto de um rochedo jogaram a velha no fundo do vale. Então o rei deu metade do seu reino à filha e ao príncipe, e eles viveram felizes e contentes até que a morte, que separa os amantes mais sinceros, os separou.

# A lebre

(suaíli)

Um dia a lebre foi à casa do caçador, que estava fora caçando. Ela disse à mulher do caçador: "Venha morar comigo na minha casa; temos carne, verduras e legumes todos os dias". A mulher a acompanhou, mas, depois de ver a sua toca, de comer grama e dormir ao relento com ela, não ficou muito satisfeita. Ela disse: "Quero voltar". A lebre disse: "Foi você quem quis vir para cá". Como não conhecia o caminho através da mata, a mulher falou: "Venha comigo, que lhe preparo um belo jantar". A lebre conduziu a mulher até a casa desta. Então a mulher disse: "Vá buscar um pouco de lenha".

A lebre foi à floresta e trouxe um pouco de lenha. A mulher acendeu o fogo e pôs a panela sobre ele. Quando a água ferveu, ela pôs a lebre na panela. Quando o caçador chegou em casa, ela disse: "Peguei uma lebre para o jantar". O caçador nunca soube o que tinha acontecido.

# Casaco de Musgo
(cigano inglês)

Era uma vez uma pobre senhora viúva que vivia numa pequena cabana. Tinha duas filhas; a mais nova estava com uns dezenove ou vinte anos e era muito bonita. Sua mãe passava o dia inteiro ocupada, fazendo um casaco para ela.

Um mascate começou a cortejar a jovem. Ele sempre ia visitá-la e lhe trazia uma coisa ou outra. Estava apaixonado, doido para se casar com ela. Mas ela não se apaixonou por ele; simplesmente não aconteceu. E a moça não sabia o que fazer com o mascate. Então um dia ela consultou a mãe. "Deixe que ele venha", a mãe disse. "E tire o que puder dele, enquanto termino este casaco; depois disso você não vai mais precisar dele nem dos seus presentes. Então diga a ele, menina, que você só se casa se ele lhe der um vestido de cetim branco com um ramo de ouro do tamanho da mão de um homem, e lembre-se de dizer que o vestido deve lhe servir direitinho.

Quando mais uma vez o mascate veio e lhe pediu que se casasse com ele, a jovem falou exatamente como a mãe dissera. Ele tomou as medidas da moça, e numa semana estava de volta com o vestido. Correspondia exatamente ao que fora pedido, e, quando a jovem subiu ao quarto com sua mãe e o provou, o vestido serviu direitinho.

"Que devo fazer agora, mãe?", ela perguntou.

"Diga-lhe", sua mãe disse, "que só se casa com ele se ele lhe der um vestido de seda da cor de todos os pássaros do céu e, como da outra vez, que sirva direitinho."

A jovem disse isso ao mascate, e em dois ou três dias ele estava de volta à cabana, com o vestido de seda colorido que a jovem pedira; e, como já tinha as medidas de antes, o vestido lhe serviu direitinho.

"E agora, o que é que eu faço, mamãe?", ela perguntou.

"Diga-lhe", a mãe falou, "que só se casa com ele se ele lhe der um par de chinelos de prata que lhe sirvam direitinho."

A jovem falou ao mascate, e em poucos dias ele voltou com os chinelos. Os pés dela tinham apenas sete centímetros e meio, mas os chinelos serviram direitinho. Não ficaram nem muito apertados, nem muito folgados. Mais uma vez a jovem perguntou à mãe o que deveria fazer. "Posso terminar este casaco esta noite", a mãe disse. "Por isso você pode dizer ao mascate que se casará com ele amanhã, e ele deve estar aqui às dez horas." Então a jovem lhe disse isso. "Veja bem, meu querido", ela disse. "Às dez da manhã." "Estarei aqui, meu amor", ele disse. "Por Deus que estarei."

Naquela noite sua mãe ficou até tarde trabalhando no casaco e conseguiu terminá-lo. Musgo verde e fios de ouro — era disso que o casaco era feito. Só dessas duas coisas. Ela o chamou de Casaco de Musgo, e botou esse apelido na filha para a qual o fizera. É um casaco mágico, ela disse à filha, que realiza desejos; a mãe disse que, quando ela o vestisse, bastaria pensar num lugar para estar lá no mesmo instante, e o mesmo valia se ela quisesse se transformar em outra coisa, como um cisne ou uma abelha.

Na manhã seguinte a mãe se levantou bem cedo, chamou a jovem filha e lhe disse que ela deveria sair pelo mundo para tentar fortuna — e que bela fortuna haveria de ser. A velha mãe era vidente e sabia o que estava para acontecer. Deu à filha o casaco de musgo para que ela o vestisse, uma coroa de ouro para levar consigo, e lhe recomendou que levasse também os dois vestidos e os chinelos de prata que ganhara do mascate. Mas ela deveria ir com as roupas que usava todo dia, isto é, com as roupas de trabalho. E agora Casaco de Musgo está pronta para partir. Sua mãe então lhe diz que deve desejar estar a muitas milhas dali, então seguir em frente até chegar a um grande saguão e lá pedir emprego. "Você não vai precisar andar muito, minha santa", disse ela, isto é, a mãe. "E com certeza vão lhe dar emprego nesse grande saguão."

Casaco de Musgo fez como a mãe lhe dissera, e logo se encontrou diante da casa de um grande cavalheiro. Bateu à porta da frente e disse que estava procurando emprego. Bem, para encurtar a história, foi a própria dona da casa que veio recebê-la e gostou da sua aparência.

"Que tipo de trabalho você sabe fazer?", ela perguntou.

"Sei cozinhar, minha senhora", Casaco de Musgo disse. "Na verdade, estou me tornando uma cozinheira muito boa, pelo que as pessoas dizem."

"Não posso lhe dar um emprego de cozinheira", a dona da casa disse, "pois já tenho uma; mas gostaria de contratar você para ajudar a cozinheira, se você quiser."

"Muito obrigada, senhora", Casaco de Musgo diz. "Vou ser muito feliz aqui."

E assim ficou acertado que ela seria ajudante de cozinheira. Depois de lhe mostrar seu quarto, a mulher a levou à cozinha e a apresentou às outras empregadas.

"Esta é Casaco de Musgo", a patroa lhes disse. "E a contratei como ajudante de cozinheira."

Então a patroa se vai; Casaco de Musgo sobe para o seu quarto novamente, desfaz as malas e esconde a coroa de ouro, os chinelos de prata e os vestidos de cetim e de seda.

Nem é preciso dizer que as outras moças da cozinha ficaram se roendo de inveja; e não ajudava em nada o fato de a nova empregada ser muito mais bonita do que todas as outras. Lá estava aquela vadia em trapos colocada acima delas, quando na verdade serviria, no máximo, para lavar pratos. Se alguém tinha de ajudar na cozinha, era de esperar que fosse alguém que conhecesse bem as coisas, não aquela maltrapilha apanhada na rua. Mas elas iriam colocá-la no devido lugar, ora se não. E continuaram falando essas coisas, como as mulheres costumam fazer, até Casaco de Musgo descer, pronta para começar a trabalhar. Então caíram em cima dela. Quem diabos ela pensava que era, colocando-se acima delas? Ela queria ser ajudante de cozinheira, não queria? Nem mortas iriam aceitar uma coisa dessas. E tome uma escumadeira na cabeça tump, tump, tump. "É isso que você merece", elas lhe disseram. "E é isso que você deve esperar, madame."

E foi isso que aconteceu com Casaco de Musgo. Puseram-na para fazer os trabalhos mais sujos, e logo ela estava até os cabelos de gordura, com o rosto preto feito carvão. E de vez em quando, ora uma, ora outra das criadas, "tump, tump,

tump" na cabeça dela com a escumadeira, até a sua cabeça doer tanto que ela mal conseguia suportar.

E a coisa continuou assim, continuou, e lá continuava Casaco de Musgo com as suas frigideiras, facas e grelhas; e as criadas continuavam tump, tump, tump na sua cabeça com a escumadeira. Estava para se realizar um grande baile, que deveria durar três noites, com caçadas e outros esportes durante o dia. Todas as pessoas importantes, num raio de quilômetros, estariam lá; e o dono da casa, a senhora e o jovem herdeiro — eles só tinham esse filho — também iriam. Esse baile era o assunto de todas as conversas das criadas. Uma gostaria de poder ir; outra gostaria de dançar com algum jovem fidalgo; uma terceira "gostaria de ver os vestidos das senhoras", e assim continuaram falando — todas exceto Casaco de Musgo. Se ao menos elas tivessem roupas, estaria tudo bem, porque se consideravam tão boas quanto as damas mais destacadas. "E você, Casaco de Musgo, você bem que queria ir, não é?", disseram. "Você ficaria muito bem lá com os seus trapos e a sua sujeira", tagarelavam, e lá foi a escumadeira na cabeça tump, tump, tump. Então riram dela; e isso mostra bem o tipo de pessoa que eram.

E Casaco de Musgo, como já dissemos, era muito bonita, e trapos e sujeira não podiam esconder isso. As outras criadas poderiam pensar daquele jeito, mas o jovem fidalgo já pusera os olhos nela, e os donos da casa nunca foram insensíveis à sua beleza. Quando o dia do grande baile estava próximo, acharam bom convidá-la para ir também; então mandaram lhe perguntar se gostaria de ir. "Não, obrigada", ela disse. "Nunca pensaria numa coisa dessas. Conheço muito bem o meu lugar", acrescentou. "Além disso, eu iria sujar a carruagem e as pessoas que sentassem perto de mim." Os donos da casa desconsideram tudo isso e insistem para que ela vá. É muita gentileza da parte deles, Casaco de Musgo diz, sem pretender ir. E ela não arreda pé. Ao voltar para a cozinha, é claro que as outras criadas querem saber por que mandaram chamá-la. Ela fora despedida ou o quê? Então ela lhes contou que os patrões tinham lhe perguntado se gostaria de ir ao baile com eles. "O quê? Você?", elas disseram. "Não dá para acreditar. Se fosse uma de nós, tudo bem. Mas você! Nunca a deixariam entrar, porque você iria ensebar a roupa dos cavalheiros, se existisse algum que se dispusesse a dançar com uma lavadora de pratos; e as damas seriam obrigadas a tapar o nariz quando passassem por você, pode ter certeza." Não, elas não podiam acreditar que o senhor e a senhora a tinham convidado para ir ao baile com eles. Ela provavelmente estava mentindo, disseram, e lá foi a escumadeira na cabeça tump, tump, tump.

Na noite seguinte, o dono da casa, a senhora e o filho a convidaram pessoalmente para ir ao baile. A noite anterior tinha sido ótima, e ela deveria ter estado lá. Esta noite vai ser melhor ainda, disseram e lhe pediram que os acompanhasse, principalmente o jovem fidalgo. Mas, não, ela disse, por causa dos seus trapos e da sua sujeira, ela não poderia ir e não iria, e nem o jovem conseguiu convencê-la — e não por falta de insistência. As outras criadas simplesmente não acreditaram quando ela lhes contou do novo convite para ir ao baile e da grande insistência do jovem filho do casal.

"Escutem só o que ela diz", elas comentam. "O que essa presunçosa vai inventar agora? Tudo mentira deslavada", dizem. Então uma delas, com boca de gamela e pernas de cavalo de carroça, pega a escumadeira e mete na cabeça de Casaco de Musgo tump, tump, tump.

Naquela noite, Casaco de Musgo resolveu ir sozinha ao baile, com os trajes adequados, mas não conta para ninguém. A primeira coisa que ela faz é pôr um encanto em todas as criadas; ela simplesmente as toca, sem que percebam, e elas adormecem imediatamente, e não podem acordar por si mesmas; o encanto tem de ser quebrado por alguém que tenha esse poder, o mesmo que é conferido pelo casaco mágico, ou que tenha sido adquirido de uma outra forma. Em seguida Casaco de Musgo tomou um banho de verdade: nunca a tinham deixado tomar antes, desde que começara a trabalhar ali, pois as outras criadas decidiram deixá-la o mais suja e ensebada possível. Então ela subiu para o quarto, livrou-se das roupas e dos calçados de trabalho, pôs o vestido branco de cetim com o ramo de ouro, os chinelos de prata e a coroa de ouro. Por baixo, vestia o casaco de musgo. Logo que ficou pronta, bastou-lhe desejar estar no baile, e lá estava ela, no mesmo instante em que formulou o desejo. Apenas se sentiu erguer no ar e voar pela atmosfera, mas só por um breve instante. Então lá estava ela no salão de baile.

O jovem fidalgo a vê no salão e, tão logo põe os olhos nela, não os consegue desviar; nunca vira uma pessoa tão linda nem vestida com tanta elegância. "Quem é ela?", ele pergunta à mãe; mas esta lhe diz que não sabe.

"Você não pode descobrir, mãe?", ele diz. "Você não pode ir falar com ela?" Sua mãe percebe que ele não terá descanso enquanto ela não for, por isso vai e se apresenta à jovem, pergunta-lhe quem é, de que lugar, e assim por diante; mas só o que consegue ouvir dela é que vem de um lugar onde batem na sua cabeça com uma escumadeira. Àquela altura o jovem se aproxima e se apresenta, mas ela não lhe diz seu nome nem nada; e, quando ele a convida para dançar, ela diz que não, seria melhor não; mas ele se mantém ao seu lado e continua lhe pedindo; finalmente ela diz sim, e os dois se enlaçam. Dançam uma vez, volteando pelo salão; então ela diz que precisa ir embora. Ele lhe pede que fique, mas de nada adianta; ela está resolvida a ir imediatamente.

"Está bem", ele diz — e que outra coisa poderia dizer? "Então vou acompanhá-la até a saída." Mas bastou desejar estar em casa e lá estava ela. O jovem não pôde vê-la sair: ela simplesmente sumiu de perto dele num abrir e fechar de olhos, deixando-o ali embasbacado. Achando que ela poderia estar no saguão, no vestíbulo ou esperando sua carruagem, ele foi procurá-la, mas não havia nem sinal dela, nem dentro nem fora, e ninguém a quem ele perguntou a tinha visto sair. O jovem voltou ao salão de baile, mas não conseguia prestar atenção em nada nem em ninguém, pensava somente nela; passou o tempo todo querendo ir para casa.

Assim que Casaco de Musgo voltou para casa, foi conferir se todas as criadas ainda estavam sob o efeito do encantamento. Em seguida subiu para vestir as roupas de trabalho; depois de ter feito isso, voltou à cozinha e tocou em cada uma das criadas. Isso as acordou, como era de esperar; bem, acordam, perguntam que horas são e por quanto tempo estiveram dormindo. Casaco de Musgo lhes diz e dá a entender que vai contar à patroa. Elas lhe pedem que não conte, e muitas delas pensam em lhe dar coisas, para ela se calar. Coisas velhas, mas também algumas roupas — uma saia, um par de sapatos, meias, espartilhos, e por aí vai. E naquela noite não bateram na sua cabeça com a escumadeira.

No dia seguinte o jovem fidalgo estava agitado. Não conseguia pensar em nada, só na jovem, pois se apaixonara por ela no mesmo instante em que a vira. Ele se perguntava o tempo todo se naquela noite ela iria ao baile novamente, se iria desaparecer como fizera na noite anterior; e pensava num meio de detê-la ou de segurá-la, caso ela tentasse fugir pela segunda vez. Ele precisa descobrir onde ela mora — pensa —, senão como poderá procurá-la depois do baile? Ele vai morrer, diz à sua mãe, se não conseguir se casar com ela, tal é a paixão que sente. "Bem", a mãe diz. "Penso que ela é uma jovem modesta e encantadora, mas não quis dizer quem é, nem de onde é, exceto que vem de um lugar onde batem na sua cabeça com uma escumadeira."

"Ela é meio misteriosa, eu sei", o jovem fidalgo diz. "Mas isso não significa que gosto menos dela. Ela tem de ser minha, mãe", diz. "Seja ela quem for, e essa é a pura verdade, e que eu caia morto se assim não for."

As criadas têm ouvidos apurados e boca grande, e podem ter certeza de que logo o jovem fidalgo e a maravilhosa jovem por quem se apaixonara eram o assunto das conversas da cozinha.

"E imagine você, Casaco de Musgo, achando que ele queria muito que *você* fosse ao baile", elas diziam e começaram a ridicularizá-la, fazendo todo tipo de comentário sarcástico e batendo na sua cabeça com a escumadeira, tump, tump, tump, por contar mentiras (como elas disseram). E aconteceu tudo novamente: os donos da casa a mandaram chamar, pediram novamente que fosse com eles ao baile, e mais uma vez ela se recusou a ir. Era a sua última chance — isso disseram as criadas — e mais um monte de coisas que não vale a pena repetir. E lá foi a escumadeira na sua cabeça tump, tump, tump. Então ela pôs toda cambada para dormir novamente, como fizera na noite anterior, preparou-se para ir ao baile, e a única diferença foi que daquela vez ela escolheu o outro vestido, o de seda, com as cores de todos os pássaros do céu.

Agora ela, Casaco de Musgo, está no salão de baile. O jovem fidalgo a espera, procura-a com os olhos. Tão logo a vê, pede ao pai que mande buscar o cavalo mais rápido do estábulo, que deverá ficar à porta, selado e pronto para ser usado. Então ele pede à mãe que vá conversar um pouco com a jovem. Ela o faz, mas não consegue saber dela mais do que descobrira na noite anterior. O jovem fidalgo é informado de que o cavalo já está pronto à porta; então ele se aproxima da jovem e a convida para dançar. Ela diz exatamente o que dissera na véspera: "Não", a princípio, mas "Sim", depois de algum tempo, e no mesmo instante ela diz que vai ter de ir embora depois de eles dançarem uma vez por toda a extensão do salão, indo e voltando. Mas dessa vez ele a mantém segura até saírem do salão. Então ela deseja estar em casa, e lá está ela quase no mesmo instante em que falou. O jovem fidalgo a sentiu se erguer no ar, mas nada pôde fazer para detê-la. Talvez, porém, ele tenha tocado ao menos nos seus pés, pois ela deixou cair um chinelo; não posso afirmar com certeza que ele encostou a mão, mas é o que parece. Ele agarra o chinelo, mas, quanto a agarrar a própria moça, teria sido muito mais fácil agarrar o próprio vento numa noite de ventania. Tão logo chega em casa, Casaco de Musgo veste as roupas de costume; depois retira o encanto que lançara sobre as outras criadas. Elas percebem que devem ter dormido novamente, e uma lhe oferece um xelim, outra meia coroa, uma terceira o ganho de uma semana, para ela não contar que dormiram; e ela promete se calar.

No dia seguinte o jovem fidalgo está na cama, morrendo de amor pela jovem que perdera um dos chinelos de prata na noite anterior. Os médicos nada podem fazer por ele. Dizem apenas qual é o seu estado, acrescentando que só a jovem em quem o chinelo servisse poderia salvar a sua vida; e, se ela aparecesse, ele deveria desposá-la. Os chinelos, como eu já disse, tinham apenas sete centímetros e meio, por volta disso. Chegaram damas de perto e de longe, umas com pés grandes, outras com pés pequenos, mas nenhuma com pés pequenos o suficiente para caber no chinelo, por mais que forçassem. Chegaram pessoas mais pobres também, mas se deu o mesmo com elas. A certa altura, todas as criadas também tentaram calçar o chinelo, mas também não conseguiram. O jovem fidalgo estava à beira da morte. Não existe mais ninguém, perguntou a mãe, nenhuma jovem, rica ou pobre? "Não", todas já tentaram, com exceção apenas de Casaco de Musgo.

"Diga-lhe que venha aqui imediatamente", a senhora diz.

Então a trouxeram.

"Tente calçar este chinelo", diz ela, isto é, a mãe.

Casaco de Musgo enfia o pé no chinelo com a maior facilidade. Ele lhe serve direitinho. O jovem fidalgo salta da cama e está prestes a tomá-la nos braços.

"Pare", ela diz e sai correndo, mas logo está de volta com o seu vestido de cetim com ramos de ouro, a sua coroa de ouro e os dois chinelos de prata. O jovem fidalgo está prestes a tomá-la nos braços.

"Pare", ela diz e sai correndo novamente. E desta vez volta com o seu vestido de seda da cor de todos os pássaros do céu. Desta vez ela não o deteve e, pelo que dizem, ele quase a comeu.

Mais tarde, quando tudo se acalmou e estão todos conversando tranqüilamente, havia uma ou duas coisas que os donos da casa e o jovem fidalgo queriam saber da jovem. Como ela conseguia ir ao baile e voltar num abrir e fechar de olhos, eles lhe perguntaram. "É só querer", ela diz, e lhes conta tudo que vocês já sabem sobre o casaco mágico feito pela sua mãe e os poderes mágicos que ele conferia a quem o usasse. "Sim, isso explica tudo", dizem. Então se lembram de ela ter dito ser de um lugar onde batiam na sua cabeça com uma escumadeira. Perguntaram-lhe então o que ela queria dizer com aquilo. Queria dizer exatamente o que disse, a jovem respondeu. Ela vivia levando a escumadeira na cabeça, tump, tump, tump. Eles ficaram furiosos ao ouvirem isso, e todo pessoal que trabalhava na cozinha foi despedido, e soltaram os cachorros em cima deles, para livrar o lugar daqueles vermes.

Logo que puderam, Casaco de Musgo e o jovem senhor se casaram, e ela ganhou uma carruagem com seis cavalos, e se quisesse teria uma de dez, pois podem estar certos de que teria tudo que desejasse. Eles viveram felizes para sempre e tiveram uma cestada de filhos. Eu estava lá tocando violino quando o filho mais velho chegou à maioridade. Mas isso foi há muito tempo, e não me surpreenderia se o velho senhor e a velha senhora a esta altura estivessem mortos, embora nunca tenha ouvido dizer que morreram.

# Vassilissa, a filha do clérigo
(russo)

Em certa terra, em certo reino, havia um clérigo chamado Vassily, que tinha uma filha chamada Vassilissa Vassilyevna. Ela usava roupas de homem, andava a cavalo, tinha boa pontaria com o rifle, e fazia tudo de maneira rude, e por isso poucos sabiam que era uma moça; muita gente pensava que ela era homem e a chamavam Vassily Vassilyevich, ainda mais que Vassilissa Vassilyevna gostava de vodca, o que, como todos sabem, é absolutamente impróprio para uma donzela. Certo dia, o rei Barkhat (pois esse era o nome do rei daquele país) foi à caça e conheceu Vassilissa Vassilyevna. Ela estava a cavalo, vestida de homem, e também caçava. Ao vê-la, o rei Barkhat perguntou aos seus criados: "Quem é aquele jovem?". Um deles respondeu: "Majestade, não se trata de um homem, mas de uma moça; sei que é filha do clérigo Vassily e que o seu nome é Vassilissa Vassilyevna".

Tão logo voltou para casa, o rei escreveu uma carta a Vassily lhe pedindo que deixasse o seu filho Vassily Vassilyevich visitá-lo e comer à mesa real. Nesse meio-tempo, ele chamou a velhinha feiticeira do quintal e lhe perguntou como poderia descobrir se Vassily Vassilyevich era mesmo uma mulher. A velhinha feiticeira lhe disse: "Pendure no lado direito da sua sala um bastidor de bordar e, no lado esquerdo, uma arma de fogo; se ela for mesmo Vassilissa Vassilyevna, vai notar primeiro o bastidor de bordar; e, se for Vassily Vassilyevich, vai notar primeiro a arma". O rei Barkhat seguiu a recomendação da feiticeira e mandou os criados pendurarem um bastidor de bordar e uma arma na sala.

Tão logo a carta do rei chegou a Vassily e ele a mostrou à filha, esta foi ao estábulo, selou um cavalo cinza de crina cinza e seguiu direto ao palácio do rei Barkhat. O rei a recebeu; ela polidamente fez as suas orações, fez o sinal-da-cruz como é de regra, curvou-se nas quatro direções, saudou graciosamente o rei Barkhat e entrou no palácio com ele. Eles se sentaram juntos à mesa e começaram a tomar bebidas fortes e a comer comidas suculentas. Depois do jantar, Vassilissa Vassilyevna atravessou as salas do palácio; ao ver o bastidor de bordar, ela começou a recriminar o rei Barkhat: "Que espécie de lixo tem aqui, rei Barkhat? Na casa do meu pai não há nada dessas frescuras de mulher, mas na sala do rei Barkhat elas ficam penduradas nas paredes!". Então, com toda a delicadeza, ela se despediu do rei Barkhat e foi para casa. O rei não ficou sabendo se ela era de fato uma moça.

Então, dois dias depois — não mais do que isso —, o rei Barkhat mandou outra carta a Vassily, pedindo-lhe que enviasse o seu filho Vassily Vassilyevich ao palácio. Tão logo recebeu o recado, Vassilissa entrou no estábulo, selou um cavalo cinza de crina cinza e foi direto ao palácio. O rei a recebeu. Ela o saudou graciosamente, disse as suas orações a Deus, fez o sinal-da-cruz, como é de regra, e se curvou nas quatro direções. A velhinha recomendara ao rei Barkhat que mandasse preparar *kasha* para o jantar, e que a enchesse de pérolas. A velhinha disse que, se ele na verdade fosse Vassilissa Vassilyevna, empilharia as pérolas e, se fosse Vassily Vassilyevich, as jogaria embaixo da mesa.

Chegou a hora do jantar. O rei se sentou à mesa e acomodou Vassilissa Vassilyevna à sua direita, e os dois começaram a beber bebidas fortes e a comer pratos suculentos. A *kasha* foi servida depois de todos os outros pratos, e logo que Vassilissa Vassilyevna tomou uma colherada e descobriu uma pérola, jogou-a embaixo da mesa junto com a *kasha* e começou a recriminar o rei Barkhat. "Que tipo de lixo colocam na sua *kasha*?", ela disse. "Na casa do meu pai não há nem sinal dessa frescura de mulher, mas na casa do rei Barkhat elas são postas dentro da comida!" Então ela se despediu delicadamente do rei Barkhat e foi para casa. Mais uma vez o rei não descobrira se se tratava de uma moça, embora estivesse morrendo de vontade de saber.

Dois dias depois, a conselho da velha feiticeira, o rei Barkhat mandou que aquecessem a água para o seu banho; a velha lhe disse que, se ela realmente fosse Vassilissa Vassilyevna, não aceitaria tomar banho com ele. Então a água foi aquecida.

Novamente o rei Barkhat escreveu uma carta a Vassily, dizendo-lhe que enviasse seu filho Vassily Vassilyevich ao palácio para lhe fazer uma visita. Tão logo Vassilissa Vassilyevna ouviu o recado, foi ao estábulo, selou o seu cavalo cinza de crina cinza e cavalgou em direção ao palácio do rei Barkhat. O rei saiu para recebê-la no vestíbulo. Ela o saudou cortesmente e entrou no palácio envolta numa manta de veludo; depois de entrar, polidamente disse as suas preces a Deus, fez o sinal-da-cruz, como é de regra, e se curvou nas quatro direções. Então ela se sentou à mesa com o rei Barkhat, e os dois começaram a tomar bebidas fortes e comer pratos suculentos.

Depois do jantar, o rei disse: "Você não gostaria, Vassily Vassilyevich, de me acompanhar no banho?". "Claro, Majestade", Vassilissa Vassilyevna respondeu. "Faz muito tempo que não tomo um banho, e gostaria muito de aquecer um pouco o corpo." Então os dois foram juntos à casa de banhos. Enquanto o rei Barkhat se despia na ante-sala, ela tomou seu banho e saiu. Assim, o rei tampouco a viu tomando banho. Tendo saído da casa de banhos, Vassilissa Vassilyevna escreveu um bilhete ao rei e mandou que os criados o entregassem a ele. O bilhete dizia: "Ah, rei Barkhat, corvo que você é, não pôde surpreender o falcão no jardim! Porque não sou Vassily Vassilyevich, e sim Vassilissa Vassilyevna". E assim o rei Barkhat nada conseguiu com toda aquela trabalheira, porque Vassilissa Vassilyevna era uma moça muito esperta, além de muito bonita!

# O aluno
(suaíli)

O xeique Ali era um velho professor, e Kibwana era seu aluno. Certo dia o professor saiu, e sua mulher chamou Kibwana: "Ei, jovem, venha cá depressa". "Para quê?" "Estúpido, você está com fome e não sabe comer!" "Está bem", Kibwana disse quando finalmente entendeu. Ele entrou e foi para a cama com a mulher do professor. A mulher do professor lhe ensinou o que o professor não ensinara.

# A mulher do fazendeiro rico
(norueguês)

Havia um fazendeiro rico, dono de uma grande propriedade; guardava prata no baú, além de ter dinheiro no banco; mas ele sentia que lhe faltava algo, pois era viúvo. Certo dia a filha do seu vizinho estava trabalhando para ele, e ele começou a gostar dela. Uma vez que os pais da jovem eram pobres, ele achou que bastaria uma leve alusão a casamento, e ela aceitaria imediatamente. Então ele lhe disse que estava pensando em se casar novamente.

"Ah, sim, a gente pode pensar em qualquer coisa", a jovem disse, rindo consigo mesma.

Ela achou que aquele velho feio bem poderia ter pensado em algo melhor do que se casar.

"Bem, sabe, achei que você poderia ser minha mulher", o fazendeiro disse.

"Não, obrigada", a jovem disse. "Não acho que seja uma boa idéia."

O fazendeiro não estava acostumado a ouvir "não", e quanto menos a jovem queria se casar com ele, mais ele enlouquecia de vontade de tê-la.

Como não conseguia nada com a jovem, mandou chamar o pai dela e lhe disse que, se a convencesse a fazê-la aceitar a sua proposta de casamento, não precisaria pagar o dinheiro que lhe devia, e ainda por cima poderia ficar com o terreno contíguo à sua campina.

Bem, o pai achou que logo conseguiria fazer a filha voltar ao uso da razão. "Ela não passa de uma criança", disse, "e não sabe o que é melhor para ela."

Mas de nada adiantaram as suas conversas e lisonjas. Ela não queria o fazendeiro nem coberto de ouro até as orelhas.

O fazendeiro esperou dia após dia. Finalmente ficou tão furioso e impaciente que disse ao pai da moça que, se ele pretendia mesmo cumprir o prometido, as coisas teriam que se resolver imediatamente, pois ele não queria esperar mais.

O pai não viu outra saída a não ser o rico fazendeiro preparar tudo para o casamento e, quando o padre e os convidados estivessem lá, mandar chamar a jovem, como que para fazer algum trabalho. E, quando ela chegasse, ele a casaria às pressas, de forma que ela não teria tempo de mudar de idéia.

O fazendeiro rico gostou da idéia e começou a providenciar comidas e bebidas e a se preparar para um casamento em grande estilo. Quando os convidados chegaram, o fazendeiro rico chamou um rapaz empregado seu e lhe disse que fosse depressa à casa do vizinho lhe pedir que mandasse o que prometera.

"Mas, se você não voltar imediatamente", ele disse sacudindo o punho em direção ao rapaz, "eu vou..." — mas o velho não teve tempo de dizer mais nada, pois o rapaz já tinha partido feito um raio.

"Meu patrão quer que o senhor lhe mande o que prometeu", o rapaz disse. "Mas tem que ser depressa, porque hoje ele está numa pressa danada."

"Está bem, vá até a campina e a traga, pois lá você vai encontrá-la", o vizinho disse.

O rapaz saiu em disparada e, quando chegou à campina, encontrou a moça limpando a terra com o ancinho.

"Vim pegar o que o seu pai prometeu ao meu patrão", ele disse.

"Ah ah, é assim que você quer me enganar?", a jovem pensou.

"Você veio por causa disso?", ela disse. "Acho que ele quer a nossa egüinha baia. Vá buscá-la; ela estava amarrada além da plantação de ervilhas."

O rapaz pulou no lombo da égua baia e disparou para a casa do patrão.

"Você a trouxe?", o fazendeiro rico perguntou.

"Ela está lá na porta", o rapaz disse.

"Leve-a para o quarto da minha mãe", o fazendeiro disse.

"Meu Deus do céu, como é que se faz uma coisa dessas?", o rapaz disse.

"Faça o que estou lhe mandando", o fazendeiro disse. "Se não conseguir fazer isso sozinho, chame outros para ajudá-lo." O fazendeiro achava que a moça poderia criar problemas.

Quando o rapaz viu a expressão do rosto do patrão, percebeu que não adiantava discutir. Então procurou quem o ajudasse e se apressou em cumprir a ordem. Alguns a puxavam com força pela cabeça, outros empurravam-na por trás, e finalmente conseguiram fazer a égua subir as escadas e entrar no quarto. Os enfeites do casamento já estavam todos prontos.

"Bem, terminamos o trabalho, patrão", o rapaz disse, "mas a coisa não foi fácil. Foi a pior coisa que já tive que fazer nesta fazenda."

"Está bem, você vai ter a sua recompensa", o fazendeiro disse. "Agora mande as mulheres subirem para vesti-la."

"Mas, por Deus do céu!", o rapaz exclamou.

"Nada de bobagens", o fazendeiro disse. "Diga-lhes que a vistam e não se esqueçam do buquê de flores nem da grinalda."

O rapaz correu para a cozinha.

"Escutem, meninas", ele disse. "Subam ao quarto e vistam a egüinha baia de noiva. Acho que o patrão quer fazer os convidados rirem."

Bem, as moças vestiram a egüinha baia com as roupas que encontraram no quarto. Então o rapaz desceu e disse que ela estava pronta, com buquê de flores, grinalda e tudo.

"Está bem, traga-a para baixo", o fazendeiro rico disse. "Eu mesmo vou recebê-la à porta."

Houve uma barulheira danada nas escadas, pois aquela noiva não estava descendo de chinelos de cetim. Mas, quando a porta se abriu, e a noiva do fazendeiro rico entrou na sala de visitas, foi um nunca acabar de risos e galhofas.

Quanto ao fazendeiro rico, ele ficou tão satisfeito com a sua noiva que nunca mais fez a corte a ninguém.

# Guarde os seus segredos
## (da África Ocidental)

Certa moça foi dada em casamento a um rapaz. A moça não gostava dele, por isso se recusou a casar, e disse que ela mesma escolheria o seu marido. Pouco depois chegou à aldeia um excelente rapaz, de grande força e beleza. A jovem se apaixonou por ele à primeira vista e disse aos pais que encontrara o homem com quem queria se casar. E como a este não desagradou a idéia do casamento, logo se casaram.

Aconteceu então que o jovem não era homem coisa nenhuma, e sim uma hiena, pois, embora normalmente as mulheres se transformem em hienas e os homens em falcões, a hiena pode se transformar, a seu bel-prazer, em homem ou em mulher.

Durante a primeira noite, quando os dois estavam deitados na cama, o marido disse: "Suponhamos que, quando fôssemos à minha cidade, brigássemos no caminho. O que você faria?". A mulher respondeu que se transformaria numa árvore. O homem lhe disse que ainda assim conseguiria pegá-la.

Ela disse que nesse caso se transformaria numa poça d'água. "Oh! Isso não me atrapalharia em nada", o homem-hiena disse. "Eu pegaria você do mesmo jeito."

"Ora, então eu me transformaria numa pedra", a esposa respondeu. "Ainda assim eu pegaria você", o homem disse.

Bem naquela hora a mãe da jovem, que tinha ouvido a conversa, gritou lá do seu quarto: "Não diga nada, minha filha. Quer dizer então que uma mulher conta os seus segredos a um homem?". Então a jovem não falou mais nada.

Na manhã seguinte, ao amanhecer, o marido disse à mulher que se levantasse, pois ele ia voltar para sua casa. Ele mandou que ela se preparasse para acompanhá-lo até certa altura do caminho, para vê-lo partir. Ela fez conforme ele ordenara, e, tão logo o casal estava fora das vistas da aldeia, o marido se transformou numa hiena e tentou pegar a jovem, que se transformou numa árvore, depois numa poça d'água, depois numa pedra, mas a hiena quase quebrou a árvore, por pouco não bebeu toda a água e estava prestes a engolir a pedra.

Então a jovem se transformou naquela coisa que a sua mãe a impedira de revelar na noite anterior. A hiena olhou e olhou por toda parte e finalmente, temendo que os aldeões chegassem para matá-la, foi embora.

Imediatamente a jovem voltou à sua forma normal e correu de volta para a aldeia.

# As três medidas de sal
(grego)

Era uma vez um rei que tinha nove filhos. Vizinho ao reino dele havia outro rei com nove filhas: naquela época, todo mundo era rei. Toda manhã os dois reis se dirigiam às fronteiras dos seus reinos para cumprimentar um ao outro. Certa vez, ao se encontrarem na fronteira e se cumprimentarem, o rei que tinha nove filhas disse ao outro: "Bom dia, senhor rei que tem nove filhos. Faço votos de que nunca arranje esposa para nenhum deles!". Quando o outro ouviu isso, ficou muito impressionado, sentou-se a um canto do seu palácio e se pôs a cismar. Um dos seus filhos se aproximou: "Qual é o problema, pai, por que está tão triste?". "Não é nada, meu filho." Chegou um segundo filho e também perguntou. "Nada, meu filho, estou com dor de cabeça". Aproximou-se então o terceiro: "Mas por que o senhor não nos diz qual é o problema?". O rei não disse uma palavra. Para encurtar a história, todos lhe perguntaram, e a nenhum deles o rei revelou qual era o problema. Os rapazes o deixaram em paz. Ao meio-dia o rei não quis comer. Deus conduziu o dia até o anoitecer, depois ao amanhecer. Mas o rei continuava mergulhado em seus pensamentos. O filho mais velho o procurou novamente: "Mas, pai, assim não é possível. Já tem um dia e uma noite que o senhor está aqui triste e sem comer, e não quer nos dizer o que se passa". Ele disse: "Mas o que posso dizer, meu filho?". E lhe contou o que acontecera entre ele e o outro rei: "Quando ele me viu ontem de manhã, me disse: 'Bom dia, rei, que tem nove filhos. Faço votos de que não arranje esposa para nenhum deles!'". "E foi isso que o deixou tão amargurado, pai? Amanhã, quando o encontrar, deve dizer a ele: 'Bom dia, senhor rei que tem nove filhas, faço votos de que não arranje marido para nenhuma delas'." No dia seguinte, bem cedinho, o rei foi aos limites do seu reino e ao ver o outro rei disse: "Bom dia, rei, que tem nove filhas, faço votos de que não arranje marido para nenhuma delas". O outro rei ficou muito perturbado ao ouvir isso! E ele também, muito perturbado, foi se sentar a um canto do seu palácio.

Uma de suas filhas se aproximou e disse: "Qual é o problema, pai?". "Nada, minha filha." Uma outra filha lhe fez a mesma pergunta. "Não é nada, só uma dor de cabeça." Então chegou a terceira. O rei disse: "Eu já disse que não há nenhum problema". Para encurtar a história, as nove filhas lhe fizeram a mesma pergunta, mas ele não contou a nenhuma delas. Então suas filhas o deixaram em paz. Ao meio-dia, o rei não quis comer. Deus conduziu o dia até o anoitecer, depois ao amanhecer. O rei continuava preocupado. Finalmente suas filhas disseram: "Mas assim não é possível, ele não pode ficar isolado um dia e uma noite, sem pôr na boca nem um pedaço de hóstia, recusando-se a dizer uma palavra sobre o que se passa e inventando desculpas para nos dispensar!". A mais velha procurou o pai novamente. "Querido pai, por que não nos diz o que está acontecendo?". "Se você quer saber, minha filha, o rei nosso vizinho me disse: 'Bom dia, senhor rei, que tem nove filhas, faço votos de que não arranje marido para nenhuma delas'." Ela era uma moça inteligente e disse: "Você está incomodado com isso, pai? Amanhã você deve responder a ele dizendo: 'Já que não tenho marido para as minhas filhas, ora, dê-me um dos seus filhos; minha filha mais velha pode facilmente esfregar três medidas de sal no seu rosto, e ele vai ficar na mesma'". Ele fez o que a filha lhe recomendou.

No dia seguinte bem cedinho, quando os dois se cumprimentaram, ele disse ao outro rei: "Já que não tenho marido para as minhas filhas, ora, dê-me um dos seus filhos; minha filha mais velha pode ser o par dele; ela pode facilmente esfregar três medidas de sal em seu rosto, e ele vai ficar na mesma". Então fizeram o casamento da filha mais velha de um com o filho mais velho do outro. Quando os dois estavam deitados na cama na primeira noite, o príncipe falou à princesa que acabara de desposar: "Você manobrou muito bem, garota esperta, e agora estamos casados; mas diga-me, o que são essas três medidas de sal que você vai esfregar na minha cabeça e vou ficar na mesma?". Ela respondeu: "Não vou lhe dizer". "Diga-me, senão vou embora e largo você." "Então vá. Mas pelo menos me diga aonde você vai para que eu possa lhe escrever de vez em quando." "Vou para Salônica." Então a jovem fez as malas. Ela também partiu num navio e chegou ao lugar antes dele.

Na praia ela encontrou uma velha que lhe disse: "Você deve ser nova aqui. Se quiser, tenho uma casa perto da praia que posso lhe ceder, uma casa digna de uma filha de rei". A jovem entrou na casa e disse à velha: "Dentro de um ou dois dias deve chegar um príncipe, e você deve trazê-lo para cá". "Às suas ordens, senhora", a velha disse. No dia seguinte o príncipe chegou. A velha foi até a praia e lhe disse: "Posso levá-lo a uma casa digna de um príncipe. Lá você encontrará também uma moça a quem beijar". Ele foi à casa e encontrou a princesa. "Bom dia, você é muito parecida com a minha mulher; que devo pensar disso?" "Bem, bem, meu bom cristão", ela disse. "Homens parecidos com homens, coisas parecidas com coisas, esse tipo de semelhança existe em toda parte." Mas claro que a mulher era a sua própria esposa. Eles ficaram conversando o dia inteiro, e à noite foram para a cama juntos. Ela ficou grávida e teve um filho; quando este nasceu, o quarto se encheu de luz, porque ele trazia na fronte a estrela da manhã. Ao cabo de um ano o príncipe quis ir embora, e ela disse: "E você não vai deixar um presente para o seu filho?". Então ele tirou seu relógio de ouro, colocou-o no pulso do menino e deu à velha mil moedas de ouro. Quando ele partiu, a mulher embarcou num navio e chegou à sua terra antes dele. Ela confiou o bebê a uma ama, e ele foi criado numa sala de ouro debaixo da terra, que ela mandara construir no palácio do seu pai. Ela disse a todas as criadas que não deveriam dizer nada ao príncipe, quando ele voltasse, sobre o fato de ela ter estado ausente durante um ano; deveriam dizer apenas que ela tivera uma gripe e ficara acamada o ano inteiro. No dia seguinte o príncipe chegou e perguntou como estava a sua esposa. Disseram-lhe: "Como eu gostaria que estivessem seus inimigos, e isto por causa da sua ausência". Então ele foi ao encontro dela, eles se beijaram e o príncipe disse: "Disseram-me que você ficou doente por causa da nossa separação, mas foi tudo culpa sua, porque você não quis me dizer sobre as tais medidas de sal que esfregaria em mim e eu ficaria na mesma. Agora me diga". "Não, não vou lhe dizer." "Você é teimosa, hein? Bom, também sou. Se você não me disser, vou embora." "Então vá, mas pelo menos me diga aonde você vai para que eu possa lhe escrever de vez em quando." "Vou para Egina", ele disse.

Quando ele partiu, ela também saiu por outro caminho, pegou um navio e chegou a Egina antes dele. Na praia ela encontrou a mesma velha — era o seu Destino —, e novamente ela levou a princesa a uma casa na praia. No dia seguinte o príncipe também chegou, e a velha o levou à mesma casa e foi embora. Logo que o príncipe viu a mulher na casa, apressou-se em beijá-la. Ela disse: "Por que você se entusiasmou tanto ao me ver?". "Tenho uma esposa igualzinha a você e me lembrei dela." "Homens parecidos com homens, coisas parecidas com coisas, esse tipo de semelhança existe em toda parte." Eles passaram o dia inteiro conversando, e à noite foram para a cama juntos, assim como nas noites seguintes, até que ela ficou grávida e teve um filho; quando ele nasceu, o quarto se encheu de luz, porque ele tinha uma lua brilhante na fronte. Antes de terminar o ano, ele deu ao menino sua bengala de ouro como lembrança. Ele o beijou, deu à velha mais mil moedas de ouro e partiu. Assim ele se foi, e a sua mulher foi atrás dele. Ela chegou antes dele à sua casa, confiou esse segundo filho à mesma ama e deu um presente às criadas para que não contassem nada sobre a sua ausência; no palácio, ela se fingiu de mulher infeliz. Quando seu marido chegou no dia seguinte, pediu notícias da esposa aos criados, e eles lhe disseram que ela passara o ano inteiro trancada no quarto, cheia de tristeza. As criadas se afastaram, e o príncipe foi ao encontro da esposa e disse: "Seja lá o que você tenha sofrido, foi tudo culpa sua mesmo. Mas agora me diga o que são essas tais medidas de sal que você iria esfregar em mim e eu ficaria na mesma; se não me disser, vou embora novamente". "Então boa viagem para você; diga-me apenas aonde você vai para que eu possa lhe mandar notícias quando quiser." "Vou para Veneza."

Novamente ele tomou um navio, ela o seguiu e chegou antes dele. A mesma velha apareceu e a levou a um grande palácio à beira-mar. O príncipe chegou dois ou três dias depois. A velha lhe disse: "Seja bem-vindo, príncipe. Tenha a bondade de vir à minha casa e lá permanecer quanto quiser, porque tenho uma jovem lá para você". "Que maravilha!", ele disse. Então novamente ele viu a mulher e disse: "Oh, como você se parece com minha esposa!". "Homens parecidos com homens, coisas parecidas com coisas, esse tipo de semelhança existe em toda parte." Para encurtar a história, ela ficou grávida e deu à luz uma menina; o quarto se encheu de luz, porque a sua fronte tinha o brilho do sol. Eles batizaram a menina e lhe deram o nome de Alexandra. Antes de completar um ano, o príncipe desejou partir, e a princesa lhe disse: "Você não quer deixar pelo menos um presente para a menina, para que ela se lembre de você?". Ele respondeu: "Claro, já estava pensando nisso antes de você me dizer". Ele foi às lojas e comprou um colar de pedras preciosas de todos os tipos, uma coisa sem preço — basta dizer que foi de Veneza, para se imaginar como era — e o colocou no pescoço da menina; ele lhe comprou também um vestido todo de ouro e lhe deu o seu anel. Então beijou a menina, deu à velha mil moedas de ouro de presente e partiu. A princesa partiu também atrás dele e chegou à sua casa antes do marido; ela confiou a criança à ama, deu-lhe dinheiro pelo trabalho e presenteou as criadas para que não falassem dela. Mais uma vez se trancou no palácio, fingindo estar morrendo de aflição. Dois ou três dias mais tarde seu marido chegou e perguntou às criadas: "Como está minha mulher?". "Como eu gostaria que estivessem os seus inimigos, e isso por causa da sua ausência." Ele a encontrou num triste estado. Ele disse: "E de quem é a culpa? Foi você mesma quem pediu o que aconteceu com você. Por que não quer me dizer o que são essas tais medidas de sal que esfregaria no meu rosto e eu continuaria na mesma? Mas agora me diga". "Não vou lhe dizer." "Se não me disser, vou largar você e arranjar outra mulher." "Bem, vá, case-se novamente que eu lhe dou a minha bênção." Então ele se comprometeu com outra princesa dos arredores e marcou o casamento para o domingo seguinte.

Todos queriam apresentar os votos de felicidades, e os instrumentos estavam soando. Então a sua primeira mulher se trajou com o maior apuro e ataviou os seus três filhos com os mais finos adereços; ao mais velho ela deu o relógio de pulso; ao segundo, a bengala; quanto à mais nova, ela a adornou com o colar de jóias e o anel. A ama trouxe os três filhos, e eles se juntaram ao cortejo para assistir à cerimônia do casamento. Todas as mulheres dançavam, de olhos voltados para as crianças e para a mãe, pois todo salão resplandecia com a luz da estrela da manhã, do sol e da lua da fronte das crianças. Todos diziam: "Alegria e contentamento para a mãe que os deu à luz!". O príncipe também se afastou da mulher com quem ia se casar e olhou para as crianças; a jovem noiva estava morrendo de ciúmes. Então se ouviram os dois meninos falando com a irmãzinha, que não teria ainda um ano e estava no colo da ama: "Senhorinha, senhorinha", os meninos diziam. "Alexandrinha, ouça o relógio, tique-taque, tique-taque; mamãe está na sala toda coberta de ouro." Quando o príncipe ouviu isso, não pôde suportar mais e, bem no meio da cerimônia de casamento, deixou a nova noiva e correu ao encontro das crianças. Ele olhou para elas, viu o colar de pedras preciosas, o relógio de pulso e o anel, e as reconheceu.

Sua esposa estava ao lado dos filhos, e ele lhe perguntou de quem eram aquelas crianças. "Suas e minhas; uma delas tivemos quando estávamos em Salônica, a outra em Egina e, a mais nova, em Veneza. Todas as mulheres com quem você viveu nesses lugares eram eu mesma, e, quando eu saía do palácio, sempre ia adiante de você. E pensar que você poderia não conhecer seus próprios filhos! Estas eram as três medidas de sal que eu haveria de esfregar em seu rosto sem que você se desse conta de nada". Ele tomou as crianças nos braços e, no seu contentamento, beijou as três. Ele levou as três crianças, junto com a mãe, para sua casa. E então a nova noiva foi deixada para trás como um pão amanhecido, casada pela metade.

# A esposa astuciosa
(tribal indiano)

Uma mulher estava tão louca pelo amante que lhe deu todo arroz que tinha na tulha e precisou enchê-la de farelo para que o marido não percebesse o que ela tinha feito. Os dias iam passando, cada vez mais se aproximava a época da semeadura, e a mulher sabia que o marido logo iria descobrir tudo.

Certo dia o marido foi à sua plantação, que ficava perto de uma cisterna. Na manhã seguinte, bem cedinho, a mulher correu à cisterna, despiu-se, passou lama em todo corpo, sentou-se e ficou esperando por ele. Quando ele chegou, ela se levantou de repente e falou bem alto: "Vou levar embora seus dois bois. Mas, se você precisar deles, pode me dar o cereal da sua tulha, e em troca eu a encherei de farelo. Mas terei que ficar com uma coisa ou outra, pois estou com fome".

O homem respondeu imediatamente à deusa — foi isso que ele imaginou que ela fosse — que poderia levar o arroz, porque sabia que sem os bois estaria arruinado. "Muito bem", a mulher disse. "Volte para sua casa e verá que tirei seu arroz e coloquei farelo no lugar." Assim dizendo, ela desapareceu na cisterna.

O homem correu para casa e viu que de fato o arroz sumira e que a tulha estava cheia de farelo. Sua mulher se banhou mais do que depressa, trocou de roupa e voltou para casa pelo caminho da fonte, onde, toda orgulhosa, contou a história às outras mulheres.

# O pó-dos-bobos da tia Kate
## (americano, de Ozark)

Era uma vez um jovem camponês chamado Jack, que queria casar com uma moça rica da cidade, mas o pai dela era contra. "Ouça, Minnie", o velho disse. "Esse sujeito não tem educação nenhuma! Suas botas vivem sujas de bosta de boi! Ele não sabe nem escrever o próprio nome!" Minnie não respondeu nada, mas ela sabia do que Jack era capaz, e para ela estava tudo bem. O conhecimento dos livros é muito bom, mas não tem nada a ver com arranjar um bom marido. Minnie pusera na cabeça que iria se casar com Jack, dissessem o que dissessem dele.

Jack queria fugir com ela e se casar de qualquer maneira, mas Minnie dizia que não, porque não quer ser pobre a vida inteira. Ela dizia que precisava dar um jeito para que o pai lhes desse uma grande fazenda com uma bela casa. Jack só ria, e eles esqueceram o assunto por algum tempo. Finalmente ele disse: "Bem, amanhã vou à Montanha Doce para ver o que a tia Kate acha".

Tia Kate sabia um monte de coisas de que muita gente nunca ouvira falar. Jack lhe contou a enrascada em que ele e Minnie estavam, mas tia Kate disse que nada podia fazer sem dinheiro. Então Jack lhe deu dois dólares, esse era todo dinheiro que tinha. Aí ela lhe trouxe uma caixinha parecida com um pimenteiro, contendo um pó amarelo. "Isto é pó-dos-bobos", ela disse. "Não deixe que caia em você e tenha cuidado para que não caia na Minnie. Mas diga a ela que jogue um pouco deste pó nas calças do pai."

Tarde da noite Minnie jogou um pouco de pó nos calções que o pai pendurara no dossel da cama. Na manhã seguinte, ele soltou gases logo na primeira refeição da manhã, tão fortes que os quadros da parede estremeceram e o gato sumiu da cozinha. O velho achou que provavelmente era alguma coisa que ele tinha comido. Mas pouco depois ele soltou mais um, e logo ele estava fazendo tal barulho que Minnie fechou as janelas para que os vizinhos não ouvissem. "O senhor não vai ao escritório, papai?", ela perguntou. Mas naquele mesmo instante o velho deixa escapar a mais terrível ventosidade jamais ouvida, e diz: "Não, Minnie, vou para a cama. E quero que você me traga o doutor Holton imediatamente".

Quando o médico chegou, o pai se sentia melhor, mas estava muito pálido e trêmulo. "Logo que me deitei a coisa parou", ele diz. "Mas enquanto durou foi terrível." E ele contou ao médico o que tinha acontecido. O médico examinou o velho demoradamente e deu um remédio para fazê-lo dormir. Minnie acompanhou o doutor Holton até o vestíbulo, e o médico disse: "Você ouviu o grande barulho de que ele falou, como de alguém soltando gases?". Minnie diz que não, ela não tinha ouvido nada daquilo. "Foi o que pensei", o médico diz. "Foi tudo imaginação dele. Não há nada de errado com seu pai, só os nervos."

O pai dormiu muito bem, devido ao remédio que o médico lhe dera. Mas na manhã seguinte, logo que se levantou e se vestiu, a coisa recomeçou, e dessa vez foi ainda pior. Finalmente ele soltou um traque que parecia um canhão, então Minnie o levou de volta para a cama e mandou chamar o médico. Dessa vez o médico lhe deu uma injeção no braço. "Mantenha esse homem na cama", ele disse, "até eu chamar o doutor Culberson para dar uma olhada nele." Os dois médicos o examinaram da cabeça aos pés, mas não conseguiram descobrir nenhuma doença. Apenas balançaram a cabeça e lhe deram um pouco mais de remédio para dormir.

As coisas continuaram nesse pé durante três dias, e finalmente o médico disse ao velho que seria melhor permanecer na cama por algum tempo, tomando remédio a cada quatro horas, e que talvez ele ficasse melhor num asilo. "Quer me enfiar num asilo só porque estou cheio de gases?", o velho berrou. E começou a fazer tal estardalhaço que o médico precisou lhe dar outra injeção.

Na manhã seguinte o pai se sentou na cama berrando que os médicos eram todos loucos, e Minnie disse que conhecia uma pessoa que poderia curá-lo em cinco minutos. E logo Jack estava entrando no quarto. "Sim, consigo curá-lo facilmente", disse. "Mas o senhor precisa permitir que me case com Minnie e nos dar uma grande fazenda." O pai nem queria falar com Jack. "Se esse imbecil me curar", ele disse a Minnie, "eu lhes darei o que diabo vocês quiserem." Minnie foi até a lareira e mexeu nos carvões. Logo que as chamas se levantaram, com uma pinça Jack pegou os calções do velho e os jogou no fogo.

Quando o pai viu seus calções queimando, ficou completamente sem fala. Simplesmente permaneceu ali, fraco feito um gato, e Jack foi embora como um médico de verdade. Mas, depois de algum tempo, o velho se levantou e vestiu sua roupa domingueira. E também não soltou mais gases. Minnie lhe preparou um belo café-da-manhã, e ele comeu tudo e nem arrotou. Então deu a volta na casa três vezes, sem sentir nenhum gás dentro do corpo. "Bem, por Deus", disse. "Tenho toda certeza de que esse imbecil desgraçado me curou!" A caminho da cidade parou para ver o doutor Holton. "Finalmente estou bom, e nada tenho a agradecer a você", disse. "No que dependesse de você, a esta hora eu estaria num hospício."

Logo depois de dizer isso ao médico, o pai foi ao banco e doou a sua melhor fazenda a Minnie. Ele lhe deu também certa quantia para comprar cavalos, vacas e máquinas agrícolas. E então ela e Jack se casaram, e tudo deu muito certo. Há quem diga que viveram felizes para sempre.

# A batalha dos pássaros
(gaélico escocês)

Houve uma época em que todas as criaturas e pássaros se reuniram para travar uma guerra. O filho do rei de Tethertown disse que iria ver a batalha e que logo traria ao rei, seu pai, a notícia segura de quem haveria de ser o rei das criaturas naquele ano. A guerra estava terminada quando ele chegou, exceto por uma luta, entre o grande corvo negro e uma serpente, e parecia que a serpente venceria o corvo. Quando o filho do rei percebeu isso, ele ajudou o corvo, e de um golpe arrancou a cabeça da serpente. Quando o corvo recuperou o fôlego e viu que a serpente estava morta, disse: "Por esse favor que tu me fizeste hoje, vou te mostrar uma paisagem. Sobe aqui na base das minhas asas". Mal o filho do rei montou, o corvo o levou para bem alto, acima de sete Picos, sete Vales e sete Charnecas Montesas.

"Agora", o corvo disse, "estás vendo aquela casa ali adiante? Vai para lá agora. É uma irmã minha que mora lá. Estou certo de que serás bem recebido. E se ela te perguntar 'Estiveste na batalha dos pássaros?', responde que estiveste. E se ela perguntar 'Viste alguém parecido comigo?', diz que viste. Mas trata de estar neste lugar amanhã de manhã." O filho do rei teve uma excelente acolhida naquela noite. Comidas de todos os tipos, bebidas de todos os tipos, água quente para os pés e uma cama macia para o seu corpo.

No dia seguinte o corvo lhe proporcionou a mesma visão do panorama dos sete Picos, dos sete Vales e das sete Charnecas Montesas. Viram uma cabana ao longe, mas, apesar da distância, logo chegaram lá. Ele foi muito bem recebido naquela noite, como antes — bastante comida e bebida, água quente para os pés e uma cama macia para o seu corpo — e no dia seguinte foi a mesma coisa.

Na terceira manhã, em vez de ver o corvo como das outras vezes, foi-lhe ao encontro o mais belo rapaz que ele já vira, com um pacote na mão. O filho do rei perguntou ao rapaz se ele tinha visto um grande corvo negro. O rapaz lhe disse: "Nunca mais verás o corvo, porque o corvo era eu. Fui enfeitiçado; o que me livrou do feitiço foi o meu encontro contigo, por isso este pacote é teu. Agora vais voltar pelo mesmo caminho e dormir uma noite em cada casa, como fizeste antes; mas não deves abrir o pacote que te dei até que te encontres no lugar em que mais desejes viver".

O filho do rei deu as costas ao rapaz, voltando o rosto em direção à casa do seu pai; e ele pernoitou nas casas das irmãs do corvo, da mesma forma como fizera na ida. Quando ele estava se aproximando da casa do pai, atravessava uma mata fechada. Parecia-lhe que o pacote ia ficando mais pesado, e pensou em abrir para ver o que tinha lá dentro.

Quando abriu o pacote, não deixou de ficar espantado. Num instante surgiu a maior habitação que já vira. Um grande castelo com um pomar em volta, com todos os tipos de frutas e de ervas. O rapaz ficou cheio de espanto e arrependimento por ter aberto o pacote — ele não tinha poder para guardar o conteúdo de volta — e queria que aquele belo lugar ficasse num pequeno vale verdejante em frente à casa do seu pai; mas, num relance, ele logo viu um gigante vindo na sua direção.

"Ruim é o lugar em que construíste a tua casa, filho do rei", o gigante disse. "Sim, mas não era aqui que eu gostaria de estar; entretanto, aconteceu de ser aqui por engano", o filho do rei disse. "Que recompensa me darias se o guardasse de volta no pacote?" "Que recompensa você gostaria de receber?", o filho do rei perguntou. "Quero que me dês teu primeiro filho quando ele completar sete anos", o gigante disse. "Assim seria, se eu tivesse um filho", o filho do rei disse.

Num abrir e fechar de olhos, o gigante recolocou jardim, pomar e castelo no pacote. "Agora", o gigante disse, "segue teu caminho, que vou seguir o meu; mas lembra-te da tua promessa, e ainda que te esqueças, eu haverei de me lembrar."

O filho do rei seguiu o seu caminho, e ao cabo de alguns dias chegou ao lugar de que gostava. Ele abriu o pacote, e a imponente habitação estava exatamente como antes. E, ao abrir a porta do castelo, ele viu a mais bela donzela jamais vista na sua vida. "Pode entrar, filho do rei", a bela jovem disse. "Tudo está em ordem à tua espera, se casares comigo esta noite mesmo." "É isso que quero", o filho do rei disse. E na mesma noite se casaram.

Mas ao cabo de sete anos e um dia, quem é que foi visto se aproximando do castelo senão o gigante? O filho do rei se lembrou da promessa que fizera ao gigante, a qual até então ele não revelara à rainha. "Deixa que resolvo esse assunto com o gigante", a rainha disse.

"Entrega teu filho", o gigante disse. "Lembra-te da tua promessa. "Vai tê-lo", o rei disse, "quando a mãe dele o tiver preparado para a viagem." A rainha preparou o filho do cozinheiro e o deu ao gigante. O gigante foi embora com ele, e logo adiante pôs uma varinha na mão do menino e lhe perguntou: "Se o teu pai estivesse com esta varinha, o que faria com ela?" "Se o meu pai estivesse com esta varinha, bateria nos cachorros e nos gatos, caso se aproximassem da comida do rei", o menino disse. "Tu és o filho do cozinheiro", o gigante disse. Ele o pegou pelos pequenos tornozelos e o bateu contra uma pedra — Sgleog — que estava ali perto. O gigante voltou para o castelo louco de raiva e disse que, se não lhe dessem o filho do rei, a pedra mais alta do castelo ficaria sendo a mais baixa. A rainha disse ao rei: "Vamos tentar novamente. O filho do mordomo é da mesma idade que o nosso". Ela preparou o filho do mordomo e o deu ao gigante. O gigante não tinha andado muito quando colocou uma varinha na mão do menino. "Se o teu pai estivesse com essa varinha", o gigante disse, "o que faria com ela?" "Bateria nos cachorros e nos gatos que se aproximassem das garrafas e dos copos do rei." "Tu és o filho do mordomo", o gigante disse, e lhe estourou os miolos também. O gigante voltou furioso. A terra tremia sob as plantas dos seus pés, e todo castelo, com tudo que tinha dentro, tremeu. "ENTREGA-ME O TEU FILHO", o gigante disse. "Senão, num piscar de olhos, a pedra do castelo em posição mais alta haverá de se tornar a mais baixa." Então tiveram que dar o filho do rei ao gigante.

O gigante o levou para a sua casa e o criou como se fosse seu filho. Um belo dia, quando o gigante estava fora de casa, o rapaz ouviu a mais doce música jamais ouvida na sua vida, vinda de um quarto no alto da casa do gigante. Num relance, ele vislumbrou o mais belo rosto que jamais vira. Ela lhe fez um sinal para que se aproximasse um pouco mais e lhe disse para ir embora, mas que voltasse àquele mesmo lugar exatamente à meia-noite.

Tal como prometera, ele o fez. Num piscar de olhos a filha do gigante estava ao seu lado e disse: "Amanhã vais escolher uma das minhas duas irmãs para te casares. Mas deves dizer que não vais querer nenhuma das duas, e sim a mim. Meu pai quer me casar com o filho do rei da Cidade Verde, mas não gosto dele". No dia seguinte, o gigante trouxe as suas três filhas e disse: "Filho do rei de Tethertown, não perdeste nada vivendo comigo por tanto tempo. Vais tomar como esposa uma das minhas duas filhas mais velhas, e depois do casamento poderás ir com ela para a tua casa". "Se me deres a tua bela filha caçula", o filho do rei disse, "aceito a proposta."

O gigante logo se zangou e disse: "Antes de eu consentir, terás que fazer três coisas que eu mandar." "Pode dizer", o filho do rei disse. O gigante o levou ao estábulo. "Aqui temos excremento de cem vacas, e faz sete anos que ninguém o limpa. Vou para casa hoje, e, se este estábulo não estiver limpo antes do anoitecer, tão limpo que uma maçã de ouro possa rolar nele de uma ponta a outra, tu não apenas não terás a minha filha como também o teu sangue saciará a minha sede esta noite." Ele começou a limpar o estábulo, mas era como baldear a água do imenso oceano. Depois do meio-dia, quando o suor já o cegava, a jovem filha do gigante foi-lhe ao encontro e disse: "Estás sendo castigado, filho do rei". "Estou sim", disse. "Vem comigo", ela disse, "e livra-te de teu cansaço." "Vou fazer isso", ele disse. "De todo modo a morte me espera." Ele se sentou junto a ela. Estava tão cansado que adormeceu ao seu lado. Quando acordou, a filha do gigante tinha sumido, mas o estábulo estava tão limpo que uma maçã de ouro rolaria nele de uma ponta a outra. O gigante chegou e disse: "Limpaste o estábulo, filho do rei?". "Eu o limpei", ele disse. "Alguém o limpou para ti", o gigante disse. "Em todo caso, não foste tu quem o limpou", o filho do rei disse. "Está bem, está bem!", o gigante disse. "Como te mostraste tão ativo hoje, amanhã vais ter que cobrir este estábulo com penas de pássaros — pássaros de cores diferentes." O filho do rei estava de pé antes do amanhecer; pegou o arco e a aljava para matar os pássaros. Dirigiu-se ao pântano, mas os pássaros não eram muito fáceis de pegar. Andou atrás dos pássaros até o suor começar a lhe cegar os olhos. Por volta do meio-dia, quem foi ao seu encontro senão a filha do gigante? "Estás te cansando, filho do rei", ela disse. "Estou mesmo", ele disse. "E tenho apenas estes dois melros, ambos da mesma cor." "Vem e livra-te de teu cansaço nesta bela colina", a filha do gigante disse. "É o que desejo", ele disse. O jovem achou que ela o ajudaria novamente, sentou-se junto a ela e logo caiu no sono.

Ao acordar, a filha do gigante sumira. Ele pensou em voltar para casa, e viu que o estábulo estava coberto com as penas. Quando o gigante chegou em casa, disse: "Cobriste o estábulo, filho do rei?". "Sim, eu o cobri", ele disse. "Alguém o cobriu para ti", o gigante disse. "Não foste tu", o filho do rei disse. "Está bem, está bem!", o gigante disse. "Agora", o gigante diz, "tem um pinheiro ao lado daquela lagoa ali, e tem um ninho de pega lá no alto. Tens que me trazer os ovos. Vou comê-los na primeira refeição. Há cinco ovos no ninho, e não podes quebrar nenhum." De manhã cedinho o filho do rei foi até a árvore, que não era difícil de encontrar. Na floresta não havia nenhuma igual a ela. Media cento e cinqüenta metros do pé até o primeiro galho. O filho do rei estava lutando com ela. Então chegou quem sempre o ajudava. "Estás perdendo a pele das mãos e dos pés." "Oh, estou mesmo", ele disse. "Mal subo um pouco, já estou aqui embaixo." "Não há tempo a perder", a filha do gigante diz. Ela começou a enfiar dedo após dedo na árvore, fazendo uma escada para o filho do rei subir até o ninho de pega. Quando ele chegou ao ninho, ela disse: "Depressa com esses ovos, pois já estou sentindo o hálito quente do meu pai nas minhas costas". Na pressa, ela deixou o dedo mindinho no alto da árvore. "Agora", ela disse, "tens que ir depressa para casa com os ovos, e casarás comigo se conseguires me reconhecer. Eu e as minhas duas irmãs estaremos vestidas com os mesmos trajes, e arrumadas de modo a parecermos iguais. Mas olha para mim quando o meu pai disser: 'Vai até a tua esposa, filho do rei' — e verás uma mão sem o dedo mindinho." Ele deu os ovos ao gigante. "Certo, certo", o gigante disse. "Prepara-te para o teu casamento."

E de fato houve um casamento, e que casamento! Gigantes e cavalheiros, e entre eles o filho do rei da Cidade Verde. Eles se casaram e o baile começou. E aquilo era baile? A casa do gigante tremia de cima a baixo. Mas chegou a hora de ir para a cama, e o gigante disse: "É hora de ir para a cama, filho do rei de Tethertown; leva a tua noiva de entre aquelas jovens".

Ela mostrou a mão em que faltava o dedo mindinho, e ele a tomou pela mão.

"Acertaste novamente, mas ainda vamos nos encontrar", o gigante disse.

E foram descansar. "Agora", ela disse, "não durmas, senão morrerás. Temos que fugir o mais rápido possível, senão o meu pai com certeza vai te matar."

Então saíram e montaram na potra cinzenta que estava no estábulo. "Espere um pouco", ela disse. "Vou aprontar uma para enganar o velho herói." Ela voltou para casa, cortou uma maçã em nove pedaços, pôs dois pedaços na cabeceira da sua cama, dois pedaços no pé da cama, dois na porta da cozinha, dois na porta da frente e um na frente da casa.

O gigante acordou e perguntou: "Vocês estão dormindo?". "Ainda não", disse a maçã que estava na cabeceira da cama. Depois de algum tempo, ele perguntou novamente. "Ainda não", disse a maçã que estava no pé da cama. Depois de mais algum tempo, ele perguntou outra vez. "Ainda não", disse a maçã que estava na porta da cozinha. O gigante perguntou novamente. A maçã que estava na porta de entrada respondeu. "Agora vocês estão indo para longe de mim", o gigante disse. "Ainda não", disse a maçã que estava na frente da casa. "Vocês estão fugindo", o gigante disse. O gigante se levantou de um salto e foi até a cama, mas ela estava fria... vazia.

"As artimanhas da minha própria filha me atormentam", o gigante disse. "Vamos atrás deles."

Ao amanhecer, a filha do gigante disse que o hálito do seu pai lhe queimava as costas. "Põe depressa a mão na orelha da potra cinzenta", ela disse. "E o que quer que encontres nela, joga para trás." "Há um ramo de abrunheiro", ele disse. "Joga para trás", ela disse.

Logo que ele o fez, surgiram cinqüenta quilômetros de espinheiros negros, tão cerrados que uma doninha mal podia passar através deles. O gigante cai de cabeça, e lá está ele roçando a cabeça e o pescoço nos espinheiros.

"As artimanhas da minha própria filha, como da outra vez", o gigante disse. "Se eu estivesse com o meu machado grande e o meu facão, logo abriria um caminho neste espinheiro." Ele foi para casa buscar o machado e o facão, e não demorou muito lá estava o gigante manejando o machado grande. Logo abriu caminho no espinheiro preto. "Vou deixar o machado e o facão aqui até eu voltar", disse. "Se tu os deixares", disse um corvo que estava pousado numa árvore, "vamos roubá-los."

"Sei que roubariam mesmo", o gigante disse. "Mas vou levá-los para casa." Ele voltou para casa e os guardou. Por volta do meio-dia, a filha do gigante sentiu o hálito quente do seu pai nas suas costas.

"Põe o dedo na orelha da potra e joga para trás o que encontrar lá." Ele pegou uma lasca de pedra cinzenta e, num piscar de olhos, surgiu atrás dele um enorme rochedo cinzento de cinqüenta quilômetros de largura por cinqüenta de altura. O gigante vinha a toda velocidade, mas não pôde passar pelo rochedo.

"As artimanhas da minha filha são as piores coisas que já tive que enfrentar", o gigante disse. "Mas, se eu estivesse com a minha alavanca e a minha picareta, logo passaria por esta rocha também." Não havia saída senão voltar para pegá-las. E lá estava ele estourando as pedras. E logo abriu caminho no rochedo cinzento. "Vou deixar as ferramentas aqui, e não volto mais." "Se tu as deixares", o corvo disse, "nós as roubaremos." "Como quiserem, não tenho tempo de voltar para casa." "À noitinha, a filha do gigante disse que estava sentindo o hálito do pai queimando as suas costas. "Olha na orelha da potra, filho do rei, senão estaremos perdidos." Ele olhou, e dessa vez havia um balão de água na orelha da poldra. Ele o jogou para trás e logo surgiu atrás deles um lago de água doce de cinqüenta quilômetros de comprimento por vinte de largura.

O gigante se aproximou, mas, na velocidade que ia, logo se encontrou no meio do lago, afundou e não subiu mais.

No dia seguinte o jovem casal avistou a casa do pai dele. "Agora", ela disse, "meu pai morreu afogado e não vai nos incomodar mais. Mas, antes de continuarmos", disse, "vai à casa do teu pai e diz-lhe que estou contigo; mas o teu destino é o seguinte: não podes deixar que ninguém, nenhuma criatura te beije, porque se deixares nem vais te lembrar de um dia me teres visto." Todos a quem encontrava lhe davam as boas-vindas e lhe desejavam boa sorte, e ele pediu aos seus pais que não o beijassem. Mas, por azar, uma velha cadela o reconheceu, pulou na sua boca, e depois disso ele esqueceu totalmente a filha do gigante.

Ela ficou sentada à beira de uma fonte onde ele a deixara, mas o filho do rei não voltava. À noitinha ela subiu num carvalho que havia ao lado da fonte e passou toda noite numa forquilha. Perto da fonte morava um sapateiro, e por volta do meio-dia do dia seguinte ele pediu à mulher que fosse buscar água na fonte. Quando a mulher do sapateiro chegou lá, viu a sombra da jovem que estava na árvore e, pensando ser a sua própria sombra — e ela nunca se imaginara tão bonita —, atirou longe a tigela que trazia na mão. A tigela se quebrou, e ela voltou para casa sem a vasilha e sem a água.

"Mulher, onde está a água?", o sapateiro disse. "Seu velho caipira desgraçado e avarento, já sofri demais te servindo de escrava, trazendo-te água e lenha." "Mulher, acho que estás louca. Vai depressa, filha, e traz um pouco de água para o teu pai." A filha foi, e aconteceu o mesmo com ela. Até então ela não se imaginara tão atraente, e voltou para casa. "Vamos com essa água", o pai disse. "Seu grosseirão, unha-de-fome, zé-dos-sapatos, achas que sou tua escrava?" O pobre sapateiro achou que alguma coisa lhes virara a cabeça, e foi ele próprio buscar água. Notou a sombra da jovem na fonte, olhou para o alto da árvore e viu a mais bela mulher que jamais vira. "O lugar onde sentas está balançando, mas teu rosto é belo", o sapateiro disse. "Desce daí, que preciso de ti só por um instante na minha casa." O sapateiro compreendeu que aquela era a sombra que virara a cabeça da gente da sua casa. Ele a levou à sua casa e disse que só tinha uma pobre choupana, mas que dividiria com a jovem tudo que nela houvesse. No final do dia três jovens fidalgos foram encomendar sapatos para o rei, que voltara para casa e ia se casar. Os jovens viram a filha do gigante, e nunca tinham visto nenhuma jovem tão bela. "Tens uma bela filha", os jovens disseram ao sapateiro. "Ela é realmente muito bonita", o sapateiro disse. "Mas não é minha filha." "Nossa!", um deles exclamou. "Eu daria cem libras para casar com ela." Os outros dois disseram o mesmo. O pobre sapateiro disse que nada tinha a ver com a jovem. "Mas", disseram, "pergunta-lhe sobre isto esta noite, e manda-nos um recado amanhã." Quando os cavalheiros foram embora, ela perguntou ao sapateiro: "O que estavam dizendo sobre mim?" "O sapateiro lhe contou. "Vá atrás deles", ela disse. "Vou me casar com um deles, e que ele traga a sua bolsa de dinheiro." O jovem voltou e deu ao sapateiro cem libras de dote. Foram descansar. Quando ela se deitou, pediu ao rapaz que lhe trouxesse água de um copo que estava numa mesa no outro extremo do quarto. Ele foi, mas não conseguiu voltar e ficou segurando o copo a noite inteira. "Meu rapaz", ela disse, "por que não vens deitar?" — mas ele só pôde sair de onde estava quando a manhã já ia avançada. O sapateiro foi à porta do quarto, e ela lhe pediu que levasse embora aquele rapaz estúpido. O galanteador foi para casa, mas não contou aos outros dois o que se passara. Em seguida veio o segundo rapaz e, da mesma forma que antes, quando ela foi se deitar: "Vai ver se a porta está com a tranca". A tranca segurou suas mãos, e durante toda a noite ele não conseguiu sair dali, tendo que ficar lá até a manhã já avançada. Ele foi embora se sentindo envergonhado e desmoralizado. Mas não contou ao outro rapaz o que tinha acontecido, e na terceira noite foi a vez deste. Tal como acontecera com os outros, aconteceu com ele. Um pé ficou preso ao soalho; ele não conseguia nem ir nem vir, e assim ficou durante toda a noite. No dia seguinte o rapaz saiu de lá feito um celerado, e ninguém o viu olhar para trás. "Agora", a jovem disse ao sapateiro, "podes ficar com a bolsa cheia de ouro. Não preciso disso. O ouro te será mais útil, e assim retribuo tua bondade para comigo." O sapateiro estava com os sapatos prontos, e naquele mesmo dia o rei ia se casar. O sapateiro ia para o castelo com os sapatos dos jovens, e a jovem lhe disse: "Eu gostaria de dar uma olhada no filho do rei antes do seu casamento". "Vem comigo", o sapateiro disse. "Sou amigo dos criados do castelo, e tu vais poder dar uma olhada no filho do rei e em todos os seus acompanhantes." Quando os fidalgos viram a linda mulher que lá estava, levaram-na para a câmara nupcial e lhe serviram uma taça de vinho. Quando ela estava prestes a beber, surgiu uma chama dentro da taça, e um pombo de ouro e outro de prata saltaram de dentro dela. Eles estavam voejando quando três grãos de cevada caíram no chão. O pombo de prata se lançou sobre ele e os comeu. Disse-lhe o pombo de ouro: "Se te lembrasses de quando eu limpei o estábulo, não os terias comido sem dividi-los comigo". Novamente caíram três grãos de centeio, e o pombo de prata se lançou sobre eles e os comeu, como fizera antes. "Se te lembrasses de quando cobri o estábulo, não os terias comido sem dividi-los comigo", o pombo de ouro disse. Caíram mais três grãos, e o pombo de prata se lançou sobre eles e os comeu. "Se te lembrasses de quando furtei o ninho de pega, não os terias comido sem dividi-los comigo", o pombo de ouro disse. "Perdi o meu dedo mindinho quando o trouxe para baixo, e ainda o quero." O filho do rei se lembrou e se deu conta do bem que possuía. Correu ao encontro dela e a cobriu de beijos desde a mão até a boca. E, quando o padre chegou, eles se casaram pela segunda vez. E nesse ponto eu os deixo.

# Menina-Salsa
(italiano)

Uma vez, no inverno, uma mulher disse: "Estou com muita vontade de comer salsa. Tem um monte de salsa na horta das freiras. Vou lá buscar um pouco de salsa".

Na primeira vez, pegou um raminho de salsa e não viu ninguém. Na segunda vez, pegou dois raminhos e ninguém a viu. Mas na terceira vez, bem na hora em que estava pegando um molho grande, uma mão bateu no seu ombro, e lá estava uma freira corpulenta.

"O que você está fazendo?", a freira perguntou.

"Pegando um pouco de salsa. Estava com muito desejo de comer salsa, porque vou ter um bebê."

"Pode levar tanta salsa quanto quiser, mas, quando você tiver o seu bebê, deve chamá-lo Menino-Salsa, se for menino, e Menina-Salsa, se for menina. E, quando o bebê crescer, você deve entregá-lo a nós. Esse é o preço da sua salsa."

Embora tenha achado aquilo ridículo na ocasião, quando a filhinha da mulher nasceu, ela a chamou de Menina-Salsa. Às vezes Menina-Salsa ia brincar próximo aos muros do convento. Certo dia uma das freiras a chamou: "Menina-Salsa! Pergunte à sua mãe quando ela vai nos dar aquilo".

"Está bem", Menina-Salsa disse.

Ela foi para casa e disse à sua mãe: "A freira me perguntou quando você vai dar aquilo a elas".

Sua mãe riu e disse: "Diga-lhes que elas mesmas terão que vir pegar".

Quando Menina-Salsa foi brincar novamente perto dos muros do convento, a freira disse: "Menina-Salsa, você perguntou à sua mãe?".

"Sim", ela respondeu. "E ela disse que você mesma tem que ir buscar."

Então a freira estendeu o braço comprido e pegou Menina-Salsa pelo cangote.

"Eu, não!"

"Você, sim!"

E a freira contou à Menina-Salsa a história da salsa e da promessa. Menina-Salsa começou a chorar. "Mãe malvada! Ela nunca me disse nada!" Quando entraram no convento, a freira disse: "Ponha um caldeirão de água no fogo, Menina-Salsa e, quando começar a ferver, corra para dentro dele! Você vai dar um belo jantarzinho".

Menina-Salsa começou a chorar de novo. Então surgiu um velhinho de dentro de uma panela.

"Por que você está chorando, Menina-Salsa?"

"Estou chorando porque as freiras vão me comer no jantar."

"Elas não são freiras, são bruxas velhas malvadas. Ponha o caldeirão de água no fogo e pare de chorar."

"Por que eu haveria de parar de chorar? As freiras vão me comer."

"Oh, não, elas não vão. Tome esta varinha mágica. Quando vierem ver se o caldeirão já está fervendo, dê uma batidinha nelas com a varinha, que todas vão pular no caldeirão como sapos numa lagoa."

Embora tenha pensado: "O velhinho só me disse isso para eu parar de chorar", ela se sentiu um pouco melhor. Quando a água do caldeirão ferveu, ela chamou: "Irmãs! Irmãs! O caldeirão está fervendo!".

Todas foram ver, gritando: "Oh, que belo jantarzinho nós vamos ter!" Menina-Salsa estava assustadíssima, então pegou a varinha de condão e bateu com ela nos seus grandes traseiros e... sim! Todas elas pularam — splash — dentro do caldeirão.

"Tire o caldeirão do fogo, Menina-Salsa! A gente estava só brincando!"

"Ah, não, vocês não estavam! Vocês não são freiras coisa nenhuma, são bruxas! E vão ficar aí até cozinharem, mas não pensem que vou me dignar a comê-las, vocês são velhas e duras demais. Vou olhar no forno para ver o que mais vocês têm."

Ela olhou no forno e encontrou um belo jovem numa panela.

"Olá, belo jovem. Estou com fome."

"Não zombe de mim. Não sou nenhum jovem. Sou velho e feio."

"Não, não é." E ela lhe mostrou a sua bela imagem refletida numa bacia polida. "Quanto a mim, tenho a infelicidade de ser uma menina."

"Você não é uma menina coisa nenhuma", ele disse. "Vou lhe mostrar."

E ele a mediu, usando a parede, para lhe mostrar o quanto tinha crescido. Menina-Salsa disse: "Vou lhe fazer uma proposta".

"Que proposta?"

"Vamos nos casar."

"Mas você é tão bonita, e sou tão sem graça."

"Da minha parte, acho você bonito."

"Está bem. Se você quer casar, caso com você."

"Então vamos comer alguma coisa e depois dormir. Amanhã a gente procura um padre."

"Mas não vamos ficar no convento, porque as freiras põem o diabo no lugar que cabe a Jesus."

Eles foram procurar o diabo, mas ele se transformara em Jesus, por causa da varinha mágica. Menina-Salsa disse: "Você sabe que matei todas as bruxas, não é?".

Olharam dentro do caldeirão. Estava cheio de cadáveres.

"Vamos cavar um buraco, enterrá-las e ir embora daqui."

Jantaram e foram para a cama. Na manhã seguinte procuraram o padre e se casaram.

# A esperta Gretel
(alemão)

Houve uma vez uma cozinheira chamada Gretel que usava sapatos com saltos vermelhos e, quando saía com eles, começava a rodopiar de um lado para o outro e ficava feliz feito uma cotovia. "Você é realmente muito bonita!", dizia para si mesma. E, quando voltava para casa, por puro prazer bebia um pouco de vinho. Como o vinho lhe abria o apetite, ela provava as melhores coisas que estava cozinhando até ficar satisfeita. Então dizia: "A cozinheira deve conhecer o sabor da comida!".

Um dia o patrão lhe disse: "Gretel, hoje teremos um convidado para jantar. Prepare duas galinhas e trate de fazê-las deliciosas".

"Vou cuidar disso, senhor", Gretel respondeu. Então ela matou duas galinhas, escaldou-as, depenou-as, meteu-as num espeto e à noitinha as colocou no fogo para assar. As galinhas começaram a dourar e estavam quase prontas, mas o convidado não aparecia. Então Gretel disse ao patrão: "Se o convidado não vier logo, vou ter que tirar as galinhas do fogo. Seria uma pena se elas não fossem comidas agora, enquanto estão bem suculentas".

"Então eu mesmo vou buscar o convidado", o patrão disse.

Quando o patrão saiu de casa, Gretel deixou o espeto com as galinhas de lado e pensou: "Se eu ficar aqui perto do fogo, só vou ficar suada e com sede. Sabe-se lá quando eles vão chegar! Enquanto isso, vou descer à adega e beber alguma coisa".

Ela desceu depressa ao porão, encheu um jarro de vinho e disse: "Que Deus o abençoe para você, Gretel!", e tomou uma boa talagada. "O vinho desceu que foi uma beleza", continuou, "e não é bom interromper seu fluxo." Ela tomou outra grande talagada, subiu as escadas e colocou as galinhas no fogo novamente, besuntou-as com manteiga e ficou girando o espeto alegremente. As galinhas assadas tinham um cheirinho delicioso, e Gretel pensou que talvez estivesse faltando alguma coisa. Tocou uma delas com o dedo e disse: "Meu Deus! As galinhas já estão no ponto! É uma pena não comê-las imediatamente!". Ela correu à janela para ver se o patrão estava chegando com o convidado, mas, como não viu ninguém, voltou para onde estavam as galinhas e pensou: "Aquela asa está queimando. É melhor comê-la".

Ela a cortou, comeu e gostou. Ao terminar, pensou: "É melhor eu comer a outra asa, senão o meu patrão vai notar que está faltando alguma coisa". Depois de ter comido as duas asas, ela voltou à janela, olhou para ver se via o patrão, mas não o viu. Quem sabe, ocorreu-lhe de repente, ele não teria parado em algum lugar no caminho. Então falou para si mesma: "Ora, Gretel, anime-se! Você já comeu um belo naco. Beba mais um pouco e coma tudo! Quando tudo terminar, você não terá razão para se sentir culpada. Para que desperdiçar os dons de Deus?".

Ela correu mais uma vez à adega, tomou uma boa talagada, subiu de volta à cozinha e comeu a galinha com todo gosto. Bem, ela já tinha comido uma galinha, e o patrão ainda não voltara. Gretel olhou para a outra ave e disse: "Onde uma está, a outra também deve estar. As duas têm o mesmo destino. O que vale para uma, vale para a outra. Acho que não vai fazer nenhum mal se eu beber mais um pouco". Então tomou mais uma boa talagada e começou a despachar a galinha para junto da outra.

Bem na hora em que ela estava saboreando a comida, o patrão voltou e falou: "Depressa, Gretel, logo o convidado vai chegar!".

"Sim, senhor, vou deixar tudo preparado", Gretel respondeu.

Nesse meio-tempo o patrão verificou se a mesa estava bem-posta, pegou a faca grande com que pretendia trinchar as galinhas e começou a amolá-la nos degraus da escada. Fazia isso quando o convidado chegou e bateu delicadamente à porta. Gretel correu para ver quem era e, quando viu o convidado, pôs o dedo nos lábios e sussurrou: "Pssit! Silêncio! Saia daqui o mais depressa que puder! Se o meu patrão o pega, você está perdido. É verdade que ele o convidou para jantar, mas o que ele quer mesmo é cortar as suas orelhas. Ouça, ele já está amolando a faca!".

O convidado ouviu o barulho da faca sendo amolada e desceu as escadas da entrada da casa o mais rápido que pôde. Gretel não perdeu tempo e correu para dentro de casa gritando para o patrão: "É esse o tipo de gente você convida?".

"Pelo amor de Deus, Gretel! Por que pergunta? Que quer dizer com isso?"

"Bem", ela disse. "Ele agarrou as duas galinhas na hora em que eu as levava para a mesa e saiu correndo com elas!"

"Isso não são modos de se comportar!", o patrão disse, desapontado com a perda das suas belas galinhas. "Ele podia ter deixado pelo menos uma para que eu tivesse o que comer."

Então ele gritou para o convidado que parasse de correr, mas o convidado fingiu não ouvir. Então o patrão correu atrás dele, ainda com a faca na mão, gritando: "Só uma! Só uma!", querendo apenas dizer que o convidado poderia deixar pelo menos uma galinha. Mas o convidado pensou que o seu anfitrião quisesse cortar pelo menos uma das suas orelhas. Então, para garantir que chegaria em casa com as duas orelhas no devido lugar, correu como se alguém tivesse acendido uma fogueira sob os seus pés.

# A peluda
(americano)

Uma senhora entrou numa loja de bichos para comprar um animal exótico e raro, um animal nunca visto. Quando ela explicou o que queria, o dono da loja começou a lhe mostrar tudo o que tinha em matéria de animais raros e exóticos. Depois de muito trabalho, a senhora não tinha achado nada que fosse incomum o bastante para o seu gosto. Ela fez um último apelo ao lojista. Desesperado, o dono da loja disse: "Tenho um animal que você nunca viu antes, mas não sei se devo lhe mostrar". "Oh, por favor!", a senhora exclamou.

O lojista foi a um depósito nos fundos da loja e logo voltou com uma gaiola. Pôs a gaiola no balcão, tirou o animal e o colocou em cima do balcão. A senhora olhou, mas só viu uma coisa peluda, sem cabeça, sem olhos, sem nada. "Que diabo é isso?", a senhora perguntou. "É uma peluda", o dono da loja disse num tom indiferente. "Mas o que é que ela faz?", a senhora perguntou. "Preste bem atenção, madame", o lojista disse. Então ele olhou para a peluda e disse: "Peluda, a parede!". E imediatamente o animal saiu voando e atingiu a parede como uma tonelada de tijolos, destruindo-a tão completamente que só restou poeira. Então, com a mesma rapidez, voou de volta para o balcão. Então o lojista disse: "Peluda, a porta!". E imediatamente o animal voou em direção à porta, atingiu-a como uma tonelada de tijolos e destruiu não só a porta, mas também as guarnições. Então, com a mesma rapidez, a peluda voou de volta e pousou no balcão.

"Vou levá-la!", a senhora disse. "Está bem, se a senhora quer mesmo levar...", o dono da loja disse. Quando a senhora ia saindo da loja com a peluda, o homem disse: "Desculpe-me, madame, mas o que a senhora vai fazer com a peluda?". A senhora olhou para trás e disse: "Bem, tenho tido problemas com o meu marido ultimamente, então hoje à noite, quando ele chegar em casa, vou pôr a peluda no chão, bem no meio da cozinha. Ao voltar do trabalho, ele vai chegar à porta e me dizer: "Que diabo é isso?", e vou dizer: "Ora, querido, é uma peluda". E o meu marido vai olhar para mim e dizer: "Peluda, meu cu!".

PARTE 3

TOLOS

# Por um punhado de miolos
(inglês)

Certa vez nesta região, e não faz tanto tempo assim, havia um bobo que queria comprar um punhado de miolos, pois ele vivia se metendo em dificuldades por causa da sua estupidez, sendo então alvo de zombarias de todo mundo. Disseram-lhe que ele poderia conseguir o que quisesse com uma velha curandeira que vivia no alto da colina e que mexia com poções, ervas, feitiços e essas coisas, sendo capaz também de adivinhar o que seria de você e dos seus. Então ele contou à sua mãe e perguntou a ela se deveria procurar a curandeira e comprar um pouco de miolos.

"Você deve sim", ela disse. "Você está muito precisado mesmo, meu filho; se eu morrer, quem vai cuidar de um pobre imbecil como você, tão incapaz de cuidar de si mesmo quanto um bebê? Mas cuidado com o que diz, e fale com ela direitinho, meu rapaz. Porque essas curandeiras se aborrecem com qualquer coisinha."

Então lá foi ele depois do chá, e lá estava ela, sentada junto ao fogão, mexendo um grande caldeirão.

"Boa noite, senhora", ele disse. "É uma bela noite."

"Sim", ela disse, e continuou a mexer.

"Pode ser que chova", ele disse, apoiando-se ora num pé, ora noutro.

"Pode ser", ela disse.

"Mas pode ser que não", ele disse, e olhou pela janela.

"Pode ser", ela respondeu.

Ele coçou a cabeça e girou o chapéu.

"Bem", ele disse. "Não consigo falar mais nada sobre o tempo, mas deixeme ver... As plantações vão indo bem."

"Bem", ela repetiu.

"E... e... o gado está engordando", ele continuou.

"Está", ela concordou.

"E... e...", ele disse, e empacou. "Acho que posso tratar de negócios agora, pois já tive uma conversa educada. A senhora tem miolos para vender?"

"Isso depende", ela respondeu. "Se você quiser miolos de rei, de soldado ou de mestre-escola, esses eu não tenho.

"Ah, não", ele falou. "Quero só miolos comuns, que sirvam para qualquer imbecil — como os de todo mundo aqui. Uma coisa bem comum."

"Ah, bom", suspirou a curandeira. "Isso posso conseguir, se você fizer a sua parte."

"Como assim, senhora?", ele perguntou.

"É o seguinte", ela disse, fitando o caldeirão. "Traga-me o coração da coisa de que você mais gosta, que lhe direi onde conseguir os seus miolos."

"Mas", ele falou coçando a cabeça, "como posso fazer isso?"

"Não sou eu quem vai lhe dizer isso", ela respondeu. "Descubra por si mesmo, meu rapaz, se não quiser ser um imbecil a vida inteira. Você vai ter de resolver uma charada para eu saber se você trouxe a coisa certa, e se os miolos estão mesmo em você. E agora tenho mais o que fazer. Então, boa noite pra você", ela disse, levando o caldeirão para o fundo da casa.

E lá voltou o tolo para junto da mãe, e lhe contou o que a curandeira lhe dissera.

"Acho que vou ter que matar aquele porco", ele disse, "porque a coisa de que eu mais gosto é toucinho gordo."

"Então faça isso, meu rapaz", a mãe disse. "Com certeza vai ser uma coisa nova e boa para você, poder comprar um punhado de miolos e se tornar capaz de cuidar de si mesmo."

Então ele matou o porco e no dia seguinte foi à choupana da curandeira — e lá estava ela, sentada, lendo um grande livro.

"Boa noite, senhora", ele disse. "Eu lhe trouxe o coração da coisa de que mais gosto no mundo, e vou pôr em cima da mesa, embrulhado num papel."

"Ah, é?", ela disse, fitando-o através dos óculos. "Diga-me então: o que é que corre e não tem pés?"

Ele coçou a cabeça e pensou, pensou, mas não soube responder.

"Pode voltar", ela disse. "Você não trouxe a coisa certa. Hoje não tenho miolos para você." Então ela fechou o livro e lhe deu as costas.

E lá se foi o tolo contar à mãe o que se passara.

Quando ele se aproximava de casa, umas pessoas correram até ele para lhe contar que sua mãe estava à beira da morte.

Quando ele chegou lá, a mãe apenas olhou para ele e sorriu, como a dizer que podia deixá-lo despreocupada, pois ele tinha miolos suficientes para poder cuidar de si mesmo... e então morreu.

Ele se sentou e se pôs a pensar, e quanto mais pensava, pior se sentia. Lembrou-se de como a mãe cuidava dele quando era um pirralho chato, ajudava-o a fazer as lições, preparava-lhe a comida, remendava as suas roupas e agüentava os seus desatinos. Sentindo-se cada vez mais triste, começou a soluçar e a chorar.

"Oh, Mãe, Mãe!", ele dizia. "Quem vai cuidar de mim agora? Você não devia ter me deixado sozinho, porque eu a amava mais do que tudo no mundo!"

Ao dizer isso, ele pensou nas palavras da curandeira. "Ei! Será que devo levar o coração de minha mãe para ela?"

"Não! Não posso fazer isso", disse. "O que é que eu vou fazer? O que é que vou fazer para conseguir os meus miolos, agora que estou sozinho no mundo?" Então ele pensou, pensou e pensou, e no dia seguinte pegou um saco emprestado, enfiou a mãe dentro dele e o carregou no ombro até a choupana da curandeira.

"Boa noite, senhora", ele disse. "Acho que desta vez eu trouxe a coisa certa", acrescentou, e jogou o saco — ploft! — na soleira da porta.

"Talvez", resmungou a curandeira. "Mas me responda o seguinte: o que é que é amarelo e brilhante, mas não é ouro?"

Ele coçou a cabeça, pensou, pensou e pensou, mas não soube responder.

"Você ainda não achou a coisa certa, meu rapaz. Acho que você é ainda mais imbecil do que eu pensava!", ela disse, e fechou a porta na cara dele.

"Ora vejam só!", ele exclamou, sentando-se à beira da estrada e começando a chorar.

"Perdi as duas únicas coisas que me importavam. Com que mais posso comprar os miolos?" E começou a urrar até as lágrimas lhe entrarem pela boca. Então chegou uma moça que morava ali perto e olhou para ele.

"O que é que há com você, bobo?", ela perguntou.

"Oh, matei o meu porco, perdi a minha mãe, e não passo de um imbecil", ele disse aos soluços.

"Isso é ruim", ela respondeu. "E você não tem ninguém para cuidar de você?"

"Não, e não posso comprar um punhado de miolos porque não restou nada de que eu goste mais no mundo!"

"De que é que você está falando?", ela perguntou.

A moça se sentou ao seu lado, e ele lhe falou da curandeira, do porco, da mãe, das charadas, e disse que estava sozinho no mundo.

"Bem", ela disse. "Eu não me importaria de cuidar de você."

"Você faria isso?", ele perguntou.

"Ah, sim!", ela disse. "As pessoas dizem que os bobos dão bons maridos, e acho que vou me casar com você, se você quiser."

"Você sabe cozinhar?", ele perguntou.

"Sim, sei."

"E lavar?"

"Claro", ela disse.

"E remendar as minhas roupas?"

"Sei, sim", a jovem respondeu.

"Acho que você consegue fazer isso tão bem quanto qualquer um", ele disse. "Mas o que faço com a curandeira?"

"Oh, espere um pouco", ela disse. "Deve surgir alguma coisa, e não importa se você é um imbecil enquanto eu cuidar de você."

"Isso é verdade", ele respondeu, e eles se foram e se casaram. Ela mantinha a casa dele muito limpa e arrumada, preparava-lhe uma comida tão boa que uma noite ele lhe disse: "Moça, acho que você é a coisa de que mais gosto no mundo".

"É bom ouvir isso", ela falou. "E daí?"

"Será que tenho que matá-la e levar seu coração à curandeira para conseguir os meus miolos?"

"Ah, não!", ela exclamou, parecendo assustada. "Não vou aceitar isso. Mas, escute aqui, você não tirou o coração da sua mãe, não é?"

"Não, mas se tivesse tirado, talvez tivesse conseguido um punhadinho de miolos", ele disse.

"Não teria conseguido nem um nadinha", ela disse. "Basta ficar comigo tal como eu sou, com coração e tudo, que tentarei ajudá-lo a decifrar as charadas."

"Será que você consegue?", ele perguntou um tanto incrédulo. "Acho que elas são muito difíceis para as mulheres."

"Bem, vamos ver. Diga-me a primeira."

"O que é que corre e não tem pés?"

"Ora, a água!", ela disse.

"É mesmo", ele concordou, coçando a cabeça.

"E o que é que é amarelo e brilhante, mas não é ouro?"

"Ora, o sol!", ela respondeu.

"É mesmo!", ele disse. "Vamos procurar a curandeira agora mesmo." E lá se foram eles. Quando chegaram, ela estava sentada à porta da choupana, entrançando palhas.

"Boa noite, senhora", ele disse.

"Boa noite, bobo", ela respondeu.

"Acho que finalmente eu trouxe a coisa certa".

A curandeira olhou para ambos e limpou os óculos.

"Você pode me dizer o que a princípio não tem pernas, depois tem duas pernas e termina com quatro pernas?"

O bobo coçou a cabeça, pensou, pensou e pensou, mas não soube responder.

A jovem cochichou no seu ouvido:

"É o girino."

"Pode ser que seja um girino, senhora", ele disse.

A curandeira assentiu com a cabeça.

"Certo! E você já ganhou o seu punhado de miolos."

"Onde está?", ele perguntou, olhando em volta e batendo as mãos nos bolsos.

"Na cabeça da sua mulher", ela respondeu. "O único remédio para um bobo é uma boa mulher que cuide dele, e isso você conseguiu. Portanto, boa noite para vocês!" A curandeira acenou para eles, levantou-se e entrou na casa.

Então os dois foram embora juntos, e nunca mais ele quis comprar miolos, porque sua mulher tinha juízo bastante para os dois.

# O jovem da manhã
(afro-americano)

Uma solteirona que morava no campo estava doida para se casar, mas era muito velha, como eu. E havia um jovem, que passava pelo seu terreiro toda manhã, com quem ela desejava se casar. Então ele lhe disse: "Se você molhar seu lençol, se enrolar nele e passar a noite inteira no telhado, caso com você de manhã".

E ela era louca o bastante para tentar. Então ela se envolveu no lençol molhado, subiu no telhado e ficou lá em cima tremendo. O jovem ficou dentro de casa para garantir que ela ficaria no telhado. Durante toda a noite ele a ouvia tremer e dizer:

*Oooooh, ooooh,*
*Jovem da manhã*

Ela achava que poderia ficar assim até de manhã, se não congelasse antes. (Com certeza era uma estúpida.) Cada vez que ela dizia aquelas palavras, ficava mais fraca. Então, por volta das três da manhã, o lençol estava gelado, e o jovem a ouviu rolar no telhado da casa e cair no terreiro, congelada. Quando ela caiu, ele falou: "Que bom. Fiquei livre da velha".

# Agora eu riria, se não estivesse morto
(islandês)

Certa vez duas mulheres casadas começaram a discutir para saber qual dos maridos era mais estúpido. Finalmente resolveram, de comum acordo, fazer uma experiência para ver se eles eram tão estúpidos quanto pareciam. Uma delas armou a seguinte tramóia: quando o marido chegou do trabalho, ela pegou uma roca, um cardador e, depois de se sentar, começou a cardar e a fiar, mas nem o camponês nem ninguém viu nenhuma lã nas suas mãos. Observando isso, o marido perguntou se ela estava louca a ponto de cardar e de fiar sem lã, e lhe pediu que explicasse o que estava acontecendo. A mulher respondeu ser muito improvável que ele conseguisse ver o que ela estava fazendo, pois se tratava de um tecido tão fino que os olhos não podiam enxergar. Era com esse tecido que ela iria lhe fazer as roupas. Ele achou essa explicação bastante satisfatória, admirou-se muito da inteligência da mulher e ficou muito feliz já antevendo a alegria e o orgulho que teria com aquelas roupas. Depois de fiar — segundo ela disse — o bastante para fazer as roupas, armou o tear e teceu o pano. De vez em quando o marido ia olhar, admirando-se da habilidade da sua boa esposa. Ela estava se divertindo muito com a história toda e se apressou em executar o plano da melhor forma. Tirou o tecido do tear depois de pronto, lavou-o, apisoou-o e finalmente começou a trabalhar, cortando-o e fazendo as roupas com ele. Quando ela disse ter terminado o trabalho, chamou o marido para provar as suas roupas finas, mas não ousou deixá-lo experimentá-las sozinho, por isso o ajudou. Ela fingiu vesti-lo com as roupas finas e, embora o coitado na verdade estivesse nu, acreditou piamente que estava enganado e que a sua esposa lhe fizera magníficas roupas finas. Aquilo o deixou tão satisfeito que ele não conseguiu se conter e começou a pular de alegria.

Agora vamos falar da outra mulher. Quando o marido chegou do trabalho, ela lhe perguntou por que diabos ele estava de pé e andando. O homem ficou perplexo e disse: "Por que você pergunta isso?". Ela o convenceu de que ele estava muito doente e lhe disse que era melhor ir para a cama. Ele acreditou nisso e foi para a cama o mais rápido que pôde. Passado algum tempo, a mulher disse que iria lhe preparar os funerais. Ele perguntou por que e lhe implorou que não fizesse isso. Ela disse: "Por que você fica agindo feito um idiota? Você não sabe que morreu esta manhã? Vou mandar fazer o seu caixão agora mesmo". Então o pobre homem, acreditando que aquilo era verdade, ficou quieto até ser colocado no caixão. A mulher marcou o dia do enterro, contratou seis homens para carregar o caixão e pediu ao outro casal que acompanhasse seu querido marido até o túmulo. Ela mandara fazer uma janelinha no lado do caixão, para que o marido pudesse ver tudo o que se passava à sua volta. Quando chegou a hora de levar o caixão, o homem nu chegou, achando que todo mundo iria admirar as suas roupas finas. Mas longe disso: embora os carregadores estivessem abatidos, ninguém conseguiu controlar o riso ao ver o imbecil pelado. Quando o homem que estava no caixão viu o outro, gritou o mais alto que pôde: "Agora eu riria, se não estivesse morto!". O enterro foi adiado, e deixaram o homem sair do caixão.

# Os três tolos
(inglês)

Certo casal de granjeiros tinha uma filha que estava sendo cortejada por um cavalheiro. Toda noite ele ia visitá-la, ficava para jantar, e os pais pediam à moça que descesse à adega para pegar a cerveja para a refeição. Certa noite em que ela descera para buscar a cerveja, aconteceu de olhar para o teto ao subir com a bebida, então viu uma marreta presa a uma das vigas. A marreta provavelmente estava lá havia muito, muito tempo, mas por um motivo qualquer a jovem não a tinha visto — e então ficou intrigada. E concluiu que era muito perigoso ter a marreta ali, porque, conforme disse a si mesma: "Suponhamos que ele e eu nos casemos, que eu tenha um filho e este se torne um homem e desça para a adega para pegar cerveja, como estou fazendo agora, e a marreta caia na cabeça dele e o mate... que coisa terrível haveria de ser!". Então ela deixou de lado a vela e o jarro de cerveja e começou a chorar.

Bem, lá em cima começaram a se perguntar por que ela estava demorando tanto. A mãe foi à sua procura e a encontrou sentada no banco chorando, e a cerveja se derramando no chão. "O que é que está acontecendo?", a mãe disse. "Oh, Mãe!", ela disse. "Olhe para aquela marreta horrível! Suponhamos que eu me case, tenha um filho que fique adulto, desça a esta adega para pegar cerveja e a marreta caia em cima dele e o mate. Que coisa terrível haveria de ser."

"Meu Deus! Meu Deus! Que coisa terrível haveria de ser!", a mãe disse, sentando-se ao seu lado e começando também a chorar. Passado algum tempo, o pai começou a se perguntar por que as duas não voltavam, desceu à adega, e lá estavam elas chorando, enquanto a cerveja se derramava no chão. "Qual é o problema?", ele perguntou. "Ora", a mãe disse. "Olhe para aquela marreta horrível. Suponha que a sua filha e o namorado dela se casem, tenham um filho, esse filho se torne adulto, desça à adega para pegar cerveja e a marreta caia em cima dele, matando-o. Que coisa terrível haveria de ser!"

"Meu Deus, meu Deus, meu Deus! Seria mesmo!", o pai disse se sentando ao lado das duas e se pondo a chorar.

Àquela altura o cavalheiro estava cansado de ficar na cozinha sozinho e finalmente desceu à adega também para ver o que estava acontecendo. E lá estavam os três chorando lado a lado, e a cerveja se derramando no chão.

Ele foi direto à pipa e a arrolhou. Então disse: "O que vocês estão fazendo aí sentados, chorando e deixando a cerveja derramar no chão?".

"Oh!", o pai disse. "Olhe aquela marreta horrível! Suponhamos que você e a nossa filha se casem, tenham um filho, esse filho se torne adulto, desça a esta adega para pegar cerveja e a marreta caia em cima dele, matando-o!" E os três começaram a chorar ainda mais desesperados do que antes.

Mas o cavalheiro caiu na gargalhada, estendeu a mão, tirou a marreta e disse: "Já viajei muitas milhas, mas nunca encontrei três pessoas tão estúpidas quanto vocês; agora vou recomeçar a viajar novamente e, quando encontrar três pessoas mais estúpidas do que vocês, volto e caso com a sua filha". Então ele se despediu e recomeçou as suas viagens, deixando os três aos prantos, porque a jovem tinha perdido o namorado.

Bem, ele partiu, percorreu longínquas terras e finalmente chegou a uma choupana, pertencente a uma mulher, em cujo telhado crescia grama. A mulher estava tentando fazer sua vaca subir uma escada para comer a grama, e a pobre não tinha coragem de ir. Então o cavalheiro perguntou à mulher o que estava fazendo. "Ora, dê só uma olhada", ela disse. "Veja que bela grama. Vou pôr a vaca no telhado para que a coma. Ela vai ficar totalmente segura, porque vou amarrar uma cordinha no pescoço dela, passar a corda por dentro da chaminé, deixar amarrada a ponta da corda no meu punho enquanto ando pela casa, de forma que ela não cairá sem que eu perceba." "Ah, pobre idiota que você é!", o cavalheiro disse. "Você deveria cortar a grama e jogá-la no chão para a vaca!" Mas a mulher achava mais fácil fazer a vaca subir no telhado do que pôr a grama para o chão, por isso empurrou a vaca, convenceu-a a subir, amarrou uma cordinha no seu pescoço, passou-a pela chaminé até embaixo e amarrou a ponta no próprio pulso. E o cavalheiro seguiu o seu caminho, mas não tinha ido muito longe quando a vaca caiu do telhado e, como estava amarrada pelo pescoço, se enforcou. E o peso da vaca puxou a mulher pela corda chaminé acima, onde ela ficou entalada a meio caminho e foi sufocada pela fuligem.

Bem, aquela era uma estúpida de marca maior.

O cavalheiro continuou viagem e parou numa hospedaria para passar a noite. A hospedaria estava tão cheia que ele teria que dormir num quarto com duas camas, e a outra cama seria ocupada por outro viajante. O outro homem era um sujeito muito divertido, e eles se deram muito bem. De manhã, porém, quando os dois estavam se levantando da cama, o cavalheiro se surpreendeu ao ver o outro pendurar a calça nos puxadores da cômoda, correr pelo quarto e tentar pular dentro dela. O homem tentou repetidas vezes, mas não conseguia pular dentro da calça, e o cavalheiro se perguntava para que o outro fazia aquilo. Finalmente o homem parou, enxugou o rosto com um lenço. "Oh, meu Deus", ele disse. "Acho que calça é a roupa mais complicada que existe. Não sei quem inventou essa coisa. Levo quase uma hora para entrar na minha toda manhã. E o meu corpo esquenta um bocado! Como você faz para entrar na sua?" Então o cavalheiro caiu na gargalhada e lhe mostrou como vestia a sua. O homem lhe agradeceu muito e disse que nunca pensara em vestir a calça daquela maneira.

Aquele era outro grande estúpido.

O cavalheiro seguiu viagem novamente e chegou a uma aldeia. Fora da aldeia havia uma lagoa, e à sua volta uma multidão de pessoas com ancinhos, vassouras e forcados mergulhados na água. O cavalheiro perguntou qual era o problema. "Ora", disseram. "É um problema e tanto! A lua caiu na lagoa, e não há meios de tirá-la daí!" Então o cavalheiro caiu na gargalhada e lhes disse para olhar para o céu e que aquilo era só um reflexo na água. Mas não quiseram lhe dar ouvidos, cobriram-no de injúrias, e ele fugiu dali o mais rápido que pôde.

De modo que havia um monte de gente mais estúpida do que os três imbecis que ele deixara na casa da namorada.

Então o cavalheiro voltou para casa, casou-se com a filha do granjeiro, e, se eles não estão vivendo felizes para sempre, nem eu nem vocês temos nada com isso.

# O menino que nunca tinha visto mulher
(afro-americano)

Havia um rapaz, acho que no Alabama, que foi criado até os vinte e um anos sem ver nenhuma mulher — era uma espécie de experiência. Ele foi criado só por homens. Quando completou vinte e um anos, o pai o levou a um lugar por onde passavam as alunas da escola secundária quando terminavam as aulas. Pela janela ele as viu, tão graciosas com suas fitas e os cabelos compridos (porque naquela época elas usavam cabelos compridos), sorrindo e brincando. Então ele disse: "Pai, pai, venha aqui. Olhe, olhe, que é aquilo?". "São patos." "Me dê um, papai." "Qual deles você quer?" "Não tem importância, papai. Qualquer um, pai."

Portanto, é melhor deixar que eles cresçam juntos, para que aprendam a escolher um pouco.

# A velha que vivia
# dentro de uma garrafa de vinagre
(inglês)

Era uma vez uma mulher que vivia dentro de uma garrafa de vinagre. Uma vez uma fada estava passando por ali e ouviu a velha falando consigo mesma.

"É uma tristeza, é uma tristeza, é uma tristeza", a velha dizia. "Eu não deveria viver dentro de uma garrafa de vinagre. Eu deveria morar num chalezinho coberto de colmo, com as paredes cobertas de rosas — isso sim."

Então a fada disse: "Muito bem, quando você for dormir esta noite, vire-se na cama três vezes, feche os olhos, e de manhã você vai ver só uma coisa".

Então a velha foi dormir, virou-se na cama três vezes, fechou os olhos, e na manhã seguinte lá estava ela numa bela cabaninha com telhado de colmo e paredes cobertas de rosas. Ela ficou muito surpresa e muito contente, mas se esqueceu completamente de agradecer à fada.

E a fada foi para o norte, foi para o sul, foi para o leste e foi para o oeste, por causa de um negócio de que estava tratando. A certa altura ela pensou: "Vou ver como está aquela senhora. Ela deve estar muito feliz em sua cabaninha".

Quando a fada chegou diante da porta da velha, ouviu-a falando consigo mesma.

"É uma tristeza, é uma tristeza, é uma tristeza. Eu não deveria viver sozinha numa cabana pequena como esta. Eu deveria morar numa bela casinha junto com outras casas, com cortinas de renda nas janelas, aldrava de metal na porta, e gente vendendo mexilhões e amêijoas às portas, todos alegres e contentes."

A fada ficou muito surpresa, mas disse: "Muito bem. Quando for dormir esta noite, vire-se na cama três vezes, feche os olhos, e de manhã você vai ver só uma coisa".

Então a velha foi dormir, virou-se na cama três vezes, fechou os olhos, e de manhã lá estava ela na sua bela casinha junto com outras casas, com cortinas de renda nas janelas, aldrava de metal na porta, e gente vendendo mexilhões e amêijoas às portas, todos alegres e contentes. Ela ficou muito surpresa, e muito satisfeita, mas se esqueceu completamente de agradecer à fada.

E a fada foi para o norte, foi para o sul, foi para o leste e para o oeste, por causa de um negócio de que estava tratando. Depois de certo tempo, ela pensou consigo mesma: "Vou ver como está aquela senhora. Com certeza ela agora está feliz".

E, quando ela chegou à ruazinha, ouviu a velha falando para si mesma. "É uma tristeza, é uma tristeza, é uma tristeza. Eu não deveria morar numa ruazinha como esta, cercada de gente vulgar. Deveria viver numa grande mansão no campo, com um grande jardim em toda a sua volta, e criados que atendessem ao toque de uma campainha."

A fada ficou muito surpresa, e até mesmo aborrecida, mas disse: "Muito bem, vá dormir, vire-se na cama três vezes, feche os olhos, e amanhã você vai ver só uma coisa".

E a velha foi dormir, virou-se na cama três vezes, fechou os olhos, e na manhã seguinte lá estava ela numa grande mansão no campo, rodeada por um belo jardim, com criados atendendo ao chamado de uma campainha. Ela ficou muito contente e muito surpresa, e aprendeu a falar com delicadeza, mas se esqueceu completamente de agradecer à fada.

E a fada foi para o norte, foi para o sul, foi para o leste e para o oeste, por causa de um negócio de que estava tratando. Depois de certo tempo, ela pensou consigo mesma: "Vou ver como está aquela senhora. Com certeza ela agora está feliz".

Mas mal ela se aproximou da janela da sala de visitas da velha, ouviu-a falando consigo mesma em tom suave.

"É realmente uma grande tristeza que eu viva sozinha neste lugar, onde não existe vida social. Eu deveria ser uma duquesa, andar na minha própria carruagem para servir à Rainha, com criados de libré ao meu lado."

A fada ficou muito surpresa e muito consternada, mas disse: "Muito bem. Vá dormir esta noite, vire-se três vezes na cama, feche os olhos, e de manhã você vai ver só uma coisa".

Então a velha foi dormir, virou-se na cama três vezes e fechou os olhos. Na manhã seguinte, lá estava de duquesa, com sua própria carruagem para servir à Rainha, acompanhada de criados de libré. Ela ficou muito surpresa e muito contente. Mas se esqueceu completamente de agradecer à fada.

E a fada foi para o norte, foi para o sul, foi para o leste e para o oeste, por causa de um negócio de que estava tratando. Depois de certo tempo, ela pensou consigo mesma: "Vou ver como está aquela senhora. Com certeza ela está feliz, agora que é duquesa".

Mas mal se aproximou da grande torre da mansão da velha, ela a ouviu dizendo num tom mais delicado do que nunca: "É realmente uma grande tristeza que eu seja uma mera duquesa e deva reverência à Rainha. Por que eu própria não posso ser uma rainha e me sentar num trono de ouro, com uma coroa de ouro na cabeça e cortesãos à minha volta?".

A fada ficou muito desapontada e muito furiosa, mas disse: "Muito bem. Vá dormir, vire-se na cama três vezes, feche os olhos e de manhã você vai ver só uma coisa".

Então a velha foi dormir, virou-se na cama três vezes e fechou os olhos. Na manhã seguinte lá estava ela num palácio real, uma legítima rainha, sentada num trono de ouro, com uma coroa de ouro na cabeça e cercada de cortesãos. Ela estava absolutamente encantada, e dava ordens a torto e a direito. Mas se esqueceu completamente de agradecer à fada.

E a fada foi para o norte, foi para o sul, foi para o leste e para o oeste, por causa de um negócio de que estava tratando. Depois de certo tempo, ela pensou consigo mesma: "Vou ver como está aquela senhora. Com certeza agora ela deve estar satisfeita!".

Mas tão logo ela se aproximou da sala do trono, ouviu a velha dizendo:

"É uma grande tristeza, uma tristeza muito grande mesmo, que eu seja a Rainha de um paisinho insignificante como este, em vez de reinar sobre o mundo inteiro. Eu serviria mesmo era para ser papa, para imperar sobre as mentes de todos na Terra."

"Muito bem", a fada disse. "Vá dormir, vire-se na cama três vezes, feche os olhos, e de manhã você vai ver só uma coisa."

Então a velha foi dormir, dominada por fantasias inspiradas pelo orgulho. Ela virou na cama três vezes e fechou os olhos. E no dia seguinte tinha voltado à sua garrafa de vinagre.

# Tom Tit Tot
(inglês)

Era uma vez uma mulher que assou cinco tortas. Ao serem tiradas do forno, elas tinham passado do ponto e a casca estava muito dura. Então ela disse à filha:

"Filha, ponha as tortas na prateleira e as deixe lá um pouco, que elas voltam." Com isso ela queria dizer que a casca delas ia voltar a ficar macia.

Mas a jovem falou consigo mesma: "Bem, se elas vão reaparecer, vou comê-las agora mesmo". E começou a comer e acabou com todas elas.

Bom, na hora do jantar, a mulher disse: "Vá pegar uma das tortas. A essa altura elas já devem ter voltado".

A jovem foi, olhou, e só tinham sobrado os pratos. Ela voltou e disse: "Não, elas não voltaram".

"Nenhuma delas?", a mãe perguntou.

"Nenhuma delas", a filha respondeu.

"Bem, voltando ou não, vou querer uma para o jantar."

"Mas não é possível, pois elas não voltaram", a jovem disse.

"É possível, sim", a mãe disse. "Vá e traga a melhor."

"Melhor ou pior", a jovem disse, "comi todas elas, e você não vai poder comer nenhuma até voltarem."

Bem, a mulher viu que não tinha jeito, então levou a sua roda de fiar à porta para fiar, e enquanto fiava cantou:

*Minha filha comeu cinco tortas hoje*
*Minha filha comeu cinco tortas hoje*

O rei estava passando pela rua, ouviu-a cantar, mas não entendeu direito suas palavras, por isso parou e disse:

"O que você estava cantando, minha boa senhora?"

A mulher ficou com vergonha de dizer o que a filha andara fazendo, por isso cantou assim:

*Minha filha fiou cinco meadas hoje*
*Minha filha fiou cinco meadas hoje*

"Deus do céu!", o rei exclamou. "Nunca ouvi dizer que alguém fosse capaz de fazer isso."

Então ele acrescentou: "Ouça bem, quero uma mulher e vou casar com a sua filha. Mas ouça bem, durante onze meses do ano ela terá tudo que gosta de comer, todos os vestidos que gosta de usar e a companhia que mais lhe agradar. Mas no último mês do ano ela terá que fiar cinco meadas todo dia e, se ela não fizer isso, eu a matarei".

"Está bem", a mulher disse, pensando no grande casamento que seria. Quanto às cinco meadas, quando chegasse a ocasião, haveria muitas formas de contornar o problema, e o mais provável é que ele já tivesse esquecido aquela história.

Bem, então eles se casaram. E durante onze meses a jovem teve tudo que gostava de comer, todos os vestidos que gostava de usar e a companhia que mais lhe agradava.

Quando esse prazo estava acabando, ela começou a pensar sobre as meadas e a se perguntar se ele ainda se lembrava delas, mas não disse uma palavra sobre o assunto, pensando que ele tinha esquecido toda história.

Entretanto, no último dia do último mês ele a levou a uma sala que ela nunca vira. Nela só havia uma roda de fiar e um banquinho. E ele disse: "Agora, minha querida, amanhã você vai ficar trancada aqui com um pouco de comida e linho. E se ao anoitecer você não tiver fiado cinco meadas, corto-lhe a cabeça".

E lá se foi ele cuidar dos negócios.

Bem, ela ficou apavorada, pois sempre fora uma moça tão sem jeito que nem ao menos sabia fiar, e o que é que ia fazer no dia seguinte, sem ninguém que a ajudasse à noite? Ela se sentou num banquinho da cozinha e... como chorou!

Mas de repente ela ouviu um barulhinho, como se alguém estivesse batendo na porta. Ela se levantou e a abriu, e o que viu foi uma criaturinha preta com uma cauda comprida. Aquela coisa olhou para ela com muita curiosidade e disse:

"Por que você está chorando?"

"Que lhe interessa?", ela perguntou.

"Não se preocupe", a criatura respondeu girando a cauda.

"Bem", a jovem disse. "Se de nada adiantar contar, também não fará mal nenhum", e contou das tortas, das meadas e tudo o mais.

"Eis o que vou fazer", a criaturinha disse. "Virei à sua janela toda manhã, levarei o linho e o trarei fiado à noite."

"O que você quer em troca?", ela disse.

A criatura a olhou pelos cantos dos olhos e disse: "Vou lhe dar três chances, a cada noite, para adivinhar meu nome. Se ao cabo de um mês não o tiver adivinhado, você será minha".

Bem, ela achou que com certeza adivinharia o nome antes que se passasse um mês. "Está bem", disse. "Concordo."

"Ótimo", a criaturinha disse, girando a cauda doidamente.

Bem, no dia seguinte o marido a levou para a sala, e lá estavam o linho e a comida para aquele dia.

"Aí está o linho", ele disse. "E, se você não o fiar até o anoitecer, lá se vai sua cabeça." Então ele foi embora e trancou a porta.

Mal ele saiu, a jovem ouviu uma batida na janela.

Ela se levantou e a abriu, e lá estava a criaturinha sentada no peitoril da janela.

"Cadê o linho?", a criatura disse.

"Está aqui", a jovem respondeu, dando-o a ela.

"Agora me diga: qual é o meu nome?"

"Ora, será Bill?", ela arriscou.

"Não, não é", a criatura disse, girando a cauda.

"É Ned?", ela perguntou.

"Não, não é", a criatura disse girando a cauda.

"Bem, então é Mark?", ela disse.

"Não, não é", a criatura disse girando a cauda com mais vigor, e desapareceu.

Bem, quando o marido entrou na sala, lá estavam cinco meadas prontas para ele. "Vejo que não precisarei matá-la esta noite, minha querida", ele disse. "De manhã você vai receber seu linho e sua comida", acrescentou e foi embora.

Bem, o linho e a comida eram levados todos os dias, e todos os dias o diabinho aparecia de manhã e à noite. E durante todo dia a jovem ficava tentando pensar nos nomes que diria quando ele voltasse à noite. Mas ela nunca acertava. Próximo do fim do mês, o diabinho começou a mostrar uma expressão cada vez mais maligna e a girar a cauda cada vez mais rápido, quando ela tentava lhe adivinhar o nome.

Finalmente chegou o penúltimo dia. O diabinho voltou à noite com cinco meadas e disse:

"Você ainda não adivinhou meu nome?"

"É Nicodemo?", ela perguntou.

"Não, não é."

"É Sammle?", ela disse.

"Não, também não é."

"Bem, é Matusalém?"

"Não, também não é."

Então o diabinho olhou para ela com olhos de carvão em brasa e disse: "Mulher, você só tem a próxima noite, então vai ser minha!" E desapareceu.

Bem, ela se sentiu péssima. Entretanto, ouviu o rei entrando na sala. O rei entrou e, quando viu as cinco meadas, disse:

"Bem, minha cara, não tenho dúvida de que amanhã à noite você terá suas cinco meadas prontas também. E, como acho que não vou precisar matá-la, vou jantar aqui esta noite." Então levaram o jantar e mais um banco para ele, e os dois se sentaram.

Bem, mal ele tinha comido um ou dois bocados, parou e começou a rir.

"Por que está rindo?", ela perguntou.

"Ora", ele disse. Hoje eu estava caçando e cheguei a um lugar na floresta onde nunca tinha estado. E lá havia uma velha mina de giz. Eu ouvi uma espécie de zumbido. Então desci do cavalo, fui em silêncio até o buraco e olhei para baixo. Bem, e o que vi ali senão a coisinha preta mais engraçada do mundo? E sabe o que ela estava fazendo? Estava com uma pequena roda de fiar; fiava com uma rapidez admirável e girava a cauda. E enquanto fiava, cantava:

*Nim nin not*
*Meu nome é Tom Tit Tot*

Bem, quando a jovem ouviu isso, quase não coube em si de contentamento, mas não disse uma palavra.

No dia seguinte o diabinho estava com o mesmo aspecto maligno quando chegou para pegar o linho. E, quando anoiteceu, ela ouviu a mesma batida no vidro da janela. Ela abriu a janela e o diabinho se pôs no peitoril. Abria um sorriso rasgado de orelha a orelha e oh! — a cauda girava velozmente.

"Qual é o meu nome?", ele disse enquanto entregava as meadas.

"É Salomão?", ela disse fingindo estar com medo.

"Não, não é", ele disse, entrando mais na sala.

"Bem, é Zebedeu?"

"Não, não é", o diabinho disse. E então ele riu e começou a girar a cauda com tal velocidade que ela mal podia ser vista.

"Vá com calma, mulher", o diabinho disse. "Da próxima vez, você será minha." E estendeu as mãos negras em sua direção.

Bem, ela recuou um ou dois passos, olhou para o diabinho e então riu, apontou para ele e disse:

*Nim nin not*
*Seu nome é Tom Tit Tot!*

Bem, quando ele a ouviu, soltou um grito horrível, sumiu na escuridão, e nunca mais foi visto.

# O marido que precisou cuidar da casa
(norueguês)

Era uma vez um homem tão mal-humorado e rabugento que para ele tudo que a mulher fazia em casa estava errado. Certa noite, à época da secagem do feno, ele chegou em casa ralhando, praguejando, mostrando os dentes e fazendo a maior confusão.

"Meu amor, não fique tão furioso", sua humilde mulher disse. "Amanhã vamos trocar de tarefa. Vou trabalhar com os ceifeiros, e você vai cuidar da casa."

Bem, o marido achou que era uma boa idéia. Ele não queria outra coisa, garantiu à mulher.

A primeira coisa que ele quis fazer foi bater a manteiga. Entretanto, mal tinha começado a bater, ficou com sede e desceu à adega para tomar um pouco de cerveja do barril. E bem na hora em que estava arrolhando o barril, ele ouviu o barulho do porco entrando na cozinha. Mais do que depressa, ele subiu os degraus da adega, com a rolha na mão, para enxotar o porco antes que ele virasse a batedeira. Quando chegou à cozinha, porém, viu que o porco já derrubara a batedeira e continuava lá, fuçando e grunhindo em meio à nata que se espalhava pelo soalho. O homem ficou tão furioso que esqueceu completamente o barril de cerveja e correu atrás do porco a toda velocidade. Ele o alcançou quando já saía pela porta e lhe deu um chute tão forte que o porco caiu morto na mesma hora. Imediatamente ele se deu conta de que estava com a rolha na mão e, quando chegou à adega, viu que se derramara pelo chão toda a cerveja do barril, até a última gota.

Então ele foi à leiteria, encontrou ainda bastante nata para encher a batedeira novamente e recomeçou a bater, porque precisavam de manteiga para o jantar. Depois de bater um pouco, lembrou-se de que sua vaca leiteira ainda estava trancada no estábulo e não comera nem bebera nada durante toda manhã, embora o sol já estivesse alto. Logo ele calculou que o pasto ficava muito longe e resolveu colocá-la no telhado da casa — porque a casa, é bom esclarecer, era coberta de grama, e tinha uma boa quantidade dela vicejando lá em cima. Como a casa ficava junto a um barranco, ele pensou que seria fácil fazê-la subir até lá, se colocasse uma prancha de madeira unindo o barranco ao telhado.

Mas ele não podia largar a batedeira na cozinha, porque seu bebezinho estava engatinhando no chão e "se eu deixar a batedeira aqui", pensou, "com certeza o bebê vai derrubá-la no chão." Ele acomodou a batedeira nas costas, saiu com ela, mas aí achou que era melhor dar de beber à vaca antes de fazê-la subir no telhado. Pegou então um balde para tirar água do poço; porém, quando se debruçou sobre o poço, toda nata se derramou sobre seus ombros, indo cair lá no fundo.

Já estava quase na hora da refeição, e ele ainda não tinha feito a manteiga. Achando que seria melhor fazer o mingau, encheu a panela de água e a pôs no fogo. Feito isso, pensou que a vaca podia cair do telhado e quebrar as pernas ou o pescoço, então subiu no telhado para amarrá-la. Ele amarrou uma ponta da corda no pescoço da vaca, fez a outra ponta descer pela chaminé e a amarrou à própria coxa. Agora precisava se apressar, porque a água começara a ferver na panela, e ele ainda tinha que moer a aveia.

Então começou a moer. Mas, enquanto estava concentrado nisso, a vaca caiu do telhado, com seu peso arrastando o homem chaminé acima, e lá ele entalou. Quanto à vaca, ela ficou pendurada a meia altura do chão, balançando entre o céu e a terra, porque não podia subir nem descer.

Àquela altura a mulher dele já tinha esperado a mais não poder que o marido fosse chamá-los para almoçar, mas não ouviram nenhum chamado. Finalmente ela achou que já havia esperado demais e foi para casa. Mas, quando chegou em casa e viu a vaca pendurada naquele lugar horrível, correu e cortou a corda com a foice. Ao fazer isso, seu marido caiu da chaminé. A velha esposa então entrou na cozinha e o encontrou com a cabeça mergulhada na panela de mingau.

## PARTE 4

### BOAS MOÇAS E O QUE ACONTECE COM ELAS

# A leste do sol e a oeste da lua
(norueguês)

Era uma vez um pobre agricultor com uma prole tão numerosa que ele não conseguia prover a comida e as roupas necessárias. Os seus filhos eram muito bonitos, porém a mais bonita de todas era a filha mais nova, era o encanto personificado.

Numa noite de quinta-feira, no outono, o tempo estava rigoroso, tudo cruelmente escuro, chovia e ventava, abalando as paredes da cabana. Estavam todos sentados em volta do fogo, ocupados com uma coisa ou outra. E então ouviram três batidinhas na vidraça da janela. O pai foi ver o que se passava e, quando saiu de casa, viu nada menos que um grande Urso Branco.

"Boa noite para você", o Urso Branco disse.

"Igualmente", o homem disse.

"Você não quer me dar a sua filha mais nova? Se você a der, vou fazê-lo ficar rico na mesma medida em que agora é pobre", o Urso disse.

Bem, o homem não ia lamentar nem um pouco ficar tão rico. Mas mesmo assim ele achou que deveria primeiro conversar um pouco com a filha. Então entrou em casa e lhe contou que havia um grande Urso Branco, esperando lá fora, que lhe prometera enriquecê-lo se ele lhe desse a filha mais nova.

A jovem disse um redondo "Não!". Nada a faria dar uma resposta diferente. Então o homem saiu e disse ao Urso Branco que deveria voltar na quinta-feira seguinte para ter uma resposta. Nesse meio-tempo, ele conversou com a filha, dizendo-lhe quantas riquezas poderiam ter, e que ela própria ficaria rica. Finalmente ela mudou de idéia, lavou e remendou seus trapos, fazendo-se o mais elegante possível, e ficou pronta para partir. Não vou dizer que teve muito trabalho para arrumar suas coisas.

Na noite da quinta-feira seguinte, o Urso Branco foi buscá-la, ela subiu nas costas dele com sua trouxa, e lá se foram eles. Depois de andar um pouco, o Urso Branco disse:

"Você está com medo?"

"Não!", ela não estava.

"Ótimo! Segure firme no meu casaco de pêlos, que assim você não terá nada a temer", o Urso disse.

Então percorreram um caminho muito longo até chegarem a uma colina bastante íngreme. O Urso Branco deu uma batida na encosta da colina e uma porta se abriu. Eles entraram num castelo onde havia muitas salas, todas iluminadas, que rebrilhavam com prata e ouro. E havia também uma mesa posta, grande a mais não poder. Então o Urso Branco lhe deu uma sineta de prata, que ela deveria tocar quando quisesse alguma coisa, e esta lhe seria dada imediatamente.

Já noite alta, depois de ter comido e bebido, ela ficou com sono, quis ir para a cama e tocou a sineta. Mal ela tocou, encontrou-se num quarto onde havia uma cama arrumada, tão limpa e branca que dava vontade de nela descansar, com travesseiros e cortinas de seda e franjas douradas. Tudo no quarto era de ouro ou de prata. Quando ela se deitou na cama e apagou a luz, um homem veio se deitar ao seu lado. Era o Urso Branco, que à noite se livrava da sua aparência animal. Mas ela nunca o via, porque ele sempre chegava depois de se apagar a luz e ia embora antes do alvorecer. Por algum tempo ela ficou feliz com essa situação, mas a certa altura começou a ficar calada e tristonha. Isso porque passava o dia inteiro sozinha, e ela queria voltar para casa para ver seu pai, sua mãe, seus irmãos e irmãs. Certo dia, quando o Urso Branco perguntou o que lhe faltava, ela disse que aquele lugar era muito maçante e solitário, que queria ir para casa para ver seu pai, sua mãe, seus irmãos e irmãs, porque ficar longe deles a fazia triste e infeliz.

"Bem, bem", o Urso disse. "Talvez haja um remédio para tudo isso. Mas você tem que me prometer uma coisa: não falar a sós com sua mãe, falar somente quando os outros estiverem ouvindo. Ela vai tentar tomar sua mão e levá-la a um quarto para conversar a sós com você. Mas você deve evitar que isso aconteça, pois pode trazer má sorte para nós dois."

Num domingo, o Urso Branco disse que partiriam para ver o pai e a mãe dela. E lá se foram eles, ela montada às suas costas. Percorreram um longo caminho e finalmente chegaram a uma casa imponente, e lá estavam seus irmãos e irmãs correndo e brincando do lado de fora, e tudo era tão bonito que era uma alegria ver.

"É aqui que seu pai e sua mãe moram agora", o Urso Branco disse. "Mas não se esqueça do que eu lhe disse, senão vai trazer infelicidade para nós dois."

"Não!", não iria esquecer. Quando ela chegou à casa, o Urso Branco deu meia-volta e foi embora.

E, quando ela entrou para ver o pai e a mãe, houve uma alegria que parecia não ter fim. Nenhum deles achava ser possível lhe agradecer o bastante por tudo o que fizera por eles. Agora tinham tudo o que queriam, do bom e do melhor, e todos queriam saber como ela passava no lugar onde agora vivia.

Bem, disse ela, era muito bom viver onde ela vivia, pois tinha tudo o que queria. Mas acho que nenhum deles estava entendendo direito a situação nem conseguiu tirar grande coisa dela. E então, à tarde, depois da refeição, tudo aconteceu como o Urso Branco previra. A mãe queria falar com ela a sós no seu quarto, mas ela se lembrou do que o Urso Branco dissera e não quis acompanhá-la até o quarto.

"Oh, essa conversa pode ficar para depois", ela disse para dissuadir a mãe. Mas esta terminou por encontrar um meio de acuá-la, e ela teve que lhe contar toda a história. Contou então que toda noite, tão logo se deitava na cama e apagava a luz, um homem se deitava ao seu lado, mas ela não o via porque ele sempre ia embora antes do alvorecer. Contou também que vivia triste e aflita, porque gostaria de vê-lo, e que estava sempre sozinha, sentindo-se isolada, solitária e entediada.

"Meu Deus!", a mãe exclamou. "Pode ser que você esteja dormindo com um Troll! Mas agora vou lhe ensinar um jeito de conseguir vê-lo. Vou lhe dar um pedacinho de vela, que você pode levar junto ao peito. Acenda a vela quando ele estiver dormindo, mas tenha cuidado para não deixar a cera cair nele."

Sim! Ela pegou a vela, escondeu-a no peito, e quando anoiteceu o Urso Branco foi buscá-la.

Mas, logo no começo do percurso, o Urso Branco perguntou se as coisas tinham acontecido como ele previra.

Bem, ela não podia dizer que não.

"Agora preste atenção", ele disse. "Se ouviu o conselho da sua mãe, você trouxe má sorte para nós dois, e tudo que se passou entre nós não terá valido de nada."

"Não", ela disse. Ela não dera ouvidos ao conselho da mãe.

Quando ela chegou em casa e foi para a cama, aconteceu a mesma coisa de sempre. O homem se deitou ao seu lado. Mas na calada da noite, quando o ouviu ressonar, ela se levantou, acendeu a vela, iluminou-o, viu que ele era o Príncipe mais encantador que jamais se vira e se apaixonou profundamente por ele no mesmo instante, pensando que não poderia viver se não lhe desse um beijo naquela mesma hora. E assim ela fez, mas ao beijá-lo deixou cair três gotas quentes de cera na camisa dele, e ele acordou.

"O que você fez?", ele exclamou. "Agora você trouxe infelicidade para nós dois, pois, se você tivesse guardado segredo apenas durante este ano, eu estaria livre. Porque tenho uma madrasta que me enfeitiçou, por isso sou um Urso Branco durante o dia, e um Homem durante a noite. Agora todos os laços que nos prendiam se romperam, e preciso me afastar de você para ficar junto dela. Ela vive num castelo situado a leste do sol e a oeste da lua, onde mora também uma Princesa com quinze palmos de nariz, com quem agora devo me casar."

Ela chorou e se ofendeu, mas não adiantou nada. Ele precisava ir embora.

Então ela perguntou se poderia acompanhá-lo.

Não, não poderia.

"Então me diga o caminho", ela disse, "que vou procurar você. Pelo menos *isso* devo ter permissão para fazer."

"Sim, você poderia fazer isso", ele disse. "Mas não existe caminho para esse lugar. Ele fica a leste do sol e a oeste da lua. Sendo assim, você nunca vai encontrar o caminho."

Na manhã seguinte, quando ela acordou, o Príncipe e o palácio tinham desaparecido, e ela estava deitada numa nesga de gramado verde, no meio de uma mata fechada e sombria, tendo ao seu lado a mesma trouxa de trapos que levara da sua antiga casa.

Depois de esfregar os olhos para acabar de despertar e depois de chorar até a exaustão, ela se pôs a caminho e andou durante muitos e muitos dias, até chegar a um penhasco elevado. Ao pé dele havia uma velha brincando com uma maçã de ouro, que ela jogava para cima. A jovem lhe perguntou se conhecia o caminho que levava a um Príncipe que vivia com a sua madrasta num castelo a leste do sol e a oeste da lua e que deveria se casar com a Princesa que tinha quinze palmos de nariz.

"E como você ficou sabendo da existência dele?", a velha perguntou. "Por acaso você não é a jovem que deveria ficar com ele?"

Sim, ela era.

"Ah, então é você, é?", a velha disse. "Bem, a única coisa que sei sobre ele é que mora num castelo que fica a leste do sol e a oeste da lua, e que lá você vai chegar, tarde ou nunca. Mas você pode pegar meu cavalo emprestado e ir nele até minha vizinha mais próxima. Talvez ela saiba lhe dizer. Quando você chegar lá, basta dar uma chicotada sob a orelha esquerda do cavalo e dizer a ele para voltar para casa. Mas espere um pouco... pode levar esta maçã de ouro com você."

Ela montou no cavalo e cavalgou por muito, muito tempo e por fim chegou a outro penhasco, ao pé do qual havia outra velha, que estava com um pente de ouro para cardar. A jovem lhe perguntou se sabia o caminho para o castelo que ficava a leste do sol e a oeste da lua, e ela respondeu, como a primeira velha, que não sabia de nada, exceto que o castelo ficava a leste do sol e a oeste da lua.

"E lá você vai chegar, tarde ou nunca. Mas você pode pegar o meu cavalo emprestado e ir nele até minha vizinha mais próxima. Talvez ela saiba lhe dizer. E, quando você chegar lá, basta dar uma chicotada sob a sua orelha esquerda e dizer a ele para voltar para casa."

E a velha lhe deu o pente de cardar feito de ouro. Pode ser que ele lhe sirva para alguma coisa, ela disse. Então a jovem montou no cavalo, cavalgou durante muito, muito tempo, cansando muito. E finalmente chegou a outro grande penhasco, ao pé do qual estava outra velha fiando com uma roda de fiar de ouro. A jovem também lhe perguntou como chegar até o Príncipe e onde ficava o castelo situado a leste do sol e a oeste da lua. E a coisa se repetiu mais uma vez.

"Por acaso você não é a jovem que deveria ficar com ele?", a velha disse.

Sim, era.

Mas ela não estava nem um pouco mais informada que as outras sobre o tal caminho. Ela sabia que ficava "a leste do sol e a oeste da lua" — e nada mais.

"E lá você vai chegar, tarde ou nunca. Mas vou lhe emprestar meu cavalo, e acho que é melhor você cavalgar em direção ao Vento Leste e perguntar a ele. Talvez ele conheça aquelas paragens e possa levar você para lá. E, quando você chegar onde ele está, basta dar uma chicotada sob a orelha esquerda do cavalo, que ele vai voltar para casa sozinho."

E ela lhe deu a roda de fiar feita de ouro.

"Talvez ela lhe sirva para alguma coisa", a velha disse.

Então ela cavalgou durante muitos e muitos dias fatigantes, até chegar à casa do Vento Leste, e então ela perguntou se ele poderia lhe ensinar o caminho para chegar ao Príncipe que morava a leste do sol e a oeste da lua. Sim, o Vento Leste ouvira falar muito do Príncipe e do castelo, mas não podia lhe ensinar o caminho, pois nunca fora tão longe.

"Mas, se você quiser, vou com você até o meu irmão Vento Oeste, que talvez saiba, porque ele é muito mais forte. Se quiser montar nas minhas costas, posso levar você até lá."

Sim, ela montou nas suas costas, e imagino que fizeram o percurso bem rápido.

Quando chegaram, entraram na casa do Vento Oeste, e o Vento Leste disse que aquela jovem estava destinada ao Príncipe que vivia no castelo a leste do sol e a oeste da lua, e que ela o tinha procurado e que ele a acompanhara, e ficaria satisfeito se o Vento Oeste soubesse como chegar ao castelo.

"Não", o Vento Oeste disse, nunca fui tão longe. "Mas, se você quiser, levo você ao meu irmão, o Vento Sul, porque ele é muito mais forte do que nós dois, e já andou por esse mundo todo. Talvez ele possa lhe dizer. Pode subir nas minhas costas que a levo até ele."

Sim! Ela montou nas suas costas e foram até o Vento Sul, e imagino que a viagem tenha sido bem rápida.

Quando chegaram lá, o Vento Oeste perguntou ao irmão se poderia dizer à jovem o caminho do castelo que ficava a leste do sol e a oeste da lua, pois ela estava destinada ao Príncipe que lá vivia.

"Não me diga! Então é ela?", o Vento Sul disse.

"Bem", ele acrescentou. "No meu tempo andei por muitos lugares, mas nunca fui tão longe. Mas se quiser a levo ao meu irmão Vento Norte, que é o mais velho e mais forte de todos nós e, se ele não souber onde é, você não vai encontrar ninguém no mundo que possa lhe dizer. Pode montar nas minhas costas, que levo você até lá."

Sim! Ela montou nas suas costas, e lá se foram a grande velocidade. Também dessa vez a viagem foi rápida.

Quando chegaram à casa do Vento Norte, este estava tão desvairado e irritado que de longe já se sentiam as suas lufadas frias.

"AO DIABO COM VOCÊS DOIS, O QUE QUEREM?", o vento rugiu de longe, fazendo-os tremer de frio.

"Bem", o Vento Sul disse. "Não precisa falar desse jeito, porque quem está aqui sou eu, seu irmão, o Vento Sul, e aqui está a jovem destinada ao Príncipe que mora no castelo a leste do sol e a oeste da lua, e agora ela quer saber se você já esteve lá e se pode lhe ensinar o caminho, porque ficaria muito feliz em encontrá-lo novamente."

"SIM, SEI MUITO BEM ONDE FICA", o Vento Norte disse. "Uma vez soprei uma folha de choupo até lá, mas fiquei tão cansado que muitos dias depois eu não conseguia soprar nem uma lufada. Mas, se você quer mesmo ir até lá, e não tiver medo de me acompanhar, carrego-a nas minhas costas e vejo se consigo levá-la até onde quer ir."

Sim! Com todo gosto. Ela faria tudo que lhe fosse possível. Quanto a sentir medo, por mais loucamente que ele voasse, ela não haveria de temer.

"Muito bem, então", o Vento Norte disse. "Mas você tem que dormir aqui esta noite, porque precisaremos viajar um dia inteiro, se quisermos chegar lá."

No dia seguinte bem cedo o Vento Norte a acordou, inflou-se, ficou tão forte e grande que dava até medo olhar para ele. E lá se foram pelos ares, como se só fossem parar quando chegassem ao fim do mundo.

Aqui embaixo caiu tal tempestade que derrubou extensas matas e muitas casas, e quando ele passou sobre o mar imenso centenas de navios afundaram.

E eles continuaram a voar — não dá nem para acreditar quão longe foram — e durante todo o tempo continuaram sobre o mar. O Vento Norte ficava cada vez mais cansado e tão ofegante que mal podia dar um sopro, e as suas asas começaram a cair, cair, até que finalmente ele desceu tanto que as cristas das ondas lhe cobriram os calcanhares.

"Você está com medo?", o Vento Norte disse.

"Não!", ela não estava.

Já estavam perto da terra firme. E o Vento Norte ainda tinha força suficiente para jogá-la na praia, sob as janelas do castelo que ficava a leste do sol e a oeste da lua. Mas então ele estava tão fraco que precisou descansar por muitos dias antes de poder voltar para casa.

Na manhã seguinte a jovem se sentou sob a janela do castelo e começou a brincar com a maçã de ouro. A primeira pessoa que ela viu foi a Nariguda com quem o Príncipe deveria se casar.

"O que você quer em troca da sua maçã de ouro, jovem?", a Nariguda disse, abrindo a janela.

"Não está à venda, não a troco por ouro nem por dinheiro", a jovem disse.

"Se você não a troca por ouro nem por dinheiro, por que a trocaria? Você pode fazer o seu preço", a Princesa disse.

"Bem! Se eu puder me encontrar com o Príncipe que mora aqui e puder passar a noite com ele, pode ficar com a maçã", disse a jovem que fora trazida pelo Vento Norte.

Sim! Ela podia fazer isso. Então a Princesa ficou com a maçã de ouro. Mas, quando à noite a jovem chegou ao quarto do Príncipe, ele estava dormindo profundamente. Ela o chamou, sacudiu, chorando de vez em quando com profunda mágoa. Mas nada do que ela fez conseguiu acordá-lo. Na manhã seguinte, tão logo o dia raiou, a Princesa de nariz grande se aproximou e a levou para fora do castelo.

Durante o dia ela se sentou sob as janelas do castelo e começou a cardar com o seu pente de ouro, e aconteceu a mesma coisa. A Princesa perguntou o que ela queria em troca do pente. E ela respondeu que não o trocaria por ouro nem por dinheiro, mas, se a outra a deixasse passar a noite com o Príncipe, poderia ficar com ele. Mas, quando chegou ao quarto, ela o encontrou novamente em sono profundo, e por mais que chamasse, por mais que o sacudisse, chorasse e implorasse, não conseguia acordá-lo. E, aos primeiros sinais do raiar do dia, a Princesa de nariz grande se aproximou e a enxotou de lá novamente.

Durante o dia a jovem se sentou sob a janela do castelo e começou a fiar com a roda de fiar de ouro, e a Princesa de nariz grande também quis ficar com a roda. A jovem disse, como antes, que não a trocava por ouro nem por dinheiro, mas, se ela pudesse ficar sozinha com o Príncipe durante a noite, a Princesa poderia ficar com a roda.

Sim! Ela poderia muito bem fazer isso. Mas agora é bom que vocês saibam que alguns cristãos que tinham sido levados à força para lá e que estavam no quarto vizinho ao do Príncipe ouviram a mulher que lá estivera chorando, suplicando e chamando por ele duas noites seguidas, e tinham contado ao Príncipe.

Naquela noite, quando a Princesa chegou com o sonífero para o Príncipe, ele fingiu que bebia mas o jogou para trás, pois desconfiou que se tratava de um sonífero. Então, quando a jovem chegou, encontrou o Príncipe totalmente acordado e lhe contou toda a história de como chegara até ali.

"Ah", o Príncipe disse. "Você chegou numa boa hora, porque amanhã vai ser o dia do casamento. Mas agora não quero casar com a Nariguda, e você é a única mulher do mundo que pode me libertar. Vou pedir que minha camisa que tem as três gotas de cera seja lavada. Ela vai concordar, porque não sabe que foi você quem as derramou na camisa. Mas esse é um trabalho só para cristãos, e não para esse bando de Trolls, e vou dizer que não quero nenhuma outra mulher para minha esposa, a não ser a que for capaz de lavar a camisa. E vou pedir a você que a lave."

Então se entregaram à alegria e ao amor durante toda a noite. No dia seguinte, que seria o do casamento, o Príncipe disse:

"Antes de mais nada, gostaria de saber do que a minha noiva é capaz."

"Sim!", a madrasta disse, com todo entusiasmo.

"Bem", o Príncipe disse. "Tenho uma bela camisa que gostaria de usar no meu casamento, mas não sei por que ela está com três manchas de cera que precisam ser eliminadas. Jurei que só casaria com a mulher que fosse capaz de fazer isso. Se ela não conseguir, não merece casar comigo."

Bem, elas disseram que aquilo não era lá grande coisa, e concordaram. Então a do nariz grande começou a lavar a camisa com todo vigor, mas, por mais que lavasse e esfregasse, as manchas só aumentavam.

"Ah!", a sua velha mãe exclamou. "Você não consegue. Deixe-me tentar."

Mal ela pegou a camisa, porém, a coisa ficou ainda pior, e, apesar de ela esfregar, torcer e bater, as manchas ficavam cada vez maiores e mais escuras, e mais feia ficava a camisa.

Então todas as outras Trolls começaram a lavar, mas quanto mais o faziam, mais a camisa ficava feia, até que finalmente ficou toda preta, como se tivesse ficado em cima da chaminé.

"Ah!", o Príncipe disse. "Vocês não servem para coisa nenhuma: não conseguem lavar. Aí fora há uma jovem mendiga. Tenho certeza de que ela sabe lavar melhor do que todas vocês. ENTRE, JOVEM!", ele gritou.

Bem, ela entrou.

"Jovem, você pode lavar esta camisa e deixá-la bem limpa?", ele disse.

"Não sei", ela respondeu. "Mas acho que sim."

E mal pegou a camisa e a mergulhou na água, ela ficou branca como a neve, e até mais branca.

"Sim, você é a jovem que me serve", o Príncipe disse.

Ante aquilo a velha ficou tão furiosa que estourou na mesma hora, e logo depois foi a vez da Princesa de nariz grande, e depois desta todo o bando de Trolls — pelo menos nunca mais ouvi falar nada sobre eles.

Quanto ao Príncipe e à Princesa, libertaram todos os pobres cristãos que tinham sido seqüestrados e presos no castelo, levaram toda prata e todo ouro e se distanciaram o mais que puderam do castelo que ficava a leste do sol e a oeste da lua.

# A menina boa e a menina má
## (americano, de Ozarks)

Houve uma vez uma velha que morava na floresta e tinha duas filhas. Uma era uma boa menina e a outra era má, mas a velha gostava mais da que era má. Então obrigava a menina boa a fazer todo o trabalho, e ela precisava cortar a lenha com um machado cego. A menina má ficava o dia inteiro de papo pro ar sem fazer nada.

A menina boa saiu para pegar gravetos e logo viu uma vaca. A vaca lhe disse: "Pelo amor de Deus, me ordenhe, minha teta está quase explodindo!". Então a menina boa ordenhou a vaca, mas não bebeu nem um pouco de leite. Logo ela vê uma macieira, e esta lhe diz: "Pelo amor de Deus, colha essas maçãs, senão vou desabar no chão!". Então a menina boa colheu as maçãs, mas não comeu nenhuma. Logo vê uma broa de milho assando, e esta lhe diz: "Pelo amor de Deus, me tire do forno que estou queimando!". Então a menina boa tirou a broa, mas não experimentou nem uma migalha. Um velhinho se aproximou e jogou na menina um saco de moedas de ouro, que ficaram coladas por todo o seu corpo. Quando a menina boa voltou para casa, largou as moedas de ouro como as penas de um ganso.

No dia seguinte a menina má saiu para ver se também conseguia ouro. Logo ela viu uma vaca, e esta lhe disse: "Pelo amor de Deus, ordenhe-me, pois as minhas tetas estão quase explodindo!". Mas a menina má apenas deu um chute na barriga da velha vaca, e seguiu caminho. Logo ela viu uma macieira, e esta lhe disse: "Pelo amor de Deus, colha estas maçãs, senão desabo no chão!". Mas a menina má apenas riu e seguiu o seu caminho. Logo ela viu uma broa de milho assando, e a broa disse: "Pelo amor de Deus, tire-me do forno que estou queimando!". Mas a menina má nem ligou e seguiu em frente. Aproximou-se então um velhinho e jogou-lhe um caldeirão de piche, que grudou em todo o seu corpo. Quando a menina má chegou em casa, estava tão preta que a velha não a reconheceu.

As pessoas tentaram de tudo para tirar o piche, e finalmente tiraram boa parte dele. Mas depois disso a menina má sempre parecia um pouco feia, e nunca fazia nada de bom. E ela bem que fez por merecer esse castigo.

# A moça sem braços
(russo)

Num certo reino, não em nossas terras, vivia um comerciante abastado. Ele tinha dois filhos, um menino e uma menina. Os pais acabaram morrendo. O irmão disse à irmã: "Vamos embora desta cidade, irmãzinha. Vou alugar uma loja, negociar e conseguir um lugar para morarmos juntos". Foram para outra província. Quando lá chegaram, o irmão se inscreveu na associação comercial e alugou uma loja de roupas. O irmão resolveu se casar e tomou por esposa uma bruxa. Um dia ele foi negociar em sua loja e disse à irmã: "Mantenha a casa arrumada, irmã". A mulher se sentiu ofendida porque ele disse isso à irmã. Para se vingar, ela quebrou toda a mobília da casa e, quando o marido voltou, foi ao encontro dele dizendo: "Veja a irmã que você tem. Ela quebrou toda a mobília da casa". "Isso é muito ruim, mas podemos arranjar algumas coisas novas", o marido disse.

No dia seguinte, quando estava saindo para ir à loja, ele se despediu da esposa e da irmã, e disse a esta: "Por favor, irmãzinha, cuide para que todas as coisas da casa fiquem direitinhas". A mulher esperou uma boa oportunidade, foi ao estábulo e cortou a cabeça do cavalo preferido do marido com um sabre. Ela foi esperá-lo na entrada da casa. "Veja a irmã que você tem", disse. "Ela cortou a cabeça do seu cavalo favorito." "Ah, deixemos que os cães comam o que é deles", o marido respondeu.

No terceiro dia, o marido ia novamente para a loja, despediu-se e disse à irmã: "Por favor, cuide da minha mulher para que ela não se fira e não faça mal ao bebê, se por acaso ela der à luz algum". Ao dar à luz um bebê, a mulher cortou a cabeça da criança. Quando o marido chegou em casa, encontrou-a chorando a morte do bebê. "Veja a irmã que você tem! Mal tive o meu bebê, ela lhe cortou a cabeça com um sabre." O marido não disse nada, chorou lágrimas amargas e se afastou.

Anoiteceu. Quando bateu meia-noite, ele se levantou e disse: "Irmãzinha, prepare-se, vamos à missa". Ela disse: "Meu querido irmão, acho que hoje não é dia santo". "Sim, minha irmã, é dia santo, vamos." "Ainda é muito cedo para ir, irmão", ela disse. "Não, vocês, moças, demoram muito para se vestir." A irmã começou a trocar de roupa. Ela o fazia bem devagar e sem muito ânimo. O irmão disse: "Depressa, irmã, vista-se". "Por favor", ela disse. "Ainda é muito cedo, irmão." "Não, irmãzinha, não é cedo, já deveríamos ter ido."

Quando a irmã ficou pronta, entraram numa carruagem e foram para a missa. Andaram, não sei se por muito ou pouco tempo. Finalmente chegaram a uma floresta. A irmã disse: "Que floresta é esta?". Ele respondeu: "Isto é uma sebe em volta de uma igreja". A carruagem ficou emperrada numa moita. O irmão disse: "Desça, irmãzinha, vá ver se desemperra a carruagem". "Ah, meu querido irmão, não posso fazer isso, vai sujar o meu vestido." "Compro um novo para você, irmã, um melhor do que esse." Então ela desceu da carruagem, começou a desemperrá-la, e o irmão lhe cortou os braços, chicoteou o cavalo e foi embora.

A irmãzinha ficou só. Ela começou a chorar e a falar sozinha no meio da floresta. Andou, andou, não sei se por muito ou pouco tempo. Ficou toda arranhada e não conseguiu achar um caminho para sair da floresta. Finalmente, depois de muitos anos, achou um caminho. Chegou a uma cidade que tinha feira e ficou debaixo da janela de um rico comerciante para pedir esmolas. Esse comerciante tinha um filho, um filho único, que era a menina-dos-olhos do pai. Ele se apaixonou pela mendiga e disse: "Queridos Pai e Mãe, casem-me". "Com quem você quer casar?" "Com aquela mendiga." "Ah, meu querido filho, os comerciantes desta cidade não têm belas filhas?" "Por favor, casem-me com ela", ele disse. "Se vocês não o fizerem, eu mesmo vou fazer alguma coisa." Os pais ficaram angustiados, porque ele era o único filho deles, o tesouro da sua vida. Reuniram todos os comerciantes e clérigos e lhes pediram que dessem o parecer sobre o caso: deveriam casar o filho com a mendiga ou não? O padre falou: "Essa deve ser a sua sina, e Deus dá permissão para que o seu filho se case com a mendiga".

Então o filho viveu com ela durante um ano, depois mais outro. Depois desse período ele foi para outra província, em que o irmão da sua mulher tinha uma loja. Ao se despedir, ele disse: "Queridos Pai e Mãe, não abandonem a minha mulher. Quando ela tiver um filho, escrevam para mim na mesma hora". Dois ou três meses depois que o filho partiu, sua mulher deu à luz um menino. Seus braços eram de ouro até os cotovelos, os flancos eram cravejados de estrelas, havia uma lua na sua testa e um sol radioso próximo ao seu coração. Os avós ficaram radiantes com isso e imediatamente escreveram uma carta ao querido filho. Mandaram um velho ir entregar a carta o mais rápido possível. A essa altura a cunhada malvada já estava sabendo de tudo e convidou o velho mensageiro à sua casa: "Entre, tiozinho", ela disse. "Descanse um pouco." "Não, não tenho tempo, estou levando uma mensagem urgente." "Entre, tiozinho, descanse um pouco, coma alguma coisa."

Ela o fez sentar para comer, pegou sua sacola, achou a carta, leu-a, rasgou-a em pedacinhos e escreveu outra carta e pôs no lugar daquela: "Sua mulher", ela escreveu, "deu à luz um filho que é metade cachorro e metade urso, que ela concebeu com os bichos na floresta." O velho mensageiro entregou a carta ao filho do comerciante. Ele a leu e começou a chorar. Escreveu então em resposta, pedindo que não fizessem mal ao seu filho até ele voltar. "Quando eu voltar", ele escreveu, "vou ver que tipo de bebê é esse." A feiticeira convidou novamente o velho mensageiro à sua casa. "Entre, sente-se e descanse um pouco", ela disse. Novamente ela o levou na conversa, roubou a carta que ele levava, rasgou-a e escreveu outra dizendo que a sua cunhada deveria ser expulsa de casa logo que recebessem a carta. O velho mensageiro levou a carta. O pai e a mãe a leram e ficaram aflitos. "Por que ele nos traz tantos problemas?", disseram. "Nós o casamos com a jovem, e agora ele não quer sua esposa!" Ficaram com muita pena não tanto da mulher, e sim do bebê. Então deram a sua bênção à mulher e ao bebê, ataram o bebê ao peito da mãe e a mandaram embora.

Ela se foi, derramando lágrimas amargas. Andou, não sei dizer se por muito ou por pouco tempo, a céu aberto, e em nenhum lugar se via uma mata ou uma aldeia. Ela chegou a uma várzea e estava com muita sede. Olhou para a direita e viu um poço. Quis beber água, mas teve medo de deixar o bebê cair. Então teve a impressão de que a água veio para mais perto. Ela se debruçou para tomar água, e o bebê caiu dentro do poço. Ela começou a andar em volta do poço chorando e se perguntando como poderia tirar o filho lá de dentro. Um velho se aproximou dela e disse: "Por que você está chorando, serva de Deus?". "Como não haveria de chorar? Eu me debrucei no poço para tomar água e o meu bebê caiu dentro dele." "Incline-se sobre o poço e tire o seu bebê." "Não, tiozinho, não consigo, pois não tenho mãos, só cotos." "Faça como lhe falei. Tire o seu bebê." Ela foi ao poço, estendeu os braços, e Deus a ajudou porque de repente recuperou totalmente as mãos. Ela se inclinou, tirou o bebê e começou a dar graças a Deus, inclinando-se nas quatro direções.

Ela disse as suas preces, continuou a andar e chegou à casa em que o seu irmão e o seu marido estavam, e pediu abrigo. O seu marido disse: "Irmão, deixe a mendiga entrar. Mendigas sabem contar histórias e casos reais". A cunhada malvada disse: "Não temos quartos de hóspedes, a casa está cheia". "Por favor, irmão, deixe-a entrar. A coisa de que mais gosto é ouvir mendigas contarem histórias." Eles a deixaram entrar. Ela se sentou junto ao fogão com o bebê. O seu marido disse: "Agora, pombinha, conte-nos uma história — qualquer tipo de história".

Ela disse: "Não sei nenhum tipo de história, mas posso contar a verdade. Ouçam, posso lhes contar uma coisa que aconteceu de verdade". E começou: "Num certo reino, em nossa terra, vivia um rico comerciante. Ele tinha dois filhos, um menino e uma menina. O pai e a mãe morreram. O irmão disse à irmã: 'Vamos embora desta cidade, irmãzinha'. E chegaram a uma outra província. O irmão se inscreveu na associação comercial e abriu uma loja de roupas. Ele resolveu se casar e tomou uma feiticeira como esposa". A essa altura a cunhada resmungou: "Por que essa megera nos aborrece com essas histórias?". Mas o marido disse: "Continue, continue, mãezinha, a coisa de que mais gosto são essas histórias!".

"E então", a mulher continuou, "o irmão foi negociar na sua loja e disse à irmã: 'Mantenha a casa arrumada, irmã'. A mulher se sentiu ofendida porque ele dissera isso à irmã e não a ela, e de raiva quebrou toda a mobília." Então ela contou que o seu irmão a levara à missa e lhe cortara os braços, que ela dera à luz um bebê, que a sua cunhada enganara o velho mensageiro — e novamente a cunhada a interrompeu gritando: "Que patacoada é essa que ela está contando?". Mas o marido disse: "Irmão, mande a sua mulher calar a boca. A história é maravilhosa, não é?".

Ela chegou ao ponto em que o marido escreveu aos seus pais dizendo que deixassem em paz o bebê até ele voltar, e a cunhada resmungou: "Que absurdo!". Quando ela chegou ao ponto em que foi à casa deles feito uma mendiga, a cunhada resmungou: "O que essa cadela velha está inventando?". E o marido disse: "Irmão, mande-a calar a boca. Por que ela fica interrompendo o tempo todo?". Finalmente ela chegou ao ponto da história em que ela entrou naquela casa e começou a contar a verdade, em vez de uma história. Então apontou para eles e disse: "Esse é o meu marido, esse é o meu irmão e aquela é a minha cunhada".

Então o marido correu-lhe ao encontro junto ao fogão e disse: "Agora, minha querida, mostre-me o bebê. Vamos ver se o meu pai e a minha mãe escreveram a verdade". Seguraram o bebê, tiraram-lhe as fraldas — e a sala inteira se iluminou! "Então é verdade que ela não contou apenas uma história. Aqui está a minha mulher e aqui está o meu filho — braços de ouro até os cotovelos —, os flancos cravejados de estrelas, uma lua na testa e um sol radiante próximo ao coração!"

O irmão tirou a sua melhor égua do estábulo, amarrou a sua esposa à cauda do animal e o fez correr em campo aberto. A égua a arrastou pelo chão e voltou apenas com a sua fita. Seu corpo ficou espalhado pelo campo. Então aparelharam três cavalos e foram para a casa dos pais do jovem marido. Passaram a viver felizes e a prosperar. Eu estava lá e tomei hidromel e vinho. Ele escorreu pelo meu bigode, mas não entrou na minha boca.

PARTE 5

FEITICEIRAS

# A princesa chinesa
(da Caxemira)

No reino do imperador mongol Shah Jahan, o Vale da Caxemira era administrado por um governador chamado Ali Mardan Khan. Ele gostava muito de caçar. Um dia estava à procura de uma caça numa floresta não longe do belo lago Dal quando viu um veado. Deixando os companheiros para trás, começou a persegui-lo. Depois de algum tempo o veado conseguiu escapar, escondendo-se numa moita.

Ali Mardan parou, na esperança de que o veado saísse do esconderijo. Mas dele não havia nem sinal. Cansado e desapontado, estava voltando para junto dos companheiros quando de repente ouviu alguém chorando. Foi em direção ao som, e então viu, sentada embaixo de uma árvore, uma donzela de extraordinária beleza, ricamente vestida e adornada. Era evidente que ela não era daquela região.

Aturdido pela sua beleza, Ali Mardan desmontou e lhe perguntou quem era e por que estava chorando.

"Oh, senhor", ela respondeu. "Sou a filha de um rei chinês. Meu pai tombou numa batalha contra o soberano de uma província vizinha. Muitos dos nossos fidalgos foram feitos prisioneiros, mas dei um jeito de escapar. Desde então tenho vagado de um lugar a outro e finalmente vim parar aqui."

"Amável donzela", Ali Mardan respondeu tentando consolá-la, "agora você não precisa mais errar por aí. Não lhe acontecerá nada de mal, porque sou o governador desta terra."

Ao ouvir isso, a princesa chinesa chorou.

"Oh, meu senhor", ela disse. "Choro pelo meu pai, choro pela minha terra e choro por mim mesma. Que será de mim, sem amigos e sem lar, que será da minha vida?"

"Não chore mais, graciosa jovem", o rei disse enternecido e penalizado. "Fique no meu palácio, onde você estará segura e será bem tratada."

"Eu o farei com todo gosto", a jovem disse, continuando a chorar. "E se você me pedisse em casamento, eu não haveria de recusar."

Ouvindo essas palavras, o rosto de Ali Mardan se iluminou. Ele tomou as mãos da jovem.

"Vamos, minha querida! Casarei com você", ele disse. Em seguida a levou para o palácio e dentro de pouco tempo estavam casados.

Ali Mardan e sua esposa viveram felizes por algum tempo, e um dia ela se aproximou dele e disse:

"Construa para mim um palácio junto ao lago, de modo que da sacada eu possa ver a minha imagem refletida na água."

Ali Mardan imediatamente deu ordens para a construção do novo palácio. Milhares de trabalhadores e de pedreiros foram contratados para erigir o edifício, e no prazo mais curto possível um belo palácio de mármore adornava a margem do lago Dal. Era cercado por três jardins cheios de belíssimas flores das mais raras fragrâncias, e ali, ao lado do lago, ela vivia feliz com Ali Mardan, cujo amor pela esposa aumentava a cada dia.

Mas aquela felicidade não durou muito. Certa manhã Ali Mardan acordou se sentindo mal.

"Estou com dor no estômago", ele disse à sua esposa chinesa.

Ele não se preocupou muito com aquilo. Mas como a dor continuou durante todo o dia, sua mulher mandou chamar o médico real, que o examinou e deu alguns remédios, mas a dor persistia. Ali Mardan precisou ficar no quarto, e a princesa chinesa cuidava dele. Passaram-se muitos dias, e ele não melhorou.

Aconteceu então que um iogue estava passando próximo ao lago Dal, carregando um pequeno vaso com água. Ele ficou surpreso ao ver o novo palácio.

"Eu nunca tinha visto um palácio aqui", disse para si mesmo. "Quem o teria construído?"

Como estava cansado e fazia muito calor, entrou no jardim e se sentou embaixo de uma árvore. Sentiu tanta paz ali entre os canteiros de flores, e os pássaros cantavam tão maviosamente à sua volta, que logo adormeceu.

Naquele mesmo instante Ali Mardan, que se sentia um pouco melhor, estava passeando no jardim. Ele ia andando devagar, ajudado pelos seus cortesãos.

Ali Mardan era um homem de coração simples e sempre se mostrara respeitoso para com os religiosos, independentemente da sua fé. Assim, em vez de se aborrecer com o intruso, sorriu.

"Não perturbem o iogue que está ali dormindo", disse aos que o acompanhavam. "Busquem a melhor cama que encontrarem e nela acomodem aquele homem com todo o cuidado." Vendo então o vaso com água, acrescentou:

"Tenham muito cuidado com isto também."

Duas horas depois, quando o iogue acordou, ficou surpreso por se encontrar numa cama tão confortável.

"Não se preocupe", um criado disse, vendo-o acordado. "Você é hóspede de Ali Mardan, o governante da Caxemira, que quer vê-lo."

Notando então que ele procurava alguma coisa, o criado acrescentou:

"Fique tranqüilo, seu vaso de água está bem guardado."

Então o homem foi levado ao quarto do governador. Ele o encontrou deitado na cama.

"Você descansou bastante, homem de Deus?", Ali Mardan perguntou delicadamente. "Quem é você e de onde vem?"

"Senhor", o iogue respondeu, "sou um humilde discípulo do meu guru, que mora a certa distância daqui, numa floresta. O meu mestre gosta de beber de uma fonte sagrada e de vez em quando me manda buscar um pouco de água. A última vez que passei aqui não havia nenhum palácio, por isso fiquei muito surpreso em encontrar este hoje. Mas agora preciso deixá-lo, porque já estou atrasado e meu mestre vai ficar preocupado se eu não voltar antes do anoitecer."

O iogue lhe agradeceu a gentileza e já estava saindo do quarto quando Ali Mardan teve um espasmo de dor. O iogue quis saber o que estava acontecendo, e lhe responderam que o governador sofria de uma doença misteriosa. Em seguida o iogue deixou o palácio.

Naquela noite ele voltou para junto de seu mestre e lhe contou os acontecimentos do dia, fazendo uma menção especial à hospitalidade com que fora recebido pelo governador. O guru ficou muito satisfeito em ouvir aquilo. Então o discípulo lhe contou que o governador estava sofrendo de uma doença misteriosa que nenhum médico conseguira curar.

"Sinto muito que ele sofra dessa doença", o guru disse. "Leve-me amanhã até ele, e vamos ver se podemos fazer algo para ajudá-lo."

Na manhã seguinte o discípulo levou o mestre ao palácio e pediu uma audiência com o governador, que ainda estava preso ao leito. O discípulo apresentou seu mestre a Ali Mardan, informando-o também do motivo da sua visita.

"Sinto-me muito honrado com a sua santa presença, ó guru", Ali Mardan disse. "E, se você puder me curar desta doença, eu lhe serei grato por toda a minha vida."

"Deixe-me ver o seu corpo", o santo homem disse.

Mal ele descobriu o corpo, o guru perguntou: "Você casou há pouco tempo?".

"Sim", Ali Mardan disse, e em seguida contou em rápidas palavras o seu encontro com a princesa chinesa e o seu casamento com ela.

"Exatamente como eu suspeitava", o santo homem disse, acrescentando num tom grave:

"Ó, governador! O senhor está seriamente doente, mas posso curá-lo se fizer o que eu lhe disser."

O governador ficou assustado e garantiu ao santo homem que faria o que ele recomendasse.

Naquela noite, seguindo as recomendações do guru, Ali Mardan ordenou que se preparassem dois tipos de *kitcheri*, um doce e um salgado, que deveriam ser dispostos num prato de forma que de um lado ficasse o salgado e do outro, o doce. Quando, como de costume, o governador e sua esposa chinesa se sentaram para comer, ele voltou o lado salgado do prato para ela. Ela achou a comida salgada demais, mas, vendo que o marido comia com todo gosto, não disse nada e comeu em silêncio.

Quando chegou a hora de dormir, Ali Mardan, seguindo a recomendação do guru, já instruíra secretamente os criados para que tirassem a água de beber do quarto e o trancassem por fora.

Como estava previsto, a princesa chinesa acordou com muita sede no meio da noite e, como não encontrou água nem conseguiu sair do quarto, ficou desesperada. Ela observou o marido para se certificar de que dormia profundamente. Então assumiu a forma de uma serpente, deslizou pela janela e foi para o lago saciar a sede. Alguns minutos depois voltou pelo mesmo caminho e, reassumindo a forma humana, deitou-se novamente ao lado do marido.

Ali Mardan, que na verdade fingia dormir, ficou horrorizado com o que viu, e não conseguiu dormir pelo resto da noite. Na manhã seguinte procurou o santo homem e lhe contou o que acontecera durante a noite.

"Ó, governador", o santo homem disse. "Como o senhor viu, a sua esposa não é uma mulher, e sim uma lâmia, uma mulher-serpente." Então explicou a Ali Mardan:

"Se uma serpente passa cem anos sem ser vista por nenhum olho humano, forma-se uma crista na sua cabeça, e ela se torna a rainha das serpentes. Caso se passem mais cem anos sem que ela seja vista por ninguém, ela se transforma num dragão. E, se durante trezentos anos não for vista por nenhum ser humano, ela se transforma numa lâmia. Uma lâmia tem enormes poderes e pode mudar a sua aparência ao seu bel-prazer. Ela gosta muito de assumir a forma de uma mulher. Tal é a sua esposa, ó governador", ele concluiu.

"Que horror!", o governador exclamou. "Mas não existe uma forma de escapar desse monstro?"

"Sim, há", o santo homem disse. "Só que temos de agir com muito cuidado para ela não desconfiar, porque, se desconfiar, ainda que remotamente, que seu segredo foi descoberto, ela vai destruir não apenas você, mas também seu país. Assim, faça exatamente como eu lhe recomendar."

Então o guru expôs ao governador o seu plano, que foi posto em prática imediatamente. A certa distância do palácio, construiu-se uma casa de laca com apenas um quarto e uma cozinha. Construiu-se na cozinha um forno grande, com uma sólida tampa.

O médico real então recomendou a Ali Mardan que se recolhesse àquela casa por quarenta dias. Durante esse período apenas sua mulher poderia visitá-lo.

A mulher ficou contentíssima de ter Ali Mardan só para ela. Passaram-se alguns dias durante os quais ela atendia a todas as suas necessidades com a maior alegria. Certo dia, Ali Mardan disse a ela:

"O médico me receitou um tipo de pão especial. Por favor, faça-o para mim."

"Detesto fornos", ela disse.

"Mas a minha vida está em perigo", o governador disse. "Se você realmente me ama, faça isto por mim."

A PRINCESA CHINESA   175

Ela não teve alternativa senão assar o pão. Foi para a cozinha e começou a trabalhar. Bem na hora em que parou na frente do forno para virar o pão, Ali Mardan aproveitou a oportunidade e, concentrando todas as suas forças, empurrou-a para dentro e trancou a porta de modo a impedi-la de escapar. Então ele se precipitou para fora e, como o santo homem havia recomendado, tocou fogo na casa, que, como era feita de laca, incendiou-se instantaneamente.

"Você fez tudo direito", disse o guru, que chegou naquela mesma hora. "Agora vá para seu palácio e descanse durante dois dias. No terceiro dia me procure que vou lhe mostrar uma coisa."

O governador obedeceu. Naqueles dois dias recuperou completamente a saúde e ficou animado e forte como era quando encontrara a sua falsa princesa chinesa.

No terceiro dia, como combinado, Ali Mardan e o guru foram para o lugar onde antes se situava a casa de laca. Só tinha sobrado um monte de cinzas.

"Olhe com atenção essas cinzas", o santo homem disse, "e você encontrará um seixo entre elas."

Ali Mardan procurou por alguns minutos.

"Aqui está", ele disse finalmente.

"Ótimo", o guru disse. "Agora, você quer ficar com o quê, com o seixo ou com as cinzas?"

"Com o seixo", o governador respondeu.

"Muito bem", o santo homem disse. "Então vou levar as cinzas."

Dito isso recolheu cuidadosamente as cinzas na barra da sua roupa e foi embora com o seu discípulo.

Logo Mardan descobriu para que servia o seixo. Tratava-se da pedra filosofal, cujo toque pode transformar qualquer metal em ouro. Mas, para que serviam as cinzas, permaneceu um mistério, porque Ali Mardan nunca mais viu o guru e seu discípulo.

# A feiticeira-gata
(afro-americano)

Isto aconteceu na época da escravidão, na Carolina do Norte. Ouvi minha avó contar essa história vezes sem conta.

Minha avó era criada e cozinheira de uma família de proprietários de escravos — eles deviam ser Bissits, porque ela era uma Bissit. Bem, o Velho Senhor tinha um carneiro, e ele o tosquiou e colocou a lã no andar de cima. A Velha Senhora acusou a cozinheira de estar roubando a lã. "Todo dia minha lã vai diminuindo, alguém está roubando a minha lã." Ela sabia que só a criada tinha acesso fácil ao andar de cima. Então a levaram para fora de casa, e o Velho Senhor lhe deu uma surra terrível por causa da lã.

Quando vovó subia para fazer a faxina, muitas vezes via uma gata em cima do monte de lã. Então achou que, ao deitar em cima do monte de lã, a gata o tinha amassado, fazendo-o parecer menor. E resolveu cortar a cabeça da gata com o facão de açougueiro, caso a visse novamente. E cortou mesmo. Ela agarrou a gata pela pata dianteira e a cortou com o facão. A gata desceu correndo as escadas e saiu da casa.

Então a minha avó pegou a pata que tinha cortado, e esta voltou ao seu estado natural, transformando-se em mão. A mão tinha um anel de ouro no dedo, e no anel a inicial de um nome. Minha avó levou a mão e a mostrou à sua Senhora. Vovó não sabia ler nem escrever, mas a velha senhora sabia e viu a inicial no anel.

Então houve um grande clamor, e todos começaram a comentar aquela história, com se faz nos subúrbios, observando em volta para ver quem tinha perdido a mão. E descobriram ser uma rica mulher branca, dona de escravos, casada havia pouco tempo com um jovem. (As feiticeiras não ficam muito tempo em um lugar, elas viajam.) Na manhã seguinte, ela não quis se levantar para preparar o desjejum do marido, porque só lhe sobrara uma mão. E, quando ele ouviu a história, viu a mão decepada com o anel de ouro e depois a sua esposa na cama sem a mão, se deu conta de que ela era uma feiticeira-gata. E ele a repudiou.

Era costume matar velhas feiticeiras. Eles a amarraram a uma haste de ferro, cobriram seu corpo de alcatrão e a queimaram.

Ela tinha estudado feitiçaria, e queria muito aquela lã. Era capaz de usar certos lugares, feito o vento, como esconderijo. Saía de fininho quando o marido estava dormindo, passava por buracos de fechadura, transformava-se num rato, se preciso fosse — elas podem se transformar —, roubava coisas e as levava para casa.

Minha avó disse que isso aconteceu de verdade.

# A Baba-Iagá

(russo)

Era uma vez um casal de velhos. O marido perdeu a mulher e se casou novamente. Mas ele tinha uma filha do primeiro casamento, uma menina. A madrasta não a via com bons olhos, batia nela e planejava matá-la. Certo dia o pai saiu para algum lugar, e a madrasta disse à menina: "Menina, vá à casa da minha irmã, sua tia, e peça-lhe agulha e linha para eu lhe fazer uma roupa".

Ora, aquela tia era uma Baba-Iagá. Bem, a menina não era boba, então foi à casa de uma tia de verdade e lhe disse:

"Bom dia, tia!"

"Bom dia, minha querida! O que a trouxe aqui?"

"Minha mãe me pediu que eu fosse à casa da irmã dela pedir agulha e linha para me fazer uma roupa."

Então a sua tia lhe disse o que deveria fazer. "Sobrinha, lá tem um vidoeiro que pode lhe ferir os olhos — amarre uma faixa em volta dele; há portas que podem ranger e bater — ponha óleo nas dobradiças; há cães que podem despedaçá-la — jogue esses pãezinhos para eles; há um gato que pode lhe arrancar os olhos — dê a ele um pedaço de bacon."

Então a menina seguiu caminho, andou, andou, até chegar ao lugar. Era uma cabana, e dentro dela a Baba-Iagá, a Canela-Ossuda.

"Bom dia, tia", a menina disse.

"Bom dia, minha querida", a Baba-Iagá respondeu.

"Minha mãe me mandou pedir agulha e linha para me fazer uma roupa."

"Está bem. Sente-se, e enquanto isso fique tecendo um pouquinho."

A menina se sentou ao tear, a Baba-Iagá saiu de casa e disse à sua criada:

"Vá esquentar água para dar banho na minha sobrinha. E fique de olho nela, quero comê-la no café-da-manhã."

Bem, a menina se sentou ali tão assustada que era como se estivesse meio morta, meio viva. Ela implorou à criada:

"Amiga, por favor, jogue água no fogo em vez de acendê-lo; e pegue a água para o banho numa peneira." E lhe deu um lenço de presente.

A Baba-Iagá esperou por algum tempo, depois chegou à janela e perguntou:

"Você está tecendo, sobrinha? Você está tecendo, minha querida?"

"Ah, sim, querida tia, estou tecendo." Então a Baba-Iagá saiu novamente, e a menina deu um pedaço de bacon ao Gato e perguntou:

"Não há uma forma de fugir daqui?"

"Tome este pente e esta toalha", o Gato disse. "Pegue-os e vá embora. A Baba-Iagá vai te perseguir, mas faça o seguinte: encoste o ouvido no chão. Quando ouvir que ela já está perto, primeiro jogue a toalha no chão. Ela vai se transformar num rio muito, muito largo. E, se a Baba-Iagá atravessar o rio e tentar pegar você, encoste o ouvido no chão novamente. Quando notar que ela está perto, jogue o pente no chão. Ele vai se transformar numa mata muito, muito fechada, através da qual ela não poderá passar."

A menina pegou a toalha e o pente, e foi embora. Os cães queriam despedaçá-la, mas ela lhes jogou os pãezinhos, e eles a deixaram passar. As portas iam começar a ranger e bater, mas ela pôs óleo nas dobradiças, e elas a deixaram passar. O vidoeiro ia lhe furar os olhos, mas ela amarrou uma faixa em torno dele, e ele a deixou passar. E o Gato se sentou ao tear, tentando tecer alguma peça. Não teceu grande coisa, mas fez uma bagunça dos diabos. A Baba-Iagá chegou à janela e perguntou:

"Você está tecendo, sobrinha? Está tecendo, querida?"

"Estou tecendo, querida tia, estou tecendo", o Gato respondeu com voz rouca.

A Baba-Iagá entrou na choupana, viu que a menina fugira e começou a bater no Gato, espancando-o por não ter arrancado os olhos da menina com as unhas. "Desde que trabalho para você", o Gato disse, "você nunca me deu mais do que um osso, mas ela me deu bacon." Então a Baba-Iagá investiu contra os cães, contra as portas, contra o vidoeiro e contra a criada, insultando-os e espancando-os. Os cães lhe disseram: "Desde que trabalhamos para você, o máximo que você nos deu foi casca de pão queimado, mas ela nos deu pães para comer". E as portas disseram: "Desde que trabalhamos para você, você nunca pôs nem uma gota de água nas nossas dobradiças, mas ela pôs óleo". O vidoeiro disse: "Desde que trabalho para você, você nunca amarrou nem uma linha em volta de mim, mas ela amarrou uma faixa". E a criada disse: "Desde que trabalho para você, você nunca me deu nem um trapo, mas ela me deu um lenço".

A Baba-Iagá, que tinha membros ossudos, pulou dentro de um almofariz e partiu em perseguição da menina, impulsionando-o com um pilão e eliminando todos os seus rastros com uma vassoura. Então a menina encostou o ouvido no chão e, quando ouviu que a Baba-Iagá vinha atrás dela e já estava bem perto, jogou a toalha no chão. E esta se transformou num rio larguíssimo! A Baba-Iagá chegou ao rio e rangeu os dentes de raiva. Então voltou para casa, pegou os seus bois e os conduziu ao rio. Os bois tomaram toda a água do rio, e a Baba-Iagá recomeçou a perseguição. Mas a menina encostou o ouvido no chão e, quando notou que a Baba-Iagá estava perto, jogou o pente no chão, e imediatamente surgiu uma floresta terrivelmente densa! A Baba-Iagá começou a varar a floresta, mas, por mais que se esforçasse, não podia abrir caminho através dela, e teve que voltar.

Mas àquela altura o pai da menina tinha voltado para casa e perguntou:

"Onde está a minha filha?"

"Ela foi para a casa da tia", a madrasta respondeu.

Logo depois a menina chegou correndo em casa.

"Onde você esteve?", o pai perguntou.

"Ah, pai!", ela disse. "Mamãe me mandou à casa da tia pedir agulha e linha para me fazer uma roupa. Mas a tia é uma Baba-Iagá e queria me comer!"

"E como você conseguiu escapar, filha?"

"Ora, assim", ela disse e contou toda a história. Tão logo o pai ouviu tudo, ficou furioso com sua esposa e a matou a tiros. Mas ele e a sua filha viveram e prosperaram, e tudo correu muito bem para eles.

# A senhora Número Três
(chinês)

Durante o período T'ang, a oeste da cidade de K'ai Feng Fu havia uma hospedaria chamada Taberna do Pontilhão, administrada por uma mulher de uns trinta anos. Ninguém sabia quem ela era nem de onde viera, e ficou conhecida como senhora Número Três. Ela não tinha filhos, não tinha parentes, e supunha-se que fosse viúva. Tratava-se de uma hospedaria ampla e confortável; sua dona estava em boa situação econômica e tinha uma excelente tropa de burros.

Além disso, ela era naturalmente generosa. Se um viajante estivesse com pouco dinheiro, ela diminuía os preços ou o servia de graça. Por isso, sua hospedaria nunca estava vazia.

Em certa ocasião entre os anos 806 e 820, um homem chamado Chao Chi Ho, a caminho de Lo Yang (cidade que, à época, era a capital da China), parou na Taberna do Pontilhão para passar a noite. Lá já estavam seis ou sete hóspedes, cada um dos quais tinha uma cama num amplo dormitório. Chao, o último a chegar, ficou com uma cama a um canto, junto à parede do quarto da hospedeira. A senhora Número Três o recebeu bem, como fazia com todos os hóspedes. À hora de dormir, ela ofereceu vinho a todos e tomou um copo com eles. Apenas Chao não bebeu, pois ele normalmente não tomava vinho. Tarde da noite, quando todos os hóspedes já estavam na cama, a hospedeira se recolheu ao seu quarto, fechou a porta e apagou a vela.

Logo os hóspedes começaram a ressonar placidamente, mas Chao estava inquieto.

Por volta da meia-noite, ouvindo a dona da hospedaria mexendo em coisas no seu quarto, ele olhou por uma fresta que havia na parede. Viu a mulher acender uma vela e tirar de uma caixa um boi, um vaqueiro e um arado, pequenas peças de madeira de uns quinze centímetros de altura. Ela as depositou no chão perto do piso da lareira, um chão de terra batida, pôs um pouco de água na boca e a borrifou nas figuras. Imediatamente elas se tornaram vivas. O vaqueiro acicatou o boi, que começou a puxar o arado para a frente e para trás, arando o chão numa área igual à de um capacho comum. Terminado esse trabalho, ela deu ao vaqueiro um pacote de sementes de trigo-mouro. Ele as semeou, e logo elas começaram a brotar. Em poucos minutos floresceram e deram grãos maduros. O vaqueiro colheu as espigas, debulhou os grãos e os entregou à senhora Número Três, que os moeu num pequeno moinho. Então ela pôs o vaqueiro, o boi e o arado — que agora tinham voltado a ser figuras de madeira — na sua caixa e usou o trigo para fazer bolos.

Ao cantar do galo, os hóspedes se levantaram e se prepararam para partir, mas a dona da hospedaria disse: "Vocês não devem partir antes de tomar o café-da-manhã", e pôs os bolos diante deles.

Chao se sentia muito incomodado, então agradeceu à mulher e saiu da hospedaria. Olhando por sobre o ombro, ele viu que cada um dos hóspedes, no momento em que provou os bolos, caiu de quatro e começou a zurrar. Um após outro, cada um deles se transformou em um bom e vigoroso jumento, e a hospedeira os conduziu ao estábulo e se apropriou dos seus pertences.

Chao não contou aquela história a ninguém. Um mês depois, porém, quando os seus negócios em Lo Yang já tinham sido resolvidos, voltou e parou certa noite na Taberna do Pontilhão. Ele levava consigo alguns bolos de trigo fresquinhos, da mesma forma e tamanho dos que vira na sua primeira visita à hospedaria da senhora Número Três.

A hospedaria estava vazia, e ela o recebeu muito bem. Quando ele foi dormir, ela lhe perguntou se queria pedir alguma coisa.

"Não, nada", ele respondeu. "Mas gostaria de comer alguma coisa amanhã, antes de ir embora."

"Vou lhe servir uma boa refeição", ela disse.

Durante a noite, aconteceu a mesma mágica do rápido crescimento do trigo, e na manhã seguinte ela pôs diante de Chao um prato de bolos de trigo. Quando ela se ausentou por alguns minutos, Chao tirou um dos bolos mágicos do prato, substituiu-o por um dos seus e esperou a volta da mulher. Ao voltar, ela disse: "Você não está comendo nada".

"Eu estava esperando por você", ele respondeu. "Tenho aqui alguns bolos. Se você não experimentar um dos meus, não vou comer os que você me serviu."

"Dê-me um", a senhora Número Três disse.

Chao lhe passou o bolo mágico que tirara do prato e, no momento em que o mordeu, ela caiu de quatro no chão e começou a zurrar. Ela tinha se transformado numa bela e vigorosa jumenta.

Chao a arreou e voltou para casa montado nela, levando consigo a caixa de figuras de madeira. Mas, como ele não conhecia as palavras mágicas, não conseguia lhes dar vida nem transformar as pessoas em burros.

A senhora Número Três era a jumenta mais forte e resistente que se possa imaginar. Ela era capaz de viajar cem lis* por dia, em qualquer estrada.

Quatro anos depois, Chao estava montado nela, passando por um templo dedicado ao monte Houa, quando de repente um velho começou a bater palmas e rir, ao mesmo tempo em que exclamava: "Ó, senhora Número Três, da Taberna do Pontilhão, o que aconteceu com você, hein?". Então, segurando a rédea, ele disse a Chao: "Tenho certeza de que ela tentou lhe fazer algum mal, mas ela já foi devidamente punida pelos seus pecados. Agora me deixe libertá-la!". Então o velho lhe tirou o cabresto da cabeça, e ela imediatamente largou a pele de jumenta e reassumiu a forma humana. Ela saudou o velho e sumiu. Nunca mais ninguém ouviu falar dela.

---

* Lis: medida itinerária chinesa correspondente a 576 metros. (N. T.)

PARTE 6

FAMÍLIAS INFELIZES

# A menina que desterrou sete rapazes
(marroquino)

Havia uma mulher que tinha sete filhos. Toda vez que começava a sentir as dores do parto, ela dizia: "Desta vez vai ser uma menina". Mas sempre era um menino.

Agora estava de novo grávida, e já se aproximava o dia do parto. Quando estava para ter o bebê, a irmã do marido veio para ajudá-la. Seus sete filhos foram caçar, mas antes de sair disseram à tia: "Se a nossa mãe tiver uma menina, pendure o fuso na porta. Ao vê-lo, voltaremos correndo para casa. Se for mais um menino, pendure uma foice. Ao vê-la, iremos embora". Nasceu uma menina, mas, uma vez que a mulher odiava os sobrinhos, pendurou uma foice na porta. Quando a viram, os sete partiram para o deserto.

A menina recebeu o nome de Wudei'a Que Desterrou Subei'a, ou Menina Que Desterrou Sete. Ela cresceu e começou a brincar com as outras garotas. Certo dia brigou com as amigas, que lhe disseram: "Se você servisse para alguma coisa, os seus sete irmãos teriam fugido para o deserto no dia em que você nasceu?".

Wudei'a correu para casa e perguntou à mãe: "É verdade que tenho sete irmãos?". "Você tem sete irmãos", a mãe respondeu. "Mas no dia em que você nasceu, eles foram caçar e — ó, quanta tristeza e aflição — nunca mais ouvimos falar deles." "Então vou atrás deles e vou encontrá-los", a menina disse. "Como vai conseguir encontrá-los, se faz quinze anos que não os vemos?", a mãe perguntou. "Vou vasculhar o mundo de ponta a ponta até encontrá-los", Wudei'a disse.

Então a mulher lhe deu um camelo para montar, mais um criado e uma criada para acompanhá-la. Pouco depois de terem partido, o criado disse: "Desça do camelo que quero montar", "*Ya Ummi*, ó minha mãe", Wudei'a chamou. E a mãe respondeu: "Por que me chama?". "O criado quer que eu desça do camelo", Wudei'a falou. A mãe disse ao criado que deixasse Wudei'a no camelo, e continuaram a viagem. Novamente o criado tentou fazer Wudei'a desmontar, e novamente ela chamou "*Ya Ummi!*", para que sua mãe a ajudasse. Na terceira vez, porém, a mãe não respondeu ao chamado, pois estavam longe demais. Então o criado a obrigou a descer do camelo e ceder lugar à criada. Wudei'a começou a andar, e os seus pés descalços começaram a sangrar, porque ela não estava acostumada a andar tanto.

Viajaram três dias dessa forma, a criada lá em cima do camelo, e Wudei'a lá embaixo, chorando e enrolando panos nos pés. No terceiro dia, encontraram uma caravana de mercadores. A criada disse: "Ó, senhores da caravana, viram sete homens caçando nesse ermo?". "Pois vocês vão dar com eles antes do meiodia. O castelo deles fica à margem da estrada", os mercadores responderam.

Então o criado aqueceu piche ao sol e o esfregou no corpo de Wudei'a até toda sua pele ficar preta. Conduzindo o camelo ao portão do castelo, ele gritou: "Boas-novas, meus senhores! Trouxe-lhes sua irmã". Os sete irmãos correram para saudar o criado do seu pai, mas disseram: "Não temos irmã. A nossa mãe deu à luz um menino!". O criado fez o camelo ajoelhar e apontou para a criada. "A mãe de vocês deu à luz uma menina, e cá está ela." Os irmãos nunca tinham visto a irmã. Como poderiam saber? Acreditaram no criado do seu pai, que lhes apresentou a criada como irmã deles, e a irmã deles como uma escrava negra ao seu serviço.

No dia seguinte os irmãos disseram: "Hoje vamos ficar com a nossa irmã, não vamos caçar". O mais velho disse à escrava negra: "Venha catar piolhos dos meus cabelos". Então Wudei'a deitou a cabeça do irmão no seu joelho e chorou enquanto lhe passava o pente nos cabelos. Uma lágrima caiu no braço dela. O irmão esfregou o lugar onde ela tinha caído e apareceu a carne branca sob o piche. "Conte-me a sua história", o irmão mais velho disse. Wudei'a contou, aos soluços, toda a sua história. O seu irmão tomou da espada, entrou no castelo e cortou a cabeça do criado e da criada. Ele esquentou água, trouxe sabão, e Wudei'a se lavou até a sua pele ficar branca novamente. Os seus irmãos disseram: "Agora ela está mesmo parecendo nossa irmã". E a beijaram e ficaram com ela durante todo aquele dia e o seguinte. No terceiro dia, porém, disseram: "Irmã, tranque o portão do castelo, pois vamos caçar e só voltaremos daqui a sete dias. Tranque a gata com você e cuide dela. Não coma nada sem dar um pouco a ela".

Wudei'a esperou com a gata por sete dias no castelo. No oitavo dia os irmãos voltaram com a caça. Eles lhe perguntaram: "Você teve medo?". "O que eu haveria de temer?", Wudei'a disse. "Meu quarto tem sete portas, seis de madeira e uma de ferro." Depois de algum tempo os irmãos foram caçar novamente. "Ninguém se atreve a se aproximar do nosso castelo", disseram-lhe. "Cuidado apenas com a gata. De tudo que você for comer, dê metade a ela. Se acontecer alguma coisa, ela conhece o lugar onde caçamos — ela e a pomba do peitoril da janela."

Limpando as salas enquanto esperava a volta dos irmãos, Wudei'a achou um grande grão de feijão no chão e o pegou. "O que você está comendo?", a gata perguntou. Nada. Achei um feijão grande quando estava varrendo", Wudei'a disse. "Por que você não me deu metade?", a gata perguntou. "Esqueci", Wudei'a disse. "Espere só para ver como vou me vingar", a gata disse. "Só por causa de um feijão?", Wudei'a perguntou. Mas a gata correu à cozinha, urinou no fogo e o apagou.

Não havia fogo para cozinhar a comida. Wudei'a se pôs na muralha do castelo e ficou olhando até ver uma luz ao longe. Ela seguiu naquela direção e, quando chegou ao lugar, encontrou um demônio junto à sua lareira. Seus cabelos eram tão compridos que uma costeleta lhe servia de cama e a outra de cobertor. "Saudações, ó tio demônio", Wudei'a disse. E o demônio respondeu:

> *Por Alá, se você não tivesse saudado*
> *antes de ter falado,*
> *as colinas deste lugar*
> *a esta altura ouviriam*
> *os seus jovens ossos estalarem*
> *e a sua pele rasgar!*

Preciso de fogo, Wudei'a disse. O demônio respondeu:

*Se quer uma acha grande, me dê uma tira de pele*
*do dedo médio ao maxilar.*
*Se uma acha pequena lhe interessar,*
*da sua orelha ao seu polegar.*

Wudei'a pegou uma acha grande e começou a recuar, o sangue escorrendo da ferida dos pés. Um corvo ia atrás dela, enterrando todas as manchas de sangue. Quando ela chegou ao portão, o pássaro voou até o alto da muralha. Wudei'a estava assustada e enfurecida. "Que Deus lhe dê razões para temer, da mesma forma como você me deu." "É assim que se agradece um favor?", o corvo disse. Ele desceu da muralha e correu pelo chão descobrindo o sangue que cobrira em todo caminho entre ela e o lugar onde estava o demônio.

No meio da noite o demônio acordou e seguiu a trilha de sangue até chegar ao castelo dos irmãos. Ele arrombou o portão, mas encontrou o quarto da jovem fechado com sete portas — seis de madeira, e a sétima de ferro. Ele disse:

*Wudei'a Que Desterrou Subei'a,*
*Onde estava você quando seu pai chegou?*

Ela respondeu:

*Em belo leito de ouro,*
*lençóis de seda macia,*
*meu pai dormia.*

O demônio riu, derrubou uma das portas de madeira e foi embora. Mas na noite seguinte e na outra aconteceu a mesma coisa, até ele derrubar as seis portas de madeira. Só restava a sétima porta, que era de ferro.

Agora Wudei'a estava com medo. Ela escreveu uma mensagem num pedaço de papel e o prendeu com uma linha no pescoço da pomba dos seus irmãos. "Ó, pomba, que os meus irmãos amam", ela disse. "Leve as minhas palavras para eles através dos ares." O manso pássaro levantou vôo e só foi pousar no colo do irmão mais velho. Ele leu a mensagem da irmã:

*Seis portas jazem no chão; só a sétima não foi abatida.*
*Voltem depressa, irmãos, se querem achar sua irmã com vida.*

Os sete jovens pularam nas selas, e antes do meio da tarde já estavam em casa. O portão do castelo estava quebrado, as seis portas de madeira do quarto da irmã estavam despedaçadas. Eles gritaram através da sétima porta: "Irmã, irmã, somos nós, os seus irmãos. Abra a porta e nos conte o que aconteceu".

Quando ela contou a história, eles disseram: "Que Alá lhe dê juízo. Não lhe dissemos que não comesse nada sem dividir com a gata? Como pôde esquecer?" Então se prepararam para a chegada do demônio. Cavaram um grande fosso e o encheram de lenha, acenderam um fogo e o alimentaram até o fosso ficar cheio de brasas vivas. Cobriram com todo cuidado a abertura da armadilha e ficaram esperando.

O demônio chegou e disse:

*Wudei'a Que Desterrou Subei'a,*
*Onde estava você quando seu pai chegou?*

Ela respondeu através da porta:

*Ele estava esfolando mulas e asnos*
*bebendo sangue e sugando entranhas.*
*Os cabelos longos e emaranhados*
*Serviam-lhe de cama.*
*Oxalá no fogo ele vá desabar*
*e fique queimando até expirar.*

O demônio ficou furioso. Com um rugido, derrubou a sétima porta e invadiu o quarto. Os irmãos de Wudei'a foram-lhe ao encontro e disseram: "Venha, vizinho, sente-se conosco por um instante". Mas, quando o demônio dobrou as pernas para se ajoelhar na esteira de palha, caiu no fosso cheio de brasas. Os irmãos jogaram lenha em cima dele, formando uma pilha cada vez maior até que o fogo o consumiu por inteiro, inclusive os ossos. Nada sobrou dele exceto a unha do dedo mindinho, que caíra no meio do quarto. Ela ficou no chão até muito depois, quando Wudei'a se agachou para limpar o piso com um pano. Então a unha lhe picou o dedo e entrou debaixo da pele da sua mão. No mesmo instante a jovem caiu no chão sem vida nem movimento.

Seus irmãos a encontraram morta no chão. Choraram, gemeram, fizeram-lhe um caixão, amarraram-no no dorso do camelo do seu pai e disseram:

*Leve-a, camelo do nosso pai*
*Leve-a para a sua mãe.*
*Não pare para descansar*
*Não pare para homem nem mulher*
*Ajoelhe-se apenas para quem disser "Xô!"*

O camelo se levantou para fazer o que lhe mandaram. Sem parar mas também sem correr, seguiu a estrada por onde chegara. Quando já estava a meio caminho, três homens avistaram o que parecia ser um camelo sem cameleiro, perdido no deserto. "Vamos pegá-lo para nós!", disseram e gritaram para fazê-lo parar. Mas o camelo seguiu em frente.

De repente um dos homens gritou para um dos seus amigos: "Esperem enquanto conserto o meu tamanco que ra*chou!*" Ao ouvir este último som (*chou*) o camelo começou a se ajoelhar. Radiantes, os homens correram para agarrar o cabresto do animal. Mas o que encontraram? Um caixão de madeira, e dentro dele uma jovem sem vida! "Seus parentes são ricos", um dos homens disse. "Olhe o anel no seu dedo!" E mais do que depressa começou a puxar o anel brilhante do dedo da jovem. Mas ao mexer no anel o ladrão soltou a unha do gigante que entrara no dedo mínimo da jovem quando ela varria o chão. A jovem se levantou, viva e respirando. "Longa vida àquele que me resgatou da morte", ela disse. Então virou a cabeça do camelo em direção ao castelo dos seus irmãos.

Chorando e abraçados ao pescoço de Wudei'a, os jovens acolheram a irmã perdida. "Partamos para ir beijar as mãos do nosso pai e da nossa mãe antes que morram", o mais velho disse. "Você foi um verdadeiro pai para nós", os demais disseram. "E a sua palavra para nós é como a dele." Montaram nos cavalos, enquanto a irmã montava no camelo, e os oito partiram para a casa paterna.

"Ó, filhos, o que os fez partir do mundo em que vivo?", disse-lhes o pai depois de beijá-los e de lhes dar as boas-vindas. "O que os fez deixar a mim e à sua mãe aflitos, chorando dia e noite a ausência de vocês?" No primeiro dia, no segundo e no terceiro, os jovens descansaram, e nada disseram. Mas no quarto dia, depois de terem comido, o irmão mais velho contou a história desde o dia em que a sua tia, de forma tão desleal, mandara-os para o deserto, até o dia em que todos se reencontraram. E desde aquele dia viveram juntos e muito felizes.

Assim termina a história de Wudei'a Que Desterrou Subei'a.

# O mercado dos mortos
(daomeano)

Havia duas esposas de um mesmo homem. A primeira deu à luz gêmeos, mas ela própria morreu durante o parto. Então a segunda esposa cuidou deles. O gêmeo mais velho se chamava Hwese, o outro, Hwevi. Quando a madrasta pilava os cereais, pegava a farinha fina, que ficava em cima, e lhes dava a que não era boa para comer.

Certo dia a madrasta deu uma pequena cuia a cada um e lhes disse que fossem buscar água. Eles foram ao riacho, mas na volta Hwese escorregou e quebrou sua cuia. O outro disse: "Se formos para casa agora, ela vai bater em Hwese e me poupar. Então vou quebrar a minha também". Ele jogou sua cuia no chão e a quebrou.

Quando a madrasta viu o que tinha acontecido, pegou um chicote e lhes deu uma surra.

Hwevi disse: "Vou ao mercado comprar uma miçanga". Disse Hwese: "Sim, cada um de nós vai comprar uma conta para Ku. Vamos lá visitar um dos guardiões da porta da Morte. Talvez ele nos deixe ver a nossa mãe".

*A cova é funda*
*funda, funda,*
*a madrasta comprou umas cuias*

*mas Hwese quebrou a dele,*
*e Hwevi também a sua.*
*Quando contamos à madrasta,*
*ela nos chicoteou,*
*então Hwese comprou uma miçanga*
*e Hwevi também comprou uma.*

Bom. Então foram ver o guardião da porta da Morte. Ele lhes perguntou: "O que vocês querem?".

Hwevi disse: "Ontem, quando fomos buscar água, o meu irmão Hwese quebrou a sua cuia. Então também quebrei a minha. A nossa madrasta nos surrou e nos deixou o dia inteiro com fome. Então viemos lhe pedir que nos deixe entrar. Queremos ver a nossa mãe".

Ao ouvir isso, o guardião abriu a porta.

*A cova é funda*
*funda, funda,*
*a madrasta comprou umas cuias*
*mas Hwese quebrou a dele,*
*e Hwevi também a sua.*
*Quando contamos à madrasta*
*ela nos chicoteou,*
*então Hwese comprou uma miçanga*
*e Hwevi também comprou uma.*
*Nós as demos ao guardião da porta,*
*e a porta se abriu.*

Lá dentro havia dois mercados, o mercado dos vivos e o mercado dos mortos. Bom. Todos lhes perguntavam: "De onde vocês vieram, de onde vieram?". Os vivos perguntavam isso, os mortos também. Os meninos disseram: "Eis o que aconteceu. Ontem quebramos as pequenas cuias que a nossa madrasta nos deu. Ela nos bateu e nos deixou com fome. Pedimos ao guardião da porta que nos deixasse entrar para ver a nossa mãe, para que ela compre outras duas para nós".

Bom. Então a mãe deles chegou e lhes comprou umas *acasa* no mercado dos vivos. Depois ela voltou e deu dinheiro a um homem vivo para que comprasse duas cuias no mercado dos vivos, e as deu aos filhos. Em seguida foi ao mercado dos mortos e comprou amêndoas para mandar para a outra mulher do seu marido, pois ela sabia que a outra gostava muito daquelas amêndoas. Quando a mulher comesse as amêndoas, na certa morreria.

Bom. Então a mãe disse aos filhos. "Bem. Agora vão para casa e dêem bom-dia à sua madrasta. Agradeçam-lhe por cuidar tão bem de vocês."

*A cova é funda*
*funda, funda,*
*a madrasta comprou umas cuias*
*mas Hwese quebrou a dele,*
*e Hwevi também a sua.*
*Quando contamos à madrasta*
*ela nos chicoteou,*
*então Hwese comprou uma miçanga*
*e Hwevi também comprou uma.*
*Nós as demos ao guardião da porta*
*E a porta se abriu.*
*Nossa mãe, ouvindo a história,*
*comprou duas cuias*
*para nossa madrasta.*

A madrasta procurou os meninos. Ela os procurou em toda parte, mas não conseguiu descobrir aonde tinham ido. Quando voltaram, ela lhes perguntou: "Onde vocês estavam?".

Eles disseram: "Fomos ver nossa mãe".

Mas a madrasta ralhou com eles. Ela disse: "Não, é mentira. Não é possível visitar os mortos".

Bom. Os meninos lhe deram as amêndoas. Eles disseram: "Olhe aqui, a nossa mãe mandou para você".

A mulher riu deles. "Quer dizer então que vocês encontraram uma pessoa morta que me mandou amêndoas?"

Quando a madrasta comeu as amêndoas, morreu.

*A cova é funda*
*funda, funda,*
*a madrasta comprou umas cuias*
*mas Hwese quebrou a dele,*
*e Hwevi também a sua.*
*Quando contamos à madrasta*
*ela nos chicoteou,*
*então Hwese comprou uma miçanga*
*e Hwevi também comprou uma.*
*Nós as demos ao guardião da porta*
*E a porta se abriu.*
*Nossa mãe, ouvindo a história,*
*comprou duas cuias*
*para nossa madrasta.*
*Em casa nossa madrasta queria comprar vida,*
*mas nós lhe demos fruto*
*em abundância, abundância.*

Em Daomé, quando uma pessoa morre, a família vai a um adivinho que faz o morto falar, para que se ouça a sua voz. Então, quando chamaram a madrasta morta, ela disse: "Digam a todas as outras mulheres que devo a minha morte aos meus órfãos. Digam-lhes também que, pelo que diz Mawu, quando há muitas esposas, e uma morre e deixa filhos, as outras devem cuidar dos filhos da defunta".

É por isso que, se um homem tem duas esposas e uma morre e deixa um filho, você dá o filho à segunda esposa, e a segunda esposa deve cuidar do filho da defunta melhor do que dos próprios filhos. E é por isso que os órfãos nunca são maltratados. Porque, se você os maltrata, você morre. Morre no mesmo dia. Nem chega a ficar doente. Eu sei disso. Sou órfão. Meu pai nunca me deixa sair sozinho à noite. Toda vez que lhe peço alguma coisa, ele me dá.

# A mulher que se casou com a esposa do filho
## (inuíte)

Houve uma vez uma velha que desejou a bela e jovem esposa do seu filho. O filho era um caçador que em certas ocasiões passava muitos dias fora. Certa vez, quando ele estava fora, com osso de foca e peles a velha fez para si um pênis. Ela amarrou o pênis na cintura e o mostrou à nora, que exclamou: "Que lindo...". Então dormiram juntas. Logo a velha passou a sair para caçar num grande caiaque de pele, tal como seu filho. Quando ela voltava, tirava as roupas e sacudia os seios para cima e para baixo, dizendo: "Durma comigo, minha mulherzinha. Durma comigo...".

Aconteceu que o filho voltou da caça e viu as focas da sua mãe na frente da casa. "De quem são essas focas?", perguntou à esposa.

"Não é da sua conta", ela respondeu.

Desconfiando dela, ele cavou um buraco debaixo da casa e se escondeu dentro dele. Imaginou que algum caçador estava assediando sua mulher durante a sua ausência. Logo, porém, viu a mãe remando para casa no seu caiaque com uma grande foca. A mãe e o filho só pegavam focas grandes. A velha desceu para a terra, tirou as roupas e sacudiu os seios dizendo: "Minha doce mulherzinha, cate-me os piolhos...".

O filhou não gostou nem um pouco do comportamento da mãe. Saiu do esconderijo e deu um golpe tão forte na mãe que a matou. "Agora", disse à esposa, "você tem que ir embora comigo, porque a nossa casa está amaldiçoada."

A mulher começou a tremer e a se sacudir. "Você matou o meu querido marido", ela gritou. E chorava a mais não poder.

# O peixinho vermelho e o tamanco de ouro
(iraquiano)

Houve certa vez um homem, um pescador, que não morava nem aqui nem acolá. Sua mulher se afogara no rio grande, deixando-lhe uma linda menininha que não tinha mais de dois anos. Numa casa ali perto viviam uma viúva e sua filha. A mulher passou a freqüentar a casa do pescador para cuidar da sua filha e lhe pentear os cabelos, e toda vez ela dizia à menina: "Não sou como uma mãe para você?". Ela procurava agradar o pescador, mas ele sempre dizia: "Nunca mais vou me casar. As madrastas odeiam os filhos do marido mesmo que as suas rivais estejam mortas e enterradas". Quando a sua filha cresceu o bastante para sentir pena dele ao vê-lo lavar as próprias roupas, ela começou a dizer: "Por que você não casa com a nossa vizinha, pai? Ela não é má pessoa, e gosta de mim tanto quanto gosta da filha".

Dizem que água mole em pedra dura tanto bate até que fura. No final o pescador casou com a viúva, que foi morar na casa dele. Não se passara uma semana desde o casamento, quando ela começou a sentir ciúme da filha do marido. Ela viu o quanto o pai a amava e lhe fazia as vontades. E não tinha como negar que a criança era bonita e vivaz, ao passo que a própria filha era franzina, pálida e tão desajeitada que não sabia costurar o próprio vestido.

Mal a mulher se sentiu dona da casa, começou a deixar todo o trabalho doméstico para a enteada fazer. Ela não dava sabão para a menina lavar os cabelos e os pés, e só lhe dava migalhas e farelos para comer. A menina suportava tudo isso pacientemente, sem dizer uma palavra. Não queria entristecer o pai, e pensava: "Fui eu que peguei o escorpião com a minha própria mão. Vou me livrar usando a cabeça".

Além de outras tarefas, a filha do pescador tinha que ir ao rio todos os dias para buscar o peixe que seu pai pescara para comer e vender. Um dia, sob uma cesta com três peixes-gato, de repente ela ouviu um peixinho vermelho lhe dizer:

*Criança que tanto sofre sem mágoa,*
*Peço, me salve desta armadilha*
*Jogue-me de volta na água*
*E agora e sempre seja minha filha.*

A menina parou para ouvir, meio admirada, meio assustada. Então voltou ao rio, jogou o peixe na água e disse: "Vá! Diz o ditado 'Pratique uma boa ação porque, mesmo que seja como jogar ouro no mar, aos olhos de Deus não está perdida'". E o peixinho, levantando-se à superfície da água, respondeu:

*Sua bondade não é em vão —*
*Nova mãe você vai ganhar*
*Venha até mim quando estiver triste*
*Que tudo farei para a alegrar.*

A menina voltou para casa e deu os três peixes-gato à madrasta. Quando o pescador voltou e perguntou pelo quarto peixe, ela lhe disse: "Pai, o peixe vermelho caiu do cesto. Deve ter caído no rio, porque não consegui encontrá-lo". "Não tem importância", ele disse. "Era um peixinho muito pequeno." Mas a madrasta começou a ralhar: "Você não me disse que havia quatro peixes. Não disse que perdeu um. Vá procurá-lo, antes que eu a amaldiçoe!".

O sol já se fora e a menina teve que voltar ao rio no escuro. com os olhos inchados de lágrimas, ela ficou à beira d'água e chamou:

*Peixe vermelho, proteção me traga*
*Venha depressa, me livre da praga.*

E ali aos seus pés apareceu o peixinho vermelho, que a consolou dizendo: "Embora a paciência seja amarga, o seu fruto é muito doce. Incline-se e pegue esta barra de ouro da minha boca. Dê essa barra à sua mãe, que ela não vai lhe dizer nada". E foi exatamente o que aconteceu.

Anos vieram e se foram, e na casa do pescador a vida continuou como antes. Nada mudou, exceto pelo fato de que as duas meninas agora eram jovens mulheres.

Certo dia um grande homem, o diretor da associação comercial, anunciou que a sua filha ia se casar. Era costume as mulheres se reunirem na casa da noiva no "dia da hena" para comemorar e cantar enquanto observavam os pés, as mãos e os braços da jovem serem tingidos com hena para o casamento. Então todas as mães levavam as suas filhas solteiras para serem vistas pelas mães dos rapazes. O destino de muitas jovens era decidido naquele dia.

A mulher do pescador deu um bom banho na sua filha, vestiu-a com o seu mais belo vestido e se apressou em levá-la à casa do diretor da associação comercial. A filha do pescador ficou em casa para encher o pote de água e varrer o chão enquanto elas estivessem fora.

Mas logo que as duas mulheres se afastaram, a filha do pescador arrepanhou o vestido e correu em direção ao rio para contar as mágoas ao peixinho vermelho. "Você deve ir ao dia da hena dessa noiva e se sentar nas almofadas no meio do salão", o peixinho vermelho disse. Ele deu à jovem uma trouxinha e disse: "Aqui está tudo que você precisa vestir, mais um pente adornado com pérolas para os seus cabelos e tamancos de ouro para seus pés. Mas você deve se lembrar de uma coisa: trate de sair antes que a sua madrasta se levante para ir embora".

Quando a jovem desfez o nó que amarrava as roupas, surgiu um vestido de seda verde como um trevo. Era costurado com fios e lantejoulas de ouro, e das suas dobras emanava um perfume de essência de rosas. Ela se banhou rapidamente, se arrumou, prendeu o pente perolado na trança, calçou os tamancos de ouro e lá se foi saltitante para a festa.

As mulheres de todas as casas da cidade estavam lá. Elas paravam um pouco de conversar para admirar seu rosto e sua graça, pensando: "Essa deve ser a filha do governador!". Trouxeram-lhe o *sharbat* e bolos de amêndoas e mel, e a colocaram no lugar de honra em meio a elas todas. Ela procurou com o olhar a madrasta e sua filha e as viu bem longe, perto da porta onde estavam os camponeses e as mulheres dos tecelões.

A madrasta olhou para ela e disse consigo mesma: "Oh, Alá — que seja louvado —, como aquela jovem se parece com a filha do meu marido! Mas não se costuma dizer 'Cada sete homens saíram do mesmo torrão de barro'?". E a madrasta não descobriu que se tratava de ninguém menos do que a sua enteada!

Para não encompridar a história, antes que as demais mulheres se levantassem, a filha do pescador dirigiu-se à mãe da noiva e lhe disse: "Que o casamento receba a bênção e a graça de Deus, ó tia!", e foi embora depressa. O sol já se pusera e a noite caía. A caminho de casa a jovem tinha que cruzar a ponte sobre o rio que ia dar no jardim do rei. E por um desígnio da divina providência, aconteceu que, quando ela estava sobre a ponte, um dos tamancos de ouro se soltou do seu pé e caiu dentro do rio. Era muito longe para descer até a água e ir procurá-lo no escuro. E se a madrasta voltasse para casa antes dela? Então a jovem tirou o outro tamanco e, protegendo a cabeça com o manto, correu de volta para casa.

Tão logo chegou, ela tirou suas belas roupas, envolveu com elas o pente e o tamanco de ouro e as escondeu sob a pilha de lenha. Passou terra na cabeça, nas mãos e nos pés para sujá-los e, quando a madrasta chegou, ela já estava de vassoura na mão. A mulher observou o seu rosto, examinou-lhe as mãos e os pés e disse: "Continua varrendo depois do pôr-do-sol? Está querendo varrer nossas vidas?".

E o que aconteceu com o tamanco de ouro? Bem, a corrente o levou até o jardim do rei, e por fim ele foi parar no remanso onde o filho do rei dava de beber ao seu corcel. No dia seguinte o príncipe estava dando água ao seu cavalo. Viu que toda vez que o cavalo abaixava a cabeça para beber, alguma coisa o espantava e o fazia recuar. O que haveria no fundo da água para assustar o cavalo? Ele chamou um criado, e de dentro da lama o homem tirou um brilhante tamanco de ouro.

Quando o príncipe tomou aquele lindo e pequeno objeto em sua mão, começou a imaginar o belo pezinho que o usara. Caminhou de volta ao palácio com o coração inquieto e a mente dominada pela jovem que possuía tão precioso calçado. A rainha o viu perdido nos seus pensamentos e disse: "Que Alá nos mande boas-novas. Por que está tão preocupado, meu filho?". "Ai, mãe, quero que você me arranje uma esposa!", o príncipe disse. "Tanta preocupação só por causa de uma mulher?", a rainha disse. "Posso lhe arranjar mil, se você quiser! Eu lhe trarei todas as jovens do reino, se você quiser! Mas, diga-me uma coisa, filho, qual é a jovem que lhe roubou a razão?" "Quero casar com a dona deste tamanco", o príncipe respondeu e contou à mãe onde o encontrara. "Você a terá, meu filho", a rainha disse. "Vou começar a busca amanhã, logo ao amanhecer, e só vou parar quando a tiver encontrado."

No dia seguinte, sem perda de tempo, a mãe do príncipe começou a correr todas as casas, saindo de uma e entrando em outra, com o tamanco de ouro debaixo do braço. Toda vez que ela via uma jovem, media-lhe a sola do pé com o tamanquinho. Enquanto isso, o príncipe ficou no palácio, esperando sua volta. "Alguma novidade, mãe?", ele perguntou. Ela respondeu: "Ainda não, meu filho. Tenha paciência, ponha neve no peito e esfrie essa paixão. Vou encontrá-la".

E assim a busca continuou. Entrando por um portão e saindo por outro, a rainha visitou as casas dos nobres, dos mercadores e dos ourives. Viu as filhas dos artesãos e dos comerciantes. Entrou nas choupanas de aguadeiros e tecelões, visitando cada uma das casas até restarem apenas as palhoças dos pescadores à beira do rio. Toda noite, quando o príncipe pedia notícias, ela dizia: "Vou encontrá-la, vou encontrá-la".

Quando anunciaram às famílias dos pescadores que a rainha ia visitar suas casas, a esperta mulher do pescador não parou um minuto. Deu um banho na filha, vestiu-a com sua melhor roupa, enxaguou-lhe os cabelos com hena, escureceu-lhe as pálpebras com *cohol* e esfregou-lhe as faces até ficarem vermelhas. Mas mesmo assim, ao lado da filha do pescador, a jovem parecia uma vela ao sol. A enteada, apesar dos maus-tratos e da fome que sofrera, pelos poderes de Alá e com a ajuda do peixinho vermelho estava cada dia mais linda. A madrasta a arrastou para o quintal, empurrou-a para dentro da fornalha, fechou a entrada com a gamela de barro usada para espalhar a massa e a escorou com uma mó. "Não ouse se mexer até eu vir liberá-la!", a madrasta disse. Que poderia fazer a pobre moça senão rastejar nas cinzas e esperar que Alá a salvasse?

Quando a rainha chegou, a madrasta empurrou a filha na sua direção, dizendo-lhe: "Beije as mãos da mãe do príncipe, menina ignorante!". Como nas outras casas, a rainha fez a jovem sentar ao seu lado, levantou-lhe o pé e o mediu com o tamanco de ouro. No mesmo instante o galo do vizinho voou no terreiro e começou a cantar:

*Cocoricó!*
*A mulher do rei deve saber*
*que trouxeram a feia para mostrar*

*e levaram a bela para esconder*
*Cocoricó!*

Ele começou novamente o canto esganiçado, e a madrasta correu para o terreiro sacudindo os braços para espantá-lo. Mas a rainha ouvira aquelas palavras e mandou os seus criados vasculharem a casa. Quando retiraram a tampa da fornalha, encontraram a jovem — bela como a lua, em meio às cinzas. Eles a levaram à rainha, e o tamanco de ouro lhe serviu direitinho, como se tivesse sido feito sob medida para ela.

A rainha ficou satisfeita. Ela disse: "A partir de agora, esta sua filha está noiva do meu filho. Prepare-a para o casamento. Se Deus quiser, na sexta-feira um cortejo virá buscá-la". E ela deu à madrasta uma bolsa cheia de ouro.

Quando a mulher viu que seus planos falharam, que a filha do marido ia se casar com o príncipe, enquanto a sua permaneceria em casa, ficou furiosa. "Vou dar um jeito de fazer que ele a repudie antes de amanhecer o dia", ela disse.

Ela pegou a bolsa de ouro, correu à loja do boticário e lhe pediu um purgante forte o bastante para dilacerar as entranhas. Quando viu o ouro, ele começou a misturar pós em sua cuba. Então ela pediu arsênico e cal, que enfraqueçem o cabelo e o fazem cair, e um ungüento que cheira à carniça.

A madrasta preparou a noiva para o casamento. Ela lavou os seus cabelos com hena misturada com arsênico e cal e os cobriu com o ungüento asqueroso. Então agarrou a jovem pela orelha e lhe enfiou o purgante goela abaixo. Logo chegou o cortejo, com cavalos, tambores, roupas brilhantes e sons festivos. Puseram a noiva na liteira e a levaram embora. Ela chegou ao palácio precedida de música, de cantos e de palmas. Entrou no quarto, o príncipe lhe levantou o véu do rosto, e ela brilhava como uma lua cheia. O perfume de âmbar e de rosas fez o príncipe encostar o rosto nos seus cabelos. Ele passou a mão pelas suas madeixas, e era como se estivesse brincando com um tecido de ouro. Então a noiva começou a sentir um peso no ventre, mas de sob a bainha do seu vestido começaram a cair moedas de ouro aos milhares, até o tapete e as almofadas se cobrirem de ouro.

Enquanto isso a madrasta esperava na porta de sua casa, dizendo: "Agora vão trazê-la coberta de vergonha. Ela vai voltar para casa fedendo a mais não poder e careca". Entretanto, embora ela tenha ficado à porta da casa até o amanhecer, ninguém do palácio chegou.

A notícia sobre a bela esposa do príncipe começou a correr a cidade, e o filho do grande mercador disse à sua mãe: "Dizem que a noiva do príncipe tem uma irmã, e quero que ela seja minha noiva". Sua mãe foi à choupana do pescador, deu à sua mulher uma bolsa cheia de ouro e disse: "Prepare a noiva, pois viremos buscá-la na sexta-feira, se Deus quiser". E a mulher do pescador disse consigo mesma: "Se o que fiz com a minha enteada transformou os seus cabelos em fios de ouro e o seu ventre em fonte de moedas, por que eu não faria o mesmo com a minha filha?". Ela correu à loja do boticário e lhe pediu os mesmos pós e drogas, só que mais fortes. Então ela preparou a filha, e o cortejo nupcial chegou. Quando o filho do mercador lhe levantou o véu, foi como se estivesse abrindo um túmulo. O mau-cheiro era tão forte que o sufocou, e os cabelos da jovem ficaram grudados nas suas mãos. Então pegaram a pobre noiva, com toda a sua sujeira, e a levaram de volta para a mãe.

Quanto ao príncipe, viveu feliz e contente com a filha do pescador, e Deus os agraciou com sete filhos, que eram como sete pássaros de ouro.

*Amora, amora,*
*Assim acaba a história*
*Se a minha casa não fosse distante*
*eu lhe traria figos e uvas neste mesmo instante*

# A madrasta malvada
(togolês)

Houve certa vez um homem que tinha duas esposas. A primeira lhe deu um filho, e a outra não lhe deu nenhum. Aconteceu então que a mãe do menino ficou doente e, quando percebeu que ia morrer, mandou chamar a segunda esposa e lhe confiou a guarda do filho dizendo: "Vou partir agora e tenho que deixar o meu filho. Fique com ele, cuide dele e o alimente como se fosse seu próprio filho". A segunda esposa aceitou, e pouco depois a mulher morreu.

Mas a segunda mulher esqueceu a promessa que fizera e maltratou o órfão. Ela não lhe dava nem comida nem roupa, e a pobre criança tinha de se arranjar sozinha.

Certo dia a mulher chamou o menino e lhe disse que ele devia acompanhá-la até a mata, para buscar lenha. O menino obedeceu e foi com a mulher. Quando já estavam a uma boa distância da aldeia, a mulher entrou no mato para pegar gravetos, e o menino ficou sentado embaixo de uma grande árvore. O menino viu no chão muitas frutas que tinham caído da árvore e começou a comê-las. Ele estava com muita fome, e só ficou saciado depois de comer a última fruta. Então caiu no sono. Quando acordou, depois de algum tempo, notou que estava com fome outra vez. Mas não havia nenhuma fruta no chão, e ele era pequeno demais para alcançar os galhos e colher algumas. Então começou a cantar e, enquanto cantava uma música de louvor à árvore, tchan! — os galhos se curvaram, permitindo-lhe subir na árvore. Então colheu as frutas que podia comer e mais algumas para levar para casa no trapo que lhe servia de roupa. Então, ainda cantando, desceu e esperou pela mulher. Logo ela voltou, e foram para casa.

Alguns dias depois, quando o menino estava sentado na frente da casa comendo a fruta que colhera, a mulher o viu e perguntou o que estava comendo. Ele lhe disse, e a mulher comeu um pouco e falou que era boa. Então ela pediu ao menino que a levasse até a árvore para que pudessem colher mais um pouco daquelas frutas excelentes.

Eles foram e, quando se aproximaram da árvore, o menino começou a cantar novamente, e a árvore obedientemente inclinou os galhos, e a mulher subiu neles. Então o menino parou de cantar, e os galhos se levantaram, levando a mulher com eles. A mulher chamou o menino, mas ele respondeu que o deus Niame agora lhe dera sabedoria e lhe mostrara como encontrar comida. E, já que a mulher não ligava para ele, agora ele ia lhe pagar na mesma moeda. E foi para a sua casa, na aldeia.

Quando ele chegou, todas as pessoas lhe perguntaram onde estava a mulher, e ele respondeu que ela fora para o mato buscar lenha. Anoiteceu, e nada de a mulher chegar. Então as pessoas se reuniram sob a árvore da aldeia e novamente perguntaram ao menino, e ele respondeu como antes.

Na manhã seguinte, novamente se reuniram, começaram a pedir ao menino que lhes mostrasse onde ele deixara a madrasta. Depois de terem pedido por muito tempo, o menino finalmente consentiu em levá-los até a mata, e lá as pessoas viram a mulher no topo da árvore. As mulheres lhe perguntaram como conseguira chegar ali, e ela lhes disse. E todos pediram ao menino que cantasse. Ele se recusou por muito tempo, mas finalmente, depois de muita insistência, concordou e começou a cantar o seu louvor à árvore. Imediatamente os galhos se inclinaram, e a mulher ficou livre.

Então todos voltaram à aldeia e contaram ao chefe o que tinham visto. Ele convocou os mais velhos imediatamente e mandou chamar a mulher. Disse-lhe que, se o menino não tivesse consentido em cantar, ela não teria sido resgatada, e lhe pediu que relatasse como tratara o menino órfão. Ela confessou que agira mal, e o chefe disse: "Que todos tirem uma lição desse caso: quando um homem tem muitas mulheres, as crianças devem ser tratadas como filhas de todas elas. Para cada uma das mulheres, o filho do marido deve ser um filho seu, e cada criança deve chamar de mãe todas as mulheres do pai".

# Tuglik e sua neta
(inuíte)

Houve certa vez uma grande caça ao narval, à qual todos foram, menos uma velha chamada Tuglik e sua neta Qujapik. As duas estavam com muita fome, mas não tinham idéia de como caçar para obter comida. Mas a velha Tuglik conhecia algumas palavras mágicas, que ela pronunciou durante um transe. De repente ela se transformou num homem. Ela tinha por pênis um osso de foca e por testículos um naco de *mataq*. Sua vagina se transformou num trenó. Ela disse à sua neta:

"Agora podemos viajar para os fiordes e conseguir um pouco de comida para nós."

A menina respondeu: "Mas onde estão os cães para puxar nosso trenó?".

E a mágica da velha era tão poderosa que ela conseguiu criar uma parelha de cães de seus próprios piolhos. Os cães estavam latindo e ganindo, prontos para partir, por isso Tuglik estalou o chicote e lá se foi com eles para os fiordes. Dia após dia ela continuou nessa rotina, e sempre voltava de noite com alguma espécie de caça, ainda que fossem apenas uma ou duas perdizes árticas. Certa vez, enquanto estava fora caçando, chegou um homem à sua cabana. Ele olhou em volta e disse:

"Que arpão é esse, menina?"

"Oh", Qujapik disse. "É o da minha avó."

"E que caiaque é esse?"

"É o da minha avó."

"Parece que você está grávida. Quem é o seu marido?"

"O meu marido é a minha avó."

"Bem, conheço uma pessoa que pode ser um marido melhor para você..."

Naquela hora a velha voltou para casa carregando uma morsa no trenó. "Qujapik!", ela gritou. "Qujapik!" Mas não havia mais Qujapik nenhuma. A jovem pegara todas as suas coisas e partira da aldeia com o novo marido.

Tuglik não viu nenhuma vantagem em continuar sendo homem — homem ou mulher, não faz diferença quando se está sozinho. Então ela pronunciou suas palavras mágicas e voltou a ser uma velha enrugada e feia, com uma vagina em vez de um trenó.

# O zimbro

(alemão)

Tudo isso aconteceu há bastante tempo, muito provavelmente há uns dois mil anos. Havia um homem rico que tinha uma bela e virtuosa esposa, e os dois se amavam muito. Embora não tivessem filhos, desejavam muito ter alguns. Dia e noite a mulher orava para ter um filho, mas nada acontecia, e tudo ficava na mesma.

Na frente da casa havia um terreiro, e neste havia um zimbro. Certo dia de inverno, quando a mulher estava debaixo dessa árvore descascando uma maçã, cortou um dedo, e o sangue caiu na neve.

"Oh", a mulher exclamou soltando um grande suspiro. Olhando o sangue à sua frente, ela ficou muito triste: "Se pelo menos eu tivesse um filho vermelho como sangue e branco como a neve!". Ao dizer isso, seu estado de espírito mudou, e ela ficou muito alegre, porque sentiu que alguma coisa ia acontecer a partir dali. Então ela entrou em casa.

Um mês depois a neve acabou. Dois meses depois, tudo estava verde. Passados três meses, as flores começaram a brotar. Passados quatro meses, todas as árvores dos bosques estavam mais firmes, e os galhos verdes começaram a crescer e a se entrelaçar. Os pássaros começaram a cantar, e o canto ressoava em toda a floresta, e as flores caíam das árvores. Logo se passou o quinto mês e, quando a mulher voltou para debaixo do zimbro, ele cheirava tão bem que seu coração pulou de alegria. E o fato é que ela estava tão cheia de alegria que caiu de joelhos. Passado o sexto mês, o fruto estava grande e firme, e ela se sentia muito tranqüila. No sétimo mês ela colheu zimbros e os comeu com tal sofreguidão que ficou triste e indisposta. Passado o oitavo mês, chamou o marido para perto de si e chorou.

"Se eu morrer", ela disse, "enterre-me sob o zimbro."

Depois disso ela se sentiu muito contente até o final do nono mês. Então teve um filho branco como a neve e vermelho como o sangue. Quando ela viu o bebê, ficou tão encantada que morreu.

O marido a enterrou sob o zimbro e começou a chorar copiosamente. Depois de algum tempo ele se sentiu bem melhor, mas ainda chorava de vez em quando. Finalmente parou de chorar. Passado mais um tempo ele se casou novamente. Com a segunda mulher, teve uma filha. O filho da primeira mulher era um menininho vermelho como o sangue e branco como a neve. Sempre que a mulher olhava para a filha, sentia um grande amor por ela, mas, quando via o menino, sentia uma dor no coração. Ela não podia esquecer que ele sempre seria uma pedra no caminho, impedindo a filha de ficar com toda a herança, que era o que pretendia. Então o diabo se apossou dela, influenciando os seus sentimentos para com o menino, fazendo que ela o tratasse cruelmente: ela o empurrava de um lugar para outro, dava-lhe um tapa aqui, uma bofetada ali, de forma que a pobre criança vivia o tempo todo assustada. Quando chegava da escola, o menino não tinha o menor sossego.

Certa vez a mulher foi ao seu quarto, e a filha a seguiu e disse: "Mãe, me dê uma maçã".

"Sim, minha filha", a mulher disse e lhe deu uma bela maçã, de um baú que tinha uma pesada tampa, trancada com um grande fecho de ferro.

"Mãe", a menina disse. "Você não pode dar uma para o meu irmão também?"

A mulher ficou irritada com aquilo, mas disse: "Sim, logo que ele chegar da escola". Quando ela olhou pela janela e viu que ele estava se aproximando, pareceu ficar possessa e arrancou a maçã das mãos da filha.

"Você não pode comer uma maçã na frente do seu irmão", ela disse, enquanto jogava a maçã no baú e o trancava.

O menino entrou em casa, e o diabo a fez tratá-lo bem: "Você quer uma maçã, meu filho?". Mas ao dizer isso lançou-lhe um olhar feroz.

"Mãe", o menino disse. "Você parece tão brava! Sim, me dê uma maçã."

Então ela se sentiu forçada a agradá-lo.

"Venha aqui", ela disse enquanto levantava a tampa do baú. "Pegue uma maçã para você."

E, quando o menino se debruçou sobre o baú, inspirada pelo diabo, ela crash! — fechou a tampa com tanta força que a cabeça dele foi decepada e caiu entre as maçãs. Então a mulher ficou apavorada e pensou: "Como vou sair dessa enrascada?". Ela correu ao quarto, foi direto à cômoda e tirou da gaveta um lenço branco. Encaixou a cabeça do menino no pescoço e amarrou o lenço em volta dele, de forma que não se visse nada. Então o sentou numa cadeira em frente à porta e pôs uma maçã na sua mão.

Algum tempo depois, a pequena Marlene entrou na cozinha, aproximou-se da mãe, que estava ao fogão, diante de uma panela de água quente, mexendo-a sem parar.

"Mãe", Marlene disse. "Meu irmão está sentado à porta e parece muito pálido. Está com uma maçã na mão, então lhe pedi que me desse a maçã, mas ele não respondeu, e fiquei com muito medo."

"Vá até ele", a mãe disse, "e, se ele não responder, dê-lhe um bofetão."

A pequena Marlene se aproximou dele novamente e disse: "Mano, me dê a maçã".

Mas o irmão não respondeu, ela lhe deu um bofetão, e a cabeça dele caiu no chão. A menina ficou tão assustada que começou a chorar, gritar e berrar. Então correu até a mãe e disse: "Mãe, arranquei a cabeça do meu irmão!". E começou a chorar e chorar, e nada a consolava.

"Marlene", a mãe disse. "O que é que você fez? Não diga uma palavra sobre isso. Não devemos deixar que ninguém saiba. Além do mais, agora não podemos fazer nada. Então vamos fazer um ensopado com ele."

A mãe pegou o menino, cortou-o em fatias, colocou-o numa panela e o pôs para cozinhar. Mas Marlene ficou ao lado do fogão e chorou tanto que as lágrimas caíram na panela e não foi preciso pôr sal.

Quando o pai chegou em casa, sentou-se à mesa e perguntou: "Onde está o meu filho?".

A mãe lhe serviu uma boa porção da carne ensopada, enquanto Marlene chorava a mais não poder.

"Onde está o meu filho?", o pai perguntou novamente.

"Oh", a mãe disse. "Foi ao campo visitar um tio-avô por parte de mãe. Ele pretende ficar lá por um tempo."

"O que ele foi fazer lá? Nem se despediu de mim."

"Bem, ele queria ir o mais rápido possível e me perguntou se poderia ficar lá por seis semanas. Vão cuidar bem dele."

"Oh, isso me deixa triste", o homem disse. "Isso não está certo. Ele devia ter se despedido de mim." Então começou a comer e disse: "Marlene, por que você está chorando? O seu irmão vai voltar logo". Ato contínuo, ele falou: "Oh, mulher, esta comida está deliciosa! Quero um pouco mais!". Quanto mais ele comia, mais queria comer. "Quero um pouco mais", ele disse. "Não vou dividir essa comida com você. Não sei por quê, sinto como se fosse toda minha."

E ele comeu, comeu, jogando os ossos debaixo da mesa, até acabar com toda comida. Nesse meio-tempo, Marlene tirou o seu melhor lenço de seda da última gaveta da cômoda, recolheu com ele todos os ossos que estavam sob a mesa e os levou para fora de casa. Lá ela chorou lágrimas amargas e os colocou embaixo do zimbro. Ao fazer isso, ela de repente se sentiu aliviada e parou de chorar. O zimbro começou a se mexer. Os galhos se separaram e se juntaram novamente como se estivessem batendo palmas de alegria. Ao mesmo tempo, começou a sair fumaça da árvore, e no meio da fumaça havia uma chama que parecia queimar. Então um belo pássaro saiu voando de dentro da chama e começou a cantar lindamente. Pairou a grande altura, e depois que ele sumiu o zimbro ficou como era antes. O lenço de seda, porém, tinha desaparecido. Marlene ficou muito feliz e alegre. Era como se o irmão ainda estivesse vivo, e ela voltou muito alegre para casa, sentou-se à mesa e comeu.

Enquanto isso, o pássaro voou para longe, pousou na casa de um ourives e começou a cantar:

> *Minha mãe me matou.*
> *Meu pai me comeu.*
> *Minha irmã, Marlene,*
> *meus ossos juntou,*
> *embrulhou-os em seda lindamente*
> *e colocou-os ao pé do zimbro.*
> Tiu, tiu! *Que gracioso pássaro eu sou!*

O ourives estava sentado em sua oficina fazendo uma corrente de ouro. Ao ouvir o pássaro cantando no telhado, achou que ele era muito bonito. Então se levantou e, ao passar pela porta, perdeu um chinelo. Mesmo assim seguiu em frente até o meio da rua, com apenas uma meia e um chinelo. Estava também com o avental e levava numa das mãos a corrente de ouro, e na outra suas pinças. Andou pela rua fortemente iluminada pelo sol e parou para dar uma olhada no pássaro.

"Pássaro", ele disse. "Você canta lindamente! Cante essa canção novamente."

"Não", o pássaro disse. "Nunca canto duas vezes a troco de nada. Dê a corrente de ouro para mim, que canto novamente para você."

"Está bem", o ourives disse. "Aqui está a corrente de ouro. Agora cante a canção novamente."

O pássaro desceu voando, pegou a corrente de ouro com o pé direito, foi até o ourives e começou a cantar:

*Minha mãe me matou.*
*Meu pai me comeu.*
*Minha irmã, Marlene,*
*meus ossos juntou,*
*embrulhou-os em seda lindamente*
*e colocou-os ao pé do zimbro.*
*Tiu, tiu! Que gracioso pássaro eu sou!*

Então o pássaro voou para a casa de um sapateiro, pousou no telhado e cantou:

*Minha mãe me matou.*
*Meu pai me comeu.*
*Minha irmã, Marlene,*
*meus ossos juntou,*
*embrulhou-os em seda lindamente*
*e colocou-os ao pé do zimbro.*
*Tiu, tiu! Que gracioso pássaro eu sou!*

Quando o sapateiro ouviu a canção, correu para a porta em mangas de camisa, olhou para o telhado, levantando a mão para proteger os olhos da forte luz do sol.

"Pássaro", ele disse. "Você canta lindamente!" Então ele gritou para dentro de casa: "Mulher, venha aqui um instantinho! Tem um pássaro ali em cima. Olha só. Ele canta lindamente!". Então chamou a sua filha, os filhos dela, o oficial sapateiro, os aprendizes e a criada. Todos foram correndo para a rua, olharam o pássaro e notaram como era bonito. Ele tinha brilhantes penas vermelhas e verdes, o pescoço reluzia como puro ouro e os olhos cintilavam como estrelas.

"Pássaro", o sapateiro disse, "agora cante a canção novamente."

"Não", o pássaro disse. "Nunca canto duas vezes a troco de nada. Você tem que me dar um presente."

"Mulher", o homem disse, "vá à oficina. Tem um par de sapatos vermelhos na prateleira de cima. Traga-os para mim."

A mulher trouxe os sapatos.

"Aí está", o homem disse. "Agora cante a canção novamente."

O pássaro desceu, pegou os sapatos com o pé esquerdo, voou de volta ao telhado e cantou:

*Minha mãe me matou.*
*Meu pai me comeu.*
*Minha irmã, Marlene,*
*meus ossos juntou,*
*embrulhou-os em seda lindamente*
*e colocou-os ao pé do zimbro.*
Tiu, tiu! *Que gracioso pássaro eu sou!*

Quando o pássaro terminou de cantar, levantou vôo e foi embora. Levando a corrente no pé direito e os sapatos no pé esquerdo, pousou num moinho. No moinho se ouvia um ruído clic-clac, clic-clac, cliclac. clic-clac, clic-clac, clic-clac. O pássaro voou para uma tília que havia na frente do moinho e cantou:

*Minha mãe me matou.*

Então um dos homens parou de trabalhar.

*Meu pai me comeu.*

Então mais dois homens pararam de trabalhar.

*Minha irmã, Marlene,*
*meus ossos juntou,*

Mais quatro homens pararam.

*embrulhou-os em seda lindamente*

Agora só oito continuavam cinzelando.

*e colocou-os ao pé...*

Agora só cinco.

*...do zimbro.*

Agora só um.

Tiu, tiu! *Que gracioso pássaro eu sou!*

Então o último homem parou e ouviu as últimas palavras da canção.
"Pássaro, você canta lindamente! Deixe-me ouvir também. Cante a canção novamente."
"Não", o pássaro disse. "Nunca canto duas vezes a troco de nada. Dê a pedra mó para mim, que canto novamente."
"Se pudesse eu lhe daria", ele disse. "Mas a pedra mó não é só minha."
"Se ele cantar novamente", os outros disseram, "pode ficar com a pedra mó."
Então o pássaro desceu voando, e os vinte homens pegaram vigas de madeira para levantar a pedra. "Levante! Levante! Levante!" Então o passarinho enfiou o pescoço no buraco da pedra mó, colocou a pedra como um colar; voou de volta para a árvore e cantou:

*Minha mãe me matou.*
*Meu pai me comeu.*

*Minha irmã, Marlene,*
*meus ossos juntou,*
*embrulhou-os em seda lindamente*
*e colocou-os ao pé do zimbro.*
Tiu, tiu! *Que gracioso pássaro eu sou!*

Quando terminou de cantar, o pássaro abriu as asas, levando no pé direito a corrente, no esquerdo os sapatos, e no pescoço a pedra mó. Então voou de volta para a casa do seu pai.

O pai, a mãe e Marlene estavam sentados à mesa na sala. O pai disse: "Oh, como estou feliz! Estou me sentindo muitíssimo bem!".

"Eu, não", a mãe disse. "Estou assustada como se fosse cair uma tempestade."

Enquanto isso, Marlene apenas se deixava ficar em seu lugar, chorando. Então o pássaro chegou voando e, quando pousou no telhado, o pai disse: "Oh, estou tão animado! O sol está tão brilhante lá fora e me sinto como se fosse rever um velho amigo".

"Já eu, não", sua mulher disse. "Estou tão apavorada que os meus dentes estão batendo. Sinto como se corresse fogo nas minhas veias."

Ela rasgou o próprio corpete, enquanto Marlene ficava a um canto chorando. Estava com o lenço junto aos olhos e chorou tanto que suas lágrimas o encharcaram. O passarinho voou para o zimbro, pousou num galho e começou a cantar.

*Minha mãe me matou.*

A mãe tapou os ouvidos, fechou os olhos, tentando evitar ver e ouvir o que quer que fosse, mas seus ouvidos zumbiam como uma tempestade violenta, e seus olhos ardiam e chamejavam feito relâmpagos.

*Meu pai me comeu.*

"Oh, mãe", o homem disse, "ouça esse pássaro que canta tão gloriosamente! O sol está muito quente e sinto cheiro de canela."

*Minha irmã, Marlene,*
*meus ossos juntou,*

Então Marlene descansou a cabeça nos joelhos e chorou, chorou, mas o homem disse: "Vou lá fora. Quero ver esse pássaro de perto".

"Oh, não vá!", a mulher disse. "Sinto como se toda casa estivesse sacudindo e prestes a se incendiar!"

Entretanto, o homem saiu e olhou o pássaro.

*embrulhou-os em seda lindamente*
*e colocou-os ao pé do zimbro.*
Tiu, tiu! *Que gracioso pássaro eu sou!*

Depois de cantar a canção, o pássaro soltou a corrente, e ela caiu bem no pescoço do homem e lhe serviu direitinho. Então o homem entrou em casa e disse: "Veja como esse pássaro é maravilhoso! Ele me deu esta linda corrente de ouro, e além disso é muito bonito!".

Mas a mulher estava paralisada e tombou no chão. Sua touca caiu da cabeça, e o passarinho cantou novamente:

*Minha mãe me matou.*

"Oh, eu queria estar mil palmos embaixo da terra para não ter que ouvir isso!"

*Meu pai me comeu.*

Então a mulher tombou novamente, como se estivesse morta.

*Minha irmã, Marlene,*

"Oh", Marlene disse, "vou lá fora ver se o pássaro me dá alguma coisa." E saiu.

*meus ossos juntou,*
*embrulhou-os em seda lindamente*

Então o pássaro lhe jogou os sapatos.

*e colocou-os ao pé do zimbro.*
Tiu, tiu! *Que gracioso pássaro eu sou!*

Marlene se sentiu alegre e feliz. Calçou os sapatos vermelhos novos e voltou saltitante para casa.

"Oh", ela disse. "Eu estava tão triste quando saí, e agora estou contente. Aquele pássaro é mesmo maravilhoso. Ele me deu de presente um par de sapatos vermelhos."

"Pois eu, não", a mulher disse levantando-se de um salto, enquanto seus cabelos se erguiam como rubras chamas. "Sinto como se o mundo fosse se acabar. Se eu sair, talvez me sinta melhor."

Quando saiu pela porta, crash! — o passarinho jogou a pedra mó na sua cabeça, e ela morreu esmagada. O pai e Marlene ouviram o barulho e correram para fora. Fumaça, chamas e fogo se erguiam na frente da casa, e quando tudo isso acabou lá estava o irmãozinho. Ele tomou o pai e Marlene pela mão, e os três ficaram muito felizes. Então entraram em casa, sentaram-se à mesa e comeram.

# Nourie Hadig
(armênio)

Houve uma vez um homem rico que tinha uma bela mulher e uma bela filha, conhecida como Nourie Hadig [pedacinho de romã]. Todo mês, quando a lua aparecia no céu, a mulher perguntava: "Lua nova, quem é mais bonita, eu ou você?". E todo mês a lua respondia: "Você é a mais bonita".

Mas, quando Nourie Hadig completou catorze anos, ela ficou tão mais bonita do que a sua mãe que a lua foi obrigada a mudar a resposta. Certo dia, quando a mãe fez a pergunta de sempre, a lua respondeu: "Não sou a mais bonita tampouco você. A filha única do casal, Nourie Hadig, é a mais bonita de todas". Nourie Hadig era assim chamada porque tinha a pele branquíssima e as faces róseas. E, se algum dia você viu uma romã, sabe que ela tem sementes carnudas vermelhas, com uma pele vermelha forrada de um branco puro.

A mãe ficou com muita inveja — na verdade, com tanta inveja que se sentiu mal e foi para a cama. Quando Nourie Hadig voltou da escola naquele dia, sua mãe se recusou a vê-la e a falar com ela. "Minha mãe está muito doente hoje", Nourie Hadig disse para si mesma. Quando o pai chegou em casa, ela lhe contou que a mãe estava doente e se recusara a vê-la e falar com ela. O pai foi até a mãe e lhe perguntou delicadamente: "O que você tem, mulher? Que mal a aflige?".

"Aconteceu uma coisa tão importante que tenho que lhe dizer imediatamente. O que é mais importante para você: sua filha ou eu? Você não pode ficar com as duas."

"Como você pode falar assim?", ele lhe perguntou. "Você não é uma madrasta. Como pode dizer uma coisa dessas sobre a sua própria carne e sangue? Como posso abandonar minha própria filha?"

"Pouco me importa o que você faz", a mulher disse. "Você tem que se livrar dela, para que eu nunca mais a veja. Mate-a e traga-me a sua blusa ensangüentada."

"Ela é tão sua filha quanto minha. Mas, se você diz que devo matá-la, então ela será morta", o pai respondeu com tristeza. Então ele procurou a filha e lhe disse: "Venha, Nourie Hadig, vamos fazer uma visita. Pegue algumas roupas e venha comigo".

Os dois andaram bastante, e finalmente começou a escurecer. "Espere aqui, que vou descer até o riacho e pegar um pouco de água para tomarmos com a refeição", o pai disse à filha.

Nourie Hadig esperou e esperou que o pai voltasse, mas ele não voltou. Sem saber o que fazer, ela chorou e começou a andar pela mata tentando encontrar um abrigo. Finalmente avistou uma luz à distância e, aproximando-se dela, chegou a uma casa grande. "Talvez essa gente me deixe passar a noite aí", ela disse a si mesma. Mas, quando pôs a mão na porta, esta se abriu sozinha e, quando a menina entrou, imediatamente a porta se fechou. A menina tentou abri-la novamente, mas não conseguiu.

Ela andou pela casa e viu muitos tesouros. Uma sala era cheia de ouro; outra era cheia de prata; uma era cheia de peles, outra de penas de galinha; uma era cheia de pérolas, outra de tapetes. Ela abriu a porta de mais uma sala e viu um belo jovem dormindo. Ela o chamou, mas ele não respondeu.

De repente ela ouviu uma voz lhe dizer que cuidasse do menino e lhe preparasse a comida. Ela deveria deixar a comida ao lado da cama dele e sair; quando ela voltasse, a comida teria sumido. Ela teria de fazer isso durante sete anos, porque o jovem estava sob um encanto que duraria por todo esse tempo. Então todos os dias ela cozinhou e cuidou do menino. Na primeira lua nova depois que Nourie Hadig saiu de casa, sua mãe perguntou: "Lua Nova, quem é a mais bonita: eu ou você?".

"Não sou mais bonita, tampouco você", a lua nova respondeu." "A filha única do casal, Nourie Hadig, é a mais bonita de todas."

"Oh, isso significa que afinal de contas o meu marido não a matou", a mulher disse a si mesma. Ela ficou tão furiosa que foi para a cama novamente e fingiu estar doente. "O que você fez com a nossa bela filha?", ela perguntou ao marido. "O que você fez com ela?"

"Você me disse para me livrar dela. Então fiz isso. Você me pediu que lhe trouxesse a sua blusa ensangüentada, e eu trouxe", o marido respondeu.

"Quando lhe disse aquilo, eu estava doente. Não sabia o que estava dizendo", a mulher falou. "Agora lamento isso e vou denunciá-lo às autoridades pelo assassinato da nossa filha."

"Mulher, o que você está dizendo? Foi você quem me mandou fazer isso, e agora quer me entregar às autoridades?"

"Você tem que me dizer o que fez com a nossa filha!", a mulher gritou. Embora o marido não quisesse dizer à mulher que não matara sua filha, foi obrigado a contar para salvar a própria pele. "Não a matei, mulher. Em vez disso, matei um passarinho e tingi com seu sangue a blusa de Nourie Hadig."

"Você tem que trazê-la de volta, senão já sabe o que o espera", a mulher o ameaçou.

"Eu a deixei na floresta, mas não sei o que aconteceu com ela depois."

"Muito bem, então. Vou procurá-la", a mulher disse. Ela viajou para terras distantes, mas não conseguiu encontrar Nourie Hadig. A cada lua nova ela fazia a pergunta de sempre, e recebia a garantia de que Nourie Hadig era a mais bonita de todas. Então continuou procurando a filha.

Certo dia, quando Nourie Hadig já estava na casa enfeitiçada havia quatro anos, ela olhou pela janela e viu um grupo de ciganos acampados nas proximidades. "Estou sozinha aqui. Vocês não podem mandar para cá uma bela menina da minha idade?", gritou-lhes Nourie Hadig. Como concordaram, ela correu ao quarto cheio de ouro e pegou um punhado de moedas. Ela as jogou para os ciganos, que, em troca, lançaram-lhe a ponta de uma corda. Então uma menina começou a subir pela outra ponta da corda e logo estava junto à sua nova ama.

Nourie Hadig e a cigana logo se tornaram boas amigas e resolveram partilhar a tarefa de cuidar do menino adormecido. Um dia, uma cuidava dele; no dia seguinte, era a outra. Elas se revezaram durante três anos. Num dia quente de verão, a cigana estava abanando o jovem quando de repente ele acordou. Como pensou que a cigana cuidara dele durante os sete anos, ele lhe disse: "Sou um príncipe, e você deverá ser a minha princesa por ter cuidado de mim por tanto tempo". A cigana disse: "Se você o diz, que assim seja".

Nourie Hadig, que ouvira o que eles disseram, ficou com muita raiva. Ela passara quatro anos naquela casa antes da chegada da cigana e servira por mais três anos com sua amiga, entretanto a outra jovem é que se casaria com o belo príncipe. Nenhuma das duas disse ao príncipe a verdade sobre o acordo que havia entre elas.

Faziam-se todos os preparativos para o casamento, e o príncipe planejava ir à cidade para comprar o vestido de noiva. Antes de ir, porém, ele disse a Nourie Hadig: "Você deve ter cuidado de mim pelo menos por algum tempo. Diga-me o que quer que lhe traga da cidade".

"Traga-me uma Pedra da Paciência", Nourie Hadig respondeu.

"O que mais você deseja?", ele perguntou, surpreso com esse pedido tão modesto.

"A sua felicidade."

O príncipe foi à cidade, comprou o vestido de casamento e então foi a um canteiro e lhe pediu uma Pedra da Paciência.

"Para quem é a pedra?", o canteiro perguntou.

"Para a minha criada", o príncipe respondeu.

"Isto é um Pedra da Paciência", disse o canteiro. "Se uma pessoa que tem grandes problemas os conta à Pedra da Paciência, acontecem algumas mudanças. Se os problemas da pessoa forem grandes, tão grandes que a Pedra da Paciência não os possa suportar, ela incha e estoura. Por outro lado, se a pessoa estiver fazendo tempestade em copo d'água, quem vai inchar é a pessoa, e não a pedra. E, se não houver ninguém por perto para salvá-la, ela vai estourar. Portanto, ouça atrás da porta da sua criada. Nem todo mundo conhece a Pedra da Paciência, e a sua criada, que é uma pessoa muito especial, deve ter uma história digna de nota. Prepare-se para socorrê-la e evitar que ela estoure, se correr esse risco."

Quando o príncipe chegou em casa, deu o vestido à noiva e a Pedra da Paciência a Nourie Hadig. Naquela noite o príncipe ficou ouvindo atrás da porta de Nourie Hadig. A bela jovem pôs a pedra à sua frente e começou a contar a sua história:

"Pedra da Paciência", ela disse. "Eu era filha única de uma família abastada. Minha mãe era muito bonita, mas para a minha infelicidade eu era ainda mais bonita do que ela. A cada lua nova minha mãe perguntava quem era a mais bonita do mundo. E a lua nova sempre respondia que a minha mãe era a mais bonita. Certo dia a minha mãe perguntou mais uma vez, e a lua lhe disse que Nourie Hadig era a mais bonita do mundo. Minha mãe ficou com muita inveja e disse ao meu pai que me levasse a algum lugar, que me matasse e lhe levasse a minha blusa ensangüentada. Meu pai não podia fazer isso, por isso deixou que eu fosse embora", Nourie Hadig contou. E então ela perguntou à pedra: "Diga-me, Pedra da Paciência, quem é mais paciente: eu ou você?".

A Pedra da Paciência começou a inchar.

A jovem continuou: "Quando o meu pai me abandonou, fui andando e terminei por avistar esta casa à distância. Andei até ela e, quando toquei na sua porta, ela por encanto se abriu sozinha. Logo que entrei, a porta se fechou atrás de mim e permaneceu fechada durante sete anos. Na casa encontrei um belo jovem. Uma voz me disse para preparar a sua comida e cuidar dele. Eu fiz isso durante quatro anos, dia após dia, noite após noite, morando sozinha num lugar estranho, sem ninguém que me ouvisse a voz. Pedra da Paciência, diga-me: quem é mais paciente, eu ou você?".

A Pedra da Paciência inchou um pouco mais.

"Um dia um grupo de ciganos acampou bem embaixo da minha janela. Como eu tinha estado sozinha por todos esses anos, comprei uma menina cigana e a puxei com uma corda para o lugar onde eu me achava confinada. Então passamos a nos revezar para cuidar do jovem enfeitiçado. Um dia eu cozinhava para ele, no outro dia ela cozinhava. Um dia, três anos depois, a cigana estava abanando o jovem, ele acordou e a viu. Ele pensou que ela tinha cuidado dele durante todos esses anos e a tomou como noiva. E a cigana, que eu havia comprado e considerava minha amiga, não lhe disse uma palavra sobre mim. Pedra da Paciência, diga-me: quem é mais paciente, eu ou você?"

A Pedra da Paciência inchou, inchou e inchou. O príncipe, que nesse meio-tempo ouvira aquela história estranhíssima, correu para impedir que a jovem estourasse. Mas, no momento em que ele entrou no quarto, foi a Pedra da Paciência que estourou.

"Nourie Hadig", o príncipe disse. "Não tenho culpa de ter escolhido a cigana, e não você, para ser a minha esposa. Eu não conhecia a história toda. Você será a minha esposa, e a cigana será a nossa criada."

"Não, como você ficou noivo dela, e todos os preparativos já foram feitos, agora deve se casar com a cigana", Nourie Hadig disse.

"Não vou fazer isso. Você deve ser a minha esposa, e ela, a sua criada." Então o príncipe e Nourie Hadig se casaram.

Nesse meio-tempo, a mãe de Nourie Hadig não parara de procurar a filha. Certo dia perguntou novamente à lua nova: "Lua nova, quem é a mais bonita, eu ou você?".

"Não sou a mais bonita, tampouco você. A princesa de Adana é a mais bonita de todas", a lua nova disse. E então a mãe soube que Nourie Hadig estava casada e vivia em Adana. Ela mandou fazer um lindo anel, tão bonito e brilhante que ninguém lhe resistia ao encanto. Mas colocou no anel uma poção mágica que fazia adormecer quem o usasse. Feito isto, chamou uma velha feiticeira que viajava numa vassoura. "Feiticeira, se você levar este anel e o der à princesa de Adana, como presente da sua devotada mãe, vou satisfazer o seu maior desejo."

Então a mãe deu o anel à feiticeira, que partiu imediatamente para Adana. O príncipe não estava em casa quando ela chegou, e ela conseguiu falar a sós com Nourie Hadig e com a cigana. Disse a feiticeira: "Princesa, este belo anel é um presente da sua devotada mãe. Ela estava doente à época em que você saiu de casa e disse algumas palavras duras, mas o seu pai não as devia ter levado em conta, porque ela estava sofrendo muito". Então ela deixou o anel com Nourie Hadig e foi embora.

"Minha mãe não quer que eu seja feliz. Por que ela me enviaria um anel tão bonito?", Nourie Hadig perguntou à cigana.

"Que mal pode fazer um anel?", a cigana perguntou.

Então Nourie Hadig pôs o anel no dedo. Mal o fez, porém, caiu desacordada. A cigana a pôs na cama, mas nada pôde fazer além disso.

Logo o príncipe voltou e encontrou sua mulher dormindo profundamente. Por mais que ele a sacudisse, ela não acordava; entretanto, havia em seus lábios um sorriso tão tranqüilo que ninguém diria que estava sem sentidos. Embora respirasse, não abria os olhos. Ninguém conseguia acordá-la.

"Nourie Hadig, você cuidou de mim durante longos anos", o príncipe disse. "Agora vou cuidar de você. Não vou deixar que a enterrem. Você vai ficar sempre aqui: a cigana cuidará de você durante a noite, e eu cuidarei durante o dia", ele disse. Então o príncipe ficava com ela durante o dia; e a cigana, durante a noite. Nourie Hadig passou três anos sem abrir os olhos nem uma vez. Os curandeiros se sucediam junto à sua cama, mas nenhum conseguia ajudar a bela jovem.

Certo dia o príncipe trouxe mais um curandeiro para examinar Nourie

Hadig, e, embora ele não pudesse ajudá-la de nenhuma forma, não queria admitir isso. Quando ele estava sozinho com a jovem encantada, notou seu belo anel. "Ela está usando tantos anéis e colares que ninguém vai notar se eu levar este anel para a minha mulher", ele disse a si mesmo. Quando tirou o anel do dedo da jovem, ela abriu os olhos e se sentou. O curandeiro recolocou imediatamente o anel no seu dedo. "Aha! Descobri o segredo!"

No dia seguinte ele extorquiu promessas de muita riqueza do príncipe, em troca da cura da sua mulher. "Eu lhe darei tudo que quiser se conseguir curar a minha mulher", o príncipe disse.

O curandeiro, o príncipe e a cigana foram para junto de Nourie Hadig. "Para que tantos colares e enfeites? Deve uma mulher enferma usar tantos ornamentos? Rápido!", ele disse à cigana. "Tire-os!" A cigana tirou todos os enfeites, menos o anel. "Tire esse anel também", o curandeiro disse.

"Mas esse anel lhe foi enviado pela sua mãe, e é uma lembrança muito estimada", a cigana disse.

"O que você disse? Quando a mãe dela lhe mandou um anel?", o príncipe perguntou. Antes que a cigana tivesse tempo de responder, o curandeiro tirou o anel do dedo de Nourie Hadig. A princesa se sentou imediatamente e começou a falar. Todos ficaram muito felizes: o curandeiro, o príncipe, a princesa e a cigana, que agora era uma verdadeira amiga de Nourie Hadig.

E durante os anos em que a princesa esteve dormindo, sempre que a mãe fazia à lua sua eterna pergunta, a lua respondia: Você é a mais bonita!". Mas, quando Nourie Hadig acordou, a lua disse: "Não sou a mais bonita, tampouco você. A filha única do casal, Nourie Hadig, a princesa de Adana, é a mais bonita de todas". A mãe ficou tão surpresa e tão furiosa pelo fato de a filha ainda estar viva que morreu de raiva na mesma hora.

E do céu caíram três maçãs: uma para mim, uma para o contador de histórias e uma para a pessoa que os divertiu.

# Bela e Rosto Bexiguento
(chinês)

Era uma vez duas irmãs; a mais velha era muito bonita, e todos a chamavam de Bela; porém a mais nova tinha o rosto coberto de bexigas, e todos a chamavam Rosto Bexiguento. Filha da segunda esposa, ela era muito mimada e tinha mau caráter. Bela era ainda bem pequena quando sua mãe morreu. Depois de morta, sua mãe se transformou numa vaca amarela que vivia no jardim. Bela adorava a vaca amarela; mas a vaca levava uma vida desgraçada, porque a madrasta a tratava muito mal.

Certo dia a madrasta levou a filha feia ao teatro e deixou a mais velha em casa. Ela queria acompanhá-las, mas a madrasta disse: "Amanhã eu a levo, se você arrumar direitinho o cânhamo no meu quarto".

Bela foi para fora de casa e se sentou diante de uma pilha de cânhamo, mas, depois de muito tempo, só tinha conseguido separar metade. Debulhando-se em lágrimas, levou o cânhamo para a vaca amarela, que engoliu toda aquela massa e depois a cuspiu fora, já arrumada direitinho. Bela enxugou as lágrimas e deu o cânhamo à madrasta quando esta voltou para casa. "Mãe, aqui está o cânhamo. Amanhã poderei ir ao teatro com você, não é?"

Mas no dia seguinte, a madrasta novamente se recusou a levá-la, dizendo: "Você poderá ir quando tiver separado as sementes de gergelim dos grãos de feijão". A pobre menina teve que separar semente por semente até os seus olhos começarem a doer por causa da tarefa cansativa. Novamente ela foi até a vaca amarela, que lhe disse: "Menina boba, você deve separar os dois com uma peneira". Então ela entendeu, e logo as sementes de gergelim estavam separadas dos grãos de feijão. Quando levou à madrasta as sementes separadas direitinho, sua mãe viu que não podia continuar impedindo-a de ir ao teatro, então lhe perguntou: "Como pode uma criada ser tão esperta? Quem a ajudou?". E Bela teve que confessar que a vaca amarela a tinha orientado, o que enfureceu a madrasta. Então, sem dizer uma palavra, ela matou e comeu a vaca amarela, mas Bela gostava tanto dela que não podia comer sua carne. Em vez disso, colocou os ossos num pote de barro e os escondeu no seu quarto.

Dia após dia, a madrasta se recusava a levá-la ao teatro, e certa noite, quando ela lá estava com Rosto Bexiguento, Bela ficou tão revoltada que quebrou tudo que tinha em casa, inclusive o pote de barro, que se partiu com um estalo; então apareceu um cavalo branco, uma roupa nova e um par de sapatos bordados. O súbito aparecimento dessas coisas a encheu de pavor, mas logo ela viu que se tratava de objetos de verdade e, vestindo rapidamente as roupas novas e calçando os sapatos, montou no cavalo e cruzou o portão da casa.

Enquanto cavalgava, um dos sapatos caiu no fosso. Ela queria desmontar para recuperá-lo, mas não conseguiu; ao mesmo tempo ela não queria deixá-lo ali. Estava nesse dilema, quando apareceu um vendedor de peixes. "Irmão peixeiro! Por favor, pegue o meu sapato", ela lhe disse. Ele respondeu com um sorriso malicioso: "Com todo o prazer, se você se casar comigo". "Quem casaria com você?", ela respondeu irritada. "Os peixeiros sempre cheiram mal." Vendo que não tinha a menor chance, o peixeiro seguiu o seu caminho. Em seguida passou um balconista de um armazém de arroz, e ela lhe disse: "Irmão vendedor de arroz, por favor, dê-me o meu sapato". "Claro, se você se casar comigo", o jovem disse. "Casar com um vendedor de arroz! Vocês vivem cobertos de poeira." O vendedor foi embora, e logo apareceu um vendedor de azeite, a quem ela pediu que apanhasse o sapato. "Pego se você consentir em se casar comigo", ele respondeu. "Por que eu haveria de querer casar com você?", Bela disse com um suspiro. "Vendedores de azeite estão sempre engordurados." Logo depois apareceu um letrado, a quem ela pediu também que apanhasse o seu sapato. "Eu o farei agora mesmo, se você prometer se casar comigo." Como o letrado era muito bonito, ela assentiu com um gesto de cabeça, e ele apanhou o sapato e o calçou no pé da jovem. Então o letrado a levou para a casa dele e se casou com ela.

Três dias depois, como mandava a tradição, Bela foi com o marido fazer uma visita de cortesia aos pais. A atitude da madrasta e da irmã para com ela mudou da água para o vinho: mostraram-se muito amistosas e atenciosas. À noite elas lhe pediram que ficasse, e Bela, achando que elas estavam bem-intencionadas, consentiu em ficar e voltar para o marido alguns dias depois. Na manhã seguinte, sua irmã a tomou pela mão e lhe disse rindo: "Irmã, venha comigo ao poço. Vamos ver qual de nós é a mais bonita". Sem desconfiar de nada, Bela se aproximou do poço e se debruçou para olhar para dentro, mas então sua irmã lhe deu um empurrão e a jogou dentro do poço, fechando-o imediatamente com uma cesta. A pobre Bela desmaiou e morreu afogada.

Dez dias depois o marido começou a se perguntar por que sua mulher ainda não tinha voltado. Ele enviou um mensageiro em busca de notícias dela. A madrasta mandou dizer que sua mulher estava sofrendo de varíola e que ainda não estava em condições de voltar. O marido acreditou e passou a mandar todo dia ovos salgados e outras comidas para enfermos, e todas elas iam parar na barriga da irmã feia.

Dois meses depois, a madrasta, irritada com as constantes mensagens do letrado, resolveu enganá-lo, enviando-lhe a própria filha em lugar da mulher dele. Ele ficou horrorizado quando a viu e exclamou: "Meu Deus! Como você está mudada! Com certeza você não é Bela. A minha mulher nunca foi tal monstro. Meu Deus!". Rosto Bexiguento respondeu seriamente, em tom grave: "Se não sou Bela, quem você acha que sou? Você sabe perfeitamente bem que fiquei muito doente, tive varíola, e agora quer me rejeitar. Vou morrer! Vou morrer!". E começou a berrar. O compassivo letrado não suportou ouvi-la chorar e, embora ainda tivesse algumas dúvidas, pediu-lhe perdão e tentou consolá-la, de forma que ela por fim parou de chorar.

Bela, porém, transformou-se num pardal, e costumava cantar quando Rosto Bexiguento penteava os cabelos: "Penteie uma vez, apareça; penteie duas, apareça; penteie três, até a espinha de Rosto Bexiguento". E a mulher má respondia: "Penteie uma vez, penteie duas, penteie três, até a espinha de Bela". Aquela conversa deixou o letrado confuso, e ele disse ao pardal: "Por que você canta assim? Por acaso você é a minha mulher? Se você for, cante três vezes, que ponho você numa gaiola e você será o meu bichinho de estimação". O pardal cantou três vezes, e o letrado comprou uma gaiola de ouro para ele. A irmã feia ficou furiosa quando viu que o letrado mantinha o pardal numa gaiola. Ela o matou às escondidas, jogou-o no jardim, onde dessa vez ele se transformou num bambu com muitos brotos. Quando Rosto Bexiguento comeu os brotos, formou-se uma úlcera na sua língua; o letrado, porém, os achou excelentes. A malvada mais uma vez desconfiou, cortou o bambu e com ele fez uma cama. Quando ela se deitou na cama de bambu, foi espetada por muitas farpas, ao passo que o letrado a achou muito confortável. Ela se enfureceu novamente e jogou a cama fora.

Ao lado da casa do letrado morava uma velha que vendia carteiras. Certo dia, quando voltava para casa, ela viu a cama e pensou consigo mesma: "Ninguém morreu aqui. Por que jogaram a cama fora? Vou ficar com ela". Então ela levou a cama para casa e passou uma noite muito confortável. No dia seguinte, viu que a comida que estava na cozinha já estava cozida. Ela a comeu, mas evidentemente ficou um pouco nervosa, pois não tinha idéia de quem a havia preparado. Assim, por vários dias notou que tinha comida feita quando chegava em casa, mas finalmente, sem conseguir conter a própria ansiedade, certa tarde ela voltou mais cedo, entrou na cozinha e viu uma sombra escura lavando arroz. Correu e agarrou a sombra pela cintura. "Quem é você?", perguntou. "E por que prepara a comida para mim?" A sombra respondeu: "Vou lhe contar tudo. Sou a mulher do seu vizinho, o letrado, e me chamam Bela. Minha irmã me jogou num poço e morri afogada, mas a minha alma não pereceu. Por favor, me dê uma panela de arroz para me servir de cabeça, uma vara para me servir de mão, um pano de prato para me servir de entranhas, atiçadores para me servirem de pés, e então poderei reassumir a minha forma". A velha deu o que ela pediu, e num instante apareceu uma linda jovem, e a velha ficou tão contente em ver uma moça com tal encanto que quis saber tudo sobre ela. Bela contou toda a sua história e disse: "Minha senhora, tenho uma carteira que você deve pôr para vender à porta do letrado. Se ele sair de casa, venda a carteira para ele". Dizendo isso, ela entregou à velha uma bolsa bordada.

No dia seguinte a velha ficou à porta da casa do letrado e gritou que tinha uma bolsa para vender. Enfurecido com aquele barulho, ele apareceu à porta para perguntar que tipo de bolsa ela vendia, e ela lhe mostrou a bolsa estampada de Bela. "Onde você arranjou esta carteira?", ele perguntou. "Eu a dei à minha mulher." A velha então contou toda história ao letrado, que ficou felicíssimo em saber que sua mulher ainda estava viva. Ele acertou tudo com a velha, estendeu um pano vermelho no chão e trouxe Bela de volta à sua casa.

Quando Rosto Bexiguento viu a irmã de volta, não lhe deu um minuto de sossego. Ela começou a resmungar e a dizer que aquela mulher estava fingindo ser Bela, mas que na verdade não passava de um fantasma. Ela queria que se fizesse um teste para ver quem era a verdadeira esposa. Bela também insistia estar com a razão e disse: "Ótimo. Vamos fazer um teste". Rosto Bexiguento propôs que elas andassem sobre ovos, e quem os quebrasse perderia, mas, embora ela tivesse quebrado todos os ovos, e Bela nenhum, Rosto Bexiguento insistiu para que se fizesse mais um teste. Desta vez elas teriam que subir por uma escada feita de facas. Bela subiu e desceu primeiro, sem sofrer nenhum arranhão, mas os pés de Rosto Bexiguento ficaram cortados até os ossos, antes de ela chegar ao segundo degrau. Embora tivesse perdido novamente, ela insistiu que se fizesse mais um teste: pular num caldeirão com azeite fervendo. Ela esperava que Bela, que deveria pular primeiro, se queimasse. Bela, porém, nada sofreu com o azeite quente, ao passo que a irmã malvada caiu nele e não apareceu mais.

Bela guardou os ossos queimados da irmã malvada numa caixa e os enviou à madrasta por uma velha criada gaga, que deveria dizer: "A carne de sua filha". Mas a madrasta gostava muito de traíra e entendeu "carne de traíra" em vez de "carne de sua filha". Ela pensou que a filha tinha lhe enviado algumas traíras, abriu a caixa muito ansiosa; então, quando viu os ossos chamuscados da filha, soltou um grito lancinante e caiu morta.

# Velhice
(inuíte)

Era uma vez uma mulher velha, cega e paralítica. Certa vez ela pediu à filha um pouco de água para beber. A filha estava tão cansada da mãe que lhe deu uma tigela com a sua urina. A velha bebeu toda a urina e disse: "Você é uma boa filha. Diga-me uma coisa: quem você gostaria de ter como amante, um piolho ou um peixe-escorpião?".

"Oh, um peixe-escorpião", a filha respondeu rindo, "porque ele não seria esmagado facilmente quando eu dormisse com ele."

Então a velha começou a tirar peixes-escorpiões da sua vagina, um após outro, até cair morta.

PARTE 7

FÁBULAS MORAIS

# Chapeuzinho Vermelho
(francês)

Era uma vez uma menina bonita adorada pela mãe e ainda mais pela avó. Essa boa mãe fez para ela um chapeuzinho vermelho desses que as damas usam quando andam a cavalo. O chapeuzinho ficou tão bem na menina que logo todos passaram a chamá-la Chapeuzinho Vermelho.

Certo dia, a mãe assou alguns bolos e disse:

"Sua avó está doente; você deve ir visitá-la. Leve-lhe um desses bolos e um potinho de manteiga."

Chapeuzinho Vermelho partiu para a aldeia vizinha para visitar a avó. Quando ia andando pela floresta, encontrou um lobo. Ele queria comê-la, mas não ousava fazer isso, porque havia lenhadores trabalhando ali perto. O lobo lhe perguntou para onde ia. A pobre criança não sabia o quanto é perigoso conversar com lobos, por isso respondeu inocentemente:

"Vou à casa da minha avó levar-lhe este bolo e este potinho de manteiga que a minha mãe mandou."

"Sua avó mora longe daqui?", o lobo perguntou.

"Ah, sim", Chapeuzinho Vermelho disse. "Ela mora depois daquele moinho lá adiante, na primeira casa que se avista ao entrar na aldeia."

"Bem, também vou visitá-la", o lobo disse. "Vou por este caminho, e você vai por aquele, e vamos ver quem chega primeiro."

O lobo foi correndo pelo caminho mais curto, Chapeuzinho Vermelho foi pelo mais longo, e ela demorou ainda mais porque foi apanhando nozes, correndo atrás das borboletas e colhendo flores à beira do caminho.

O lobo logo chegou à casa da avó. Ele bateu à porta, toque, toque, toque.

"Quem é?"

"Sua neta, Chapeuzinho Vermelho", o lobo disse disfarçando a voz. "Trouxe um bolo e um potinho de manteiga que a mamãe mandou."

A avó estava deitada na cama porque estava indisposta. Ela gritou:

"Levante a tranca e entre!"

O lobo levantou a tranca e abriu a porta. Fazia três dias que ele não comia. Ele pulou em cima da boa senhora e a devorou. Então fechou a porta atrás de si e se deitou na cama da avó para esperar por Chapeuzinho Vermelho. Finalmente ela chegou e bateu na porta, toque, toque, toque.

"Quem é?"

Chapeuzinho Vermelho ouviu a voz rouca do lobo e pensou que a avó estava resfriada. Ela respondeu:

"É a sua neta, Chapeuzinho Vermelho. Trouxe um bolo e um potinho de manteiga que a mamãe mandou."

O lobo disfarçou a voz e disse:

"Levante a tranca e entre."

Chapeuzinho Vermelho levantou a tranca e abriu a porta.

Quando o lobo a viu entrar, escondeu-se sob o cobertor e disse:

"Ponha o bolo e a manteiga no cesto de pão e venha se deitar comigo."

Chapeuzinho Vermelho tirou a roupa e foi se deitar na cama. Ela ficou assustada com a aparência da avó. E lhe disse:

"Vovó, que braços grandes você tem!"

"São para te abraçar melhor, queridinha."

"Vovó, que pernas grandes você tem!"

"São para correr melhor, queridinha."

"Vovó, que orelhas grandes você tem!"

"São para te ouvir melhor, queridinha."

"Vovó, que olhos grandes você tem!"

"São para te ver melhor, queridinha."

"Vovó, que dentes grandes você tem!"

"São para te comer melhor!"

Então o lobo mau pulou em cima de Chapeuzinho Vermelho e a devorou também.

# Água de pés
(irlandês)

Há muito tempo, em todas as casas do campo as pessoas lavavam os pés, tal como fazem hoje, depois jogavam a água fora, porque não se podia deixar água suja dentro de casa durante a noite. Os mais velhos sempre diziam que algo de ruim entraria na casa se a água usada para lavar os pés fosse mantida em seu interior. Sempre diziam também que ao jogar a água era preciso gritar "Cuidado!" para evitar que almas ou espíritos ficassem no caminho. Mas isso não é coisa daqui nem de agora, e tenho que continuar a minha história.

Há muito tempo, uma viúva morava a leste do condado Limerick, num lugar ermo. Uma noite, quando ela e a filha foram dormir, esqueceram-se de jogar fora a água dos pés. Pouco depois de terem se deitado, ouviram bater à porta e uma voz que dizia: "Chave, deixe-nos entrar!".

Bem, a viúva não disse nada, e a filha também ficou de bico fechado.

"Chave, deixe-nos entrar", a voz repetiu e tchan! — dessa vez a chave falou em voz alta: "Não posso deixá-los entrar, e estou amarrada à coluna da cama da velha senhora".

"Água de pés, deixe-nos entrar", a voz disse, e então a tina com a água de pés se partiu, a água se espalhou pela cozinha, a porta se abriu e entraram três homens com sacolas cheias de lã e três mulheres com rocas. Sentaram-se ao pé do fogão. Os homens tiravam toneladas de lã das sacolas, as pequenas mulheres a fiavam, e os homens punham o fio nas sacolas.

Isso continuou por algumas horas, e a viúva e a filha estavam à beira da loucura de tanto medo. Mas ainda restava um pouco de juízo à jovem. Lembrando-se de que havia uma vidente não muito longe dali, ela foi do quarto para a cozinha e pegou um balde. "Vocês vão tomar um gole de chá depois de todo esse trabalho", ela disse na maior cara-de-pau, e saiu porta afora.

Eles não a ajudaram nem a impediram de sair.

Lá foi ela à casa da vidente e lhe contou sua história. "É um caso complicado, e ainda bem que você me procurou", a vidente disse, "pois você ia ter que andar muito para achar alguém que as salvasse deles. Eles não são deste mundo, mas sei de onde são. E eis o que você precisa fazer." E ela explicou à jovem o que deveria fazer.

A jovem tomou o caminho de volta, encheu o balde na fonte e entrou em casa novamente. Ao se aproximar da escada, ela jogou o balde no chão fazendo o maior barulho e gritou o mais alto que pôde: "Sliabh na mBan está toda em chamas!".

Ouvindo isso, os homens e mulheres estranhos se puseram a correr rumo ao leste, em direção à montanha.

Sem perder tempo, a jovem jogou fora a tina quebrada, aferrolhou a porta e colocou a tranca. E ela e a mãe voltaram para a cama.

Não demorou muito, e elas mais uma vez ouviram passos no terreiro, e a voz lá fora gritando: "Chave, deixe-nos entrar!". E a chave respondeu: "Não posso deixá-los entrar. Já não lhes disse que estou amarrada à coluna da cama da velha senhora?". "Água de pés, deixe-nos entrar!", a voz disse.

"Como poderia", a água de pés disse. "Estou aqui no chão embaixo dos pés de vocês!"

E, por mais que gritassem e se esgoelassem cheios de raiva, não conseguiram entrar na casa. Tudo em vão. Não podiam entrar, pois a água de pés tinha sido jogada fora.

E lhes digo que se passou muito tempo antes que a viúva e sua filha esquecessem de jogar fora a água dos pés e de limpar a casa direitinho antes de dormir.

# Esposas curam gabolice
(daomeano)

Isto aconteceu há muito tempo. Ao soltar os seus pombos de manhã, o chefe da família misturou feijão com milho e jogou para eles. Quando os pombos acabaram de comer, já os esperava uma vasilha de água.

Mal acabaram de se alimentar, os pombos começaram a incomodar as pombas com sua gabolice. Eles diziam: "Se eu tivesse com quem lutar, eu lutaria, se eu tivesse com quem lutar, eu lutaria". Os pombos viviam dizendo isso.

As pombas se juntaram e disseram: "Depois de comer, os nossos maridos sempre dizem: 'Se eu tivesse com quem lutar, eu lutaria, se eu tivesse com quem lutar, eu lutaria'. Será que eles são fortes mesmo?".

As pombas foram procurar Aklasu, o abutre, e lhe disseram que os seus maridos viviam procurando briga. Elas disseram: "Vá lá amanhã e, quando eles terminarem de comer, lute contra eles. Mas não os mate. Só lhes dê um bom susto". Elas repetiram: "Mas não os mate".

Quando o abutre chegou, pousou numa árvore ali perto. Os pombos não sabiam que ele estava por ali. Mas as pombas sabiam. Então, como sempre, o dono soltou todos os pombos para comer. Ao amanhecer, havia feijão e milho para eles, e quando terminaram de comer beberam água.

E cada um recomeçou a conversa: "Se eu tivesse com quem lutar, eu lutaria, se eu tivesse com quem lutar, eu lutaria". Quando disseram isso, o abutre se lançou sobre eles, dilacerando-os e arrancando suas penas.

As mulheres estavam de lado, assistindo.

Os pombos gritaram: "Largue-nos. Não queremos lutar. Dissemos isso só para assustar as mulheres. Largue-nos". O abutre arrancou todas as suas penas e foi embora.

Então as pombas se aproximaram dos seus maridos. Os pombos estavam todos depenados. As mulheres ficaram repetindo zombeteiramente: "Se os nossos maridos vissem alguma coisa, iriam lutar. Se os nossos maridos tivessem com quem lutar, eles lutariam".

Os pombos surrados repeliram as suas esposas dizendo: "O que vocês estão dizendo? O que vocês estão dizendo?".

Hoje o Pombo vive repetindo: "Não quero lutar. Não estou aqui para lutar".

# Alimentar com língua
(suaíli)

Um sultão vivia com a mulher no seu palácio, mas a mulher era infeliz. Ela ficava cada dia mais magra e mais apática. Na mesma cidade havia um homem cuja mulher era saudável, bem nutrida e feliz. Quando o sultão ouviu isso, chamou o homem pobre à corte e lhe perguntou qual era o seu segredo. O homem pobre disse: "Muito simples. Eu a alimento com língua". O sultão mandou chamar o açougueiro imediatamente e lhe disse que as línguas de todos os animais abatidos na cidade deviam ser vendidas a ele, o sultão, e a mais ninguém. O açougueiro fez uma mesura e foi embora. Todo dia ele enviava ao palácio as línguas de todos os animais. O sultão ordenou que o seu cozinheiro as cozinhasse, fritasse, assasse e salgasse de todas as maneiras possíveis, e que preparasse cada um dos pratos do livro de receitas. A rainha tinha que comê-los, três ou quatro vezes por dia — mas a coisa não funcionou. Ela ficava cada dia mais magra e mais adoentada. O sultão ordenou ao homem pobre que trocasse sua esposa pela dele — e o homem concordou com certa relutância. Ele levou a rainha magra para casa e enviou a sua esposa para o palácio. Infelizmente, a esposa do homem pobre foi ficando cada dia mais magra, apesar da boa comida que o sultão lhe oferecia. Era evidente que ela não podia ficar bem num palácio.

Ao chegar em casa à noite, o homem pobre saudava sua nova (real) esposa, contava-lhe o que tinha visto, principalmente as coisas engraçadas, depois lhe contava histórias que a faziam se torcer de rir. Em seguida pegava o banjo e cantava para ela, ele conhecia diversas canções. Ele ficava acordado até tarde da noite, brincava com ela e a divertia. E então pronto! A rainha ganhou peso em poucas semanas, ficou com ótimo aspecto, a pele brilhante e lisa como a de uma menina. E ela passava o dia sorrindo, lembrando-se das coisas engraçadas que o seu novo marido lhe contara. Quando o sultão mandou que ela voltasse, ela se recusou a ir. Então o sultão foi buscá-la e a encontrou muito mudada e feliz. E lhe perguntou o que o homem pobre fizera com ela, e a rainha lhe contou. Então ele entendeu o significado de alimentar com língua.

# A irmã rica do lenhador
(sírio)

Era uma vez um homem com dez filhos que morava no sopé de uma colina. Todo dia ele ia ao alto da colina e recolhia lenha para vender na cidade. Ao entardecer a família faminta ficava esperando a sua volta, e ele lhe trazia um pão e às vezes uma cebola ou uma azeitona para dar gosto. Ele era um homem pobre — mas o pior não era a falta de ouro, e sim a falta de miolos.

Certo dia, quando a madeira seca do alto da colina estava quase acabando, ele resolveu ir pegar lenha numa colina mais distante, coberta de árvores. Quando ao anoitecer voltava para casa com a carga nas costas, ele encontrou uma mulher muito bem vestida, de braceletes tilintando nos braços e finos tecidos farfalhando no corpo. "Você não reconhece a própria irmã, meu irmão?", ela perguntou. "Canso de esperar uma visita sua, mas qual! Nem todo coração é terno." "Não tenho irmã", o homem disse. "O quê? Agora vai me renegar? Mas, diga-me uma coisa, meu irmão, o que você está fazendo aqui?" "Estou voltando para casa depois de um dia de trabalho", o lenhador disse com um suspiro. "Você devia descansar um pouco dessa trabalheira e me deixar cuidar de você", a mulher disse. "Por que não vem comigo para compartilhar a minha boa sorte? Traga a sua mulher e os seus filhos para morar comigo na minha casa grande. Tenho muitas coisas boas, o bastante para atender a cada um dos seus desejos!" "É mesmo?", o homem respondeu sem saber o que dizer. "Você acha que eu iria enganar o meu próprio irmão?", a mulher disse. "Venha comigo agora e veja com os seus próprios olhos; assim, amanhã você já vai saber o caminho", ela disse puxando-o pela mão.

E que casa a mulher tinha! Sacos e sacos de trigo, lentilhas e favas! Fileiras e fileiras de vasos cheios de azeite de oliva e manteiga! A mulher convidou o lenhador para comer e cozinhou um cordeiro só para ele. "Isto não o faz lembrar dos nossos velhos tempos?", a mulher lhe perguntou. O pobre homem se lançou sobre a comida como um mendigo, pois já fazia meses que não comia carne. "Nunca a vi antes, mas quem pode ser ela senão a minha irmã?", perguntava-se o homem. "Quem mais me receberia tão bem, quem mais me daria tal acolhida?" E ele correu de volta para contar à sua esposa, e em tal velocidade que é de espantar que não tenha se ferido.

Mas a mulher do lenhador não se deixou convencer. "Você acha que, se eu tivesse uma cunhada, nunca teria ouvido falar nela?", perguntou. "E, se ela não é a minha cunhada, que bom motivo teria para querer que a gente more na casa dela?" A mulher tentou argumentar com o marido, tentou persuadi-lo; mas no final teve que reunir os seus dez filhos e, puxando a sua vaca esquelética por uma corda, seguir o marido à casa da irmã dele.

Banquetes e mais banquetes os esperavam. Durante um mês nada mais fizeram senão comer, beber e deitar à sombra para descansar. O rosto das crianças, que antes era fino feito lâmina de faca, começou a se encher. O lenhador ria e dizia: "Maldito seja todo trabalho cansativo! Que Alá nunca mande de volta aqueles dias exaustivos e nos deixe viver assim — na base da sombra e água fresca".

Certa noite, enquanto a família do lenhador dormia no quarto que ficava no andar mais baixo da casa, a irmã desceu sorrateiramente do sótão e forçou a porta, murmurando:

*Minha farinha e minha manteiga acabaram*
*Agora eles estão gordos: não preciso esperar mais.*

Porque ela era uma diaba comedora de carne humana. Então a vaca, que estava amarrada à coluna da cama, voltou-se para o monstro e disse:

*Meus olhos podem queimar você feito chama*
*Minha cauda, chicotear e deixar você manca*
*Meus chifres, fazer de você uma pasta de sangue.*

E a diaba teve que voltar para trás pelo mesmo caminho.

Na noite seguinte o monstro se aproximou outra vez, mas a vaca impediu a sua entrada, como antes. Mas na terceira noite a vaca, num movimento para se defender da diaba, chutou a porta de madeira com o casco e acordou a mulher do lenhador. Então a mulher ouviu a cunhada dizer:

*Minha farinha e minha manteiga acabaram*
*Agora eles estão gordos: não preciso esperar mais.*

E ela ouviu a resposta da vaca:

*Meus olhos podem queimar você feito chama*
*Minha cauda, chicotear e deixar você manca*
*Meus chifres, fazer de você uma pasta de sangue.*

Ela sacudiu o marido para acordá-lo, mas ele dormia profundamente por ter comido muito, e não se mexeu.

De manhã, quando a mulher do lenhador lhe contou tudo o que ouvira à noite, ele disse que provavelmente ela tivera um sonho ruim. Entretanto, ao meio-dia a sua irmã rica o procurou e disse: "Ó, meu irmão, hoje estou com muita vontade de comer carne de vaca. Com certeza você não vai me negar esse seu bicho ossudo". Como o homem poderia negar isso à sua irmã? Então ele matou a vaca e mandou a mulher cozinhar a carne. Ela pôs o pedaço mais gostoso num prato e mandou a filha mais velha levá-lo à sua tia. Quando a jovem olhou para dentro do quarto, não viu a tia, e sim um demônio. Seu cabelo estava desgrenhado e seus olhos vermelhos como brasa, e se viam mulheres e homens mortos pendentes das vigas. Ela voltou em silêncio, pé ante pé, mas na pressa tropeçou na escada e toda comida escorregou no prato e caiu no chão. Sua mãe veio ralhar com ela, e ela lhe contou o que tinha visto. A mãe contou a história para o pai, mas o lenhador disse: "Isso é invencionice de criança. Como pode você querer abrir mão de todo esse conforto, quando deveria estar dando graças a Deus por todas essas bênçãos?".

Naquela noite a vaca não estava lá para deter a diaba. A mulher do lenhador viu a diaba apalpando cada um dos seus filhos, repetindo para si mesma:

*Minha farinha e minha manteiga acabaram*
*Agora eles estão gordos: não preciso esperar mais.*

"Cunhada, o que você quer?", a mulher do lenhador, que não tinha pregado olho, gritou. "Só quero cobrir as minhas sobrinhas e os sobrinhos para protegê-los do frio", a diaba disse e subiu as escadas, voltando para o seu quarto.

No dia seguinte a mulher do lenhador preparou uma sopa de lentilhas moída para alimentar os filhos. Ela viu as crianças brincando e manchando as roupas, e não disse uma palavra. Então procurou a cunhada e disse: "Quero ir ao rio para lavar as roupas dos meus filhos. Empreste-me o seu tacho de cobre para que eu possa esquentar a água para dar banho neles". E ela foi ao vádi, acendeu uma fogueira e jogou lenha verde nela para fazer fumaça. Pendurou alguns trapos num lugar com muito vento e chamou os filhos para junto de si. Então rezou: "Abre-te para nós, ó largo portão da proteção de Alá!" E, prendendo entre os dentes a barra do seu longo vestido e puxando os filhos pelas mãos, ela disparou a correr da casa da diaba em direção à sua casa no sopé da colina.

De vez em quando a diaba saía à porta de sua casa para dar uma olhada no vale. Ele via a grossa fumaça subindo e a roupa balançando ao vento e dizia: "Lá está ela, ainda ocupada em lavar roupas!". Mas, quando o sol declinou e seus hóspedes não voltaram, ela desceu às pressas para ver o que os estava impedindo de voltar. Então viu que lá não havia ninguém: a mãe e os filhos tinham desaparecido. Ela soltou um berro tão alto que ecoou na colina. E exclamou:

*Por que eu os engordei tanto e tanto*
*Quando a essa altura já deveria tê-los comido!*

O lenhador, que cochilava sob uma parreira em frente à casa, ouviu o berro e ficou assustado. Olhou em volta, procurando um lugar para se esconder. Ouviu a diaba se aproximando, sabendo que sua faca já estava pronta para ele, e ninguém mais. Tomado de pavor, mergulhou num monte de lixo, enterrando-se nele completamente. A diaba se precipitou no jardim feito um temporal, mordendo os dedos e resfolegando. Ela andava para cima e para baixo, ia do pombal ao galinheiro sob a escada, procurando por ele.

Finalmente a diaba subiu no monte de lixo para ter uma visão melhor. Quando ela apoiou o pé do lado onde o lenhador estava escondido, ele deixou escapar um arroto ruidoso. "Você soltou um suspiro, ó meu véu?", a diaba gritou. E o tirou. Ela ficou na ponta dos pés para ver o mais longe possível, e o estômago do lenhador roncou novamente. "Será que você está se queixando, ó meu vestido?", ela disse. E o tirou. E agora ela estava nua em pêlo, toda peluda, para assustar quem quer que visse aquela diaba peluda. Ela ouviu mais uma vez um ruído feito pelo lenhador embaixo do lixo e disse: "Será que o lixo está fazendo barulho? Vamos ver por quê!". E empurrou metade do monte para a direita, metade para a esquerda e arrancou o pobre lenhador de dentro.

"Agora", ela falou, "diga-me uma coisa, ó meu irmão: onde devo meter os dentes primeiro?"

*Comece por minhas orelhas, se quiser,*
*tão surdas aos conselhos da minha mulher!*

choramingou ele. "E depois?", a diaba disse.

*Depois coma os meus dois braços*
*Que trouxeram minha mulher a este mau passo.*

"E depois?"

*Depois este par de pernas que tão mal andou*
*E não foi aonde ela mandou.*

E assim por diante, até ele ser devorado inteiro, não tendo sobrado nada para interrogar ou dar uma resposta. É isto que acontece com homens preguiçosos: cavam sua cova com as próprias mãos.

*Entrou por uma porta e saiu por outra*
*quem quiser que conte outra.*

# Fugindo de mansinho
(jamaicano)

Uma cabra andava com seus dois filhotes procurando uma boa grama verde, quando começou a chover. A chuva caía para valer, então ela procurou abrigo sob a saliência de um rochedo, sem saber que aquilo era a toca de um Leão. Quando o Leão viu as três cabras se aproximando, rugiu consigo mesmo, numa voz de trovão.

Isso assustou a mãe e os filhos, e ela disse: "Boa noite, pastor". E o Leão respondeu: "Boa noite". Ela disse estar procurando um pastor para batizar seus dois filhos, porque queria lhe dar nomes. O Leão disse que teria todo o prazer em fazer isso: "O nome deste é Jantar, o daquele é Desjejum de Amanhã, e o seu é Jantar de Amanhã".

Depois de ouvir esse rugido do Leão, as cabras ficaram realmente assustadas, e o coração dos filhotes começou a saltar bup, bup, bup. O Leão perguntou à mamãe cabra o que havia com os seus filhotes, e ela disse: "Bem, eles se sentem assim quando se encontram num lugar muito quente". Então ela perguntou ao Leão se poderiam sair para tomar um pouco de ar fresco, já que estavam indispostos. O Leão consentiu que saíssem até a hora do jantar, mas deveriam voltar. Então a mãe sussurrou para os dois filhotes que corressem o mais que pudessem até o anoitecer.

Quando o Leão viu que estava anoitecendo e que os filhotes não voltavam, começou a rugir novamente. A cabra disse estranhar muito aquela demora, então perguntou ao Leão se poderia ir buscá-los, antes que ficasse escuro demais. O Leão consentiu. E tão logo saiu da toca, a cabra disparou a correr.

As mulheres sabem mais da vida do que os homens, principalmente no que diz respeito às crianças.

# Os desígnios da natureza
(armênio)

Houve uma vez um rei que tinha apenas uma filha. Ele não queria que ela se casasse, pois desejava cuidar dela e tê-la sob os seus olhos vigilantes. O rei queria que ela não soubesse nada do mundo e da vida, e que não amasse ninguém a não ser ele.

Depois de muito pensar, chamou seu conselheiro e discutiu o assunto com ele. Juntos planejaram a construção de um lindo palácio para sua filha, numa ilha solitária no meio de um lago. A menina, que então tinha apenas sete anos, deveria viver no palácio, acompanhada apenas de criadas e uma professora.

O rei concretizou o plano. Construiu um belo palácio para a filha e contratou várias serviçais e uma professora. Não havia janelas no palácio, para que a menina não visse o mundo lá fora. Só recebia as visitas do pai, que aos domingos passava três ou quatro horas com ela. Todas as portas do palácio ficavam trancadas, e só o rei tinha a chave do portão de entrada.

Passou-se o tempo, e a jovem chegou aos dezoito anos. Ela aprendeu muitas coisas, mas parecia-lhe que seus livros eram chatos e nada lhe diziam. A jovem começou a pensar: "Que espécie de vida é essa? Todas as pessoas que me servem são mulheres, quem me ensina é uma mulher. Se o mundo inteiro é povoado só de mulheres, o que viria a ser o meu pai?". Se tivesse mais coragem, ela teria feito essa pergunta ao pai. Porém, como não tinha, perguntou à professora.

"Vou lhe fazer uma pergunta, mas você deve me dizer a verdade. Não tenho mãe, nem irmã, nem nenhuma amizade. Você é tudo para mim. Responda-me feito uma mãe. Por que estou nesta ilha sozinha? Todas as pessoas à minha volta são mulheres, mas o meu pai é diferente. Que significa isso?"

A professora recebera ordens de não dizer à sua aluna nem uma palavra sobre esse assunto. Então disse: "Não devo falar nem pensar sobre esse assunto, tampouco você. Não fale uma palavra sobre isso, senão nossa vida não valerá um tostão".

Mas a jovem insistia em fazer perguntas e queria livros que explicassem a vida e o mundo. Finalmente a professora levou o livro que ela desejava e pediu à jovem que não contasse a ninguém sobre aquela leitura.

A jovem começou a pensar no próprio futuro: "Vou passar toda a minha vida nesta prisão?", ela não parava de se perguntar. Àquela altura tinha aprendido muito sobre mágica. Certo dia pediu à professora que lhe levasse farinha de trigo, ovos, manteiga e leite, pois queria fazer uma massa. Depois de misturar a massa, ela a modelou na forma de um homem. A jovem modelou as feições dele e lhe deu a forma e o tamanho de uma pessoa.

Ela usou toda a sua mágica para fazer a imagem e pediu a Deus que lhe desse a alma de um ser humano. "Eu o fiz com as minhas próprias mãos, eu o concebi na minha mente, e com os olhos cheios de lágrimas rogo que esta imagem se torne um ser humano", ela disse. A jovem repetiu essa prece várias e várias vezes, sempre pedindo a Deus que desse uma alma à imagem.

Finalmente, Deus ouviu a sua voz e atendeu o seu desejo: a imagem recebeu uma alma. A professora deu um jeito de levar roupas para o homem. Os dois jovens se apaixonaram, e a moça teve o cuidado de esconder o rapaz de forma que ninguém o visse, exceto a professora, que evidentemente os ajudara.

A jovem sabia o dia das visitas do pai, e cuidou para que ele não descobrisse o seu segredo. Mas certo domingo ela dormiu demais, e o mesmo aconteceu com o homem e com a professora. O pai entrou no palácio, e o que viu ele senão um homem ao lado da sua filha! O rei mandou todos eles — a filha, o homem, a professora e as criadas — para a prisão, e ordenou que os dois jovens fosse executados imediatamente.

"Dê uma oportunidade de nos defendermos", a jovem suplicou ao pai. Por fim, como a amava ternamente, o rei consentiu em ouvir. Reuniu-se um conselho de jurados, e os réus foram levados diante do tribunal. A princesa, que era a principal acusada, falou primeiro, dizendo a verdade sobre o assunto, do começo até o fim.

"Meu pai não queria que eu me casasse nunca, por isso construiu uma prisão e nela me enclausurou. Todas as pessoas que me servem são mulheres. Entretanto, eu percebia que meu pai, que me visitava todos os domingos, era diferente. Eu queria viver e saber o que era o amor! Com os meus conhecimentos de magia, fiz a imagem de um homem a partir de farinha, manteiga, ovos e leite. Fiz a imagem com as minhas próprias mãos, eu a concebi na minha mente e, com os olhos cheios de lágrimas, roguei a Deus que lhe desse uma alma. Deus, na sua imensa bondade, ouviu a minha voz e atendeu ao meu pedido. Eu mesma fiz este homem que está ao meu lado. Ele não tem família nem laços de amizade. Se o senhor nos matar, estará cometendo o pior crime que se possa imaginar. Realizei o meu desejo: vivi, amei e fui amada. Ainda que o senhor me mate, não me arrependo de nada."

"Mas será possível uma coisa dessas?", todos comentavam entre si.

"Vou mandar investigar isso", o rei disse. Entretanto, a investigação revelou que a princesa falara a verdade, que o homem não tinha família nem qualquer outro tipo de laço, e não havia o menor sinal de que um dia tivesse nascido.

"Meus filhos, cometi um grande crime. Vou tentar desfazer o mal e o sofrimento que lhes causei. Vou mandar construir um belo palácio e mobiliá-lo para vocês. E que vocês vivam em paz para sempre", o rei disse à princesa e ao seu companheiro.

O rei cumpriu a promessa. Construiu-se um belo palácio para os jovens, e eles viveram felizes para sempre.

Do céu caíram três maçãs: uma para mim, uma para quem contou a história e uma para quem os divertiu.

E assim fica demonstrado: a natureza ajuda o homem a entender as leis de Deus, os mistérios da vida. Ninguém pode nem deve mudar essas leis naturais.

# As duas mulheres
# que conquistaram a liberdade
## (inuíte)

Houve uma vez um homem que tinha duas mulheres. Seu nome era Eqqorsuaq. Tinha tanto ciúme das mulheres que as mantinha trancadas dentro da sua cabana. Ele as espancava se elas não se comportassem direito. Ou então espancava qualquer um que olhasse para elas. Matou um homem chamado Angaguaq, porque correu o boato de que Angaguaq dormira com uma das suas mulheres. O que não era verdade. Eqqorsuaq era um tipo um tanto mesquinho.

Finalmente as duas mulheres ficaram meio cansadas do marido. Elas o abandonaram e lá se foram correndo pela costa até ficarem esgotadas e famintas. Quando não tinham mais forças para avançar, avistaram a enorme carcaça de uma baleia numa praia. Rastejaram para dentro da boca e se esconderam dentro da carcaça. O cheiro era repugnante, mas antes um cheiro repugnante do que mais uma surra.

Àquela altura Eqqorsuaq estava enfurecido. Procurou suas mulheres por toda parte. Perguntou a todas as pessoas da aldeia e ameaçou um bocado de gente. Ao que parecia, porém, ninguém sabia do paradeiro das mulheres. Por fim o homem se aconselhou com o feiticeiro da aldeia, que disse a ele:

"Você deve procurar o corpo de uma grande baleia que se encontra no Rochedo da Montanha em Forma de Coração."

Então Eqqorsuaq partiu para o Rochedo da Montanha em Forma de Coração. Por todo o caminho ele ia cantando velhas canções, antegozando a surra que iria dar nas mulheres. Finalmente chegou ao seu destino e viu a baleia morta, mas o cheiro era tão terrível que ele não conseguia se aproximar dela. Ele gritou pelas mulheres várias e várias vezes, mas não teve resposta. Talvez elas não estivessem mais ali. Eqqorsuaq se arranchou na praia por três dias, depois voltou para casa decidido a espancar o feiticeiro.

Nesse meio-tempo as duas mulheres permaneceram dentro da baleia. Acostumaram-se tanto com o cheiro que ele já não as incomodava. Tinham bastante carne para comer e um lugar quente para dormir. Dizem que elas estavam muito felizes com o novo lar.

# Como um marido curou a esposa viciada em contos de fadas

(russo)

Houve uma vez um estalajadeiro cuja mulher gostava de contos de fadas mais do que de qualquer outra coisa e só aceitava como hóspedes aqueles que sabiam contar histórias. Evidentemente que o marido tinha prejuízos por causa disso e se perguntava como poderia curar a esposa daquela mania de contos de fadas. Certa noite de inverno, já bem tarde, um velho tremendo de frio pediu pousada. O marido correu a atendê-lo e perguntou: "O senhor sabe contar histórias? A minha mulher não me deixa receber ninguém que não saiba contar histórias". O velho viu que não tinha alternativa, pois estava quase morto de frio. Disse: "Sei contar histórias". "E é capaz de contá-las por um bom tempo?" "A noite inteira."

Até aí, tudo bem. Deixaram o homem entrar. O marido disse: "Mulher, esse camponês prometeu contar histórias durante toda a noite, com a única condição de que você não o interrogue nem o interrompa". O velho disse: "Sim, não deve haver interrupções, senão não vou contar nenhuma história". Eles cearam e se deitaram. Então o velho começou: "Uma coruja voou por um jardim, pousou no tronco de uma árvore e bebeu um pouco de água. Uma coruja voou por um jardim, pousou no tronco de uma árvore e bebeu um pouco de água". Ele ficou repetindo sem parar: "Uma coruja voou por um jardim, pousou no tronco de uma árvore e bebeu um pouco de água". A mulher ouviu, ouviu e por fim disse: "Que diabo de história é essa? Ele fica repetindo a mesma coisa o tempo todo!". "Por que você me interrompe? Eu lhe disse para não discutir comigo! Isso era só o começo; depois ia mudar." Ouvindo aquilo — que era exatamente o que queria ouvir —, o marido pulou da cama e começou a espancar a mulher. "Você ouviu que não era para discutir, e agora não o deixou terminar a história!" E continuou a espancá-la, de forma que ela começou a detestar histórias, e daquele dia em diante se recusou a ouvi-las.

PARTE 8

MENTES FORTES E ARTIMANHAS

# Os doze patos selvagens
(norueguês)

Era uma vez uma rainha que, depois de mais uma nevada de inverno, estava andando de trenó; mas logo no início do passeio o seu nariz começou a sangrar, e ela teve que sair do trenó. Então, ali encostada na sebe, viu o sangue vermelho na neve branca; começou a refletir sobre ter doze filhos e nenhuma menina, e disse consigo mesma:

"Se eu tivesse uma menina branca como a neve e vermelha como o sangue, não me importaria com o destino dos meus filhos."

Entretanto, mal pronunciou essas palavras, uma velha bruxa do bando dos trolls se aproximou dela.

"Você vai ter uma filha", ela disse. "E ela será branca como a neve e vermelha como o sangue; e os seus filhos serão meus, mas pode ficar com eles até a menina ser batizada".

Quando chegou a hora, a rainha teve uma menina branca como a neve e vermelha como o sangue, exatamente como a bruxa prometera, e então ela foi chamada de Branca de Neve e Rósea. Bem, houve muita euforia na corte do rei, e a rainha ficou alegre a mais não poder; mas, quando se lembrou da promessa que fizera à velha bruxa, mandou chamar um prateiro e lhe ordenou que fizesse doze colheres de prata, uma para cada príncipe, e em seguida lhe ordenou que fizesse mais uma, que foi dada a Branca de Neve e Rósea. Tão logo a princesa foi batizada, porém, os príncipes se transformaram em doze patos selvagens e foram embora. Nunca mais os viram — foram para longe e lá permaneceram.

A princesa cresceu. Era alta e bonita, mas normalmente se mostrava muito estranha e triste — e ninguém conseguia entender o que a afligia. Mas certa noite a rainha também se sentiu triste, pois era assaltada por muitas idéias estranhas quando pensava nos filhos. Ela disse a Branca de Neve e Rósea: "Por que você anda tão triste, minha filha? Deseja alguma coisa? Se for assim, basta dizer uma palavra que terá o que deseja".

"Oh, isto aqui me parece tão aborrecido e solitário", disse Branca de Neve e Rósea. "Todos têm irmãos e irmãs, mas eu sou sozinha, não tenho nenhum, e é por isso que me sinto tão triste."

"Mas acontece que você *tem* irmãos, minha filha", a rainha disse. "Tive doze filhos, que eram seus irmãos, mas abri mão deles para ter você." E então a rainha lhe contou toda história.

Depois de ouvir aquilo, a princesa não teve mais descanso. Isso porque, malgrado tudo o que a rainha dissesse ou fizesse, e por mais que chorasse e suplicasse, a jovem queria porque queria partir à procura dos irmãos, pois achava que a culpa era toda sua. Finalmente conseguiu permissão para partir do palácio. E lá se foi pelo vasto mundo, embrenhando-se em regiões tão distantes que nunca se imaginaria uma jovem capaz de tamanho esforço.

Então, caminhando por uma imensa floresta, certo dia se sentiu cansada, sentou-se num tufo de musgo para descansar e adormeceu. Ela sonhou que se embrenhava cada vez mais na floresta, terminava por chegar a uma cabaninha de madeira, e lá encontrava os irmãos. Logo ao acordar, viu no musgo verde bem à sua frente um caminho que entrava ainda mais fundo na floresta. Ela tomou aquele caminho e depois de muito tempo chegou a uma pequena cabana igualzinha à que vira no sonho.

Quando entrou na sala, não havia ninguém em casa, mas lá havia doze camas, doze cadeiras e doze colheres — em suma, uma dúzia de cada coisa. Ao ver aquilo, se sentiu feliz como não se sentira durante um longo ano, pois logo concluiu que os irmãos moravam ali e que eram os donos das camas, cadeiras e colheres. Então acendeu o fogo, varreu a sala, arrumou as camas e preparou o jantar, ajeitando a casa o melhor que podia. Depois de preparar a comida e fazer todo o trabalho, ela jantou e se enfiou debaixo da cama do irmão caçula, e lá ficou deitada, mas esqueceu a colher em cima da mesa.

Entretanto, mal ela tinha se deitado, ouviu alguma coisa vibrando e zumbindo no ar — e então os doze patos selvagens entraram impetuosamente na casa. Tão logo cruzaram o vestíbulo, porém, transformaram-se em príncipes.

"Oh, como está bonito e quentinho aqui", disseram. "Deus abençoe quem acendeu o fogo e preparou este jantar tão bom para nós."

E então, preparando-se para comer, cada um pegou a sua colher de prata. Depois de cada um pegar a sua, ainda restava uma na mesa, tão igual às outras que não se podia distinguir delas.

"Esta é a colher da nossa irmã", disseram. "E se a sua colher está aqui, ela própria não deve estar muito longe."

"Se a colher é da nossa irmã e ela estiver aqui", o mais velho disse, "ela deve ser morta, pois é culpada de todo o nosso sofrimento."

Embaixo da cama, ela ouvia a conversa.

"Não", o caçula disse. "Seria uma infâmia matá-la por causa disso. Ela não tem nada a ver com o nosso sofrimento. Se alguém deve ser responsabilizado, é a nossa mãe."

Então começaram a procurá-la por toda parte, e finalmente olharam embaixo de todas as camas. Quando chegaram à cama do caçula, eles a encontraram e a tiraram dali. Então o príncipe mais velho falou de novo em matá-la, mas ela rogou e suplicou pela própria vida.

"Oh, Deus! Não me matem, porque andei buscando vocês nestes três últimos anos, e eu daria a vida para libertá-los."

"Bem!", disseram. "Se você conseguir nos libertar, nós lhe pouparemos a vida. Porque você pode fazê-lo, se quiser."

"Sim, mas então me digam como proceder", a princesa falou, "que farei, seja lá o que for."

"Você deve pegar lanugem de cardo", os príncipes disseram, "cardá-la, fiá-la e tecer. Feito isso, corte o tecido e faça doze casacos, doze camisas e doze lenços de pescoço, um para cada um de nós, e, enquanto estiver fazendo isso, não fale, nem ria, nem chore. Se você conseguir, estaremos livres."

"Mas onde vou encontrar lanugem de cardo bastante para fazer tantos lenços, camisas e casacos?", Branca de Neve e Rósea perguntou.

"Logo vamos lhe mostrar", os príncipes disseram, e a levaram com eles a um vasto pântano, onde havia grande quantidade de cardos, todos balançando ao vento, em meio a uma nuvem de penugens brilhando à luz do sol. A princesa nunca vira tal quantidade de penugem de cardo em toda a sua vida, e começou a arrancar e a juntar o mais rápido que podia. Ao chegar em casa à noite, ela se pôs a cardar e a fiar a lanugem. E assim continuou por longo tempo, colhendo a lanugem, cardando e fiando, ao mesmo tempo em que cuidava da casa dos príncipes, cozinhava e arrumava as suas camas. Ao anoitecer eles chegavam, agitando as asas com ruído como patos selvagens, e durante toda a noite eram príncipes. De manhã, porém, lá voavam novamente e eram patos selvagens durante todo o dia.

Mas certa vez, quando ela estava no pântano colhendo lanugem de cardo — e, se não me engano, era a última vez que tinha que ir lá —, aconteceu que o jovem rei que governava aquela terra, que estava caçando e cruzava o pântano no seu cavalo, a viu. Então ele parou ali, perguntando-se quem poderia ser aquela jovem encantadora que andava pelo pântano colhendo lanugem de cardo. Ele perguntou seu nome, e como ela não lhe respondeu, ficou ainda mais espantado. E gostou tanto da jovem que não havia outro jeito senão levá-la para o seu castelo e casar com ela. Ordenou então aos criados que a agarrassem e a pusessem no seu cavalo. Branca de Neve e Rósea torceu as mãos fazendo sinal para eles e apontando para os sacos nos quais estava a lanugem. Quando o rei entendeu que ela queria levá-los consigo, ordenou aos criados que os empilhassem na garupa do cavalo. Quando fizeram isso, a princesa começou a se recobrar pouco a pouco, porque o rei era um homem sábio, bonito, e a tratava com a delicadeza e a gentileza de um médico. Quando chegaram ao palácio, porém, a velha rainha, madrasta do rei, ao pôr os olhos em Branca de Neve e Rósea, ficou tão furiosa e enciumada por ser a jovem tão bela e encantadora que disse ao rei: "Você não percebe que essa coisa que você catou por aí, e com a qual quer se casar, é uma feiticeira? Ora, ela nem é capaz de falar, rir ou chorar!".

Mas o rei não ligou a mínima para o que ela disse, manteve a decisão de se casar e desposou Branca de Neve e Rósea, e eles viviam muito felizes e contentes; mas ela não se esqueceu de continuar costurando as camisas.

Quando o ano já estava quase acabando, Branca de Neve e Rósea deu à luz um príncipe, e a velha rainha ficou mais raivosa e enciumada do que nunca. Na calada da noite, ela se aproximou de Branca de Neve e Rósea furtivamente, enquanto ela dormia, roubou-lhe o bebê e o jogou num fosso cheio de serpentes. Em seguida cortou o dedo de Branca de Neve e Rósea, espalhou sangue pela sua boca e procurou o rei imediatamente.

"Venha ver que espécie de mulher você tomou como esposa", a rainha disse. "Ela devorou o próprio filho."

O rei ficou muito abalado, quase se desfez em lágrimas, e disse: "Sim, deve ser verdade, já que estou vendo com meus próprios olhos. Mas ela não vai fazer isso novamente, tenho certeza, e desta vez vou lhe poupar a vida".

Então, antes que se passasse um ano, ela teve outro filho, e aconteceu a mesma coisa. A madrasta do rei ficou cada vez mais enciumada e raivosa. Certa noite entrou às escondidas no quarto da rainha, roubou o bebê, jogou-o num fosso cheio de serpentes, cortou o dedo da jovem rainha, espalhou sangue pela sua boca, depois foi dizer ao rei que ela tinha comido o próprio filho. O rei ficou tão pesaroso que nem dá para imaginar, e disse: "Sim, deve ser verdade, pois estou vendo com os meus próprios olhos, mas com certeza ela não vai fazer isso novamente, por isso também agora vou lhe poupar a vida".

Bem, antes que se findasse o ano seguinte, Branca de Neve e Rósea deu à luz uma menina, a qual também foi roubada pela rainha, que a jogou num fosso cheio de serpentes, enquanto a jovem rainha dormia. Então ela lhe cortou o dedo, espalhou sangue pela sua boca, procurou o rei novamente e disse: "Agora venha ver se não é como eu digo. Ela é uma feiticeira má, pois devorou também o terceiro bebê".

Então o rei ficou tristíssimo, aquilo não tinha fim, e agora ele não podia mais poupá-la, precisava mandar queimá-la numa fogueira. Mas bem na hora em que a fogueira ardia em grandes chamas e a jovem rainha já ia ser atirada ao fogo, ela fez sinais para que pegassem doze tábuas e as colocassem em volta da fogueira. Sobre essas tábuas, ela colocou os lenços de pescoço, as camisas e os casacos dos seus irmãos, só que a camisa do caçula ainda estava sem o braço esquerdo, pois ela não tivera tempo de fazê-lo. E tão logo ela distribuiu as roupas, ouviu-se um barulho de asas no ar, e lá chegaram os doze patos selvagens voando sobre a floresta, e cada um apanhou as próprias roupas com o bico e saiu voando com elas.

"Olhe só!", a velha rainha disse ao rei. "Bem que falei que ela era uma feiticeira. Mais depressa com isso, queime-a logo na fogueira, antes que o fogo arrefeça."

"Ah!", o rei disse. "Temos madeira até de sobra, então vou esperar um pouco, pois quero ver como isso vai acabar."

Enquanto ele dizia isso, chegaram cavalgando os doze príncipes belos e esbeltos que só vendo; mas o príncipe mais novo tinha uma asa de pato selvagem no lugar do braço esquerdo.

"Que história é essa?", os príncipes perguntaram.

"Minha rainha vai ser queimada", o rei disse, "porque ela é feiticeira e porque comeu os próprios filhos ainda bebês."

"Ela não os comeu de modo algum", os príncipes disseram. "Fale agora, irmã: você nos libertou e nos salvou, agora salve a si mesma."

Então Branca de Neve e Rósea começou a falar e contou toda a história. Contou que, quando ela ia para a cama, a velha rainha, madrasta do rei, entrava sorrateiramente no seu quarto, levava os bebês, cortava-lhe o dedo e espalhava sangue pela sua boca. E então os príncipes levaram o rei para ver o fosso onde três bebês brincavam com cobras e sapos, crianças bonitas como jamais se viu.

Então o rei mandou tirá-los dali imediatamente, dirigiu-se à madrasta e lhe perguntou que tipo de castigo merecia uma mulher que tivera a coragem de trair uma rainha inocente e três bebês tão encantadores.

"Ela merece ser amarrada entre doze cavalos selvagens, de forma que cada um possa lhe arrancar um pedaço", a velha rainha respondeu.

"Você pronunciou a sua própria sentença", o rei disse. "E ela vai ser executada imediatamente."

Então a rainha má foi amarrada entre doze cavalos selvagens, e cada um lhe arrancou um pedaço. Mas o rei reuniu Branca de Neve e Rósea, os seus três filhos e os doze príncipes e foi com eles à casa dos sogros e contou tudo que lhes acontecera. Houve grande júbilo e contentamento em todo o reino, porque a princesa estava salva e liberta, e porque ela libertara os doze irmãos.

# O velho Foster
(montanhês, americano)

Havia um velho que morava sozinho, bem longe, na floresta, e a única coisa que comia eram as mulheres que ele levava e cozinhava. Pelo que a minha mãe me contou, ele ia às aldeias, contava-lhes uma história qualquer, convencia as mulheres a acompanhá-lo, agarrava-as e cozinhava os seus peitos. Foi isso que ela me contou, e ouvi que ele as comia. Bem, havia uma mulher bonita e corpulenta de quem ele gostou mais do que das outras (ele estava atrás de mim e da sua mãe), e todo dia ele ia à casa dessa mulher e lhe pedia por favor que fosse ver a casa dele. "Ora, senhor Foster, não acho o caminho". "Você acha sim. Vou tirar um carretel de fio de seda vermelho do bolso e começar a desenrolar no meio do mato, e ele vai levar você direto à minha casa." Então ela lhe prometeu aparecer algum dia.

Então um dia ela fez a sua refeição e partiu. Seguiu o fio de seda vermelho e foi para a casa dele. Quando chegou lá, viu um pobre rapazinho sentado junto ao fogão onde havia carne cozinhando. Ele disse: "Nossa, tia! — ela era sua tia. O que está fazendo aqui? Foster mata todas as mulheres que vêm aqui. Saia daqui o mais rápido possível".

Ela correu para a porta e viu Foster chegando com duas jovens mulheres, uma em cada braço. Então voltou rapidamente para dentro da casa e disse: "Jack, querido, que é que eu faço? Ele está vindo". "Pule dentro desse velho armário sob a escada que eu a tranco lá dentro", Jack disse.

Então pulou dentro do armário, e Jack a trancou. Foster entrou e ficou conversando e rindo com as duas jovens e lhes contando muitas histórias, e ia levá-las no dia seguinte para a festa da debulha do milho. Foster disse: "Venham jantar comigo". Então Jack lhes ofereceu carne cozida e água. Era só o que havia. Assim que as jovens entraram e perceberam a situação, viram que tinha chegado a sua hora e ficaram descontroladas. Foster disse: "É melhor entrar e comer, talvez seja a sua última chance de fazer isso". As jovens deram um salto e começaram a correr. Foster pulou e as agarrou, pegou a sua machadinha e subiu as escadas com elas. As escadas balançavam e eram barulhentas, e quando eles estavam subindo uma das jovens estendeu a mão para trás e se agarrou a um degrau; Foster simplesmente pegou a machadinha e decepou-lhe a mão. Ela caiu bem no lugar onde a minha mãe estava. Ela ficou lá até o outro dia, e, quando Foster foi embora, Jack abriu o armário para minha mãe sair.

Ela correu para o lugar onde se realizava a festa da debulha. Quando chegou ao lugar, Foster já estava lá. Ela não sabia como acabar com Foster. Todo mundo achava que as pessoas iam para a floresta e os animais selvagens as pegavam. Então ela disse: "Tive um sonho horrível na noite passada. Sonhei que morava perto da casa de Foster e que ele vivia me convidando para ir à sua casa".

Foster disse: "Bem, isto não é assim, não deve ser assim, e Deus nos livre de ser assim".

Ela continuou: "E sonhei que ele estendeu um fio vermelho e que o segui, cheguei à sua casa e lá estava Jack cozinhando peitos de mulheres no fogo".

Foster disse: "Bem, isso não é assim, não deve ser assim, e Deus nos livre de ser assim".

Ela continuou: "Então ele falou: 'O que você está fazendo aqui?! Foster mata todas as mulheres que vêm aqui'".

Foster disse: "Bem, isso não é assim, não deve ser assim, e Deus nos livre de ser assim".

Ela continuou: "E vi Foster chegando com duas jovens. Quando lá chegaram, o coração das moças fraquejou, e Foster as agarrou, pegou a machadinha e começou a subir as escadas com elas".

Foster disse: "Bem, isso não é assim, não deve ser assim, e Deus nos livre de ser assim".

Ela continuou: "As escadas balançavam e eram barulhentas, e ao subir uma das jovens estendeu a mão para trás e agarrou um dos degraus. Então Foster sacou a machadinha e decepou sua mão".

Foster disse: "Bem, isso não é assim, não deve ser assim, e Deus nos livre de ser assim".

Ela disse: "É assim, deve ser assim, e aqui está a mão para provar".

As pessoas conheciam as duas jovens desaparecidas e perceberam que era aquilo mesmo, então lincharam Foster e foram buscar Jack e o tiraram de lá.

# Šāhīn

## (árabe palestino)

Era uma vez um rei (e não existe outro reinado além do de Alá, que Ele seja louvado e exaltado!) que tinha apenas uma filha. Não tinha outros filhos e sentia muito orgulho dela. Um dia, quando ela estava descansando, a filha do vizir foi visitá-la. Ficaram juntas, sentindo-se entediadas.

"Estamos aqui nos sentindo entediadas", a filha do vizir disse. "O que você acha de sairmos para nos divertir?"

"Sim", a outra disse.

A filha do rei mandou chamar as filhas dos ministros e dos dignitários do Estado, reuniu-as, e, todas juntas, foram ao pomar do pai para tomar ar, seguindo cada uma o próprio caminho.

Em seu passeio, a filha do vizir pisou num anel de ferro. Ela o segurou e... veja só! Abriu-se a porta de um corredor subterrâneo, e a moça desceu até ele. Nesse meio-tempo, as outras jovens estavam distraídas, divertindo-se. Avançando pelo corredor, a filha do vizir encontrou um jovem com as mangas arregaçadas. E imagine só! Havia perdizes e coelhos à sua frente, que ele procurava depenar e esfolar.

Antes que ele a tivesse notado, ela o saudou: "Paz para você!".

"E, para você, paz!", ele respondeu, surpreso. "O que você é, irmã, ser humano ou espírito?"

"Ser humano", ela respondeu. "E da raça dos escolhidos. Que você faz aqui?"

"Por Alá", ele disse. "Aqui somos quarenta jovens, todos irmãos. Todo dia os meus irmãos vão caçar de manhã e voltam para casa ao anoitecer. Fico em casa e preparo a comida deles."

"Isso é ótimo", ela comentou. "Vocês são quarenta rapazes e nós somos quarenta moças. Serei a sua esposa, a filha do rei casará com o seu irmão mais velho, e as outras jovens serão dos seus outros irmãos." Ela foi formando casais com as moças e os rapazes.

Oh! Como ele ficou satisfeito em ouvir aquilo!

"Como é o seu nome?"

"Šāhīn", ele respondeu.

"Muito prazer, Šāhīn."

Ele pegou uma cadeira e a colocou diante dela. Ela se sentou ao seu lado, e os dois começaram a conversar. O jovem assou um pouco de carne, ofereceu à jovem, e ela comeu. Ela o manteve entretido até a carne que ele estava cozinhando ficar pronta.

"Šāhīn", ela disse quando a comida ficou pronta. "Por acaso vocês têm frutas secas e nozes nesta casa?"

"Sim, por Alá, temos."

"Por que você não nos traz um pouco? Isso ajuda a passar o tempo."

Na casa deles, as frutas secas e as nozes eram guardadas numa prateleira alta. Ele se levantou, pegou uma escada e subiu para alcançar a prateleira. Tendo enchido o lenço com frutas secas e nozes, estava prestes a descer quando ela disse: "Deixe-me segurar. Passe-me!". Tomando o lenço da mão dele, ela empurrou a escada, jogando-a no chão, e ele ficou sem ter como descer lá de cima.

Então ela empilhou toda a comida numa grande travessa, levou-a consigo e fechou a porta do túnel atrás de si. Ela colocou a comida embaixo de uma árvore e chamou as companheiras: "Venham, meninas!".

"Eh! De onde veio isso?", elas perguntaram, aglomerando-se em volta.

"Comam e fiquem quietas", ela respondeu. "O que mais vocês querem? Basta comer!"

A comida tinha sido preparada para quarenta rapazes, e lá estavam quarenta moças. Elas começaram a comer com todo gosto e deram conta de tudo.

"Agora podem ir embora!", a filha do vizir ordenou. "Que cada uma volte para o lugar em que estava. Dispersar!"

Ela as dispersou, e cada uma tomou o seu caminho. Depois de esperar que elas se entretivessem com outra coisa, levou a travessa de volta, deixou-a onde estava antes e voltou a tempo de se juntar às outras jovens, que já estavam indo para casa.

Agora vamos voltar. Para quem? Para Šāhīn. Quando os seus irmãos chegaram à noite, não o encontraram.

"Šāhīn", chamaram. "Šāhīn!"

E vejam só! Ele respondeu do alto da prateleira.

"Ei! O que você está fazendo aí em cima?", o irmão mais velho perguntou.

"Por Alá, irmão", Šāhīn respondeu. "Pus a escada depois que a comida ficou pronta e subi para pegar frutas secas e nozes para matar o tempo. A escada escorregou e fiquei preso aqui em cima."

"Muito bem", disseram, e colocaram a escada para o irmão. Quando ele desceu, o mais velho falou: "Agora vá buscar a comida para a gente jantar". Juntaram toda caça do dia num só lugar e se sentaram.

Šāhīn foi pegar a comida na cozinha, mas não achou nem um bocado.

"Manos", ele disse ao voltar. "Os gatos devem ter comido tudo."

"Tudo bem", o mais velho disse. "Então nos prepare o que for possível."

Com as vísceras dos animais caçados, mais uma ou outra coisa, ele preparou o jantar, e todos comeram, encostaram a cabeça e dormiram.

Na manhã seguinte acordaram e foram caçar. "Agora, mano", os irmãos zombaram, "trate de nos deixar sem jantar mais uma noite. Deixe os gatos comerem tudo!"

"Não, irmãos", ele disse. "Não se preocupem."

Mal os outros saíram, ele arregaçou as mangas e começou a esfolar coelhos e gazelas e a depenar perdizes. A certa altura a filha do vizir apareceu. Tendo saído com a filha do rei e reunido todas as outras moças, ela esperou que elas se entretivessem com alguma coisa e desceu para ir encontrá-lo.

"Salaam!"

"Paz para você também", ele respondeu. "Boas-vindas para aquela que levou a comida e me deixou na prateleira, tornando-me ridículo aos olhos dos meus irmãos."

"Isso é verdade", ela respondeu. "Porém estou disposta a fazer mais ainda com aquele que amo."

"Quanto a mim", ele murmurou, "as coisas que você faz me parecem mais doces do que mel."

Ele pegou uma cadeira, ofereceu a ela e levou frutas secas e nozes. Sentaram-se para conversar, e ela o distraiu até notar que a comida estava pronta.

"Šāhīn", ela disse. "Tem banheiro nesta casa?"

"Tem", ele respondeu.

"Estou apertada, preciso ir ao banheiro. Onde é?"

"É ali", ele respondeu.

"Bem, venha me mostrar."

"É aqui", ele disse apontando.

Ela entrou e, é assim que reza a história, fingiu que não sabia usá-lo.

"Venha e me mostre como esse troço funciona", ela disse.

Não sei o que mais ela disse, mas ele foi lhe mostrar — vocês podem adivinhar — como se senta no vaso. Ela então o agarrou, empurrou-o dentro do vaso assim, e ele terminou de cabeça para baixo e pés para cima. Ela fechou a porta, trancou-o lá dentro e saiu. Passou pela cozinha, acondicionou a comida numa travessa e foi embora. Depois de colocar a comida embaixo de uma árvore, chamou as amigas: "Venham comer!".

"E onde você arranjou todas essas coisas?"

"Vocês só precisam comer", ela respondeu.

Elas comeram, separaram-se, e cada uma tomou o seu caminho. Ela saiu de fininho e foi devolver a travessa.

No fim do dia os irmãos chegaram em casa e não viram sinal do irmão. "Šāhīn, Šāhīn!", gritaram. "Oh, Šāhīn!" Mas nada de resposta. Eles procuraram na prateleira, procuraram aqui e ali, mas nada.

"Sabe", o mais velho disse. "Acho que há alguma coisa estranha no comportamento de Šāhīn. Acho que ele arranjou uma namorada. De todo modo, alguns de vocês poderiam ir à cozinha pegar a comida para jantarmos. Tenho certeza de que a qualquer momento Šāhīn vai aparecer."

Eles foram à cozinha, mas não encontraram nada. "Não há comida", contaram. "Sumiu tudo! Agora temos certeza de que Šāhīn tem uma namorada, e ele lhe dá toda a comida. Bem, vamos preparar o que tivermos à mão para comer."

Depois de prepararem uma refeição rápida, jantaram e ficaram satisfeitos. Eles se prepararam para dormir, mas um deles (com todo respeito aos leitores!) estava apertado, precisando se aliviar. Ele foi ao banheiro, e nossa! Lá estava Šāhīn de cabeça para baixo.

"Ei, manos!", ele gritou. "Šāhīn está aqui, e caiu na privada."

ŠĀHĪN   273

Os irmãos acorreram e o tiraram de lá. Em que tristes condições ele se achava! Os irmãos lhe deram um banho.

"Diga-me", o irmão mais velho falou. "O que está acontecendo?"

"Por Alá, irmão", Šāhīn respondeu. "Depois que preparei o jantar, fui me aliviar e escorreguei."

"Muito bem", o irmão respondeu. "Mas e a comida, onde está?"

"Por Alá, tanto quanto sei, ela está na cozinha. Mas como posso saber se os gatos não a comeram?"

"Pois muito bem!", disseram e voltaram para as suas camas.

Na manhã seguinte, quando estavam saindo, os irmãos zombaram dele novamente. "Por que não nos deixa sem jantar mais uma noite?"

"Não, irmãos", ele disse. "Não se preocupem."

Eles se reuniram e partiram. Então, pontualmente, a filha do vizir procurou a filha do rei, reuniu as outras, e elas foram para o pomar e se dispersaram. Esperando que todas estivessem entretidas com alguma coisa, ela saiu de mansinho e foi procurá-lo. E, ouçam, irmãos: ela o encontrou em casa!

"Salaam!"

"Paz para você também!", ele respondeu. "Seja bem-vinda! Você me deixou na prateleira no primeiro dia e acabou com a comida; no segundo dia você me enfiou na privada e roubou a comida, me deixando mal diante dos meus irmãos!"

"Quanto a mim", ela disse, "pretendo fazer ainda mais com aquele que amo."

"E para mim isto é mais doce do que mel", ele respondeu, trazendo-lhe uma cadeira. Ela se sentou, ele trouxe frutas secas e nozes, e passaram o tempo se divertindo. Ela ficou conversando com ele até ver que a comida estava pronta.

"Šāhīn", ela disse.

"O que é?"

"Você não tem bebidas para degustarmos? Aqui temos carne, frutas secas e nozes. A gente poderia comer e beber alguma coisa."

"Sim", ele respondeu. "Temos."

"Então por que você não traz um pouco?", ela disse.

Ele trouxe a garrafa e a colocou diante dela. Ela serviu e lhe passou o copo. "Este é à minha saúde", ela incitava. "E este também é por mim" — prosseguia a jovem, até ele desabar no chão, como se não houvesse ninguém ali. Então ela foi buscar um pouco de açúcar, esquentou-o e fez um preparado para depilação.

Meu amigo... ela o aplicou no rapaz com tal perícia que ele ficou parecendo a mais bonita das donzelas. Ela o vestiu com uma roupa de mulher, amarrou um lenço à sua cabeça e o pôs na cama para dormir. A jovem passou pó no seu rosto, ajustou bem o lenço na sua cabeça, cobriu-o com cobertores e foi embora. As jovens comeram, e a travessa foi levada de volta.

Quando os irmãos voltaram à noite, não acharam Šāhīn em casa.

"Oh, Šāhīn! Šāhīn! Šāhīn!"

Nada de resposta. "Vamos procurar no banheiro", disseram entre si. Mas não o acharam lá. Eles o procuraram na prateleira, e nem sinal do irmão.

"Não lhes disse que Šāhīn tem uma namorada?", o irmão mais velho afirmou. "Eu diria que Šāhīn tem uma namorada e anda saindo com ela. Que alguns de vocês vejam se a comida ainda está na cozinha." Foram ver e nada encontraram.

Mais uma vez lançaram mão de uma refeição ligeira, à base de vísceras. Quando chegou a hora de dormir, cada um foi para a sua cama. Ao se aproximar da sua, o mais velho encontrou o nosso prazenteiro amigo estendido nela. Ele correu de volta para junto dos irmãos. "Eu lhes disse que Šāhīn tem uma namorada, mas vocês não me acreditaram. Venham e dêem uma olhada! Lá está a noiva de Šāhīn. Venham ver! Venham ver!"

Ele chamou os seus irmãos, e todos se aproximaram, aos brados: "A noiva de Šāhīn!". Tiraram-lhe o lenço e olharam com toda atenção. "Ih! Este é Šāhīn!", exclamaram. Trouxeram água e jogaram no seu rosto até ele acordar. Examinando a si mesmo, o que é que ele viu? Trouxeram um espelho. Ele se olhou... e que figura viu — o rosto empoado, coberto de ruge, todo embonecado.

"E agora", os irmãos lhe perguntaram, "o que é que tem a dizer em sua defesa?"

"Por Alá, irmãos", Šāhīn respondeu. "Ouçam que vou lhes contar a verdade. Todo dia, por volta do meio-dia, uma jovem assim assim vem me procurar. Ela diz: 'Somos quarenta moças. A filha do rei é para o seu irmão mais velho, eu sou a sua, e todas as outras moças são para os seus outros irmãos'. Ela é quem anda fazendo essas coisas comigo todos os dias."

"Quer dizer que é assim?"

"Sim, é."

"Ótimo. Vocês todos podem ir caçar amanhã", o mais velho propôs, "eu vou ficar aqui com Šāhīn. Vou dar um jeito nela."

Ele sacou da espada (é o que diz a história) e ficou de prontidão esperando. Por Alá, irmãos, ela chegou na hora de sempre. Depois de reunir as moças como de costume, foi com elas para o pomar. Esperou que as outras se entretivessem com alguma coisa, e foi procurá-lo sem que ninguém visse. Antes que ele se desse conta da sua presença, ela já o cumprimentava.

"Salaam!"

"Paz para você também!", ele respondeu. "Primeiro, a prateleira, e eu disse tudo bem; da segunda vez, no banheiro, e eu disse tudo bem; mas da terceira vez você me maquiou e me transformou numa noiva!"

"E ainda estou disposta a fazer muito mais com aquele que amo!"

Mal ela terminou de pronunciar essas palavras, o irmão mais velho partiu para cima dela, espada em punho.

"Ouça", ela argumentou. "Vocês são quarenta, nós somos quarenta. A filha do rei será a sua mulher, e eu, a mulher de Šāhīn; e tais e tais das nossas serão de tais e tais de vocês, e assim por diante." Ela o acalmou.

"É verdade o que está dizendo?", ele perguntou.

"Claro que é verdade", ela respondeu.

"E quem pode falar em nome dessas jovens?"

"Eu posso."

"Você é a porta-voz delas?"

"Sou."

(Enquanto isso Šāhīn ouvia e, como já estava escaldado, pensou consigo mesmo que o irmão já caíra na conversa da jovem.)

"De acordo", o irmão mais velho disse. "Venham até aqui para que eu pague o dote das quarenta moças. Onde podemos encontrar vocês?"

"Primeiro me pague o dote", ela respondeu. "E amanhã reserve um banheiro público para nós, por sua conta. Fique de guarda no portão e, enquanto entrarmos, você mesmo poderá nos contar uma por uma — todas as quarenta. Vamos entrar nos banheiros e nos banhar e, quando sairmos, cada um de vocês vai pegar a noiva pela mão e levar para casa."

"Nada mais do que isso?", ele se espantou.

"Nada", ela lhe garantiu.

Ele trouxe um cobertor, estendeu-o no chão e, conta que conta, ele contou cem moedas de ouro otomanas para cada moça. Quando terminou de contar o dinheiro, ela o pegou e foi embora. Tendo chamado as amigas, ela disse: "Sentem-se aqui! Sentem-se embaixo desta árvore! Cada uma de vocês abra a mão e receba o seu dote".

"Eh!", protestaram. "Sua isso e mais aquilo! Você destruiu a nossa reputação?"

"Caladas", ela respondeu. "Cada uma de vocês vai pegar o seu dote sem dar um pio." Dando a cada uma o seu dinheiro, ela disse: "Vamos para casa".

Depois que ela foi embora, Šāhīn disse ao irmão: "Mano, ela me enganou e só levou a comida. Mas ela o enganou e levou o nosso dinheiro".

"A mim?", disse o irmão. "Enganou a mim? Amanhã você vai ver."

No dia seguinte os irmãos ficaram em casa. Reservaram os banheiros à própria custa, e o mais velho ficou de vigia na porta, esperando a chegada das moças. Por sua vez, a filha do vizir, tendo se levantado no dia seguinte, reuniu as moças, e entre elas a filha do rei, e as conduziu ao banheiro público. E vejam só! Lá estava o nosso efêndi vigiando a porta. Enquanto elas entravam, ele as contava uma a uma. Conta que conta, ele contou todas: exatamente quarenta.

Nos banheiros, as jovens se banharam e se divertiram. Mas, depois que terminaram de se banhar e vestiram as roupas, ela, a mais esperta, recomendou-lhes o seguinte: "Cada uma de vocês deve fazer cocô na banheira em que se banhou, depois vamos enfileirar todas elas". Cada uma delas fez cocô na sua banheira, e dispuseram as quarenta em perfeita ordem. Acontece que a casa de banhos tinha outra porta, longe da entrada. "Sigam-me por aqui", a filha do vizir disse, e todas se apressaram em sair.

O irmão mais velho esperou uma hora, duas, três, quatro, mas as moças não apareceram. "Eh!", disse. "Elas estão levando muito tempo nisso."

"Mano", Šāhīn disse. "Elas foram embora."

"Mas escute!", ele respondeu. "Onde podem ter ido? Elas entraram juntas na casa de banhos."

"Certo", Šāhīn disse. "Vamos entrar e ver."

Ao entrarem na casa de banhos, irmão, encontraram o proprietário.

"Onde foram as moças que entraram na casa de banhos?"

"Oh, moço!", o proprietário respondeu. "Já foram embora há muito tempo."

"Mas como puderam sair?", o irmão mais velho perguntou.

"Saíram por aquela porta", ele respondeu.

Então Šāhīn, que já estava escaldado, olhou no lugar onde se tomava banho e viu as banheiras enfileiradas.

"Mano!", ele gritou.

"Sim. O que é?"

"Venha aqui e dê uma olhada", ele respondeu. "Aqui estão as quarenta! Olhe bem! Veja como ela as arrumou direitinho!"

Finalmente os irmãos voltaram para casa, perguntando-se: "E agora, o que vamos fazer?".

"Deixe-as comigo!", Šāhīn disse. "Vou dar um jeito nelas."

No dia seguinte Šāhīn se disfarçou de velha. Vestiu um vestido de velha, pôs um rosário de contas no pescoço e foi para a cidade. Nesse meio-tempo, a filha do vizir tinha reunido as moças, e estava sentada com elas numa sala que dava para a rua. Quando o avistou de longe, logo o reconheceu. Ela piscou para as amigas, dizendo: "Vou chamá-lo, e vocês entram na conversa dizendo 'Olhem, aqui está a nossa tia! Seja bem-vinda, tia!'". E tomando-o pela mão, ela o puxou para dentro, onde estavam as outras. "Seja muito bem-vinda, tiazinha!", elas exclamaram fechando a porta. "Seja bem-vinda, tiazinha!"

"Agora, meninas, tirem as suas roupas", a filha do vizir disse. "Tirem as suas roupas. Já faz tempo que as nossas roupas não são lavadas pelas mãos da nossa tia. Que ela lave as nossas roupas!"

"Por Alá, estou cansada", Šāhīn protestou. "Por Alá, não posso fazer isso."

"Por Alá, você deve fazer isso, tiazinha", elas insistiram. "Faz um tempão que as nossas roupas não são lavadas pelas mãos da nossa tiazinha."

Ela fez todas as quarenta moças tirarem as roupas, ficando apenas com o bastante para cobrir as suas vergonhas, e as entregou a ele. Ele ficou lavando roupa até meio-dia.

"Venham, meninas", a filha do vizir disse. "Por Alá, faz tanto tempo que a nossa tia não nos dá banho com as suas próprias mãos... Que ela nos dê banho!"

Cada uma se cobriu com uma manta e se sentou, e ele banhou uma a uma. Quando terminou de dar banho em todas elas, em que condições ele estava! Estava exausto.

Quando acabava de dar banho em uma, ela se levantava e se vestia. Então a filha do vizir piscava para ela e lhe dizia aos cochichos que tirasse a manta que a cobria, que a dobrasse, torcesse e desse um nó numa das pontas para que ficasse como um chicote.

Quando as quarenta terminaram o banho, a líder falou: "Eh, tiazinha! Ei, meninas, ela acabou de nos dar banho. Agora, em troca, vamos dar banho nela".

"Não, sobrinha!", ele protestou. "Não preciso de banho! Pelo amor de..."

"Impossível, tiazinha!", a filha do vizir insistiu. "Por Alá, não pode ser. Ora, você deu banho em cada uma de nós, e não darmos banho em você... Venham, meninas!"

A uma piscadela sua, elas se lançaram sobre ele. Eram quarenta. Que podia ele fazer? Elas o agarraram, tiraram-lhe as roupas e veja só! Era um homem.

"Eh!", exclamaram. "Não é a nossa tiazinha. É um homem! Pau nele, meninas!"

E com os chicotes que tinham improvisado dando nós nas suas roupas, colocaram Šāhīn no meio da roda e malharam o seu corpo nu. Batiam aqui, batiam ali, batiam de novo do outro lado! Durante todo tempo ele pulava no meio delas, gritando a mais não poder. Quando ela achou que ele já tinha apanhado bastante, deu uma piscadela para que as outras abrissem passagem. Tão logo viu o caminho livre, ele abriu a porta e arremeteu para fora a toda velocidade, vestido apenas com a pele que o Senhor lhe dera.

Seus irmãos estavam em casa e, antes que percebessem a sua aproximação, ele apareceu, nu em pêlo. E em que condições estava! Os irmãos se levantaram de um salto, como se estivessem possessos. "Ei! O que aconteceu com você?", perguntaram. "Vamos, diga. Quem o espancou?"

"Esperem um minuto", ele respondeu. "Aconteceu isso assim assim comigo."

"E agora", perguntaram entre si, "o que podemos fazer?"

"Agora, por Alá", Šāhīn respondeu, "não nos resta outra saída senão pedir a mão da respectiva noiva ao pai. Quanto a mim, vou pedir a mão dela. Mas tão logo ela chegue aqui, vou matá-la. Nenhuma outra punição me interessa. Vou mostrar a ela!"

Todos concordaram, e cada um deles foi pedir a mão da sua noiva ao respectivo pai, e os pais concederam.

A filha do vizir era meio diabólica. Rogou ao pai que, se alguém lhe pedisse a sua mão, ele não consentisse sem informá-la antes. Quando Šāhīn foi pedi-la em casamento, o pai disse: "Não sem antes consultar a minha filha". O pai consultou a filha e disse: "Está bem, dê o seu consentimento, mas com a condição de que haja um prazo de espera de um mês, para que o noivo tenha tempo bastante para comprar as roupas de casamento e providenciar todos os outros detalhes".

Depois de ter sido pedida em casamento, a filha do vizir esperou até o pai sair de casa. Então vestiu um dos ternos dele, cobriu com um lenço a metade inferior do rosto e, levando um chicote consigo, dirigiu-se à carpintaria.

"Carpinteiro!"

"Sim, Excelência!"

"Daqui a pouco vou lhe mandar uma concubina. Você vai ver a sua altura e fazer uma caixa de madeira em que ela caiba direitinho. Quero que esteja pronta amanhã. Senão, vou mandar cortar a sua cabeça. E não a prenda aqui por duas horas!"

"Não, senhor. Não o farei."

Ela lhe deu duas chicotadas e saiu, indo diretamente — adivinhem para onde? — para a doceria onde se fazia halvah.

"Doceiro!"

"Sim."

"Logo vou lhe mandar uma concubina. Você vai observá-la. Veja bem as suas feições e a sua altura. Faça uma boneca de halvah bem parecida com ela. E não a prenda aqui por várias horas, senão abrevio a sua vida!"

"Suas ordens, oh ministro", o homem disse, "serão cumpridas."

Ela lhe deu duas chicotadas e foi embora. Chegando em casa, trocou a roupa do pai pelas que usava normalmente, depois foi à carpintaria e ficou um pouco lá. Em seguida passou algum tempo na doceria em que se fazia halvah, depois foi direto para casa. Vestindo novamente o terno do pai, pegou o chicote e foi com ele à carpintaria.

"Carpinteiro!"

"Sim, senhor ministro!"

"Que um avestruz abrevie os seus dias!", a jovem respondeu. "Eu lhe mandei a concubina, e você a prendeu aqui por duas horas!"

Ela lhe meteu o chicote, surrando-o a mais não poder.

"Por favor, senhor!", ele suplicou. "Foi só porque eu queria garantir que a caixa ia lhe servir direitinho."

Ela saiu dali e foi direto à loja do doceiro, aplicou-lhe umas boas chicotadas e voltou para casa.

No dia seguinte mandou chamar seu escravo e disse: "Vá pegar uma caixa de madeira e a leve para a doceria. Ponha a boneca de halvah dentro da caixa, fecha-a e traga-a para mim".

"Sim, eu o farei", ele respondeu.

Quando a caixa chegou, ela a colocou dentro de casa e disse à sua mãe: "Escute, mãe! Vou lhe confiar a guarda desta caixa. Quando chegar a hora de sair de casa e levar o meu enxoval, você deve fazer que esta caixa seja levada, junto com o meu enxoval, para o quarto onde eu estiver".

"Mas, minha querida filha!", a mãe protestou. "O que as pessoas vão dizer? A filha do vizir está levando uma caixa de madeira com o seu enxoval! Você vai ser motivo de riso." Não sei que outras coisas ela disse, mas não tem importância.

"Isso não é da sua conta", a filha teimou. "Quero que seja assim."

Quando a família do noivo chegou para levar a noiva da casa do seu pai, ela estava pronta, e a caixa de madeira foi levada junto com o seu enxoval. De acordo com a sua vontade, levaram a caixa para o quarto em que ela iria ficar. Logo que entrou no quarto e recebeu a caixa, ela pôs todas as mulheres para fora. "Vão embora!", ela disse. "Agora vão todas vocês para casa."

Depois que todas as mulheres se foram, ela trancou a porta. Daí, minhas queridas, ela tirou a boneca da caixa, tirou todas as suas roupas, vestiu-as na boneca e pôs o seu colar de ouro no pescoço desta. Então pôs a boneca no seu lugar, na cadeira nupcial, amarrou um barbante no seu pescoço e se escondeu debaixo da cama, não sem antes destrancar a porta.

Enquanto isso, o marido não mostrava a menor pressa. Ele ficou fora durante uma ou duas horas, e só então entrou. Em que estado de ânimo vocês acham que ele estava quando chegou? Estava de péssimo humor, com a espada na mão, pronto para matá-la, como se não quisesse primeiro consumar o casamento. Tão logo cruzou o vestíbulo, ele a procurou e a viu na sua cadeira nupcial.

"Sim, sim!", ele a recriminou. "Na primeira vez, você me largou na prateleira e levou a comida, e eu disse comigo mesmo que tudo bem. Na segunda vez, você me enfiou na privada e levou a comida, e eu disse que tudo bem. Na terceira vez você me depilou, me fantasiou de noiva e levou a comida — e ainda assim eu disse comigo mesmo que estava tudo bem. Depois de tudo isso, você ainda não se deu por satisfeita. Enganou a todos nós e levou o dote para as quarenta moças, deixando para cada um de nós um monte de merda na banheira."

E durante esse tempo, cada vez que ele terminava uma acusação, ela puxava o barbante, fazendo a boneca balançar a cabeça.

"Como se tudo isso não lhe bastasse", ele continuou, "você ainda precisava coroar tudo com aquela história da tiazinha. 'Seja muito bem-vinda, tiazinha! Faz um tempão que as nossas roupas não são lavadas pelas mãos da nossa tiazinha.' E me obrigou a lavar roupas durante todo dia. E depois de tudo isso, você insistiu: 'Temos que dar banho na nossa tiazinha!'. Por Alá, vou queimar o coração de todas as suas tias maternas e paternas!"

Vendo-a balançar a cabeça em sinal de assentimento, ele gritou: "Você quer dizer que não está com medo? E não vai me pedir desculpas?". Pegando a espada, ele cortou-lhe a cabeça de um só golpe. Um pedaço de halvah (se o narrador não estiver mentindo!) foi parar na sua boca. Ele experimentou e o achou doce.

"Puxa vida, irmã!", ele exclamou. "Se morta você é tão doce, como não seria se ainda estivesse viva?"

Tão logo ouviu isso, ela saltou de sob a cama, correu para ele, abraçando-o pelas costas.

"Ó, irmão! Cá estou eu!", ela exclamou. "Estou viva!"

Consumaram o casamento e viveram felizes juntos.

Eis a minha história, eu a contei; e nas suas mãos a deixo.

# O povo com focinho de cachorro
(letão)

Há muito tempo viviam numa floresta dois povos: o povo com focinho de cachorro e o povo bom. Aquele era composto de caçadores, este lavrava a terra. Certa vez o povo de focinho de cachorro estava caçando e pegou uma jovem pertencente ao povo bom. Ela não era de um povoado próximo, e sim de uma aldeia distante. O povo de focinho de cachorro levou a jovem para casa, alimentou-a com nozes e leite. Então, depois de algum tempo, querendo saber das condições da jovem, pegaram uma agulha comprida, enfiaram na sua testa e beberam-lhe o sangue como um urso lambe o mel de uma colméia. Alimentaram a jovem até ela lhes parecer adequada ao destino que lhe queriam dar. "Ela vai dar um delicioso petisco!", disseram, pedindo à mãe que assasse a jovem enquanto estivessem caçando na floresta. Já fazia dois dias que o forno estava esquentando. A mãe dos homens mandou a jovem buscar uma pá num sítio vizinho, com a qual a vítima seria jogada dentro do forno, mas por acaso a jovem foi pedir a pá num sítio pertencente ao povo bom. Ao chegar ela disse à mãe deles: "Mãezinha, empreste uma pá à nossa mulher com focinho de cachorro". "Para que ela quer uma pá?" "Não sei." "Você é uma jovem estúpida", a mãe do povo bom disse. "Não sabe que o forno está se aquecendo para você? Levando-lhe a pá, você vai colaborar com sua própria morte, mas vou lhe dizer o que fazer, menina. Leve a pá e, quando a mulher de focinho de cachorro disser 'Deite-se na pá!', deite-se de através. E, quando ela disser 'Deite-se direito', peça-lhe que mostre a posição certa. Quando ela se deitar de comprido, jogue-a mais do que depressa no forno e feche a porta bem fechada para que ela não possa abri-la. Feito isso, espalhe um pouco de cinza à sua volta e, tirando os seus sapatos de fibras, calce-os ao contrário, de forma que a parte da frente fique sendo a de trás e vice-versa. Então corra o mais que puder. Eles não vão encontrar você pelas pegadas! Cuidado para não cair nas mãos do povo de focinho de cachorro, senão vai ser o seu fim!"

A jovem pegou a pá e voltou com ela. A mulher de focinho de cachorro lhe disse: "Deite-se na pá!". A jovem deitou de través. Então a mulher de focinho de cachorro disse: "Deite de comprido que é melhor". "Não estou entendendo", a jovem disse. "Mostre-me como é." Elas discutiram por um bom tempo, até que a mulher de focinho de cachorro se deitou na pá. A jovem a agarrou imediatamente, jogou a mulher no forno mais do que depressa e fechou a porta bem fechada. Então ela se calçou como a mãe do povo bom lhe instruíra e fugiu. Os homens de focinho de cachorro voltaram para casa e procuraram em vão pela mãe. Um deles comentou com outro: "Talvez ela tenha ido visitar os vizinhos. Vamos ver se a carne assada está pronta!".

# A velha do contra
(norueguês)

Era uma vez um homem que tinha uma mulher velha. De tão rabugenta e tão teimosa, era difícil se dar bem com ela. Na verdade, o homem não se dava bem com ela de modo algum. Tudo que *ele* queria, ela sempre queria exatamente o contrário. Certo domingo, no fim do verão, aconteceu que o homem e a mulher foram ver como ia a plantação. Quando chegaram ao roçado, do outro lado do rio, o homem disse: "Bem, a safra está madura. Amanhã vamos ter que começar a colher".

"Sim, amanhã podemos começar a tosar", a velha disse.

"Como assim? Tosar? Nem agora vamos poder colher?", o homem disse.

Não, não deveriam colher, a mulher insistiu.

"Não existe nada pior do que saber muito pouco", o homem disse. "Mas agora não há dúvida de que você perdeu o restinho de juízo que tinha. Você já viu alguém *tosar* a plantação?"

"Pouco sei e pouco me importa saber", a velha disse. "Mas de uma coisa tenho certeza: o que vai se fazer é tosar, e não colher!" Não havia mais nada a dizer. Seria feita a tosa, e ponto final.

Então tomaram o caminho de casa, discutindo e brigando, até chegarem a uma ponte sobre o rio, bem perto do lugar onde se formava um poço profundo.

"Há um velho ditado que diz", o homem disse, "que bons instrumentos fazem um bom trabalho. Mas eu diria que será uma colheita muito estranha essa que se fará com tosquiadores de ovelhas!", disse. "Não poderemos de forma alguma colher agora?"

"Não, não! Tosa, tosa, tosa!", a velha gritou, pulando e fazendo o gesto de cortar o nariz do homem com os dedos. Mas na sua fúria ela não reparou aonde estava indo, deu um passo em falso e caiu dentro do rio.

"É difícil corrigir velhos hábitos", o homem pensou. "Mas seria muito bom se pelo menos uma vez eu também tivesse razão."

Ele foi andando lagoa adentro e agarrou o topete da velha, bem na hora em que a sua cabeça mal se mantinha fora d'água. "E então, vamos fazer a colheita?", ele perguntou.

"Tosa, tosa, tosa!", a velha gritou.

"Vou lhe ensinar a tosar, ora se vou", o homem pensou, empurrando-a para o fundo. Mas de nada adiantou. Iriam tosar, ela disse quando ele a puxou para cima novamente.

"Só posso concluir que esta velha está maluca!", o homem disse para si mesmo. "Muitas pessoas são loucas e não sabem; muitas têm juízo e não demonstram. Ainda assim, agora vou ter que tentar mais uma vez." Mas mal ele a afundou novamente na água, ela levantou a mão para fora e começou a cortar com os dedos, como se fossem uma tesoura.

O homem teve um acesso de raiva e a enfiou na água, bem fundo, por muito tempo. Mas subitamente a sua mão também tombou na água e afundou, e de repente a velha ficou tão pesada que ele precisou largá-la.

"Se você quer me arrastar para o fundo do poço com você, pode ficar aí, sua bruxa!", o homem disse. E lá ficou a velha.

Depois de algum tempo, porém, o homem achou que seria lamentável que ela jazesse ali e não tivesse um sepultamento cristão. Então começou a descer o rio e a olhar, procurando por ela. Mas, por mais que olhasse e procurasse, não conseguiu encontrá-la. Levou gente da fazenda e outras pessoas das vizinhanças, e todos começaram a procurar rio abaixo, vasculhando o leito.

"Não", o homem disse. "Isso de nada adianta. A velha era muito turrona", ele disse. "Quando viva, ela era tão do contra que agora não pode ser diferente. Precisamos começar a procurar rio acima, e talvez acima das quedas-d'água. Talvez ela tenha boiado rio acima."

Bem, andaram rio acima e procuraram acima das quedas-d'água. E lá estava a velha!

Aquilo é que era uma velha *do contra*, ora se não!

# O truque da carta
(surinamês)

Uma mulher tinha um marido. Bem, o marido estava no mato, e ela ficou com outro homem. Quando seu marido foi para a cidade, o outro homem disse à mulher: "Se você me ama, deixe-me vir dormir na sua casa". Então ela disse ao homem: "Tudo bem. Meu marido está na cidade. Vou deixar você vir. Vou vesti-lo com uma saia e uma blusa minhas e dizer ao meu marido que você é a minha irmã da fazenda". Ela o vestiu com as suas roupas, e à noite ele foi à sua casa. E a mulher disse ao marido que era a sua irmã.

À noite foram dormir, e de manhã a mulher foi ao mercado, porque ela era vendedora. Então o homem ficou deitado no quarto, no andar de cima. Quando o marido da mulher viu que ela não descia, foi procurá-la e viu um homem. Então o marido ficou furioso. Pegou um pau e foi correndo ao mercado atrás da mulher. Quando a mulher o viu se aproximar correndo, pegou uma folha de papel, leu e começou a chorar. Então ao chegar o homem disse: "O que você está fazendo?". Ela fez um discurso: "Hum! Acabei de receber uma carta avisando que todas as minhas irmãs da fazenda se transformaram em homens". Então o homem disse: "Não é mentira, porque aquela que veio dormir com você esta noite também se transformou num homem". O homem não sabia ler. Foi por isso que a mulher conseguiu enganá-lo com esse truque.

# Rolando e Brunilde
(toscano)

Uma mãe morava com a filha numa aldeia. A filha se sentia feliz porque estava noiva de um rapaz da mesma aldeia, um lenhador, e iriam se casar dali a algumas semanas. Então ela passava o tempo um pouco ajudando a mãe, um pouco trabalhando no campo, um pouco recolhendo lenha. E no tempo livre se sentava à janela e cantava... enquanto fiava. Ela fiava e cantava, esperando o noivo voltar da floresta.

Certo dia um mágico passou pela cidade e ouviu o canto. A jovem tinha uma bela voz. Ele voltou e viu a jovem à janela. Para o mágico, vê-la e apaixonar-se foi uma coisa só. Então ele mandou... ele mandou uma pessoa lhe perguntar se queria casar com ele. A princ... a jovem falou: "Não, porque já estou noiva. Tenho um noivo e gosto muito dele", respondeu, "e dentro de poucas semanas vamos nos casar", ela disse, "então não preciso de um mágico nem dessas riquezas", pois ele lhe dissera que ia fazer dela uma mulher rica, já que ela era pobre.

Então o mágico, indignado com a recusa, mandou uma águia raptar a jovem, que se chamava Brunilde. A águia a levou para o seu castelo, onde ele lhe mostrou todas as suas riquezas, todos os seus castelos, todo o seu ouro, todo o seu dinheiro, mas ela não se interessou por nada daquilo. Ela disse: "Vou casar com Rolando e quero Rolando". O mágico então lhe disse: "Se você não se casar comigo, nunca mais vai sair deste castelo". E de fato ele a trancou... ele a trancou num quarto próximo ao seu. O mágico, que dormia profundamente durante a noite e roncava, temendo que alguém a roubasse, mandou fazer uma efígie dele próprio em tamanho natural e colocar sininhos dentro dela, um milhar de sininhos, de modo que, se alguém se chocasse contra ela, ele acordaria.

A mãe da noiva e Rolando estavam preocupados porque a jovem não voltava para casa, e ele queria matar o mágico. Mas a mãe dela disse: "Não, espere, vamos esperar um pouco". Ela disse: "Ele pode ferir você também, vamos esperar um pouco". E certa noite tentaram entrar no jardim, mas o mágico mandara construir à sua volta uma muralha tão alta que era impossível entrar. E a mãe da jovem passava o dia inteiro chorando.

Certo dia, finalmente, ela estava na floresta e encontrou uma fada que assumira a aparência de uma velha, a qual lhe falou: "Diga-me, por que está chorando tanto?". E a mãe da jovem falou à velha senhora sobre a sua Brunilde, contando-lhe que ela fora seqüestrada. "Ouça", a fada disse, "não tenho muito poder nesse caso, porque o mágico é muito mais poderoso do que eu. Não posso fazer nada, mas posso tentar ajudá-la." E ela contou que o mágico a trancara num quarto e que mandara fazer uma efígie de si mesmo. Então disse: "Você não pode ir lá, porque, se um dos sininhos tocar, ele acorda". Ela disse: "Ouça o que você tem que fazer. Estamos na época em que o algodão cai dos algodoeiros. Vá todo dia encher um saco de algodão. Ao anoitecer, quando Rolando chegar da floresta, peça que ele leve o algodão ao castelo, e eu a ajudarei a entrar por um buraco". Ela disse: "Levo o saco para o jardim e você entra no palácio... no castelo. No castelo, você deve rechear alguns sininhos com algodão, até ter enchido todos eles, de forma que não poderão mais tocar, e então vamos ver o que podemos fazer". E, com efeito, a pobre mulher disse: "Claro. Eu o farei. Vai levar tempo, mas farei isso com todo prazer".

Então elas conversaram com o jovem. Durante o dia a mãe recolhia algodão enquanto ele trabalhava, e à noite levavam o saco de algodão para o castelo, e a mãe enchia os sininhos. Até que um dia todos os sinos estavam cheios de algodão. Ela procurou a velha senhora na floresta e lhe disse que o último sininho fora enchido de algodão naquela mesma noite. Então a velha senhora disse: "Leve Rolando com você". Fizeram o jovem entrar pela mesma porta que fora usada para ir encher os sininhos de algodão, e a velha senhora lhe deu uma espada, dizendo-lhe que, quando estivesse bem perto do mágico, cortasse a orelha esquerda dele. Todo poder do mágico está na orelha esquerda, ela disse... E de fato entraram no castelo e foram pegar a jovem. E o jovem foi cortar a orelha esquerda do mágico. Depois de cortar a orelha, a orelha esquerda onde estava todo o seu poder, o castelo inteiro desmoronou, tudo desmoronou. O jovem casal levou todo ouro, toda prata e tudo que pertencia ao mágico. Ficaram ricos, casaram-se e viveram felizes para sempre.

# O Pássaro Esverdeado
(mexicano)

Havia três meninas que ficaram órfãs. Luísa costurava muito. As outras duas diziam não gostar do modo de vida de Luísa. Preferiam freqüentar bares e coisas do gênero. Bom, eram desse tipo de mulheres — mulheres de vida airada. Então, Luísa ficava em casa. Punha uma jarra de água no parapeito da janela e costurava, costurava, costurava.

Então ele chegou, o Pássaro Esverdeado, que era um príncipe encantado. E evidentemente gostou muito de Luísa, então pousou no parapeito da janela e disse: "Luísa, levante os olhos e me encare, e os seus problemas vão acabar". Mas ela não os levantou.

Outra noite ele voltou e disse: "Luísa, dê-me um pouco de água do seu jarrinho". Mas ela não quis olhar para ver se era um pássaro, um homem ou o que quer que fosse. Não soube se ele bebeu a água ou não, mas então notou que se tratava de um homem. Ela lhe deu um pouco de água. Então ele veio outra vez, pediu-a em casamento, e se apaixonaram. E o pássaro entrou em casa e dormiu na cama dela. Na cabeceira. Ele plantou um jardim para ela, com muitas árvores frutíferas e outras coisas, e lhe arranjou um mensageiro e uma criada. Assim, a jovem estava vivendo em grande estilo.

E o que aconteceu senão que as irmãs terminaram descobrindo tudo? "Olhe só a Luísa, como ficou importante da noite para o dia. Quanto a nós", uma das irmãs disse, "olhe como estamos. Vamos espioná-la para ver o que anda acontecendo por aqui." Elas fizeram isso, viram que se tratava de um pássaro, compraram um monte de facas e colocaram no parapeito da janela. Quando o pequeno pássaro chegou, feriu-se todo.

Ele disse: "Luísa, quer vir comigo? Moro em torres de cristal nas planícies de Merlin. Estou seriamente ferido", ele disse.

Então ela comprou um par de sapatos de ferro, foi o que Luísa fez, e pegou algumas roupas — o que ela conseguia carregar viajando a pé — e o seu violão. E lá se foi ela em busca dele. Ela chegou à casa onde morava a mãe do Sol. Era uma velha muito loira e muito feia. Ela bateu à porta e esta se abriu. A velha disse: "O que você está fazendo aqui? Se o meu filho, o Sol, a vir, vai devorá-la", ela disse.

"Estou procurando o Pássaro Esverdeado", disse.

"Ele estava aqui. Veja, está seriamente ferido. Deixou uma poça de sangue ali e saiu ainda há pouco."

Luísa disse: "Tudo bem, então. Vou embora".

"Não", a velha disse. "Esconda-se e vamos ver se meu filho pode lhe dar alguma informação. Ele brilha sobre todo o mundo", disse.

Então ele entrou, furioso:

*Oh-ho! Oh-ho!*
*Sinto cheiro de carne humana!*
*Se eu não puder comê-la, como você.*

Ele disse isso à sua mãe.

"Que quer que eu faça, meu filho? Não há ninguém aqui." Ela o acalmou, deu-lhe comida e foi contando as coisas aos poucos.

Ele disse: "Onde está a jovem? Que saia para que eu possa vê-la". Então Luísa saiu e lhe perguntou sobre o Pássaro Esverdeado. Ele disse: "Não sei. Não ouvi falar dele. Não sei onde encontrá-lo. Não vi nada desse tipo, tampouco. Pode ser que a mãe da Lua, ou a própria Lua, saiba", ele disse.

Ora muito que bem, "Está bem, agora vou embora". Isso sem ao menos provar um pouco de comida. Então o Sol lhe disse que primeiro comesse e depois fosse embora. Então lhe deram alguma coisa para comer, e ela foi embora.

Muito bem, então ela foi à casa onde morava a mãe da Lua. E: "Que está fazendo aqui? Se a minha filha, a Lua, a vir aqui, vai devorá-la". E não sei que outras coisas a velha disse a ela.

"Está bem então. Vou embora. Eu só queria lhe perguntar se ela não viu o Pássaro Esverdeado passar por aqui."

"Ele estava aqui. Olhe, lá está o sangue. Ele está seriamente ferido", ela disse.

Está bem, e começou a se afastar, mas a Lua disse: "*Hombre*, não vá embora. Primeiro coma, então poderá ir embora". E lhe deram um pouco de comida, e ela saiu logo depois de comer. "Por que você não vai aonde mora a mãe do Vento e espera o Vento voltar para casa? O Vento vai a todos os recantos e penetra em todas as fendas, não há lugar a que ele não vá."

A mãe do Vento disse: "Está bem. Mas você vai ter que se esconder, porque se o meu filho, o Vento, a vir, que Deus nos acuda".

"Está bem", ela disse e se escondeu.

O Vento chegou em casa cheio de rabugem e de raiva, e a sua mãe lhe disse que se comportasse, que se sentasse e comesse alguma coisa. Aí ele se acalmou. E a jovem lhe disse que estava procurando o Pássaro Esverdeado.

Mas não. "Não posso lhe dizer nada sobre isso. Não vi nada", ele disse.

Bem, então a jovem tornou a partir, mas antes lhe deram o desjejum e tudo mais. O fato é que, quando ela pensou que não, tinha gastado os sapatos de ferro que estava usando. E acontece que havia um velho eremita por ali que gostava de cuidar de todos os pássaros. Ele os chamava com um apito, e todos se aproximavam, e todos os tipos de animais também. Então ela também foi procurá-lo. Ele lhe perguntou o que estava fazendo ali naquele ermo, e mais isso e mais aquilo. Ela disse ao eremita: "Estou procurando o Pássaro Esverdeado. Você não sabe onde ele mora?".

"Não", disse. "O que sei é que ele estava aqui. E está gravemente ferido. Mas deixe-me chamar os meus pássaros, pode ser que saibam ou tenham ouvido falar onde ele está, ou alguma coisa."

Bem, não. Todos os pássaros foram chamados, só que ficou faltando uma velha águia. A velha águia estava bem tranqüila, comendo tripas. Iam casar o príncipe, mas ele pedira a Deus que lhe mandasse a lepra, que o cobrisse de feridas, e ele estava cheio de feridas. Ele esperava que Luísa conseguisse chegar lá. Mas já se faziam os preparativos do seu casamento. A noiva era uma princesa, e muito rica, mas nem por isso ele a amava. Ele queria esperar pela sua Luísa. Muito bem, então a velha águia estava desaparecida. O velho, o eremita, começou a soprar e soprar o seu apito até ela aparecer.

"O que você quer, *hombre*? Lá estava eu, comendo tripas tranqüilamente, e você tinha que ficar tocando esse apito."

"Espere, deixe de ser egoísta", ele disse. "Temos aqui uma pobre moça à procura do Pássaro Esverdeado. Ela diz que ele é o seu amado e que vai se casar com ele."

"Ela está procurando o Pássaro Esverdeado? Logo vão casar o Pássaro Esverdeado. Ainda não o casaram só porque ele está cheio de chagas. Humm, pois é. Mas os preparativos da festa estão a todo vapor, a mãe da noiva está lá e tudo o mais. Mas de qualquer modo, se ela quiser ir, tudo bem. Acabo de vir de lá. Eu estava lá comendo tripas e vísceras e todas essas coisas que jogam fora. Se ela quiser ir, é só abater uma vaca para mim, que a gente vai lá."

A jovem ouviu e ficou muito feliz, ainda que estivessem prestes a casá-lo e tudo o mais. O eremita a chamou, ela foi e viu todos os tipos de pássaros. E ele disse: "A velha águia disse que, se você matar uma vaca, ela leva você até o palácio".

Certo, ela o faria. Porque ela levava muito dinheiro consigo. Desde o princípio o pássaro a fizera muito rica. Ele logo teria se casado com ela, se não fossem aquelas suas irmãs perversas. Então tudo bem, foram. Ela abateu a vaca, e a águia levou a vaca e a jovem nas suas costas. Ela voou bem alto, alto, alto, e então começou a descer.

"Dê-me uma perna", ela dizia. E comia a carne. É por isso que, quando uma pessoa pede carne, a gente diz que ela é uma "velha águia". Ela lhe dava a carne. E... "O que você está vendo?".

"Nada", ela respondia. "Ainda não consigo ver nada. É um palácio muito bonito, feito só de vidro. Vai brilhar ao sol", a águia dizia. "Ainda não estou vendo nada." E continuava seguindo em frente, em frente, chegando sabe-se lá a que grande distância. E então subia, subia, subia.

"O que você está vendo?"

"Bem, uma coisa parecida com um pico brilhante. Mas está muito longe."

"Sim, é muito longe."

Então a vaca toda foi comida, e elas não tinham chegado. E a águia disse que queria mais carne. Luísa disse: "Tome, pegue a faca". Ela disse isto à águia. "Corte uma das minhas pernas, ou então eu mesma a corto." Luísa disse isso à águia, mas evidentemente ela não estava sendo sincera. De jeito nenhum.

De todo modo a águia disse: "Não, não. Eu só disse isso para testá-la. Vou deixar você na frente do palácio porque tem muitos guardas por lá — ou alguma coisa do tipo — vigiando as portas. Você pede permissão a um deles para entrar. Diga-lhes que avisem às senhoras que você quer trabalhar na cozinha. Não peça mais nada", ela disse. "Arrume um emprego de cozinheira e... bem, você vai ver como as coisas vão se passar."

Certo. Então ela deixou Luísa na frente do pátio. Era um imenso pátio feito de puro ouro ou sabe Deus lá de quê. Bonito a mais não poder. Ela pediu ao guarda que a deixasse entrar. "E por que motivo você quer entrar? O que vai fazer?"

Ela disse: "Bem. Sou muito pobre e venho de muito longe. Estou procurando trabalho. Faço qualquer coisa para ter comida, mesmo que seja trabalhar na cozinha". E ela levava consigo um pente de ouro e tudo que o Pássaro Esverdeado lhe dera. E o violão.

"Deixe-me perguntar à patroa", ele disse, "para ver se gostariam de contratar alguém para ajudar na cozinha." Então ele foi e disse a ela: "Tem uma mulher procurando emprego". E sabe-se lá o que mais ele disse.

"Que tipo de mulher é essa?"

"Bem, ela é assim, assim e assim."

"Tudo bem, diga a ela para entrar e a faça entrar por tal caminho, para que não entre no palácio por aqui", ela disse. Ela não queria que a jovem passasse por dentro da casa.

Então ela foi. E todos foram muito gentis com ela. Agora o Pássaro Esverdeado era uma pessoa, mas estava leproso e muito doente. Lá estava uma velhinha que o criara. Era ela que cuidava dele. Ela estava lá como criada. Primeiro criara o menino, quando trabalhava para os seus pais. Depois se mudara para aquela casa, que era a da noiva. Quando a velha chegara ali, a jovem não estava noiva, mas acabara se apaixonando por ele. Mas ele amava a sua Luísa.

E... bem, os preparativos da festa estavam a todo vapor, como se pode adivinhar, e ele começou a se sentir muito melhor, porque ouviu o som de um violão e perguntou à velha por que não lhe disseram que havia estranhos na casa.

Quando ouviu o violão, disse à mulher que estava cuidando dele: "Quem está cantando e tocando o violão?".

"Oh, esqueci de lhe dizer. Chegou uma dama com um par de sapatos de ferro gastos, e ela trazia também um violão e um pente."

"Há alguma coisa no pente?"

"Bem, não sei." Ela era tão analfabeta quanto eu.

"Não sei o que há nele. Parecem grinaldas, ou letras ou sei lá o quê."

"Peça-lhe que o empreste a você e o traga aqui." E tão logo ouviu falar no violão, tão logo ouviu o som do violão e tudo, o príncipe começou a melhorar. Ele se sentiu muito melhor. Mas nem a mãe nem o pai da noiva nem ninguém veio vê-lo ali onde ele estava.

O príncipe estava sozinho com a mulher que cuidava dele. Porque estava com um aspecto desagradável. Mas então a mulher foi e disse à princesa que ia ser a sogra dele: "Você precisa ver como o príncipe, o Pássaro Esverdeado, está muito melhor. Agora está muito bem".

Então foram vê-lo. E isso o deixou mais furioso ainda, porque foram vê-lo agora que estava bem. A jovem era muito rica, além de ser princesa e tudo o mais, e Luísa era uma pobrezinha. Mas ele disse: "Vá, peça-lhe que empreste o seu pente e o traga para mim".

A velha foi, pediu o pente como se quisesse pentear os cabelos e voltou para onde estava o príncipe. Ele não disse nada, apenas o olhou.

"O que você disse?"

"Não, nada", ele disse. "Amanhã ou esta tarde, quando chegar a hora de me trazer comida, peçam que ela a traga. Afinal de contas, ela está trabalhando aqui", ele disse.

Então, à hora do jantar, ela disse: "Ouça, Luísa, vá levar o jantar ao príncipe. Agora estou muito cansada. Estou ficando velha". Luísa não queria ir; estava se fazendo de rogada. Então relutou, relutou, mas terminou indo.

Bem, eles se cumprimentaram, viram um ao outro e tudo o mais. E ela disse: "Bem, você já está comprometido e vai se casar", Luísa disse. "E não se pode recusar nada a reis e princesas."

"Mas tão logo ouvi o violão, tive uma idéia", o rapaz disse.

"Qual?"

"Todas vão fazer chocolate, e me casarei com quem tiver feito o que estiver na minha xícara."

E ela diz: "Mas nem ao menos sei fazer chocolate".

A velha que estava cuidando dele disse que o faria para ela. Porque Luísa lhe contou sobre o chocolate. "Basta imaginar o que o príncipe deseja. Porque todas nós, cozinheiras e não cozinheiras e absolutamente todas as mulheres aqui, princesas e tudo, teremos que participar. Cada uma de nós deve preparar uma xícara de chocolate, e a xícara em que ele beber indicará a escolhida: ele vai se casar com a mulher que o preparou." E ela disse: "Não sei como..."

"Ora, ora", a velha disse. "Não se preocupe com isso. Vou prepará-lo para você. E você vai poder levá-lo para ele."

Bem, as primeiras pessoas a entrarem foram as mais importantes, como sempre acontece. Primeiro a noiva, depois a sogra, as cunhadas e todo mundo. E a única coisa que ele falava era: "Não gosto, não gosto".

A sogra disse: "Eu me pergunto com quem ele quer se casar". E: "Com quem ele quer se casar?".

Bem... com ninguém. Então a velha que cuidou dele chegou. Também não. Então a outra cozinheira entrou. E Luísa foi a última. Ele lhes disse que ela era aquela com quem queria se casar. Que ela viera à sua procura de muito longe, e que iria desposá-la. E ele tomou toda a xícara de chocolate de Luísa. Amargo ou não, ele estava pouco ligando. E a desposou. E entrou por uma porta e saiu por outra, quem quiser que conte outra.

# A mulher astuciosa
(lituano)

Um homem e a sua jovem esposa, que tinham se estabelecido numa aldeia, entendiam-se tão bem que nenhum dos dois dirigia uma palavra desagradável ao outro, apenas se acariciavam e se beijavam. Durante seis meses inteiros o Diabo fez o possível para o casal brigar, mas finalmente, irritado com o contínuo fracasso, expressou a sua raiva fazendo um ruído desagradável na garganta e se preparou para partir. Entretanto, uma velha que vagava por ali o encontrou e disse: "Por que você está aborrecido?". O Diabo explicou, e a mulher, na esperança de ganhar um novo par de sapatos de pano e um par de botas, empenhou-se em fazer o jovem casal se desentender. Ela procurou a mulher enquanto o marido estava trabalhando na roça e, tendo pedido uma esmola, disse: "Ah, minha cara! Como você é bonita e boa! O seu marido deve amar você do fundo do seu coração. Sei que vocês levam uma vida mais harmoniosa do que qualquer outro casal do mundo, mas, minha filha, vou lhe ensinar a ser ainda mais feliz. Na cabeça do seu marido, bem no cocuruto, tem alguns cabelos grisalhos. Corte-os, mas cuide de não deixar que ele perceba".

"Mas como devo fazer isso?"

"Depois de lhe servir o almoço, diga-lhe que se deite e descanse a cabeça no seu colo. E, logo que ele adormecer, tire uma navalha do bolso e lhe corte os cabelos grisalhos." A jovem esposa agradeceu à conselheira e lhe deu um presente.

A velha foi imediatamente para o campo e advertiu o marido de que uma desgraça o ameaçava: sua amável mulher não apenas o traía como também planejava matá-lo naquela tarde e depois se casar com um homem mais rico do que ele. Quando, ao meio-dia, a mulher chegou e, depois que ele comeu, pôs a cabeça do marido no colo, ele fingiu dormir, e ela tirou a navalha do bolso para cortar os cabelos grisalhos. Exasperado, o homem se levantou de um salto imediatamente e, segurando a mulher pelos cabelos, começou a insultá-la e a espancá-la. O Diabo viu tudo e não conseguia acreditar nos próprios olhos. Logo pegou uma vara comprida, amarrou numa ponta os sapatos de pano e as botas que prometera e, sem chegar perto, passou tudo à velha. "Não chego perto de você de jeito nenhum", ele disse, "senão você pode dar um jeito de tirar vantagem de mim, porque você é realmente mais astuciosa e mais esperta do que eu!" E, tendo entregado as botas e os sapatos de pano, o Diabo se afastou tão depressa quanto a bala de um revólver.

PARTE 9

MAQUINAÇÕES: FEITIÇARIAS E TRAPAÇAS

# A Bela Donzela Ibronka
(húngaro)

Havia uma moça bonita na aldeia. Era por isso que a chamavam de Bela Donzela Ibronka. Mas de que adiantava, se todas as outras moças — e eram muitas que costumavam se reunir para fiar juntas — tinham namorado, e só ela não? Durante um bom tempo ela esperou pacientemente, calculando as próprias chances, mas então um pensamento dominou a sua mente: "Eu queria que Deus me desse um namorado, ainda que fosse um dos diabos".

Naquela noite, quando as jovens estavam reunidas na sala de fiar, entrou um jovem com uma capa de pele de carneiro e um chapéu enfeitado com a pena de uma garça. Depois de saudar as outras, ele se sentou ao lado da Bela Donzela Ibronka.

Bem, como é costume entre os jovens, eles iniciam uma conversa, falando sobre cousas e lousas, contando as novidades. Então aconteceu que um fuso escapou da mão de Ibronka. Imediatamente ela se abaixou para pegá-lo, e seu namorado também se abaixou, mas, quando a sua mão tateante tocou no pé dele, sentiu que era um casco fendido. Bem, ela ficou muito espantada ao pegar o fuso.

Ibronka acompanhou as visitas até a porta, pois naquela noite o trabalho de fiar tinha sido na sua casa. Antes de se separarem, os dois trocaram algumas palavras a sós e se despediram. Como é costume entre os jovens, eles se despediram com um abraço. Foi então que ela sentiu a própria mão tocar no seu flanco, atravessando a sua carne. Aquilo a fez retroceder com um espanto ainda maior.

Havia uma velha na aldeia. Ela procurou a velha e disse: "Oh, tia, me dê uma luz. Como você deve saber, há tempos que andam falando na aldeia que, de todas as moças deste lugar, somente a Bela Donzela Ibronka não tem namorado. E eu estava esperando, esperando por um, quando me deu na cabeça que Deus ia me dar um namorado, ainda que ele fosse um demônio. E naquela mesma noite apareceu um jovem com uma capa de pele de carneiro e um chapéu enfeitado com a pena de uma garça. Ele veio direto na minha direção e se sentou ao meu lado. Bem, começamos a conversar, como é costume entre os jovens, falando sobre cousas e lousas. Devo ter me distraído do trabalho e deixei o fuso escorregar da minha mão. Abaixei-me imediatamente para pegá-lo, ele fez o mesmo, mas, enquanto eu tateava, minha mão tocou no seu pé. Senti que era um casco fendido. Aquilo me pareceu tão estranho que estremeci. Agora me aconselhe, tia, que devo fazer agora?".

"Bem", ela disse. "Vá fiar em algum outro lugar, sempre mudando de um lugar para outro, para ver se ele consegue encontrá-la."

Ela assim fez, experimentando cada sala de fiar que havia na aldeia. Aonde quer que fosse, porém, ele ia atrás dela. Ela foi procurar a velha novamente. "Oh, tia, não é que ele foi me procurar em todos os lugares aonde fui? Vejo que desse jeito nunca vou me livrar dele e nem ouso pensar em que tudo isso vai dar. Não sei quem ele é nem de onde veio. E acho que não é conveniente lhe perguntar."

"Bem, vou lhe dar um conselho. Há algumas meninas na aldeia que estão começando a aprender a fiar, e elas gostam de enrolar os fios para formar bolas. Pegue uma bola dessas e, quando elas forem fiar novamente na sua casa, acompanhe-as até a porta ao fim do trabalho. Quando estiver se despedindo dele, procure amarrar a ponta do fio num tufo da sua capa de pele de carneiro. Quando ele se despedir e for embora, deixe o fio ir desenrolando da bola. Quando perceber que não tem mais fio para desenrolar, enrole-o novamente numa bola, andando na direção do fio desenrolado."

Bem, as meninas chegaram à sua casa para fiar. Ela já estava com a bola de fio preparada. O seu namorado não chegava. As outras começaram a provocá-la: "O seu namorado vai largar você, Ibronka!".

"Com certeza, não. Ele virá. Ele se atrasou porque está tratando de algum negócio."

Ouviram a porta se abrindo. Ficaram em silêncio, na maior expectativa: quem estava abrindo a porta? Era o namorado de Ibronka. Ele as cumprimenta e se senta ao seu lado. E, como é habitual entre os jovens, conversam, e cada um tem alguma coisa a dizer ao outro. E conversa vai, conversa vem, o tempo passa.

"Vamos para casa, deve ser perto da meia-noite."

E elas não se demoraram mais, levantaram-se depressa, pegaram as suas coisas.

"Boa noite a todos!"

E foram saindo, uma após outra. Na frente da casa disseram um último adeus, cada uma tomou o seu rumo e logo estavam a caminho de casa.

E então os dois se aproximaram mais e ficaram conversando cousas e lousas. Enquanto isso ela ia mexendo no fio até que finalmente conseguiu amarrar uma ponta num tufo de lã na sua capa de pele de carneiro. Bem, não se demoraram muito naquela conversa, pois começaram a sentir a friagem da noite. "É melhor você entrar agora, minha querida", ele disse a Ibronka. "Senão você vai pegar um resfriado. Quando o tempo melhorar, a gente vai poder conversar com mais vagar."

E se abraçaram. "Boa noite", ele disse.

"Boa noite", ela respondeu.

Ele se pôs a caminho, e ela começou a desenrolar o fio da bola enquanto o namorado se afastava. O fio se desenrolava depressa, e ela começou a se perguntar quanto mais iria se desenrolar. Mal, porém, esse pensamento lhe ocorreu, ele parou de desenrolar. Ela ficou esperando por algum tempo, mas o fio não se desenrolava mais da bola. Então ela novamente começou a enrolar o fio. Rapidamente a bola recomeçou a crescer na sua mão. E ela pensava consigo mesma que não teria que ir muito mais longe. Mas aonde o fio a estaria levando? Ele a levava direto para a igreja.

"Bem", ela pensou. "Ele deve ter passado ali."

Mas o fio a levou diretamente ao cemitério da igreja. E ela andou até a porta. Viu que saía uma luz pelo buraco da fechadura. Ela se inclinou e olhou pelo buraco. E quem viu lá? O seu namorado. Ela ficou de olho nele para ver o que estava fazendo. Bem, estava serrando a cabeça de um morto em duas. Ela o viu separar as duas partes, do mesmo jeito que a gente corta um melão em dois. E então ela o viu se deliciar com os miolos da cabeça partida em duas. Aquilo a deixou ainda mais horrorizada. Ela quebrou o fio e voltou a toda pressa para casa.

A BELA DONZELA IBRONKA   305

Mas o seu namorado provavelmente a viu e mais do que depressa foi atrás dela. Mal ela chegou em casa exausta e trancou a porta por dentro, o namorado começou a chamá-la pela janela. "Bela Donzela Ibronka, o que você viu pelo buraco da fechadura?"

Ela respondeu: "Não vi nada".

"Precisa me contar o que viu, senão a sua irmã vai morrer."

"Não vi nada. Se ela morrer, a gente enterra."

Então o namorado foi embora.

A primeira coisa que ela fez na manhã seguinte foi procurar a velha. Muito agitada, ela recorreu à velha, pois a sua irmã tinha morrido. "Oh, tia, preciso de um conselho."

"Sobre o quê?"

"Bem, fiz o que você me recomendou."

"E o que aconteceu então?"

"Oh, imagine aonde fui parar seguindo o fio: direto no cemitério."

"Bem, e o que aconteceu lá?"

"Oh, imagine que ele estava serrando em duas a cabeça de um morto, da mesma forma que a gente corta um melão. E lá fiquei eu, sem perdê-lo de vista, para ver o que ele faria em seguida. E ele começou a comer os miolos da cabeça partida ao meio. Fiquei tão horrorizada que quebrei o fio e voltei para casa a toda pressa. Mas ele deve ter me visto, porque mal cheguei em casa e tranquei a porta por dentro, lá estava ele me chamando pela janela: 'Bela Donzela Ibronka, o que você viu pelo buraco da fechadura?'. 'Não vi nada.' 'Você deve me dizer o que viu, senão a sua irmã vai morrer.' Então eu disse: 'Se ela morrer, a gente enterra, mas não vi nada pelo buraco da fechadura'."

"Agora ouça", a velha disse. "Siga o meu conselho e ponha sua irmã no alpendre."

Na noite seguinte ela não teve coragem de ir fiar com as amigas, mas o seu namorado a chamou pela janela novamente: "Bela Donzela Ibronka, o que você viu pelo buraco da fechadura?".

"Não vi nada."

"Você deve dizer o que viu, senão a sua mãe vai morrer."

"Se ela morrer, a gente enterra, mas não vi nada pelo buraco da fechadura."

Ele se afastou da janela e foi embora. Ibronka estava se preparando para uma noite de descanso. Quando se levantou na manhã seguinte, viu que a sua mãe estava morta. Ela procurou a velha. "Oh, tia, onde tudo isso vai acabar? A minha mãe também morreu."

"Não se preocupe com isso, ponha o corpo no alpendre."

À noite o seu namorado voltou. Ele a chamou pela janela: "Bela Donzela Ibronka, diga-me o que viu pelo buraco da fechadura".

"Não vi nada."

"Você precisa me dizer o que viu", ele disse, "senão o seu pai vai morrer."

"Se ele morrer, a gente enterra, mas não vi nada pelo buraco da fechadura."

O namorado se afastou da janela e foi embora, e ela se recolheu para dormir. Mas não conseguia parar de pensar sobre a sua sina. Como aquilo haveria de acabar? E ela ficou especulando até se sentir sonolenta e mais tranqüila, mas não conseguiu descansar por muito tempo. Logo ficou bem desperta, refletindo sobre o seu destino. "Que será que o futuro me reserva?" Quando o dia amanheceu, ela encontrou o pai morto. "Agora estou sozinha no mundo."

Ela pegou o corpo do pai, colocou-o no alpendre e foi o mais depressa possível à casa da velha. "Oh, tia, tia! Preciso da sua ajuda nesta minha aflição. O que vai acontecer comigo?"

"Sabe o que vai acontecer com você? Vou lhe dizer. Você vai morrer. Agora vá e peça a suas amigas que estejam presentes quando você morrer. E, quando morrer, porque não há dúvida de que vai mesmo, elas não devem fazer passar o seu caixão pela porta nem pela janela, quando o levarem ao cemitério."

"Como devem fazer então?"

"Devem fazer um buraco na parede e empurrar o caixão por esse buraco. E não devem levá-lo pela estrada, e sim cortar caminho pelos jardins e desvios. E não devem enterrá-la no cemitério, mas no fosso do cemitério."

Bem, ela foi para casa, mandou chamar as suas amigas, as jovens da aldeia, e elas atenderam ao seu chamado.

À noite o seu namorado veio à janela. "Bela Donzela Ibronka, o que você viu pelo buraco da fechadura?"

"Não vi nada."

"Você deve me dizer agora mesmo", ele disse. "Senão você vai morrer."

"Se eu morrer, serei enterrada, mas não vi nada pelo buraco da fechadura."

Ele se afastou da janela e foi embora.

Bem, por algum tempo ela e suas amigas continuaram a conversar. Não acreditavam muito que a jovem ia morrer. Quando se sentiram cansadas, foram dor-

A BELA DONZELA IBRONKA  307

mir. Mas, ao acordarem, viram que Ibronka estava morta. Logo cuidaram de buscar um caixão e fazer um buraco na parede. As amigas cavaram uma cova para ela no fosso do cemitério, empurraram o caixão pelo buraco na parede e o puxaram pelo lado de fora. Não seguiram pela estrada, mas cortaram caminho por jardins e desvios. Quando chegaram ao cemitério, a enterraram. Voltaram então para casa, taparam o buraco que tinham feito na parede. Antes de morrer, Ibronka lhes recomendara que cuidassem da casa e esperassem os novos acontecimentos.

Dentro de pouco tempo nasceu uma linda rosa no túmulo de Ibronka. O túmulo era próximo à estrada, e um príncipe, que passava por ali na sua carruagem, a viu. Ele ficou tão maravilhado com a sua beleza que mandou o cocheiro parar imediatamente. "Ei! Pare os cavalos e me traga aquela flor do túmulo. E depressa com isso."

Imediatamente o cocheiro parou. Ele pula da carruagem e vai buscar a rosa. Mas, quando tenta colher a rosa, esta resiste. Ele puxa com mais força, mas ela continua resistindo. Ele continua puxando a rosa com toda força, mas sem resultado.

"Oh, como você é estúpido! Não tem miolos nem para colher uma rosa? Venha para cá, volte para a carruagem e deixe-me ir colher a flor."

O cocheiro voltou para o seu lugar, o príncipe lhe passou as rédeas que ficara segurando enquanto o outro tinha ido colher a rosa. Então o príncipe pulou da carruagem e se dirigiu ao túmulo. Mal ele segurou a rosa, ela se soltou e ficou na sua mão.

"Olhe aqui, seu idiota, por mais que você puxasse e se esforçasse, não conseguiu me trazer a rosa, e, mal toquei nela, ela se soltou na minha mão."

Bem, seguiram em frente, voltando para casa a grande velocidade. O príncipe prendeu a rosa no peito. Em casa, ele a colocou em frente ao espelho da sala de jantar, de forma que pudesse olhar para ela até durante as refeições.

E lá a rosa ficou. Certa noite sobrou um resto de comida na mesa, depois do jantar. O príncipe não o tirou de lá. "Outra hora como isso."

Isso acontecia de vez em quando. Certa vez o criado perguntou ao príncipe: "Vossa alteza comeu as sobras?".

"Eu, não", o príncipe disse. "Pensei que você as tivesse comido."

"Não, não comi", ele disse.

"Bem, isso é muito estranho."

O criado disse: "Vou descobrir o responsável por isso — o gato ou seja lá quem for".

Nem o príncipe nem o criado poderiam imaginar que a rosa estivesse comendo as sobras.

"Bem", o príncipe disse. "Vamos deixar mais um pouco de comida na mesa. E você deve ficar aqui para vigiar quem anda comendo as sobras."

Deixaram bastante comida na mesa. O criado ficou vigiando, mas nem por um instante suspeitou da rosa. E a rosa desceu do lugar junto ao espelho, sacudiu-se, e imediatamente se transformou numa jovem tão bela como nenhuma outra, nem em toda a Hungria nem em todo o vasto mundo. Bem, ela se sentou à mesa e se serviu à vontade das comidas. Então se sacudiu um pouco e lá estava ela de volta ao seu lugar em frente ao espelho, em forma de rosa.

Bem, o criado esperava com impaciência o amanhecer. Então procurou o príncipe e lhe disse: "Descobri, majestade, foi a rosa".

"Esta noite sirva um farto jantar e deixe bastante comida na mesa. Quero ver com os meus próprios olhos se você está dizendo a verdade."

Enquanto o príncipe e o criado esperavam, viram a rosa descer do lugar onde estava. Ela fez um leve movimento, sacudiu-se e imediatamente se transformou numa linda e delicada donzela. Ela pegou uma cadeira, sentou-se à mesa e se serviu à vontade da comida. Do seu lugar sob o espelho o príncipe a observava. Ela terminou de jantar, tomou um copo de água e, quando estava prestes a se sacudir para voltar à sua forma de rosa, o príncipe a enlaçou com os braços e a tomou no colo.

"Minha bela e querida amada. Você é minha, e sou seu para sempre, e só a morte poderá nos separar."

"Oh, não pode ser assim", Ibronka disse.

"Claro que pode", ele disse. "Por que não?"

"Há mais coisas do que você imagina."

Bem, acabo de me lembrar de uma coisa que esqueci de contar nesta história. E aqui vai: No dia em que ela fora enterrada, o seu namorado aparecera à sua janela como de costume. Ele a chamou, mas não teve resposta. Ele foi até a porta e a abriu com um pontapé. "Diga-me, porta, foi por você que tiraram o caixão de Ibronka?"

"Não, não foi."

Então se dirigiu à janela. "Diga-me, janela, foi por você que tiraram o caixão?"

"Não, não foi."

Ele foi até a estrada. "Diga-me, estrada, foi por aqui que levaram o caixão?"

"Não, não foi."

Ele foi ao cemitério. "Diga-me, cemitério, foi no seu chão que enterraram a Bela Donzela Ibronka?"

"Não, não foi."

Bem, foi essa parte que ficou faltando.

O príncipe instava ardentemente com a jovem para que consentisse em se casar com ele. Mas ela lança mão de evasivas e finalmente impõe uma condição: "Só caso com você se me prometer nunca me obrigar a ir à igreja".

O príncipe disse: "Bem, podemos ficar sem ir à igreja. E, ainda que eu vá algumas vezes, nunca vou obrigá-la a me acompanhar".

Eis outra parte da história que deixei de contar na ordem certa. Como não conseguira saber nada da estrada nem do cemitério, o namorado pensara consigo mesmo: "Bem, vejo que vou ter que arrumar um par de sapatos de ferro e uma bengala de ferro, e não parar de andar enquanto não encontrar você, Bela Donzela Ibronka, ainda que tenha que gastar o sapato até o fim".

Chegou o tempo em que Ibronka ficou grávida. O casal vivia muito feliz, salvo pelo fato de que ela nunca o acompanhava à igreja. Os dias se sucedem, os anos passam. Novamente ela fica grávida. Eles já têm dois filhos, que já não são mais bebês: um menino de cinco anos, outro de seis. E é o pai quem os leva à igreja. Para falar a verdade, ele achava muito estranho o fato de os seus filhos irem só com ele, uma vez que as outras crianças iam acompanhadas também da mãe. E ele sabia que as pessoas o recriminavam por isso e perguntavam: "Por que vossa majestade não se faz acompanhar da rainha?".

Ele respondia: "Bem, esse é o costume entre nós".

De todo modo essa censura o deixava embaraçado, e no domingo seguinte, quando se preparava para ir à igreja com as crianças, ele disse à esposa: "Escute, por que você não vem conosco também?".

Ela respondeu: "Ouça, marido, você já esqueceu a sua promessa?".

"Como assim? A gente precisa se prender a isso para sempre? Há muito tempo que venho suportando o desprezo dessa gente. E como eu poderia deixar de ir à igreja, uma vez que as crianças desejam que eu as acompanhe? Seja lá o que tivermos combinado, vamos esquecer."

"Está bem. Que seja como você quer, mas isso vai trazer problemas entre nós. Mas como estou vendo que você pôs isso na cabeça, eu me disponho a acompanhá-los. Agora, espere eu me vestir para ir à igreja."

E então eles foram, e as pessoas se alegraram ao vê-los juntos. "É assim que se faz, majestade", disseram. "Vai-se à igreja acompanhado da esposa."

A missa estava terminando e, quando terminou, aproximou-se do casal real um homem usando um par de sapatos de ferro já furado de tanto andar, trazendo na mão uma bengala de ferro. Ele gritou bem alto: "Jurei a mim mesmo, Ibronka, que iria calçar um par de sapatos de ferro, pegar uma bengala de ferro e sair pelo mundo à sua procura, ainda que tivesse que gastá-los de tanto andar. Mas antes de consumi-los por completo, eu a encontrei. À noite venho buscá-la".

E ele desapareceu. A caminho de casa, o rei perguntou à esposa: "O que significa a ameaça que aquele homem lhe fez?".

"Espere e veja, que você vai saber em que isso vai dar."

Então os dois ficaram esperando ansiosamente o anoitecer. O dia estava chegando ao fim. De repente se ouviu alguém chamando pela janela: "Bela Donzela Ibronka, o que você viu pelo buraco da fechadura?".

Bela Donzela Ibronka então iniciou a sua fala: "Eu era a mais bela moça da aldeia — e todas as moças tinham um namorado —, mas estou falando a um morto, e não a uma criatura viva. Certa vez falei sem pensar que queria que Deus me desse um namorado, nem que fosse um dos demônios. Com certeza havia alguma coisa na forma como falei, porque naquela noite, quando nos reunimos para fiar, apareceu um jovem com uma capa de pele de carneiro e um chapéu enfeitado com a pena de uma garça. Ele nos cumprimentou e ficamos conversando, como é costume entre os jovens. Aconteceu então — mas estou falando a um morto, e não a uma criatura viva — que o fuso escorregou da minha mão. Abaixei-me para pegá-lo, o meu namorado fez o mesmo, mas a minha mão tateante tocou no seu pé. Senti imediatamente — mas estou falando a um morto, e não a uma criatura viva — um casco fendido. Recuei horrorizada, percebendo que Deus me dera um demônio por namorado — mas estou falando a um morto, e não a uma criatura viva".

Enquanto isso, ele ficou gritando a plenos pulmões pela janela: "Bela Donzela Ibronka, o que você viu pelo buraco da fechadura?".

Ibronka continuou: "Mas ao nos despedirmos com um abraço, como é costume entre os jovens, a minha mão penetrou a sua carne. Isso me deixou ainda mais horrorizada. Havia uma mulher na aldeia, e fui me aconselhar com ela.

E ela me aconselhou — mas estou falando a um morto, e não a uma criatura viva".

Ele continuava gritando pela janela: "Bela Donzela Ibronka, o que você viu pelo buraco da fechadura?".

"E então", Ibronka continuou, "o meu namorado se despediu e foi embora. E desejei que ele nunca mais voltasse — mas estou falando a um morto, e não a uma criatura viva. A mulher disse que eu deveria tentar fazer o trabalho de fiar em algum outro lugar, um dia aqui, outro dia ali, para que ele não me encontrasse. Mas aonde quer que eu fosse, lá chegava ele. E novamente fui me aconselhar com a mulher — mas estou falando a um morto, e não a uma criatura viva."

Enquanto isso, ele gritava pela janela: "Bela Donzela Ibronka, o que você viu pelo buraco da fechadura?".

"Então a mulher me aconselhou a fazer uma bola de fio, que eu deveria amarrar à sua capa de pele de carneiro. E quando ele me perguntou e eu disse 'Não vi nada', ele disse: 'Diga-me logo, senão a sua irmã vai morrer'. 'Se ela morrer, a gente enterra, mas não vi nada pelo buraco da fechadura.' Então ele voltou na noite seguinte e me perguntou o que eu tinha visto pelo buraco da fechadura — mas estou falando a um morto, e não a uma criatura viva."

E durante todo esse tempo ele não parava de gritar pela janela.

"E a minha irmã morreu. Na noite seguinte, ele voltou mais uma vez e começou a me chamar pela janela — mas estou falando a um morto, e não a uma criatura viva. 'Conte-me o que viu, senão a sua mãe vai morrer.' 'Se ela morrer, a gente enterra.' Na noite seguinte, lá estava ele gritando pela janela novamente. 'Bela Donzela Ibronka, o que você viu pelo buraco da fechadura?'— mas estou falando a um morto, e não a uma criatura viva. 'Diga-me o que viu, senão o seu pai vai morrer.' 'Se ele morrer, a gente enterra, mas não vi nada pelo buraco da fechadura.' Naquele dia mandei chamar as minhas amigas, elas vieram e ficou combinado que, quando eu morresse, elas não fariam o meu caixão passar pela porta nem pela janela. Tampouco deveriam me levar pela estrada nem me enterrar dentro do cemitério."

E ele continuava gritando pela janela. "Bela Donzela Ibronka, o que você viu pelo buraco da fechadura?"

"E as minhas amigas fizeram um buraco na parede e me levaram ao cemitério, por um caminho paralelo à estrada, e lá me enterraram no fosso do cemitério — mas estou falando a um morto, e não a uma criatura viva."

E então ele caiu ao pé da janela, soltou um grito que sacudiu o castelo até os alicerces, e foi a sua vez de morrer. A mãe, o pai e a irmã da jovem acordaram do seu longo sono. E assim acaba a história.

# Feiticeiro e feiticeira

## (mordoviano)

Um homem que era feiticeiro se casou com uma jovem feiticeira. O homem foi para o bazar, e a mulher, que tinha um amante, chamou esse amante, e eles beberam e comeram juntos. À noite o feiticeiro voltou tarde do bazar e, olhando pela janela, viu a mulher e o amante bebendo e comendo. O amante viu o marido de relance e disse à mulher: "Quem espiou pela janela agora mesmo?".

"Eu sei", a mulher disse. Ela pegou um pequeno chicote, saiu de casa, chicoteou o marido e disse: "Deixe de ser homem e se transforme num cão amarelo!". O camponês se transformou num cachorro amarelo. Amanheceu, e os outros cães, vendo o cão amarelo, começaram a atacá-lo. O cão amarelo disparou a correr pela estrada aos saltos. Viu alguns pastores dando forragem ao seu rebanho e foi para junto deles. Satisfeitos porque o cão amarelo se juntara a eles, os pastores lhe deram comida e água. O cão cuidava tão bem do rebanho que não restava nada para os pastores fazerem. Quando viram que o cão agia com eficiência, começaram a ficar longe do campo.

Certa vez, quando o cão guardava o rebanho, os pastores ficaram na taberna. Um comerciante entrou na taberna e disse: "Um ladrão está me importunando. Toda noite ele vem". "Você deveria ter um cão como o nosso!", os pastores disseram, e relataram os serviços prestados pelo cão. O comerciante ofereceu certa quantia pelo cachorro. Embora os pastores não quisessem vendê-lo, não puderam resistir ao dinheiro. O comerciante comprou o cão e o levou para casa. A noite se aproximou, e com ela a feiticeira, mulher do cão amarelo, chegou para roubar. A mulher entrou na casa do comerciante e começou a carregar sua arca de dinheiro. O cão amarelo se lançou sobre a mulher, tirou-lhe a arca de dinheiro e deitou-se sobre ela. De manhã o comerciante se levantou e viu que a arca tinha sumido. Ele empurrou o cão amarelo e disse: "De nada adiantou comprar um cachorro, porque os ladrões levaram o meu dinheiro". Mas ao empurrar o cão o comerciante logo viu a sua arca. O cão dormiu três noites na casa do comerciante e impediu a mulher de roubar o dinheiro dele. A mulher parou de tentar roubar a casa do comerciante.

A rainha deu à luz dois filhos, mas ambos desapareceram no meio da noite; a mulher do cão amarelo os roubara. A certa altura, a rainha estava novamente para dar à luz um filho do rei. O rei, que ouvira falar do cão amarelo, procurou o mercador e pediu que lhe desse o cachorro. A rainha teve um filho, mas a mulher do cão amarelo veio de noite e tentou roubá-lo. Mal a mulher do cachorro amarelo entrou na residência real e pegou o terceiro principezinho, o cão amarelo se lançou contra ela e o recuperou. De manhã, a criança estava sã e salva e protegida pelo cão, no meio de uma campina. O rei pegou o filho e disse ao cão amarelo: "Se você fosse um homem, eu lhe daria metade do meu reino".

O cão amarelo agora vivia bem na casa do rei, mas sentia saudades da esposa. Ele abandonou o rei e correu para sua casa. Chegando lá, olhou pela janela e viu sua mulher bebendo novamente com o amante. O amante viu o cão amarelo e disse: "Alguém olhou pela janela". "Sei quem é", respondeu a mulher. Ela saiu, chicoteou o cão amarelo, e ele se transformou num pardal.

Então a mulher começou a ter saudade do marido. Ela foi à floresta, fez uma gaiola, jogou dentro dela um pouco de painço, esperando pegar o passarinho. O marido vagava por ali em forma de pardal e estava com muita fome. Ele voou para a floresta, viu a gaiola e, tendo entrado para bicar os grãos, ficou preso. A mulher se aproximou, pegou a gaiola, tirou o marido de dentro, transformou-o novamente num homem e disse: "Volte para casa, pegue os dois primeiros filhos do rei no porão e os devolva a ele". O camponês acompanhou a mulher até a casa e, tendo tirado as duas crianças do porão, levou-as ao rei. Quando o rei viu os filhos mais velhos, não coube em si de contente e cumulou o camponês de presentes.

O camponês pegou o dinheiro, foi para casa e disse: "Bem, mulher, agora temos bastante dinheiro!". "Vamos, meu velho" sua mulher falou. "Vamos construir uma casa de pedra e vender madeira para construção." Mas o camponês, que não esquecera as torturas que a mulher lhe infligira, disse: "Mulher, transforme-se numa égua castanha. Vou usar você para carregar pedras e madeira". Mal o feiticeiro camponês falou isso, sua mulher se transformou numa égua castanha. O camponês a arreou e fê-la carregar pedras, e assim pôde construir uma casa de pedra. Quando a casa ficou pronta, ele arreou a égua e transportou os toros de madeira, em grande quantidade. Agora o terreiro estava cheio de madeira para construção, e o velho disse: "Esposa, transforme-se novamente numa mulher". A mulher dera uma lição ao camponês, e o camponês dera uma lição à mulher. Agora, ela vive fazendo panquecas e alimentando o marido. Ele vende madeira, e os dois vivem muito bem.

# O lilás mexeriqueiro
(montanhês, americano)

Em certa época, um velho e uma velha viviam no vale do rio Tygart. Eles brigavam havia anos. Poucas pessoas os visitavam, por isso se passou algum tempo antes que se percebesse que a mulher desaparecera misteriosamente. As pessoas desconfiaram que o velho a matara, mas o seu corpo não foi encontrado, e o assunto acabou esquecido.

O velho vivia uma vida alegre depois do desaparecimento da mulher até certa noite em que alguns rapazes que estavam sentados no alpendre da casa dele começaram a comentar as várias festas que o velho andava organizando. Enquanto falavam, uma moita de lilases que crescia ali perto começou a bater na vidraça e a acenar para eles como se estivesse querendo dizer alguma coisa. Ninguém teria imaginado nada disso, se estivesse ventando. Mas não havia vento nenhum — nem uma fraca brisa.

Ignorando os protestos do velho, os rapazes desenterraram a moita de lilases. Ficaram estupefatos ao verem que as raízes cresciam da palma da mão de uma mulher.

O velho soltou um grito, correu colina abaixo em direção ao rio e nunca mais foi visto.

# Touca Esfarrapada
(norueguês)

Era uma vez um rei e uma rainha que não tinham filhos, e isso deixava a rainha muito triste. Era bem raro ela ter momentos felizes. Vivia chorando e se lamentando, dizendo que a vida no palácio era aborrecida e solitária.

"Se tivéssemos filhos, isto aqui ficaria cheio de vida", ela dizia.

Aonde quer que fosse, em todo o seu reino, ela via que Deus abençoara com filhos até a mais miserável choupana. E aonde quer que fosse, ouvia as comadres ralhando com as crianças, dizendo que elas fizeram tais e tais traquinagens. A rainha ouvia tudo isso e pensava como seria bom fazer o que as outras mulheres faziam. Finalmente o rei e a rainha receberam no palácio uma menina estranha para criar. Ela ficaria sempre com eles, seria bem tratada quando se comportasse bem, repreendida quando se comportasse mal, como se fosse filha deles.

Um dia a menina que eles haviam adotado corria pelo pátio do palácio, brincando com uma maçã de ouro. Naquele mesmo instante passou por ali uma mendiga acompanhada de uma menina. Logo a menina e a filha da mendiga fizeram amizade, começaram a brincar juntas e a jogar uma para a outra a maçã de ouro. Ao ver aquilo da janela do palácio, a rainha bateu na vidraça mandando que a sua filha adotiva subisse. Ela subiu imediatamente, mas a menina mendiga a acompanhou. As duas entraram no quarto da rainha de mãos dadas. Então a rainha começou a repreender a filha adotiva, dizendo: "Você não deveria se rebaixar correndo e brincando com uma mendiga pirralha e maltrapilha". E a rainha queria empurrar a menina escada abaixo.

"Se a rainha soubesse dos poderes da minha mãe, não iria me expulsar", a menina disse. E, quando a rainha lhe pediu que explicasse melhor o que queria dizer com aquilo, a garota disse que a mãe poderia fazê-la ter filhos. A rainha não quis acreditar, mas a menina insistiu, disse que era tudo verdade e insistiu para que a rainha fizesse um teste. Então a rainha mandou a menina chamar a mãe.

"Você sabe o que a sua filha anda dizendo?", a rainha perguntou à velha, assim que esta entrou no quarto.

Não, a mendiga não sabia de nada.

"Bem, ela diz que, se você quiser, pode fazer com que eu seja capaz de ter filhos", a rainha respondeu.

"Rainhas não deveriam ouvir histórias estúpidas de crianças mendigas", a velha disse, saindo precipitadamente do quarto da rainha.

Então a rainha ficou furiosa e quis expulsar a menina. Mas esta declarou que tudo que dissera era a pura verdade.

"É só a rainha dar alguma coisa para ela beber", a menina disse. "Quando ela ficar meio alta, vai dar um jeito de ajudá-la."

A rainha se dispôs a tentar. Mandou chamar a mendiga novamente e mandou servir a ela e à menina quanto quisessem de vinho e de hidromel. Não demorou muito, a mulher começou a dar com a língua nos dentes. Então a rainha voltou a fazer a mesma pergunta.

"Talvez eu saiba uma forma de ajudá-la", a mendiga disse. "Vossa majestade deve mandar que uma noite dessas lhe tragam dois baldes de água, antes da hora de dormir. Vossa majestade deve se lavar em cada um dos baldes, depois jogar a água embaixo da cama. E, quando olhar debaixo da cama na manhã seguinte, verá que apareceram duas flores, uma bonita e uma feia. A primeira deve ser comida, a segunda deve continuar no mesmo lugar, mas trate de não esquecer esta última recomendação."

Foi isso que a mendiga disse.

Sim, a rainha fez o que a mendiga recomendou. Mandou que lhe trouxessem dois baldes de água, lavou-se nos dois e jogou a água embaixo da cama. Quando olhou sob a cama na manhã seguinte, lá estavam duas flores. Uma era feia e repugnante, com folhas pretas. Mas a outra era clara, radiosa e encantadora, como ela nunca vira igual. Então a rainha a comeu imediatamente. Mas a flor bonita era tão doce que a rainha não resistiu. Comeu a outra também, porque, ela pensou: "Se bem não fizer, mal também não fará, tenho certeza".

Bem, com efeito, depois de algum tempo a rainha precisou ir para a cama. Primeiro ela deu à luz uma menina que tinha uma colher de pau na mão, montada num bode. Era asquerosa e feia, e no mesmo instante em que veio ao mundo berrou "Mamãe".

"Se sou a sua mãe", a rainha disse, "que Deus me conceda a graça de me corrigir."

"Oh, não se preocupe", a menina disse, montada no bode, "pois logo virá uma de melhor aparência."

Depois de um tempo, a rainha teve outra menina, tão bela e tão doce como nunca se viu igual — e, como é de se imaginar, a rainha ficou muitíssimo contente. À primeira gêmea deram o nome de Touca Esfarrapada, porque ela estava sempre mal-ajambrada e andrajosa; além disso, vivia com uma touca esfarrapada que lhe cobria até as orelhas. A rainha mal suportava olhar para ela, e as criadas tentavam mantê-la trancada num quarto, mas de nada adiantava. Onde a gêmea mais nova estava, lá estava ela também, e ninguém conseguia jamais separá-las.

Bem, numa véspera de Natal, quando as irmãs já eram quase adultas, ouviu-se um tremendo barulho e algazarra no corredor em frente aos aposentos da rainha. Touca Esfarrapada então perguntou qual era a causa de tanto barulho e estardalhaço.

"Oh!", a rainha disse. "Nem vale a pena procurar saber."

Mas Touca Esfarrapada não descansou enquanto não descobriu a razão de tudo aquilo: a rainha lhe contou que era um bando de trolls e de bruxas que tinham chegado para comemorar o Natal. Então Touca Esfarrapada disse que ia tocá-los para fora e, independentemente do que lhe dissessem e por mais que lhe rogassem que deixasse os trolls em paz, ela ia expulsar as bruxas. Mas pediu à rainha que tivesse o cuidado de deixar todas as portas bem fechadas, de forma que nenhuma ficasse nem um pouquinho entreaberta. Depois de dizer isso, lá se foi ela com a sua colher de pau, e começou a expulsar as bruxas. E durante todo esse tempo se ouvia no corredor uma barulheira dos diabos. Todo o palácio rangia e estalava como se cada encaixe e cada viga estivessem sendo arrancados.

Eu não saberia dizer como a coisa se deu. Mas, fosse lá como fosse, o fato é que uma porta ficou um pouquinho aberta. Então a sua irmã gêmea quis espiar para ver como iam as coisas com Touca Esfarrapada e pôs a cabeça pela abertura. Mas, POP!, lá veio uma bruxa velha que lhe arrancou a cabeça e colocou sobre os seus ombros uma cabeça de bezerro. Então a princesa voltou para o quarto de quatro e começou a mugir feito um bezerro. Quando Touca Esfarrapada voltou e viu a irmã, censurou a todos, ficou com muita raiva porque não tiveram cuidado e lhes perguntou o que estavam pensando agora da sua estupidez, vendo sua irmã transformada num bezerro.

"Mas ainda vou ver se consigo libertá-la", ela disse.

Então ela pediu ao rei um navio bem aparelhado, com boa quantidade de provisões. Mas dispensaria o capitão e os marinheiros. Não, ela iria navegar apenas com sua irmã. E, como não havia meio de impedi-la, terminaram por deixá-la resolver as coisas à sua maneira.

Então Touca Esfarrapada se fez ao mar, dirigiu o navio direto para a terra onde as bruxas moravam, e, quando chegaram ao lugar onde deviam aportar, ela disse à irmã que ficasse quieta a bordo do navio. Ela, porém, montada no seu bode, dirigiu-se ao castelo das bruxas. Quando chegou lá, uma das janelas da galeria estava aberta, e ela viu a cabeça da sua irmã pendurada na armação. Então fez o bode pular pela janela para dentro da galeria, agarrou a cabeça e saiu correndo com ela. As bruxas foram atrás para tentar tomar a cabeça de volta, afluindo em massa compacta como um enxame de abelhas ou formigas num formigueiro. Mas o bode bufava, soprava e distribuía chifradas, e Touca Esfarrapada as atacava com a sua colher de pau, de modo que as bruxas tiveram que desistir. Então Touca Esfarrapada voltou para o navio, tirou a cabeça de bezerro dos ombros da irmã, recolocou a sua no seu lugar, e ela voltou a ser a mesma moça de antes. Em seguida navegaram para muito, muito longe, rumo ao reino de um rei desconhecido.

O rei daquela terra era viúvo e tinha apenas um filho. Quando viu o navio desconhecido, mandou mensageiros à praia para perguntar de onde ele vinha e a quem pertencia. Mas, quando os homens do rei chegaram lá, não viram ninguém a bordo, exceto Touca Esfarrapada, que dava voltas pelo tombadilho a toda velocidade, montada no seu bode. A gente do palácio ficou espantada com aquilo e perguntou se não havia mais ninguém a bordo. Sim, havia. Ela estava acompanhada de uma irmã, disse Touca Esfarrapada. Eles queriam vê-la também, mas Touca Esfarrapada disse: "Não".

"Ninguém deve vê-la, a menos que o próprio rei venha até aqui", ela disse e recomeçou a sua louca galopada pelo tombadilho.

Quando os criados voltaram ao palácio e contaram o que tinham visto no navio, o rei saiu imediatamente, porque desejava ver a jovem montada no bode. Quando chegou, Touca Esfarrapada apresentou a sua irmã, e ela era tão bela e tão graciosa que ele se apaixonou perdidamente. Ele levou as duas jovens para o palácio, e queria fazer da irmã a sua rainha, mas Touca Esfarrapada disse: "Não"; o rei não poderia casar com a sua irmã de forma alguma, a menos que o filho do rei casasse com Touca Esfarrapada. Pode-se imaginar que o príncipe não quis de jeito nenhum se casar com a feia e endiabrada Touca Esfarrapada. Mas afinal o rei e todos os palacianos terminaram por convencê-lo, e ele deu a sua palavra de que a tomaria por esposa. Mas aquilo ia contra a sua natureza, e ele ficou muito triste.

Então se fizeram os preparativos para o casamento, com as bebidas e os assados e, quando tudo ficou pronto, eles deveriam ir à igreja. Mas o príncipe sentia que aquela ida à igreja era a mais exaustiva e aborrecida de toda sua vida. Primeiro, saiu o rei com a sua noiva, e ela era tão encantadora e tão nobre que todos paravam na estrada para a contemplar, e ficaram olhando até ela desaparecer de vista. Atrás deles vinha o príncipe a cavalo, ao lado de Touca Esfarrapada, montada no seu bode e empunhando a colher de pau, e ele mais parecia acompanhar um enterro do que um cortejo nupcial, que aliás era o seu. Ele estava muito infeliz e não dizia palavra.

"Por que você não diz nada?", Touca Esfarrapada perguntou quando já tinham avançado um pouco pela estrada.

"Ora, sobre o que eu haveria de falar?", o príncipe respondeu.

"Bem, você poderia pelo menos me perguntar por que ando montada neste bode", Touca Esfarrapada disse.

"Por que você anda montada nesse bode horroroso?", o príncipe perguntou.

"Isto é um bode feio? Ora, é o mais garboso cavalo que uma noiva jamais montou", Touca Esfarrapada respondeu. E num piscar de olhos ele se transformou num cavalo, o mais lindo que o príncipe tinha visto em toda a vida.

Andaram mais um pouco, mas o príncipe continuava tão angustiado quanto antes, e não conseguia abrir a boca. Então Touca Esfarrapada lhe perguntou novamente por que não falava e, quando o príncipe respondeu que não sabia sobre o que haveria de falar, ela disse: "Você pelo menos poderia perguntar por que cavalgo com esta feia colher de pau na mão".

"Por que você cavalga empunhando essa feia colher de pau?", o príncipe perguntou.

"Isto é uma colher feia? Ora, é a mais maravilhosa varinha de condão de prata que uma noiva jamais empunhou", Touca Esfarrapada disse. E num piscar de olhos ela se transformou numa varinha de prata esplendorosa, que refulgia à luz do sol.

Então cavalgaram um pouco mais, mas o príncipe continuava angustiado e silencioso. Logo Touca Esfarrapada lhe perguntou novamente por que ele não dizia nada, e lhe sugeriu que perguntasse por que ela usava aquela horrível touca cinzenta na cabeça.

"Por que você usa essa horrível touca cinzenta na cabeça?", o príncipe perguntou.

"Isto é uma touca horrível? Ora, é a mais cintilante coroa de ouro que uma noiva jamais usou", Touca Esfarrapada respondeu, e a touca se transformou numa coroa na mesma hora.

Então viajaram por um bom tempo mais, e o príncipe estava tão angustiado que não conseguia abrir a boca, da mesma forma que antes. Então a noiva lhe perguntou novamente por que ele não dizia nada e sugeriu que ele lhe perguntasse por que o seu rosto era tão feio e acinzentado.

"Ah!", o príncipe exclamou. "Por que o seu rosto é tão feio e acinzentado?"

"Eu, feia?", a noiva disse. "Você acha a minha irmã bonita, mas sou dez vezes mais bonita do que ela." Então, tchan! Quando o príncipe olhou, ela estava tão encantadora que lhe pareceu não existir em todo mundo uma mulher mais encantadora. Depois disso, não é de estranhar que o príncipe tenha recuperado a língua, e não mais cavalgasse de cabeça baixa.

Então beberam da taça nupcial longa e deleitosamente. O príncipe e o rei foram com as noivas para o palácio do pai e lá fizeram outra festa de casamento, beberam longa e deleitosamente. E o divertimento não acabava mais. Se você for correndo ao palácio do rei, é capaz de ainda encontrar uma gota de cerveja da festança.

# A bola enfeitiçada
## (montanhês, americano)

Era uma vez um rapaz pobre que queria casar com uma moça, mas a família dela se opunha. A avó dele, uma feiticeira, disse que ia dar um jeito naquilo. Ela fez uma bola de crina de cavalo e a colocou sob a soleira da casa da moça. A moça saiu, passou por cima da bola, depois entrou novamente em casa. Ela começou a dizer alguma coisa à mãe e peidou. E toda vez que ela dizia uma palavra, a coisa se repetia. A mãe mandou que parasse com aquilo, senão ia levar uma surra. Então a mãe saiu para fazer alguma coisa e, quando voltou, começou a peidar também toda vez que falava. O pai entrou em casa e fez a mesma coisa.

Ele achou que havia algum problema e chamou o médico. Quando o médico passou pela porta, começou a peidar a cada palavra que dizia, e estavam todos falando e peidando quando a feiticeira chegou e lhes disse que com certeza Deus lhes mandara aquilo como um castigo, uma vez que não queriam deixar a filha deles casar com o rapaz pobre. Eles lhe disseram que fosse depressa buscar o rapaz, porque ele poderia casar com a filha imediatamente, se Deus consentisse em livrá-los daquele castigo. A feiticeira foi buscar o rapaz e na saída tirou a bola enfeitiçada de sob a soleira. O rapaz e a moça se casaram e viveram felizes para sempre.

# A mulher-raposa
(chinês)

Há muitos anos, um monge budista chamado Chi Hsüan levava uma vida bastante piedosa, entregue a mortificações. Ele nunca usava seda, andava a pé de cidade em cidade e dormia ao ar livre. Numa noite enluarada, ele estava se preparando para dormir num matagal próximo a um cemitério, a dez milhas de uma cidade da província de Shan Si. À luz da lua ele viu uma raposa selvagem colocar na própria cabeça uma caveira e ossos apodrecidos, fazer vários movimentos misteriosos e se cobrir de grama e de folhas. Então a raposa assumiu a forma de uma bela mulher, vestida de maneira muito simples e discreta, e assim disfarçada ela saiu do matagal e foi para uma grande estrada que passava ali perto. Ao ouvir o ruído de um cavaleiro que se aproximava, vindo do noroeste, a mulher começou a chorar e a gemer, e a sua postura e os seus gestos davam mostras de grande sofrimento. Aproximou-se então o cavaleiro, parou o cavalo e desmontou.

"Senhora", ele exclamou. "O que a faz ficar aqui sozinha, no meio da noite? Posso ajudá-la?"

A mulher parou de chorar e contou a sua história: "Sou a viúva de fulano. Meu marido morreu de repente no ano passado, deixando-me sem um tostão, e os meus pais moram muito longe daqui. Não sei o caminho, e não tem ninguém a quem eu possa recorrer para me ajudar a voltar para a casa dos meus pais".

Quando ela informou ao cavaleiro onde os seus pais moravam, ele disse: "Sou desse lugar, e agora estou voltando para lá. Se você não se importar de fazer uma viagem incômoda, pode ir no meu cavalo, que vou andando ao lado dele".

A mulher aceitou, mostrando-se muito grata, e jurou não esquecer a bondade do cavaleiro. Ela estava prestes a montar quando o monge Chi Hsüan saiu do matagal gritando para o cavaleiro: "Cuidado! Ela não é um ser humano, é uma mulher-raposa. Se não acreditar em mim, espere um pouco que vou fazê-la voltar à sua verdadeira forma".

Então ele fez um sinal (ou mudra) com os dedos, pronunciou um *dhârani* (fórmula encantatória) e gritou bem alto "Por que você não volta imediatamente à sua forma original?".

Na mesma hora a mulher caiu no chão, transformada numa raposa velha, e morreu. Sua carne e seu sangue correram como um regato, e sobraram apenas a raposa morta, uma caveira, alguns ossos secos, algumas folhas.

O cavaleiro, totalmente convencido da verdade das palavras do monge, prostrou-se várias vezes diante dele e foi embora estupefato.

# O gaitista das feiticeiras
(húngaro)

Certa vez o meu irmão mais velho estava tocando gaita-de-foles para algumas pessoas em certo lugar, enquanto outro homem, que era de Etes, tocava para as crianças na mesma casa. Provavelmente era um dia antes da quarta-feira de Cinzas. Aí pelas onze horas, as crianças foram levadas para casa. O homem que estava tocando para elas, o tio Matyi, foi pago pelo seu trabalho. Ele se despediu do meu irmão e foi para casa.

No caminho, três mulheres se aproximaram dele e disseram: "Venha, tio Matyi! Queremos que toque para nós. Vamos para aquela casa ali no fim da rua. E não se preocupe, vamos pagar pelo seu trabalho".

Quando ele entrou, elas o agarraram pelos braços (a propósito, o homem ainda vive na aldeia) e o fizeram ficar de pé no banco junto à parede. E lá ele ficou tocando gaita-de-foles para elas. O dinheiro chovia aos seus pés. "Puxa! Até que não estou indo mal", disse ele consigo mesmo.

Por volta da meia-noite, ouviu-se um terrível estrondo, e num piscar de olhos ele se achou bem no alto de um choupo, do outro lado da aldeia.

"Que inferno! Como diabos vou descer desta árvore?"

De repente apareceu uma carroça na estrada. Quando ela se aproximou da árvore, ele gritou: "Irmão, me ajude!". Mas o homem continuou o seu caminho, sem dar a menor atenção a tio Matyi. Logo outra carroça se aproximou da árvore. Na carroça vinha Péter Barta, um homem de Karancsság. "Por favor, irmão, pare os seus cavalos e me ajude a descer daqui." O homem sofreou os cavalos e disse: "É você, tio Matyi?".

"Diabos! Claro que sou eu."

"Que diabos você está fazendo aí em cima?"

"Bem, irmão, eu estava indo para casa quando três mulheres me pararam na rua. Elas me pediram que as acompanhasse até uma casa no fim da rua. Quando entrei, as mulheres me fizeram ficar de pé num banco e tocar para elas. E me deram um monte de dinheiro por isso."

Quando o homem o tirou da árvore, o tio Matyi começou a procurar o dinheiro que tinha enfiado na bainha do casaco. Mas não achou dinheiro nenhum. Havia apenas cacos de cerâmica e pedacinhos de vidro.

Coisas estranhas como essa acontecem de vez em quando.

# Vassilissa, a Formosa
(russo)

Um comerciante e a sua mulher, que viviam em certo país, tinham apenas uma filha, Vassilissa, a Formosa. Quando a menina tinha oito anos, a mãe foi ceifada por uma doença fatal, mas antes de morrer chamou Vassilissa para perto de si e, dando-lhe uma bonequinha, disse: "Escute, querida filha! Lembre-se das minhas últimas palavras. Estou morrendo, e deixo a você agora, junto com a minha bênção materna, esta boneca. Guarde-a sempre junto de si, mas não a mostre a ninguém. Se algum dia você estiver em dificuldade, dê um pouco de comida à boneca e se aconselhe com ela". Então a mãe beijou a filha, soltou um suspiro profundo e morreu.

Depois da morte da mulher, o comerciante passou por um longo período de sofrimento, então começou a se perguntar se deveria se casar novamente ou não. Ele era bonito e não teria dificuldade em encontrar uma noiva. Além disso, tinha uma simpatia especial por certa viuvinha, não muito jovem, mãe de duas filhas mais ou menos da idade de Vassilissa.

A viúva tinha fama de ser boa dona de casa e boa mãe, mas quando o comerciante a desposou, logo percebeu que ela era dura com sua filha. Por ser a mais bela jovem da aldeia, Vassilissa era invejada pela madrasta e suas filhas. Elas estavam sempre descobrindo algum defeito na menina e a torturavam, encarregando-a de tarefas impossíveis. Assim, a pobre menina sofria com a dureza do seu trabalho, e a sua pele ia ficando escura pela constante exposição ao vento e ao sol. Vassilissa suportava tudo e ia ficando cada dia mais formosa. A madrasta e suas filhas, porém, que passavam o dia sem fazer nada, definhavam e quase ficavam loucas de raiva. O que dava forças a Vassilissa? Isto: ela era ajudada por sua boneca. Do contrário, não seria capaz de enfrentar as durezas do dia-a-dia.

Vassilissa tinha o costume de separar uma guloseima para a boneca. À noite, quando todos já estavam na cama, ela se recolhia em seu quartinho, dava comida à boneca e dizia: "Agora, querida, ouça as minhas mágoas! Embora eu viva na casa do meu pai, a minha vida é triste. Uma madrasta má inferniza a minha vida. Por favor, me oriente e me diga o que fazer".

A boneca provava a comida, orientava a infeliz criança e de manhã fazia o trabalho dela, para que Vassilissa pudesse descansar à sombra ou colher flores. Logo os canteiros estavam capinados, os repolhos aguados, a água trazida da fonte e o fogo aceso. Era bom para Vassilissa viver com a sua boneca.

Passaram-se muitos anos. Vassilissa cresceu, e os jovens da cidade a pediam em casamento, mas nunca olhavam para as filhas da sua madrasta. Cada dia mais furiosa, a madrasta respondia o seguinte aos pretendentes: "Não vou casar a minha filha mais nova antes das suas irmãs". Ela descartava os pretendentes e descarregava a raiva em Vassilissa, dirigindo-lhe palavras duras e espancando-a.

Mas aconteceu que o comerciante foi obrigado a viajar para um país vizinho a negócios. Entrementes, a madrasta foi morar numa casa que ficava perto de a uma densa floresta. Na floresta havia uma clareira; na clareira, uma cabana, e na cabana morava Baba-Iagá, que não deixava ninguém entrar na sua casa e devorava as pessoas como se fossem galinhas. Depois de mudar para a nova casa, a mulher do comerciante sempre mandava Vassilissa à floresta, com este ou aquele pretexto, mas a jovem sempre voltava sã e salva, porque a boneca a orientava, cuidando para que não entrasse na cabana de Baba-Iagá.

A primavera chegou, e a madrasta deu uma tarefa a cada uma das moças, para ser feita à noite. Uma devia fazer renda; a segunda, tricotar meias, e Vassilissa ia fiar. Certa noite, depois de apagar todas as luzes da casa, exceto a da vela que iluminava a sala onde as jovens estavam trabalhando, a madrasta foi dormir. Pouco depois, uma das filhas da madrasta foi espevitar a vela, e no ato de cortar o pavio, como por acidente, apagou-a.

"Que vamos fazer agora?", as jovens disseram. "Estamos sem luz em toda a casa, e nossas tarefas estão por terminar. Alguém deve ir buscar fogo na casa de Baba-Iagá."

"Eu consigo ver os meus alfinetes", disse a jovem que estava fazendo renda. "Eu não vou."

"Nem eu", disse a filha que estava tricotando meias. "Minhas agulhas de tricô são brilhantes."

"Você é que deve ir buscar fogo. Vá à casa de Baba-Iagá", gritaram, empurrando Vassilissa porta afora.

Vassilissa foi para o seu quartinho, deu um pouco de comida à boneca e disse: "Agora, bonequinha, coma alguma coisa e veja a situação em que me encontro. Mandaram-me buscar fogo na casa de Baba-Iagá, e ela vai me comer".

"Não tenha medo!", a boneca respondeu. "Faça o que lhe mandaram, mas me leve com você. Não vai lhe acontecer nada de ruim se eu estiver presente." Vasilissa colocou a boneca no bolso, fez o sinal-da-cruz e entrou na densa floresta, mas tremia.

De repente um cavaleiro passou por ela a galope. Ele era branco, estava vestido de branco, o seu cavalo era branco, com sela e rédeas brancas. Começava a amanhecer.

A jovem seguiu caminho, e outro cavaleiro passou por ela. Ele era vermelho, estava vestido de vermelho e o seu cavalo era vermelho. O sol nasceu.

Vassilissa andou a noite inteira e o dia inteiro, e na noite seguinte chegou à clareira onde ficava a cabana de Baba-Iagá. A cerca em volta da cabana era feita de ossos humanos, e sobre ela havia caveiras com olhos. As ombreiras das portas eram pernas humanas. Em vez de ferrolhos, havia mãos; em vez de fechadura, uma boca com dentes afiados. Vassilissa empalideceu de terror e ficou como que paralisada. De repente apareceu outro cavaleiro. Ele era negro, vestido de negro, montado num cavalo negro. Saltou pelo portão de Baba-Iagá e desapareceu como se tivesse sido arremessado para dentro da terra. Anoiteceu, mas a escuridão não durou muito. Os olhos das caveiras da cerca se acenderam, e imediatamente a clareira ficou tão iluminada como se fosse meio-dia. Vassilissa tremia de medo e, não sabendo para onde correr, continuou parada.

De repente ela ouviu um barulho terrível. As árvores estalaram, as folhas secas farfalharam, e Baba-Iagá surgiu da floresta, montada num almofariz, que ela impulsionava com um pilão, enquanto ia apagando com uma vassoura os rastros deixados na floresta. Ela chegou ao portão e parou. Então, farejando em volta, gritou: "Hum... hum... Estou sentindo o cheiro de uma russa! Quem está aqui?".

Vassilissa se aproximou da velha timidamente, fez uma pequena mesura e disse: "Sou eu, vovó! Minhas meias-irmãs me mandaram buscar fogo".

"Muito bem", Baba-Iagá disse. "Eu as conheço. Se você ficar nesta casa e trabalhar um pouco, vou lhe dar fogo. Se se recusar, eu como você." Então ela se voltou para os portões e gritou: "Ferrolhos fortes, destranquem. Grandes portões, abram-se!". Os portões se abriram, e Baba-Iagá passou zunindo. Vassilissa a seguiu, e tudo se fechou novamente.

Depois de entrar na sala, a feiticeira se espreguiçou e disse a Vassilissa: "Passe-me tudo o que estiver no forno. Estou com fome". Vassilissa acendeu uma tocha nas caveiras da cerca, tirou a comida do forno e a passou à feiticeira. A comida daria para alimentar dez homens. Além disso, Vassilissa trouxe da adega *kvass*, mel, cerveja e vinho. A velha comeu e bebeu quase tudo. Ela só deixou para Vassilissa uns restos, cascas de pão e pedacinhos minúsculos de carne de leitão. Baba-Iagá se deitou para dormir e disse: "Quando eu sair amanhã, trate de limpar o terreiro, varrer a cabana, fazer o jantar e cuidar da roupa de cama e de mesa. Depois vá à caixa de cereais, pegue uma arroba de trigo e debulhe. Trate de fazer tudo isso, senão eu como você".

Depois de dar essas ordens, Baba-Iagá começou a roncar. Mas Vassilissa pôs os restos da comida da velha na frente da boneca e, aos prantos, disse: "Agora, bonequinha, coma alguma coisa e ouça em que situação estou. Baba-Iagá me deu uma tarefa terrível e ameaçou me comer se eu não der conta. Ajude-me!".

A boneca respondeu: "Não tenha medo, formosa Vassilissa! Faça sua ceia, diga as suas orações e vá dormir. A manhã é mais sábia do que a noite".

Vassilissa acordou cedo, mas Baba-Iagá, que já se levantara, estava olhando pela janela. De repente a luz dos olhos das caveiras se apagou. Então um cavaleiro pálido passou como um relâmpago, e ficou claro como o dia. Baba-Iagá saiu da cabana e assobiou. Um almofariz apareceu diante dela com um pilão e uma vassoura de lareira. Um cavaleiro vermelho passou como um clarão, e o sol nasceu. Então Baba-Iagá montou no almofariz e partiu, dando impulso com o pilão e varrendo as pegadas com a vassoura.

Vassilissa ficou sozinha e, examinando a casa de Baba-Iagá, admirou-se com a sua riqueza. A jovem não sabia por onde começar o trabalho. Mas quando olhou, viu que o trabalho já tinha sido feito: a boneca já debulhara todo o trigo.

"Oh, minha querida salvadora", Vassilissa disse à boneca. "Você me livrou da desgraça!"

"Você só tem que preparar o jantar", a boneca disse, entrando no bolso de Vassilissa. "Que Deus a ajude a prepará-lo. Depois descanse em paz!"

Perto de anoitecer, Vassilissa pôs a mesa e esperou a volta de Baba-Iagá. Começou a escurecer, e um cavaleiro negro atravessou o portão como um raio, e tudo ficou completamente escuro. Mas os olhos das caveiras brilhavam, as árvores estalavam, e as folhas farfalhavam. Baba-Iagá chegou. Vassilissa foi ao seu encontro. "Está tudo feito?", a feiticeira perguntou. "Olhe você mesma, vovó!"

Baba-Iagá examinou tudo e, irritada por não ter motivos para se zangar, disse: "Meus criados leais, meus amigos do peito, moam meu trigo!". Três pares de mãos apareceram, pegaram o trigo e sumiram com ele.

Baba-Iagá comeu até se fartar, preparou-se para dormir e novamente deu ordens a Vassilissa: "Amanhã faça o mesmo que fez hoje. Além disso, tire as sementes de papoula da caixa de cereais, remova-lhes a terra, grão por grão. Sabe, alguém jogou terra nelas!". Depois de falar, a velha se virou para a parede e começou a roncar.

Vassilissa deu comida à boneca, que disse, como no dia anterior: "Reze a Deus e vá dormir. A manhã é mais sábia do que a noite. Tudo será feito, querida Vassilissa!".

De manhã Baba-Iagá partiu novamente em seu almofariz, e imediatamente Vassilissa e a boneca começaram a fazer as suas tarefas. A velha voltou, examinou tudo e exclamou: "Meus leais criados, meus amigos íntimos, extraiam o óleo das sementes!". Três pares de mãos pegaram as sementes e sumiram com elas. Baba-Iagá sentou-se para jantar, e Vassilissa ficou calada.

"Por que você não diz nada?", a feiticeira falou. "Você fica aí parada como se fosse muda."

Vassilissa respondeu timidamente: "Se você me permitir, eu gostaria de lhe fazer uma pergunta".

"Pergunte, mas lembre-se: nem toda pergunta resulta em coisa boa. Você vai aprender muito. Logo será adulta."

"Eu só queria lhe perguntar", a jovem disse, "sobre o que vi. Quando vinha para cá, um cavaleiro pálido, vestido de branco, num cavalo branco, passou por mim. Quem era ele?"

"Ele é meu dia claro", Baba-Iagá respondeu.

"Depois outro cavaleiro, vermelho, vestido de vermelho, montando num cavalo vermelho, passou por mim. Quem era ele?"

"Ele era o meu solzinho vermelho!", foi a resposta.

"Mas quem era o cavaleiro negro que passou por mim no portão, vovó?"

"Era a minha noite negra. Os três são os meus fiéis criados."

Vassilissa se lembrou dos três pares de mãos e se calou. "Você não tem mais nada para perguntar?", Baba-Iagá disse.

"Eu tenho, mas você disse, vovó, que vou aprender muito quando ficar mais velha."

"Que bom que você só perguntou sobre coisas de fora, e nada sobre coisas aqui de dentro!", a feiticeira comentou. "Não gosto que meus podres sejam levados lá para fora, e eu como gente que gosta de xeretar! Agora vou lhe perguntar uma coisa. Como você conseguiu fazer as tarefas que lhe dei?"

"A bênção da minha mãe me ajudou", Vassilissa respondeu.

"Fora daqui, filha preferida! Não preciso de gente abençoada." Baba-Iagá arrastou Vassilissa para fora, empurrou-a pelo portão, tirou da cerca uma caveira com olhos em fogo e, colocando-a numa vara, entregou-a à jovem, dizendo: "Leve este fogo para as suas meias-irmãs. Elas a mandaram aqui para isso".

Vassilissa saiu a toda pressa, iluminando o caminho com a luz da caveira, que só se apagou de manhã. E na noite do segundo dia ela finalmente chegou em casa. Ao se aproximar do portão, ela estava prestes a jogar a caveira fora, porque, pensava, já não havia necessidade de luz em casa. De repente, saiu uma voz cavernosa da caveira: "Não me jogue fora, leve-me para sua madrasta". Lançando um olhar à casa e não vendo luz em nenhuma das janelas, ela resolveu entrar com a caveira.

A princípio a madrasta e as meias-irmãs a receberam com afagos, dizendo-lhe que estavam sem luz desde que ela saíra. Não tinham conseguido acender o fogo de jeito nenhum, e quando alguém levava fogo da vizinhança, ele se apagava tão logo entrava na sala. "Talvez a sua luz dure", a madrasta disse. Quando levaram a caveira para dentro da sala, os olhos dela brilharam intensamente, olhando sem parar para a madrasta e suas filhas. Por mais que tentassem se esconder, de nada adiantava. Aonde quer que fossem, eram perseguidas sem cessar pelos olhos e, antes do amanhecer, estavam reduzidas a cinzas, embora Vassilissa estivesse ilesa.

De manhã a jovem enterrou a caveira no chão, trancou a casa e foi para a cidade, onde passou a morar na casa de uma velha que não tinha parentes. Ela ficou morando ali sossegada, enquanto esperava o pai. Mas um dia ela disse à velha: "Eu me canso de ficar sem fazer nada, vovó! Vá comprar um pouco do melhor linho que houver. Vou me ocupar em fiar".

A velha comprou o linho, e Vassilissa começou a fiar. O trabalho avançava rapidamente, e o fio que ela fiava era macio e fino como uma penugem. O fio já se amontoava, era hora de começar a tecer, mas Vassilissa não conseguiu encontrar um pente de tear adequado ao seu fio, e ninguém se dispôs a fazer um. Então a jovem recorreu à sua boneca, que disse: "Traga-me um pente velho que tenha pertencido a um tecelão, uma lançadeira velha e uma crina de cavalo, que vou fazer tudo para você". Vassilissa conseguiu tudo que foi pedido e dormiu. A boneca, numa única noite, fez um excelente tear. Lá pelo fim do inverno, ela tinha tecido um linho de textura tão delicada que poderia passar pelo buraco da agulha.

Na primavera o linho foi branqueado, e Vassilissa disse à velha: "Venda este linho, vovó, e fique com o dinheiro para você".

A velha lançou um olhar ao trabalho e disse com um suspiro: "Ah, minha filha, somente um czar iria usar um linho como este. Vou levá-lo ao palácio".

Ela foi à residência real e ficou andando de um lado para outro, diante das janelas. Quando o czar a viu, disse: "O que deseja, minha senhora?".

"Majestade", ela respondeu. "Eu lhe trouxe um tecido maravilhoso, e só vou mostrá-lo ao senhor."

O czar ordenou que a deixassem entrar, e ficou maravilhado ao ver o linho. "Quanto a senhora pede por ele?", perguntou.

"Não está à venda, czar e pai! Eu o trouxe de presente." O czar lhe agradeceu, e ela foi embora, não sem antes receber alguns presentes.

Cortou-se o linho para fazer algumas camisas para o czar, mas não se encontrou uma costureira capaz de completar o trabalho. Por fim o czar mandou chamar a velha e lhe disse: "Se você é capaz de fiar e tecer esse linho, deve ser capaz de fazer algumas camisas com ele".

"Czar, não fui eu quem fiou e teceu o linho. Isto é o trabalho de uma formosa donzela."

"Bem, que ela as costure, então!"

A velha voltou para casa e contou tudo a Vassilissa. A jovem respondeu: "Eu sabia que esse trabalho viria parar nas minhas mãos". Ela se trancou no quarto e pôs mãos à obra. Em pouco tempo, trabalhando sem parar, fez uma dúzia de camisas.

A velha as levou ao czar, e nesse meio-tempo Vassilissa tomou banho, penteou os cabelos, sentou-se junto à janela e ficou aguardando os acontecimentos. Ela viu um criado do rei chegando à casa da velha. Ele entrou na sala e disse: "O czar-imperador deseja ver a habilidosa artesã que fez as suas camisas e presenteá-la com as suas próprias mãos reais".

Vassilissa se apresentou diante do czar. Ela o agradou tanto que ele disse: "Não consigo me separar de você. Seja minha mulher!". O czar a tomou pelas mãos brancas, colocou-a ao seu lado, e o casamento foi celebrado.

O pai de Vassilissa voltou depressa para compartilhar a felicidade da filha e viver com ela. Vassilissa levou a velha para o palácio, e nunca se separou de sua bonequinha, que sempre trazia no bolso.

# A parteira e o sapo
(húngaro)

A mãe da minha avó era parteira — a parteira da rainha, como costumáva-mos dizer, porque ela era paga pela paróquia, que aos nossos olhos era como se fosse todo o país.

Uma noite ela foi chamada para fazer um parto. Era por volta da meia-noi-te. Estava escuro feito breu na estrada e chovia. Quando a mulher deu à luz o bebê — que Deus o faça um bom filho —, minha bisavó se pôs a caminho de casa. No caminho ela cruzou com um sapo grande. Ele estava pulando bem na fren-te dela. Minha bisavó, que sempre tivera um medo terrível de sapos, gritou ater-rorizada: "Fora daqui, criatura repugnante! Por que diabos fica pulando perto de mim? Está precisando de uma parteira?".

Assim ela foi falando com o sapo enquanto seguia seu caminho, e o sapo pu-lava cada vez mais perto dela. A certa altura ele pulou embaixo do seu pé, e ela pisou em cima dele. Ele deu um tal grito que a minha bisavó quase perdeu os sa-patos. Bem, ela foi para casa, deixando o sapo na estrada, e o sapo foi para o lu-gar onde morava.

De volta a casa, minha bisavó foi dormir. De repente ela ouviu uma carro-ça entrar no pátio. Imaginou que viessem chamá-la para fazer outro parto. Logo ela viu a porta se abrir. Dois homens entraram. Ambos tinham a pele muito es-cura, pernas compridas e finas, e a cabeça deles era grande feito uma tina. Eles a cumprimentaram com "boa noite", depois disseram: "Queremos que nos acompanhe, tia. Você deve vir ajudar a fazer um parto".

Minha bisavó disse: "Quem é ela?", conforme o costume, entre as parteiras, de perguntar onde precisam dos seus serviços.

Um dos homens disse: "Na estrada você prometeu à minha mulher ajudá-la no parto, quando chegasse a hora".

E isso deu o que pensar à minha bisavó, porque ela não encontrara vivalma no caminho de casa, a não ser o sapo. "É verdade", pensou consigo mesma. "Eu lhe perguntei em tom de galhofa: "Você está precisando de uma parteira? Posso fazer o seu parto também".

Os dois homens lhe disseram: "Não demore, tia".

Mas ela lhes disse: "Não vou, porque não encontrei nenhuma criatura humana e não prometi nada".

Mas eles tanto insistiram que ela finalmente disse: "Bem, como vocês vão fazer a gentileza de me levar, eu os acompanho".

Ela pensou consigo mesma que, por via das dúvidas, deveria levar o rosário. Ela achou que, se rezasse, Deus não iria desampará-la, aonde quer que aqueles homens a levassem. Então os homens a deixaram em paz, e ela começou a trocar de roupa. Ela se vestiu bem e, quando estava pronta, perguntou aos homens: "A viagem é longa? Ponho roupas mais quentes?".

"Não vamos muito longe. Dentro de uma hora e meia mais ou menos estaremos de volta. Mas se apresse, tia, porque a minha mulher não estava bem quando a deixei."

Então ela terminou de se vestir e partiu com os dois homens. Eles a colocaram na sua carruagem preta e logo começaram a subir uma grande montanha. Era a montanha Magyarós, não muito longe das margens do rio Szucsáva. A certa altura da viagem, a montanha se abriu de repente diante deles, e eles entraram na abertura, indo direto para o centro da montanha. Pararam diante de uma casa, e um dos homens abriu a porta.

"Entre aí", ele disse. "Você vai encontrar a minha mulher. Ela está deitada no chão."

Ao passar pela porta, minha bisavó avistou uma mulherzinha deitada no chão. Ela também tinha a cabeça grande feito uma tina. Parecia estar mal e gemia de uma forma terrível.

Minha bisavó lhe disse: "Você está muito mal, não está, filha? Mas não tenha medo. Deus a livrará desse fardo, e você vai se sentir bem novamente".

Então a mulher disse à minha bisavó: "Não diga que Deus vai me ajudar. Meu marido não pode ouvir você dizer isso".

A parteira perguntou: "Que outra coisa eu poderia dizer?".

"Diga que o *gyivák* [um tipo de demônio] vai ajudar você."

Então minha bisavó — ouvimos isso da sua própria boca — sentiu como se as palavras tivessem congelado nos seus lábios, tão assustada ficou ao pensar em que lugar fora parar. Mal ela refletiu sobre isso, a criança nasceu, com pernas compridas e finas feito cambitos, e a cabeça grande como uma caçarola. Minha bisavó pensou consigo mesma: "Bem, trouxeram-me para cá, mas como vou voltar?". Então ela se voltou para a mulher. "Bem, os seus homens me trouxeram para sua casa, mas como vou poder voltar? Lá fora está escuro feito breu. Eu não conseguiria achar o caminho sem a ajuda de alguém."

A enferma respondeu: "Não se preocupe com isso. Meu marido vai levá-la para o mesmo lugar de onde ele a trouxe". Então ela perguntou à minha bisavó: "Bem, tia, você sabe quem eu sou?".

"Não posso dizer que sim. Fiz algumas perguntas sobre você ao seu marido, mas ele não me disse nada. Só disse que eu deveria acompanhá-lo e que na hora certa eu ficaria sabendo quem é você."

"Bem, você sabe quem eu sou? Sou o sapo que você chutou e pisoteou na estrada. Então, isso lhe deveria servir de lição: se acontecer de encontrar alguma criatura como eu por volta da meia-noite ou uma hora depois, não converse com ela, nem dê atenção ao que vê. Simplesmente siga o seu caminho. Viu o que aconteceu? Você parou para falar comigo e me fez uma promessa. Aí você teve que ser trazida para cá, porque sou aquele sapo que você encontrou na estrada."

Então minha bisavó disse: "Já fiz o meu trabalho aqui, agora me leve para minha casa".

Então os homens entraram e lhe perguntaram: "O que você quer receber por todo esse incômodo?".

Então minha bisavó disse: "Não quero que você me pague nada. Leve-me direto ao lugar de onde me trouxe".

O homem disse: "Não se preocupe. Ainda temos meia hora mais ou menos para levar você de volta. Mas agora deixe-me levá-la à nossa despensa para você ver com os seus próprios olhos que estamos bem de vida. Não precisa achar que não temos com que pagar os seus serviços".

E a minha bisavó o acompanhou à despensa. Lá ela viu todo tipo de comida empilhada nas prateleiras. Aqui, farinha de trigo, bacon e barris de banha; ali, pães, creme de leite, e um monte de outras coisas, todas muitíssimo bem-arrumadas, para não falar dos verdadeiros montes de ouro e prata.

"Agora você pode ver com seus próprios olhos a abundância que temos aqui. Tudo que os ricos e abastados, na sua ganância, negam aos pobres, fica para nós e vai para nossa despensa." E ele se voltou para a minha bisavó e disse: "Bem, tia, vamos embora. Não resta muito tempo para levá-la à sua casa. Pegue a quantidade de ouro que couber no seu avental, pois estou vendo que você está com o seu avental domingueiro".

Ele insistiu para que ela pegasse um avental cheio de ouro. Ele não a deixaria sair da despensa, a menos que enchesse o avental.

Depois que ela encheu o avental de ouro, levaram-na ao pico da montanha Magyarós, na mesma carruagem em que a trouxeram. Mas o dia já estava amanhecendo, e logo o galo começou a cantar. Então os homens a empurraram da carruagem negra — embora ainda estivessem próximo ao pico — e lhe disseram: "Vá em frente, tia, a partir daqui você já pode achar o caminho da sua casa".

E, quando ela deu uma olhada no avental para ver se ainda estava com o ouro, não havia nada nele. O monte de ouro tinha sumido no ar.

E esta é toda história. Podem acreditar no que eu contei.

PARTE 10

GENTE BONITA

# Bela, Morena e Trêmula
(irlandês)

O rei Aedh Cúrucha vivia em Tir Conal e tinha três filhas cujos nomes eram: Bela, Morena e Trêmula.

Bela e Morena tinham vestidos novos e iam à igreja todos os domingos. Trêmula era obrigada a ficar em casa para cozinhar e trabalhar. Não a deixavam sair da casa de jeito nenhum, isso porque ela era mais bonita do que as outras duas, e estas receavam que Trêmula se casasse antes delas.

As coisas ficaram nesse pé durante sete anos. Ao cabo desses sete anos, o filho do rei de Omanya se apaixonou pela irmã mais velha.

Num domingo de manhã, depois que as outras duas foram à igreja, a mulher das galinhas foi ao encontro de Trêmula na cozinha e disse: "É na igreja que você deveria estar hoje, em vez de ficar trabalhando em casa".

"Como eu poderia ir?", Trêmula disse. "Não tenho roupas que sirvam para ir à igreja. E, se as minhas irmãs me vissem lá, me matariam por ter saído de casa."

"Vou lhe dar um vestido muito mais lindo que qualquer outro que as duas tenham visto", a mulher das galinhas disse. "E agora me diga que vestido você quer."

"Quero", Trêmula disse, "um vestido branco como a neve e sapatos verdes para os meus pés."

Então a mulher das galinhas vestiu um manto negro, cortou um pedaço das roupas velhas que a jovem estava usando e pediu o vestido mais branco do mundo, o mais bonito que se pudesse encontrar, e um par de sapatos verdes.

Num instante ela estava com o vestido e os sapatos, e os levou para Trêmula, que os colocou. Quando Trêmula estava vestida e pronta, a mulher das galinhas disse: "Tenho aqui um passarinho indicador-de-bico-fino para pôr no seu ombro direito e um indicador-de-bico-aguçado para pôr no esquerdo. Na porta está uma égua branca como leite com uma sela de ouro para você se sentar e uma rédea de ouro para você segurar".

Trêmula se sentou na sela de ouro. Quando estava prestes a partir, a mulher das galinhas disse: "Não entre na igreja. No momento em que as pessoas se levantarem no final da missa, você trate de voltar para casa o mais depressa que a égua puder correr".

Quando Trêmula chegou à porta da igreja, nenhum dos que lá se encontravam conseguia vê-la direito, mas todos se esforçavam para saber quem ela era. E, quando a viram retirando-se a toda pressa no final da missa, saíram correndo para alcançá-la. Mas de nada adiantou aquela correria: Trêmula já estava longe antes que algum homem pudesse se aproximar dela. Do instante em que partira da igreja até chegar em casa, ela ultrapassou o vento que ia na sua frente, deixando na rabeira o vento que ia atrás.

Ela desmontou na porta de casa, entrou e viu que a mulher das galinhas tinha preparado o jantar. Trêmula tirou os trajes brancos e, num piscar de olhos, já estava com o vestido velho.

Quando as duas irmãs chegaram em casa, a mulher das galinhas perguntou: "Vocês têm alguma novidade da igreja para contar?".

"Temos grandes notícias", disseram. "Vimos uma bela e maravilhosa dama à porta da igreja. Nunca vimos roupas como as que ela estava usando. As nossas roupas não eram nada se comparadas às dela. E não houve um homem na igreja, desde o rei até o mendigo, que não tentasse olhar para ela e descobrir quem era."

As irmãs não deram sossego enquanto não arranjaram dois vestidos como os da dama desconhecida. Mas não foi possível encontrar os passarinhos indicadores.

No domingo seguinte as duas irmãs foram à igreja novamente e deixaram a mais nova em casa para preparar o jantar.

Depois que elas saíram, a mulher das galinhas veio e perguntou "Você vai à igreja hoje?".

"Eu iria", Trêmula disse, "se tivesse condições de ir."

"Que vestido você vai usar?", a mulher das galinhas perguntou.

"O do mais fino cetim preto que se puder encontrar, e sapatos vermelhos para os meus pés."

"De que cor você quer que a égua seja?"

"Quero que seja preta, e tão lustrosa que eu possa ver a minha imagem refletida no seu pêlo."

A mulher das galinhas pôs o manto negro e pediu a roupa e os sapatos. No mesmo instante ela já estava com eles. Depois que Trêmula se vestiu, a mulher das galinhas colocou o indicador-de-bico-fino no seu ombro direito e o indicador-de-bico-aguçado no esquerdo. A sela e a rédea da égua eram de prata.

Quando Trêmula se sentou na sela e estava prestes a partir, a mulher das galinhas lhe deu ordens expressas para que não entrasse na igreja, para que fosse embora o mais depressa possível, tão logo as pessoas se levantassem no final da missa, e fosse para casa na égua, antes que algum homem pudesse detê-la.

Naquele domingo as pessoas ficaram mais espantadas do que nunca, olharam para ela de forma mais insistente do que da primeira vez, e só pensavam em descobrir quem era ela. Mas disso não tiveram a mínima chance, porque, no momento em que se levantaram no final da missa, ela já estava na sela de prata e correndo para casa antes que algum homem pudesse detê-la.

A mulher das galinhas tinha preparado o jantar. Trêmula tirou a roupa de cetim e vestiu as suas roupas velhas antes de as irmãs voltarem para casa.

"Que novidades vocês têm hoje?", a mulher das galinhas perguntou quando as irmãs voltaram da igreja.

"Oh, vimos novamente a distinta dama desconhecida! E nenhum homem poderia pensar em nossos vestidos, depois de ter visto os trajes de cetim que ela usava! E na igreja todos ficaram de boca aberta, olhando para ela, e nenhum homem olhava para nós."

As duas irmãs não deram nem descanso nem paz enquanto não conseguiram as roupas mais parecidas com as da dama desconhecida que puderam encontrar. Evidentemente não eram tão boas, porque na Irlanda não se podiam encontrar roupas como aquelas.

Chegado o terceiro domingo, e Bela e Morena foram à igreja vestidas de cetim preto. Elas deixaram Trêmula em casa para trabalhar na cozinha e lhe disseram que cuidasse para que o jantar estivesse pronto quando voltassem.

Quando já estavam longe, a mulher das galinhas foi à cozinha e disse: "Bem, minha querida, você vai à igreja hoje?".

"Eu iria se tivesse um vestido novo para usar."

"Consigo qualquer vestido que você pedir. Que vestido você gostaria de usar?", a mulher das galinhas perguntou.

"Um vestido vermelho como uma rosa da cintura para baixo, e branco como a neve da cintura para cima. Um manto verde nos ombros e um chapéu na cabeça, com uma pena vermelha, uma branca e outra verde. E sapatos para os pés, com as pontas vermelhas, a parte do meio branca, e a parte de trás e os saltos verdes."

A mulher das galinhas pôs o manto negro, desejou todas aquela coisas e logo as obteve. Quando Trêmula estava vestida, a mulher das galinhas pôs o indicador-de-bico-fino no seu ombro direito, o indicador-de-bico-aguçado no esquerdo e, colocando o chapéu na sua cabeça, cortou com sua tesoura alguns fios de cabelo de uma mecha e alguns de outra, e naquele mesmo instante os mais belos cabelos dourados se derramaram sobre os ombros da jovem. Então a mulher das galinhas lhe perguntou que tipo de égua ela queria montar. Ela disse branca, com manchas azuis e douradas em forma de diamante por todo o corpo, uma sela de ouro no dorso e uma rédea de ouro na cabeça.

A égua ficou diante da porta, com um passarinho pousado entre as orelhas, que começou a cantar tão logo Trêmula se sentou na sela, e não parou até a jovem voltar da igreja.

A fama da bela dama desconhecida correra o mundo, e todos os príncipes e grandes homens que nele havia foram à igreja naquele domingo, cada um na esperança de ser quem a levaria para casa depois da missa.

O filho do rei de Omanya se esqueceu completamente da irmã mais velha e ficou na frente da igreja para agarrar a dama desconhecida, antes que ela pudesse fugir.

A igreja estava mais cheia do que nunca, e havia três vezes mais pessoas do lado de fora. Havia tal multidão na frente da igreja que Trêmula mal pôde entrar pelo portão.

Logo que as pessoas começaram a se levantar no final da missa, a dama escapuliu pelo portão, e num instante já estava na sela de ouro, correndo desabaladamente adiante do vento. Mas, enquanto ela corria, o príncipe de Omanya estava ao seu lado e, pegando-a pelo pé, correu com a égua por cento e cinqüenta metros. Ele não a largou até que o sapato da bela dama saísse do seu pé. Ele ficou para trás, com o sapato na mão. Ela chegou em casa tão depressa quanto a égua a pôde levar, pensando o tempo todo que a mulher das galinhas iria matá-la por ter perdido o sapato.

Vendo-a tão contrariada e transtornada, a velha senhora perguntou: "Qual é o seu problema agora?".

"Oh! Perdi um dos sapatos, que saiu do pé", Trêmula disse.

"Não se preocupe com isso, não se aborreça", a mulher das galinhas disse. "Talvez tenha sido a melhor coisa que poderia acontecer."

Então Trêmula devolveu à mulher das galinhas tudo que recebera, vestiu suas roupas velhas e foi para a cozinha trabalhar. Quando as irmãs chegaram em casa, a mulher das galinhas perguntou: "Vocês têm alguma notícia da igreja?".

"Temos sim", disseram. "Pois assistimos ao maior dos espetáculos. A dama desconhecida apareceu novamente, e em trajes mais imponentes do que antes. Nela própria e no cavalo que ela montava havia as mais belas cores do mundo, e entre as orelhas do cavalo havia um passarinho que não parou de cantar desde que ela chegou até ir embora. A própria dama é a mulher mais bonita que jamais se viu na Irlanda."

Depois que Trêmula desapareceu da igreja, o filho do rei de Omanya disse aos outros filhos de reis: "Essa dama há de ser minha".

Todos os outros disseram: "Você não a ganhou só por ter tirado o sapato do pé dela. Terá que conquistá-la com a ponta da espada. Vai ter que lutar contra nós, antes de dizer que ela lhe pertence".

"Bem", o filho do rei de Omanya disse, "quando eu encontrar a dama em cujo pé este sapato sirva, lutarei por ela, não se preocupem, antes de deixá-la para qualquer um de vocês."

Então todos os filhos de reis ficaram incomodados e ansiosos para saber quem tinha perdido o sapato. Começaram a percorrer toda a Irlanda para tentar encontrá-la. O príncipe de Omanya e todos os demais seguiram juntos, em grande comitiva, e andaram por toda a Irlanda. Foram a todas as partes — norte, sul, leste e oeste. Visitaram todos os lugares onde houvesse uma mulher, e não deixaram de procurar em nenhuma casa do reino, para ver se achavam a mulher em cujo pé o sapato servisse, sem se preocupar com o fato de ela ser rica ou pobre, de alta ou de baixa classe.

O príncipe de Omanya sempre levava consigo o sapato. Quando as jovens o viam, enchiam-se de grandes esperanças, porque ele era de um tamanho normal, nem grande nem pequeno, e nenhum homem saberia dizer de que material era feito. Uma achava que o sapato serviria se cortasse um pedacinho do dedo grande; outra, cujo pé era muito curto, enfiava alguma coisa na ponta da meia. Mas de nada adiantava: elas apenas feriam os pés, que só se curaram meses depois.

As duas irmãs, Bela e Morena, ouviram dizer que os príncipes de todo mundo estavam procurando por toda a Irlanda a mulher em cujo pé o sapato servisse, e todos os dias só falavam de experimentá-lo. E um dia Trêmula levantou a voz e disse: "Talvez esse sapato sirva no meu pé".

"Oh, ao diabo com você! Por que você diz isso, se ficou em casa todos os domingos?"

Assim elas ficaram esperando e repreendendo a irmã mais nova até os príncipes chegarem perto daquela casa. No dia em que deveriam ir lá, as irmãs trancaram Trêmula dentro de um quartinho. Quando a comitiva chegou à casa, o príncipe de Omanya deu o sapato às irmãs. Mas, embora elas tenham tentado e tornado a tentar, o sapato não serviu em nenhuma das duas.

"Há outra jovem nesta casa?", o príncipe perguntou.

"Há sim", Trêmula disse de dentro do quartinho. "Estou aqui."

"Oh! Ela está aqui só para tirar as cinzas do borralho", as irmãs disseram.

Mas o príncipe e os outros não quiseram ir embora sem vê-la. Então as duas irmãs tiveram que abrir a porta. Quando Trêmula saiu, deram-lhe o sapato, que serviu direitinho.

O príncipe de Omanya olhou para ela e disse: "Você é a mulher em quem o sapato serve e a mulher de quem o tirei".

Então Trêmula falou: "Espere aqui até eu voltar".

Então ela foi para a casa da mulher das galinhas. A velha pôs o manto negro, conseguiu todas as coisas que lhe tinha dado no primeiro domingo na igreja, colocou-a na égua branca, como da primeira vez. Então Trêmula cavalgou pela estrada até a frente da sua casa. Todos os que a viram naquele primeiro domingo disseram: "Aquela é a dama que vimos na igreja".

Então ela saiu novamente, e nessa segunda vez voltou com a égua preta, vestida no segundo vestido que a mulher das galinhas lhe dera. Todos que a viram no segundo domingo disseram: "Esta é a dama que vimos na igreja".

Uma terceira vez ela pediu licença e logo voltou montada na terceira égua, com o terceiro vestido. Todos que a viram da terceira vez disseram: "Esta é a mulher que vimos na igreja". Todos se declararam satisfeitos, convencidos de que ela era a mulher.

Então todos os príncipes e homens eminentes disseram ao filho do rei de Omanya. "Agora você vai ter que lutar por ela, para poder levá-la com você".

"Cá estou eu diante de vocês, pronto para o combate", o príncipe respondeu.

Então o filho do rei de Lochlin deu um passo à frente. A luta começou, e foi uma luta terrível. Lutaram durante nove horas. Então o filho do rei de Lochlin parou, renunciou a suas pretensões e abandonou o campo. No dia seguinte, o filho do rei da Espanha lutou durante seis horas e terminou por desistir. No terceiro dia, o filho do rei de Nyerfói lutou durante oito horas e parou. No quarto dia, o filho do rei da Grécia lutou por seis horas e parou. No quinto dia, nenhum príncipe estrangeiro quis lutar. E todos os filhos dos reis da Irlanda disseram que não iriam lutar contra um homem da sua própria terra; disseram também que os estrangeiros já tinham tentado a sorte — e, como não apareceu mais ninguém para reclamar a mulher, ela passou a pertencer, por direito, ao filho do rei de Omanya.

Marcou-se o dia do casamento e enviaram-se os convites. A festa de casamento se prolongou por um ano e um dia. Terminada a festa, o filho do rei levou a noiva para casa, e no devido tempo nasceu um filho. A jovem mulher mandou chamar sua irmã mais velha, Bela, para ficar com ela e ajudá-la. Certo dia, quando Trêmula estava bem disposta e o seu marido estava fora caçando, as duas irmãs saíram para dar um passeio. Quando chegaram à praia, a mais velha a empurrou para dentro do mar. Uma grande baleia a engoliu.

A irmã mais velha voltou para casa sozinha, e o marido perguntou: "Onde está sua irmã?".

"Ela foi para a casa do pai em Ballyshannon. Agora que estou bem, não preciso mais dela."

"Bem", o marido disse olhando para ela. "Desconfio que foi a minha mulher quem partiu."

"Oh, não!", ela disse. "Quem partiu foi a minha irmã Bela."

Como as irmãs eram muito parecidas, o príncipe ficou na dúvida. Naquela noite o príncipe pôs a espada entre eles e disse: "Se você é a minha mulher, esta espada vai ficar quente. Se não, vai continuar fria".

De manhã, quando ele se levantou, a espada estava fria como quando ele a pusera ali.

Quando as duas irmãs andavam à beira-mar, um pequeno vaqueiro que estava perto da praia vigiando o gado viu Bela empurrar Trêmula no mar. No dia seguinte, quando a maré subiu, ele viu a baleia vir à superfície da água e jogá-la na areia. Quando ela estava na areia, disse ao vaqueiro: "Quando você voltar para casa à noite com as vacas, diga ao patrão que a minha irmã Bela me empurrou no mar ontem; que uma baleia me engoliu e depois me jogou para fora, mas vai voltar novamente e me engolir na próxima maré alta; ela vai embora com a maré baixa, vai voltar na maré alta de amanhã e me jogar de novo na praia. A baleia vai me jogar na praia três vezes. Estou enfeitiçada por essa baleia, e não posso sair da praia nem fugir. Se o meu marido não me salvar antes que eu seja engolida uma quarta vez, estarei perdida. Ele deve vir e atirar na baleia com uma bala de prata quando ela erguer o corpo. Sob a barbatana peitoral da baleia há uma mancha marrom avermelhada. Meu marido deve atingi-la nessa mancha, pois é o seu único ponto vulnerável".

Quando o vaqueiro chegou em casa, a irmã mais velha lhe deu uma poção de esquecimento, e ele não contou nada.

No dia seguinte ele foi novamente para o mar. A baleia veio e atirou Trêmula na praia outra vez. Ela perguntou ao rapaz. "Você contou ao seu patrão o que eu lhe disse para contar?".

"Não contei", disse. "Eu me esqueci."

"Como você esqueceu?", ela perguntou.

"A mulher da casa me deu uma bebida e me fez esquecer."

"Bem, não se esqueça de dizer a ele esta noite. Quando ela lhe der uma bebida, não aceite."

Logo que o vaqueiro chegou em casa, a irmã mais velha lhe ofereceu uma bebida. Ele se recusou a tomá-la até ter dado o recado, e contou tudo ao patrão. No terceiro dia o príncipe saiu com a arma carregada com uma bala de prata. Mal ele chegou à beira-mar, a baleia se aproximou e jogou Trêmula na praia, como fizera nos dois dias anteriores. Ela só podia falar depois que o marido matasse a baleia. Então a baleia saiu, ergueu o corpo completamente e mostrou a mancha por um instante apenas. Foi aí que o príncipe atirou. Ele tinha apenas uma chance, e ainda por cima muito pequena. Mas arriscou e acertou na mancha. A baleia, louca de dor, tingiu as águas do mar à sua volta com o vermelho do seu sangue e morreu.

Naquele mesmo instante Trêmula já pôde falar, e foi para casa com seu marido, que mandou contar ao pai dela o que a irmã mais velha havia feito. O pai veio e disse que o príncipe podia dar a morte que quisesse à sua filha. O príncipe disse ao pai que deixaria a seu critério a morte ou a vida da filha. O pai mandou que a jogassem no mar, dentro de um barril, com provisões para sete anos.

No devido tempo, Trêmula deu à luz um segundo bebê, desta vez uma menina. O príncipe e ela mandaram o vaqueiro para a escola, educaram-no como se fosse seu próprio filho. O príncipe disse: "Se a menininha que tivemos sobreviver, ela será dele, e de nenhum outro homem em todo o mundo".

O vaqueiro e a filha do príncipe seguiram sua vida até se casarem. A mãe disse ao marido: "Você só pôde me salvar da baleia por causa do pequeno vaqueiro. Por isso não reluto em lhe dar a minha filha".

O filho do rei de Omanya e Trêmula tiveram catorze filhos e viveram felizes até os dois morrerem de velhice.

# Diirawic e seu irmão incestuoso
(dinka, do Sudão)

Uma jovem chamada Diirawic era belíssima. Todas as jovens da tribo ouviam o que ela dizia. As velhas também ouviam o que ela dizia. As criancinhas também ouviam o que ela dizia. Até os velhos, todos, ouviam o que ela dizia. Um homem chamado Teeng queria se casar com ela, mas o irmão dela, que também se chamava Teeng, recusou. Muitas pessoas lhe ofereceram cem vacas como dote, mas o irmão recusava. Certo dia Teeng disse à sua mãe: "Eu gostaria de me casar com a minha irmã Diirawic".

"Nunca ouvi falar de uma coisa dessas. Você devia ir pedir ao seu pai."

Ele procurou o pai e disse: "Pai, eu gostaria de me casar com a minha irmã".

Seu pai disse: "Meu filho, nunca ouvi falar de uma coisa dessas. Um homem casar com a própria irmã é algo sobre o qual não consigo nem discutir. É melhor você ir pedir ao irmão da sua mãe".

Seu tio materno exclamou: "Por Deus! Será que alguém algum dia casou com a própria irmã? É por isso que você sempre se opôs ao casamento dela? Era porque no seu coração desejava casar com ela? Nunca ouvi falar de uma coisa dessas! Mas o que a sua mãe disse a respeito?".

"A minha mãe mandou que eu perguntasse ao meu pai. Concordei e fui procurá-lo. O meu pai disse que nunca ouvira falar numa coisa dessas e disse que viesse procurá-lo."

"Se você quer a minha opinião", o tio disse, "acho que você deveria ir perguntar à irmã do seu pai."

Assim, ele terminou indo procurar todos os seus parentes. Cada um deles expressava a sua surpresa e sugeria que fosse procurar um outro. Então ele foi até a irmã da sua mãe e disse: "Tia, eu gostaria de me casar com a minha irmã".

Ela disse: "Meu filho, se você impediu a sua irmã de se casar porque a queria, o que é que posso dizer? Case-se com ela, se é isso que você quer. Ela é sua irmã".

Diirawic não sabia dessa história. Certo dia ela chamou todas as jovens e disse: "Meninas, vamos pescar". Todos sempre ouviam o que ela dizia e, quando ela pedia alguma coisa, todos obedeciam. Então todas as jovens foram, inclusive as menininhas. Foram e pescaram.

Enquanto isso, seu irmão Teeng pegou seu boi favorito, Mijok, e matou-o para a festa. Ele estava muito feliz por ter tido permissão para casar com a irmã. Todos vieram para a festa.

Embora Diirawic não soubesse dos planos do irmão, sua irmãzinha ouvira a conversa e sabia o que estava acontecendo, mas se manteve calada; ela não disse nada.

Um milhafre voou até o chão e pegou a cauda do boi de Teeng, Mijok. Em seguida voou em direção ao rio onde Diirawic estava pescando e a deixou cair no seu colo. Ela olhou para a cauda e a reconheceu. "Isto parece a cauda de Mijok, o boi do meu irmão", ela disse. "Quem o matou? Eu o deixei amarrado e vivo!"

As moças tentaram consolá-la, dizendo: "Diirawic, as caudas são todas iguais. Mas, se for a cauda de Mijok, então talvez tenham chegado convidados importantes. Pode ser que seja alguém querendo casar com você. Teeng pode ter resolvido matar o boi em sua homenagem. Não aconteceu nada de ruim".

Diirawic continuava preocupada. Parou de pescar e propôs que voltassem para ver o que tinha acontecido com o touro do irmão.

Voltaram. Quando chegaram, a irmãzinha de Diirawic veio correndo e a abraçou, dizendo: "Minha querida irmã Diirawic, sabe o que aconteceu?".

"Não sei", Diirawic disse.

"Então vou lhe contar um segredo", a irmã continuou. "Mas, por favor, não conte a ninguém, nem para a nossa mãe."

"Vamos, irmã, conte-me", Diirawic disse.

"Teeng a estava impedindo de se casar porque quer se casar com você", a irmã disse. "Ele matou seu boi, Mijok, para comemorar o noivado com você. Mijok está morto."

Diirawic chorou e disse: "Então foi por isso que Deus fez o milhafre pegar a cauda de Mijok e deixar cair no meu colo. Então, que seja! Não posso fazer nada".

"Irmã", disse a irmãzinha. "Deixe-me continuar a história que tenho para lhe contar. Quando o seu irmão atormenta você e esquece que você é irmã dele, o que você faz? Achei uma faca para você. Ele quer que você durma com ele na palhoça. Esconda a faca perto da cama. E de noite, quando ele estiver dormindo profundamente, corte os seus testículos. Ele vai morrer e não vai conseguir fazer nada com você."

"Irmã", Diirawic disse, "você me deu um bom conselho."

Diirawic guardou segredo e não contou às moças o que tinha acontecido. Mas ela chorava toda vez que ficava sozinha.

Ela foi ordenhar as vacas. As pessoas tomaram o leite. Mas, quando deram o leite a Teeng, ele recusou. E, quando lhe deram comida, ele recusou. Seu coração estava junto à sua irmã. Era junto a ela que o seu coração estava.

Na hora de dormir, ele disse: "Eu gostaria de dormir naquela palhoça, Diirawic, minha irmã, vamos lá comigo".

Diirawic disse: "Tudo bem, meu irmão. Podemos dormir na palhoça".

Foram. Sua irmãzinha insistiu também em dormir com eles na palhoça. Então ela dormiu no outro lado da palhoça. No meio da noite, Teeng se levantou e agiu como os homens costumam agir! Naquela hora uma lagartixa falou: "Ora, Teeng, será que você virou mesmo um imbecil? Como você pode agir assim com a sua irmã?".

Ele sentiu vergonha e se deitou. Teeng esperou um pouco, depois se levantou novamente. Quando tentou fazer o que os homens fazem, a palha do teto disse: "Que imbecil! Como você pode esquecer que ela é sua irmã?".

Ele sentiu vergonha e se acalmou. Daquela vez, esperou muito mais tempo. Então o seu desejo cresceu e ele se levantou. As vigas falaram: "Oh, o homem virou mesmo um idiota. Como pode o seu coração desejar o corpo da filha da sua mãe? Você virou um imbecil sem conserto?".

Ele se acalmou. Dessa vez ficou quieto por um longo tempo, mas então a sua mente se voltou para a mesma coisa.

Isso continuou até quase amanhecer. Então ele chegou àquele ponto em que o coração do homem fraqueja. As paredes disseram: "Seu arremedo de gente, o que você está fazendo?". Os utensílios o censuraram. Os ratos da palhoça riram dele. Todas as coisas começaram a gritar para ele: "Teeng, imbecil, o que você está fazendo com a sua irmã?".

Naquele instante, ele recuou envergonhado e exausto e caiu num sono profundo.

A menina se levantou e acordou a irmã mais velha, dizendo: "Sua boba, não vê que ele está dormindo? Está na hora de cortar os testículos dele".

Diirawic se levantou e os cortou. Teeng morreu.

Então as duas jovens se levantaram e tocaram os tambores para anunciar a todos que haveria uma dança só para moças. Nenhum homem poderia comparecer ao baile. Tampouco mulheres casadas e crianças. Então todas as moças saíram correndo das suas palhoças e foram para o baile.

Diirawic então disse a elas: "Irmãs, eu as chamei para dizer que vou para o mato". E ela começou a lhes contar toda história e terminou dizendo: "Eu não queria manter isso em segredo. Então quis ter uma oportunidade de me despedir de vocês antes de partir".

Todas as moças decidiram deixar a aldeia.

"Se o seu irmão fez isso com você", disseram, "que garantia temos de que nossos irmãos não vão querer fazer o mesmo conosco? Todas temos de ir embora juntas!"

Então todas as moças da tribo resolveram ir embora. Só as meninas bem pequenas ficaram. Quando elas estavam partindo, a irmãzinha de Diirawic disse: "Quero ir com vocês".

Mas elas não queriam deixar. "Você é muito pequena", disseram. "Você deve ficar."

"Se é assim", ela disse, "vou gritar e contar a todo mundo o que vocês estão planejando fazer!" E começou a gritar.

"Silêncio, silêncio", as moças disseram. Então, voltando-se para Diirawic, disseram: "Deixe-a vir conosco. Ela é uma menina de coragem. Já ficou do nosso lado. Se morrermos, morreremos junto com ela!".

Diirawic concordou e elas foram embora. Andaram, andaram, andaram e andaram até chegarem à fronteira entre o mundo dos seres humanos e o mundo dos leões. Levavam consigo seus machados e suas lanças, elas tinham tudo de que precisavam.

Dividiram o trabalho entre si. Algumas cortavam madeira para vigas e estacas. Outras cortavam a palha para cobrir as casas. E construíram para elas uma casa enorme — uma casa muito maior do que um estábulo de vacas. O número de moças era extraordinário. Fizeram muitas camas dentro da casa e uma porta muito forte para garantir a segurança.

O único problema era que não tinham comida. Mas encontraram um grande formigueiro cheio de carne-seca, cereais e toda a comida de que precisavam. Elas se perguntavam de onde poderia ter vindo aquilo tudo. Diirawic lhes explicou: "Irmãs, somos mulheres, e são as mulheres que sustentam a raça humana. Talvez Deus tenha visto a nossa situação e, não querendo que perecêssemos, nos abasteceu com tudo isso. Vamos aceitar isso de todo coração!".

Elas o fizeram. Algumas foram atrás de lenha. Outras foram buscar água. Cozinharam e comeram. Todo dia dançavam a dança das mulheres com grande alegria e depois dormiam.

Certa noite um leão veio à procura de insetos e as encontrou dançando. Mas, quando ele viu aquele grande número de jovens, ficou com medo e foi embora. Eram tantas que amedrontariam qualquer um.

Ocorreu então que o leão se transformou num cão e entrou na residência delas. Entrou para procurar restos de comida caídos no chão. Algumas jovens o espancaram e o enxotaram. Outras disseram: "Não o matem. É um cão, e os cães são nossos amigos!".

Mas as céticas disseram: "Que cão é esse que se encontra neste lugar tão isolado? De onde vocês acham que ele veio?".

Outras disseram: "Talvez tenha nos seguido desde o começo! Talvez tenha pensado que todo mundo estava mudando da aldeia, por isso veio atrás de nós".

A irmã de Diirawic estava com medo do cão. Ela não vira nenhum cão vir atrás delas; além disso, a distância era tão grande que um cão não poderia fazer toda essa viagem sozinho. Ela ficou preocupada, mas não disse nada. No entanto, não conseguia dormir, ficava acordada enquanto as outras dormiam.

Certa noite o leão se aproximou e bateu na porta. Ele ouvira o nome das moças mais velhas, entre eles o de Diirawic. Depois de bater na porta, disse: "Diirawic, por favor, abra a porta para mim". A menina, que estava acordada, respondeu cantando:

*Achol está dormindo,*
*Adau está dormindo,*

*Nyankiir está dormindo,*
*Diirawic está dormindo,*
*As moças estão dormindo!*

O leão a ouviu e disse: "Menina, o que é que há com você? Por que está acordada tão tarde?".

Ela respondeu: "Caro homem, é sede. Sinto uma sede terrível".

"Por quê?", o leão perguntou. "As moças não trazem água do rio?"

"Sim", a menina respondeu. "Trazem. Mas desde que nasci não tomo água de potes nem de cuias. Só bebo de uma vasilha feita de bambu."

"E elas não lhe trazem água numa vasilha dessas?", o leão perguntou.

"Não", ela disse. "Só trazem em potes e cuias, embora haja uma vasilha de bambu nesta casa."

"Onde está a vasilha?", o leão perguntou.

"Está ali fora, no terreiro!", ela respondeu.

Então ele pegou a vasilha e foi buscar água para ela.

A vasilha de bambu deixava vazar toda a água. O leão passou muito tempo tentando vedá-la com barro. Mas, quando ele a encheu, a água soltou o barro. O leão continuou tentando até o amanhecer. Então voltou, pôs a vasilha no lugar e voltou para o mato antes de as moças se levantarem.

Isso se repetiu por muitas noites. A menina só dormia durante o dia. As moças a censuravam por isso: "Por que você dorme durante o dia? Não consegue dormir à noite? Aonde vai durante a noite?".

Ela não lhes contava nada. Mas estava preocupada. Perdeu tanto peso que terminou ficando esquelética.

Certo dia Diirawic disse à sua irmã: "Nyanaguek, filha da minha mãe, por que você está ficando tão magra? Eu lhe disse para ficar em casa. Isto aqui é muito pesado para uma menina da sua idade! Você está com saudade da sua mãe? Não vou permitir que você entristeça as outras moças. Se for preciso, filha da minha mãe, eu a matarei".

Mas a irmã de Diirawic não quis dizer a verdade. As moças continuaram a censurá-la, mas ela não quis lhes contar o que sabia.

Certo dia ela se descontrolou, pôs-se a chorar e disse: "Minha querida irmã Diirawic, como você vê, eu me alimento. Na verdade, ganho bastante comida, tanta, que não dou conta de tudo. Mas ainda que eu não recebesse comida suficiente, tenho um coração forte. Talvez eu seja capaz de suportar mais do que vocês todas aqui. O que me faz sofrer é algo que nenhuma de vocês viu. Toda noite um leão me perturba um bocado. Só que sou uma pessoa que não gosta de falar. O animal que vocês pensam ser um cão é um leão. Fico acordada durante a noite para proteger vocês todas e durmo durante o dia. Ele vem e bate na porta. Então chama você pelo nome e pede que lhe abra a porta. Cantando, respondo a ele que vocês estão dormindo. Quando ele se admira de que eu esteja acordada, digo-lhe que é porque estou com sede. Explico que só bebo água de uma vasilha de bambu e que as moças só trazem água em potes e cuias. Então ele vai buscar água para mim. Vendo que a água vaza da vasilha, ele volta ao amanhecer e desaparece, para voltar na noite seguinte. É isso, pois, que está me destruindo, minha querida irmã. Vocês me censuram sem razão".

"Tenho uma coisa a lhe dizer", Diirawic falou. "Fique tranqüila. E, quando ele vier, não responda. Vou ficar acordada com você."

Elas entraram num acordo. Diirawic disse uma lança grande herdada dos seus ancestrais e ficou acordada, perto da porta. O leão veio na hora de costume. Ele foi até a porta, mas por alguma razão ficou com medo e se afastou sem bater. Ele teve a impressão de que havia alguma coisa diferente.

Então se manteve longe por algum tempo e se aproximou da porta perto do amanhecer. Ele disse: "Diirawic, abra a porta para mim!". Houve apenas silêncio. Ele repetiu o pedido. Novamente só houve silêncio. Ele disse: "Bem! A menina que sempre me respondia finalmente morreu!".

Ele começou a arrombar a porta e, quando finalmente conseguiu enfiar a cabeça por ela, Diirawic o atacou com a lança comprida, obrigando-o a recuar para o pátio de entrada.

"Por favor, Diirawic", ele pediu, "não me mate."

"Por que não?", Diirawic perguntou. "O que o trouxe aqui?"

"Só vim procurar um lugar para dormir!"

"Bem, vou matar você por causa disso", Diirawic disse.

"Por favor, deixe-me ser o seu irmão", o leão continuou. "Nunca vou tentar fazer mal a nenhuma de vocês novamente. Vou embora se você não me quiser aqui. Por favor!"

Então Diirawic o deixou ir embora. Ele foi. Mas, mal começara sua viagem, voltou e disse às moças, que agora estavam reunidas na frente da casa: "Vou embora, mas em dois dias estarei de volta, com todo o meu gado de chifres".

Então desapareceu. Dois dias depois voltou com todo o seu gado de chifres, como prometera. Disse às jovens: "Cá estou eu. É verdade que sou um leão. Quero que vocês matem aquele touro grande do rebanho. Usem a carne dele para me domesticar. Se eu viver com vocês sem ter sido domesticado, posso ficar feroz durante a noite e atacá-las. E isso seria ruim. Então, matem o touro, podem me domesticar me provocando com a carne".

Elas concordaram, caíram em cima dele e o espancaram tanto que o seu pêlo caiu às costas com estrondo.

Elas mataram o touro e assaram a carne. Aproximavam um pedaço de carne suculento da sua boca, depois o retiravam. Um filhote de cachorro saltava da saliva que escorria da boca do leão. As moças davam um golpe fatal na cabeça do filhote e espancavam o leão novamente. Outro pedaço de carne suculenta se aproximava da boca do leão, e outro filhote de cachorro saltava da saliva que caía. Elas lhe davam um golpe na cabeça e espancavam o leão um pouco mais. Quatro cachorrinhos surgiram, e todos os quatro foram mortos.

Mesmo assim, da boca do leão saía saliva aos borbotões. Então elas pegaram uma grande quantidade de caldo fumegante, enfiaram-lhe goela abaixo, limpando o que restava da saliva. A boca dele continuou escancarada e dolorida. Ele não conseguia comer mais nada. Alimentava-se apenas de leite, que lhe derramavam garganta abaixo. Então o soltaram. Sua garganta continuou a doer por todo esse tempo, mas depois ele se recuperou.

As moças ficaram naquele lugar por mais um ano. Fazia cinco anos que elas tinham saído de casa.

O leão perguntou às jovens por que tinham ido embora de casa. As jovens lhe disseram que deveria perguntar a Diirawic, que era a líder. Ele se voltou para Diirawic e fez a mesma pergunta.

"Meu irmão queria se casar comigo", Diirawic explicou. "Eu o matei por causa disso. Eu não queria ficar num lugar em que havia matado o meu irmão. Então parti. Eu não ligava para a minha vida. Já contava com perigos, como o de deparar com você. Se você tivesse me comido, isso nada teria de inesperado."

"Bem, agora me tornei um irmão de vocês todas", o leão disse. "Como irmão mais velho, acho que deveria levá-las de volta para casa. Desde então, o meu rebanho se multiplicou. Ele é de vocês. Se constatarem que sua terra perdeu o gado, este o substituirá. Ou então este gado vai se juntar ao gado de lá, porque agora sou um membro da sua família. Como seu único irmão morreu, deixe-me ficar no lugar de Teeng, seu irmão. Abrande seu coração e volte para casa."

Ele passou três meses insistindo com Diirawic. Ela finalmente concordou, mas chorou muito. Quando as jovens a viram chorando, também choraram. Choraram e choraram porque a sua líder, Diirawic, tinha chorado.

O leão matou um touro para enxugar as suas lágrimas. Elas comeram a carne. Então ele lhes disse: "Vamos esperar mais três dias, e então partir!".

Elas sacrificaram muitos touros para abençoar o caminho de volta, e foram jogando carne em todos os lugares por onde passavam. Enquanto o faziam, rezavam: "Isto é para os animais e pássaros que nos ajudaram a nos manter com saúde durante todo esse tempo, protegendo-nos da morte e da doença. Que Deus os guie para partilhar esta carne".

Colocaram um touro na sua ampla casa e a trancaram, dizendo: "Querida casa, nós lhe damos este touro. E você, touro, se rebentar a corda e sair da casa, isso será um sinal de boa vontade da parte dela. Se você continuar na casa, ela ficará sendo sua, uma vez que vamos partir". E partiram.

Durante todo esse tempo, as pessoas que tinham permanecido na aldeia não paravam de se lamentar. O pai de Diirawic nunca mais cortara o cabelo. Deixara crescer os cabelos desgrenhados do luto e pouca importância dava à própria aparência. A mãe dela estava nas mesmas condições. Ela cobrira os cabelos de cinzas, para que parecessem grisalhos. Os demais parentes choravam principalmente por Diirawic. Não choravam tanto pelas próprias filhas como por Diirawic.

Os muitos homens que quiseram casar com Diirawic também esqueciam de cuidar de si próprios, chorando a ausência dela. Rapazes e moças usavam apenas duas contas. Mas as pessoas mais velhas e as crianças não usavam miçanga nenhuma.

Todas as moças se aproximaram e amarraram o gado a certa distância da aldeia. Todas estavam muito bonitas. As que antes eram imaturas, agora tinham amadurecido. As mais velhas agora tinham atingido a plenitude da sua juventude e beleza. Tinham desabrochado, tornando-se mais sábias e mais hábeis no manejo das palavras.

O irmão caçula de Diirawic, que era um menino quando ela partira, agora estava adulto. Diirawic se parecia com a mãe, que fora uma moça de extrema beleza. Mesmo naquela idade mais avançada, continuava bonita, e a sua semelhança com a filha ainda era bem visível.

O menino na verdade não conhecera a irmã, pois era muito pequeno quando as moças foram embora. Mas, quando viu Diirawic no lugar onde tinha ficado o gado recém-chegado, notou o quanto ela se parecia com a mãe. Ele sabia que suas duas irmãs e as outras moças tinham desaparecido. Então voltou para casa e disse: "Mãe, lá onde está o gado vi uma moça que pode muito bem ser a minha irmã, embora eu não me lembre das minhas irmãs".

"Filho, você não tem vergonha? Como você pode reconhecer pessoas que partiram pouco depois que você nasceu? Como pode reconhecer pessoas que há muito estão mortas? Isso é feitiçaria! Isso é coisa de um espírito mau!" Ela começou a chorar, e todas as mulheres a acompanharam no choro.

Pessoas de todas as idades vinham de toda parte manifestar solidariedade. Todas choravam, mesmo quando procuravam consolá-la com palavras de carinho.

Então Diirawic chegou com as outras moças e disse: "Querida senhora, permita que cortemos o seu cabelo crescido em sinal de luto. E vocês todas, deixem que cortemos os seus cabelos crescidos em sinal de luto!".

Surpresas com aquelas palavras, disseram: "O que aconteceu para que cortemos os nossos cabelos em sinal de luto?".

Então Diirawic lhes perguntou a causa do seu luto. Ao ouvir isso, a velha senhora começou a chorar e disse: "Minha cara jovem, perdi uma moça como você. Ela morreu cinco anos atrás, e cinco anos é muito tempo. Se ela tivesse morrido há apenas dois ou mesmo três anos, eu poderia dizer que você é a minha filha. Mas, sendo as coisas como são, não posso. Mas vendo você, minha cara filha, o meu coração se reconfortou".

Diirawic mais uma vez falou: "Querida mãe, toda menina é uma filha. Aqui, diante de você, sinto-me como se fosse a sua filha. Então, por favor, ouça o que tenho a dizer como se eu fosse a sua filha. Todas ouvimos falar de você e da sua fama. Viemos de um lugar muito distante por sua causa. Por favor, permitam que cortemos os seus cabelos. Ofereço cinco vacas como penhor do meu pedido".

"Filha", a mulher disse. "Vou atender ao seu pedido, mas não por causa das vacas — não tenho o que fazer com gado. Dia e noite, só penso na filha que perdi, Diirawic. O que me angustia é que Deus não responde às minhas preces. Invoquei os espíritos do nosso clã, invoquei os nossos ancestrais, e eles não ouviram. Isso me magoa. Vou ouvir as suas palavras, minha filha. O fato de que Deus tenha trazido você de tão longe e colocado essas palavras na sua boca já basta para me convencer."

Então lhe cortaram os cabelos. Diirawic deu à mulher belas saias de peles de animais que elas haviam matado no caminho. Não eram feitas com couro de vacas, carneiros ou bodes. Ela enfeitou a barra das saias com belas contas, e com contas desenhou bois nas saias. Na parte de trás, deixou as belas peles dos animais sem enfeites, em estado natural.

A mulher chorou, e Diirawic pediu que ela as vestisse. Ela e as jovens foram buscar leite das suas próprias vacas e fizeram uma festa. O pai de Diirawic se alegrou com o fim do luto. Mas a sua mãe continuava a chorar ao ver todos aqueles festejos.

Então Diirawic se aproximou dela e disse: "Mãe, sossegue o seu coração. Eu sou Diirawic".

Então começou a dar gritos de alegria. Todos começaram a chorar — velhas, meninas, todo mundo. Mesmo mulheres cegas saíram das suas choupanas tateando com as bengalas e chorando. Algumas pessoas morreram de tanto chorar. Os tambores tocaram durante sete dias, e as pessoas dançavam de alegria. Chegavam homens de aldeias distantes, trazendo cada um sete touros para sacrificá-los em honra de Diirawic. As outras jovens ficaram quase esquecidas. Todas a atenções se voltavam para Diirawic.

As pessoas dançavam e dançavam. Elas diziam: "Diirawic, se Deus a trouxe, então está tudo bem. Era isso o que a gente queria".

Então Diirawic disse: "Voltei. Mas voltei com este homem, que deve ficar no lugar do meu irmão Teeng".

"Está muito bem", todos concordaram. "Agora não há nada com que se preocupar."

Havia dois outros Teengs. Ambos eram filhos de chefes. Os dois foram pedir Diirawic em casamento. Decidiu-se que deveriam competir. A idéia era construir dois grandes currais, e cada um dos dois deveria encher o seu curral com o gado. Os currais foram construídos. Os homens começaram a enchê-los com o gado. Um Teeng não conseguiu encher o próprio curral. O outro Teeng encheu o seu e ainda ficaram alguns animais do lado de fora.

Diirawic disse: "Só vou me casar quando o meu novo irmão receber quatro garotas como esposas. Só então vou aceitar me casar com o homem que o meu povo quer".

As pessoas ouviram as suas palavras. Os homens então lhe perguntaram como aquele homem se tornara o seu irmão. Ela lhes contou toda história, do começo ao fim.

As pessoas concordaram com ela e escolheram as mais belas moças para o seu novo irmão. Diirawic então aceitou o homem que ganhara a competição. Ela foi dada ao marido e continuou a tratar o homem-leão como um irmão. Ela deu à luz primeiro um menino, depois uma menina. Teve doze filhos. Mas, quando o décimo terceiro filho nasceu, ele se parecia com o leão. Seu irmão-leão trouxe a sua família para a aldeia e estava morando lá quando a criança nasceu. As roças de Diirawic e do irmão eram próximas uma da outra. Seus filhos brincavam juntos. Quando estavam brincando, o pequeno menino-leão, que ainda era um bebê, vestiu saias e se pôs a cantar. Quando Diirawic voltou, as crianças lhe contaram, mas ela não acreditou: "Vocês estão mentindo. Como uma criança tão pequena pode fazer coisas como essas?".

As crianças lhe contavam que ele as beliscava, enfiava as unhas na sua pele e chupava o sangue das suas feridas. Sua mãe simplesmente considerou aquilo mentira.

Mas o leão-irmão começou a ficar intrigado com o filho. Ele disse: "Será que um ser humano recém-nascido se comporta como esse menino?". Diirawic procurou dissipar as dúvidas.

Mas certo dia o seu irmão se escondeu e viu o menino dançando e cantando de uma maneira que o convenceu de que ele era um leão, e não um ser humano. Então procurou a irmã e disse: "O que você pariu foi um leão! Que devemos fazer?".

A mulher disse: "Que quer dizer com isso? Ele é meu filho e deve ser tratado como tal".

"Acho que deveríamos matá-lo", o irmão-leão disse.

"Isso é impossível", ela disse. "Como posso permitir que o meu filho seja morto? Ele vai aprender a se comportar como um ser humano e deixar de ser agressivo."

"Não", o leão falou. "Vamos matá-lo com um veneno, se você não quer que ele sofra."

"O que você está me dizendo?", a irmã retrucou. "Esqueceu-se de que você mesmo era um leão e foi amansado para se tornar um ser humano? É verdade então que os velhos perdem a memória?"

O menino cresceu com os outros. Mas, quando ele atingiu a idade de andar em bandos, começou a sangrar as crianças e a chupar o sangue delas. Ele lhes dizia para não contarem aos pais, porque senão as mataria e as comeria. As crianças voltavam para casa com ferimentos. E, quando os pais estranhavam, diziam que os ferimentos eram de espinheiros.

Mas o leão não acreditava nas crianças. Ele dizia que parassem de mentir e contassem a verdade, mas elas não contavam.

Certo dia o leão saiu antes das crianças e se escondeu no alto de uma árvore sob a qual elas costumavam passar o dia. Ele viu o menino-leão sangrar as crianças e chupar o seu sangue. Ali mesmo o acertou com uma lança. O menino morreu.

Ele então se voltou para as crianças e perguntou por que tinham escondido a verdade por tanto tempo. As crianças explicaram que estavam sendo ameaçadas pelo menino-leão. Então ele foi até Diirawic e lhe contou o que fizera.

# O espelho
(japonês)

Há uma bela história japonesa de um modesto agricultor que comprou um espelho para a esposa. Ela ficou surpresa e encantada ao ver que ele refletia o seu rosto, e gostava mais do espelho do que de todos os outros bens que possuía. Ela deu à luz uma menina e morreu jovem. O agricultor guardou o espelho num lagar, onde ele ficou por longos anos.

A filha cresceu parecidíssima com a mãe. Um dia, quando já era quase uma mulher, o pai a chamou à parte e lhe falou sobre a sua mãe e sobre o espelho que refletira a sua beleza. A filha ficou morrendo de curiosidade, desencavou o espelho do velho lagar e olhou para ele.

"Pai!", ela exclamou. "Veja! Aqui está a imagem da minha mãe!"

Era a sua própria imagem que ela estava vendo, mas o pai não lhe disse nada. As lágrimas lhe escorreram pelo rosto, e as palavras lhe faltaram.

# A donzela sapa
(birmanês)

Um casal de velhos não tinha filhos, mas o marido e a esposa queriam muito ter. Então, quando a mulher descobriu que estava grávida, os dois ficaram radiantes. Mas, para sua grande decepção, a mulher deu à luz não um bebê humano, e sim uma sapinha. Entretanto, como a sapinha falava e se comportava como um bebê humano, não apenas os pais mas também os vizinhos começaram a gostar dela e a chamavam carinhosamente de Senhorita Sapinha.

Alguns anos depois a mulher morreu, e o homem resolveu se casar novamente. A mulher que ele escolheu foi uma viúva com duas filhas feias, e elas tinham muito ciúme da popularidade da Senhorita Sapinha entre os vizinhos. As três tinham prazer em maltratar a Senhorita Sapinha.

Certo dia o mais jovem dos quatro filhos do rei anunciou que iria realizar a cerimônia de lavagem dos cabelos em certa data, e convidou todas as jovens para participar do evento, pois no final ele iria escolher uma delas para ser a sua princesa.

Na manhã do dia marcado, as duas irmãs feias se vestiram com belas roupas. Cheias de esperança de serem escolhidas pelo príncipe, dirigiram-se ao palácio. A Senhorita Sapinha correu atrás delas e pediu: "Irmãs, por favor, deixem-me ir com vocês".

As irmãs riram e disseram zombeteiramente: "O quê? A sapinha quer vir? O convite é para jovens mulheres, e não para jovens sapas". A Senhorita Sapinha foi andando atrás delas até o palácio, pedindo-lhes que consentissem em que as acompanhasse. Mas as irmãs foram inflexíveis e a deixaram para trás nos portões do palácio. Entretanto, ela falou com os guardas de forma tão gentil que eles permitiram a sua entrada. A Senhorita Sapinha encontrou centenas de jovens donzelas em volta do lago cheio de lírios do jardim do palácio. Ela tomou lugar entre as jovens e ficou esperando o príncipe.

O príncipe chegou e lavou os cabelos na água do lago. As mulheres também soltaram os cabelos e participaram da cerimônia. No final da cerimônia, o príncipe declarou que, uma vez que as jovens eram todas lindas, ele não saberia escolher uma, por isso iria jogar um buquê de jasmins no ar. A jovem em cuja cabeça o buquê caísse seria a sua princesa. Então o príncipe jogou o buquê no ar, e todas as jovens presentes levantaram os olhos esperançosamente. O buquê, porém, caiu na cabeça da Senhorita Sapinha, para grande irritação das jovens, principalmente das duas meias-irmãs. O príncipe também ficou desapontado, mas achou que deveria manter a palavra. Então a Senhorita Sapinha se casou com o príncipe e se tornou a Princesinha Sapa.

Algum tempo depois, o velho rei chamou os seus quatro filhos e disse: "Meus filhos, já estou muito velho para governar o país e quero ir para a floresta e me tornar um eremita. Por isso, preciso escolher um de vocês para me suceder. Como gosto igualmente de todos vocês, vou lhes dar uma tarefa a cumprir, e aquele que conseguir realizá-la com sucesso vai assumir o meu lugar. A tarefa é: tragam-me um gamo de ouro ao amanhecer do sétimo dia a partir de hoje".

O príncipe mais jovem foi para casa e falou da tarefa à Princesinha Sapa. "Ora, só um gamo de ouro!", Princesa Sapa exclamou. "Coma como de costume, meu príncipe, e no dia marcado lhe darei um gamo de ouro."

Então o príncipe mais jovem ficou em casa, ao passo que os outros três foram à floresta procurar o gamo.

No sétimo dia, antes do amanhecer, a Princesinha Sapa acordou o marido e disse: "Vá ao palácio, meu príncipe: aqui está o seu gamo de ouro".

O jovem príncipe olhou, esfregou os olhos e tornou a olhar. Não havia dúvida: o gamo que a princesa segurava pela coleira era de puro ouro. Então ele foi ao palácio e, para grande desapontamento dos príncipes mais velhos, que tinham levado gamos comuns, o rei o escolheu para o suceder. Os príncipes mais velhos, porém, pediram uma segunda chance, e o rei, relutantemente, concedeu.

A DONZELA SAPA   367

"Então cumpram esta segunda tarefa", o rei disse. "No alvorecer do sétimo dia a partir de hoje, tragam-me o arroz que nunca fica velho e a carne que fica sempre fresca."

O príncipe mais jovem foi para casa e contou à Princesa Sapa da nova tarefa. "Não se preocupe, meu príncipe", a Princesa Sapa disse. "Coma como de costume, durma como de costume, e no dia marcado lhe darei o arroz e a carne."

Então o príncipe mais jovem ficou em casa, e os três mais velhos saíram à procura do arroz e da carne.

No alvorecer do sétimo dia, a Princesinha Sapa acordou o marido e disse: "Meu senhor, vá ao palácio agora: aqui estão o arroz e a carne".

O príncipe mais jovem pegou o arroz e a carne e foi ao palácio. Para grande desapontamento dos príncipes mais velhos, ele novamente foi indicado para suceder o pai. Mas os dois príncipes mais velhos tornaram a pedir mais uma chance, e o rei disse: "Esta é definitivamente a última tarefa: no alvorecer do sétimo dia a partir de hoje, tragam-me a mais bela mulher deste mundo".

"Ho, ho!", disseram os três príncipes mais velhos consigo mesmos, com grande alegria. "Nossas mulheres são muito bonitas, e vamos trazê-las. Um de nós com certeza vai ser indicado como herdeiro, e nosso irmão inútil desta vez não vai poder fazer nada."

O príncipe mais jovem ouviu esse comentário e ficou triste, porque a sua mulher era uma sapa e, além do mais, feia. Quando ele chegou em casa, disse: "Cara Princesa, tenho que sair e procurar a mais bela mulher deste mundo. Meus irmãos vão levar suas esposas, pois elas são realmente muito bonitas, mas vou encontrar uma outra que seja mais bonita".

"Não se preocupe, meu príncipe", a Princesa Sapa respondeu. "Coma como sempre, durma como sempre, e pode me levar ao palácio no dia marcado."

No alvorecer do sétimo dia, a Princesinha Sapa acordou o príncipe e disse: "Meu senhor, tenho que me embelezar. Então, por favor, espere lá fora e me chame perto da hora de sair". O príncipe saiu do quarto como lhe foi pedido. Depois de algum tempo, ele gritou lá de fora: "Princesa, está na hora ir".

"Por favor, espere, meu senhor, deixe-me apenas empoar o rosto."

Depois de alguns instantes o príncipe gritou: "Princesa, temos de ir agora".

"Está bem, meu senhor", respondeu a princesa. "Por favor, abra a porta para mim."

O príncipe pensou consigo mesmo: "Assim como ela foi capaz de conseguir um gamo de ouro e o maravilhoso arroz e a maravilhosa carne, quem sabe consiga se fazer bonita" — e abriu a porta esperançoso, mas ficou desapontado ao ver a Princesinha Sapa ainda sapa e feia como sempre. Entretanto, para não magoá-la, o príncipe não disse nada e a levou ao palácio. Quando o príncipe entrou na sala de audiências com a sua Princesa Sapa, os três irmãos mais velhos já estavam lá com as esposas. O rei olhou para o príncipe surpreso e disse: "Onde está a sua bela mulher?".

"Vou responder pelo príncipe, meu rei", a Princesa Sapa disse. "Sou eu sua bela mulher. Então ela tirou sua pele de sapo, sob a qual surgiu uma bela mulher vestida de seda e de cetim. O rei a declarou a mais bela mulher do mundo, e apontou o príncipe como o seu sucessor no trono.

O príncipe pediu à princesa que nunca mais usasse aquela horrível pele de sapo, e a Princesa Sapa, para atender ao seu pedido, jogou a pele no fogo.

# O Príncipe Adormecido
(surinamês)

Um pai tinha uma filha, e a coisa de que a menina mais gostava era de um gramado plantado pelo pai. Ela só gostava daquilo. Toda manhã a sua babá a levava para ver o gramado. Certa manhã em que elas foram lá, os cavalos estavam comendo a grama. Eles brigaram e brigaram entre si, e o sangue caiu na grama. A menina disse: "Minha ama, veja como os cavalos comem a minha grama, chegam até a brigar. Mas veja como é bonito o vermelho na terra".

Imediatamente uma voz lhe respondeu: "Veja como o vermelho é bonito no ponto mais alto da terra. Se você visse o Príncipe Adormecido! A pessoa que se admirou com a beleza do sangue deve chegar antes que se passem oito dias, e então poderá ver o Príncipe Adormecido. Verá um leque, e deverá abanar o príncipe até ele acordar. Então deverá beijar o príncipe. Ela verá uma garrafa de água e com ela deve borrifar todas as varas que encontrar".

Quando ela foi, levou as suas roupas. Ela tinha uma boneca preta e uma navalha quebrada. Ela as pegou e as levou também para lá. Então viu o príncipe, pegou o leque e começou a abaná-lo. Abanou até... uma velha se sentar ao seu lado. Era uma feiticeira. Então a feiticeira lhe perguntou se ela não estava cansada de abanar. Mas ela respondeu: "Não, não".

Pouco depois, a velha voltou e lhe perguntou: "Você não quer urinar?". Então ela se levantou imediatamente e foi urinar.

A velha pegou o leque e começou a abanar. Antes que a jovem voltasse, o príncipe acordou, e a velha o beijou. Então o príncipe teve que se casar com a velha porque, segundo a lei, quem beijasse o príncipe se casaria com ele.

Quando já estavam casados, a mulher fez a jovem cuidar das galinhas. A moça ficou muito triste, porque na terra do seu pai ela era uma princesa, e ali teria que cuidar das galinhas. Eles construíram uma bela casinha para morar. Então de noite, ao voltar do trabalho, ela vestia as suas belas roupas e punha uma caixinha de música para tocar. Quando terminava de tocar, pegava a boneca preta e a navalha e perguntava: "Minha boneca preta, minha boneca preta, diga-me se isso é justo, senão lhe corto o pescoço". Então ela as guardava e ia dormir.

Mas uma noite um soldado passou por ali e ouviu a música suavíssima da caixinha. Ele se escondeu ao lado da casa e ouviu tudo que a jovem perguntava à boneca preta. Então foi e contou ao rei o que a jovem que cuidava das galinhas fizera.

Naquela mesma noite o rei foi ouvir. Bem na hora em que a mulher perguntava à boneca preta se aquilo era justo, o rei bateu na porta, e ela a abriu imediatamente. Quando a porta se abriu, o rei viu a mulher e desmaiou imediatamente, porque não sabia que aquela mulher era uma princesa. Ela estava com as suas belas roupas. Quando o rei voltou a si, chamou a mulher e lhe disse que ia convocar uma grande audiência, e ela devia explicar o que a fazia perguntar aquilo à boneca preta.

No dia da grande audiência, ela disse diante de todas as pessoas muito importantes: "Sim, na terra do meu pai eu era uma princesa, e aqui tenho que cuidar das galinhas". E contou tudo que acontecera entre ela e a velha, e o que ela (a feiticeira) fizera para se casar com o príncipe. Então lhe deram razão e mataram a velha.

Com os seus ossos fizeram uma escadinha para subir à sua cama. Com a pele da velha fizeram um tapete para estender no chão. E com a cabeça fizeram uma bacia onde ela poderia lavar o rosto.

E assim ela se casou com o príncipe tempos depois. Era o seu destino.

# A órfã
(malauí)

Há muito tempo um homem se casou. Sua mulher deu à luz uma menina, que recebeu o nome de Diminga. Quando a mãe de Diminga morreu, seu pai se casou novamente, e sua mulher lhe deu muitos outros filhos.

Embora o marido pedisse à mulher que cuidasse de Diminga, a madrasta praguejava contra a criança e não a tratava como filha. Não lhe dava banho, alimentava-a apenas de biscoitos duros e a obrigava a dormir num curral. Assim, Diminga parecia uma menininha suja e miserável, um esqueleto vestido de trapos. A única coisa que ela queria era morrer e ir para junto da verdadeira mãe.

Certa noite Diminga sonhou que sua mãe a chamava: "Diminga! Diminga, minha filha! Você não precisa morrer de fome", a voz dizia. "Amanhã, ao meio-dia, quando você estiver apascentando o gado, aproxime-se da sua vaca grande Chincheya e lhe diga para fazer o que lhe pedi".

No dia seguinte, como sempre, Diminga levou o gado para pastar. Ao meio-dia, quando a sua fome estava beirando o insuportável, ela se lembrou do sonho. Aproximou-se de Chincheya, bateu nas suas costas e disse: "Chincheya, faça o que a minha mãe lhe pediu".

Mal ela disse isso, muitos pratos de comida apareceram diante dela. Havia arroz, bife, galinha, chá e muito mais. Diminga comeu até se fartar — e ainda sobrou comida. Ela deu fim às sobras e voltou para casa tão satisfeita que surpreendeu a madrasta ao recusar os biscoitos duros que lhe foram dados à guisa de jantar. "Pode ficar com eles", Diminga disse.

Isso se repetiu muitas vezes, pois todo dia Chincheya dava comida para Diminga quando as duas estavam sozinhas no campo. À medida que Diminga engordava, a madrasta ficava cada vez mais desconfiada. Um dia perguntou: "Por que você está engordando embora se recuse a comer em casa? O que você anda comendo?".

Mas Diminga não quis lhe contar o segredo, então a madrasta insistiu que a sua filha deveria acompanhar Diminga quando esta fosse apascentar o gado no dia seguinte. Diminga não queria levar a outra, mas não teve escolha. Quando chegou a hora da refeição do meio-dia, ela disse à meia-irmã que não contasse nada do que iria ver.

A menina viu Diminga chamar Chincheya à parte e falar com ela. Ela ficou pasma quando de repente viu surgir comida por toda parte. Sua boca começou a se encher de água. Ela provou todos os pratos, depois escondeu um pouquinho de cada um debaixo das unhas, antes que Diminga desse fim às sobras.

À noite, depois que Diminga foi dormir, a menina disse à mãe que trouxesse pratos. A menina recebeu os pratos e neles pôs toda comida que escondera, dizendo: "Esta comida vem da vaca Chincheya. Quando Diminga fala com ela, aparece um monte de comida deliciosa".

A velha ficou estarrecida. Devorou a comida e começou a fazer planos para tirar todo o resto que continuava dentro da vaca. Alguns dias depois, disse ao marido que estava se sentindo mal. Por causa disso, organizou-se uma dança tradicional, e durante essa dança a madrasta pareceu cair em transe. Ela gritou: "Os espíritos exigem o sacrifício da vaca Chincheya".

Diminga ficou furiosa. Ela se recusou a permitir que matassem a vaca. A madrasta recorreu ao marido: "Tenho que morrer por causa da paixão da sua filha por uma vaca?".

E o marido implorou à sua filha, mas Diminga estava decidida a não deixar que matassem Chincheya. Então, quando ela estava dormindo, ouviu novamente a voz da sua mãe. Ela disse: "Minha filha Diminga, deixe-os matar Chincheya. Mas não coma da carne dela. Pegue o estômago e o enterre numa ilha. Você vai ver o que acontecerá".

Então Diminga permitiu que se procedesse ao sacrifício. A madrasta ficou muito desapontada ao descobrir que não havia um grão de arroz dentro da vaca, e na verdade a própria carne era sem gosto. Diminga chorou quando Chincheya morreu, mas seguiu as recomendações da mãe e enterrou o estômago da vaca em uma ilha.

No lugar em que o estômago foi enterrado, nasceu uma árvore de ouro. Suas folhas eram notas de dinheiro e seus frutos eram moedas de valores diferentes. A árvore resplandecia e ofuscava os olhos de quem ousasse olhar para ela.

Um dia um navio passou pela ilha. Quando o dono viu a árvore de ouro, ordenou aos seus homens que desembarcassem para pegar o dinheiro. Eles tentaram sacudir a árvore e pegar o dinheiro, mas não conseguiram movê-la. O dono pediu ao chefe local que sacudisse a árvore, depois cada um dos aldeões tentou fazer o mesmo. Ninguém conseguiu apanhar o dinheiro.

Então o dono do navio, que era europeu, perguntou ao chefe: "Tem aí alguém que ainda não tentou sacudir a árvore? Vá procurar na sua aldeia, pois alguém pode ter ficado de fora".

Fizeram a busca, e se encontrou a única pessoa que não tinha tentado sacudir a árvore — uma garota maltrapilha de olhos tristes. Era Diminga. Todos riram quando a levaram à árvore. "Será que essa menina miserável vai conseguir, quando todos nós fracassamos?".

"Deixem-na tentar", o europeu disse.

A árvore balançou à aproximação de Diminga. Quando ela a tocou, a árvore começou a tremer e, quando a menina a segurou, moedas e notas choveram no chão em grandes pilhas, o bastante para encher várias mochilas.

Logo se acertou o casamento entre Diminga e o europeu, e os dois foram morar na casa dele. Ao tomar banho, vestir as suas roupas novas e se perfumar, Diminga ficou irreconhecivelmente bela. E ela se sentia feliz com a sua nova vida.

Depois de algum tempo, Diminga visitou a sua casa, levando consigo os seus criados, caixas de roupas, comida e dinheiro para a sua família. Eles a receberam calorosamente, principalmente quando viram os presentes. E o pai ficou feliz em ver que o sofrimento da filha tinha acabado.

Mas a madrasta ficou morrendo de inveja e começou a planejar mais uma vez passar a perna em Diminga. E então aconteceu que, quando Diminga estava com sua família, a sua meia-irmã caolha se aproximou dela com uma agulha nas mãos e disse: "Deixe-me catar piolhos em você, irmã".

"Não tenho piolhos", Diminga disse.

Mas a madrasta insistiu e a moça começou a catar. De repente, enfiou a agulha na cabeça de Diminga. Diminga estremeceu e se transformou num pássaro, então saiu voando.

A velha vestiu a filha com as roupas de Diminga e lhe cobriu o rosto com um véu. Ela disse às criadas de Diminga que a sua patroa estava doente. Elas levaram "Diminga" para casa e contaram ao patrão que a sua esposa estava doente. Toda vez que ele tentava lhe tirar o véu, ela dizia: "Não tire o véu, que não estou bem".

Certo dia Guao, o criado dele, foi ao rio lavar roupa e viu um passarinho pequeno, brilhante e gracioso pousado numa árvore. O passarinho começou a cantar:

> *Guao, Guao, Guao*
> *Manuel está em casa*
> *Com uma mulher caolha*
> *Aquela terrível mulher caolha?*

Guao ouviu o canto maravilhado e ficou curioso. Todo dia ele via o passarinho e ouvia o seu canto, e finalmente levou o patrão para presenciar o estranho acontecimento. O patrão pegou o passarinho numa armadilha e o levou para casa, fazendo dele o seu animalzinho de estimação. Notou que o passarinho tremia toda vez que ele lhe tocava a cabeça. Ele olhou bem de perto e viu uma agulha. Quando tirou a agulha, o pássaro se transformou numa bela jovem — Diminga, a sua mulher.

Quando Diminga lhe contou seus sofrimentos, o marido imediatamanete tirou o véu da sua "mulher doente" — e a matou a tiros. Ele ordenou aos criados que esquartejassem o corpo, que secassem os pedaços e os colocassem em sacos. Os sacos de comida foram enviados para a madrasta de Diminga com a mensagem: "Diminga chegou bem e lhes envia este presente".

A velha ficou satisfeita em ouvir as notícias e dividiu a comida com a família. E só ao ver o último saco de carne ela se deu conta de que fora castigada. Dentro do saco havia uma cabeça humana, com um olho fixo nela, um olhar terrível.

PARTE II

MÃES E FILHAS

# Achol e sua mãe selvagem
(dinka, do Sudão)

Achol, Lanchichor (a Fera Cega) e Adhalchingeeny (o Bravíssimo) viviam com sua mãe. A mãe foi buscar lenha. Ela juntou muita lenha, pôs as mãos para trás e disse: "Oh, Deus, quem vai me ajudar a levantar esta carga pesada?".

Um leão ia passando e falou: "Se eu a ajudar, o que você me dá?".

"Eu lhe dou uma mão", ela respondeu.

Ela deu uma mão a ele. O leão a ajudou a levantar a carga, e ela foi para casa. Sua filha Achol disse: "Mãe, por que sua mão está assim?".

"Não é nada, minha filha", ela falou.

Então a mãe saiu novamente para buscar lenha. Ela juntou um monte de lenha, pôs a mão para trás e disse: "Oh, Deus, quem agora vai me ajudar a levantar esta carga pesada?".

O leão chegou e perguntou: "Se eu a ajudar a levantar esse peso, o que você me dá?".

"Eu lhe dou minha outra mão!" E ela lhe deu a outra mão. Ele levantou a carga, pôs em sua cabeça e ela foi embora sem nenhuma mão.

Sua filha a viu e disse: "Mãe, o que aconteceu com as suas mãos? Você não deve ir buscar lenha novamente! Você deve parar!".

Mas ela insistiu que não havia nada errado e foi buscar lenha. Novamente juntou um monte de lenha, pôs os braços para trás e disse: "Quem agora vai me ajudar a levantar esta carga pesada?".

Novamente o leão veio e indagou: "Se eu a ajudar, o que você me dá?".

Ela respondeu: "Eu lhe dou um pé!".

Ela lhe deu o pé. Ele a ajudou, e ela foi para casa.

Sua filha disse: "Mãe, desta vez insisto que você não deve ir buscar lenha! Por que está acontecendo tudo isso? Por que suas mãos e seu pé estão assim?".

"Minha filha, não há nada com que se preocupar. "É da minha natureza."

Ela voltou à floresta outra vez e juntou um monte de lenha. Então pôs os braços para trás e perguntou: "Quem agora vai me ajudar a levantar esta carga?".

O leão veio e disse: "O que você me dá?".

Ela respondeu: "Eu lhe dou meu outro pé!".

Ela lhe deu o outro pé. Ele a ajudou, e ela foi embora.

Dessa vez ela ficou selvagem e se transformou numa leoa. Não queria comer carne cozida. Só queria carne crua.

Os irmãos de Achol foram pastorar o gado com os parentes de sua mãe. Então só Achol ficou em casa com ela. Quando a mãe ficou selvagem, foi para a floresta e deixou Achol sozinha. Ela só voltou por um tempinho à noite, para procurar comida. Achol preparou alguma coisa para ela e colocou no quintal. À noite sua mãe se aproximou e cantou, dialogando com Achol:

*"Achol, Achol, onde está teu pai?"*
*"Meu pai ainda está pastorando o gado!"*
*"E onde está Lanchichor?"*
*"Lanchichor ainda está pastorando o gado!"*
*"E onde está Adhalchingeeny?"*
*"Adhalchingeeny ainda está pastorando o gado!"*
*"E onde está a comida?"*
*"Mãe, raspe o fundo de nossas cuias."*

Ela comeu e foi embora. Na noite seguinte voltou e cantou. Achol respondeu. Sua mãe comeu e voltou para a floresta. Isso se repetiu por muito tempo.

Nesse meio-tempo, Lanchichor voltou de onde estava o gado para visitar a mãe e a irmã. Quando chegou em casa, a mãe não estava. Ele viu uma grande panela em cima do fogão, estranhou aquilo e perguntou a Achol: "Para onde mamãe foi e por que você está cozinhando nessa panela tão grande?".

Ela respondeu: "Estou cozinhando nessa panela grande porque nossa mãe se tornou selvagem e está na floresta, mas ela vem à noite para comer".

"Tire essa panela do fogo", ele disse.

"Não posso. Tenho que cozinhar para ela."

Ele a deixou. Ela cozinhou e pôs a comida no terreiro antes de irem dormir. À noite sua mãe veio e cantou. Achol respondeu como de costume. Sua mãe comeu e foi embora. O irmão de Achol ficou com muito medo. Ele aliviou os intestinos e foi embora na manhã seguinte.

Quando lhe perguntaram no acampamento sobre as pessoas que estavam em casa, ele ficou sem jeito de contar a verdade. Então disse que estavam bem.

O pai de Achol resolveu ir visitar a esposa e a filha em casa. Ele viu uma panela grande no fogo, e sua esposa não estava. Quando perguntou a Achol, ela lhe explicou tudo. Ele também disse a Achol que tirasse a panela do fogo, mas ela não tirou. A garota pôs a comida no eirado, e eles foram dormir. O pai de Achol disse que ia dar um jeito na situação. Achol concordou. A mãe dela veio e cantou como de costume. Achol respondeu. Então sua mãe comeu. Mas o pai ficou com tanto medo que voltou para o acampamento.

Veio Adhallchingeeny (o Bravíssimo) e trouxe consigo uma corda muito forte. Ele chegou e encontrou Achol cozinhando numa panela grande. Quando Achol lhe explicou a situação da mãe, ele lhe disse para tirar a panela do fogo, mas ela não tirou. Ele a deixou seguir a rotina de sempre, colocou a corda perto da comida para poder pegar a mãe quando ela fosse comer, e amarrou a ponta da corda no próprio pé.

Sua mãe veio e cantou como de costume. Achol respondeu. Quando a mãe se aproximou da comida, Adhalchingeeny puxou a corda, amordaçou-a e amarrou a leoa a uma estaca. Ele bateu nela com uma parte da pesada corda. Bateu, bateu e bateu. Depois lhe deu um pedaço de carne crua e, quando ela comeu, ele bateu nela novamente. Ele lhe bateu, bateu e bateu. Depois lhe deu dois pedaços de carne, um cru e outro assado. Ela recusou o pedaço cru e pegou o assado, dizendo: "Meu filho, agora virei gente de novo, então, por favor, pare de me bater".

Então todos se reuniram e viveram felizes.

# Tunjur, tunjur

## (árabe palestino)

*NARRADOR: Jurem que Deus é Um!*
*OUVINTES: Não há deus senão Deus.*

Era uma vez uma mulher que não podia engravidar e ter filhos. Certo dia ela sentiu um forte desejo: queria ter filhos. "Ó, Senhor!", ela exclamou. "Por que, entre todas as mulheres, eu é que sou assim? Como eu gostaria de poder ficar grávida e ter um bebê, e que Alá me desse uma filha, ainda que ela fosse apenas uma panela."

Um dia ela ficou grávida. Um dia veio, um dia se foi, e ouçam! Ela estava pronta para dar à luz. Começou o parto e ela deu à luz uma panela. O que a pobre mulher podia fazer? Ela a lavou, limpou bem, pôs-lhe a tampa e a colocou na prateleira.

Um dia a panela começou a falar. "Mãe", ela disse. "Tire-me desta prateleira!"

"Ai de mim, filha!", a mãe respondeu. "Onde vou colocar você?"

"Isso não faz diferença", a filha disse. "Apenas me tire desta prateleira que farei você ficar rica pelas próximas gerações."

A mãe a tirou da prateleira. "Agora ponha a tampa em mim", a panela disse, "e me deixe na porta da casa." A mãe a tampou e a levou para fora de casa.

A panela começou a rolar e ia cantando enquanto se afastava: "Tunjur, tunjur, tlin, tlin, ó minha mãe!". Ela foi rolando até chegar a um lugar onde as pessoas costumavam se reunir. Dentro de pouco tempo, as pessoas estavam passando por ela. Um homem veio e encontrou a panela aprumada em seu lugar. "Eh!", ele exclamou. "Quem pôs essa panela no meio do caminho? Diabos! Que bela panela! Com certeza é de prata." Ele a examinou bem. "Ei, gente!", gritou. "De quem é esta panela? Quem a pôs aqui?" Ninguém se apresentou como dono. "Por Alá", ele disse. "Vou levá-la para minha casa."

A caminho de casa, ele passou pelo vendedor de mel. Mandou encher a panela de mel e a levou para sua mulher. "Olhe, mulher", ele disse. "Como esta panela é bonita!" Toda família ficou muito contente com ela.

Dois ou três dias depois receberam visitas e quiseram oferecer a elas um pouco de mel. A dona da casa tirou a panela da prateleira. Puxa que puxa a tampa, empurra que empurra, mas a panela não queria abrir! Ela chamou o marido. Puxa que puxa, empurra que empurra, mas abrir ele não conseguiu. Seus convidados foram ajudar. Levantando a panela e a deixando cair, o homem tentou quebrá-la com martelo e talhadeira. Ele tentou de tudo, mas de nada adiantou.

Mandaram chamar um ferreiro, que tentou, tentou, mas nada. O que o homem podia fazer?

"Ao diabo com seus donos", ele disse. "Você pensava que ia nos enriquecer?" E, agarrando-a, ele a jogou pela janela.

Quando deram as costas e não podiam mais vê-la, a panela começou a rolar e a cantar.

*Tunjur, tunjur, ó minha mãe.*
*Em minha boca eu trouxe o mel.*
*Tlin, tlin, ó minha mãe.*
*Em minha boca eu trouxe o mel.*

"Erga-me!", ela disse a sua mãe quando chegou em casa.

"Sim!", a mãe exclamou. "Pensei que você tinha sumido, que alguém a tivesse levado."

"Levante-me do chão!", a filha disse.

A mãe a pegou, queridinhos, tirou-lhe a tampa e viu que ela estava cheia de mel. Oh! Como ela ficou feliz!

"Esvazie-me!", a panela disse.

A mãe derramou o mel numa jarra e recolocou a panela na prateleira.

"Mãe", disse a filha no dia seguinte. "Tire-me da prateleira!"

A mãe a tirou da prateleira.

"Mãe, ponha-me lá fora!"

A mãe a pôs na frente da casa e ela começou a rolar — tunjur, tunjur, tlin, tlin — até chegar a um lugar onde havia uma aglomeração de gente e parou. Um homem que ia passando a encontrou.

"Eh!", ele pensou. "Que espécie de panela é essa?" Ele a examinou. Como a achou bonita! "De quem é isto?", perguntou. "Ei, gente! De quem é esta panela?" Ele esperou, mas ninguém disse: "É minha". Então ele disse: "Por Alá, vou levá-la para mim".

Ele a pegou, e a caminho de casa parou no açougue e mandou enchê-la de carne. Chegando em casa disse à mulher: "Olhe, mulher, que bela panela achei! Por Alá, gostei tanto dela que comprei carne, coloquei dentro da panela e a trouxe para casa".

"Oba!", todos se regozijaram. "Que sorte a nossa! Que bela panela!" Eles a guardaram.

À noite quiseram cozinhar a carne. Puxa que puxa a tampa, empurra que empurra, ela não abria! O que a mulher podia fazer? Ela chamou o marido e os filhos. Levante, deixe cair, golpeie — não adianta. Levaram-na ao ferreiro, mas sem resultado.

O marido ficou furioso. "Ao diabo com os seus donos!", ele imprecou. "Quem, diabos, é você?" E ele a jogou tão longe quanto lhe permitiu a força de seu braço.

Logo que ele deu as costas, ela começou a rolar e a cantar:

*Tunjur, tunjur, ó minha mãe.*
*Em minha boca eu trouxe a carne.*
*Tunjur, tunjur, ó minha mãe.*
*Em minha boca eu trouxe a carne.*

Ela ficou repetindo isso até chegar em casa.

"Levante-me do chão!", disse à mãe. A mãe a pegou do chão, tirou a carne, lavou a panela e a colocou na prateleira.

"Leve-me para fora de casa!", ela disse à mãe no dia seguinte. A mãe a levou para fora e ela ia dizendo "Tunjur, tunjur, tunjur, tlin, tlin" enquanto rolava até chegar a um lugar perto da casa do rei, onde então parou. Dizem que de manhã o filho do rei estava saindo e... vejam só! Lá estava a panela naquele lugar.

"Eh! O que é isso? De quem é essa panela?" Ninguém respondeu. "Por Alá", ele disse. "Vou levar para casa." Ele a levou para casa e chamou sua mulher.

"Mulher", ele disse. "Pegue esta panela! Eu a trouxe para você. É a panela mais bonita que há."

A mulher pegou a panela. "Oh! Como é bonita! Por Alá, vou pôr minhas jóias dentro dela." Levando a panela consigo, ela juntou todas as suas jóias, até as que estava usando, e as colocou na panela. Ela pegou também todo o seu ouro e dinheiro, socou-os na panela fazendo-a ficar cheia até a boca, depois a guardou no guarda-roupa.

Passaram-se dois ou três dias, e chegou o dia do casamento do seu irmão. Ela vestiu seu vestido de veludo e tirou a panela do guarda-roupa para pegar as jóias. Puxa que puxa, empurra que empurra, mas a panela não abria. Ela chamou o marido, que também não conseguiu abrir. Todos os que estavam lá tentaram abri-la, sacudindo a panela para cima e para baixo. Eles a levaram ao ferreiro, ele tentou, mas não conseguiu abrir.

O marido sentiu-se derrotado. "Ao diabo com seus donos!", imprecou. "De que você nos serve?", ele disse jogando-a pela janela. Evidentemente ele não estava assim tão ansioso para se livrar dela, por isso saiu para pegá-la do lado da casa. Logo que se aproximou, ela começou a correr:

*Tunjur, tunjur, ó minha mãe.*
*Em minha boca eu trouxe o tesouro.*
*Tunjur, tunjur, ó minha mãe.*
*Em minha boca eu trouxe o tesouro.*

"Levante-me do chão!", ela disse a sua mãe quando chegou em casa. A mãe a pegou e tirou-lhe a tampa.

"Oh! Maldita seja!", ela exclamou. "Onde você conseguiu isso? Que diabo é isso?" Mas a mãe viu que estava rica. Ela ficou muitíssimo feliz.

"Agora basta", ela disse a sua filha enquanto guardava o tesouro. "Você não deve sair mais. As pessoas vão reconhecê-la."

"Não, não!", a filha suplicou. "Deixe-me sair só mais uma vez."

No dia seguinte, queridinhos, ela saiu dizendo "Tunjur, tunjur, ó minha mãe". O homem que a encontrara pela primeira vez a viu.

"Eh! Que diabo é isso?", ele exclamou. "Ela deve ser encantada, porque está sempre enganando as pessoas. Ao diabo com seus donos! Por Alá, o Grande, vou sentar em cima dela e fazer cocô." Ele foi em frente, meus queridos, e sentou-se na panela. A panela fechou a tampa e saiu rolando:

*Tunjur, tunjur, ó minha mãe.*
*Em minha boca eu trouxe a caca.*
*Tunjur, tunjur, ó minha mãe.*
*Em minha boca eu trouxe a caca.*

"Sua desobediente!", a mãe disse. "Eu lhe disse para não sair novamente porque as pessoas iriam reconhecê-la? Você não acha que agora chega?"

Então a mãe lavou a panela com sabão, passou perfume nela e a colocou na prateleira.

Esta é a minha história. Eu a contei a vocês e em suas mãos a deixo.

# A velhinha das cinco vacas
(iacuto)

Certa manhã uma velhinha levantou-se e foi ao pasto, onde estavam suas cinco vacas. Ela arrancou da terra uma erva com cinco brotos e, sem quebrar nem raiz nem haste, levou-a para casa, embrulhou-a num lençol e colocou-a sob seu travesseiro.

Então saiu novamente e foi ordenhar suas vacas. De repente ouviu guizos de pandeiros e uma tesoura caindo no chão, e por causa disso derramou o leite. Ela correu para casa e viu que a planta estava intacta. Saiu novamente para ordenhar as vacas, e novamente teve a impressão de ouvir guizos de pandeiros e queda de tesoura, e mais uma vez derramou o leite. Voltou para casa e olhou o quarto. Lá estava uma donzela com olhos de calcedônia e lábios de pedra negra, rosto de pedra descorada e sobrancelhas como duas zibelinas escuras estendendo suas patas dianteiras uma em direção à outra. Podia-se ver o seu corpo através das roupas. Os nervos se espalhando para um lado e para outro, como mercúrio, podiam ser vistos através dos ossos. A planta se transformara naquela donzela de beleza indescritível.

Pouco depois, Kharjit-Bergen, filho do ilustre cã Kara, entrou na floresta escura. Ele viu um esquilo cinzento, sentado num ramo curvo, perto da casa da velhinha das cinco vacas, e começou a atirar flechas, mas, como estava um pouco escuro, pois o sol já se punha, ele não conseguiu acertar logo. Uma das flechas caiu dentro da chaminé.

"Minha velha! Pegue a flecha e a traga para mim!", ele gritou, mas não teve resposta. Suas faces e sua testa se afoguearam e ele ficou furioso; sentiu a nuca se eriçar de indignação e se precipitou casa adentro.

Quando ele entrou e viu a donzela, desfaleceu. Mas logo recuperou os sentidos e se apaixonou por ela. Então ele saiu da casa, saltou no cavalo e correu para casa a todo galope. "Meus pais!", disse. "Há uma moça muito bonita na casa da velhinha das cinco vacas! Mandem buscá-la para mim!"

O pai mandou nove criados a cavalo, e eles cavalgaram a toda velocidade para a casa da velhinha das cinco vacas. Todos os criados desmaiaram quando viram a beleza da jovem. Mas recuperaram os sentidos e se foram todos, menos o mais valoroso.

"Minha velhinha!", ele disse. "Dê essa jovem ao filho do ilustre cã Kara!"

"Eu a darei", foi a resposta.

Eles falaram com a jovem. "Eu vou", ela declarou.

"Agora, como presente de casamento do noivo", a velha disse, "tragam-me gado, encham meus pastos de cavalos e de gado de chifres!"

Mal ela formulou o pedido e, antes que o acordo tivesse sido feito, o homem deu ordens para que os animais fossem arrebanhados e levados como presente do noivo.

"Pegue a donzela e vá embora!", a velhinha disse quando os cavalos e o gado foram entregues, conforme combinado.

Logo enfeitaram a donzela e depressa lhe levaram um lindo cavalo malhado que falava feito gente. Puseram nele rédea de prata, sela de prata, com uma manta de prata embaixo e outra em cima. Então o genro montou em seu cavalo e levou a noiva da casa da mãe, puxando o cavalo malhado por uma correntinha de prata.

Eles seguiram pela estrada, e o jovem disse: "No fundo da floresta há uma armadilha para raposas. Vou até lá. Continue por esta estrada. Mais adiante ela se bifurca. Na estrada que vai para o leste, há uma pele de zibelina pendurada. Na estrada que vai para o oeste, a pele de um urso macho, com patas, cabeça e pêlos brancos no pescoço. Vá pelo caminho onde está a pele de zibelina". Ele apontou para a estrada e partiu.

A jovem avançou até a bifurcação do caminho, mas ao chegar lá tinha esquecido as instruções. Seguindo pelo caminho onde se encontrava a pele do urso, chegou a uma pequena cabana de metal. De repente saiu da cabana uma filha do diabo, vestida dos joelhos para cima com uma roupa de ferro. Tinha apenas uma perna, que era torcida. Uma única mão torta lhe nascia sob o peito, e seu único olho, cheio de fúria, ficava no meio da testa. Tendo estendido uma língua de quinze metros até o peito da moça, derrubou-a do cavalo, arrancou-lhe toda a pele do rosto e a colou no seu. Em seguida tirou todos os adornos da jovem e os pôs em si mesma. Por fim, a filha do diabo montou no cavalo e partiu.

O marido encontrou a filha do diabo quando ela estava chegando à casa do ilustre cã Kara. Nove jovens foram lhe segurar as rédeas do cavalo; oito donzelas também se aproximaram. Diz-se que a noiva cometeu o erro de amarrar seu cavalo ao salgueiro onde a viúva de Semyaksin costumava amarrar seu touro malhado. A maioria dos que foram recepcionar a noiva ficou profundamente abatida, e os demais ficaram desiludidos. A tristeza tomou conta deles.

Todos que conheceram a noiva a abominaram. Até as doninhas vermelhas fugiam à sua aproximação, mostrando que a detestavam. Espalharam grama no caminho até sua cabana e a levaram por aí, conduzindo-a pela mão. Depois de entrar, ela alimentou o fogo com a ramagem superior de três lariços novos. Então a esconderam atrás de uma cortina, enquanto eles próprios bebiam, brincavam, riam e se divertiam.

Mas a festa do casamento chegou ao fim, e a vida voltou ao ritmo normal. Quando foi ao pasto procurar suas vacas, a velhinha das cinco vacas viu que a planta com cinco brotos estava crescendo mais do que o normal. Ela a arrancou com as raízes, levou-a para casa, embrulhou-a e colocou-a sob o travesseiro. Então voltou e começou a ordenhar as vacas, mas o pandeiro com os guizos começou a tocar, e a tesoura caiu fazendo barulho. De volta à casa, a velha lá encontrou a bela jovem, mais encantadora do que nunca.

"Mãe", ela disse. "Meu marido me levou embora daqui. Meu querido marido disse: 'Preciso ir tratar de um assunto', mas antes de ir ele falou: 'Vá pelo caminho onde há uma pele de zibelina pendurada, e não vá pelo caminho onde há uma pele de urso pendurada'. Eu me esqueci, fui pelo segundo caminho e cheguei a uma casinha de ferro. Uma filha do diabo me arrancou a pele do rosto e a colou no seu. Ela me arrancou todos os adornos, colocou-os em si mesma, montou em meu cavalo e partiu. Ela jogou fora pele e ossos, e um cão cinzento pegou meus pulmões e meu coração com os dentes e os arrastou para o descampado. Cresci aqui como uma planta, pois estava decidido que eu não iria morrer de uma vez por todas. Talvez esteja determinado que no futuro terei filhos. A filha do diabo interferiu em meu destino, porque casou com meu marido e contaminou sua carne e seu sangue; ela absorveu sua carne e seu sangue. Quando o verei?"

O ilustre cã Kara foi às terras pertencentes à velhinha das cinco vacas. O cavalo branco malhado, que era capaz de falar como gente, sabia que sua dona ressuscitara, e começou a falar.

Ele se queixou a cã Kara nestes termos: "A filha do diabo matou minha dona, arrancou a pele de seu rosto e a colou no seu; ela tomou para si todos os adornos da minha dona. A filha do diabo foi viver com o filho de cã Kara e se tornou sua mulher. Mas minha dona ressuscitou e agora está viva. Se o seu filho não tomar essa bela jovem por esposa, vou me queixar ao Senhor Deus branco no seu assento de pedra branca, junto ao lago com ondas de prata, gelo de ouro flutuante, blocos de gelo de prata e de gelo negro; e vou acabar com sua casa e seu fogo, deixando-o sem meios para viver. Um homem divino não deve tomar uma filha do diabo como esposa. Amarre essa filha do diabo às pernas de um cavalo bravo. Faça que a água jorre sobre o corpo do seu filho durante trinta dias, para purificá-lo; e deixe que os vermes e os répteis suguem o seu sangue contaminado. Depois o tire da água e o coloque no alto de uma árvore para expô-lo ao vento durante trinta noites, de forma que as brisas do norte e do sul penetrem no seu coração e no seu fígado e purifiquem sua carne e seu sangue contaminados. Quando ele estiver limpo, que seja persuadido a retomar a esposa!".

Cã Kara ouviu e entendeu as palavras do cavalo. Dizem que ele derramou lágrimas por ambos os olhos, depois partiu a galope para casa. Quando sua nora o viu, a expressão de seu rosto mudou totalmente.

"Filho!", cã Kara disse. "De onde e de quem você tomou esta mulher por esposa?"

"Ela é filha da velhinha das cinco vacas."

"Como era o cavalo em que você a trouxe? Que espécie de mulher você trouxe? Você sabe qual é sua origem?"

A essas perguntas, o filho respondeu: "Para além do terceiro céu, nas alturas onde fica o assento de pedra branca, está o Deus branco; seu irmão caçula reuniu aves migratórias numa sociedade. Sete donzelas, as filhas dele na forma de sete garças, vieram à terra e se banquetearam, entraram num campo circular e dançaram; e uma mestra desceu até elas. Ela escolheu a melhor das sete garças e disse: 'Sua missão é ir ao encontro das pessoas; ser um iacuto nessa terra intermédia; você não deve desgostar dessa terra impura! Você foi considerada digna do filho do ilustre cã Kara e deve usar uma pele feita de oito zibelinas. Por causa dele, você vai se tornar um ser humano, ter filhos e criá-los'. Depois de dizer isso, ela cortou a ponta das asas da garça. A jovem chorou. 'Transforme-se numa erva rabo-de-galo, e cresça!', a mestra disse. 'Uma velhinha dona de cinco vacas vai encontrar a erva, transformá-la numa donzela e dá-la em casamento ao filho do cã Kara.' Eu a tomei seguindo essa recomendação e de acordo com a descrição que me fizeram dela; mas aceitei um ser estranho; na verdade, pelo que me parece, não me casei com nada!".

Depois da resposta do filho, cã Kara disse: "Depois de ver e ouvir, eu vim. O cavalo malhado com voz humana se queixou a mim. Ao levar sua mulher, você lhe falou de um caminho que se bifurcava. Você disse: 'No caminho que vai para o leste, há uma pele de zibelina pendurada; no caminho do oeste, há uma pele de urso'. Você disse: 'Não vá pelo caminho da pele do urso, e sim pelo caminho onde se vê a pele de zibelina!'. Mas ela se esqueceu e foi pelo caminho onde estava a pele de urso. Ela chegou à casa de ferro e então a filha do diabo saltou de dentro da casa e foi ao encontro dela, arrancou-a do cavalo, jogou-a no chão, arrancou-lhe a pele do rosto e a colou no seu. A filha do diabo se vestiu com as belas roupas da jovem e se adornou com suas jóias de prata e cavalgou até aqui, fingindo ser a noiva. Amarrou o cavalo no velho salgueiro; isso já é um sinal. 'Amarre a filha do diabo às pernas de um cavalo bravo!', o cavalo me disse. 'E lave seu filho numa correnteza forte durante um mês de trinta noites; deixe que vermes e répteis suguem seu corpo e seu sangue contaminados. Leve-o então para o topo de uma árvore e o exponha ao vento durante um mês de trinta noites. Deixe que sobre ele soprem os ventos do norte e do sul; deixe que soprem no seu coração e no seu fígado!', o cavalo me disse. 'Faça que ele vá e convença sua esposa e a tome! Mas fora com aquela mulher! Não a mostre! Ela vai devorar pessoas e gado. Se você não se livrar dela', o cavalo disse, 'vou me queixar ao Deus branco'".

Ouvindo aquilo o filho ficou muito envergonhado, e um criado chamado Boloruk agarrou a mulher, que estava atrás de uma cortina ouvindo a conversa, e, segurando-a pelo pé, amarrou-a às pernas de um cavalo bravo. O cavalo a estraçalhou aos coices e a matou. Seu corpo e seu sangue foram atacados na terra

A VELHINHA DAS CINCO VACAS 391

por vermes e répteis, e se transformaram em vermes e répteis que até hoje andam por aí. Depois de ser mergulhado numa corrente de águas impetuosas, o filho de cã Kara foi posto numa árvore, para que sobre ele soprassem os ventos primaveris que chegavam do norte e do sul. Assim, seu corpo e seu sangue contaminados foram purificados e, quando o levaram para casa, de corpo enxuto e mal conseguindo respirar, restavam-lhe apenas a pele e os ossos.

Como antes, ele cavalgou em direção ao lugar para onde enviara os presentes de casamento e, tendo amarrado o cavalo a uma estaca, desmontou na frente da casa da sua sogra. A velhinha das cinco vacas saiu de casa alvoroçada e radiante. Ela se alegrava como se o morto tivesse ressuscitado e o perdido tivesse sido encontrado. Do lugar onde o cavalo estava amarrado até a casa, ela espalhou folhas verdes da relva e estendeu diante da cama uma pele de cavalo branco com os cascos, matou uma vaca leiteira, uma grande égua de peito farto, e fez uma festa de casamento.

A jovem se aproximou do marido às lágrimas. "Por que você veio a mim?", ela perguntou. "Você derramou meu sangue escuro, você cortou fundo a minha pele. Você me atirou como alimento aos cães e aos patos. Você me deu à filha de um demônio de oito pernas. Depois disso, como pode vir aqui procurar uma esposa? Moças são mais numerosas do que percas, mulheres são mais numerosas do que timalos; meu coração está ferido e minha mente está inquieta! Não se aproxime!"

"Eu não a mandei para a filha de um demônio de oito pernas e, quando fui embora para resolver um assunto importante, eu lhe apontei o caminho. Não a encaminhei de propósito para um lugar perigoso e não sabia o que ia lhe acontecer quando lhe disse: 'Vá ao encontro do seu destino!'. A mestra e protetora, a criadora, a escolheu e a destinou a mim; por essa razão você ressuscitou e está viva", ele disse. "E aconteça o que acontecer, de bom ou de ruim, é certo que vou tomar você como esposa!"

A velhinha das cinco vacas enxugou as lágrimas de ambos os olhos e se sentou entre os dois jovens. "Como é possível que vocês, tendo se encontrado, não se alegrem de terem voltado à vida depois da morte e de terem sido encontrados depois de se perderem? Nenhum de vocês deve se opor ao meu desejo!"

A donzela deu sua palavra, mas de má vontade disse: "Concordo!". Então o jovem saltou e dançou, abraçou, beijou e perdeu o fôlego. Os dois se entregaram às brincadeiras mais divertidas, deram gargalhadas e conversaram sem parar. Já fora de casa, amarraram o cavalo malhado que falava como gente, colocaram-lhe a manta de prata da sela, a sela de prata, a rédea de prata, os alforjes de prata e amarram nele a correntinha de prata.

Depois de devidamente vestida, sem que nada lhe faltasse, a jovem pôde partir. Durante a viagem, ela e seu marido sabiam que era inverno pela bela neve que caía; sabiam que era verão pela chuva; sabiam que era outono pela bruma.

Os criados das nove casas de cã Kara, os domésticos de oito casas, as camareiras de sete casas e os nove filhos de senhores que chegaram como nove garças pensaram: "Como será que a noiva vai chegar? Ela virá andando num passo vigoroso ou como quem está passeando? E zibelinas aparecerão em suas pegadas?".

Assim pensando, eles se puseram a fazer flechas com tal ímpeto que os seus dedos perderam a pele; concentraram-se tanto no trabalho que a sua vista ficou embotada. Sete mulheres adultas na forma de sete garças, nascidas ao mesmo tempo, tanto teceram fios que a pele lhes saiu dos joelhos, e disseram: "Se, quando a noiva vier, assoar o nariz ruidosamente, haverá muitos queridos reizinhos".

O filho chegou com a noiva, e duas donzelas seguraram-lhes as rédeas dos cavalos junto à estaca onde os animais seriam amarrados. O filho e sua noiva desmontaram, e ela assoou o nariz; então haveriam de chegar queridos reizinhos! Imediatamente as mulheres começaram a tecer peças de roupa. Zibelinas corriam pelos lugares em que ela acabava de pisar, e alguns dos rapazes corriam para a floresta escura para caçá-las.

Do pé da estaca até a tenda, todo o caminho foi semeado com folhas verdes da relva. Ao chegar, a noiva acendeu o fogo com três galhos de lariço. Então a esconderam atrás de uma cortina, esticaram uma correia em nove pontos e amarraram nela noventa poldrinhos brancos malhados. Do lado direito da casa, enfiaram no chão nove estacas, amarraram a estas nove poldrinhos brancos e colocaram nos poldros nove feiticeiros amigos que bebiam leite de égua fermentado. No lado esquerdo da casa, plantaram oito estacas.

Os festejos do casamento começaram homenageando a entrada da noiva na casa. Guerreiros e mestres de ofícios chegaram juntos. Diz-se que nove espíritos ancestrais chegaram das alturas e doze espíritos ancestrais ergueram-se da terra. Diz-se que nove tribos chegaram a cavalo de sob a terra e, usando chicotes de cipó seco, trotavam mal. Os que tinham estribos de ferro andavam em massa compacta, e os que tinham estribos de cobre avançavam sem muita firmeza.

Chegou gente de todas as tribos estrangeiras e das tendas das aldeias nômades; havia cantores, havia dançarinos, havia contadores de histórias; havia saltadores, alguns capazes de saltar por cima de uma pessoa em pé; havia multidões que tinham cinco moedas de um copeque, havia gente que estava passeando. Então os habitantes das alturas voaram para cima; os que habitavam a região intermédia, a terra, se separaram e se foram. Os demais ficaram lá espalhados pelo chão até o terceiro dia; mas, antes do amanhecer, a maioria deles tinha sido recolhida, todos os animais tinham sido postos em seus cercados, e as crianças brincavam no lugar da festa. Dizem que seus descendentes ainda hoje estão vivos.

# Achol e sua mãe-leoa adotiva
## (dinka, do Sudão)

Achieng deu à luz dois filhos, Maper e Achol. Eles tinham três meios-irmãos por parte de pai. Achol ficou noiva de um homem chamado Kwol. A família se mudou para o território do leão. Como Achol ainda era pequena, seu irmão a carregou.

Os meios-irmãos ficaram com inveja da sorte de Achol por ter noivado tão jovem. Planejaram abandonar Achol e seu irmão Maper na selva. Certa noite, sem que ninguém notasse, puseram um remédio no leite deles. Achol e Maper caíram em sono profundo. Naquela noite, deixaram uma cuia de leite ao lado deles e levantaram acampamento, deixando-os para trás.

Na manhã seguinte, Achol foi a primeira a acordar. Quando viu que tinham sido deixados para trás, ela gritou e acordou o irmão. "Maper, filho da minha mãe, eles levantaram acampamento e nos deixaram para trás!"

Maper acordou, olhou em volta e disse: "Quer dizer então que nossos próprios irmãos nos abandonaram! Não se preocupe, tome seu leite".

Tomaram um pouco de leite e entraram num fosso cavado por um elefante. Isso lhes deu abrigo e proteção. E lá dormiram.

Chegou então uma leoa em busca de restos deixados no acampamento. Quando ela notou o fosso, olhou dentro dele e viu as crianças. Elas exclamaram: "Oh, Senhor, estamos mortos — fomos devorados!".

A leoa falou: "Crianças, não chorem. Não vou comer vocês. Vocês são filhos de seres humanos?".

"Sim", responderam.

"Por que estão aqui?", ela perguntou.

"Fomos abandonados por nossos meios-irmãos", Maper disse.

"Venham comigo", a leoa disse. "Vou cuidar de vocês como se fossem meus próprios filhos. Não tenho filhos."

Eles concordaram e a acompanharam. No caminho, Maper fugiu e voltou para casa. Achol continuou com a leoa. Elas foram para a casa da leoa, que cuidou de Achol e a criou até ela se tornar uma moça.

Durante esse tempo, os parentes de Achol choraram sua perda. Os meios-irmãos negaram ter feito malfeitoria. Mas Mapler explicou que ele e sua irmã tinham sido abandonados, encontraram uma leoa, da qual ele fugira.

Alguns anos depois, o acampamento voltou novamente para o território do leão. Mas dessa vez Maper já estava adulto. Certo dia, quando ele e seus companheiros estavam pastoreando, chegaram à casa da leoa. Maper não reconheceu a aldeia. A leoa saíra para caçar. Achol estava lá, mas Maper não a reconheceu.

Um dos companheiros falou a Achol: "Moça, por favor, pode nos dar água para beber?".

Achol disse: "Esta não é uma casa em que se possa pedir água. Vejo que são seres humanos. Este lugar é perigoso para vocês!".

"Estamos com muita sede", explicaram. "Por favor, dê água para nós."

Ela lhes trouxe água, eles beberam e foram embora. A mãe de Achol, a leoa, voltou, trazendo um animal que matara. Ela jogou o animal no chão e cantou:

*Achol, Achol*
*Saia da cabana,*
*Minha filha que criei na abundância.*
*Quando as pessoas passavam necessidade.*
*Minha filha nunca passou por isso;*
*Filha, venha, estou aqui.*
*Minha filhinha que foi abandonada,*
*Minha filhinha que encontrei incólume,*
*Minha filhinha que criei,*
*Achol, minha querida,*
*Venha ao meu encontro, minha filha.*

Elas se encontraram, se abraçaram, depois fizeram comida e comeram. A mãe de Achol lhe disse: "Filha, se vierem seres humanos para cá, não fuja deles, seja gentil com eles. É assim que você vai conseguir se casar".

Maper gostou de Achol, e naquela mesma noite ele voltou com um amigo para cortejá-la. A mãe de Achol lhe deu uma cabana separada para que ela pudesse receber seus companheiros. Então, quando Maper chegou com o amigo e pediu para ser recebido, ela os levou à cabana. Preparou para eles a cama num dos lados da cabana, e ela própria dormiu no outro.

À noite, o desejo de Maper por Achol aumentou e ele quis ir para onde ela estava. Mas toda vez que ele tentava se deslocar, uma lagartixa que estava na parede dizia: "O homem está prestes a violentar a própria irmã!". Então ele parou. Então tentou se deslocar novamente, e uma viga do teto disse: "O homem está prestes a violentar a própria irmã!". Quando ele tentou novamente, a grama disse a mesma coisa.

O amigo de Maper acordou e disse: "Quem está falando? O que estão dizendo?". Maper falou: "Não sei e não entendo o que querem dizer com 'irmã'".

Então pediram à jovem que lhes falasse mais sobre quem ela era. Achol então lhes contou que ela e seu irmão tinham sido abandonados e que a leoa os encontrara.

"É mesmo?", Maper disse, nervoso.

"Sim", Achol disse.

"Então vamos embora para casa. Você é minha irmã."

Achol o abraçou, chorou e chorou. Quando se acalmou, ela contou a Maper e ao amigo que não podia deixar a leoa, pois esta cuidara muito bem dela. Mas os dois a convenceram a partir com eles. O acampamento deles mudou na manhã seguinte para evitar um encontro com a leoa.

Naquela manhã, a leoa saiu bem cedo para caçar. Quando voltou à noite, ela cantou para Achol como de costume, mas Achol não respondeu. Ela repetiu a canção várias vezes, e Achol não respondeu. Entrou na cabana e viu que Achol tinha ido embora. Ela chorou, chorou e chorou. "Aonde foi minha filha? Será que um leão a comeu ou ela foi roubada de mim por seres humanos?"

Então ela correu, seguindo o acampamento dos que pastoreavam o gado. Ela correu, correu e correu.

Os pastoreadores chegaram à aldeia e esconderam Achol.

A leoa continuou a correr, a correr e a correr até chegar à aldeia. Parou diante da aldeia e começou a cantar sua canção de sempre.

Tão logo Achol ouviu sua voz, saltou do seu esconderijo. As duas correram uma para a outra e se abraçaram.

O pai de Achol matou um touro em sinal de hospitalidade para com a leoa. A leoa disse que não voltaria para a floresta e que ficaria entre os seres humanos, com sua filha, Achol.

Casaram Achol e a deram ao marido. Sua mãe, a leoa, mudou-se com ela para a casa dos cônjuges. E todos juntos viveram felizes.

PARTE 12

MULHERES CASADAS

# História de uma mulher-pássaro
## (chukchi, da Sibéria)

Um rapaz foi a um lago que ficava num descampado. Lá ele viu muitas aves, algumas das quais eram gansos e gaivotas, mas tanto os gansos quanto as gaivotas deixavam suas roupas na beira do lago. O jovem pegou essas roupas, então todos os gansos e gaivotas disseram: "Trate de devolvê-las".

Ele devolveu as coisas roubadas a todas aquelas moças-gansas, mas não a uma jovem gaivota, que ele tomou por esposa. Ela lhe deu dois filhos, crianças humanas de verdade. Quando as mulheres foram recolher folhas, a mulher-gaivota foi com elas ao campo; como, porém, recolhia grama demais, sua sogra a recriminou. Todos os pássaros estavam levantando vôo para longe, e a mulher, que ansiava por voltar à sua terra, foi com seus filhos para trás de uma tenda quando os gansos passaram.

"Como vou poder levar meus filhos?", ela disse. Os gansos arrancaram penas das próprias asas e as prenderam nas mangas dos braços dos meninos, e a mulher e seus filhos partiram voando juntos.

Quando o marido voltou, não encontrou a esposa, pois ela tinha ido embora. Ele não conseguiu descobrir nada sobre seu paradeiro, então disse à sua mãe: "Faça-me dez pares de botas muito boas". Daí partiu para a terra dos pássaros e viu uma águia, que lhe disse: "Vá para a beira-mar; lá você encontrará um velho cortando madeira para lenha. Visto por trás, ele tem um aspecto monstruoso, por isso não se aproxime dele por trás. Ele o engoliria. Aproxime-se dele face a face".

O velho disse: "De onde você veio e para onde vai?".

O rapaz respondeu: "Casei-me com um moça-gaivota, que me deu dois filhos, mas agora ela desapareceu com eles. Eu a estou procurando".

"Como você está viajando?"

"Tenho dez pares de botas", foi a resposta.

O velho disse: "Vou lhe fazer uma canoa". Ele fez uma bela canoa, com uma cobertura, como uma caixinha de rapé. O rapaz se acomodou na canoa e o velho disse: "Se quiser ir para a direita, diga para a canoa 'Wok, wok' e mexa seu pé direito. Se depois quiser ir para a esquerda, diga 'Wok, wok!' e mexa seu pé esquerdo".

A canoa era rápida como um pássaro. O velho continuou: "Quando você chegar à praia e quiser desembarcar, diga 'Kay!' e empurre a cobertura com a mão!".

O jovem se aproximou da costa, empurrou a cobertura, e a canoa foi dar em terra. Ele viu muitas crianças-pássaros brincando no chão. Era a terra dos pássaros. O rapaz encontrou seus filhos, que o reconheceram. "Papai chegou!"

Ele disse: "Digam à sua mãe que cheguei".

Eles logo voltaram, e com eles vinha o irmão da sua esposa. Ele se aproximou do rapaz e disse: "Sua mulher foi tomada como esposa pelo nosso chefe, um grande pássaro marinho".

O homem entrou na casa da sua mulher. O pássaro chefe a beijou no rosto e disse ao jovem: "Por que você veio? Não vou devolver sua mulher".

O cunhado se sentou dentro da tenda. O marido e o grande pássaro se engalfinharam, e o jovem, pegando o adversário pelo pescoço, atirou-o longe. O pássaro chefe partiu para sua terra queixando-se bastante, e muitos pássaros voaram para lá, assim como muitas gaivotas de vários tipos.

Quando o rapaz estava dormindo com sua esposa, ela o chamou: "Muitíssimos guerreiros chegaram, acorde, depressa!".

Mas ele continuou dormindo e, como se ouviam diversos gritos e havia muito barulho em volta da casa, ela se assustou. Logo os pássaros arrancaram penas para usá-las como flechas, mas o jovem saiu e, pegando uma vara, brandiu-a em várias direções. Ele acertou a asa de um pássaro, o pescoço de outro, a cauda de outro. Então todos os pássaros fugiram, mas no dia seguinte voltaram em número duas vezes maior; pareciam numerosos como uma nuvem de mosquitos. Mas o jovem encheu uma vasilha de água e borrifou os pássaros com ela. Depois disso, eles não conseguiam voar, ficaram gelados na hora e não voltaram mais.

O rapaz levou sua mulher e seus filhos para a terra do seu povo. Sentando-se na canoa, ele a cobriu como antes, e ao chegar à costa encontrou o velhinho.

"E então?", o velho disse.

"Eu os trouxe!", foi a resposta.

"Então vá, parta! Aqui estão as suas botas, pegue-as e vá embora."

Quando finalmente abandonaram a canoa, encontraram a águia no mesmo lugar. Estavam exaustos. A águia disse: "Vista a minha roupa". O jovem vestiu as roupas da águia e voou para casa. A águia disse a ele: "Você vai ficar com a minha roupa, mas não a leve para dentro de casa. Deixe-a um pouco longe, no mato!".

Então o jovem deixou a roupa no chão, e ela voou de volta para a águia. Eles chegaram em casa. O jovem empurrou algumas árvores caídas com o pé, e elas se transformaram num grande rebanho. Ele foi tocando o rebanho à sua frente, então untou sua mulher com sangue e se casou com ela. Deixando de ser um pássaro, ela virou gente e passou a se vestir como mulher.

# Pai e mãe "apressadinhos"
## (montanhês, americano)

Oh, sim. Bem, um sujeito ficou com uma moça e logo procurou o próprio pai e disse: "Pai, vou me casar com aquela moça". O pai disse: "John, deixe-me lhe dizer uma coisa — fui muito apressado quando era jovem, e aquela moça é sua irmã".

Bem, ele se sentiu péssimo e a deixou. Logo pegou outra, ficou com ela por um tempo, foi até o pai e disse: "Pai, vou me casar com aquela moça". O pai disse: "Johnny, fui muito apressado quando jovem — aquela moça é sua irmã".

Ele se sentiu muito mal, e um dia estava junto do fogão, de cabeça baixa, e sua mãe disse: "Qual é o problema, John?". "Não, nada." Ela disse: "Tem alguma coisa, e quero saber o que é. Por que você deixou aquela primeira moça com quem você ficou e deixou a segunda?". "Bem", ele disse. "Meu pai me disse que era apressado quando jovem, e ambas são minhas irmãs." Ela diz: "Johnny, vou lhe dizer uma coisa. Eu era apressada quando jovem, e seu pai não é seu pai".

# Motivo para surrar sua mulher
(egípcio)

Dois amigos se encontraram. O primeiro disse ao segundo: "Como vai, fulano? Faz tempo que a gente não se encontra. Bons tempos aqueles. Como vão as coisas?".

O segundo respondeu: "Bem, por Deus, eu me casei, e minha mulher é do tipo 'boa família', exatamente como a gente quer que uma esposa seja".

O primeiro perguntou: "Você já bateu nela? Sim ou não?".

"Não, por Deus, não há razão para surrá-la. Ela faz tudo do jeito que eu quero."

"Ela deve levar pelo menos uma surra, só para saber quem é que manda na casa!"

"Por Deus, sim! Você tem razão."

Passou-se uma semana, e eles se encontraram novamente. O primeiro perguntou ao segundo: "Ei, o que você fez? Bateu nela?".

"Não! Não consigo encontrar um motivo!"

"Vou lhe dar um motivo. Compre peixe, bastante peixe, leve para ela e lhe diga: 'Cozinhe esses peixes porque teremos convidados para o jantar', e saia de casa. Quando voltar para casa mais tarde, independentemente de como ela tiver preparado a comida, diga que queria de algum outro jeito!"

O homem disse: "Ótimo". Ele comprou alguns peixes-gato e foi para casa. À porta, ele empurrou os peixes na mão da mulher e disse: "Cozinhe-os, pois vamos ter convidados", e escapuliu de casa.

A mulher pensou consigo mesma: "Menina, o que você vai fazer com esses peixes? Ele não lhe disse como preparar". Ela pensou, pensou e finalmente disse: "Vou fritar alguns, assar outros, preparar outros numa panela com cebola e tomate".

Ela limpou a casa e preparou tudo. Perto da hora do jantar, seu filho pequeno fez cocô no chão, próximo ao lugar onde eles se sentavam de pernas cruzadas para comer. Quando foi pegar alguma coisa para limpar o chão, ouviu o marido e o amigo batendo à porta. Antes de correr para atender, ela cobriu o cocô do filho com o prato que tinha na mão.

Eles entraram, sentaram-se junto à mesa no chão e pediram: "Traga a comida, fulana".

Primeiro ela levou o peixe frito. Ele disse: "Frito?! Eu queria assado!". Imediatamente ela levou o peixe assado. Ele gritou: "Assado não, eu queria cozido na panela!". Imediatamente ela levou a panela. Ele ficou frustrado e embaraçado. E disse: "Eu quero... eu quero...".

Ela perguntou: "O quê?".

Ele respondeu aturdido: "Quero merda!".

Levantando o prato do chão, ela disse imediatamente: "Aqui está".

# Os três amantes
## (americano, do Novo México)

Houve certa vez uma mulher que vivia numa cidade e era casada com um homem chamado José Pomuceno. Esse homem tinha carneiros. Ele ficava sempre no campo, fazendo o seu trabalho. E toda vez que ele ia à cidade, a sua mulher nunca perdia a chance de traí-lo. E foi assim que a coisa ficou tão preta que ela arranjou três amantes.

Certa ocasião em que o marido não estava em casa, os três iriam na mesma noite. Como combinado, o primeiro chegou. Em seguida chegou o segundo. Ele bateu na porta. A mulher informou ao primeiro quem estava lá: "Meu marido".

"Onde me escondo?"

"No guarda-roupa."

O homem se escondeu no guarda-roupa. O outro homem entrou. Pouco depois o terceiro chegou e bateu na porta. A mulher disse ao segundo homem: "Meu marido".

"Não", ele disse. "Se é seu marido, deixe-o me matar. Vou fazer o que eu quiser. Tenho certeza de que não é o seu marido. Você está nos enrolando a todos."

Vendo que ele não acreditava que aquele homem era o seu marido, a mulher tentou fazer o outro sair, dizendo-lhe que fosse embora, que tudo dera errado, que voltasse em outra ocasião.

Então o sujeito lhe falou lá de fora: "Como você não pode fazer mais nada, por que pelo menos não me dá um beijo?".

"Sim", disse o homem que estava com ela. "Acho que está certo. Diga-lhe que venha à janela."

O que estava lá fora foi à janela, o outro levantou o traseiro para ele, e o cara o beijou.

Quando este viu que tinha beijado o traseiro do outro, ficou chateado e quis dar o troco. Então disse que tinha gostado e queria beijar novamente. Na segunda vez ele não tentou beijar, como fizera antes, mas acendeu um fósforo e tocou fogo no outro.

Quando o que estava dentro sentiu a chama, saiu pulando e gemendo no meio do quarto. "Fogo! Fogo! Fogo!"

Então o que estava no guarda-roupa respondeu: "Jogue sua mobília fora, senhora".

Assim termina a história da mulher de José Pomuceno.

# Os sete fermentos
(árabe palestino)

Há muito tempo uma velha morava sozinha numa choupana. Ela não tinha ninguém. Certo dia, quando o tempo estava bonito, ela disse: "Ah, sim! Por Alá, hoje o dia está ensolarado e bonito, e vou para a praia. Mas primeiro vou misturar esta massa".

A velha terminou de misturar a massa, acrescentou o fermento, vestiu sua melhor roupa, dizendo: "Por Alá, agora é só ir à praia". Chegando à praia, ela se sentou para descansar, e então... olha lá um barco, que já está se enchendo de gente.

"Ei, tio!", ela disse ao dono do barco. "Aonde vai você, sob a proteção de Alá?"

"Por Alá, estamos indo para Beirute."

"Está bem, irmão. Leve-me com você."

"Deixe-me em paz, ó velha", ele disse. "O barco já está cheio, e não há lugar para você."

"Tudo bem", ela disse. "Vá. Mas, se você não me levar, que seu barco encalhe e afunde!"

Ninguém ligou para o que ela disse, e eles partiram. Mas o barco ainda não tinha avançado vinte metros e começou a afundar. "Ei!", exclamaram. "Parece que a praga daquela mulher foi ouvida." Então voltaram e levaram a velha com eles.

Em Beirute, ela não conhecia nada nem ninguém. Já estava perto do pôr-do-sol. Os passageiros desembarcaram, ela também desceu e se sentou para descansar um pouco, encostada a um muro. O que mais poderia fazer? As pessoas passavam de um lado para outro, e estava ficando muito tarde. A certa altura, passou um homem. Todos já tinham ido para casa, e lá estava aquela mulher encostada à parede.

"O que faz aqui, irmã?", ele perguntou.

"Por Alá, irmão", ela respondeu. "Não estou fazendo nada. Não conheço esta cidade, não tenho a quem procurar. Misturei minha massa, coloquei o fermento, e vim passear um pouco até ela crescer, quando então iria voltar para casa."

"Ótimo", ele disse. "Venha para minha casa, então."

Ele a levou para sua casa. Lá moravam apenas ele e a esposa. Eles levaram comida, riram e se divertiram — vocês precisavam ver como se divertiam. Depois que terminaram, escutem só! O homem trouxe um feixe de varas deste tamanho e começou a bater na mulher. "Qual é o lado que machuca mais?" E continuou com aquilo até quebrá-las todas nos flancos da esposa.

"Por que está fazendo isso, menino?", a velha perguntou, aproximando-se para impedi-lo de continuar.

"Para trás!", ele disse. "Você não sabe qual é o pecado dela. É melhor ficar de fora!" Ele só parou de surrar sua mulher depois de ter quebrado todas as varas.

"Pobre mulher!", exclamou a velha senhora quando o homem parou. "Qual é o seu pecado, ó infeliz?"

"Por Alá", a mulher respondeu. "Não fiz nada, nem pensei em fazer nada. Ele diz que é porque não engravido e não posso ter filhos."

"É só por isso?", a velha perguntou. "Mas isso é fácil. Ouça, deixe-me lhe dizer uma coisa. Amanhã, quando ele vier bater em você, diga-lhe que está grávida."

No dia seguinte, como de costume, o marido chegou em casa trazendo tudo que era necessário para a casa e um feixe de varas. Depois do jantar, ele ia bater na mulher, mas, antes que desse o primeiro golpe, ela gritou: "Pare! Estou grávida!".

"É verdade?"

"Sim, por Alá!"

Daquele dia em diante, ele parou de bater nela. Ele a mimava, não a deixava se levantar para fazer nenhum trabalho doméstico. Tudo que ela queria, ele levava para a mulher.

Depois disso, todos os dias a mulher procurava a velha e dizia: "O que vou fazer, minha avó? E se ele descobrir?".

"Não importa", a velha respondia. "Durma tranqüila. As brasas vivas da noite não são mais do que cinzas pela manhã." Todo dia a velha colocava trapos na barriga da mulher para aumentá-la e dizia: "Basta continuar dizendo que está grávida, e deixe o resto por minha conta. Os tições da noite são as cinzas da manhã".

Acontece que aquele homem era o sultão, e as pessoas ouviram o comentário: "A mulher do sultão está grávida! A mulher do sultão está grávida!". Quando chegou a hora de dar à luz, a mulher foi ao padeiro e disse: "Quero que você asse para mim um pão em forma de um bebê do sexo masculino".

"Está bem", ele disse e lhe fez o boneco, que ela embrulhou e levou para casa, sem deixar que o marido visse. As pessoas diziam: "A mulher do sultão está para dar à luz, logo o bebê vai nascer".

A velha se aproximou. "Na minha terra, trabalho como parteira", disse. "Ela ficou grávida graças aos meus esforços, e eu é que vou fazer o parto. Não quero ninguém por perto."

"Está bem", as pessoas disseram. E logo se puseram a falar: "Ela deu à luz! Ela deu à luz!".

"E foi menino ou menina?"

"Menino."

A mulher agasalhou o boneco e o colocou no berço. As pessoas comentavam: "Ela deu à luz um menino!". Procuraram o sultão e lhe disseram que ela dera à luz um menino. O arauto saiu pela cidade anunciando à população que na semana seguinte só seria permitido comer ou beber na casa do sultão.

Então a velha mandou avisar que ninguém podia ver o bebê antes de se passarem sete dias. No sétimo dia anunciou-se que a mulher do sultão e o bebê iam aos banhos públicos. E nesse meio-tempo, todos os dias a mulher perguntava à velha: "O que vou fazer, minha avó? E se o meu marido descobrir?". E a velha respondia: "Fique tranqüila, minha querida! As brasas da noite são as cinzas da manhã".

No sétimo dia os banhos foram reservados para a mulher do sultão. Levando roupas novas, as mulheres foram para lá, acompanhadas por uma criada. A mulher do sultão entrou no banho, e as mulheres colocaram a criada na frente do boneco, dizendo-lhe: "Cuide do menino! Tenha cuidado para que não entre um cachorro e o leve embora!".

Dentro de pouco tempo a criada se distraiu, e então entrou um cachorro, pegou o boneco e o levou embora. A criada correu atrás dele, gritando: "Desgraçado! Largue o filho do meu senhor!". Mas o cachorro continuava a correr mastigando o boneco.

Dizem que na cidade havia um homem muito desgostoso. Fazia sete anos que ele estava assim, e ninguém conseguia curá-lo. No momento em que ele viu uma criada correndo atrás de um cachorro gritando: "Largue o filho do meu senhor", começou a rir. E ele riu, riu até esquecer a dor que o afligia, e se curou. Saiu de casa correndo e perguntou à criada: "Que história é essa? Vi você correndo atrás de um cachorro que levava um boneco, e você gritando para largar o filho do seu senhor. O que está acontecendo?".

"Aconteceu assim, assim", ela respondeu.

O homem tinha uma irmã que tivera gêmeos sete dias antes. Ele a mandou chamar e lhe disse: "Mana, você não quer deixar um dos seus filhos comigo?".

"Sim", ela disse lhe entregando um dos bebês.

A mulher do sultão o tomou e levou para sua casa. As pessoas chegavam para lhe dar os parabéns. Como ela estava feliz!

Depois de algum tempo a velha disse: "Sabem, crianças, acho que a minha massa já cresceu, e quero ir para casa assar o meu pão".

"Por que você não fica?", eles lhe pediram. "Você nos traz bênçãos." Não sei o que mais disseram, mas ela respondeu: "Não. A terra anseia por sua gente. Quero ir para casa".

Eles a puseram num barco, encheram-no de presentes e disseram: "Vá sob a proteção de Alá".

Quando ela chegou em casa, guardou os presentes e ficou por uns poucos dias. Então deu uma olhada na sua massa. "Ora, por Alá!", ela exclamou. "Minha massa ainda não cresceu. Vou para a beira-mar me divertir um pouco." Ela ficou um pouco à beira-mar e... olhe lá um barco!

"Para onde você vai, tio?"

"Por Alá, vamos para Alepo", responderam.

"Levem-me com vocês."

"Ora, deixe-nos em paz, sua velha. O barco está cheio, e não tem lugar."

"Se vocês não me levarem, que seu barco encalhe e afunde!"

Partiram, mas dentro de pouco tempo o barco estava prestes a afundar. Voltaram, chamaram a velha e a levaram. Sendo ela estrangeira, onde haveria de ir? Ela se sentou junto a um muro e ficou olhando as pessoas que passavam para um lado e para outro ao anoitecer. Depois que todos tinham se recolhido em casa à noite, um homem ia passando por ela.

"O que está fazendo aqui?"

"Por Alá, não conheço nada nesta cidade. Não conheço ninguém, e cá estou eu, sentada junto a este muro."

"Ora, não é bom ficar sentada aqui na rua. Levante-se daí e venha comigo à minha casa."

Ela se levantou e foi com ele. Também desta vez, na casa só viviam o marido e a mulher. Eles não tinham filhos nem mais ninguém. Comeram e se divertiram, e tudo estava às mil maravilhas, mas na hora de dormir ele pegou um feixe de varas e se pôs a bater na mulher até quebrá-las todas em suas costas. No segundo dia aconteceu a mesma coisa. No terceiro dia, a velha disse consigo mesma: "Por Alá, quero descobrir por que esse homem bate na mulher desse jeito".

Ela perguntou à mulher e esta lhe respondeu: "Por Alá, o problema não é comigo, só que meu marido trouxe para casa um cacho de uvas pretas. Eu as pus num prato branco feito leite e as levei para ele. 'Olhe!', eu lhe disse. 'Como é bonito o contraste do preto com o branco!' Então ele se levantou de um salto e disse: 'Ao diabo com a sua raça! Você arranjou um amante negro!'. Garanti-lhe que estava me referindo às uvas, mas ele não quis acreditar em mim. Todos os dias traz um feixe de varas e me bate".

"Vou livrá-la disso", a velha disse. "Vá comprar umas uvas pretas e as coloque num prato branco feito leite."

À noite, depois que ele jantou, a mulher trouxe as uvas e as serviu. A velha então se levantou de um salto e disse: "Olhe! Está vendo, meu filho? Por Alá, não existe nada mais belo do que o contraste do preto com o branco!".

"Oh!", ele exclamou balançando a cabeça. "Não é só a minha mulher que diz isso! Você é uma velha senhora e diz a mesma coisa. Acontece então que minha mulher não fez nada, e eu a tenho tratando desse jeito!"

"Não me diga que você batia nela só por causa disso!", a velha exclamou. "Ora! Você perdeu a cabeça? Olhe aqui! Você não vê o quanto é belo o contraste das uvas pretas com o prato branco?"

Dizem que eles se tornaram bons amigos e que o marido parou de bater na esposa. Depois de ficar com eles por mais alguns meses, a velha disse: "A terra anseia por sua gente. Talvez agora minha massa tenha crescido. Quero ir para casa".

"Fique, minha senhora! Você nos trouxe bênçãos."

"Não", ela respondeu. "Quero ir para casa."

Eles lhe prepararam um barco, encheram-no de comida e outras provisões. Ela se arrumou e foi para casa. E lá, em sua casa, depois de ter se acomodado, descansado e guardado suas coisas, ela deu uma olhada na massa. "Por Alá", ela disse. "Começou a crescer, e agora vou levá-la ao padeiro para assar." Ela a levou para o padeiro, que lhe assou o pão.

Esta é minha história. Eu a contei e agora a deixo nas suas mãos.

# A canção da esposa infiel
## (americano, da Carolina do Norte)

Certa vez um homem e sua esposa viajavam num navio. Um dia o homem estava conversando com o capitão. Falavam sobre mulheres. O capitão disse que nunca tinha visto uma mulher virtuosa. O homem disse que a sua mulher era virtuosa, e o capitão apostou a carga do navio contra o violino do homem que conseguiria seduzir a mulher do outro dentro de três horas. O homem mandou sua esposa ir à cabine do capitão. Depois de esperar por duas horas, o homem se sentiu um pouco incomodado, por isso foi à cabine do capitão e começou a cantar, enquanto tocava seu violino:

*Durante duas longas horas*
*Você resistiu ao poder do capitão*
*A carga logo estará em nossa mão.*

A mulher o ouviu lá de dentro e respondeu cantando:

*Tarde demais, meu caro*
*Ele me tomou pela cintura;*
*Tarde demais: assim quis o destino*
*Você perdeu o maldito do seu velho violino.*

# A mulher que se casou com o próprio filho
(árabe palestino)

Era uma vez uma mulher. Ela saiu para buscar lenha e deu à luz uma menina. Envolveu o bebê num trapo, jogou-o debaixo de uma árvore e seguiu caminho. Os pássaros se aproximaram, fizeram um ninho em volta do bebê e o alimentaram.

A menina cresceu. Um dia ela estava numa árvore próximo a uma lagoa. Como era bonita! (Louvado seja o Criador da beleza, e o Criador é mais belo do que tudo!) Seu rosto era como a lua. O filho do sultão foi à lagoa dar de beber a sua égua, mas a égua recuou, assustada. Ele desmontou para ver o que estava acontecendo e viu a jovem na árvore, iluminando todo o entorno com sua beleza. Ele a levou consigo, redigiu um contrato de casamento e a desposou.

Chegada a época da peregrinação, o filho do sultão foi fazer a peregrinação a Meca. "Cuide da minha mulher até eu voltar da peregrinação", ele disse à sua mãe.

Acontece que a mãe tinha muito ciúme da nora, e logo que o filho partiu ela expulsou sua esposa de casa. A esposa foi morar na casa dos vizinhos, trabalhando de doméstica. A mãe fez uma cova no jardim do palácio e nela enterrou um carneiro. Em seguida pintou os cabelos de preto e maquiou o rosto para parecer jovem e bonita. Vivia então no palácio, agindo como se fosse a mulher do seu filho.

Ao voltar da peregrinação, o filho se deixou enganar pelo disfarce da mãe e pensou se tratar da sua esposa. Ele lhe perguntou sobre sua mãe, e ela disse: "Sua mãe morreu e está enterrada no jardim do palácio".

Depois de dormir com o próprio filho, a mãe ficou grávida e começou a ter desejos. "Meu bom homem", ela disse ao filho, "traga-me um cacho de uvas azedas da vinha do nosso vizinho!" O filho mandou uma criada pedir as uvas. Quando a criada bateu na porta do vizinho, a mulher do sultão a abriu.

"Ó ama das nossas amas", a criada disse, "senhora do palácio vizinho ao nosso, me dê um cacho de uvas azedas para satisfazer o desejo do nosso lado!"

"Minha mãe me deu à luz no mato", a mulher respondeu, "e sobre mim os pássaros construíram seus ninhos. O filho do sultão tomou sua mãe como esposa, e agora ele quer satisfazer o desejo dela à minha custa! Caia, ó tesoura, e corte a língua dela, para que não traia o meu segredo!" A tesoura caiu e cortou a língua da criada. Ela foi para casa resmungando de tal forma que ninguém conseguia entender uma palavra do que dizia.

Então o filho do sultão mandou um dos seus criados buscar o cacho de uvas azedas. O criado foi, bateu na porta e disse: "Ó ama das nossas amas, senhora do palácio vizinho ao nosso, me dê um cacho de uvas azedas para satisfazer o desejo do nosso lado!".

Finalmente, o próprio filho do sultão foi bater à porta. "Ó ama das nossas amas", ele disse, "senhora do palácio vizinho ao nosso, me dê um cacho de uvas azedas para satisfazer o desejo do nosso lado!"

"Minha mãe me deu à luz no mato e sobre mim os pássaros construíram seus ninhos. O filho do sultão tomou sua mãe por esposa e agora quer satisfazer o desejo dela à minha custa! Desça, tesoura, e corte a língua dele. Só que não tenho coragem de deixar que isso aconteça!" A tesoura desceu, pairou sobre ele, mas não lhe cortou a língua.

O filho do sultão entendeu. Ele foi, cavou a cova do jardim e — vejam só! — havia um carneiro dentro dela. Quando teve certeza de que sua esposa na verdade era sua mãe, mandou chamar o arauto. "Que aquele que ama o Profeta", a proclamação dizia, "traga um feixe de lenha e um tição aceso!"

Então o filho do sultão acendeu a fogueira.

Salve, salve! Nossa história acabou!

# Duang e sua mulher selvagem
(dinka, do Sudão)

Amou era muito bonita. Estava noiva de um homem da tribo. Mas ainda não tinha sido dada ao seu noivo. Ainda vivia com a sua família.

Havia um homem chamado Duang na aldeia vizinha. O pai de Duang lhe disse: "Meu filho Duang, já está na hora de você se casar".

"Pai", Duang respondeu. "Não posso me casar porque ainda não encontrei a moça do meu coração."

"Mas, meu filho", o pai insistiu, "quero que você se case enquanto eu estiver vivo. Não vou viver o bastante para esperar o seu casamento."

"Eu vou procurar, Pai", Duang disse. "Mas só vou me casar quando encontrar a moça do meu coração."

"Muito bem, meu filho", o pai disse, compreensivo.

Viveram juntos até a morte do pai. Duang não se casou. Então sua mãe morreu. Ele não se casou.

Essas mortes fizeram com que ele se entregasse à dor, de forma que já não cuidava da sua aparência. Deixou os cabelos crescerem em sinal de luto, e eles ficaram compridos e desgrenhados. Duang nunca cortava nem arrumava os cabelos. Era um homem muito rico. Seus currais estavam cheios de bois, ovelhas e cabras.

Certo dia viajou para uma tribo vizinha. No caminho ouviu o som alto de tambores. Seguiu o som dos tambores e encontrou pessoas dançando. Então ficou ali observando a dança.

Na dança estava uma jovem chamada Amou. Quando ela o viu ali parado, parou de dançar e se aproximou dele. Ela o saudou. Eles ficaram conversando. Quando os parentes do noivo de Amou a viram, ficaram preocupados. "Por que Amou parou de dançar e cumprimentou um homem que estava apenas olhando? E ela ainda ousa ficar conversando com ele! Quem é esse homem, afinal de contas?"

Eles a chamaram e lhe perguntaram. Ela respondeu: "Não vejo nada de errado nisso! Vi o homem olhando como um forasteiro que precisa de ajuda. Então fui falar com ele para ver se precisava de alguma coisa, só isso".

Eles esqueceram o assunto, embora não estivessem convencidos. Amou não voltou a dançar. Foi conversar com o homem novamente. Ela o convidou para a casa de sua família. Então saíram da dança e foram. Ela o fez se sentar e lhe deu água. Preparou comida e lhe serviu.

O homem passou dois dias na casa dela, depois voltou para a sua casa. Chamou seus parentes e lhes disse que encontrara a moça de seu coração. Eles reuniram o gado e voltaram para a aldeia de Amou.

O noivo de Amou pagara trinta vacas. Os parentes de Amou as devolveram e aceitaram o gado de Duang. O casamento se realizou, e Amou foi dada ao marido.

Ela partiu com ele e deu à luz uma menina, a quem deram o nome de Kiliingdit. Então teve um filho. Ela e o marido viviam sozinhos, com os filhos. Então ela concebeu um terceiro filho. Durante a gravidez dela, o marido estava no campo cuidando do gado. Mas, quando Amou deu à luz, ele veio visitá-la e ficar com ela nos primeiros dias depois do parto.

Pouco dias depois de dar à luz, ela sentiu um forte desejo de comer carne. E disse ao marido: "Estou morrendo de desejo de comer carne. Nem consigo comer outra coisa".

O marido respondeu: "Se é no meu gado que você está de olho, não vou matar um animal só porque você está com desejo! Que tipo de desejo é esse que exige que se mate a criação? Não vou matar nada".

Com isso a discussão acabou. Mas Amou continuou sofrendo e não conseguia comer nem trabalhar. Ela simplesmente se deixava ficar sentada.

O marido ficou impaciente e amargurado por causa do desejo dela. Matou um cordeiro a céu aberto, para que ela e outros vissem. Depois matou um filhote de cachorro às escondidas e assou os dois em fogo lento.

Quando ficaram prontos, ele levou a carne de cachorro para a mulher, que estava na parte da casa reservada às mulheres. Ele tomou os filhos pela mão e os levou para a parte reservada aos homens. A mulher protestou: "Por que você está levando as crianças embora? Elas não vão comer comigo?".

Ele disse: "Pensei que você tinha dito que estava morrendo de desejo. Acho que é melhor para você e para as crianças que você coma sozinha. Eles vão comer comigo".

Ele fez os filhos sentarem ao seu lado, e comeram juntos. Ela não duvidou do que ele disse, ainda que se sentisse insultada. Que ele a quisesse envenenar estava fora de dúvida. Então ela comeu a carne.

Logo que ela se fartou, a saliva começou a gotejar da sua boca. Pouco tempo depois, ela estava com hidrofobia. Então fugiu, deixando o bebê para trás.

O marido levou o menino para o campo onde ficava o gado, deixando apenas a menina em casa. Com muito sacrifício, ela ficou cuidando do irmãozinho ainda bebê. Temendo que a mãe voltasse doente, ela guardou o resto da carne de cachorro. Ela cozinhou uma parte da carne e a colocou num eirado fora da cabana, junto com outras comidas que tinha preparado.

Passou algum tempo antes que a mãe voltasse. Então certa noite ela veio. Ficou do outro lado da sebe da casa e cantou:

*Kiliingdit, Kiliingdit,*
*Para onde foi seu pai?*

Kiliingdit respondeu:

*Meu pai foi para Juachnyiel,*
*Mãe, sua comida está no eirado,*
*Sua comida está no eirado,*
*As coisas com que você foi envenenada.*
*Mãe, podemos ir ao seu encontro na floresta?*
*Que lar é este, sem você?*

Sua mãe pegou a comida e a dividiu com os leões. Isso continuou por algum tempo.

Entretanto, os irmãos da mulher não sabiam que ela tinha dado à luz. Um deles, chamado Bol* por ter nascido depois de gêmeos, disse aos demais: "Irmãos, acho que devíamos visitar nossa irmã. Talvez ela tenha dado à luz e agora esteja tendo dificuldades para cuidar de si e da casa."

A menina continuava a trabalhar duro cuidando do bebê e fazendo comida para a mãe, para si mesma e para o bebê. Além disso, ela tinha que proteger a si mesma e ao bebê para que sua mãe não os achasse e, tendo se transformado numa leoa, os comesse.

Ela voltou mais uma vez na outra noite e cantou. Kiliingdit respondeu como de costume. Sua mãe comeu e foi embora.

Nesse meio-tempo, Bol pegou suas cuias cheias de leite e partiu para a casa da irmã. Ele chegou de dia. Quando viu a aldeia tão silenciosa, receou que alguma coisa tivesse dado errado. "Será que a nossa irmã está em casa realmente?", ele disse consigo mesmo. "Talvez tenha acontecido o que, no íntimo, eu temia. Talvez nossa irmã tenha morrido durante o parto e seu marido e filhos tenham ido embora, abandonando a casa!"

Outra parte dele dizia: "Não seja bobo! O que a matou? Ela acaba de dar à luz e está dentro da casa".

"Estou vendo a menina", disse para si mesmo. "Mas não vejo sua mãe." Assim que o viu, a menina correu em sua direção, aos prantos.

"Onde está sua mãe, Kiliingdit?", ele se apressou a perguntar.

Ela lhe contou a história de como sua mãe se tornara selvagem, começando pelo desejo de comer carne e pelo seu envenenamento, feito pelo marido, com carne de cachorro.

"Quando ela vem à noite", Kiliingdit explicou, "suas companheiras são as leoas."

"Ela virá esta noite?", o tio lhe perguntou.

"Ela vem toda noite", Kiliingdit respondeu. "Mas, tio, quando ela vier, por favor, não se deixe ver. Ela já não é sua irmã. É uma leoa. Se você se deixar ver, ela o matará e nós é que sairemos perdendo. Ficaremos sem ninguém para cuidar de nós."

"Muito bem", ele disse.

---

* Na língua dinka, *Bol* quer dizer "nascido depois de gêmeos". (N. T.)

Naquela noite ela apareceu novamente. Cantou a canção de sempre. Kiliingdit respondeu cantando.

Quando ela se aproximou do eirado para pegar a comida, disse: "Kiliingdit, minha filha, por que a casa está cheirando desse jeito? Chegou algum ser humano? Seu pai voltou?".

"Mãe, meu pai não voltou. O que o faria voltar? Só eu e meu irmão estamos aqui. E não éramos seres humanos quando você nos deixou? Se você quer nos comer, então coma. Você vai me livrar de todos os problemas que estou enfrentando. Já sofri além do suportável."

"Minha querida Kiliingdit", ela disse. "Como eu poderia comê-la? Sei que me tornei uma mãe fera, mas não perdi o amor por você, minha filha. O fato de você continuar a cozinhar para mim não é uma prova de que nossos laços perduram? Não posso comer você!"

Quando Bol ouviu a voz da irmã, insistiu em sair e ir ao seu encontro, mas sua sobrinha lhe implorou: "Não se deixe enganar por sua voz. Ela é uma fera, e não sua irmã. Ela vai comê-lo!".

Então ele ficou. Ela comeu e foi ao encontro das leoas.

Na manhã seguinte, Bol voltou ao campo onde ficava o gado para contar aos irmãos que sua irmã se transformara numa leoa. Perplexos com a notícia, pegaram suas lanças e partiram para a casa da irmã, levando um touro. Andaram, andaram e então chegaram.

Sentaram-se. A menina foi em frente e preparou a comida da mãe como de costume. Depois foram todos dormir. Como de costume, a menina dormiu dentro da cabana com o irmão, mas os homens dormiram do lado de fora, escondidos, para esperar a irmã.

Ela veio de noite e cantou como de costume. Kiliingdit respondeu. Ela pegou sua comida, comeu com as leoas, trouxe os pratos de volta e chamou: "Kiliingdit!".

"Sim, Mãe", Kiliingdit respondeu.

"Minha querida filha", ela continuou. "Por que a casa parece tão pesada? Seu pai voltou?"

"Mãe", Kiliingdit disse, "meu pai não voltou. Quando ele me abandonou com este bebê, você acha que pretendia voltar?"

"Kiliingdit", a mãe insistiu. "Se o seu pai voltou, por que você o esconde de mim, querida filha? Você é tão pequenina assim que não consegue entender o meu sofrimento?"

"Mãe", Kiliingdit disse. "É como estou dizendo: meu pai não voltou. Estou só com o bebezinho. Se você quer nos comer, então coma."

Quando a mãe se voltou para ir embora, seus irmãos pularam nela e a agarraram. Ela se debateu em suas mãos por muito tempo, mas não conseguiu se soltar. Eles a amarraram a uma árvore. Na manhã seguinte, mataram o touro que tinham levado e então bateram muito nela. Eles a provocavam com carne crua, aproximando-a de sua boca e depois afastando-a dela. E então continuavam a bater. Ao ser provocada com a carne, a saliva caía da sua boca e formava filhotinhos de cachorro. Continuaram a provocá-la e a espancá-la até três cachorrinhos surgirem da sua saliva. Então ela recusou a carne crua. Deram-lhe carne assada do touro, e ela comeu. Os irmãos bateram nela um pouco mais até ela perder todos os pêlos que lhe tinham nascido no corpo.

Então ela abriu os olhos, olhou bem para eles, sentou-se e disse: "Por favor, passem-me o meu bebezinho".

Trouxeram o bebê. Ele não conseguia mais sugar o peito da mãe.

Quando a mãe se recuperou completamente, os irmãos disseram: "Vamos levá-la para o campo onde criamos nosso gado. Você não vai voltar nunca mais para o campo daquele homem!".

Mas ela insistiu em ir para o lugar onde seu marido mantinha o gado, dizendo: "Tenho que voltar para ele. Não posso abandoná-lo".

Seus irmãos não conseguiam entendê-la. Queriam atacar o seu marido e matá-lo, mas ela se opôs. Vendo que não a entendiam, disse-lhes que queria cuidar dele à sua maneira. Ela não queria voltar para ele por amor, mas para se vingar. Então a deixaram, e ela foi ao encontro do marido.

Quando ela chegou ao campo, ele ficou muito feliz em tê-la de volta. Ela não mostrou nenhuma mágoa. Ficou com ele, e ele ficou muito feliz na sua companhia.

Certo dia ela encheu uma cuia com coalhada, pilou grãos de trigo, fez um mingau e serviu ao marido dizendo: "Esta é a minha primeira comida depois que deixei você. Espero que me dê o prazer de considerá-la a mais apetitosa".

Primeiro ele tomou o leite. Então foi a vez do mingau com manteiga líquida e coalhada. Ele comeu. Ela lhe deu um pouco mais de coalhada para tomar por cima do mingau. Quando ele quis recusar, ela insistiu. O homem comeu, comeu e comeu, até estourar e morrer.

# Um golpe de sorte
(húngaro)

Ele foi arar a terra. Era um homem pobre. O arado rasgou um sulco e apareceu um monte de dinheiro. Quando o homem o viu, começou a pensar no que iria dizer à mulher. Temia que ela contasse aos vizinhos e que por isso fossem intimados a se apresentar ao juiz.

Então comprou uma lebre e um peixe.

Quando ela lhe trouxe o almoço, ele lhe disse, depois da refeição: "Vamos fritar um peixe".

Ela disse: "O que você está pensando? Como poderíamos pegar um peixe aqui no campo?".

"Ora vamos, mulher, ainda há pouco vi alguns quando estava arando perto do abrunheiro." Ele a levou ao abrunheiro.

A mulher disse: "Olhe, meu velho, ali tem um peixe".

"Eu não lhe disse?" E ele atirou o aguilhão na moita de abrunheiro de forma que o peixe apareceu imediatamente.

Então ele disse: "Vamos caçar uma lebre".

"Deixe de brincadeira. Você está sem arma."

"Não se preocupe. Vou acertá-la com o aguilhão."

Eles foram andando e de repente ela exclamou: "Olhe! Há uma lebre naquela árvore ali".

O homem atirou o aguilhão na árvore, e a lebre caiu.

Eles ficaram trabalhando até o final do dia, e à noite tomaram o caminho de casa. Quando iam passando pela igreja, ouviram o zurro de um burro.

O homem disse à mulher: "Sabe o que o asno está zurrando? Ele está dizendo 'O sacerdote diz em seu sermão que logo vai aparecer um cometa, e isso será o fim do mundo!'".

Eles seguiram caminho. Quando passaram pela prefeitura, o asno zurrou alto novamente. O homem disse: "O burro está dizendo 'O juiz e o secretário da Câmara Municipal acabam de ser pegos desviando dinheiro público'".

Passado um tempo, começaram a fazer uso do dinheiro.

Os vizinhos viviam perguntando: "De onde veio tanto dinheiro?".

Então ela disse a uma das vizinhas: "Não me importo de lhe contar, mas você não deve contar a ninguém". E ela contou que tinham achado o dinheiro. A vizinha contou ao juiz, e os dois foram intimados a se apresentar diante dele. Quando questionado sobre o dinheiro, o homem negou. Eles não acharam dinheiro nenhum. Não acharam nem um tostão.

Então o juiz disse: "Sua mulher vai me contar".

"De que adianta perguntar a ela. Ela não passa de uma estúpida", ele disse.

A mulher ficou furiosa e começou a gritar: "Não ouse repetir isso. Não achamos o dinheiro quando pegamos o peixe debaixo da moita de abrunheiro?".

"Ouça o senhor mesmo, meritíssimo. Pegar o peixe numa moita. O que mais ela vai inventar?"

"Você não se lembra de ter derrubado uma lebre da árvore com o aguilhão?"

"Bem, eu não lhe disse, meritíssimo? Não adianta perguntar nada a essa idiota."

"Idiota é você. Já esqueceu que, voltando para casa, ao passar pela igreja ouvimos um asno zurrar e você disse que o padre estava pregando que ia aparecer um cometa e o mundo ia acabar?"

"Eu não tinha razão, meritíssimo? É melhor deixá-la de lado, senão ela vai começar a nos insultar com essas maluquices."

A mulher teve um acesso de raiva e disse: "Não se lembra de que, quando passávamos pela prefeitura, o asno zurrou alto e você me disse que 'o juiz e o secretário da Câmara Municipal tinham sido pegos...'". O juiz se levantou de um salto e disse ao homem: "Leve-a para casa, meu bom homem, ela parece ter perdido o juízo".

# Os grãos de feijão no frasco
## (montanhês, americano)

O velho ficou doente, achou que ia morrer, então chamou sua mulher e confessou: "Andei saindo da linha, então quero ser honesto com você e lhe pedir perdão antes de partir". Então ela disse: "Está bem, eu o perdôo". E o perdoou.

Ela começou a adoecer, chamou o marido e disse: "Ouça, saí da linha um bocado, e quero lhe pedir perdão". Ele disse: "Sim, eu a perdôo". Ela disse: "Toda vez que saí da linha coloquei um grão de feijão no frasco. Eles estão todos na cornija da lareira, exceto os do outro frasco, que cozinhei sábado passado".

PARTE 13

HISTÓRIAS ÚTEIS

# Fábula de um pássaro e seus filhotes
(iídiche)

Era uma vez uma mamãe pássaro que tinha três filhotes e queria atravessar um rio. Pôs o primeiro debaixo de uma asa e começou a voar por sobre o rio. Quando estava voando, disse: "Diga-me, filho, quando eu estiver velha, você vai me carregar sob a asa como o carrego agora?".

"Claro", o filhote respondeu. "Mas que pergunta!"

"Ah", a mamãe pássaro disse. "É mentira." Dizendo isso, largou o filhote, e ele caiu no rio e se afogou.

A mãe se aproximou do segundo filhote e o colocou sob a asa. Mais uma vez, quando estava sobrevoando o rio, ela disse: "Diga-me, filho, quando eu estiver velha, você vai me carregar sob a asa como o carrego agora?".

"Claro", o filhote respondeu. "Mas que pergunta!"

"Ah", a mamãe pássaro disse. "É mentira." Dizendo isso, largou o segundo filhote, que também morreu afogado.

Então a mãe se aproximou do terceiro filhote e o meteu sob a asa. Quando estava atravessando o rio, ela perguntou mais uma vez: "Diga-me, filho, quando eu estiver velha, você vai me carregar sob a asa como o carrego agora?".

"Não, mãe", o terceiro filhote respondeu. "Como poderia fazer isso? A essa altura já terei meus próprios filhotes para carregar."

"Ah, meu querido filho", a mãe pássaro disse. "Você é o único que diz a verdade." Com isso ela levou o terceiro filhote à outra margem do rio.

# As três tias

(norueguês)

Era uma vez um homem pobre que vivia bem longe, numa cabana na mata, e ganhava a vida caçando. Ele tinha apenas uma filha, que era muito bonita e que, por ter perdido a mãe ainda criança e agora ser quase adulta, disse desejar sair pelo mundo e ganhar seu próprio pão.

"Bem, mocinha!", o pai exclamou. "Para falar a verdade, aqui você só aprendeu a depenar aves e assá-las, mas de qualquer modo você deve tentar ganhar a própria vida."

Então a jovem partiu em busca de um emprego, e depois de ter andando um pouco, chegou a um palácio. Lá ela arranjou um emprego, e a rainha gostou tanto dela que todas as outras jovens ficaram com inveja. Resolveram contar à rainha que a jovem dissera ser capaz de fiar meio quilo de linho em vinte e quatro horas — a rainha, é bom que se saiba, era uma grande dona de casa, e prezava muito um trabalho bem-feito.

"Se você disse isso, tem que provar", a rainha disse. "Mas você pode ter um pouco mais de tempo, se quiser."

Então, a pobre moça não ousou dizer que nunca tinha fiado em toda a sua vida, e apenas pediu uma sala onde pudesse trabalhar sozinha. Isso lhe foi concedido, e trouxeram-lhe a roda de fiar e linho. Então ela se sentou, triste e chorosa, sem saber o que fazer. Puxou a roda para um lado e para outro, virou-a de um lado para outro, mas sem muito resultado, porque ela nunca tinha visto uma roda de fiar em toda a sua vida.

Mas de repente uma mulher entrou e se aproximou dela: "Por que está chorando, minha criança?", ela perguntou.

"Ah!", a jovem suspirou fundo. "Não adianta lhe dizer, porque você não vai conseguir me ajudar."

"Quem sabe?", a velha senhora disse. "Talvez eu consiga ajudá-la."

Bem, pensou a jovem consigo mesma, de todo modo vou contar a ela, e então contou que as outras criadas tinham espalhado que ela era capaz de fiar meio quilo de linho em vinte e quatro horas.

"E cá estou eu, pobre de mim, encerrada aqui para fiar todo esse monte de linho num dia e numa noite, quando na verdade eu nunca tinha visto uma roda de fiar em toda a minha vida."

"Bem, não se preocupe, minha filha", a velha senhora disse. "Se você me chamar de Tia no dia mais feliz de sua vida, fio o linho, e você pode ir dormir."

Quando ela acordou na manhã seguinte, lá estava o linho fiado em cima da mesa, tão liso e tão fino como jamais se vira antes. A rainha ficou muito satisfeita de obter um fio tão bonito, e deu à jovem uma quantidade ainda maior de linho. Mas a inveja das outras criadas aumentou ainda mais, e elas resolveram dizer à rainha que a jovem dissera ser capaz de tecer o fio que tinha fiado em vinte e quatro horas. Então a rainha disse novamente que a jovem tinha que fazer o que dissera ser capaz; mas, se não conseguisse terminar o trabalho em vinte e quatro horas, ela não seria intolerante e lhe daria um pouco mais de tempo. Também dessa vez a jovem não teve coragem de dizer "não", mas pediu para ficar numa sala separada para tentar cumprir a tarefa. Novamente se pôs a chorar e a soluçar, sem saber o que fazer, quando então uma outra senhora veio e lhe perguntou: "O que a aflige, menina?".

A princípio a jovem não quis dizer, mas terminou por contar toda a história da sua aflição.

"Ora, ora!", a senhora disse. "Não se preocupe. Se você me chamar de Tia no dia mais feliz de sua vida, vou tecer esse fio, e você pode simplesmente ir dormir."

Sim, a jovem aceitou de bom grado. Então foi dormir. Ao acordar, lá estava uma peça de linho na mesa, tecida e com uma trama tão limpa e tão cerrada que não havia tecido que se lhe comparasse. Então a jovem pegou o tecido e mais do que depressa foi dá-lo à rainha, que ficou satisfeitíssima e providenciou uma quantidade ainda maior de linho para ela. Quanto às demais criadas, ficaram ainda mais irritadas, e deram tratos à bola para inventar alguma coisa sobre ela.

Finalmente as criadas disseram à rainha que a jovem dissera ser capaz de transformar a peça de linho em blusas em vinte e quatro horas. Bem, tudo se repetiu. A jovem não teve coragem de dizer que não sabia costurar. Então foi encerrada numa sala, e lá ficou às lágrimas, cheia de aflição. Mas então chegou outra senhora e lhe disse que faria as blusas, se a jovem a chamasse de Tia no dia mais feliz de sua vida. A jovem ficou felicíssima com a proposta, e então, seguindo a recomendação da senhora, deitou-se para dormir.

Ao acordar na manhã seguinte viu sobre a mesa as blusas feitas com a peça de linho — e um trabalho bonito como aquele, nunca jamais se viu. E, mais do que isso, todas as blusas estavam marcadas e prontas para usar. Assim, quando a rainha viu o trabalho, ficou tão contente com a forma como as blusas tinham sido feitas que se pôs a bater palmas e disse: "Nunca tive e nunca vi uma costura como essa em toda minha vida". E depois disso ela passou a gostar da jovem com se fosse sua própria filha. E então lhe disse: "Agora, se você quiser, poderá tomar o príncipe como esposo, porque você nunca vai precisar contratar uma mulher que trabalhe para você. Você sabe fiar, tecer e costurar".

Assim, uma vez que a jovem era bonita e que o príncipe ficou muito feliz em recebê-la como esposa, o casamento logo se realizou. Mas bem na hora em que o príncipe ia se sentar com a noiva para a festa de casamento, apareceu uma bruxa velha e feia, com um narigão que com certeza tinha uns três metros de comprimento.

Então a noiva se levantou, fez uma mesura e disse: "Bom dia, Tia".

"Essa aí é tia da minha noiva?", o príncipe disse.

"Sim, é!"

"Bem, então é melhor ela se sentar conosco e participar da festa", o príncipe disse. Para falar a verdade, tanto ele como os demais acharam que ela era uma pessoa repugnante demais para ter perto de si.

Mas então chegou uma outra bruxa velha. Ela tinha tal corcunda que teve dificuldade em passar pela porta. A noiva se levantou num abrir e fechar de olhos e a saudou: "Bom dia, Tia!".

E o príncipe perguntou novamente se ela era tia da sua noiva. Ambas disseram que sim. Então o príncipe falou que, já que assim era, ela devia se sentar e participar da festa.

Mas mal eles tinham se sentado, apareceu outra bruxa velha com olhos grandes feito pires, e tão vermelhos, lacrimejantes e turvos que causavam repulsa. Porém mais uma vez a jovem se levanta de um salto, com seu "Bom dia, Tia", e a esta o príncipe também convidou a se sentar. Não se pode dizer que ele estava muito feliz com aquilo, pois o príncipe pensou consigo mesmo: "Que Deus me proteja dessas tias da minha noiva!".

Então, pouco depois de ter se sentado, ele não conseguiu guardar os pensamentos para si mesmo e perguntou: "Mas como é possível que minha noiva, uma jovem tão encantadora, tenha tias tão disformes e tão repugnantes?".

"Logo vou lhe contar como isso é possível", disse a primeira. "Eu era tão bonita quanto ela quando tinha a sua idade. Mas tenho este nariz tão grande por ter passado muito tempo sentada, debruçada sobre meu trabalho de fiar, de forma que meu nariz foi crescendo, crescendo até ficar deste tamanho que você está vendo."

"E eu", disse a segunda, "desde que eu era jovem, me inclinava para a frente e para trás diante do tear, por isso fui criando essa corcova que vocês estão vendo."

"E eu", disse a terceira, "desde que era pequena, não fiz outra coisa senão cozer, cozer e cozer de olhos fitos na costura, e é por isso que eles ficaram tão feios e vermelhos, e agora não têm mais jeito."

"Ora, ora!", o príncipe disse. "Foi uma sorte saber disso. Porque, se as pessoas ficam tão feias e repugnantes com esses trabalhos, então minha noiva não vai nem fiar, nem tecer nem costurar até o fim da sua vida."

# História de uma velha
## (bondes, da África)

Era uma vez uma velha que não tinha nem marido, nem parentes, nem dinheiro, nem comida. Um dia ela pegou seu machado e foi à floresta cortar um pouco de lenha para vender e poder comprar alguma coisa para comer. Foi muito longe, até o meio da mata, chegou a uma grande árvore coberta de flores, e a árvore era chamada *Musiwa*. A mulher pegou o machado e começou a derrubar a árvore.

A árvore lhe disse: "Por que você está me cortando? O que é que eu lhe fiz?".

A mulher disse à árvore: "Estou cortando você para fazer lenha para vender, conseguir um pouco de dinheiro e comprar um pouco de comida para não morrer de fome, porque sou muito pobre e não tenho marido nem parentes".

A árvore lhe disse: "Deixe que eu lhe dê alguns filhos que a ajudem no trabalho, mas você não pode bater neles, nem ralhar com eles. Se fizer isso, vai sofrer as conseqüências".

A mulher disse: "Está bem, não vou ralhar com eles". Então as flores da árvore se transformaram em muitos meninos e meninas. A mulher os tomou e levou para casa.

Cada filho tinha a sua tarefa — uns aravam, outros caçavam elefantes, outros pescavam. Algumas jovens cortavam lenha, outras colhiam verduras, outras pilavam os grãos para fazer farinha e a cozinhavam. A velha já não precisava trabalhar, porque agora era afortunada.

Entre as meninas, havia uma que era menor do que todas as outras. Estas disseram à mulher: "Essa menina não deve trabalhar. Quando ela tiver fome e chorar de fome, dê-lhe comida e não se aborreça com ela por causa disso".

"A mulher lhes disse: "Está bem, minhas filhas, faço tudo que vocês me pedirem".

Assim viveram por algum tempo. O único trabalho da mulher era dar comida à menininha quando ela sentia fome. Um dia a menina disse à mulher: "Estou com muita fome. Quero um pouco de comida".

A mulher ralhou com a menina: "Como vocês me aborrecem, ó filhos da mata! Tire você mesma a comida da panela".

A menina chorou e chorou por ter sido repreendida pela mulher. Alguns de seus irmãos e irmãs se aproximaram e lhe perguntaram o que estava havendo. Ela lhes disse: "Quando eu disse que estava com fome e pedi comida, nossa mãe me disse: 'Como esses filhos da mata me incomodam!'".

Então os meninos e meninas esperaram a volta dos que estavam caçando e lhes contaram em que pé estava a situação. Disseram à mulher: "Quer dizer que você falou que somos filhos da mata. Agora a gente vai voltar para nossa mãe, *Musiwa*, e você vai viver aí sozinha". A mulher rogou que não fossem embora, mas eles não quiseram ficar. Voltaram todos para a árvore, viraram flores como antes, e toda gente ficou rindo da mulher. Ela viveu na pobreza até a morte, porque não seguiu a recomendação da árvore.

# O cúmulo da paixão roxa
(americano)

Um marinheiro estava andando pela rua quando conheceu uma Moça de Batom. E ela lhe perguntou: "Você sabe qual é o Cúmulo da Paixão Roxa?". Ele disse: "Não", e ela perguntou: "Você quer descobrir?". Ele respondeu "Sim". Então ela lhe disse que fosse à sua casa às cinco horas em ponto. Então ele foi e, quando tocou a campainha, pássaros saíram voando de dentro de casa e começaram a dar voltas em torno dela. Deram três voltas em torno da casa, a porta se abriu, e eles voltaram voando para dentro. E lá estava a Moça de Batom. Ela perguntou: "Você ainda quer saber qual é o Cúmulo da Paixão Roxa?". Ele disse que queria saber. Então ela lhe disse que fosse tomar um banho e ficasse bem limpo. Ele o fez e, quando vinha correndo de volta, escorregou no sabão e quebrou o pescoço. E aqui acaba a história. Ele nunca descobriu o que era. Minha namorada Alice me contou essa história. Aconteceu com um conhecido dela.

# Sal, Molho, Tempero, Cebolinha, Pimenta e Banha
## (hausa, africano)

Esta história é sobre Sal, Molho, Tempero, Cebolinha, Pimenta e Banha. Uma história, uma história! Que ela vá, que ela venha. Sal, Molho, Tempero, Cebolinha, Pimenta e Banha ouviram falar de certo jovem muito bonito, mas que era filho do espírito do mal. Então todas se levantaram e se transformaram em moças lindas e partiram.

Enquanto caminhavam, Banha foi ficando atrás das outras, que tomaram uma distância ainda maior, dizendo que ela fedia demais. Mas ela se abaixou e se escondeu até que as outras se afastassem, e depois continuou seguindo-as. Elas chegaram a certo riacho, onde encontraram uma velha tomando banho, e Banha imaginou que elas esfregariam suas costas, se a velha pedisse, mas uma delas falou: "Que Alá me defenda de levantar meu braço para tocar as costas de uma velha". A velha não disse mais nada, e as cinco seguiram caminho.

Pouco depois Banha chegou, encontrou a senhora se lavando e a cumprimentou. Ela respondeu e perguntou: "Moça, para onde você está indo?". Banha respondeu: "Vou à procura de certo jovem". A velha também pediu a ela que esfregasse suas costas. Ao contrário das outras, Banha a atendeu. Depois que Banha lhe esfregou bem as costas, a velha disse: "Que Alá a abençoe", acrescentando em seguida: "Vocês sabem o nome desse rapaz que todas vão procurar?". Banha falou: "Não, não sabemos o nome dele". Então, a velha lhe disse: "Ele é meu filho. O nome dele é Daskandarini, mas você não deve contar às outras". E nada mais disse.

Banha continuou seguindo as outras bem de longe até chegarem ao lugar onde o jovem morava. Elas estavam prestes a entrar quando ele lhes gritou: "Voltem, e entrem uma a uma", e assim elas fizeram.

Sal, que foi a primeira a se adiantar, estava prestes a entrar quando a voz perguntou: "Quem está aí?". "Sou eu", ela respondeu. "Eu, Sal, que dou gosto à sopa." Ele perguntou: "Qual é o meu nome?". Ela disse: "Não sei o seu nome, menino, não sei o seu nome". Então ele ordenou: "Para trás, mocinha, para trás", e ela voltou.

Molho foi a segunda a avançar. Quando estava prestes a entrar, também lhe foi perguntado: "Quem é você?". Ela respondeu: "Meu nome é Molho, e dou sabor à sopa". E ele perguntou: "Qual é o meu nome?". Mas ela também não sabia, então ele ordenou: "Para trás, mocinha, para trás".

Então Tempero se aproximou. Quando ela estava prestes a entrar, ouviu a pergunta: "Quem é você, mocinha, quem é você?". Ela disse: "Sou eu quem o cumprimenta, rapaz, sou eu quem o cumprimenta". "Como você se chama, mocinha, como você se chama?". "Meu nome é Tempero, que dá sabor à sopa." "Ouvi o seu nome, mocinha, ouvi o seu nome. Agora diga qual é o meu." Ela disse: "Não sei seu nome, rapaz, não sei seu nome". "Para trás, mocinha, para trás." E ela voltou e se sentou.

Cebolinha enfiou a cabeça na sala. "Quem é você, mocinha, quem é você?", perguntou a voz. "Sou eu quem o cumprimenta, rapaz, sou eu quem o cumprimenta." "Como é o seu nome, garota, como é o seu nome?" "Meu nome é Cebolinha, que dá um cheirinho bom à sopa." Ele disse: "Ouvi o seu nome, garota. Qual o meu?". Mas ela não sabia, e então também teve que voltar.

Foi a vez de Pimenta. Ela disse: "Com licença, meu jovem, com licença". Perguntaram-lhe quem estava ali. Ela disse: "Sou eu, Pimenta, meu jovem, que torna a sopa picante". "Ouvi o seu nome, mocinha. Diga-me o meu." "Não sei o seu nome, meu jovem, não sei o seu nome." E ele disse: "Para trás, mocinha, para trás".

Agora só faltava Banha. Quando as outras perguntaram se ela ia entrar, ela disse: "Como posso entrar na casa onde pessoas tão nobres como vocês foram dispensadas? Eles não expulsariam ainda mais depressa alguém que cheira tão mal?". Mas as outras disseram: "Vá lá, entre", pois queriam que Banha também fracassasse.

SAL, MOLHO, TEMPERO, CEBOLINHA, PIMENTA E BANHA  439

Então ela entrou. Quando a voz lhe perguntou quem era, ela respondeu: "Meu nome é Banha, rapaz, meu nome é *Batso*, que dá cheiro à sopa". Ele disse: "Ouvi o seu nome. Falta você dizer o meu". E ela disse: "Daskandarini, moço, Daskandarini". E ele disse: "Entre". Estenderam-lhe um tapete, deram-lhe roupas e chinelos de ouro. E então Sal, Molho, Tempero, Cebolinha e Pimenta, que antes a desprezavam, agora diziam: "Varrerei a casa para você", "Vou pilar para você", "Vou pegar água para você", "Vou moer os ingredientes da sopa para você", "Vou mexer a panela para você". Todas se tornaram suas criadas. E a moral de tudo isso é que nossas abençoadas comidas são feitas de coisas comuns como essas. E, uma vez que coisas tão comuns podem se transformar sob determinadas circunstâncias, se você encontrar um homem pobre, não o despreze por isso. Quem sabe algum dia ele se torne melhor do que você. Bom, é só isso.

# Duas irmãs e a jibóia
(chinês)

Era uma vez uma *binbai* Kucong, ou seja, uma velha, que perdera o marido ainda muito jovem. Só lhe restavam duas filhas, a mais velha com dezenove anos, a mais nova com dezessete. Certa tarde ela voltou sedenta e cansada do seu trabalho nas montanhas. Então se sentou embaixo de uma mangueira para descansar. Os galhos da mangueira estavam carregados de mangas maduras e douradas. Soprou uma brisa das montanhas, levando o delicioso cheirinho de manga a suas narinas, deixando-a com água na boca.

De repente, a *binbai* ouviu um som sibilante, *ss-ss*, que chegava do alto da mangueira, e então caíram sobre ela finos pedaços da casca da árvore. A velha achou que havia alguém lá em cima, por isso, sem nem ao menos dar uma olhada, falou brincando: "Quem é o jovem trepado na árvore fazendo flechas com galhos de mangueira? Quem quer que seja, se quiser me presentear com algumas mangas, pode escolher uma das minhas duas filhas".

Mal a *binbai* pronunciou essas palavras, ouviu-se um ruído de folhas: *huahua*, e uma manga bem madura caiu no chão. Sentindo-se contente e agradecida, a velha pegou a manga e começou a comê-la, olhando o tempo todo para cima da árvore. Melhor seria se não tivesse olhado, porque ficou muito inquieta com o que viu. Enroscada em volta do tronco da mangueira, uma jibóia grossa feito o quarto traseiro de um touro, derrubava mangas, a cauda balançando para lá e para cá. A *binbai* não quis saber de pegar outras mangas e desabalou montanha abaixo aos pulos, levando às costas sua cesta de bambu.

Ofegante, a velha entrou em casa. Ao ver as queridas filhas indo ao seu encontro, lembrou-se do que acontecera embaixo da mangueira. Ela não pôde deixar de se sentir nervosa e atordoada, como se estivesse presa num espinheiro. Saiu de dentro de casa e teve uma estranha visão: embora já estivesse escuro, todas as galinhas ainda estavam andando fora do galinheiro. Ela tentou por várias vezes fazê-las entrar, mas as galinhas não entraram. A velha se aproximou então do galinheiro e olhou para dentro. Meu Deus! A jibóia da mangueira estava bem ali, alojada no galinheiro! Quando ela já se preparava para disparar a correr, a enorme e comprida jibóia começou a falar.

"*Binbai*, ainda há pouco, debaixo da mangueira, você me fez uma promessa: quem lhe desse uma manga, podia escolher uma das suas duas filhas. Agora, por favor, cumpra sua promessa. Dê-me uma das suas filhas! Se você não cumprir a palavra, não vá me acusar de ser indelicada!"

Vendo aquela jibóia no galinheiro, com sua pele brilhante, cheia de escamas, olhos cintilantes, língua bífida apontando da boca, a *binbai* tremeu da cabeça aos pés. Ela não podia dizer que sim, mas tampouco podia dizer que não. Então só disse: "Não se enfureça, jibóia! Por favor, tenha paciência. Deixe-me conversar sobre isso com minhas filhas, para poder lhe dizer o que elas acham".

A *binbai* voltou para dentro de casa e contou às filhas tudo que acontecera. "Oh, minhas queridinhas!", ela exclamou. "Não é que sua mãe não as ame ou não seja louca por vocês, mas não tenho alternativa senão jogá-las na fogueira. Agora vocês duas têm que decidir: quem quer se casar com a jibóia?"

Mal a mãe acabou de dizer isso, a mais velha começou a gritar: "Não, não! Não vou! Como eu poderia me casar com uma coisa tão horrível e pavorosa?".

A irmã mais nova refletiu um pouco. Viu que a vida da mãe corria perigo e que a irmã se mostrava inflexível.

"Mamãe", ela disse. "Para evitar que a jibóia faça algum mal a você ou a minha irmã, e para que vocês possam viver em paz, aceito casar com a jibóia." E dizendo isso, debulhou-se em lágrimas de grande tristeza.

A *binbai* levou a segunda filha à entrada do galinheiro e disse à jibóia que podia ficar com ela. Naquela mesma noite, a velha levou a cobra para dentro de casa, e a jibóia e a Segunda Filha se casaram.

Na manhã seguinte, quando a jibóia estava prestes a levar a segunda filha embora, mãe e filha choraram nos braços uma da outra. Que despedida difícil! E lá se foi a jibóia para a floresta virgem, levando a querida filha da *binbai*. A cobra subiu as montanhas com ela e a levou para uma caverna. Ela andou aos tropeções na caverna escuríssima, seguindo a jibóia. E andaram, andaram, sem nunca chegar ao fim. A Segunda Filha estava tão aflita e temerosa que suas lágrimas caíam como colares de pérolas. Depois de uma curva dentro da caverna, surgiu uma luz e, de repente, avistaram um palácio magnífico e resplandecente. Havia intermináveis paredes vermelhas e incontáveis ladrilhos amarelos, vastas varandas e minúsculos pavilhões, edifícios altos e pátios espaçosos. Por toda parte se viam madeiras trabalhadas, vigas pintadas, pilhas de ouro, jade cinzelado e tapeçarias de seda vermelha e verde nas paredes. A Segunda Filha ficou simplesmente deslumbrada. Quando ela se voltou, a terrível e assustadora jibóia que estava junto dela sumira. Ao lado dela agora estava um jovem belo e vigoroso vestido com roupas deslumbrantes.

"Oh!", ela exclamou. "Como é possível?"

O jovem ao seu lado respondeu: "Cara senhorita! Sou o rei das serpentes desta região. Pouco tempo atrás, quando fui fazer uma inspeção nas tribos das serpentes, vi você e sua irmã. Como admirei sua sabedoria e beleza! Na mesma hora decidi tomar uma de vocês duas por esposa, e foi assim que imaginei uma forma de conseguir a aprovação da sua mãe. Agora meu desejo se concretizou, ó cara senhorita! Em meu palácio você terá quanto ouro e prata desejar, mais roupas do que poderá usar, e mais arroz do que será capaz de comer. Vamos nos amar ternamente, desfrutando uma vida maravilhosa, até o fim de nossos dias!".

Enquanto ouvia as palavras do rei das serpentes, o coração da Segunda Irmã encheu-se de ternura. Ela lhe tomou a mão e, sorrindo docemente, andou em direção ao palácio resplandecente e magnífico.

A Segunda Irmã e o rei das serpentes viveram felizes como recém-casados por algum tempo. Certo dia, então, ela despediu-se do marido para ir visitar sua mãe e sua irmã. Ela lhes contou tudo sobre sua rica vida de esposa do rei das serpentes.

Como poderia a irmã mais velha não ficar cheia de despeito? "Ai!", ela pensou. "Como pude ser tão tonta? Se eu tivesse consentido em me casar com a jibóia, não estaria agora desfrutando a glória, a honra e as riquezas do palácio no lugar de minha irmã?" Então tomou uma decisão no mesmo instante. "Isso mesmo! Vou dar um jeito de me casar com uma jibóia também!"

Depois que a irmã mais nova voltou para o palácio, a mais velha foi para as montanhas carregando uma cesta às costas. Para encontrar uma jibóia, ela só andava por lugares onde havia grama alta ou mata fechada. Do amanhecer ao anoitecer e do anoitecer ao amanhecer, procurou até que finalmente, depois de grandes dificuldades, encontrou uma jibóia sob um arbusto. Seus olhos estavam fechados porque ela estava tirando uma boa soneca.

Com todo o cuidado, a Primeira Irmã colocou a cobra em sua cesta e foi para casa radiante, com a jibóia às costas. Ela mal tinha andado metade do caminho quando a jibóia acordou. Ela pôs a língua para fora e lambeu a nuca da jovem. Em vez de se assustar com aquilo, a Primeira Irmã ficou muito contente. "Ei", sussurrou ela baixinho. "Controle um pouco essas efusões! Espere até chegarmos em casa!"

Ao chegar em casa, ela colocou a jibóia na sua cama e correu a acender o fogo para cozinhar. Depois do jantar, a Primeira Irmã disse à mãe: "Mamãe, hoje também achei uma jibóia, e vou me casar com ela esta noite. A partir de agora, vou viver uma vida rica e confortável, feito minha irmã caçula!". E lá se foi ela dormir com sua jibóia.

Pouco depois de ir para a cama, a mãe ouviu a voz da filha: "Mamãe, ela chegou às minhas coxas!".

A *binbai* não disse nada, achando que aquilo era brincadeira de recém-casados.

Depois de algum tempo, a Primeira Irmã gritou com voz trêmula: "Mamãe, ela chegou à minha cintura!".

A mãe não entendeu o sentido daquelas palavras, por isso não mexeu um dedo.

Passou-se mais algum tempo, e dessa vez ela ouviu uma voz chorosa dentro do quarto: "Mamãe, agora ela chegou ao meu pescoço...". Depois disso, fez-se silêncio.

A *binbai* percebeu que alguma coisa estava errada, por isso pulou da cama, acendeu uma tocha de pinho e foi dar uma olhada. A terrível jibóia tinha engolido sua filha mais velha, deixando de fora apenas uma mexa de cabelo!

Triste e preocupada, a velha andava de um lado para o outro no quarto, sem saber como salvar a filha. No final, a única idéia que lhe veio foi derrubar sua querida choupana, tocar fogo nela para queimar a jibóia. De entre as chamas impetuosas, ouviu-se uma explosão. Quando estava morrendo queimada, a jibóia estourou, fazendo-se em pedaços. Muito tempo depois, aqueles pedaços iriam se transformar num grande número de serpentes, grandes e pequenas.

Na manhã seguinte, a *binbai* tirou das cinzas alguns ossos da filha não consumidos pelo fogo, cavou um buraco no chão e os enterrou, contendo as lágrimas.

Mais tarde ela exclamou: "Ó, filha mais velha! Tudo isso por causa de sua ganância!". Com essas palavras, ela se internou na mata cerrada e se dirigiu às montanhas, indo ao encontro de sua segunda filha e de seu genro, o rei das serpentes.

# Estendendo os dedos
## (surinamês)

No começo Ba Yau era capataz de fazenda. Ele tinha duas mulheres na cidade. Quando conseguia mantimentos na fazenda, levava-os para suas mulheres. Ao levar os mantimentos, ele falou à primeira mulher: "Quando você comer, deve estender os dedos", mas ela não entendeu muito bem o que ele quis dizer. Ele disse a mesma coisa à segunda esposa, e ela entendeu. O que ele quis dizer é que quando lhes trazia coisas, elas não deviam comer sozinhas, deviam oferecer metade aos outros.

A que não entendeu o que ele quis dizer, no dia em que cozinhou, comeu. Então ela saiu de casa, estendeu os dedos e disse: "Ba Yau disse que, quando eu comesse, deveria estender os dedos". Ba Yau lhe trouxe muito bacon e peixe salgado. Ela comeu sozinha. Mas, quando Ba Yau levou as coisas para a outra, ela deu metade a outras pessoas, porque entendera o que dizia o provérbio.

Pouco tempo depois, Ba Yau morreu. E, quando ele morreu, ninguém levou nada para a mulher que estendeu os dedos no ar. Ela ficou sozinha. Mas muita gente levou coisas para a outra, que tinha dividido os alimentos com os outros. Um lhe levou uma vaca, outro açúcar, outro café. Assim, ela recebeu muitas coisas dos outros.

Um dia, a mulher procurou a outra e disse: "Pois é, irmã, desde que Ba Yau morreu, tenho passado fome. Ninguém me trouxe nada. Mas me diga uma coisa: por que é que muita gente trouxe coisas para você?".

Então a outra lhe perguntou: "Bem, quando Ba Yau lhe trazia coisas, o que você fazia com elas?".

"Eu as comia sozinha", ela respondeu.

Então a outra falou: "Quando Ba Yau lhe disse 'você deve estender os dedos', o que você fez?".

Ela disse: "Quando eu comia, estendia os dedos no ar".

Então a outra falou: "Então... Bem, o ar deve trazer coisas para você, porque você estendeu os dedos para o ar. Quanto a mim, as pessoas a quem dei coisas em troca me trazem coisas".

O provérbio segundo o qual se deve estender os dedos significa que, quando você come, deve comer com outras pessoas, não deve guardar tudo para si. Do contrário, quando estiver sem nada, ninguém vai dar nada a você, porque você não partilhou com os outros o que era seu.

# Posfácio*

Italo Calvino, o escritor e fabulista italiano, compilador de contos de fadas, acreditava piamente na relação entre fantasia e realidade: "Estou habituado a considerar a literatura como uma busca de conhecimento", ele escreveu. "Confrontado com [a] precária existência da vida tribal, o xamã respondeu livrando seu corpo do peso e voando para um outro mundo, um outro nível de percepção, onde ele podia encontrar a força para mudar a face da realidade."** Angela Carter não manifestaria o mesmo desejo com tanta circunspecção, mas sua mescla de fantasia e desejos revolucionários corresponde aos vôos do xamã de Calvino. Carter tinha a leveza de espírito e a finura de uma feiticeira — é interessante que ela tenha explorado, em seus dois últimos romances, imagens de mulheres aladas. Fevvers, sua heroína trapezista de *Noites no circo,* afirma ter sido chocada de um ovo, como um pássaro, e em *Wise children* as gêmeas Chance interpretam fadas e criaturas emplumadas, desde a primeira vez em que, ainda crianças, pisam no palco até sua rápida passagem por Hollywood, para uma espetacular *extravaganza, Sonho de uma noite de verão.*

* Este posfácio baseia-se no obituário de Angela Carter, escrito por Marina Warner e publicado no *Independent* em 18 de fevereiro de 1992.
** Italo Calvino, *Six memos for the next millenium,* trad. William Weaver (Londres, 1992), p. 26. [*Seis propostas para o próximo milênio*, Companhia das Letras, 1990].

Os contos de fadas também lhe deram meios de voar — de procurar e encontrar uma história alternativa, alterar alguma coisa na mente, da mesma forma que tantas personagens de contos de fadas alteram alguma coisa em sua própria forma. Ela escreveu seus próprios contos — as deslumbrantes e eróticas variações das *Histórias da Mamãe Gansa* de Perrault e outras histórias bem conhecidas. Em *Bloody chamber* ela tirou Bela, Chapeuzinho Vermelho e a última mulher de Barba Azul da atmosfera amena do jardim-de-infância e as levou ao labirinto do desejo feminino.

Ela sempre estudou muito o folclore de todo o mundo, e as histórias aqui coligidas foram colhidas em fontes que vão da Sibéria ao Suriname. Há poucas fadas no sentido próprio, mas as histórias se passam no reino das fadas — não no reino embelezado, kitsch e vitoriano dos elfos, e sim no reino mais sombrio e onírico de espíritos e artimanhas, animais encantados e falantes, enigmas e encantos. Em "Os doze patos selvagens", a heroína promete não falar, nem sorrir, nem chorar até livrar os irmãos do encanto que os transformou em animais. O tema da fala da mulher, do vozerio das mulheres, de seu/nosso clamor e riso e pranto e gritos e vaias permeia todos os escritos de Angela Carter e constituía a essência do seu amor pelo conto de fadas. Em *The magic toyshop*, a encantadora tia Margaret não consegue falar porque está sufocada pelo colar de prata que seu marido, um titereiro maligno, lhe dera de presente de casamento. Em contrapartida, o folclore fala e fala muito sobre a experiência das mulheres: são sempre as mulheres que contam histórias, como em um dos contos desta coleção mais intensamente cômicos e bem representativo do espírito de Angela Carter ("Motivo para surrar sua mulher").

O partido que Angela Carter toma em favor da mulher, que marca toda a sua obra, nunca a levou a nenhuma forma de feminismo convencional; mas ela emprega aqui uma de suas estratégias originais e efetivas, tirando das garras da própria misoginia "histórias úteis" para mulheres. Seu ensaio *The sadeian woman* (1979) descobriu em Sade um libertário capaz de explicitar o *status quo* das relações homem-mulher e fez com que ele iluminasse os recônditos dos polimórficos desejos das mulheres; aqui ela vira pelo avesso alguns contos de fadas com finalidade de advertência e deles sacode o medo e a aversão às mulheres que algum dia expressaram, para criar um quadro de valores que toma como referência mulheres fortes, francas, animadas, sensuais, que não se deixam reprimir (ver "A velha do contra", "O truque da carta"). Em *Wise children* ela criou uma heroína, Dora

Chance, que é uma corista, uma *soubrette*, uma dançarina de vaudeville, uma dessas mulheres pobres, desprezadas, invisíveis e velhas que nunca se casaram (tendo nascido pobre e fora do casamento), e cada um desses estigmas é tomado com grande satisfação e jogado no ar como confetes de casamento.

A última história deste livro, "Estendendo os dedos", uma dura narrativa moral do Suriname sobre partilhar com os outros aquilo que se recebe, também revela o grande valor que Angela Carter atribuía à generosidade. Ela própria partilhava — suas idéias, sua inteligência, sua mente penetrante e comedida — com uma prodigalidade franca, mas nunca piegas. Um de seus contos de fadas favoritos desta antologia era uma história russa, com enigmas, "A menina inteligente", na qual o czar pede à heroína o impossível, e ela o entrega sem piscar os olhos. Angela gostava dele porque era tão bom quanto "As roupas novas do imperador", mas "ninguém era humilhado e todos têm sua recompensa". A história figura na parte denominada "Mulheres espertas, jovens astuciosas e estratagemas desesperados", e sua heroína é uma personagem fundamental de Carter, que nunca se embaraça, nunca se intimida, com ouvidos apurados como uma raposa e dona de um severo bom senso. É bem do espírito de Angela se comprazer com a perplexidade do czar, e ainda assim não desejar que ele seja humilhado.

Ela não teve energia, antes de morrer, para escrever a introdução prevista para *The second Virago book of fairytales*, que constitui a última parte deste volume. Entretanto, deixou quatro anotações enigmáticas entre seus papéis:

"toda história genuína traz alguma coisa de útil", diz Walter Benjamin
a *imperplexidez* [*unperplexedness*] da história
"Ninguém morre tão pobre que não deixe alguma coisa", disse Pascal.
contos de fadas — esperteza e júbilo.


Embora fragmentárias, essas frases encerram a filosofia de Carter. Ela criticava severamente o desprezo de que são capazes as pessoas "instruídas", quando dois terços da literatura do mundo — talvez mais — foram criados pelos iletrados. Ela amava o rigoroso bom senso dos contos populares, os francos propósitos de seus protagonistas, o puro discernimento moral, e os astutos estratagemas que daí derivam. São contos dos injustiçados, sobre a esperteza e a alegria que terminam por triunfar, são contos práticos, já que não são empolados. Para uma fantasista dotada de asas, Angela mantinha os olhos no chão, tendo a realidade permanentemente na mira. Certa vez ela observou: "Um conto de fadas é uma história em que um rei vai à casa de outro rei pedir emprestado uma xícara de açúcar".

As críticas feministas do gênero — principalmente na década de 70 — rejeitavam os finais felizes socialmente convencionais de tantas histórias (por exemplo, "Quando ela cresceu, ele se casou com ela, e ela se tornou czarina"). Mas Angela entendia de satisfação e prazer; e ao mesmo tempo acreditava que o objetivo dos contos de fadas "não era conservador, e sim utópico, na verdade uma forma de heróico otimismo — como a dizer: 'Um dia, haveremos de ser felizes, ainda que essa felicidade não dure'". Seu próprio otimismo heróico nunca a abandonou — como a valente heroína de um de seus contos, ela se mostrou desembaraçada, corajosa e mesmo engraçada ao longo do desenvolvimento da doença que resultou na sua morte. Poucos escritores demonstram trazer consigo as melhores virtudes de suas obras; ela as tinha, em profusão.

Sua imaginação era estonteante e, com suas ousadas e vertiginosas tramas, suas imagens precisas mas fantásticas, sua galeria de moças boas-más, feras, velhacos e outras criaturas, ela faz o leitor prender a respiração, como uma maneira de se armar de um heróico otimismo contra as condições de inferioridade. Angela tinha os dotes de um genuíno escritor para reconstruir o mundo para seus leitores.

Ela própria era a criança inteligente, face cambiante, lábios que às vezes se franziam com ironia e, por trás dos óculos, o olhar oblíquo, às vezes uma piscadela, às vezes certo ar sonhador; com seus cabelos longos e cor de prata, e seu jeito etéreo de falar, tinha um quê de Rainha das Fadas, exceto por ela nunca se mostrar inconsistente ou irreal. E, embora o narcisismo tenha sido um dos grandes temas em seus primeiros trabalhos de ficção, ela própria era excepcionalmente desprovida de narcisismo. Sua voz era suave, com o tom confiante de um contador de histórias, jovial e cheia de humor; ela falava de forma um tanto sincopada, pois parava para refletir — seus pensamentos faziam dela a companhia mais divertida, uma maravilhosa causeuse, que usava seu conhecimento e suas vastas leituras com delicadeza, que era capaz de exprimir um insight malicioso ou um duro julgamento com precisão cirúrgica e de produzir inúmeras idéias sem esforço, mesclando alusão, citação, paródia e invenção original, de uma forma que lembrava o estilo de sua prosa. "Tenho uma teoria segundo a qual...", ela costumava dizer, num tom de autodepreciação, e então desenvolvia uma idéia em que ninguém pensara antes, algum gracejo, algum paradoxo fecundo que resumia uma tendência, um momento. Ela era capaz de se mostrar wildiana na rapidez e na graça oblíqua de seu espírito agudo. Então ela mudava de assunto, às vezes deixando seus ouvintes atônitos e confusos.

Angela Carter nasceu em maio de 1940, filha de Hugh Stalker, jornalista da Press Association, que nasceu nas Highlands escocesas e serviu durante toda a Primeira Guerra Mundial, tendo ido depois trabalhar em Balham, no sul. Ele costumava levá-la ao cine Tooting Granada, onde o glamour do edifício (estilo Alhambra) e das estrelas de cinema (Jean Simmons, em *A lagoa azul*) a marcou de forma indelével. Angela escreveu algumas das passagens mais vivas, elegantes e sexy sobre sedução e beleza feminina que se conhecem, e *elegante* e *glamourosa* são as palavras-chave de prazer e louvor em seu vocabulário. Sua mãe e sua avó materna eram de South Yorkshire; essa avó foi muitíssimo importante para ela: "cada gesto seu e cada palavra manifestava uma ascendência natural, rusticidade inata, e agora sou-lhe muito grata por tudo isso, embora esse duro legado se tivesse mostrado um pouco inconveniente quando eu estava procurando namorados no sul". A mãe de Angela era uma jovem bolsista que "gostava de tudo muito certo"; na década de 20 trabalhava como caixa na Selfridges, passou nos exames e queria o mesmo para sua filha. Angela foi para a Streatham Grammar School, e por algum tempo acalentou o sonho de se tornar egiptóloga, mas largou os estudos para fazer um estágio, conseguido por seu pai, no Croydon Advertiser.

Como repórter da editoria de notícias, sua imaginação lhe trouxe alguns problemas (ela gostava da fórmula do contador de histórias russo: "A história acabou, não posso continuar a mentir") e passou a escrever uma coluna e crônicas. Casou-se pela primeira vez, aos vinte e um anos, com um professor de química da Escola Técnica de Bristol, e começou a estudar inglês na universidade de Bristol no mesmo ano, decidindo se dedicar à literatura medieval, a qual então não era, definitivamente, nada canônica. Suas formas — das alegorias aos contos — assim como a heterogeneidade de tom — do obsceno à fábula — podem ser encontradas em toda a sua obra; Chaucer e Boccaccio continuaram entre seus escritores favoritos. Ela rememorou, numa recente entrevista com sua grande amiga Susannah Clapp, as conversas nos cafés "com situacionistas e anarquistas... Era a década de 60... Eu estava muito infeliz, mas perfeitamente feliz ao mesmo tempo".

Durante esse período, ela começou a se interessar por folclore e com seu

POSFÁCIO    453

marido descobriu o mundo do jazz e da música folk da década de 60. (Num encontro mais recente da Folklore Society, Carter lembrou-se ternamente daquela época de contracultura em que um membro aparecia com um corvo ao ombro.) Ela começou a escrever ficção: na casa dos vinte anos publicou quatro romances (*Shadow dance*, 1966; *The magic toyshop*, 1967; *Several perceptions*, 1968; *Heroes and villains*, 1969; além de uma história infantil, *Miss Z, the dark young lady*, 1970). Cumularam-na de elogios e de prêmios; um deles — o Somerset Maugham — determinava que se viajasse, e ela obedeceu, usando o dinheiro para fugir do marido ("Acho que Maugham teria aprovado."). Ela escolheu o Japão, porque adorava os filmes de Kurosawa.

O Japão representa uma importante transição; ela chegou lá em 1971 e permaneceu por dois anos. Até então, sua ficção, inclusive a feroz e tensa elegia *Love* (1971, revista em 1987), revelava sua força barroca de invenção e seu destemor em enfrentar a violência erótica que nasce tanto da sexualidade feminina quanto da masculina: bem cedo ela marcou seu território, e homens e mulheres nele se digladiam, muitas vezes com derramamento de sangue, e o humor que predomina é o humor negro. Desde o princípio, sua prosa, imensamente rica, inebriada de palavras — um léxico vívido e sensual referente a atributos físicos, minerais, flora e fauna —, ocupa-se do inusitado. Mas o Japão lhe propiciou uma maneira de ver sua própria cultura que aumentou sua capacidade de conjurar o inusitado a partir do familiar. Por essa época ela também aprofundou o seu contato com o movimento surrealista, através dos exilados franceses dos *événements* de 1968 que foram parar no Japão.

Dois romances resultaram de sua estada no Japão, embora não tenham ligação direta com aquele país: *As infernais máquinas de desejo do dr. Hoffman* (1972) e *A paixão da nova Eva* (1977), nos quais os conflitos contemporâneos se transmutam em alegorias bizarras, múltiplas e picarescas. Embora não tenha ganhado as fortunas que algumas de suas contemporâneas embolsaram com best-sellers (ela comentou com tristeza que a coisa ainda funcionava como um Clube do Bolinha, mas na verdade não ligava muito para isso) e não tenha sido indicada para um dos prêmios mais importantes, ela gozava de grande estima internacional: seu nome é respeitado da Dinamarca à Austrália, e Carter era freqüentemente convidada para lecionar — e aceitou convites de Sheffield (1976-8), da Universidade de Brown, Providence (1980-1), Universidade de Adelaide (1984) e Universidade de East Anglia (1984-7). Ela contribuiu para mudar o curso da escrita em inglês no pós-guerra — sua influência vai de Salman Rushdie a Jeanette Winterson e a ficcionistas americanos como Robert Coover.

O fato de estar longe da Inglaterra a ajudou a pôr a nu a cumplicidade das mulheres com a própria sujeição. Numa coletânea de ensaios críticos, *Expletives deleted*, ela lembra: "Passei boa parte da minha vida ouvindo como eu deveria pensar e como deveria me comportar... por ser uma mulher... mas aí parei de ouvi-los [os homens] e... comecei a retrucar".* Ao voltar do Japão, ela analisou em artigos maravilhosamente pungentes (reunidos em 1982 sob o título *Nothing sacred*) várias vacas sagradas, assim como a moda da época (do batom vermelho às meias em D. H. Lawrence). Angela nunca foi de apresentar uma resposta fácil e, com sua franqueza, contribuiu muito para o movimento feminista: ela gostava de citar, de forma meio irônica: "Trabalho Sujo — mas alguém tem que fazê-lo", quando falava sobre enfrentar duras verdades, e dizia de alguém, em tom de aprovação: "Ela/Ele não amaina o vento para o cordeiro recém-tosquiado". Sua editora e amiga Carmem Calil publicou-a na Virago, e sua presença lá, desde o início da editora, contribuiu para estabelecer uma voz feminina na literatura como um instrumento especial, engajado e crucial na elaboração de uma identidade para a Grã-Bretanha pós-imperial, hipócrita e fossilizada. Porque, apesar de sua visão penetrante, e mesmo cética, da realidade, Angela Carter sempre acreditou na mudança: falava de seu "esquerdismo ingênuo", mas nunca abria mão dele.

A crítica americana Susan Suleiman enalteceu a ficção de Angela Carter, afirmando que ela abriu um novo campo para as mulheres absorvendo a voz masculina da autoridade narrativa e ao mesmo tempo personificando-a até o ponto da paródia, de forma a mudar as regras e tornar os sonhos insubmissos, transformá-los, abrindo-os à "multiplicação das possibilidades narrativas", constituindo eles próprios uma promessa de um futuro diferente; os romances também "ampliam nossos conceitos do que é possível sonhar no âmbito da sexualidade, ao criticar todos os sonhos por demais estreitos".** O ícone feminino de Angela era Lulu, na peça de Wedekind, e sua estrela favorita era Louise Brooks, que a interpretou em *A caixa de Pandora*. Dificilmente se pode dizer que Louise/Lulu era alguém que rejeitava o padrão de feminilidade tradicional, pois antes o levava a tais

---

* Angela Carter, *Expletives deleted* (Londres, 1992), p. 5.
** Susan Rubin Suleiman, *Subversive intent: Gender, politics and the avant-garde* (Harvard, 1990), pp. 136-40.

extremos que sua natureza se transformava. "A personagem de Lulu me atrai muito", dizia secamente, e inspirou-se nela para criar suas heroínas dissolutas, turbulentas e ousadas de *Wise children*. Lulu nunca procurava agradar, nunca buscava a fama ou a fortuna, e não sentia culpa nem remorso. Segundo Angela, "sua qualidade especial é fazer do ser polimorficamente perverso a única maneira de ser". Ela disse certa vez que, se tivesse uma filha, lhe daria o nome de Lulu.

Angela Carter gostava de dizer que suas opiniões eram "padrão GLC",* mas, a despeito dessas objeções, ela era também uma pensadora política original e comprometida. *Wise children* (1989) nasceu de seu utopismo social e democrático, de sua afirmação da "baixa" cultura, da rude vitalidade da língua e do humor popular como meios duradouros e efetivos de sobrevivência: o Shakespeare de Angela (o romance contém, de uma forma ou de outra, quase todos as personagens e tramas dele) não escreve para a elite, mas faz sua imaginação derivar do folclore, com energia e know-how.

Ela encontrou a felicidade junto a Mark Pearce, que se preparava para ser professor do ensino fundamental quando ela ficou doente. Com freqüência falava do quão radiosas eram as crianças, de sua beleza inefável e de seu amor. O filho deles, Alexander, nasceu em 1983.

Às vezes, no caso de grandes escritores, é fácil perder de vista o prazer que eles proporcionam, pois os críticos ficam à procura de sentido e valor, influência e importância. Angela Carter gostava de cinema, vaudeville, música e circo, e era ela própria capaz de se divertir como ninguém. Ela incluiu nesta coletânea uma história do Quênia sobre uma sultana que definha enquanto a mulher de um homem pobre vive feliz porque seu marido a alimenta de "língua" — histórias, gracejos, baladas. É isso que dá vida às mulheres, diz a história; foi isso também que Angela Carter ofereceu de forma tão generosa, para lhes dar vida. *Wise children* termina com as palavras "Que alegria é dançar e cantar!". O fato de ela própria não ter podido continuar a viver é de uma tristeza indizível.

Desde sua morte, as homenagens encheram jornais, o rádio e a televisão. Ela ficaria surpresa e satisfeita com as homenagens. Isso nunca lhe aconteceu enquanto viva, não com tanto carinho e efusão. É em parte uma homenagem à sua força o fato de que, enquanto ela vivia, as pessoas se sentiam confundidas por ela,

---

* GLC: Conselho da Grande Londres, espécie de comunidade urbana com um diretor em lugar de prefeito. (N. T.)

de que sua sagacidade, seu fascínio e seu caráter subversivo a tornavam uma pessoa difícil de lidar, como uma fera maravilhosa do tipo que ela apreciava nos contos de fadas. Seus amigos sentiam-se felizes por conhecê-la, e seus leitores também. Um banquete foi deixado para nós e ela "estendeu os dedos" para que pudéssemos partilhá-lo.

*Marina Warner*
1992

# Notas da parte 1 à parte 7, por Angela Carter

Estas notas são mais idiossincráticas do que eruditas. Nelas incluí minhas fontes e o que consegui achar sobre as várias fontes; às vezes é muito pouco, às vezes uma boa quantidade. Às vezes as histórias explicavam-se por si mesmas, sem necessidade de notas. Às vezes desembocavam em outras histórias, às vezes pareciam completas.

"Sermerssuaq"
"Contada como uma piada numa festa de aniversário, Inuit Point, territórios do Noroeste". Canadá Ártico. *A kayak full of ghosts.* Contos inuítes "reunidos e recontados" por Lawrence Millman (Califórnia, 1987), p. 140.

PARTE I: CORAJOSAS, OUSADAS E OBSTINADAS
"Em busca de fortuna"
Esse texto provém de Pontos, leste da Grécia. Foi reeditado a partir de *Modern Greek folktales*, selecionado e traduzido por R. M. Dawkins (Oxford, 1953), p. 459. Segundo Dawkins, a história é muito contada em toda Grécia e Bulgária, embora normalmente a personagem seja um homem que sai em busca de fortuna, de seu destino ou, antes, em busca da *razão* de sua má sorte ou infelicidade.

"O senhor Fox"

*O vento soprou forte, meu coração doeu*
*Ao ver o buraco que a raposa abriu*

diz a jovem da versão de "O senhor Fox" contada por Vance Randolph nas montanhas Ozark, no Arkansas, em princípios da década de 40.

"Depois disso, a pobre Elsie não queria ficar com ninguém, porque imaginava que todos os homens são filhos-da-puta. Então ela nunca se casou e ficou morando perto dos parentes. Evidentemente eles ficaram contentes de tê-la por perto."

A forma de contar histórias no Arkansas é descontraída, leve, confidencial; o contador de histórias procura levá-lo à suspensão da descrença. O conto de fadas está se transformando, de forma quase imperceptível, numa história cheia de exageros difíceis de engolir, em que a mentira deslavada é dita com a cara mais limpa, só pelo prazer de dizê-la.

Mas esta história já era antiga quando os primeiros colonos ingleses atravessaram o Atlântico nos séculos XVI e XVII, levando consigo sua invisível bagagem de histórias e canções; Benedick, em *Muito barulho por nada*, menciona a negativa hipócrita do senhor Fox: "Como na velha história, meu Senhor, 'Não é assim, nem foi assim. E Deus nos livre que fosse assim'" (primeiro ato, cena 1). Esse senhor Fox foi originalmente publicado na edição crítica de Shakespeare de 1821 para elucidar essa mesma passagem, o que provavelmente explica o "sabor" literário do texto.

Esperteza, ganância e covardia fazem do nome *fox* ["raposa"] um termo proverbial na tradição popular, embora na China e no Japão se acredite que as raposas possam assumir a forma de uma mulher bonita (cf. a gíria americana usa as palavras *fox* e *vixen* [raposa fêmea] para descrever uma mulher atraente). O fato de nesta história a raposa assumir a forma de um assassino psicopata e seus desdobramentos causam um *frisson* extra nos velhos leitores de literatura infantil na Inglaterra, que se lembram do "senhor raposo", que queria devorar Jemima Puddleduck. (Joseph Jacobs, *English fairy tales* [Londres, 1895].)

"Kakuarshuk"
Fonte: Severin Lunge, Rittenback, West Greenland (Millman, p. 47).

"A promessa"
Reedição de uma coletânea de histórias antigas que ilustram os pontos mais

delicados da prática jurídica na velha Birmânia: Maung Htin Aung, *Burmese law tales* (Oxford, 1962), p. 9.

"Catarina Quebra-Nozes"

Joseph Jacobs publicou o conto em *English fairy tales*, a partir de uma edição de *Folk-Lore* de setembro de 1890, fornecida por Andrew Lang, organizador dos *Red, Blue, Green, Violet... fairy books* etc. "Está muito deturpado", queixou-se Jacobs, "ambas as jovens são chamadas de Kate, e tive de reescrever muita coisa."

Este é um autêntico conto de fadas. Aqueles que se interessam pela origem das fadas podem encontrar a referência adequada em *A dictionary of fairies* [1976], de Katharine Briggs. Seriam elas espíritos dos mortos, anjos caídos ou, como pensava J. F. Campbell (*Popular tales of the west Highlands*, editado e traduzido por J. F. Campbell [Londres, 1890]), seriam reminiscências raciais dos pictos, os habitantes pequenos e trigueiros do norte da Grã-Bretanha na Idade da Pedra? Se assim for, o ciclo do conto de fadas imita de perto o ciclo humano, com nascimentos (imaginem um bebê-fada!), casamentos e mortes. O poeta William Blake afirma ter visto o funeral de uma fada. Essas fadas não têm asas brilhantes; tradicionalmente, elas voam pelos ares montadas em talos de tasneira ou em ramos, da mesma forma que as feiticeiras montam em cabos de vassoura, erguendo-se no ar por força de palavras mágicas. Certa vez John Aubrey (*Miscellanies*) ouviu uma: "Cavalo e chapelinho". Esses seres, de natureza brusca e prática, são literalmente, terrenos — preferem viver *dentro* de colinas ou montes de terra, e raramente são bondosos.

"A jovem pescadora e o caranguejo"

Uma história contada em Chitrakot, estado de Bastar, pelos kurukh, um dos povos da Índia central: Verrier Elwin, *Folk-tales of Mahakoshal* (Oxford, 1944), p. 134.

"O caranguejo normalmente é visto como monógamo e modelo de fidelidade conjugal", garante Elwin. "Já se observaram, em caranguejos que nadam, o cuidado e a atenção que o macho tem para com a fêmea quando esta se encontra na fase da muda, e também o fato de que entre os caranguejos que vivem em tocas, cada toca é ocupada apenas por um macho e uma fêmea."

PARTE 2: MULHERES ESPERTAS, JOVENS ASTUCIOSAS E ESTRATAGEMAS DESESPERADOS

"Maol a Chliobain"

Trata-se de uma colagem, da Escócia ocidental — principalmente do gaélico, de Ann McGilbray, de Islay — traduzida por J. F. Campbell, com a interpolação de passagens de versões de Flora MacIntyre, de Islay, e de uma jovem, "que trabalhava como babá na casa do senhor Robertson, Tesoureiro de Argyll", em Inverary. A versão da jovem terminava com o afogamento do gigante. "E o que aconteceu com Maol a Chliobain?", perguntou Campbell. "Ela casou com o filho caçula do lavrador?" "Ah, não, ela nem se casou."

Essa é uma variante de "Hop o' my thumb", com uma heroína de tamanho normal, em vez de com um herói de pequena estatura (Campbell, vol. 1, p. 259).

"A menina inteligente"

Da coletânea organizada por Alexandre Nikolaievitch Afanasiev (1826-71), a versão russa dos irmãos Grimm, que publicou sua compilação a partir de 1866. A Federação Russa era uma fonte extraordinariamente rica de literatura oral àquela época, devido às altas taxas de analfabetismo entre os camponeses pobres. Ainda no final do século XVIII, os jornais russos traziam anúncios de cegos oferecendo-se para trabalhar nas casas da pequena nobreza como contadores de histórias, fazendo lembrar que duzentos anos antes três anciãos cegos revezavam-se junto à cama de Ivan, o Terrível, contando ao monarca insone contos de fadas até ele conseguir dormir.

Esta história é um duelo de inteligências em três rounds. Há algo de muito agradável no espetáculo de uma menina fazendo, com sucesso, as vezes de juiz; a história é tão deliciosa quanto "As roupas novas do imperador", de Hans C. Andersen, só que ainda melhor, porque ninguém é humilhado e todos recebem recompensas. Esta é a história de que mais gosto neste livro.

Entretanto, há mais coisas nela do que parece a princípio. O antropólogo Claude Lévi-Strauss diz que existe uma relação estreita entre adivinhações e incesto porque uma charada aproxima dois termos irreconciliáveis e o incesto aproxima duas pessoas irreconciliáveis.

Robert Graves, em seu *The white goddess* [*A deusa branca*], estudo um tanto alucinado, ainda que apoiado em boas notas críticas, sobre antropologia pagã, cita a seguinte história da obra *História da Dinamarca*, do fim do século XII, escrita por Saxo Grammaticus:

Aslog, a última dos Volsungs, filha de Brynhild com Sigurd, estava vivendo numa fazenda em Spangerejd, na Noruega, disfarçada de ajudante de cozinha de cara suja de fuligem... Mesmo assim, sua beleza impressionou tanto os sequazes do herói Ragnar Lodbrog que ele pensou em se casar com ela e, para testar o seu valor, disse-lhe que se apresentasse a ele nem a pé, nem a cavalo, nem vestida nem despida, nem em jejum nem depois de ter comido, nem só nem acompanhada. Ela chegou montada num bode, com um pé arrastando no chão, vestida apenas com os próprios cabelos e uma rede de pesca, com uma cebola nos lábios e um cachorro do lado. [*The white goddess*, p. 401]

Graves descreve também uma figura num assento do coro da Catedral de Coventry (certamente o edifício destruído na Segunda Guerra) ao qual o guia de viagem se refere como "uma imagem emblemática da luxúria"; é uma mulher de cabelos longos, vestida numa rede, montada de lado num bode e precedida de uma lebre."

O que me faz lembrar que Louise Brooks, a grande atriz do cinema mudo, pensou em dar a sua autobiografia em que "contava tudo" o título "Nua em meu bode", uma citação do *Fausto*, de Goethe, da cena *Walpurgismacht* [Noite de Valpurgis], em que a jovem feiticeira diz: "Nua em meu bode, mostro meu belo corpo jovem". ("Você vai apodrecer", diz-lhe a feiticeira velha.)

A principal função das charadas é nos mostrar que se pode construir uma estrutura lógica apenas com palavras.

"O rapaz feito de gordura"
Encontrada em todo o Ártico e na Groenlândia. Compare-se com a história armênia "Os desígnios da natureza" (p. 251) (Millman, p. 100).

"A jovem que ficava na forquilha de uma árvore"
A história é do povo bena mukini, que habita a atual Zâmbia. (*African folktales and sculpture*, ed. Paul Radin [Nova York, 1952], p. 181.)

"A princesa com a roupa de couro"
Essa história egípcia está no livro *Arab folktales*, traduzido e editado por Inea Bushnaq a partir de grande variedade de (em sua maioria) fontes escritas (Nova York, 1986), p. 193. Temos aí o tema: "Ela se humilha para conquistar"; prince-

sas se disfarçam de todas as formas — com pele de asno, barris de madeira e até caixas — e se sujam com cinzas, piche etc.

"A lebre"
Escreve Jan Knappert:

Os suaílis viviam na encruzilhada de dois mundos. Um número desconhecido de povos africanos estabeleceu-se ao longo da costa leste da África... Um número igualmente desconhecido de povos orientais, marinheiros e mercadores, acompanhados ou não de suas famílias, estabeleceu-se na mesma costa, tendo sido expulsos da Arábia, Pérsia, Índia ou Madagáscar.

Resulta daí um povo que mescla uma língua africana (banto) com uma cultura islâmica, espalhado ao longo de um milhar de milhas da costa entre Mogadíscio e Moçambique. Os contadores de histórias suaílis acreditam que as mulheres são incorrigivelmente más, diabolicamente astuciosas e sexualmente insaciáveis; espero que isto seja verdade, tendo em vista o interesse das mulheres. [Jan Knappert, *Myths and legend of the Swahili*, Londres, 1970, p. 142.]

"Casaco de Musgo"
A Cinderela cigana. Contada pela cigana Taimie Boswell em Oswaldwhistle, Northumberland, Inglaterra, em 1915. Impressa em *Folktales of England*, ed. Katharine M. Briggs e Ruth L. Tongue (Londres, 1965), p. 16.
"É estratégia dos ciganos e latoeiros ir para a porta da frente e tentar ver a dona da casa", dizem os editores de *Folktales of England*. Eles têm profunda desconfiança de criados e serviçais. Em muitas versões do conto, é o filho do senhor, e não os criados, que maltrata a heroína.

"Vassilissa, a filha do clérigo"
Afanasiev, p. 131.

"O aluno"
Knappert, p. 142.

NOTAS DA PARTE I À PARTE 7   463

"A mulher do fazendeiro rico"

No século XIX, a Noruega, assim como muitos outros países da Europa até então dominados por grandes potências, começou a buscar uma forma própria de expressão. Peter Christen Asbjørnsen e Jørgen Moe seguiam os passos dos irmãos Grimm, movidos pelo mesmo impulso nacionalista; sua coletânea de contos foi publicada em 1841. A tradução foi feita por Helen e John Gade para a American-Scandinavian Foundation em 1924. (*Norwegian fairy tales*, p. 185.)

"Guarde os seus segredos"

Da atual Gana, contado por A. W. Cardinall, que foi governador da Costa do Ouro, em *Tales told in Togoland* (Oxford, 1931), p. 213.

O duelo de bruxas, ou das transformações, ainda relembrado na brincadeira infantil européia "Tesoura, papel, pedra", é um fenômeno recorrente entre seres sobrenaturais. Compare-se a disputa entre o demônio e a princesa no conto do segundo calendário das *Mil e uma noites*; a perseguição do pigmeu Gwion pela deusa Kerridgwen, no ciclo mitológico galês *Mabinogion*; a balada escocesa "The twa magicians": "Então ela se tornou uma alegre égua cinzenta / E ficou lá ficou bem quieta / E ele se transformou numa sela dourada / E em seu dorso montou" etc. (*English and Scottish popular ballads*, ed. F. J. Child [Boston, 1882], vol. 1, n. 44.)

Ao ser julgada em 1662, Isobel Gowdie, de Auldearne, na Escócia, deu a fórmula mágica para uma pessoa se transformar numa lebre: "Vou virar uma lebre / Triste, soluçando e muito preocupada / Vou virar em nome do Diabo / Ai, até voltar para casa".

Esta a melhor de todas histórias do tipo "Mamãe sabe das coisas".

"As três medidas de sal"

Dawkins, p. 292; da ilha de Naxos. "Esta história é um romance em menor escala", diz Dawkins, e na verdade tem um tema típico das séries de televisão, com seus mal-entendidos, filhos perdidos, mulheres abandonadas e sua riqueza fortuita — "naquela época, todo mundo era rei".

"A esposa astuciosa"

Elwin, p. 314.

"O pó-dos-bobos da tia Kate"
Recolhida nas montanhas de Ozark, Arkansas, Estados Unidos, por Vance
Randolph; incluída nas *The devil's pretty daughter and other Ozark folk tales*, coligi-
das por Vance Randolph com notas de Herbert Halpert (Nova York, 1955).

"A batalha dos pássaros"
J. F. Campbell não editou esta história, por isso tampouco o fiz, embora a
curiosa heroína automutilada só apareça na segunda parte desse conto cheio de
digressões. Foi contado por John Mackenzie, em abril de 1859; Mackenzie vivia
perto de Inverary, na propriedade do duque de Argyll. Ele ouviu a história quando jovem, "e costumava contar aos amigos em noites de inverno, para passar o
tempo". Mackenzie estava com cerca de sessenta anos à época e lia em inglês, tocava gaita de foles e tinha uma memória que rivalizava com o *Oliver and boyd's
almanac*, de Edimburgo. (Campbell, vol. 1, p. 25).

"Menina-Salsa"
Ouvido de Daniela Almansi, de seis anos, por sua babá, em Cortona, próximo a Arezzo, na Toscana, Itália, e encaminhado ao editor pela mãe de Daniela,
Claude Beguin. Claude Beguin acrescenta a informação de que a salsa é um abor-
tivo popular na Itália. *A dictionary of superstitions*, ed. por Iona Opie e Moira
Tatem (Oxford, 1989), contém duas receitas inglesas com esse fim, mas também
exemplos da crença bastante difundida de que os bebês eram achados nos canteiros de salsa.

"A esperta Gretel"
Jacob Ludwig Grimm (1785-1863) e Wilhelm Carl Grimm (1786-1859) con-
tribuíram para a criação de nossa concepção do que é um conto de fadas, trans-
formando-o, de divertimento rústico que era, em material de leitura destinado
sobretudo, embora não exclusivamente, a crianças, por razões didáticas e românticas — para instruí-las quanto ao gênio germânico, a moral e a justiça, sem
dúvida, mas também quanto ao espanto, o terror e a magia. Além de eruditos,
gramáticos, lexicógrafos, filólogos e estudiosos de antigüidades, os Grimm eram
também poetas. Na verdade, foi o poeta Brentano quem lhes sugeriu que reco-
lhessem contos de fadas a partir de fontes orais.
*Kinder und Hausmärchen* [Contos de fada para crianças], publicado pela pri-

meira vez em 1812, continuamente revisto e, na verdade, reescrito de uma forma cada vez mais "literária" até a edição final, em 1857, é uma das obras fundamentais para a sensibilidade do romantismo europeu do século XIX, e as histórias ficam indelevelmente marcadas na imaginação das crianças que as lêem, ajudando-nos a configurar nossa consciência do mundo. Mas assim como publicaram as histórias sangrentas, misteriosas, ferozmente românticas e enigmáticas que tocaram o poeta que havia no seu íntimo, os irmãos Grimm não puderam deixar de publicar contos geniais como este, sobre a insolente Gretel com seus sapatos de saltos vermelhos e sua gulodice, um reflexo direto dos medos da classe média do que as criadas podiam fazer nos recessos da cozinha.

Da obra *The complete fairy tales of the brothers Grimm*, com tradução e introdução de Jack Zipes (New York, 1987), p. 75.

"A peluda"

Aqueles que estão familiarizados com Chaucer e Boccaccio reconheceram nesta história uma *merry tale*, ou exercício de humor grosseiro, aplicado às relações humanas. Trata-se de um campo relativamente inexplorado pelos folcloristas, embora de origem antiga, presente em toda parte, com inúmeras variações, fácil de lembrar, e que hoje floresce com o mesmo vigor de sempre, onde quer que duas ou três pessoas de qualquer gênero se reúnam em circunstâncias informais. A piada sexual é certamente a forma mais difundida de conto popular nas sociedades industriais desenvolvidas, e mesmo quando contada entre mulheres caracteriza-se por uma profunda misoginia. É um repositório de grande volume de ansiedade e suspeita sexual.

O espírito vingativo e a raiva contidos nesta história levam a heroína ao estratagema mais desesperado. Observe-se a intenção de violentar o marido.

De *Jokelore: humorous folktales from Indiana*, ed. Ronald L. Baker (Indiana, 1986), p. 73.

PARTE 3: TOLOS

"Por um punhado de miolos"

Joseph Jacobs, *More English fairy tales* (Londres, 1894), p. 125. "O bobo da família é bastante presente nos contos de fadas ingleses", observa Jacobs. Mas não entre os indivíduos de sexo feminino.

"O jovem da manhã"

A história foi contada sem nenhum sentimento de solidariedade para com as mulheres, o que é censurável, pela senhora Mary Richardson — "uma mulher pequenina", diz Richard Dorson, "de nariz achatado pelo caiporismo". A senhora Richardson, que estava com setenta anos quando conversou com Dorson em princípios da década de 50, nasceu na Carolina do Norte e mais tarde mudou-se para Chicago, depois para Calvin, uma colônia agrícola no sudoeste de Michigan composta por negros que tinham sido libertados antes da Guerra Civil Americana. Durante a Depressão, na década de 30, os negros nascidos no sul que fugiam da pobreza e terminavam por reencontrá-la na zona meridional de Chicago estabeleceram-se em Calvin e nas comunidades circunvizinhas, trazendo consigo um cabedal de histórias com raízes numa complexa fusão de tradições da África negra e da Europa. O legado musical — o gospel e o rhythm and blues — deram seus frutos mais para o final da década, com os músicos que criaram o som de Detroit.

A história também é encontrada na Rússia, na Estônia e na Finlândia. Os demais informantes de Dorson contaram outras versões; Georgia Slim Germany disse que a velha cantava: "Tremo de frio esta noite, mas vou me casar com um jovem de manhã, e amanhã à noite vou brincar de ratoeira". (*Negro folktales in Michigan*, recolhidas e editadas por Richard M. Dorson [Cambridge, 1956], p. 193.)

"Agora eu riria, se não estivesse morto"

Observe-se que, se o casamento é o objetivo final de tantos contos de fadas, o casamento em si mesmo e suas condições são descritos universalmente como uma piada.

De *Icelandic legends*, recolhida por Jon Arnason, traduzida por George Powell e Eirikr Magnusson (Londres, 1866), vol. 2, pp. 627-30.

"Os três tolos"

Jacobs, *English fairy tales*, p. 9.

"O menino que nunca tinha visto mulher"

Contado por certa senhora E. L. Smith. Dorson, p. 193.

"A velha que vivia dentro de uma garrafa de vinagre"
Ouvida à roda de uma fogueira em 1924 e publicada em *A sampler of the British folktales*, de Katharine M. Briggs (Londres, 1977), p. 40.

"Tom Tit Tot"
O povo de Suffolk, de onde vem esta história, há muito tem fama de doidivanas. Quando meu avô materno, de Lavenham, se alistou no exército na década de 1890, entrou num regimento com a alcunha de "Tonto de Suffolks". (Jacobs, *English fairy tales*, p. 1.)

"O marido que precisou cuidar da casa"
Também de Asbjørnsen e Moe, desta vez numa bela tradução vitoriana de sir George Webb Darsent. (*Popular tales from the Norse* [Edimburgo, 1903], p. 269.)

PARTE 4: BOAS MOÇAS E O QUE ACONTECE COM ELAS
"A leste do sol e a oeste da lua"
Mais uma vez Asbjørnsen e Moe, ainda na tradução de Darsent (Darsent, p. 22). Este é um dos contos de fadas de maior beleza lírica entre todos os do norte da Europa, e um dos que se revelaram irresistíveis aos escritores "literários" ao longo de dois mil anos, com sua relação com a clássica história de Cupido e Psiquê — tal como recontada em *O asno de ouro*, de Apuleio — e também com o encantador conto de fadas literário "A bela e a fera", escrito por madame Leprince de Beaumont no século XVIII.

Mas a Bela de madame Leprince de Beaumont é uma jovem bem educada, criada para se amoldar a uma vida burguesa, virtuosa. Madame Leprince de Beaumont trabalhou como preceptora durante vinte anos; ela escreveu muito sobre o bom comportamento. Mas *esta* jovem não hesita em ir para a cama com um urso desconhecido e é traída por seu próprio desejo quando vê um jovem sob a pele do urso: "ela pensou que só podia viver se lhe desse um beijo ali mesmo". Então ele desaparece. Mas no final ela fica com ele.

"A menina boa e a menina má"
"Contado pela senhorita Callista O'Neill, Day, Mo, em setembro de 1941", a Vance Randolph. No livro dos irmãos Grimm, a história tem o título de "Mamãe Holle". (Randolph, *The devil's pretty daughter*.)

"A moça sem braços"

Essa história terrível descreve as desgraças da virtude com a alegria de um marquês de Sade — cf. "A donzela sem braços". (Afanasiev, p. 294.)

PARTE 5: FEITICEIRAS

"A princesa chinesa"

Uma vez por semana, a fada francesa medieval Melusina transformava-se numa serpente da cintura para baixo. O poeta romântico inglês John Keats tem um poema, "Lamia", sobre uma serpente que se transforma numa bela mulher. Em termos freudianos, trata-se da volta do recalcado com uma vingança.

De *Folk tales of Pakistan*, compilado por Zainab Ghulam Abbas (Karachi, 1957).

"A feiticeira-gata"

Novamente Mary Richardson (Dorson, p. 146).

"A Baba-Iagá"

Baba-Iagá, a feiticeira russa, vive na floresta, numa cabana sobre pernas de galinha que disparam a correr quando ela quer. Alguns dizem que ela é a mãe do diabo. Ela é má mas estúpida, e assim foi caracterizada no período stalinista pela folclorista soviética E. A. Tudorovskaya: "Baba-Iagá, a senhora da floresta e dos animais, é representada como uma verdadeira exploradora, que oprime os animais que são seus criados". (W. R. Ralston, *Russian folk tales* [Londres, 1873], pp. 139-42.)

"A senhora Número Três"

Esta história está numa obra de G. Willoughby-Meade, *Chinese ghouls and goblins* [Londres, 1928], uma coletânea de folclore (p. 191). Os nomes e os lugares são apresentados com uma precisão pouco comum. Compare-se o destino dos convidados da senhora Número Três com o herói de "O asno de ouro", de Apuleio. Compare-se também a própria senhora Número Três com Circe, a feiticeira da *Odisséia*, de Homero, que transformou seus hóspedes em porcos.

PARTE 6: FAMÍLIAS INFELIZES

"A menina que desterrou sete rapazes"

Bushnaq, p. 119.

"O mercado dos mortos"
Melville J. e Frances S. Herskovits, *Dahomean narrative* (Northwestern University African Studies, Evanston, 1958), p. 290.

"A mulher que se casou com a esposa do filho"
Millman, p. 127. Contado por Gustav Broberg, Kulusuk, Groenlândia oriental.

"O peixinho vermelho e o tamanco de ouro"
Bushnaq, p. 181.

"A madrasta malvada"
Cardinall, p. 87.

"Tuglik e sua neta"
Ouvida de Anarfik, na localidade de Sermiligaq, Groenlândia oriental. (Millman, p. 191).

"O zimbro"
Versão definitiva de um conto de maus-tratos contra criança e solidariedade fraterna, conhecido em todo mundo, em versões muito semelhantes. Verrier Elwin publica um da Índia tribal. Em nenhuma outra história o final feliz revela maior anseio de *wish-fulfilment*; é óbvio que essa solução só pode ser imaginada, não pode ser experimentada na realidade. (Grimm, p. 171.)

"Nourie Hadig"
A "Branca de Neve" armênia foi ouvida por Susie Hoogasian-Villa da senhora Akabi Mooradian, na comunidade armênia da cidade de Detroit, Michigan, à qual ambas pertenciam. A senhora Mooradian estabeleceu-se em Detroit em 1929, depois de muitas andanças, desde que ela nasceu, em 1904, impostas pela turbulenta história de sua pátria. (*100 Armenian tales*, reunidos e editados por Susie Hoogasian-Villa [Detroit, 1966, p. 84].)

"Bela e Rosto Bexiguento"
*Chinese fairy tales and folk tales*, compilados e traduzidos por Wolfram Eberhard (Londres, 1937), p. 17.

"Velhice"
Millman, p. 192.

PARTE 7: FÁBULAS MORAIS

"Chapeuzinho Vermelho"

Das *Histórias ou contos de outrora*, de Charles Perrault (Paris, 1697). Eu as traduzi para o inglês. Minha avó materna costumava dizer: "tire a tranca e entre", quando — eu ainda era criança — ela me contava essa história; e no final, quando o lobo salta sobre Chapeuzinho Vermelho e a devora, minha avó fingia que ia me comer, o que me fazia dar gritos excitados, de puro prazer.

Para uma discussão sociológica, histórica e psicológica em profundidade dessa história, e mais trinta e uma versões literárias diferentes, inclusive uma revisão feminista feita pela Merseyside Fairy Story Collective, veja-se Jack Zipes, *The trials and tribulations of Little Red Riding Hood* (Londres, 1983). Jack Zipes acha que "A história da avó", registrada em Nièvre, França, por volta de 1885, faz parte da tradição de uma criança totalmente emancipada; essa menina, com roupas cuja cor desconhecemos, não constitui uma terrível advertência, mas um exemplo de raciocínio rápido:

> Havia uma mulher que tinha um pouco de pão. Ela disse à filha: "Vá levar este pão quente e uma garrafa de leite para sua avó".
>
> Então a menina partiu. Na encruzilhada ela encontrou *bzou*, o lobisomem, que lhe disse:
>
> "Aonde você vai?"
>
> "Estou levando este pão quente e uma garrafa de leite para minha avó."
>
> "Que caminho você vai pegar?", disse o lobisomem. "O caminho das flores ou o caminho dos pinheiros?"
>
> O caminho das flores", disse a menina.
>
> "Está bem, então vou pelo caminho dos pinheiros."
>
> A menina se distraiu colhendo flores. Nesse meio-tempo o lobisomem chegou à casa da avó, matou-a, pôs um pouco de sua carne no armário e uma garrafa de seu sangue na prateleira. A menina chegou e bateu na porta.
>
> "Empurre a porta", disse o lobisomem. "Está trancada com um pedaço de palha úmida.
>
> "Bom dia, vovó. Trouxe para você um pão quente e uma garrafa de leite."

"Guarde no armário, minha filha. Prove a carne que está dentro dele e o vinho que está na prateleira."

Depois que ela comeu, um gatinho lhe disse: "Irra! Boa bisca é quem come a carne da avó e bebe seu sangue".

"Dispa-se, minha filha", disse o lobisomem, "e venha se deitar junto de mim."

"Onde ponho o meu avental?"

"Jogue-o no fogo, minha filha, você não vai mais precisar dele."

Toda vez que ela perguntava onde devia colocar cada uma de suas peças de roupa — o corpete, o vestido, a anágua, e as meias compridas —, o lobo respondia:

"Jogue-os no fogo, minha filha, você não vai mais precisar deles."

Quando se deitou na cama, a menina falou:

"Oh, vovó, como você está peluda!"

"É para ficar mais quentinha, minha filha!"

"Oh, vovó, mas que unhas tão grandes!"

"É para me coçar melhor, minha filha!"

"Oh, vovó, que ombros tão grandes!"

"São para carregar lenha melhor, minha filha!"

"Oh, vovó, mas que orelhas tão grandes!"

"São para ouvir você melhor, minha filha."

"Oh, vovó, mas que narinas tão grandes!"

"São para melhor cheirar o meu fumo, minha filha!"

"Oh, vovó, mas que boca tão grande!"

"É para melhor comer você, minha filha!"

"Oh, vovó, estou muito apertada. Deixe-me ir lá fora."

"Faça na cama mesmo, minha filha."

"Oh, vovó, vovó, quero ir lá fora."

"Está bem, mas ande rápido."

O lobisomem amarrou uma corda de lã no pé dela e a deixou ir lá fora.

Quando a menina se viu fora de casa, amarrou a ponta da corda numa ameixeira do quintal. O lobisomem ficou impaciente e disse: "Você está fazendo um montão aí? Você está fazendo um montão?".

Quando ele notou que ninguém respondia, pulou da cama e viu que a menina tinha fugido. O lobisomem foi atrás dela, mas chegou à casa da menina bem na hora em que ela entrou.

"Água de pés"
Kevin Danaher, *Folktales of the Irish countryside* (Cork, 1967), pp. 127-9.

"Esposas curam gabolice"
Herskovits e Herskovits, p. 400.

"Alimentar com língua"
Knappert, p. 132.

"A irmã rica do lenhador"
Bushnaq, p. 137

"Fugindo de mansinho"
*Afro-American folktales*, histórias das tradições dos negros do Novo Mundo editadas e selecionadas por Roger D. Abrahams (Nova York, 1985), p. 240.

"Os desígnios da natureza"
Hoogasian-Villa, p. 338.

"As duas mulheres que conquistaram a liberdade"
Millman, p. 112; de Akpaleeapik, Pond Inlet, ilha de Baffin.

"Como um marido curou a esposa viciada em contos de fadas"
Afanasiev, p. 308.

# Notas da parte 8 à parte 13, por Angela Carter e Shahrukh Husain

PARTE 8: MENTES FORTES E ARTIMANHAS

"Os doze patos selvagens"

Da coleção de contos de fadas noruegueses coligidos por Peter Christian Asbjørnsen e Jørgen Moe, na bela tradução vitoriana de George Webb Darsent, *Popular tales from the Norse* (Edimburgo, 1903).

O cineasta Alfred Hitchcock achava que nada era mais agourento do que ver sangue em margaridas. O sangue na neve revolve ainda mais as entranhas. O corvo, o sangue, a neve — esses são os elementos das implacáveis fórmulas de desejo dos povos do norte. Em "The story of Conall Gulban", que figura em *Popular tales of the West Highlands*, de J. F. Campbell, Conall "não queria se ligar para sempre a uma mulher cuja cabeça fosse preta como o corvo, o rosto claro como a neve e as faces vermelhas como sangue".

Campbell opina que o corvo deve ter comido alguma coisa, por causa de todo aquele sangue, e apresenta uma variante de Inverness:

Quando ele se levantou de manhã, havia neve fresca, e o corvo estava num ramo perto dele, com um pedaço de carne no bico. O pedaço de carne caiu e Conall foi pegá-lo, e o corvo lhe disse que Bela Graciosa Terna era branca como a neve do ramo, de faces vermelhas como a carne que estava na mão dele e cabelos negros como a pena de sua asa. [*Popular tales of the West Highlands*, recolhidas oralmente, com tradução de J. F. Campbell, vol. 3, Paisley, 1892.]

Essas fantasias carnívoras expressam as profundezas do desejo de uma mulher por um filho nas histórias tradicionais. "Branca de Neve", na conhecida versão dos irmãos Grimm, começa da mesma forma. Observe-se que, segundo os editores das histórias árabes palestinas, as mulheres sem filhos dos contos de fadas desejam muito mais ter filhas do que filhos.

"Os doze patos selvagens", com seu começo bárbaro e sua temática de dedicação fraterna, constitui a base da encantadora história literária do dinamarquês Hans Christian Andersen "Os cisnes selvagens". Andersen elevou os patos à condição de cisnes românticos, embora eu sinta que, se patos selvagens foram bons o bastante para Ibsen, podiam muito bem ser bons o bastante para Andersen.

"O velho Foster"
Ouvida de Jane Gentry em 1923 em Hot Springs, Carolina do Norte, por Isobel Gordon Carter. Texto do *Journal of American Folklore*, 1925, n. 38, pp. 360-1.

A velha história de assassinato sexual e homicídios em série atravessou o Atlântico com os primeiros colonos dos Estados Unidos nos séculos XVI e XVII. "O velho Foster" é primo em primeiro grau do sinistro "Senhor Fox" (ver neste livro, p. 35, e de "O noivo ladrão", dos irmãos Grimm.

"Šāhīn"
De *Speak, bird, speak again: Palestinian Arab folktales*, recolhidos e editados por Ibrahim Muhawi e Sharif Kanaana, e publicados pela University of California Press, 1988.

Essas histórias foram gravadas em fita cassete entre 1978 e 1980 na Galiléia; desde 1948, em parte do Estado de Israel, na West Bank e em Gaza. Na tradição palestina, as mulheres são as depositárias da narrativa. Se os homens contam histórias, devem adotar o estilo narrativo das mulheres. Uma vez que a arte de contar histórias vai se depurando com a idade, as mulheres idosas têm vantagem sobre todo mundo. As histórias são contadas nas noites de inverno, quando há pouco trabalho a fazer nos campos, e famílias estendidas se reúnem para se entreterem. Normalmente é a mulher mais idosa que começa. As reuniões são dominadas pelas mulheres; há um pronunciado viés pró-mulher em todas essas his-

NOTAS DA PARTE 8 À PARTE 13    475

tórias palestinas, embora a família palestina seja, como explicam Muhawi e Kanaana, "patrilinear, patrilateral, polígina, endogâmica e patrilocal".

Em sua introdução, eles observam que a possibilidade de as mulheres escolherem livremente seu parceiro "está tão distante dos fatos da vida social que somos obrigados a concluir que se está gerando uma profunda carência emocional".

Não obstante, Šāhīn, com sua heroína exuberantemente auto-afirmativa, foi contado por um homem de sessenta e cinco anos da Galiléia, que trabalhou a vida inteira como agricultor e pastor. Em outra variante, o herói, exausto, recém-casado, diz a Šāhīn: "Acredite-me, você é o homem e eu sou a noiva". E isso é a pura verdade.

### "O povo com focinho de cachorro"
Uma história do país báltico da Letônia recolhida na década de 1880 e publicada numa majestosa antologia intitulada *Siberian and other folktales: primitive literature of the empire of the tsars*, com apresentação, tradução e notas de C. Fillingham-Coxwell. (Londres, C. W. Daniel, 1925.)

A cultura cristã demorou muito para influenciar o povo de uma Letônia ainda dominada por florestas, de quem se diz ter conservado altares pagãos até o recente ano de 1835. Segundo a tradição, o casamento se dava por meio de rapto, um negócio arriscado. Espremidos entre a Alemanha e a Rússia durante séculos, e politicamente à mercê desses dois países, os letões, segundo Fillingham-Coxwell, olhavam os alemães e os russos "com ódio e desespero". Fillingham-Coxwell também achava que o enigmático "povo de focinho de cachorro" devia conter reminiscências dos aborígines letões.

### "A velha do contra"
Conto norueguês também, da mesma antologia de Asbjørnsen e Moe em que se encontra "Os doze patos selvagens", numa moderna tradução de Pat Shaw e Carl Noman (Nova York, Pantheon Books). Publicado pela primeira vez em Oslo pela editora Dreyers, em 1960.

### "O truque da carta"
As populações que foram levadas da África ocidental como escravas para a então chamada Guiana Holandesa, atual Suriname, carregaram consigo um te-

souro invisível de lembranças e cultura. No final da década de 20, os antropólogos Melville J. Herskovits e Frances S. Herskovits recolheram grande número de contos e canções na cidade costeira de Paramaribo. A língua falada na cidade era um denso e rico crioulo. Os Herskovits traduziram seu material para o inglês.

A cidade de Paramaribo tem cultura multirracial — holandeses, indígenas, caribenhos, aruaques, chineses e javaneses misturaram-se com os descendentes dos africanos, mas, entre estes últimos, a forte influência africana se manteve, expressando-se não apenas em crenças e práticas de vodu, mas também em hábitos como o de usar lenço na cabeça. A descendência é matrilinear. Os homens, que emigravam para trabalhar, estavam sempre ausentes.

A prática de contar histórias tinha um papel importante na comunidade. Contavam-se histórias para divertir os mortos, quando eles jaziam em câmara ardente. E havia um tabu contra contar histórias durante o dia, porque, se alguém o fizesse, a morte se aproximaria e a pessoa morreria.

(*Suriname folklore*, recolhido por Melville J. Herskovits e Frances S. Herskovits [Nova York, Columbia University Press, 1936], p. 351.)

"Rolando e Brunilde"

A fiandeira e costureira laboriosa é sempre recompensada com um amante ilustre simplesmente por sentar à janela costurando ou cantando. (Ver "O Pássaro Esverdeado", neste volume, p. 292.) Aqui, porém, ela atrai um mágico mau que a seqüestra e a mantém isolada. De forma muito pouco comum, é sua mãe quem envereda pela Senda da Provas, como uma espécie de heroína cheia de truques. Uma fada velha a ajuda, e ela é secundada por Rolando. O conto traz também algumas imagens interessantes das duas velhas carregando pesadas malas por cima da muralha de um jardim e invadindo o castelo — atividades normalmente reservadas aos jovens.

"O Pássaro Esverdeado"

Uma variante mexicana de uma história mais conhecida na bela versão norueguesa, "A leste do sol e a oeste da lua", na coletânea de Christan Asbjørnsen e Jørgen Moe (ver neste livro, p. 151).

Como no último conto, este mexicano começa com uma laboriosa fiandeira numa janela. Luísa é prontamente conquistada pelo pretendente pássaro e inicia um relacionamento sexual um tanto vago. Como o deus grego do amor, he-

NOTAS DA PARTE 8 À PARTE 13   477

rói do conto de amor "Cupido e Psiquê", de Apuleio, autor latino do século III, contido no *Asno de ouro*, o pássaro esverdeado é mágico, generoso e bom de cama. Luísa nada sabe sobre ele, o que não a incomoda muito. Como as irmãs de Psique, as de Luísa também sentem muita inveja e estragam o relacionamento, fazendo com que o príncipe, gravemente ferido, a abandone, com a determinação de ir atrás dele. A heroína de sapato de ferro que visita o sol e a lua em busca de seu amante ferido também está presente no Leste europeu, mais freqüentemente tentando salvar um príncipe porco. O final, à maneira da conclusão do conto Cap O'Rushes, é semelhante ao da Cinderela egípcia em "A princesa com a roupa de couro" (neste volume, p. 69), em que o príncipe, ao perceber que sua amada é uma criada de seu palácio, pede que ela lhe traga suas refeições. (*Folktales of Mexico*, de Americo Paredes [Chicago, 1970], p. 95.)

"A mulher astuciosa"
Do país báltico da Lituânia, também da coletânea de C. Fillingham-Coxwell. Este cita uma variante russa, das proximidades de Moscou, na qual o papel da velha é desempenhado por um jovem judeu.

PARTE 9: MAQUINAÇÕES: FEITIÇARIAS E TRAPAÇAS
"A Bela Donzela Ibronka"
Essa popular história húngara é narrada em quase todas as aldeias de modo bastante semelhante. É conhecida também na Lituânia e na Iugoslávia. A crendice popular húngara alimenta um medo muito grande de um cadáver redivivo; o terrível amante, com seu chapéu "enfeitado com uma pena de garça" e sua pata fendida, lembra o amante demoníaco que volta para reclamar sua amante infiel na grande balada escocesa "The house carpenter" (na coletânea *The English and Scottish popular ballads*, Nova York, 1957, 3 vols.). O demônio leva a escocesa embora num navio e a destrói; Ibronka, entretanto, consegue escapar.

Essa história foi contada em 1938 por Mihály Fédics, um diarista analfabeto, quando tinha oitenta e seis anos. Ele fora para os Estados Unidos à época da Segunda Guerra Mundial, trabalhou como operário lá, mas logo voltou para a Hungria. Aprendeu suas histórias nas longas noites de inverno nas casas de aldeia em que as pessoas se reuniam para fiar. Mais tarde, quando trabalhava como lenhador, suas histórias eram o principal divertimento do acampamento na floresta. "Ele costumava interromper a história que estava contando e gritar

'Ossos' para seus ouvintes, para ver se tinham dormido: se ele ouvisse a resposta animadora 'telhas', continuava a contar a história, mas, se não tinha resposta, sabia que seus companheiros tinham caído no sono, e a continuação da história era adiada para o dia seguinte" (*Folktales of Hungary*, p. 130).

A informação, assim como a história, estão em *Folktales of Hungary*, editado por Linda Degh e traduzido por Julia Halasz (Londres, Routledge & Kegan Paul, 1965).

Copyright University of Chicago, 1965. Pertence à série Folktales of the World, editada por Richard M. Dorson.

"Feiticeiro e feiticeira"

Um duelo de feiticeiros, ou uma disputa de metamorfoses, conto da Rússia tribal. Para mais informações sobre esse tipo de disputa, vejam-se as notas de "Guarde os seus segredos" neste livro, p. 464. A história é criação de um povo fino-turco chamado mordoviano, que vivia entre os rios Volga e Oka, no coração da Rússia, quando esta história foi recolhida no século xix. Os mordovianos concebem o cosmo como uma colméia.

Fillingham-Coxwell, p. 568.

"O lilás mexeriqueiro"

Tal como foi contado a Keith Ketchum em 1963 pela senhora Sarah Dadisman de Union, Monroe Country, West Virginia. (De *The telltale lilac bush and other West Virginian ghost tales*, coligidos por Ruth Ann Musick [University of Kentucky Press, 1965], p. 12.)

"Touca Esfarrapada"

Uma história norueguesa de Asbjørnsen e Moe, com tradução de George Webb Darsent.

"A bola enfeitiçada"

Uma história em desuso sobre o tema da flatulência, da América rural, tal como contada por V. Ledford, de setenta e seis anos, de Clay County, Kentucky. Trata-se de uma reedição de *Buying the wind: regional folklore in the United States*, com textos coligidos e editados por Richard M. Dorson (University of Chicago Press, 1964).

Vance Randolph encontrou nas montanhas de Orzak, no Arkansas, outra feiticeira que dispunha de uma poção para provocar flatulência; essa história encontra-se na p. 73 do livro citado.

"A mulher-raposa"
De *Chinese ghouls and goblins*, editado por G. Willoughby-Meade (Londres, 1928), p. 123.

"O gaitista das feiticeiras"
Narrado por Mihály Bertok, um pastor de sessenta e sete anos, de Kishartyan, condado de Nograd, Hungria, e recolhido por Linda Degh em 1951.

Uma vez o tocador de gaita de foles encarregou-se da música da terça-feira de Carnaval. As feiticeiras o forçaram a tocar para elas e o enganaram na hora de pagar.

"Vassilissa, a Formosa"
A heroína Vassilissa é tão conhecida no folclore russo como a européia Ella, isto é, Cinderela. (Ver neste livro "Vassilissa, a filha do clérigo", p. 87 e "A Baba-Iagá", p. 179). O conto contém fortes indícios de que as origens da Baba-Iagá estão na Deusa Mãe de várias mitologias. Ela se refere à manhã, ao dia e à noite como "suas", e seu almofariz e pilão lembram o ato de pilar milho e trigo. Além disso, ela possui fogo, um elemento básico. (Um conto menos conhecido relata como ela roubou o fogo.) Ela é severa e rigorosa em seu julgamento, mas justa e não destituída de ética, conformando-se com o lado funesto da Deusa Mãe. As caveiras que rodeiam sua casa representam a morte em geral, embora "A feiticeira e suas criadas" (*The yellow story sook*, ed. Andrew Lang) traga uma explicação mais específica. Quando o ubíquo Iwanich dos contos russos vai trabalhar para uma feiticeira, ela lhe faz a seguinte advertência: "Se você cuidar de ambos durante um ano, eu lhe darei o que você pedir. Mas, por outro lado, se você deixar algum animal fugir, sua hora chegou, e sua cabeça vai ser enfiada na última estaca da minha cerca. Como você está vendo, as outras estacas já estão enfeitadas, e as caveiras pertencem aos vários criados que deixaram de fazer o que pedi" (p. 161).

O enigma restante é o dos pares de mãos invisíveis. É evidente que a velha está se referindo ao segredo dos mistérios femininos quando expressa sua aprovação ao fato de Vassilissa ter evitado fazer a pergunta que a obrigaria a revelar o que havia dentro de sua casa. Sua aversão às bênçãos pode muito bem representar o medo de uma deusa pagã de ser escorraçada pelo cristianismo. Fillingham-Coxwell comenta, a propósito da sociedade russa à época da compilação: "O clérigo tem uma posição difícil, mal paga e não muito valorizada. Assim, a superstição e a crença na feitiçaria abundam, embora o empenho da igreja ortodoxa para eliminar as práticas e tradições pagãs não tenha deixado de conseguir muito bons resultados" (*Siberian and other folktales*, p. 671). Um poema intitulado "Contos populares russos" traz estes versos: "Bruxas canibais dificilmente vão querer nos atacar ou nos comer venceremos prontamente os inimigos que ousarem se aproximar de nós".

Para detalhes sobre a própria Baba-Iagá, ver a nota de Angela Carter "A Baba-Iagá" na p. 469 deste livro. Fillingham-Coxwell, p. 680.

"A parteira e o sapo"
Essa história, que se passa nas montanhas da Hungria, não muito longe das margens do Szuscava, foi recolhida por Gyula Orlutory, que a ouviu da senhora Gergely Tamas em 1943. O *gyivak* da história aparece no glossário do livro como um "demônio inferior".

Em todo mundo essa história ainda é tida como verdadeira. Uma variante do Oriente Médio, na qual uma parteira faz o parto da mulher de um djim, é sempre contada como se tivesse acontecido com um conhecido do narrador. Nela a mulher, aterrorizada, aceita um punhado de pedras que se transformam em ouro quando ela volta para casa. Uma versão escandinava figura em *Folktales of Norway*, editado por Reidar Christiansen (traduzido por Pat Shaw Iversen. University of Chicago Press, 1964, p. 105). Existem numerosas variantes nas Ilhas Britânicas. Segundo Katharine Briggs, a versão mais antiga é de *Gervase of tilbury*, do século XIII, incluída em *Folktales of England*, The University of Chicago Press, 1965. Ver "The fairy midwife", p. 38, e "The midwife", em *The best-loved folktales of the world*, editado por Joanna Cole, Anchor, Doubleday, Nova York, 1983, p. 280.

(Degh, p. 296.)

PARTE 10: GENTE BONITA
"Bela, Morena e Trêmula"
A Cinderela irlandesa foi recolhida por Jeremiah Curtin, em 1887, em Galway. As irmãs malvadas aqui são irmãs de sangue da própria Trêmula. A mulher que

cuidava das galinhas é o equivalente céltico da fada madrinha. Na Irlanda e na Escócia, os contadores de histórias às vezes preferiam evitar o uso da palavra *feiticeira*. Seria como provocar o destino, então costumavam chamar essas personagens de mulher-pássaro ou mulher das galinhas. Embora as mulheres das galinhas sejam em geral boas (vejam-se as coletâneas de Duncan Williams, em que a mulher das galinhas presta grande ajuda a Jack, nos contos de Jack), ocasionalmente elas deixam escapar um comentário que desencadeia uma seqüência de eventos funestos (ver Frank McKenna, *The steed of the bells* [cassette], selecionado dos arquivos do Ulster Folk and Transport Museum). A mulher das galinhas recomenda que Trêmula fique fora da igreja, e não que entre, o que talvez insinue práticas desaprovadas pela Igreja. Magia boa, má ou indiferente eram consideradas obra do diabo no âmbito do cristianismo, por isso práticas de magia assim como o uso do manto negro seriam malvistas. O marido de Trêmula é filho do rei da antiga cidade de Emania, em Ulster, aqui chamada Omania. Ele transferiu sua lealdade de Bela para Trêmula depois de ver seus trajes e adornos mágicos. Em outra história do repertório de Curtin, o rei da Grécia se casa com a filha mais velha do rei da Irlanda, depois se apaixona pela mais nova, Gil an Og. Ele amaldiçoa a ambas, transformando Gil an Og num "gato dentro de seu castelo" e sua irmã numa serpente no depósito de feno. Gil an Og consulta um druida e começa a lutar pela libertação de ambas (*Myths and folktales of Ireland*, de Jeremiah Curtin [reeditado pela Dover Publications Inc. a partir da edição de 1890 da Little, Brown and Co.], Toronto, Londres, 1975, p. 212).

Até em lugares longínquos como a Índia encontram-se cabelos dourados cortados que descem a correnteza (cf. Príncipe Coração de Leão, em "There was once a king" [em *Folk tales of Pakistan*, recontado por Sayyid Fayyaz Mahmud, Lok Virsa (Paquistão, sem data), p. 117]. Um rei vê fios dos cabelos de ouro da princesa Yasmin flutuando rio abaixo, e resolve casar com a dona dos cabelos.

A disposição do rei e de Trêmula de deixar que a filha se case com o vaqueiro pode ter algo a ver com esta declaração na narrativa de Kil Arthur feita por Curtin: "Naquela época havia uma lei no mundo determinando que, se um jovem quisesse uma jovem, e sua família não quisesse cedê-la, a jovem, por força da lei, devia ser morta" (Curtin, p. 113).

(*Irish folk-tales,* editado por Henry Glassie, Penguin Folklore Library [Harmondsworth, Reino Unido, 1985], p. 257.)

"Diirawic e seu irmão incestuoso"

Essa história foi contada por um homem de vinte anos (que não pertencia à família do editor, Francis Mading Deng).

Angela Carter observa que os dinka criam gado e desenvolvem agricultura de subsistência no Sudão. Sua terra — cerca de dez por cento do Sudão — é banhada pelo Nilo e seus afluentes, o que dificulta a comunicação. "O principal objetivo de um dinka é se casar e ter filhos" (p. 166).

Adultos e crianças dormem juntos em choupanas. Pede-se a alguém que conte uma história, então as pessoas vão contando histórias sucessivamente, observa Angela Carter, que cita Francis Mading Deng: "À medida que as histórias vão sendo contadas, as pessoas começam a adormecer, uma após outra. Às vezes elas adormecem, acordam no meio da história e voltam a adormecer... As pessoas que acordam no meio da história ouvem um rápido resumo do que veio antes. Conforme o tempo passa e as pessoas caem em sono profundo e às vezes chegam a roncar, o contador pergunta de vez em quando: "Você está dormindo?" Enquanto houver alguém acordado, continua-se a contar histórias. O último a contar histórias certamente é a única pessoa acordada, então a última história fica incompleta" (p. 29).

Na maioria das histórias dos dinka, fica evidente que os leões não são reais, mas representam um lado selvagem e indômito da natureza humana. Tampouco são reais os filhotes de cão, os quais, segundo uma nota de rodapé, simbolizam a selvageria e portanto merecem o tratamento brutal que recebem nos contos populares. Submete-se a vítima espancando-a duramente e "irritando-a". A preferência do animal por carne crua trai a sua selvageria, e a escolha de carne cozida é um sinal de que está domesticado (ver "Duang e sua mulher selvagem", p. 418 deste livro). "São principalmente as mulheres e os jovens que contam histórias. As histórias, agentes diretos da educação da infância, tendem a se associar à hora de dormir e são dirigidas às crianças" (p. 198). É provável que o tabu do incesto entre irmãos seja vigorosamente reiterado não apenas pela comunidade, mas também pelas fontes mais insignificantes, dada a situação de grande proximidade em que as crianças dormem. É pela heroína Diirawic, que matou o irmão, que a aldeia chora, que o velho deixa o cabelo desgrenhado e os jovens abandonam suas miçangas em sinal de pesar. A violação do tabu do incesto é considerada mais abominável do que o assassinato. Nenhum ente no conto contesta a validade do tabu.

(*Dinka folktales: African stories from the Sudan*, editado por Francis Mading Deng [Nova York e Londres, 1974], p. 78.)

"O espelho"

Embora esta variante seja pungente, e mesmo trágica, o motivo da imagem enganosa do espelho em geral aparece em contos de humor. Num deles, um homem briga com a mulher depois de ter comprado um espelho que ele supõe ser a imagem do seu falecido pai. Uma freira serve de mediadora. Essa versão do conto encontra-se também na Índia, na China e na Coréia.

Certa vez a deusa do Sol, do mito japonês, exilou-se deste mundo caótico na Morada do Rochedo Sagrado e foi induzida a voltar quando o ferreiro do céu fabricou um espelho de ferro e a convenceu de que sua imagem era uma deusa rival. Enganada por sua beleza e esplendor, ela voltou para iluminar o mundo.

(Willoughby-Meade p. 184.)

"A donzela sapa"

O início do conto, com sua madrasta má e as duas irmãs de criação, é complementado com outras semelhanças com a história de Cinderela quando a donzela sapa vai ao encontro do príncipe numa carruagem de cenoura, tendo ratos como cavalos. Encontram-se variações dessa história em todo mundo. "João Bobo e as três plumas" (irmãos Grimm), "O gato branco" (França) e "A princesa macaca" (Paquistão) são contos típicos que apresentam o herói *Dummling* (simplório). Em sua *Introduction to the interpretation of fairytales* (Dallas, Spring Publications Inc., 1970), Marie Louise von Franz afirma que "o noiva pode ser um sapo, uma rã, uma gata branca, uma macaca, uma lagartixa, uma bonequinha, uma rata, uma meia ou gorro saltitante — nem ao menos seres vivos — e às vezes uma tartaruga. Um pouco mais adiante ela explica que

A ação principal tem a ver com a busca da mulher certa, de quem dependerá a descendência; além disso, o herói não realiza nenhum feito masculino. Não se trata de um herói no sentido próprio da palavra: este é ajudado o tempo todo pelo elemento feminino, que resolve tudo para ele... A história termina com um casamento — uma união equilibrada de elementos masculinos e femininos. Assim, a estrutura geral parece apontar para um problema no qual existe uma atitude masculina dominante, uma situação em que falta o elemento feminino, e a história nos conta como o feminino ausente é reencontrado e recuperado (p. 36).

(*Burmese folktales*, coligido e editado por Maung Htin Aung [Calcutá, 1948], p. 137.)

"O Príncipe Adormecido"

O tema da viagem da princesa é suscitado pela visão do sangue de cavalo na grama e pelo comentário que ela faz sobre a beleza daquilo. Esse é um sentimento que nos parece estranho, exceto pelo fato de que o sangue e a beleza dele na grama provavelmente têm relação com a iniciação menstrual e a fertilidade. Isso é confirmado pela voz que aconselha a princesa a ir em busca de um companheiro. A voz se refere também a varas e a borrifos de água — elementos que na verdade não aparecem na história —, sugerindo uma iniciação sexual que só acontecerá muito mais tarde. O uso medonho que a princesa dá aos despojos da feiticeira pode também estar ligado à puberdade — a dor e o trauma da privação sexual e o isolamento representado pela feiticeira então servem de objetos de acesso à condição de mulher e ao gozo sexual, principalmente a escada que a leva à cama.

Este conto também se encontra na Índia, e começa da mesma forma que a famosa história britânica "Cap O'Rushes", com a expulsão da princesa mais jovem, que dá uma resposta inaceitável à pergunta que seu pai, o rei, lhe faz. A princesa pede ao príncipe algumas bonecas, e ele a ouve representando acontecimentos da vida dela. A impostora, sua criada, é enterrada até a cintura para ser pisoteada por cavalos.

(Herskovits e Herskovits, p. 381).

"A órfã"

O tema da mãe que alimenta a filha de além-túmulo ocorre em todo mundo. Quanto a esse aspecto, "Um-olho, dois-olhos, três-olhos", dos irmãos Grimm, constitui um paralelo quase exato deste conto. O tesouro associado à árvore também aparece em ambos, concentrando-se principalmente na iminente ascensão social da heroína. Ela não é uma feiticeira, embora sua madrasta demonstre ter familiaridade com fórmulas encantatórias e feitiços. A força interior da heroína deriva de sua inocência. O segundo tema comum encontra-se também em "A garota ganso", em que uma mulher invejosa se vale de um truque para tomar o lugar da verdadeira noiva. Ver "A mulher que se casou com o próprio filho" e "O Príncipe Adormecido" neste livro (pp. 416 e 370). Um terceiro elemento padrão nos contos de fada é a metamorfose de mulheres em pássaros, seja por vontade própria, seja por feitiçaria — por exemplo, "O pato branco" (europeu), "A mulher garça" (japonês). Ver também "História de uma mulher-pássaro", inclusa nesta antologia (p. 401). Um paralelo mais sugestivo encontra-se em "Mulher diabo", em *Tales of the Cochiti Indians*, coligido por Ruth Benedict (Smithsonian Institution, 1930). Nele um demônio transforma uma mulher que acabara de dar à luz num pássaro — neste caso, uma pomba — enfiando-lhe um alfinete na cabeça. A retirada do alfinete desfaz o encanto.

(*Tales of old Malawi*, recontadas e editadas por E. Singano e A. A. Roscoe [Limbe, Malavi, 1986], p. 69.)

PARTE II: MÃES E FILHAS

"Achol e sua mãe selvagem"

Outra história dinka em que aparece um leão humano. Esta é contada pela filha do chefe Deng Majok, Nyancok Deng, que então tinha entre dezoito e vinte anos. Talvez a terrível compulsão da mãe de Achol em recolher lenha e perder as mãos e os pés para o leão na verdade represente algum outro tipo de transgressão, como o adultério, por exemplo. As notas de Angela Carter, transcritas de *Dinka folktales*, parecem corroborar isso: "o que os dinka mais temem são os leões" (p. 25) e "A pessoa que transgride preceitos fundamentais do código moral dinka normalmente é identificada nos contos de fadas como um forasteiro ou um animal" (p. 161). Ela comenta: "isto diferencia o animal do ser humano. Os leões das histórias não são de fato leões. Daí a ênfase na interação humana com os leões. Como em outras histórias, a leoa é alimentada todas as noites pela filha até a chegada do filho, que a livra da selvageria" (ver "Duang e sua mulher selvagem", p. 418, nesta antologia).

(Deng, p. 95.)

"Tunjur, Tunjur"

Uma mulher de cinqüenta e cinco anos chamada Fatime, da aldeia Arrabe, da Galiléia, contou a história de Tunjur, uma panela. Em suas notas, Angela Carter comenta a forma como outra narradora contou a história *Speak bird, speak easy* (p. 31): "Quando chegou à parte em que o homem defeca na panela e esta o aperta, Im Nabil riu. Ainda rindo, disse que a panela cortou fora suas partes". Angela Carter comenta que os homens não gostam das histórias, em parte porque algumas das tradições que lhes cabe defender, como a "honra da mulher", são fortemente desafiadas nos contos — nos quais as *heroínas predominam*. Ela mais uma vez então cita um trecho de *Speak bird, speak again* (p. 14): "a base ideológica do sistema está nos laços que unem pai e filho. A mulher é identificada como o 'outro'".

Na história de Tunjur, a filha — uma panela — é claramente "o outro", mas mostra a mesma esperteza da divertida e ladina heroína de Šāhīn (ver p. 270 e nota na p. 475), com sua capacidade de superar todos os homens em força e inteligência. Ela é a conhecida mulher embusteira do tipo da famosa Molly Whuppie britânica (um Jack-o-Matador-de-Gigantes de saias), que vai mais além do que precisa, só para se divertir um pouco. A história está em sintonia com a necessidade que a mulher sente de demonstrar suas aptidões livre da tutela da infra-estrutura masculina, por isso, nesta história, os homens são totalmente secundários, exceto como bobos.

(Muhawi e Kanaana, p. 55.)


"A velhinha das cinco vacas"

Mito de criação dos iacutos, fala de um ser supremo que criou um mundo pequeno e plano, que foi escalavrado por demônios e maus espíritos, formando colinas e vales. Os xamãs iacutos faziam regularmente rituais propiciatórios aos maus espíritos e demonstravam sua gratidão para com eles. Atualmente o povo iacuto vive na bacia do Lena e se une, por casamento, com os russos.

A donzela encantada neste conto iacuto tem sua origem em algo que poderia ser um mito de fundação. A "terra intermédia", habitada pela raça humana, mencionada pelos iacutos, evidentemente necessita de honra ou redenção, e a donzela é enviada como sua salvadora, e convenientemente sofre as provações, a morte e a ressurreição. Ao contrário do que acontece em "A filha do rei finlandês" (Christiansen, p. 147) e outros contos, nos quais o leitor é informado por meio de uma frase ou de uma oração, este conto descreve de forma explícita o terrível processo de transformação. A própria demônia é, como a *muzayyara*, uma náiade egípcia com seios de ferro. (*Folktales of Egypt*, editado e traduzido por Hasan M. El-Shamy, Universidade de Chicago, 1938, p. 180.) Angela

Carter comenta: "As histórias indianas antigas contêm muitas descrições horríveis de Rakshasas" (ogros).

A própria deusa Kali é descrita em sua extrema ferocidade, a língua pendendo da boca como a demônia da história que projeta para fora uma língua de ferro. Como a troll de "A filha do rei finlandês", esta demônia pouco conhece dos costumes da sociedade em que tenta se insinuar. Há uma referência críptica ao fato de que "ela cometeu o erro de amarrar seu cavalo ao salgueiro onde a viúva de Semyaksin costumava amarrar seu touro malhado", e isso a faz ser hostilizada pelo clã de seu marido. O editor de *Siberian and other folktales* observa que "cada espécie de árvore tem o seu dono, exceto o lariço, e é com um galho de lariço que a donzela-planta acende o fogo ao chegar, o que dá a entender que ela está em sintonia com os humanos e vem para executar um plano maior. Ela também conhece um interessante ritual de purificação, essencial para eliminar a contaminação externa e interna do marido, resultante de sua conjunção com a demônia. O enforcamento do filho do cã numa árvore para fins de purificação lembra a figura de Cristo no crucifixo e de outros deuses executados como Attis (Anatólia), Sluy (País de Gales) e Wotan (germânico), sendo que todos eles voltaram depois de alguns dias.

(Filligham-Coxwell, p. 262.)

"Achol e sua mãe-leoa adotiva"

Nesta história contada por uma mulher de vinte anos, mais uma vez o tabu do incesto é ameaçado, ainda que seja mantido por meio da intervenção de criaturas não humanas. (Cf. "Diirawic e seu irmão incestuoso", p. 352.) Angela Carter comenta: "Os tabus do incesto são especialmente complexos e importantes em sociedades poligâmicas. Aqui, por exemplo, Achol e seu irmão não reconhecem um ao outro, por terem sido separados na infância pela velhacaria de seus meios-irmãos".

PARTE 12: MULHERES CASADAS

"História de uma mulher-pássaro"

Angela Carter fez breves apontamentos de citações referentes a *Siberian and other folktales*. "Histórias de mulheres-pássaro encontram-se entre os iacutos, os lapões e os samoiedos"; "Não há nada de incomum, para um herói de conto popular siberiano, em encomendar grande quantidade de botas quando ele se lança em uma grande empresa"; e "Em termos gerais, os Chukchis acreditam que toda natureza é animada e que todos os objetos são capazes de agir, falar e andar."

As transformações de deusas animais em mulheres é o componente básico desta história. No folclore japonês e chinês há inúmeros casos como esse. Entretanto, a viagem e a batalha mágica de redenção, encontradas aqui, são incomuns. Normalmente o marido tem que se contentar com os filhos ou — em alguns casos — com raros encontros com a mulher que se foi. No clássico galês "A canção de Taliesin", há uma série de incidentes nos quais a deusa Ceredwen toma a forma de pássaros que vão desde a águia poderosa, passando pele corvo macabro até a humilde galinha.

(Fillingham-Coxwell, p. 82.)

"Pai e mãe "apressadinhos""

O verdadeiro sentido desta piada, que desafia o tabu do incesto, é voltar-se contra o protagonista. Ela contém referências obscenas ao adultério e à ilegitimidade, como todas as piadas sobre marido traído. Foi ouvida de Jim Alley por Richard Dorson.

(Dorson, p. 79.)

"Motivo para surrar sua mulher"

Essa peça de humor escatológico foi ouvida de uma camponesa de uma aldeia do delta do Nilo, de trinta anos, que a ouvira da mãe, quando tinha dez anos. Seu marido não queria que ela contasse a história ao editor (um homem) Hasan El-Shamy, e só consentiu com a condição de que sua voz não fosse gravada. Mas ele gostou da história, e fez um gracejo dizendo que a mulher soube aproveitá-la bem.

O editor acrescenta: "O desfecho desta jocosa anedota pertence ao tema 'desejo absurdo'. Podemos contrapor o tema geral a 'A volta do parafuso', que na versão local tem o título de 'Mate seu gato em sua noite de núpcias'".

Na verdade, é a idéia de que o marido deve estabelecer sua superioridade sobre uma esposa, por si submissa, que se castiga aqui, por isso é oportuno que seja contada por uma mulher que a ouviu de outra, mais velha. A história parece pedir tolerância para com a fraqueza dos homens e o fato de que vale a pena cumprir seus deveres — mas ela aponta para um logro velado com o humor vigoroso e direto, comum nas histórias árabes. Para o uso audacioso de fezes, ver Šāhīn (p. 270) e "Tunjur, Tunjur" (p. 382 e nota p. 486).

(Hasan El-Shamy, p. 217.)

"Os três amantes"

O amante à janela desta história do sudeste do México tem um destino semelhante ao da personagem de Chaucer em "A história do moleiro", quando lhe beijaram o traseiro.

(*Cuentos Españoles de Colorado y de Nuevo Mejico vol. I*, texto original de Juan B. Rael [Stanford University Press, 1957], p. 105. Foi traduzido para o inglês por Merle E. Simmons, p. 427.)

"Os sete fermentos"

Angela Carter comenta: "Fatime, mais uma vez — duas histórias entrelaçadas pela personalidade da velha senhora. A mulher se muda da casa do pai para a do marido e nunca tem seu próprio espaço — mas não descarte o *poder* do 'outro' — expresso em parte pela narração de histórias, bordado, cestaria, cerâmica, canções nupciais, endechas". Então ela faz uma citação de *Speak bird, speak easy*: "para a mulher, o conflito é inerente à estrutura do sistema".

Lê-se numa nota de rodapé dos editores: "A impossibilidade de engravidar e ter filhos é um dos temas mais comuns nesta coletânea" (p. 207). Não há dúvida de que essa é uma das preocupações expressas pelas mulheres nas histórias, principalmente porque "há tolerância para com um homem que bate na mulher que não tem filhos" (loc. cit.).

A mulher desta história é uma velha encarquilhada com poderes mágicos, uma astuta e sábia auxiliadora de mulheres que fala em sua própria linguagem cifrada. Por exemplo, "A terra anseia por sua gente. Quero ir para casa". Talvez o fato de o pão não crescer signifique que seu trabalho, libertar as mulheres dos maridos, nunca tenha fim — salvo, evidentemente, quando isso convém, para que o contador de histórias termine sua narrativa. Tratando-se de uma velha, ela é uma companheira ideal para uma jovem mulher, pois é pouco provável que queira desencaminhá-la. Isso lhe dá margem para desenvolver os seus ardis em benefício de sua protegida. Angela Carter cita: "Pensa-se que as velhas são assexuadas; por isso, o marido mostra-se propenso a acreditar na inocência da esposa quando a velha confirma sua interpretação do 'preto sobre branco'" (p. 211). O formato é padrão no Oriente Médio (cf. *As mil e uma noites*).

O "sete" do título indica que a história faz parte de um ciclo de sete histórias narradas segundo a mesma fórmula.

(Muhawi e Kanaana, p. 206.)

"A canção da esposa infiel"
Outra mulher ousada dá uma lição ao marido nesta história ouvida por Ralph S. Boggs, de B. L. Lunsford, de quarenta e quatro anos, da Carolina do Norte. A história baseia-se em "Velha Hildebrande", uma história mais longa, originária da Europa e com um viés anticlerical.

(*Journal of American Folklore*, 1934, n. 47, p. 305.)

"A mulher que se casou com o próprio filho"
Esta história foi contada por uma senhora de oitenta e dois anos, da aldeia de Rafidiya, distrito de Nablus, na Palestina, anota Angela Carter.

Aqui, o conhecido enredo de uma mulher sendo substituída por uma rival sofre um desvio, quando a mãe substitui a nora na cama do filho e chega até a engravidar. Muhawi e Kanaana comparam seu desejo por uvas azedas com o desejo ocidental por picles. O mesmo tema aparece em "Rom", em *Myths and legends of the Congo* (Londres, 1979), de Jan Knappert. A ação da mãe de Rom é inspirada em parte pelo fato de que, sem que ele soubesse, sua amada o abandonou, portanto é o próprio jovem que se suicida de um modo terrível, cantando:

*Entrei no regaço do qual saí*
*Minha força voltou para o lugar de onde saiu* (p. 27).

Nesse caso, porém, a mãe é motivada pelo egoísmo e pela luxúria. Em parte, seu ciúme é provocado pela vontade de desfrutar do status de outra mulher. Angela Carter cita um provérbio palestino: "A casa do pai é um parque de diversões e a do marido é um aprendizado. Uma mulher sempre pertence a uma ou a outra". Ela anota algumas frases: *sexualidade* — constitui forte ameaça ao tecido social, especialmente a sexualidade feminina; sexos segregados; "honra".

O conto certamente refere-se ao medo da desagregação causada por esse exemplo de sexualidade feminina desenfreada. A conspurcação da honra familiar — defendida pelos homens mas depositada nas mulheres — é punida com a morte pelo fogo. É interessante que, embora os editores Muhawi e Kanaana atribuam a omissão do detalhe dessa punição ao fato de a narradora acelerar o ritmo e encurtar a história para chegar ao fim, é mais provável que este tenha sido um estratagema para minimizar a conseqüente punição da transgressão feminina. Quanto à segregação dos sexos — talvez seja isso que torne mais fácil acreditar que o filho pudesse confundir a mãe com a própria esposa, sem o que isso seria impossível, por mais bem disfarçada que ela estivesse. Evidentemente, uma sogra poderia ser jovem, com não mais de trinta anos.

A brutalidade da ação da esposa, que corta sem maior preocupação a língua da criada inocente, não é muito incomum em contos de fadas nem, aliás, na história. Aqui ela indica seu compromisso com o silêncio. Quando seu tempo de silêncio chega ao fim, ela permite que o mensageiro conserve a língua. O silêncio de uma mulher, nos contos de fadas, seja por meio da magia, seja por um compromisso assumido, é um artifício narrativo padrão para facilitar o desenvolvimento da trama. Trata-se de um legado do início da Idade Média, quando as mulheres das narrativas européias perdem sua voz durante o intervalo entre o noivado e o casamento. O silêncio das heroínas faz parte do tema da redenção em muitos contos de fadas alemães, nos quais as heroínas loquazes nunca se tornaram populares. Na Europa, silenciar as heroínas por medo de maus encantamentos ou da ameaça de condenação eterna relacionava-se a concepções de poder e desforra, por causa do pecado original.

(Muhawi e Kanaana, p. 60.)


"Duang e sua mulher selvagem"

Esta história foi contada por Nyanjur Deng, de vinte anos, outra filha do chefe Deng Majok. Angela Carter cita a obra *Dinka folktales*: "O falecido chefe dos nyok ampliou, mais do que ninguém na história dos dinka, a prática do casamento por interesse político. Ele tinha cerca de duzentas mulheres, praticamente de todos os cantos do território dos dinka. A família era estreitamente ligada, vivendo em várias aldeias grandes, onde se falavam todos os tipos de dialetos, e as subculturas estavam representadas" (p. 99).

Aqui Duang considera o *pica* (desejo) de sua mulher descabido, uma vez que os dinka só admitem que se matem animais ritualmente ou em oferenda. Seu ato fraudulento reafirma que, do ponto de vista de Amou, Duang se comportou como um "forasteiro". Submetida ao ritual para se civilizar (ver "Diirawic e seu irmão incestuoso", p. 352, e "Achol e sua mãe selvagem", p. 379), ela se vinga matando-o.

(Deng, p. 97.)

"Um golpe de sorte"
Uma das muitas histórias sobre a incapacidade das mulheres de guardar um segredo. Em algumas variantes, o marido confiante se vê em dificuldade; neste caso, ele dá um jeito de se sair bem.

(Degh, p. 147.)

"Os grãos de feijão no frasco"
Outra história sobre marido traído, contada por Jim Alley a Richard Dorson (ver "Pai e mãe 'apressadinhos'", p. 404, e "A canção da esposa infiel", p. 415).

(Dorson, p. 80).

PARTE 13: HISTÓRIAS ÚTEIS
"Fábula de um pássaro e seus filhotes"
Fábula dura, de humor negro, sobre a preparação para o lado cruel e persecutório da vida, esta história dá uma amostra do humor e dos aforismos iídiches.

De *Yiddish folktales*, editado por Beatrice Silverman Weinreich, com prefácio de Leonard Woolf.

"As três tias"
"O velho Habetrot" é a variante inglesa do conto escandinavo na qual a pessoa que presta ajuda se apresenta ao marido da fiandeira improdutiva como um exemplo do que acontecerá se esta for obrigada a trabalhar como fiandeira e tecelã (cf. "Vassilissa, a Formosa", p. 329, que de fato fia, tece e costura as blusas do rei à perfeição, portanto não está sob pressão para continuar). A fiandeira ociosa, porém, resiste à pressão das circunstâncias adversas para prendê-la ao pé de uma roda de fiar. Como a única maneira de se livrar da penúria é casar com um homem abastado, ela precisará recorrer a truques e subterfúgios. O que é mais divertido é essa conspiração de mulheres, que não apenas escondem os truques da heroína, mas também a salvam de um futuro de trabalho estafante e exprobação. O mesmo não acontece com as edições pós-1819 da história dos irmãos Grimm, que interpelam o leitor: "Você há de convir que ela era uma mulher repulsiva".

(Darsent, p. 194.)

NOTAS DA PARTE 8 À PARTE 13    493

"História de uma velha"

*Muriwa* é o termo bondo para sicômoro. Uma história quase idêntica ocorre no sul do Pacífico. Essas histórias indicam que não se pode escapar das condições impostas por aqueles que chegam para auxiliar. Se elas não forem devidamente respeitadas, as criaturas se afastam (consulte-se "História de uma mulher-pássaro, p. 401). Em ambas as histórias, não resta nada para lembrar os bons tempos.

(*African folktales*, editado por Roger Abrahams [Nova York, Pantheon Folklore Library, 1983], p. 57.)

"O cúmulo da paixão roxa"

Um enigma não solucionado que termina num anticlímax. O autor ouviu a história de uma menina americana de nove anos, em presença de seus pais, que ficaram atordoados. É provável que a origem da anedota esteja na história literária francesa que ainda se mantém sob vários nomes, entre os quais "A diligência de Bordéus", que figura numa antologia de Hitchcock de histórias de terror do final da década de 60.

(*The rationale of the dirty joke*, de C. Legman [Londres, Panther, 1973], vol. 2, p. 121.)

"Sal, Molho, Tempero, Cebolinha, Pimenta e Banha"

A força do nome é uma premissa fundamental desta história. Só se consegue a senha — o nome do homem desejado — depois de passar por um teste específico e imprescindível. Ao contrário do grupo de Tom Tit Tot (histórias como "Rumpelstiltskin"), aqui o teste é trabalho e generosidade de espírito, em vez de truques e disputa. Como nas histórias de *Dummling* (simplório), vence o candidato menos cotado.

(Abrahams, p. 299.)

"Duas irmãs e a jibóia"

Uma piada inconseqüente com uma criatura não humana resulta num terrível engano (ver "A parteira e o sapo", p. 337). A história é a contrapartida de histórias do tipo "A bela e a fera". O que a irmã má nunca consegue ver é que a recompensa está não em imitar os gestos da irmã, e sim em sua generosidade de espírito. (Fonte desconhecida.)

"Estendendo os dedos"

Uma história moral do Suriname, que lembra um conto islâmico no qual um pobre divide com os outros o quinhão que lhe concederam para toda vida, conseguindo, assim, a garantia de que nunca passará fome. Mas esse jogo é feito com Deus, que é um jogador condescendente.

(Heskovits e Heskovits, p. 355.)

# Agradecimentos da parte 1 à parte 7

Agradecemos a permissão para reproduzir estes contos de fadas: a Capra Press, Santa Bárbara, por "Semerssuaq", "Kakuarshuk", "O rapaz feito de gordura", "A mulher que se casou com a esposa do filho", "Tuglik e a sua neta", "Velhice" e "As duas mulheres que conquistaram a liberdade", de Lawrence Millman, *A kayak full of ghosts: Innuit tales "gathered and retold"*, 1987; a Angela Carter pela tradução de "Chapeuzinho Vermelho", publicada em *The fairy tales of Charles Perrault*, Victor Gollancz, 1977; a Columbia University Press por "O senhor Fox", "O pó-dos-bobos da tia Kate", "A menina boa e a menina má", de Vance Randolph (col.), *The devil's pretty daughter and other Ozark tales*, 1995; a Constable Publishers por "A senhora Número Três", de G. Willoughby-Meade, *Chinese ghouls and goblins*, 1924; a Harvard University Press, Cambridge, por "O jovem da manhã", "O menino que nunca tinha visto mulher" e "A feiticeira-gata", de Richard M. Dorson (col. e ed.), *Negro folktales in Michigan*, President and Fellow of Harvard College, 1956; a Indiana University Press por "A peluda", de Ronald L. Baker (ed.), *Jokelore: humorous folktales from Indiana*, 1986; a International African Institute por "Guarde os seus segredos" e "A madrasta malvada", de A. W. Cardinall (ed.), *Tales told in Togoland*, Oxford University Press/International African Institute, 1931; a Jan Knappert, tradutor e coletor de *Myths and legends of the Swahili*, William Heinemann Ltd., 1970, por "A lebre", "O aluno" e "Alimentar com língua"; a The Mercier Press por "Água de pés", de Kevin Danaher, *Folktales from the Irish contryside*, 1967; a Oxford University Press por "Em busca da fortuna" e "As três medidas de sal", de R. M. Dawkins (col. e trad.), *Modern Greek folktales*, 1953; por "A promessa", de Maung Htin Aung, *Burmese law tales*, 1962; e por "A jovem pescadora e o caranguejo" e "A esposa astuciosa", de Verrier Elwin, *Folk-tales of Mahakoshal*, 1944; a Pantheon Books, divisão da Random House Inc., e a Penguin Books Ltd. por "O peixinho vermelho e o tamanco de ouro" e "A irmã rica do lenhador", de Inea Bushnaq (ed. e trad.), *Arab folktales*, 1986; a Pantheon Books, divisão da Random House Inc., por "Fugindo de mansinho", de Roger D. Abrahams (ed.), *Afro-american folktales: stories from black traditions in the New World*, 1985; e por "A menina inteligente", "Vassilissa, a filha do clérigo", "A moça sem braços" e "Como um marido curou a esposa viciada em contos de fadas", de Norbert Guterman (ed. e trad.), *Russian fairy tales*, Pantheon Books, 1945, Random House Inc., 1973; a Routledge Ltd. por "Bela e Rosto Bexiguento", de Wolfram Eberhard (col. e trad.), *Chinese fairy tales and folk tales*, 1937; a A. P. Watt por "A velha que vivia dentro de uma garrafa de vinagre", de Katharine M. Briggs, *A sampler of British folktales*, 1977; a Wayne State University Press por "Os desígnios da natureza" e "Nourie Hadig", de Susie Hoogasian-Villa (col. e ed.), *100 Armenian tales*, 1966; a Jack Zipes, tradutor e autor da introdução de *The complete fairy tales of the brothers Grimm*, Bantam Books Inc., 1987 (e sua versão francesa de "Chapeuzinho Vermelho", usada nas notas do editor de *The trials and tribulations of Little Red Riding Hood: versions of the tale in socio-cultural context*, Bergin and Garvey Publishers Inc./William Heinemann Ltd, 1983), por "A esperta Gretel" e "O zimbro".

Fizemos todo o esforço possível para dar os devidos créditos das fontes das histórias deste livro. O editor lamenta se escapou algum caso e aceita sugestões.

# Agradecimentos da parte 8 à parte 13

Agradecemos a permissão para reproduzir estes contos de fadas: a Pantheon Books, divisão da Random House Inc., por "A velha do contra", de Christen Asbjorsen e Jorgen Moe, *Norwegian folktales*, por "Fábula de um pássaro e seus filhotes", de Beatrice Silverman Weinreich, *Yiddish folktales*; a Constable Publishers por "A mulher-raposa" e "O espelho", de G. Willoughby-Mead, *Chinese ghouls and goblins*, 1924; a The American Foklore Society por "O velho Foster", de *Journal of American Folklore* n. 38, 1925, e por "A canção da esposa infiel", de *Journal of American Folklore* n. 47, 1934; a The University Press of Kentucky por "O lilás mexeriqueiro", de Ruth Ann Musick, *The telltale lilac bush and other West Virginian ghost tales*, 1965; a Univesity of Chicago Press por "A Bela Donzela Ibronka", "O gaitista das feiticeiras", "A parteira e o sapo" e "Um golpe de sorte", de Linda Degh, *Folktales of Hungary*, 1965, por "O Pássaro Esverdeado", de Americo Paredes, *Folktales of Mexico*, 1970; por "Motivo para surrar sua mulher", de Hasan M. El-Shamy, *Folktales of Egypt*, 1980; por "A bola enfeitiçada", "Pai e mãe 'apressadinhos'" e "Os grãos de feijão no frasco", de Richard M. Dorson , *Buying the wind: regional folklore in the United States*, 1964; a Jonathan Cape and Basic Books por "O cúmulo da paixão roxa", de *The rationale of dirty jokes*; a Stanford University Press por "Os três amantes"; a Columbia University Press, Nova York, por "O Príncipe Adormecido", "O truque da carta" e "Estendendo os dedos", de Melville J. Herskovits e Frances S. Herskovits, *Suriname folklore*, 1936; a C. W. Daniel Company por "Vassilissa, a Formosa", "Feiticeiro e feiticeira", "A velhinha das cinco vacas", "História de uma mulher-pássaro", "A mulher astuciosa" e "O povo com focinho de cachorro", de C. Fillingham-Coxwell (col. e trad.), *Siberian and other folktales: primitive literature of the Empire of the Tsars*, 1925; a University of California Press por "Šāhīn", "Tunjur, tunjur", "A mulher que se casou com o próprio filho" e "Os sete fermentos", de Ibrahim Muhawi e Sharif Kanaana (col. e ed.), *Speak bird, speak again: Palestinian Arab folktales*, 1988; a Oxford University Press por "A donzela sapa", de Maung Htin Aung, *Burmese folktales*, Calcutá, 1948; Holmes and Méier por "Diirawic e seu irmão incestuoso", "Achol e sua mãe selvagem", "Achol e sua mãe-leoa adotiva", "Duang e sua mulher selvagem", de Francis Mading Deng, *Dinka folktales: African stories from the Sudan*, Nova York, Africana Publishing Company, divisão da Holmes & Méier, 1974; a Pantheon Books, divisão da Random House Inc., por "Sal, Molho, Tempero, Cebolinha, Pimenta e Banha" e "História de uma velha", de Roger D. Abraham, *African folktales*, 1983; a Popular Publications por "A órfã", de E. Singano e A. A. Roscoe (ed.), *Tales of old Malawi*, 1977, 1986.

Fizemos todo esforço possível para dar os devidos créditos das fontes das histórias deste livro. O editor lamenta se escapou algum caso e aceita sugestões.